長谷川滋成

東晋の詩文

溪水社

目次

論文

詳解

訳注

講話

東晋の詩文

論文

東晋の詩の特色が玄言詩《げんげんし》にあることは、多くの人が指摘するところであるが、残存する詩があまりに少なく、その実態を明らかにすることはなかなか困難である。

少ない詩の中で比較的多くの詩が残っている庾闡《ゆせん》・湛《たん》方生《ほうせい》の詩、それに王羲之《おうぎし》父子の「蘭亭《らんてい》の詩」を取り上げ、玄言詩の実態を明らかにしようとした。

庾闡・湛方生及び「蘭亭の詩」には、玄言詩の跡を残しているとともに、次の劉宋に出現する山水詩の芽があることを具体的な詩をあげて論じた。

別の角度から東晋の詩をみると、春夏秋冬の季節を詩の題にすえて詠む季節の詩、さらに山の名を題にすえて詠む登山の詩が多くなる。季節の詩、登山の詩にもまた、玄言詩があり、劉宋の山水詩と無関係ではないことを論じておいた。

東晋では従来からあった「遊仙の詩」も作られ、玄言詩の一翼を担ったが、多くの「遊仙の詩」を作った郭璞は、東晋の玄言詩を考えるうえで、注目すべき存在として東晋詩における位置を論じた。

修辞面から対句に注目し、玄言詩との関係に言及した。

庾闡の詩

はじめに

東晋の詩人庾闡（二八六～三三九）[1]には「採薬の詩」があり、『古詩紀』巻四二によると、一二句からなる。『芸文類聚』の巻七は九句以下を欠くが、詩題は同じく「採薬の詩」[2]とする。

採薬霊山嘌　　薬を霊山の嘌《いただき》に採らんとして
結駕登九疑　　駕《くるま》を結《つら》ねて九疑に登る
懸巌溜石髄　　懸巌に石髄 溜《したた》り
芳谷挺丹芝　　芳谷に丹芝挺《そび》ゆ
冷冷雲珠落　　冷冷《れいれい》として雲珠落ち
漼漼石密滋　　漼漼《さいさい》として石密滋《しげ》し
鮮景染冰顔　　鮮景は冰顔を染め
妙気翼冥期　　妙気《めうき》は冥期を翼《たす》く
霞光煥藿靡　　霞光は煥《かがや》きて藿靡《すいび》し
虹景照参差　　虹景は照りて参差《しんし》たり
椿寿自有極　　椿寿《ちんじゅ》も自《おのづか》ら極まる有り

槿花何用疑　槿花《きんくわ》は何を用《も》って疑はんや

管見によれば、「採薬の詩」と題する詩は、漢・魏・晋間には本詩以外ない(3)。本稿はこの「採薬の詩」を中心にして、庾闡の詩を考察する。そのために、「採薬」の場所、「採薬」の語を用いる詩、神薬の取り上げ方、神薬への期待、霊山の描写、「遊仙の詩」、老・神・仏の交渉、山水への関心、詩の評価などを考察の対象とする。

採薬の場所

最初に「採薬」の場所を考察する。庾闡はその場所を「九疑山」とするが、かつて始皇帝が徐市《じょふつ》らに薬を求めさせた所は「三神山」であった。『史記』巻六秦始皇本紀には次のようにある。

斉人の徐市等《ら》上書して言ふ、海中に三神山有り。名づけて蓬莱・方丈・瀛洲《えいしう》と曰ふ。僊人《せんにん》之に居る。（中略）（始皇は）還《かへ》りて呉を過ぎ、江乗従《よ》り渡り、海上に並《そ》ひ、北のかた琅邪《らうや》に至る。方士の徐市等は海に入りて神薬を求む。数歳なるも得ず。

また、『漢書』巻二五上郊祀志には次のようにある。

此の三神山なる者は、其の伝に、勃海の中に在りて、人を去ること遠からずと。蓋し嘗て至る者有り。諸〻の僊人及び不死の薬は皆な焉《ここ》に在り。（中略）且に至らんとすれば則ち風輒《すなは》ち船を引きて去らんことを患《うれ》ふ。終に能く至るもの莫しと云ふ。

以上によると、徐市らが求めようとした「神薬」は「不死の薬」で、それは神仙から授かるゆえに「神薬」といい、別に仙薬・奇薬の名もある。「神薬」のある場所は海中の、僊人の住む「蓬莱山」、そこは人界から遠くないとはいえ、庶民はもちろん「方士」の徐市でさえ行きつけぬ所である。

庾闡の「採薬」場所「九疑山」は、「蓬莱山」ではないが、蔡邕の「九疑山の碑」（『芸文類聚』巻七）に、

巌巌たる九疑は、峻《たか》くして天を極む。（中略）此の崔嵬《さいくわい》に登り、霊を神仙に託す。

とあるのによれば、陸地の「九疑山」は海中の「蓬莱山」に通ずるものがある。

庾闡の言に従えば、「九疑山」は「霊山」である。『抱朴子』金丹には、これを「名山」といい、「正神」のいる山という。

丹を合するは、当に名山の中　人無きの地に於いてすべし。（中略）必ず名山の中に入り、斎戒《さいかい》すること百日、五辛・生魚を食はず、俗人と相《あ》ひ見はず。爾《しか》すれば乃ち大薬を作《な》すべし。（中略）又た『仙経』を按ずるに、以って精思して仙薬を合作すべき者に、華山・泰山・霍山《くわくざん》・恒山・嵩山《すうざん》・少室山・長山・太白山・終南山・女几山《ぢよきざん》・地《ち》肺山《はいざん》・王屋山《わうをくざん》・抱犢山《ほうとくざん》・安丘山・潜山・青城山・娥眉山・綏山《すゐざん》・雲台山・羅浮山《らふざん》・陽駕山・黄金山・鼈祖山《べつそざん》・大小天台山・四望山・蓋竹山《がいちくざん》・括蒼山《くわつさうざん》有り。此れ皆な是れ正神は其の山中に在り。其の中に或いは地仙の人有り。上には皆な芝草生ず。

「霊山」「名山」「正神」のいる山こそ、「丹を合」し「精思して仙薬を合作(4)」することのできる山であり、その山として「華山」以下「括蒼山」までの二七を列挙する。「九疑山」は二七には数えられないが、「霊山」であり、「名山」であり、「正神」のいる山であることは、すでに述べたとおりである。

要するに、「採薬」の場所は、海中にあれ陸地にあれ、「霊山」でなくてはならない。「霊山」とは「正神」のいる山、つまり人に福を施し、人を助ける神のいる山である。そういう山が「名山」ともいわれるのである。

「霊山」の語は、庾闡の「石鼓を観る」詩（『古詩紀』巻四二）の冒頭二句にも、

命駕観奇逸　　駕に命じて奇逸《きいつ》を観
径鶩造霊山　　径《みち》に鶩《はし》りて霊山に造《いた》る

とあり、「山峯は嶕嶢《せうげう》とし、雲を凌《しの》ぎて済竦《せいしよう》」[5]する「石鼓山」も「霊山」である。本詩の三句目以下は、次のように詠われる。

朝済清渓岸　朝に清渓の岸を済《わた》り
夕憩五竜泉　夕に五竜の泉に憩《いこ》ふ
鳴石含潜響　鳴石は潜響《せんきやう》を含み
雷駭震九天　雷駭《おこ》りて九天に震ふ
妙化非不有　妙化は有らざるに非ず
莫知神自然　自然を神とするを知る莫し
翔霄払翠嶺　霄《おほぞら》に翔《あまが》けて翠嶺《すゐれい》を払ひ
緑澗漱巌間　緑澗に巌間に漱《くちすす》ぐ
手澡春泉潔　手は春泉の潔《きよ》きに澡《あら》ひ
目翫陽葩鮮　目は陽葩《やうは》の鮮やかなるを翫《もてあそ》ぶ

「霊山」とは明記しないが、次の「衡山」[6]の詩（『古詩紀』巻四二）もまた、「九疑山」「石鼓山」に相当する「名山」であり、「正神」のいる山である。

北眺衡山首　北のかた衡山の首《いただき》を眺め
南睨五嶺末　南のかた五嶺の末《いただき》を睨《み》る
寂坐挹虚恬　寂坐《せきざ》して虚恬《きよてん》を挹《と》り
運目情四豁　目を運らせば情は四豁《しくわつ》す
翔虬凌九霄　翔虬《しやうきう》は九霄を凌《しの》ぎ

陸鱗困濡沫　　陸鱗は濡沫《じゆまつ》に困《くる》しむ
未体江湖悠　　未だ江湖の悠を体せず
安識南溟濶　　安くんぞ南溟《なんめい》の濶《ひろ》きを識らんや

要するに、庾闡が詩に詠う「九疑山」「石鼓山」「衡山」は、「霊山」「名山」「正神」のいる山で、そこは仙人の住む神仙の世界であり、美しくて汚れのない山水に恵まれていたであろうが、「妙化」や「自然」、あるいは「虚恬」「南溟[7]」などの語に注目すると、「石鼓を観る」詩と「衡山」の詩は、「採薬の詩」とはやや異なり、老荘の思想を詠うことに重点があるように思われる。その意味においては、この二詩は玄言の詩ということができよう。残存する庾闡の詩でいえば、『晋書』隠逸伝に名を連ねる孫登を詠った「孫登隠居の詩」（『古詩紀』巻四二）も、玄言の詩に属するが、ここには三〇句からなる詩の末尾一四句を示す。

道有冥廃　　道に冥廃《めいはい》有り
運有昏消　　運に昏消《こんせう》有り
達隠不巌　　達隠は巌《いはほ》ならず
玄跡不標　　玄跡は標《こずゑ》ならず
或曰先生　　或《ある》ひと曰ふ先生は
晦徳逍遥　　徳を晦《くら》くして逍遥すと
稽子秀達　　子《し》を稽《はか》れば秀達にして
英風朗烈　　英風は朗烈たり
道雋薫芳　　道は薫芳《くんはう》より雋《すぐ》れ
鮮不玉折　　玉折せざること鮮《すくな》し

兆動初萌　兆《きざし》は初萌《しょはう》に動き
妙鑒奇絶　妙として奇絶を鑒《み》る
翹首丘冥　首を丘冥《きうめい》に翹《あ》げ
仰想玄哲　仰ぎて玄哲を想ふ

採薬の詩

次に、詩中に「採薬」[8]の語を用いる詩を考察する。

先述したように、詩題を「採薬の詩」とするのは庾闡の本詩に限るが、詩中に「採薬」の語を用いる詩人が、魏の世に阮籍・嵆康がおり、晋の世に郭璞・支遁がいる。それぞれの詩を順次に取り上げ、まず「採薬」の場所を考察する。

阮籍の「採薬」は、「詠懐の詩八十二首」（『古詩紀』巻二九）其の四十一の第一三句にある。

採薬無旋返　薬を採るものは旋《めぐ》り返ること無く
神仙志不符　神仙は志《ふみ》と符せず

という阮籍の「採薬」の場所は、

飄颻雲日間　雲日の間に飄颻《へうえう》して
邈与世路殊　邈《はる》かに世路と殊《こと》なる

によると、「世路」とは隔絶した「雲日の間」、天上界である。そこはまた、

随波紛綸客　波に随ひて紛綸《ふんりん》たる客は

汎汎若浮鳧　　汎汎《はんはん》として浮鳧《ふぶ》の若し

によると、海中にある三神山の天辺かと思われる。

嵆康の「採薬」[9]は、「遊仙の詩」（『古詩紀』巻二八）の第一三句にある。

採薬鍾山隅　　薬を鍾山《しょうざん》の隅《くま》に採り
服食改姿容　　服食して姿容を改む

嵆康は「採薬」の場所を「鍾山」とする。嵆康が魏の人であることにこだわれば、この「鍾山」の所在は特定しがたいが、高峻な「霊山」[10]であることにまちがいはあるまい。机上の作とすれば、問題はない。

郭璞のそれは、「遊仙の詩十四首」[11]（『古詩紀』巻四二）其の九の第一句にある。

採薬遊名山　　薬を採りて名山に遊び
将以救年頽　　将に以って年の頽《くづ》るるを救はんとす

郭璞の詩では、「採薬」する所は「名山」である。「名山」は前掲の『抱朴子』にあったが、本詩の「名山」は、

東海猶蹄涔　　東海は猶ほ蹄涔《ていしん》のごとく
崑崙若蟻堆　　崑崙は蟻堆《ぎたい》の若し

によると、「東海」にある三神山であり、西方にある「崑崙山」である。「崑崙山」には仙人[12]がおり、いうまでもなく「名山」である。

支遁の「採薬」は、「八関斎の詩三首」[13]（『古詩紀』巻四二）其の一の第六句にある。

従容遐想逸　　従容《しょうよう》として遐《はる》かに逸《いつ》せんと想ひ
採薬登崇阜　　薬を採りて崇阜《すうふ》に登る

支遁は「採薬」する山名を示さず、「崇阜」というにとどまるが、おそらくは右にみた「名山」を意識するであ

ろう。

庾闡が詩の題とする「採薬の詩」は、これら詩の中で用いられていた「採薬」の語を引き出したのであろう。

神薬の効

ところで、右に引いた各句には、四人それぞれの「神薬」に対する期待の有無が示されている。それをいえば、嵇康と郭璞とは、「神薬」に不老長生の効があることを認めているが、阮籍はその効をまったく認めていない。支遁[14]はよく分らない。

嵇康は先の二句に続けて、詩の最後六句に次のようにいう。

蟬蛻弃穢累　蟬《せみ》のごとく蛻《ぬ》けて穢累《わいるゐ》を弃《す》て
結友家板桐　結友して板桐《はんどう》に家す
臨觴奏九韶　觴《さかづき》に臨みて九韶《きうせう》を奏するに
雅歌何邕邕　雅歌は何ぞ邕邕《ようよう》たる
長与俗人別　長く俗人と別るれば
誰能観其蹤　誰か能く其の蹤《あと》を観《み》んや

「神薬」を服することによって、蟬のように脱皮して俗世の汚らわしさを棄ててしまい、仙人のいる「板桐」山に住み、俗人と永久に別れることができるという。

郭璞も先の二句に続けて、

呼吸玉滋液　玉滋の液を呼吸すれば

妙気盈胸懐　妙気《めうき》は胸懐に盈《み》つ

といい、詩の最後二句に次のようにいう。

遐邈冥茫中　遐邈《はる》かなる冥茫の中より
俯視令人哀　俯して視れば人をして哀しましむ

遠く隔った仙界から、仙人になれぬ俗人を見おろすと、私は悲しくなるといい、「神薬」を服して仙人となった自分に比べて、そうでない俗人に哀れみの情をかける。

一方、「神薬」の効を認めない阮籍は、先にあげた、

採薬無旋返　薬を採るものは旋《めぐ》り返ること無く
神仙志不符　神仙は志《ふみ》と符せず

の句に続け、次の二句で詩を終える。

逼此良可惑　此れに逼《せま》られて良《まこと》に惑ふべし
令我久躊躇　我をして久しく躊躇《ちうちよ》せしむ

「採薬」に行っても帰って来る者はいない。このことは神仙のことを記した書物と符合せず、私はただ惑い、長くためらうばかりであるという。阮籍のこの認識は、神仙世界の存在そのものを否定するものである。[15]

これに対して、庾闡はどうであるか。「採薬の詩」の最後は、次の二句で結ばれる。

椿寿自有極　椿寿《ちんじゆ》も自《おのづか》ら極まる有り
槿花何用疑　槿花《きんくわ》は何を用って疑はんや

「椿寿」とは八千歳の寿命を有する「大椿」[16]のこと。長寿であるとされるその「大椿」でさえも「自ら極まる」のだという。また、「朝に生まれて夕に殞《し》す」[17]といわれる槿《むくげ》の花、その「槿花」でも短命であると疑うわけにはい

かないという。この認識は「神薬」に期待せず、神仙世界を否定する阮籍に近いということができる。ここでそれぞれの詩の題を確認すると、「神薬」に期待する嵇康・郭璞の詩の題は「遊仙の詩」であり、それに期待しない阮籍のそれは「詠懐の詩」、庾闡のそれは「採薬の詩」である。

以上のことからいえば、庾闡の「採薬の詩」は、「採薬」の語を用いる面からいえば、「遊仙の詩」のようであり、「神薬」に期待しない面からすれば、「詠懐の詩」のようである。

採薬の詩の考察

右の点について、「採薬の詩」の第三句から第一〇句までの、八句を考察する。

まず、このうちの第三句から第六句までの四句は、「石髄」「丹芝」「雲珠」「石密」(18)の「神薬」「不死の薬」が、「溜《したた》」るほど、「挺《そび》」えるほど、「落」ちるほど、「滋」るほどあると詠う。結果的には「神薬」に期待しないことになる庾闡が、「神薬」を列挙する意図は、憧憬ないし自慰とも考えられ、あるいは、不老長生は成らぬにしても、人の情なるがゆえにとも考えられようが、第七句から第一〇句にかけて詠う「霊山」たる「九疑山」の、「懸巌」「芳谷」の描写に続けることにあるのではあるまいか。因みに、阮籍・嵇康・支遁は「神薬」を具体的に取り上げないし、郭璞も「玉滋の液」とはいうが、具体的には詠わない。また、漢・魏・晋間にあって、「神薬」を詩に詠うことが稀であることと思いあわせると、庾闡は「神薬」を自然の風物の一つとして詠じていたように思われる。

次に七句・八句は、「鮮やかな光が氷のごとき透き通った白く美しい顔を染め、霊妙な気が暗くて光のない死期を伸ばす」と描写する。「妙気」の語は後述するとして、「冰顔」(19)には「薬石」を採って服する「衆女」がなるのだという。九句・一〇句は「雲気の光は広がって輝き、虹の光は入りまじって照らす」と描写する。「霞光」は朝やけ・夕やけの類であるが、古くから妖祥[20]とされる「虹」を「霊山」の美景描写[21]に用いるのは、注目に値する。

第三句から第一〇句までの描写は、「霊山」たる「九疑山」の「懸厳」や「芳谷」の山水の景に重点がある。句数は少ないが、特に九句・一〇句にそれを感じ、美しさがある。このことは、阮籍や嵆康・郭璞や支遁らがもっぱら仙人のありさまを描写するのとは異なる。

以下、この四人の詩の、仙人描写の箇所を引用する。

郭璞の仙人描写は、一句目から一二句目までである。

天網弥四野　天網《てんまう》は四野に弥《わた》り
六翮掩不舒　六翮《りつかく》は掩《おほ》はれて舒《の》びず
随波紛綸客　波に随ひて紛綸《ふんりん》たる客は
汎汎若浮鳧　汎汎《はんはん》として浮鳧《ふぶ》の若し
生命無期度　生命に期度《きど》無く
朝夕有不虞　朝夕に不虞《ふぐ》有り
列仙停脩齢　列仙は脩齢《しうれい》を停《とど》め
養志在沖虚　志を養ひて沖虚《ちゅうきよ》に在り
飄颻雲日間　雲日の間に飄颻《へうえう》して
邈与世路殊　邈《はる》かに世路と殊《こと》なる
栄名非己宝　栄名は己が宝に非ずして
声色焉足娯　声色は焉ぞ娯しむに足らん

嵆康のそれは、同じく一句目から一二句目までである。

遥望山上松　遥《はる》かに山上の松を望めば
隆谷鬱青葱　隆谷《りゆうこく》は鬱として青葱《せいそう》たり
自遇一何高　自《みづか》ら遇すること一に何ぞ高き
独立迥無双　独立して迥《はる》かに双《なら》ぶもの無し
願想遊其下　願はくは其の下に遊ばんと想ふも
蹊路絶不通　蹊路《けいろ》は絶えて通ぜず
王喬弃我去　王喬《わうけう》は我を弃《す》てて去り
乗雲駕六竜　雲に乗りて六竜《りくりゆう》に駕す
飄颻戯玄圃　飄颻《へうえう》として玄圃《げんぽ》に戯れ
黄老路相逢　黄・老に路に相ひ逢ふ
授我自然道　我に自然の道を授け
曠若発童蒙　曠《あきら》かに童蒙《どうもう》を発《ひら》くが若し

次に郭璞の仙人描写、五句目から一二句目までとする。

登仙撫竜駟　登仙《とうせん》して竜駟《りゆうし》を撫《な》で
迅駕乗奔雷　迅駕《じんが》は奔雷《ほんらい》に乗ず
鱗裳逐電曜　鱗裳《りんしやう》は電《いなづま》を逐《お》ひて曜《かがや》き
雲蓋随風迴　雲蓋《うんがい》が風に随ひて迴《めぐ》る
手頓羲和轡　手は羲和《ぎくわ》の轡《たづな》を頓《とど》め
足蹈閶闔開　足は閶闔《しやうかふ》の開を蹈《ふ》む

東海猶蹄涔　東海は猶ほ蹄涔《ていしん》のごとく
崑崙若蟻堆　崑崙《こんろん》は蟻堆《ぎたい》の若し

最後に支遁の描写は、七句目から一六句目までである。

崎嶇升千尋　崎嶇《きく》として千尋に升《のぼ》り
蕭条臨万畝　蕭条《せうでう》として万畝に臨む
望山楽栄松　山を望みて栄松を楽しみ
瞻沢哀素柳　沢を瞻《み》て素柳を哀しむ
解帯長陵岥　帯を長陵《ちやうりよう》の岥《さか》に解《と》き
婆娑清川右　清川の右に婆娑《ばさ》たり
冷風鮮煩懐　冷風に煩懐《はんくわい》を鮮《と》き
寒泉濯温手　寒泉に温手を濯《あら》ふ
寥寥神気暢　寥寥《れうれう》として神気は暢《の》び
欽若盤春藪　欽若《きんじやく》として春藪を盤《たの》しむ

「遊覧する仙人の姿を描いたのが、『遊仙』の詩のもとの形ではなかったかと思われる」という小尾郊一氏(22)の説に従えば、阮籍・嵆康・郭璞・支遁らの描写は（詩題を「遊仙の詩」としないものもあるが）、「『遊仙』の詩のもとの形」に通じ、庾闡のそれは通じないことになる。

採薬の詩と遊仙の詩

庾闡の「採薬の詩」はしかし、「遊仙の詩」と深くかかわっている。

嵇康・郭璞が「採薬」の語を用いた詩は、「遊仙の詩」であった。「遊仙の詩」は庾闡にもあり、詩題のない三首を含めて一三首となる。この一三首は残存する二三首の半数であり、多くの作品[23]を詠った庾闡は、こうした詩を得意としたのではないかと想像される。いま一三首のうちから、五言詩と六言詩（『芸文類聚』巻七八）とを一首ずつ取り上げる。

功疏錬石随　　功疏《こうそ》は石髄を錬《ね》り
赤松漱水玉　　赤松は水玉に漱《くちすす》ぐ
憑煙眇封子　　煙に憑《よ》りて封子《ほうし》眇《はる》かに
流浪揮玄俗　　流浪して玄俗揮《ふる》ふ
空峒臨北戸　　空峒《こうどう》は北戸に臨み
昆吾眇南陸　　昆吾《こんご》は南陸に眇《はる》かなり
曾霄映紫芝　　曾霄《そうせう》に紫芝《しし》映じ
潜澗汎丹菊　　潜澗《せんかん》に丹菊汎《うか》ぶ
崑崙涌五河　　崑崙に五河涌《わ》き
八流縈地軸　　八流は地軸を縈《めぐ》る

前四句では「功疏」「赤松」「封子」「玄俗」四仙人の姿を描き、後六句では「霊山」である「空峒」「昆吾」「崑崙」と、「神薬」である「紫芝」「丹菊」とをあわせ描く。

玉房石榻磊砢　　玉房の石榻《せきたふ》は磊砢《らいら》たり
燭竜銜輝吐火　　燭竜《しよくりゆう》は輝《ひかり》を銜《ふく》みて火を吐く
朝採石英澗左　　朝に石英を澗《たに》の左に採り
夕翳瓊葩巌下　　夕に瓊葩《けいは》を巌の下に翳《かざ》す

前二句で仙人の居所である「玉房」、「鍾山」の神である「燭竜」を描き、後二句で仙人の服する「神薬」の「石英」「瓊葩」を描く。

これによると、庾闡の「遊仙の詩」も嵆康・郭璞のそれに同じく、「遊覧する仙人の姿を描」いた「もとの形」を残すものである。ただ庾闡にあっては、これらの「神薬」(24)は自然の風物としてとらえ、これを詠ったのではないかと、先に指摘しておいた。

採薬の詩の妙気

ところで、庾闡の「採薬の詩」には「妙気」の語がある。

鮮景染冰顔　　鮮景は冰顔を染め
妙気翼冥期　　妙気は冥期を翼《たす》く

「妙気」の語は郭璞の詩にもあった。

呼吸玉滋液　　玉滋の液を呼吸すれば
妙気盈胸懐　　妙気は胸懐に盈《み》つ

また、支遁の詩には「神気」の語があった。

寥寥神気暢　　寥寥《れうれう》として神気は暢《の》び
欽若盤春藪　　欽若《きんじやく》として春藪を盤《たの》しむ

詩における「妙気」の最初の例として『佩文韻府(25)』があげるのは、郭璞のこれである。「妙」「気」は『老子』に基づくであろう。

（略）故に常に無欲にして以って其の妙を観、常に有欲にして以って其の徼《けう》を観る。此の両者は、同じく出でて名を異にし、同じく之を玄と謂ふ。玄の又た玄、衆妙の門。（第一章）

営魄に載《の》りて一を抱き、能く離るること無からんか。気を専《もつぱ》らにし柔を到《きは》めて、能く嬰児たらんか。（第十章）

また、詩における「神気」の最初の例として『佩文韻府』があげるのは、支遁のこれである。「神気(26)」は『荘子』『淮南子』にみえる。

夫れ至人なる者は、上は青天を闚《うかが》ひ、下は黄泉に潜《ひそ》み、八極を揮斥《きせき》して、神気　変ぜず。（田子方篇）

古の人、混冥《こんめい》の中に処《を》る有りて、神気は外に蕩《うご》かず。（俶真訓）

これによっていえば、もと老荘家の語であった「妙気」が、「採薬の詩」や「遊仙の詩」に用いられて神仙家の語となり、同じく老荘家の語であった「神気」が、「八関斎の詩(27)」に用いられて仏家の語となった。このことは、老荘・神仙・仏教の関係が複雑に交渉し、この三教が渾然一体となる東晋の風潮を示すものとして注目される。

なお、阮籍の詩にある「沖虚(28)」は『老子』第四十五章の「大盈は沖《むな》しきが若く、其の用　窮《きは》まらず」に拠り、嵆康の詩にある「自然」「道」も『老子』第二十五章の「人は地に法り、地は天に法り、天は道に法り、道は自然に法る」に拠る。これもまた、老荘家の語が神仙家の語として使われている。

庾闡の山水観

さて、前掲の「採薬の詩」「遊仙の詩」、あるいは「石鼓を観る」詩、「衡山」の詩、「孫登隠居の詩」などにみられる老荘や神仙ないしは山水への関心は、庾闡渡江後のことと思われる。『晋書』巻九二庾闡伝によると、「少くして舅《おじ》の孫氏に随ひて江を過」ぎ、「元帝の晋王と為」って後に、尚書郎・散騎侍郎・大著作などの中央官、彭城内史・零陵太守などの地方官を歴任している。前掲の諸詩をはじめ、残る「江都にて風に遇ふ」詩、「三月三日曲水に臨む」詩、「三月三日」の詩（『古詩紀』巻四二）、「賈誼を弔ふ詩」（『韻補』巻五）などすべて、南方での作と思われる。このうちの二首を引用する。

一つは、「三月三日曲水に臨む」詩である。

暮春濯清汜　　暮春に清汜《せいし》に濯《あら》ひ
遊鱗泳一壑　　遊鱗は一壑《いちがく》に泳ぐ
高泉吐東岑　　高泉は東岑《とうしん》より吐《は》き
洄瀾自浄⿱𦥯木　　洄瀾《くわいらん》は自《おのづか》ら浄⿱𦥯木《じやうかく》たり
臨川畳曲流　　川に臨めば曲流畳《かさ》なり
豊林映緑薄　　豊林に緑薄《りよくはく》映ず
軽舟沈飛觴　　軽舟は飛觴《ひしやう》を沈め
鼓枻観魚躍　　枻《えい》を鼓《こ》せば魚の躍《をど》るを観る

本詩を後来の謝万の「蘭亭の詩二首」（『古詩紀』巻四三）其の二と比較する。

肆眺崇阿　　眺《なが》めを崇阿《すうあ》に肆《つ》くし
寓目高林　　目を高林に寓《や》る
青蘿翳岫　　青蘿《せいら》は岫《みね》を翳《かく》し
修竹冠岑　　修竹は岑《みね》を冠《おほ》ふ
谷流清響　　谷は流れて響き清らかに
条鼓鳴音　　条《えだ》は鼓《ゆ》れて音鳴る
玄崿吐潤　　玄崿《げんがく》は潤《みづ》を吐き
霏霧成陰　　霏霧《ひむ》は陰《かげ》を成す

謝万の自然描写に比べても、庾闡のそれは少しも遜色はない。謝万の描写が巧みであるといえば、庾闡も同じほどに巧みであり、謝万の描写が拙いといえば、庾闡も同じほどに拙いということである。謝万ほか諸人の「蘭亭の詩」が劉宋の山水詩出現に寄与したという点からすれば、「蘭亭の詩」より以前の庾闡の詩に、すでにその兆候があったことを指摘しておかねばならない。

二つは、「三月三日」の詩である。

心結湘川渚　　心は湘川《しやうせん》の渚《なぎさ》に結び
目散沖霄外　　目は沖霄《ちゆうせう》の外に散ず
清泉吐翠流　　清泉は翠流《すゐりう》を吐き
渌醽漂素瀬　　渌醽《ろくれい》は素瀬《そらい》に漂《ただよ》ふ
悠想眄長川　　悠《はる》かに想ひて長川を眄《み》るに
軽瀾渺如帯　　軽瀾《けいらん》は渺として帯の如し

本詩は「湘川」(湖南省洞庭湖に注ぐ川)の一点にしぼり、「渚」「清泉」「翠流」「素瀬」「長川」「軽瀾」などの語はすべて、「湘川」を具体的に言うためにある。特に三句目・四句目あるいは六句目の描写は、微細で視覚的であり、山水詩に連なるものを彷彿させる。

庾闡詩の評価

最後に、上述のごとき詩を作る庾闡の、東晋詩における評価を取り上げる。

庾闡が詩文の才に長じていたことは、『晋書』巻九二文苑伝に名を連ねて、「闡は学を好み、九歳にして能く文を属《つづ》る」とあり、『世説新語』文学篇に「庾仲初は揚都の賦を作りて成り、以って庾亮に呈《てい》す。亮は親族の懐《おも》ひを以って、大いに其の名価を為して云ふ、二京を三とし、三都を四とすべしと。此に於いて人人は競《きそ》ひて写し、都下の紙は之が為に貴《たか》し。謝太傅(安)云ふ、爾《しか》るを得ず。此れは是れ屋下に屋を架する耳《のみ》。事事擬学《ぎがく》して倹俠《けんけふ》たるを免れずと」とあるのが、その証左である。

鍾嶸は庾闡の詩を『詩品』において品第しないが、その序に、

爰《ここ》に江表に及び、微波《びは》尚ほ伝はる。孫綽・許詢・桓・庾の諸公、詩は皆な平典にして、道徳論に似、建安の風力は尽きぬ。

といい、巻下の「晋の驃騎王済」等の条に、

爰に江表に泊《およ》び、玄風尚ほ備はる。真長・仲祖・桓・庾の諸侯、猶ほ相ひ襲《つ》ぐ。

という。陳延傑[29]はこの二つの「庾」字に注して「庾亮」とするが、高松亨明氏[30]は「庾敳《ゆがい》・庾亮・庾闡」三人の名を、林田慎之助氏[31]は「庾亮・庾闡」二人の名をあげる。

「庾」が庾闡であるとすると、もしくは「庾」に庾闡が含まれるとすると、庾闡の詩は「道徳論」に似て、「微波」を受けつぐ詩人であると、鍾嶸は評価したことになる。

また、劉勰も『文心雕龍』において庾闡の詩を評価することはないが、その明詩篇に、

宋初の文詠、体に因革《いんかく》有り。荘・老は退を告げ、而して山水は滋《しげ》し。

とあり、范文瀾はこれに、

山水を写すの詩は、東晋初の庾闡の諸人自《よ》り起こる。

と注する。范文瀾の注に従えば、老荘思想が後退して、山水描詠が盛興した劉宋初期の風潮をもたらしたのが、庾闡をはじめとする諸人であるとする。范文瀾が庾闡の名一人をあげるのは、その筆頭であることを言うもので、注目すべきである。

庾闡の詩は残存する詩が少ないこともあり、紙幅を割いて論ずる者は稀であるが、近人王国瓔氏[32]は次のように述べる。

山水詩が多く現れてきたのは、やはり東晋時代である。主な理由は晋室渡江の後、玄風が盛んになり、また霊秀な江南の山水に刺激されたことによる。(中略)たとえば庾闡(二八六?～三三九?)は神仙を羨みもし隠逸を慕いもした。鍾嶸(四六七?～五一九?)から「平典にして道徳論に似たり」と非難されはしたが、彼は衡山付近の零陵太守に任命されていたとき、「君山を望みて洞庭を過ぎ、湘川を渉りて汨水を観る[33]」機会があり、心ゆくまで遊覧して多くの山水詩を作った第一等の詩人となったのである。西晋の詩人が北方の単調な山水を詠ったのに対して、彼の山水詩は、湘・楚一帯の霊秀な山水を多く描写しており、詩人としての美感意識がさらに著しくなったのである。

王国瓔氏は、庾闡の詩には神仙があり、隠逸があり、遊覧があり、東晋時代に多く現れてきた山水詩を美意識を

もって詠じた、第一人者であると評価する。

おわりに

以上、庾闡の詩について述べたことを整理すると、次のようになるであろう。

庾闡の詩風は老荘を基調とするが、詩史からいえば、魏初の曹植を最初とする「遊仙の詩」を多く詠い、また、魏末の阮籍・嵇康らが盛んにし、西晋から東晋にかけて流行した玄言詩を詠い、さらには東晋になって現れはじめた山水詩を詠う。「遊仙の詩」・玄言詩・山水詩の三つの詩風は、大きくは同一線上にあって混在しているが、庾闡にあっては、「遊仙の詩」・玄言詩から山水詩へと進んでいることを明らかにした。

王国瓔氏のように、第一人者とするか否かはいま措くとしても、東晋の詩風をよく表す詩人として、少なくともその一人として、庾闡の存在は評価されてよいと思うのである。

注

（1）姜亮夫『歴代人物年里碑伝綜表』による。

（2）小尾郊一氏は「もっとも詩題は作者自身がつけたか、後人がつけたか、甚だ疑問ではあるが。」（岩波書店『中国文学に現われた自然と自然観』）とされる。

（3）『拾遺記』顓頊に「韓終の採薬の四言詩に曰はく、闇河の桂、実の大きさは棗《なつめ》の如し、得て之を食《くら》へば、天に後《をく》れて老ゆ」とある。「韓終」は韓衆にも作る（『楚辞』遠遊の王逸注）、戦国斉の仙人であろう。とすると、「採薬」と題する詩は、紀元前にあったことになる。なお、『高僧伝』巻五に「（帛道猷《はくだういう》は）復た（道《だう》）壱《いつ》に与ふる書に云ふ、始めて山林の下《もと》に優遊《いういう》し、心を孔・釈の書に縦《ほしいまま》にするを得たり。興に触れて詩を為《つく》り、峰を陵《こ》えて薬を採り、服餌《ふくじ》して痾《やまひ》を蠲《のぞ》く。楽しみ余り有り。但《た》だ足下と同《とも》にせざれば、日《ひび》此れを以って恨みと為す耳《のみ》。因りて詩有りて曰はく」とあり、以下に示す五言一〇句の詩題は「採薬の詩」であったかもしれない。しかし「与壱書」では断じがたいので、いまは「採薬の詩」としない。

(4)『抱朴子』金丹には「丹を合す」「薬を合す」「神薬を合作す」「仙薬合作す」「毎に好薬・好膏を合す」など「調合する」と言い、「採る」とは言わない。

(5)盛弘之『荊州記』(『芸文類聚』巻八)に「建平郡南陵県に石鼓有り、南に五竜山有り。山峯は嶕嶢《せうげう》とし、雲を凌《しの》ぎて済竦《せいしよう》し、状は竜形の若し。故に因りて名と為す」とある。

(6)盛弘之『荊州記』(『芸文類聚』巻七)に「衡山に三峯有りて極めて秀《ひい》でたり。一峯を芙蓉峯と名づく。最も竦《しよう》桀《けつ》為り。清霄《せいせう》素朝《そてう》に非ざる自《よ》りは、望見すべからず。峯上に泉飛派《せんびは》有りて、一幅の絹の如し。青林に分映し、直ちに山下に注ぐ」とある。

(7)「妙化」は『老子』第一章に「故に常に無欲にして以って其の妙を観、常に有欲にして以って其の徼《けう》を観る」、「自然」は『老子』第二十五章に「人は地に法《のつと》り、地は天に法り、天は道に法り、道は自然に法る」、「虚恬」は『荘子』天道篇に「夫れ虚静恬淡、寂莫《せきばく》無為なる者は、天地の平にして、徳の至なり。故に帝王聖人は焉《ここ》に休《いこ》ふ」、「南溟」は『荘子』逍遥遊篇に「是の鳥や、海運《うご》けば則ち将に南冥に徙《うつ》らんとす。南冥は天池なり」とある。

(8)詩以外で「採薬」の早い例は、『後漢書』巻八三龐公伝の「後、遂に其の妻子を携《たづさ》へ、鹿門山《ろくもんざん》に登る。因りて薬を采りて反《かへ》らず」であろう。

(9)『晋書』巻四九嵆康伝には「康嘗て薬を採りて山沢に遊びて、其の意を得るに会ひ、忽焉《こつえん》として返るを忘る」といい、「採薬」の語がある。

(10)『淮南子』俶真訓に「譬《たと》へば鍾山の玉の若し」とあり、高誘注に「鍾山は昆侖なり」という。『芸文類聚』巻七に引く徐爰『釈門略』に「建康の北十余里に鍾山有り。旧《も》と金山と名づく」とあり、また、山謙之『丹陽記』に「京師の南北、並びに嶺を連ぬる有り。而るに蔣山《しやうざん》は独り隆崫《りうくつ》俊異《しゆんい》にして、其の形は竜に象《に》たり。実に楊都の鎮なり」とあるのは、南方にある「鍾山」である。沈約はこの南方の「鍾山」を「鍾山の詩、西陽王の教に応ず」詩で、「霊山は地徳を紀《しる》し、地の険《けは》しきは岳霊《がくれい》に資《よ》る」と詠い、「霊山」とする。

(11)「遊仙の詩十四首」其の十二に「岳に登りて五芝を採り、澗《たに》を渉《わた》りて六草を将《と》る」とあり、また、成公綏《せいこうずい》の「仙詩」(『古詩紀』巻三二)に「西のかた華陰山《くわいんざん》に入り、神芝草を求め得たり」とあるが、これらはここでは取り上げない。

(12)『葛仙公伝』(『芸文類聚』巻七)に「崑崙、一に玄圃《げんぽ》と曰ひ、一に積石瑤房《せきせきえうぼう》と曰ひ、一に閬風台《ろうふうだい》と曰ひ、一に華《くわ》蓋《がい》と曰ひ、一に天柱と曰ふ。皆な仙人の居る所なり」とある。

(13)「八関斎」とは、「在家の男女が一日だけ持《たも》つことを期する戒で、戒としては出家生活を一日だけ守るという形をとったもの。1)生物を殺さない、2)盗みをしない、3)性交しない、4)嘘をいわない、5)酒を飲まない、6)装身・化粧をやめ、歌・舞を聴視しない、7)高くゆったりしたベッドに寝ない、8)昼以後食べない、以上八つを守るもので、八戒斎・八戒などともいう」(誠信書房　中村元『新・仏教辞典』)とある。また、本詩の「序」には「余は既に野室の寂《せき》たるを楽しみ、又た薬を掘るの懐《おも》ひ有り。(中略)山に登りて薬を採り、巌水《がんすゐ》の娯《たの》しみを集《あつ》む。遂に筆を採《と》りて翰《ふで》を染め、以って二三の情を慰む」といい、「掘薬」「採薬」の語がある。

(14)支遁が詩の最後四句に、「達度は三才に冥《くら》く、恍惚として神偶を喪《うしな》ふ、同隠の丘に遊観し、連化《れんくわ》の肘《ひぢ》無きを愧《は》づ」というのは、「神薬」を服した結果によるものなのか、推測しがたい。なお、「連化の肘」は「蓮花の肘」のことで、清浄な心をいうのであろうか。唐の王維の「胡居士病に臥して米を遺る因りて贈る」に「徒《た》だ蓮花の目を言ふ、豈に楊枝の肘を悪《にく》まん」とあり、顧可久注に「仏家は蓮花を以って心の清浄と為す。荘子は楊枝の肘に生ずるを以って死と為すと。若し了観せば、乃ち是れ見心・見性・成仏は、何ぞ啻《た》だ清浄にして万法皆な空なるを識得せんや。亦た何ぞ死を悪まんや」という。

(15)吉川幸次郎氏は本詩に対して、「地上の世界に対する絶望と共に天上の世界への絶望をも告白するごとくである」といい、さらに「或いはまた其の八十も、おなじような懐疑と絶望の表白であろう」、「要するに『詠懐詩』

は、みずから立てた主張をみずから懐疑するという矛盾を、しばしば露呈している」（筑摩書房『吉川幸次郎全集』第七巻所収「阮籍の『詠懐詩』について」）という。

（16）『荘子』逍遥遊篇に「上古に大椿《だいちん》なる者有り。八千歳を以って春と為し、八千歳を以って秋と為す」とある。

（17）『爾雅』釈草に「椴《たん》は木槿《むくげ》、櫬《しん》は木槿なり」とあり、注に「李樹の華に似たり。朝に生まれて夕に殞《し》す。食《くら》ふべし」という。

（18）「石髄」は石鐘乳のことで、『晋書』巻四九嵆康伝に「康は又た王烈《わうれつ》に遭ひ、共に山に入る。烈嘗て石髄の飴の如きを得、即ち自《みづか》ら半ばを服し、余りの半ばは康に与ふ。皆な凝《こ》りて石と為る」、「丹芝」は赤芝《せきし》ともいい、『本草経』（『太平御覧』巻九八六）に「赤芝、一に丹芝と名づく。之を食《くら》へば神仙と為る。霍山《くわくざん》の山谷に生ず」、「雲珠」は雲母《うんも》のことで、『神仙伝』衛叔卿《ゑいしゆくけい》に「衛叔卿は中山の人なり。雲母を服して仙を得たり」、「石蜜」は蜂蜜の一種で、『本草経』に「石蜜は一に石飴《せきい》と名づく。味は甘平なり。山谷に生ず。心邪《しんじや》を治し、五臟を安んず。気を益し中を補ひ、痛みを止め毒を解く。久しく服すれば身軽くして老いず。武都に生ず」とある。

（19）『拾遺記』洞庭山に「薬石を採る人　中に入る。（中略）乃ち衆女の霓裳《げいしやう》・冰顔・艶質を見るに、世人と殊《こと》に別つ」とある。

（20）『淮南子』天文訓に「虹蜺《こうげい》・彗星《すゐせい》は天の忌《き》なり」とある。

（21）「虹」を美しく詩に詠うのは、曹植の「盤石篇」（『古詩紀』巻二三）の「蚌蛤《はうかふ》は浜崖《ひんがい》を被《おほ》ひ、光彩は錦虹の如し」が早い例か。ただ、木華の「海の賦」（『文選』巻一二）の李善注に引く曹植の「斉瑟行」は「錦虹」を「錦紅」に作る。

（22）注（2）参照。

（23）『晋書』本伝に「著す所の詩賦銘頌十巻、世に行はる」とあり、『隋書』巻四五経籍志四に「晋給事中庾闡集九巻」とある。

（24）「遊仙の詩十首」（『芸文類聚』巻七八）其の八にも「朝に雲英の玉蘂《ぎよくずゐ》を嗽《す》ひ、夕に玉膏《ぎよくかう》の石髄を挹《く》む」とある。

(25) 文の例としては陸機の「晋の平西将軍孝侯周処の碑」の「膂力《りよりよく》は天下に絶し、妙気は人間に挺す」をあげる。

(26) 嵆康の「琴の賦」（『文選』巻一八）の序にも「以って神気を導養し、情志を宣和し、窮独に処《を》りて悶《いきどほ》らざるべき者は、音声より近きは莫し」とある。

(27) 檀道鸞『続晋陽秋』（『世説新語』文学篇注）に「江を過ぐるに至り、仏理尤《もつと》も盛んなり。故に郭璞の五言、始めて道家の言を会合して之を韻《うた》ふ。（許）詢及び太原の孫綽、転〻《ますます》相ひ祖尚《たつと》び、又た加ふるに三世の辞を以ってす。而して詩騒の体は尽きぬ」とある。

(28) 「沖虚」の早い例は『魏志』巻二一王粲伝評の「然るに其の沖虚徳宇は、未だ徐幹の粋なるに若かず」であろう。また、王倹の「褚淵の碑文」に「采《こと》を王室に亮《まこと》にし、毎《つね》に沖虚の道を懐《おも》ふ」（『文選』巻五八）とあり、李善注に「『老子』に曰はく、大満は沖《むな》しきが若しと。『字林』に曰はく、沖は猶ほ虚のごときなりと」という。

(29) 『詩品注』（商務印書館）。なお、王国瓔『中国山水詩研究』（聯経出版事業公司）に「孫綽・許詢・桓（玄）・庾（闡）諸公、詩皆平典似道徳論」（陳延杰〔注〕本・頁三）とあるが、この「陳延杰〔注〕本」は筆者は未見。

(30) 『詩品詳解』（弘前大学中国文学会）。

(31) 『中国中世文学評論史』（創文社）。

(32) 注（29）参照。

(33) 本句は「賈誼を弔ふ文」（『晋書』巻九二庾闡伝）の一節である。

〈本稿は第七回全国漢文教育学会（平成三年六月）の発表内容を補訂し、『新しい漢文教育』第13号（全国漢文教育学会・平成三年十二月）に、「庾闡の詩」の題目で掲載したものである〉

湛方生の詩

はじめに

東晋の詩人湛方生の(1)閲歴は不明。『晋書』『世説新語』には一度も名を現わさない。ただ『隋書』巻四五経籍志四に「晋衛軍諮議湛方生集十巻録一巻」とあり、自作「廬山神仙の詩の序」（『古詩紀』巻四六）に「太元十一年、樵採《せうさい》の其陽《きやう》(2)なる者有り」とあるのによれば、湛方生は「衛軍諮議」の官にあり、「太元十一年」（三八六年、「太元」は東晋の孝武帝の年号）前後、生存していたと思われる。

太元十一年前後に生存した人物としては、次の人々があげられる。

支　遁（三一四～三六六）　桓　温（三一二～三七三）
孫　綽（三二〇～三七七）　王羲之（三〇三～三七九）
謝　安（三二〇～三八五）　殷仲文（　？　～四〇七）
謝　混（　？　～四一二）　陶　潜（三六五～四二七）

湛方生はこれらのうち何人かとは、おそらく交流があったであろう。

『隋書』経籍志には「集十巻」とあったが、現存する湛方生の詩は、逯欽立『全晋詩』に断片を含めてすべて十五首を、厳可均『全晋文』に一八篇を載録する。ただし、四篇が重複する。

本稿では、残存する詩一五首のうち、欠落のない九首を取り上げ、詩風を神仙詩、玄言詩、田園詩、山水詩の四つに分類し、湛方生の詩を考察する。

神仙詩を中心として

本節では「廬山神仙の詩」を取り上げ、神仙詩について考察するとともに、神仙と老荘と仏教とを同一視する湛方生の思想を考察し、あわせて陶淵明の「桃花源の記」との関連についても言及する。

詩題の「廬山神仙の詩」から、「廬山」が「神仙」の地であることは明らかである。「序」にも、

真に謂ふべし、神明の区域にして、列真の苑囿《あんいう》なりと。

とある。「列真」とは多くの仙人の意である。「神仙」「列真」の居所が「廬山」なのである。

その「廬山」のさまを「序」の前半に次のように描写する。

尋陽に廬山なる者有り、彭蠡《はうれい》の西に盤基す。其れ崇標《すうへう》峻極にして、辰光は輝きを隔てらる。幽澗は澄深にして、清を積むこと百仭なり。乃ち絶阻重険の若きは、人跡の遊ぶ所に非ず。窈窕《えうてう》沖深《ちゆうしん》にして、常に霞を含み気を貯ふ。

「廬山」は「尋陽」(今の江西省九江県)郡の「彭蠡」湖の西にある。湛方生が詠うこの「廬山」は南方の歴史のある霊山であるが、古来の西方の崑崙山、東方の蓬莱山とは異なる新しい霊山である(3)。

「崇標峻極」「辰光は輝きを隔てらる」「幽澗は澄深」「清を積むこと百仭」「絶阻重険」「窈窕沖深」「常に霞を含み気を貯」えて、「人跡の遊ぶ所に非ざる」さまは、まさに霊山としての条件である。この条件を有する「廬山」は、古来の崑崙山や蓬莱山(4)に匹敵し、また、東晋になって霊山とされた九疑山や天台山(5)に比肩するものであった。

四言四句からなる本詩は、霊山である「廬山」に隠棲する「神仙」「列真」を詠う。

吸風玄圃　風を玄圃に吸ひ
飲露丹霄　露を丹霄《たんせう》に飲む
室宅五岳　五岳を室宅とし
賓友松喬　松喬を賓友とす

「風を吸」い、「露を飲」む。それは、

藐姑射《ばくこや》の山に神人の居る有り。肌膚は氷雪の若く、淖約《しやくやく》として処子《しよし》の若し。五穀を食はず、風を吸ひ露を飲み、雲気に乗り飛竜を御して、四海の外に遊ぶ。（『荘子』逍遥遊篇）

とあるように、「神人」のすることである。この「神人」は「至人」「聖人」(6)に同じで、郭象は「夫れ神人は即ち今の所謂聖人なり」といい、続けて「夫れ聖人は廟堂の上に在りと雖も、然れども其の心は山林の中に異なる無し。世豈に之を識らんや」という。つまり「神人」とは「山林」を志向する隠者である。

これによっていえば、「風を吸ひ露を飲む」を共通項にして、湛方生のいう「神仙」「列真」と荘子のいう「神人」とは重なる。つまり、湛方生は道家思想の「神人」と神仙思想の「神仙」「列真」とを同一視していることになる。

「室宅」とする「五岳」は、華山・首山・太室山・泰山・東莱山(7)の霊山をさし、「賓友」とする「松喬」は古代の仙人赤松子(8)と王子喬(9)のことである。

要するに、「盧山神仙の詩」四句は、「序」の前半を受けて、「神仙」「列真」＝「神人」＝「松喬」の等式を成立させ、霊山の「盧山」に隠棲する仙人・隠者を詠うのである。

なお、慧遠の『盧山記略』には、

匡裕《きやうゆう》先生なる者有り、殷周の際自《よ》り出で、世を遁れ時に隠れ、潜かに其の下に居る。或いは云ふ、裕は道を仙人に受け、共に此の山に遊ぶと。遂に室を崖岫《がいしう》に託し、即ち巌を館と成す。故に時人は其の止まる所を謂ひて、神仙の盧と為す。因りて以って山に名づく。

とあり、「盧山」には「松喬」ではないが、殷周の世に「匡裕」という仙人が隠棲したことを伝える。

さて、「序」の後半は次のように詠いだされる。

太元十一年、樵採の其陽なる者有り。

「太元」が実際の年号であることは、すでに指摘した。「樵採」は木こり、「其陽」はその名であろうが、伝はない。

後半のこの書き出しは、

晋の太元中、武陵の人　魚を捕らふるを業と為す。

ではじまる、陶淵明の「桃花源の記」を想起させる。湛方生は「其陽」の見た光景を続けて次のように描写する。

時に于いて鮮霞は林に褰《かか》げ、傾暉は岫に映ず。一沙門を見るに、法服を披《はお》りて独り巌中に在り。俄頃《たちま》ちにして裳を振ひ錫《つゑ》を揮《ふる》ひ、崖に淩《のぼ》りて直上す。丹霄《たんせう》を排《ひら》きて軽挙し、九折より起こりて一指す。既に白雲に之れ乗ずべく、何ぞ帝郷を之れ遠しとするに足らんや。目を窮むれば蒼蒼《さうさう》たり、翳然として跡を滅す。

この光景は、いちいちその対応は示さぬが、「桃花源の記」のそれを彷彿させる。ただ「桃花源の記」は、「武陵の事」の見聞記であったのだが、この「序」は「一沙門」の動きを見た「其陽」の報告文となっている。つまり、「法服を披りて独り巌中に在り」以下、最後の「翳然として跡を滅す」まですべて、「一沙門」すなわち仏僧の動きである。

しかし、「丹霄を排きて軽挙」する「一沙門」の動きは、まさに「神仙」「列真」その人の動きである。たとえば、

願はくは人間の事を棄て、赤松子に従ひて游ばんと欲する耳《のみ》。迺ち道[10]を学びて軽挙せんと欲す。（『漢書』巻四〇張良伝）

とあるのがそれで、「軽挙」は「神仙」「列真」の動きをいうとき用いるのが、本来の用法のようであるが、湛方生

は「一沙門」に「神仙」「列真」と同じ動きをさせる。[11] このことは湛方生が、仏教と神仙とを同一視していることを示唆する。

慧遠の『廬山記略』には、「廬山」に「沙門」がいたことを伝える。

> 七嶺は同《とも》に東に会して、共に峰崿を成す。其の崖は窮絶にして、之に昇る者有る莫し。一夫有りて、人の沙門の服を著《き》たるを見る。虚を凌《しの》ぎ直上す。既に至れば、則ち身を廻《めぐ》らして其の鞍に踞《また》がる。良久《やや》しくして、乃ち雲気と倶に滅《き》ゆ。此れ道を得たる者に似たり。（中略）其の源を尋ぬれば、仍《な》ほ竜首より出づるなり。南のかた岑岑に対し、上に奇木有り。独り嶺表に絶すること数十丈あり。其の下は一層の仏浮図に似たり。白鶴の翔《あまが》ける所、玄雲の入る所なり。

「仏浮図」は寺塔・寺院のこと。文中の「道を得たる者」とは「沙門の服を著」ている仏僧である。前後二回引用した『廬山記略』によれば、「廬山」には「匡裕先生」という「仙人」が「世を遁れ時に隠」れて棲み、また、「道を得たる者」「沙門」もいたのである。

その「一沙門」が「白雲」に乗じて行きつく所は、「帝郷」であると、湛方生はする。その「帝郷」は、

> 夫れ聖人は（中略）千載にして世を厭《いと》ひ、去りて上僊す。彼の白雲に乗りて、帝郷に至る。（『荘子』天地篇）

とあるように、道家のいう「聖人」の行きつく所である。ここには道家の「聖人」と仏教の「一沙門」が重ねられ、湛方生は道家と仏教とを同一視する。

以上、本節を整理すると、湛方生は「神仙」（仙人）・「聖人」（隠者）・「沙門」（仏僧）の三者は、「道を得たる者」として認識し、神仙と老荘と仏教とを同一視していたということができる。

一詩人の中に三教が存在し交渉する傾向は、東晋になってのことであるが、それは湛方生に限るのではなく、福永光司氏や蜂屋邦夫氏は、「はじめに」に名をあげた孫綽[12]・王羲之[13]もそうであると論じている。

玄言詩を中心として

本節では「諸人と共に老子を講ずる詩」「秋夜の詩」（『古詩紀』巻四六）の二詩を取り上げ、湛方生の玄言詩を中心に考察する。

まず「諸人と共に老子を講ずる詩」を取り上げるが、書名を詩題に入れるのは、管見によると晋以後のようである。傅咸に「孝経の詩」「論語の詩」「毛詩の詩」「周易の詩」「周官の詩」「左伝の詩」[14]の経書、潘岳に「賈謐の坐に於いて漢書を講ずる詩」、陸機に「漢書を講ずる詩」の史書があるが、道家の書を詩題とするのは、湛方生を嚆矢とする。ただ当時、『老子』を講ずることは特に珍しくはなく、たとえば次のようにある。

桓南郡（桓温）は道曜と『老子』を講ず。王侍中（王禎之）主薄為り、坐に在り。桓曰はく、王主薄は名を顧み、義を思ふべしと。王未だ答へずして、且つ大いに笑ふ。桓曰はく、王思道（王禎之）は能く大家の児の笑ひを作《な》すと。（『世説新語』排調篇）

「諸人と共に老子を講ずる詩」は、次の一二句からなる。

吾生幸凝湛　　吾が生は凝湛《ぎようたん》を幸《ねが》ふも
智浪紛競結　　智浪は紛として結ぶを競ふ
流宕失真宗　　流宕《りうたう》して真宗を失ひ
遂之弱喪轍　　遂に弱喪《じやくさう》の轍《わだち》を之く
雖欲反故郷　　故郷に反らんと欲すと雖も
埋翳帰途絶　　埋翳《まいえい》せられて帰途絶ゆ

滌除非玄風　滌除《てきぢょ》すること玄風に非ざれば
垢心焉能歇　垢心《こうしん》は焉くんぞ能く歇《つ》きんや
大矣五千鳴　大なる矣《かな》五千鳴は
特為道喪設　特だ道の喪《うしな》はるが為に設けらる
鑒之誠水鏡　之を鑒《み》れば誠に水鏡にして
塵穢皆朗徹　塵穢《ぢんあい》は皆な朗徹《らうてつ》す

自分は「凝湛」（清澄な心）を願うものであるが、「智浪」（こざかしい知恵）が入り乱れて「真宗」（真実の根本）を失い、「弱喪」（故郷喪失者）の跡をたどることになった。「真宗」のある「故郷」、それへの「帰途」は「埋翳」（おおい隠す）されているが、「玄風」（老荘の道理）ではなくて、「垢心」（汚れた心）は「滌除」（洗い去る）できない。「道」（無為自然の道）回復のために書かれた「五千鳴」（『荘子』五千言）は、「水鏡」であり、これこそ「塵穢」（世俗の汚れ）を「朗徹」してくれるのである。

本詩をこのように解すると、ここには対立する二つの思想を示して、そのうちの一つを選択し、それを主張する。二つの思想とは、一つは「智」「垢心」「塵穢」であり、一つは「凝湛」「真宗」「玄風」「道」である。前者は世俗に執着する思想であり、後者は世俗を超越する思想である。二者のうち湛方生が選択し主張するのは後者であり、ここに詩題を「老子を講ず」とするゆえんがある。従って本詩は、当時流行した玄言詩の典型とみなすことができる。

次に「秋夜の詩」を取り上げる。本詩は三二句からなるが、まず後半一六句を考察する。

凡有生而必凋　凡そ生有れば必ず凋《しぼ》み
情何感而不傷　情は何ぞ感じて傷《いた》まざる
苟霊符之未虚　苟《まこと》に霊符《れいふ》の未だ虚《むな》しからざれば

孰茲恋之可忘　孰《たれ》か茲《こ》の恋《れん》の忘るべけん
何天懸之難釈　何ぞ天懸の釈《と》き難く
思假暢之冥方　仮暢《かちやう》の冥方に思はんや
払塵衿於玄風　塵衿《ぢんきん》を玄風に払《はら》ひ
散近滞於老荘　近滞《きんたい》を老荘に散ず
攬逍遥之宏維　逍遥《せうえう》の宏維《くわうゐ》を攬《と》り
総斉物之大綱　斉物の大綱を総《す》ぶ
同天地於一指　天地を一指に同じくし
等太山於毫芒　太山を毫芒《がうばう》に等しくす
万慮一時頓渫　万慮は一時に頓渫《とんせつ》し
情累豁焉都忘　情累は豁焉《くわつえん》として都《すべ》て忘る
物我泯然而同体　物我は泯然《びんぜん》として体を同じくし
豈復寿夭於彭殤　豈に復た彭殤《はうしやう》を寿夭とせんや

先の「諸人と共に老子を講ずる詩」の論述に従えば、湛方生はここにも対立する二つの思念を示し、そのうちの一つを選択し、それを主張している。「塵衿」（塵のついた衿《えり》）、「近滞」（さし迫った憂い）、「情累」（心の累《わず》らわしさ）は世俗に執着する思想を言い、「玄風」（老荘の道理）、「老荘」（老子と荘子）、「逍遥」「斉物」（ともに『荘子』の篇名）、「天地一指」「太山毫芒」「物我同体」「寿夭彭殤」（すべて『荘子』斉物論篇の語）は世俗を超越する思想を言い、湛方生はこのうちの後者を選択し主張する。この意味において、「秋夜の詩」後半一六句は、玄言詩ということができる。ただ「凡そ生有れば必ず凋む」から「仮暢の冥方に思はんや」までの六句を玄言詩とみたが、気がかりであるのは、「霊符」⒂「冥方」の語に仏教的色彩がなかったかどうかである。あるとすれば、この六句は仏教の観点からの考察を要するが、いま確定しがたく、疑問を呈するにとどめる。

なお、最後の二句「物我は泯然として体を同じくし、豈に復た彭殤を寿夭とせんや」は荘子の主張を踏襲するものであり、これは王羲之の「固《もと》より知る、死生を一にするは虚誕為《た》り、彭殤を斉《ひと》しくするは妄作《まうさく》為るを」（「蘭亭集詩の序」）とは対立する。このことは「物我一如」に関して、当時議論があったことを予想させ、注目しておきたい。

翻って「秋夜の詩」の前半一六句をみると、次のように詠われる。

悲九秋之為節　九秋の節為《た》るを悲しむ
物凋悴而無栄　物の凋悴《てうすい》して栄ゆること無し
嶺頽鮮而殞緑　嶺は鮮を頽《くづ》して緑を殞《お》とし
木傾柯而落英　木は柯《えだ》を傾けて英《はな》を落とす
履代謝以惆悵　代謝を履《ふ》みて以って惆悵《ちうちやう》し
覩揺落而興情　揺落《えうらく》を覩《み》て情を興《おこ》す
信皐壌而感人　皐壌《かうじやう》に信《の》ばせば人を感ぜしめ
楽未畢而哀生　楽しみは未だ畢《をは》らずして哀しみ生ず
秋夜清兮　秋の夜は清し
何秋夕之転長　何ぞ秋夕の転た長きや
夜悠悠而難極　夜は悠悠として極まり難く
月皦皦而停光　月は皦皦《けうけう》として光を停《とど》む
播商気以清温　商気を播《し》きて以って清温にして

扇高風以革涼　高風を扇《あふ》ぎて以って革涼なり
水激波以成漣　水は波を激して以って漣《さざなみ》を成し
露凝結而為霜　露は凝結して霜と為る

ここには後半一六句とは異なり、「秋夜」の景が詠われる。景の題材として「嶺」「木」「夜」「月」「商気」「高風」「水」「露」が用いられ、これらは「人」をして「楽しみは未だ畢らずして哀しみ生」ぜしむる景物である。つまり、「九秋の節為るを悲しむ」のが、本詩前半句である。

「九秋」（秋九十日）の「夜」はなぜ「悲」しいか——それは「物が凋悴して栄ゆること無し」だからである。「物の凋悴して栄ゆること無し」というこの句は、後半の「凡そ生有れば必ず凋む」の句を導くものであり、言うところは同じである。とすると、「物」は先に列挙した「秋夜」のさまざまな景物をさし、おそらく「人」をも含むにちがいない。

要するに、前半一六句の「秋夜」の「悲」しい景は、後半一六句の人寿の悲しみを言うためにある。従って、自然の景が景として自立しているのではなく、人間の感慨を誘発するものとして存在している。「秋夜の詩」の主眼は前半の景にあるのではなく、後半の玄言詩にあるということができる。この構想によって、湛方生は世俗に執着する思想を排除し、世俗を超越する思想を主張する。

本節では、「諸人と共に老子を講ずる詩」「秋夜の詩」を取り上げ、湛方生には玄言詩があることを考察した。

田園詩を中心として

本節では「後斎の詩」（『古詩紀』巻四六）を取り上げ、田園詩について考察する。本詩は四言詩で、一八句からなる。

解纓復褐　纓を解きて褐に復《かへ》り
辞朝帰藪　朝《てう》を辞して藪に帰る
門不容軒　門に軒《くるま》を容《い》れず
宅不盈畝　宅は畝に盈たず
茂草籠庭　茂草は庭に籠《こ》め
滋蘭払牖　滋蘭は牖《まど》を払ふ
撫我子姪　我が子姪《してつ》を撫し
携我親友　我が親友を携《たづさ》ふ
茹彼園蔬　彼の園蔬《えんそ》を茹《くら》ひ
飲此春酒　此の春酒を飲む
開櫺攸瞻　櫺《れんじ》を開きて攸《はる》かに瞻《なが》め
坐対川阜　坐して川阜に対す
心焉孰託　心焉《ここ》に孰《たれ》にか託さん
託心非有　心を非有に託す
素構易抱　素構は抱き易く
玄根難朽　玄根は朽ち難し
即之匪遠　即ち之れ遠きに匪《あら》ざれば
可以長久　以って長久なるべし

詩題の「後斎」は後方の部屋、離れ座敷の意で、そこで見聞したり思索したりしたことを述べる。

本詩は先述した「秋夜の詩」の前半に詠う自然の景とは趣が異なり、陶淵明の田園詩の趣を彷彿させる。本詩にある同一または類似の用語を陶淵明の詩に求めると、次のようになる。

被褐欣自得　褐を被《き》て欣《よろこ》びて自得す（「始めて鎮軍参軍と作りて曲阿を経しとき作る」）
而無車馬喧　而も車馬の喧《かまびす》しき無し（「飲酒二十首」其の五）
方宅十余畝　方宅　十余畝（「園田の居に帰る五首」其の一）
荒草没前庭　荒草は前庭を没す（「飲酒二十首」其の十六）
幽蘭生前庭　幽蘭は前庭に生ず（「飲酒二十首」其の十七）
試携子姪輩　試みに子姪の輩を携《たづさ》ふ（「園田の居に帰る五首」其の五）
促席延故老　席を促《うなが》して故老を延《まね》く（「二疏を詠ず」）
園蔬有余滋　園蔬　余滋有り（「郭主簿に和す二首」其の一）
歓言酌春酒　歓言して春酒を酌《く》む（「山海経を読む十三首」其の一）
素襟不可易　素襟は易《か》ふべからず（「乙巳の歳三月、建威参軍と為りて都に使ひしとき銭渓を経たり」）
天地長不没　天地は長《とこし》へにして没せず（「形の影に贈る」）

また、「後斎の詩」全体の趣が類似する詩を陶淵明に求めると、「帰去来」（『文選』巻四五）の一節および「郭主簿に和す二首」（『靖節先生集』巻二）其の一がある。

乃瞻衡宇　乃ち衡宇を瞻《み》て
載欣載奔　載ち欣び載ち奔《はし》る
僮僕歓迎　僮僕は歓び迎へ
稚子候門　稚子は門に候《ま》つ

湛方生の詩

三逕就荒
松菊猶存
携幼入室
有酒盈罇
引壺觴以自酌
眄庭柯以怡顔
倚南窻以奇慠
審容膝之易安
園日渉以成趣
門雖設而常関
策扶老以流憩
時矯首而遐観
（中略）
帰去来兮
請息交以絶游
世与我而相遺
復駕言兮焉求
（中略）
聊乗化以帰尽

三逕は荒に就《つ》くも
松菊は猶ほ存す
幼を携へ室に入れば
酒有りて罇《たる》に盈《み》つ
壺觴を引きて以って自《みづか》ら酌《く》み
庭柯を眄《み》て以って顔を怡《よろこ》ばしむ
南窻に倚《よ》りて以って慠《たの》しみを寄せ
膝を容《い》るるの安《やす》んじ易きを審《つまび》らかにす
園は日渉《ひびわた》りて以って趣を成し
門は設くと雖も常に関《とざ》せり
策《つゑ》もて老を扶《たす》けて以って流憩し
時に首《かうべ》を矯《あ》げて遐観す
帰去来兮《かへりなんいざ》
請ふ交はりを息《や》めて以って游を絶たんことを
世と我と相ひ遺《す》て
復た駕して言《ここ》に焉《なに》をか求めん
聊か化に乗じて以って尽《つ》くるに帰し

楽夫天命復奚疑
藹藹堂前林
中夏貯清陰
凱風因時来
回飆開我襟
息交逝閒臥
坐起弄書琴
園蔬有余滋
旧穀猶儲今
営己良有極
過足非所欽
舂秫作美酒
酒熟吾自斟
弱子戯我側
学語未成音
此事真復楽
聊用忘華簪
遥遥望白雲
懐古一何深

夫《か》の天命を楽しみて復た奚《なに》をか疑はん（「帰去来」）
藹藹《あいあい》たり堂前の林
中夏　清陰を貯ふ
凱風《がいふう》は時に因りて来たり
回飆《くわいへう》は我が襟《むね》を開く
交はりを息《や》めて逝ゝ《ゆくゆく》閒臥し
坐起に書琴を弄《もてあそ》ぶ
園蔬　余滋有り
旧穀　猶ほ今に儲《たくは》ふ
己れを営むは良に極み有り
足《た》るに過ぐるは欽《ねが》ふ所に非ず
秫を舂《つ》きて美酒を作り
酒　熟《じゆく》すれば吾　自《みづか》ら斟《く》む
弱子は我が側《かたはら》に戯れ
語を学《ま》ねて未だ音を成さず
此の事　真に復た楽しく
聊か用《も》って華簪《くわしん》を忘る
遥遥《えうえう》として白雲を望み
古を懐《おも》ふこと一に何ぞ深き（「郭主簿に和す二首」其の一）

湛方生の「後斎の詩」は、右の陶淵明の詩と比較すると、いわゆる田園詩の要素を持している。いま「後斎の詩」と「郭主簿に和す二首」其の一とを比較する。「解纓復褐」と「息交逝閒臥」が句意として重なるだけではなく、「門」「宅」は「堂前」、「茂草」「滋蘭」は「林」と近く、「園蔬」と「園蔬」、「春酒」と「美酒」、「子姪」と「弱子」などの用語は同じとみられる。これらはすべて田園を詠う主要な題材である。

田園詩はこうした田園の風景を詠うとともに、束縛のない自由な境地をよしとする思想をもあわせ詠う。湛方生のいう「非有」「玄根」「長久」は、陶淵明の「白雲」「懐古」に連なる。「非有」は無のこと。「玄根」は道の根本、大道の意で、盧諶の「劉琨に贈る詩并びに書」に「其の玄根に処りては、廓焉《くわくえん》として結ぶこと靡《な》し」とあり、李善注には、

　『広雅』に曰はく、玄は道なりと。張衡の『玄図』に曰はく、玄とは形無きの類にして、自然の根なり。太始より作《おこ》り、与《ため》に先を為すもの莫しと。

という。「長久」は永遠悠久のことで、

　足るを知れば辱《はづか》しめられず、止《とどま》るを知れば殆《あや》ふからず。以って長久なるべし。（『老子』四十四章）

とあり、ひいては無欲無心の意を含む。また、「白雲」は「帝郷」に至る「聖人」の乗り物であることは、すでに『荘子』天地篇を引き指摘した。「懐古」は理想とする古代の人物や社会を思慕することである。「非有」「玄根」「長久」「白雲」「懐古」等の語はすべて、道家思想の境地を示すものである。

ここに改めていえば、「廬山神仙の詩の序」を論じた際、「桃花源の記」をあげてその類似を指摘したが、本節で論じたこととあわせ考えると、湛方生と陶淵明との間には影響関係がまったくないとはいえまい。「はじめに」にも記したように、両人は「太元」年間の人であり、また、湛方生の「廬山神仙の詩」の「廬山」は、陶淵明の生地である尋陽近くの山であり、陶淵明が「廬山」に棲む高僧の慧遠を尋ねていたことを思えば、両人の間には何らか

の交流があったことが想像される。

山水詩を中心として

本節では、「帆して南湖に入る詩」「都に還らんとして帆す詩」「天晴るる詩」（『古詩紀』巻四六）の三詩を中心として、湛方生の山水詩について考察する。

第一に「帆して南湖に入る詩」を取り上げる。それは一〇句からなり、次のように詠われる。

彭蠡紀三江　彭蠡《はうれい》は三江を紀《をさ》め
廬岳主衆阜　廬岳は衆阜に主たり
白沙浄川路　白沙は川路に浄《きよ》く
青松蔚巌首　青松は巌首に蔚《さか》んなり
此水何時流　此の水は何れの時よりか流れ
此山何時有　此の山は何れの時よりか有る
人運互推遷　人の運は互ひに推遷するも
茲器独長久　茲の器は独り長久
悠悠宇宙中　悠悠たる宇宙の中
古今迭先後　古今　迭《たが》ひに先後あり

「彭蠡」は彭蠡湖、「廬岳」は廬山。ともに前出の「廬山神仙の詩の序」にみえる。後世、美観にいう「白沙」「青松」を対置して詩に用いるのは、おそらく本詩を濫觴とするであろう。

前半四句は「南湖」（南方の湖）の「彭蠡」湖に舟を泛べ、周囲の景を詠う。第一句「彭蠡は三江を紀む」と第三句「白沙は川路に浄し」は「水」の美しさであり、第二句「廬岳は衆阜に主たり」と第四句「青松は巌首に蔚んなり」は「山」の美しさである。

後半四句は「長久」で「悠悠」たる自然と、「推遷」し「先後」ある人事とを対比する。第七句と第八句は「互ひに推遷」する「人の運」と、「独り長久」する「茲の器」とを対比させる。「人の運」とは人の世の意であり、「茲の器」とは「水」と「山」をさす。「茲の器」は「独り長久」であるとする第八句は、第九句の「宇宙の中」（空間）は「悠悠」としているに続き、一方、「人の運」は「互ひに推遷」するとある第七句は「古今」（時間）には「先後」があるというのに続く。

本詩は結句は、自然は悠久であるのに反し、人事は有限であることを哀しむのであるが、自然から人事への橋渡しをするのが、前半・後半の中間に位置する第五句・第六句である。

人事の有限、言い換えれば、人生の短促を哀しむ詩は、すでに「古詩十九首」にみえるが、それを自然の悠久と対比して哀しむのは、魏の世に顕著となる。[16] 二・三の例を示すと、次のようである。

俯観五岳間　　俯して五岳の間を観る
人生如寄居　　人生は寄居するが如し（曹植「仙人篇」）

天地悠久　　天地は悠久にして
人生若忽　　人生は忽たるが若し（郭遐叔「嵆康に贈る五首」其の四）

人生寿促　　人生は寿促《すみや》かにして
天地長久　　天地は長久なり（嵆康「秀才の軍に入るに贈る十九首」其の七）

こうした発想は、

天と地とは窮まり無く、人の死なる者時《は》有り。（『荘子』盗跖篇）

とあるように、世俗を超越する思想に基づく。

とすると、本詩の後半四句は世俗を超越する思想をふまえる表現となる。ただ第二句に神仙の棲む「廬岳」を詠うことから察すると、長寿でありたいと願う思想をも含む表現となる。

かかる内容の「帆して南湖に入る詩」は、『文選』の類目でいえば「遊覧」に属する。昭明太子は魏の文帝の「芙蓉池の作」から梁の徐悱《じょひ》の「古意にて到長史漑の『琅邪城に登る詩』に酬《むく》ゆ」までの二三首を載録するが、このうち謝霊運の詩が九首を占める。

謝霊運といえば、山水詩である。(17) 山水の美を詠う山水詩は、「遊覧」に属する謝霊運の詩にみえる。ここには九首中の一首「石壁精舎より湖中を還るときの作」（『文選』巻二二）を例示する。

昏旦変気候　昏旦《こんたん》に気候変《か》はり
山水含清暉　山水は清暉を含む
清暉能娯人　清暉は能く人を娯《たの》しましめ
遊子憺忘帰　遊子は憺《やすら》ぎて帰るを忘る
出谷日尚早　谷より出づれば日は尚ほ早く
入舟陽已微　舟に入れば陽《ひ》は已に微《かす》かなり
林壑斂暝色　林壑《りんがく》は暝色《めいしょく》を斂《をさ》め
雲霞収夕霏　雲霞は夕霏《せきひ》を収む
芰荷迭映蔚　芰荷《きか》は迭《たが》ひに映蔚《えいうつ》し
蒲稗相因依　蒲稗《ほひ》は相ひ因依《いんい》す

披払趨南逕　披払《ひふつ》して南逕《なんけい》に趨《おもむ》き
愉悦偃東扉　愉悦《ゆえつ》して東扉に偃《ふ》す
慮澹物自軽　慮《おもひ》は澹《しづ》かにして物は自《おのづか》ら軽く
意愜理無違　意《こころ》は愜《かな》ひて理に違《たが》ふこと無し
寄言摂生客　言を寄す摂生《せっせい》の客よ
試用此道推　試みに此の道を用《も》って推さんことを

この詩の「昏旦に気候変はる」の第一句より「愉悦して東扉に偃す」の第一二句までは、山水の風景を叙した山水詩である。この山水描写は視覚的であり、絵画的であり、清らかで美しく、細やかで精しい。湛方生の第一句「彭蠡は三江を紀む」より第四句「青松は巌首に蔚んなり」までの描写は、謝霊運の描写ほどではないにしても、山水詩を胚胎するものとして評価されてよく、第五句・第六句に「水」「山」を用いることは、湛方生が山水[18]を強く意識する証として受けとめなくてはならない。蛇足ながら先掲の謝霊運の詩にも「山水」の語があった。

第二に「都に還らんとして帆す詩」を取り上げる。

高岳万丈峻　高岳は万丈峻《たか》く
長湖千里清　長湖は千里清し
白沙窮年潔　白沙は窮年潔《きよ》く
林松冬夏青　林松は冬夏青し
水無暫停流　水は暫《しばら》くも流れを停むること無く
木有千載貞　木には千載の貞《ただ》しき有り
寤言賦新詩　寤言して新詩を賦し

物忘羇客情[19]　忽ち羇客《きかく》の情を忘る

本詩は前詩の「帆して南湖に入る詩」より二句少ないが、その構想は類似している。「高岳」は前詩の「廬岳」、「長湖」は「彭蠡」と重ねてよい。「白沙」「林松」は前詩には「白沙」「青松」とあり、「水」「木」は「水」「山」にあたる。

前半四句は「都に還」ろうとして乗った「帆」かけ舟から見た自然の景である。第一句と第四句に「木」を詠う。「万丈峻」き「高岳」に「冬夏清」き「林松」があると。第二句と第三句に「水」を詠う。「千里清」き「長湖」に「窮年潔」き「白沙」があると。

第一句・第四句の「木」は第六句の「木には千載の貞しき有り」に受けつぎ、第二句・第三句の「水」は第五句の「水は暫くも流れを停むること無し」に受けつがれて、自然は悠久であることをいう。

最後の二句は以上を受けて、感慨を述べる。感慨とは最終句の「羇客の情」、つまり故郷を離れて遠地をさすらう旅人の情である。

「羇客の情」の内実は何か。本詩にはその内実を示さないが、湛方生には「帰らんことを懐《おも》ふ謡《うた》」（『古詩紀』巻四六）がある。それは次の二四句からなる。

辞衡門兮至歓　衡門《かうもん》を辞するは至歓にして
懐生離兮苦辛　生離を懐ふは苦辛なり
豈羇旅兮一慨　豈に羇旅《きりよ》は一慨し
亦代謝兮感人　亦た代謝は人を感じせしめんや
四運兮遒尽　四運の遒尽《しうじん》すれば
化新兮歳故　化は新たなるも歳は故《ふる》し

氛惨惨兮凝晨　氛《ふん》は惨惨《さんさん》として晨《あした》に凝り
風悽悽兮薄暮　風は悽悽《せいせい》として暮に薄《せま》る
雨雪兮交紛　雨雪は交ゝ紛《みだ》れ
重雲兮四布　重雲は四《よ》に布《し》く
天地兮一色　天地は一色にして
六合兮同素　六合は同素たり
山木兮摧披　山木は催披《さいひ》せられ
津壑兮凝沍　津壑《しんがく》は凝沍《ぎようご》す
感羇旅兮苦心　羇旅に感じて心を苦しめ
懐桑梓兮増慕　桑梓《さうし》を懐ひて増ゝ慕ふ
胡馬兮恋北　胡馬は北を恋ひ
越鳥兮依陽　越鳥は陽《みなみ》に依る
彼禽獣兮尚然　彼の禽獣《きんじう》すら尚ほ然り
況君子兮去故郷　況んや君子の故郷を去るをや
望帰塗兮漫漫　帰塗を望めば漫漫たり
眄江流兮洋洋　江流を眄《み》れば洋洋たり
思渉路兮莫由　路を渉らんとするを思ふも由《よし》無く
欲越津兮無梁　津《かは》を越えんと欲するも梁《はし》無し

ここには「羇旅」の二字を、冒頭部の三句目と中間部の一五句目と、二度用いる。二度用いられる「羇旅は一概す」「羇旅に感じて心を苦しむ」によると、本詩の旅人は「慨《なげ》」き「苦」しんでいる。はじめの「慨」きは「代謝」（時間の推移）に対してであり、あとの「苦」しみは「桑梓」[20]（両親、故郷）に対してである。

「慨」くがゆえに、目に映る景描写は前掲の「帆して南湖に入る詩」のように、清らかで美しくはない。「氛は惨惨として晨に凝り、風は悽悽として暮に薄る、雨雪は交〻紛れ、重雲は四に布く（中略）山木は摧披せられ、津壑は凝冱す」——暗く重くるしい景である。また、「故郷」を忘れ得ぬ「胡馬」「越鳥」[21]に重ねて、「禽獣」にも劣るわが身に「苦」しむ。「帰塗を望めば漫漫たり、江流を眄れば洋洋たり、路を渉らんとするを思ふも由莫く、津を越えんと欲するも梁無し」——陸路も水路も「故郷」への手がかりはない。暗く重くるしい景である。

やや牽強付会ではあるが、上述の「帰らんことを懐ふ謡」の「羇旅」の内実をふまえ、「都に還らんとして帆す詩」の「羇客の情」の内実をいえば、「代謝」を「慨」き、「桑梓」を思うて「苦」しみ、また、自然・風景が暗く重くるしく感じられる——それが「羇客の情」の内実であるとみたい。言い換えれば、苦痛のみ多く、定めなき人生を生きるのが、「羇客の情」なのである。

「園に遊ぶ詠《うた》」もまた、「流客《たびびと》の帰思」を詠う。二二句からなる二一句目に「流客の帰思」の語がみえるが、先に前半一四句を考察する。

諒茲境之可懐　　諒《まこと》に茲の境の懐《おも》ふべくして
究川阜之奇勢　　川阜《せんふ》の奇勢を究めん
水窮清以澈鑒　　水は清を窮めて以って澈《きよ》く鑒《うつ》り
山鄰天而無際　　山は天に鄰《となり》して際《はて》無し
乗初霽之新景　　初霽《しよせい》の新景に乗じ
登北館以悠矚　　北館に登りて以って悠《はる》かに矚《み》る

対荊門之孤皐　荊門《けいもん》の孤《こ》皐《ふ》に対し
傍魚陽之秀岳　魚陽《ぎよやう》の秀岳に傍《そ》ふ
乗夕陽而含詠　夕陽に乗じて含詠《がんえい》し
杖軽策以行遊　軽策を杖《つゑつ》きて以って行遊す
襲秋蘭之流芬　秋蘭の流芬《りうふん》に襲《よ》り
幙長猗之森脩　長《ちやう》猗《い》の森脩を幙《おほ》ふ
任緩歩以升降　緩歩に任《まか》せて以って升降し
歴丘墟而四周　丘墟を歴《へ》て四周す

本詩もまた「遊覧」に属し、右の一四句は「園に遊」んで覧た景である。「茲の境」とは「園」（園圃）をいい、その「園」の「川皐」（川や皐《おか》）の「奇勢」（神奇な地勢）を「究」め尽くさんことを詠うのが、第三句以下である。「川」および「皐」の「奇勢」を「究」めるというが、「皐」を「究」める方に重点がある。「孤皐」「秀岳」「森脩」「岳墟」がそれを示唆し、従って「悠矚」「行遊」「升降」「四周」する所は、「皐」である。その「皐」、本詩にいう湛方生の別の語でいえば「山」は、「天に鄰して際無し」である。前出の「廬山」のごとき高峻な「山」が想像される。

「川」の描写は特にないが、「川」は湛方生の別の語で「水」、その「水」は「清を窮めて以て澈く鑒」るのである。後出の「彭蠡」湖のごとき深奥な「水」が想像される。

本詩もまた「山」「水」に注目し、湛方生の山水への関心の強さ、意識の高さは認められるが、山水を清らかに美しく描写しているとは言い難い。描写する所は世捨人が隠棲する絶境である。

続いて後半八句を考察する。

智無涯而難恬　　智は涯《はて》無くして恬《てん》たり難く
性有方而易適　　性は方《ほう》有りて適《てき》し易し
差一毫而遽乖　　一毫《いちがう》も差《たが》へば遽《には》かに乖《そむ》き
徒理存而事隔　　徒だ理存して事隔たるのみ
故羈馬思其華林　故に羈馬《きば》は其の華林を思ひ
籠雉想其皐沢　　籠雉《ろうち》は其の皐沢《かうたく》を想ふ
矧流客之帰思　　矧《いは》んや流客の帰思するをや
豈可忘於疇昔　　豈に疇昔を忘るべけん

「徒だ理存して事隔たるのみ」の、「理」(道理)とは「智は涯無くして恬たり難く、性は方有りて適し易し」を言い、「事」(事象)とは「故に羈馬は其の華林を思ひ、籠雉は其の皐沢を想ふ、矧んや流客の帰思するをや、豈に疇昔を忘るべけんや」を言う。

つまり、「智」(智恵)は「涯無き」(無限)ゆえに「恬」(恬淡)であり「難」く、「性」(性情)は「方有る」(有限)ゆえに「適」(適当)し「易」い――この「理」はちゃんと「存」(存在)している。しかし、「羈《つな》」がれた「馬」でさえもとの「華《しげ》」った「林」を「思」い、「籠《かご》」の「雉《きじ》」でさえもとの「皐」や「沢《ぬま》」を「想」うように、人間である「流客《たびびと》」が故郷に「帰」りたく「思」うのは当然であり、「疇昔《むかし》」のことは決して「忘」れることはできない――この「事」は「理」と「隔」っているというのである。

約していえば、後半八句の主意は、「疇昔」を忘れ得ぬ「流客」の「帰思」をあげて、世の「事」象は道「理」に違うことを主張することにある。

ところで、後半の感慨と前半の景描写とは、どの句が接点となり結ばれるのか。それは「羈馬は其の華林を思ひ、籠雉は其の皐沢を想ふ」の句である。「華林」と「皐沢」の語に前半一四句のすべてが集約される。すべてとは、「川皐の奇勢」、「清を窮」めた「水」、「際無」き「山」、つまり「茲の境」である。そして「茲の境」を「思」い「想」う「羇馬」「籠雉」とは、「流客」にほかならない。

要するに、後半にいう「流客」が「忘」れ得ぬ「疇昔」、即ち「帰思」したい所、その所が前半にいう「茲の境」なのである。そこは世俗とは無縁な絶境の地である。

上述の「園に遊ぶ詠」の「流客の帰思」の内実をふまえ、当面する「都に還らんとして帆す詩」の「羇客の情」の内実をいえば、世俗とは無縁な絶境へ思いをいたすことである。

湛方生は悠久なる自然を前にして、そうした「羇客の情」を「忽《ふ》」と「忘」れてしまうというのである。これは有限なる自分を悠久なる自然に託して人生短促を忘れ、人間と自然とは一体であるとする認識である。この認識はすでに論じた「秋夜の詩」の後半に顕著であった。改めて引用する。

払塵衿於玄風　　塵衿《ぢんきん》を玄風に払ひ
散近滞於老荘　　近滞《きんたい》を老荘に散ず
攬逍遥之宏維　　逍遥の宏維《くわうゐ》を攬《と》り
総斉物之大綱　　斉物の大綱を総《す》ぶ
同天地於一指　　天地を一指に同じくし
等太山於毫芒　　太山を毫芒《がうばう》に等しくす
万慮一時頓渫　　万慮は一時に頓渫《とんせつ》し
情累豁焉都忘　　情累は豁焉《くわつえん》として都《すべ》て忘る
物我泯然而同体　物我は泯然《びんぜん》として体を同じくし

豈復寿夭於彭殤　豈に復た彭殤《はうしやう》を寿夭とせんや

人間と自然との一体、湛方生の言でいえば、「物我同体」の認識は、『荘子』斉物論篇の「万物と我とは一為り」に拠ることは、言うを待たない。

「帆して南湖に入る詩」と構想が類似する「都に還らんとして帆す詩」もまた「遊覧」に属し、「山」「水」の語はなかったが「山」「木」の語があり、すでに論じたように、山水詩の萌芽を認めることができる。

第三に取り上げるのは、八句からなる「天晴るる詩」である。本詩もまた、前述の二詩「帆して南湖に入る詩」「都に還らんとして帆す詩」同様、水に帆かけ舟を浮かべての作である。

屏翳寝神轡　屏翳《へいえい》は神轡《しんぴ》を寝《や》め
飛廉収霊扇　飛廉《ひれん》は霊扇《れいせん》を収む
青天瑩如鏡　青天は瑩《あきら》かなること鏡の如く
凝津平如研　凝津は平かなること研《すずり》の如し
落帆脩江渚　帆を落《おろ》して江渚に脩め
悠悠極長眄　悠悠として長眄《ちやうべん》を極む
清気朗山壑　清気は山壑《さんがく》に朗《あか》く
千里遥相見　千里まで遥かに相ひ見る

「屏翳」は雨の神、「飛廉」は風の神。第一句・第二句には雨も風もない、「天《そら》」の「晴」れたさまをいい、第三句以下に青天の景を詠う。「青き天」を「鏡」に、「凝《す》める津《かは》」を「研」に喩え、「江の渚」に「帆」かけ舟を「脩《と》」めて、「悠悠」と「長《はる》かなる眄《なが》」めを「極《つ》」くし、「清き気」は「山や壑《たに》」に「明」るく、「千里」のかなたまで「遥」か「見」わたす。

晴天の日、渚にとめた帆かけ舟からみた景を詠う本詩は、感慨を詠うことなく全篇自然描写で、「江渚」や「山壑」の語もあり、山水詩が胚胎されているということができる。

おわりに

本稿では、残存する一五首のうち欠落のない九首を取り上げて、詩風を四つに分類し、湛方生の詩を考察した。詩風の四つとは、神仙詩、玄言詩、田園詩、山水詩である。

「廬山神仙の詩」およびその「序」に、神仙の風があるとした。湛方生は廬山に隠棲する仙人を詠うが、その仙人を仏僧や隠者と同一視する。これは儒教・道教・仏教の三教が交渉する東晋風潮の一面を披瀝するものである。また、「序」の後半の表現は、陶淵明の「桃花源の記」に酷似しており、陶淵明と交流ないしは影響関係があったのではないかとの問題を提起しておいた。

「諸人と共に老子を講ずる詩」「秋夜の詩」の二詩には、玄言の風潮が認められるとした。二詩には老荘哲学の基本語を用いて、世俗に執着する思想を排除し、世俗を超越する思想を賛美し、高揚する。

「後斎の詩」には田園詩の傾向があるとした。本詩に用いられる用語は、陶淵明のいわゆる田園詩に用いられるそれと重なるものが少なくない。ここでもまた、湛方生と陶淵明とは交流ないし影響関係が認められるのではないかと指摘しておいた。

「帆して南湖に入る詩」「都に還らんとして帆す詩」「天晴るる詩」の「遊覧」の詩には、後来の山水詩の萌芽があるとした。また、「帰らんことを懐ふ謡」「園に遊ぶ詠」を取り上げて、旅人の情を考察した。

以上四つの詩風は東晋詩の典型をなすもので、その意味で湛方生は、東晋の代表的詩人ということができるが、詩史からすれば、田園詩や山水詩の先駆者であったことは、特筆されてよい。

注（1）『史記』『漢書』『後漢書』『三国志』の人名索引（中華書局）には湛姓はなく、『晋書』のそれには巻九六列女伝に「陶侃母湛氏」が一つある。陶侃は晋の大司馬で、陶潜の曽祖父に当たる。

（2）『芸文類聚』巻七八は「其」を「之」に作る。

（3）『芸文類聚』巻七「廬山」には、『山海経』『神仙伝』にこの名が見えるが、詩文に詠われるのは晋以降である。

（4）『山海経』海内北経に「昆侖の邱、或いは上ること之に倍すれば、是れ涼風の山と謂ひ、之に登れば死せず。或いは上ること之に倍すれば、是れ懸圃と謂ひ、之に登れば乃ち霊なり、能く風雨を使ふ。或いは上ること之に倍すれば、乃ち維《こ》れ上天にして、之に登れば乃ち神なり、是れ太常の居と謂ふ」（『淮南子』墜形訓）、「蓬莱山は海中に在り」の郭璞注に「上に仙人の宮室有り、皆な金玉を以って之を為《つく》る。鳥獣は尽く白し。之を望めば雲の如し。渤海中に在るなり」とある。

（5）庾闡「採薬の詩」に「薬を霊山の嘌《いただき》に採らんとして、駕《くるま》を結《つら》ねて九疑に登る」（四頁）、孫綽「天台山に遊ぶ賦并びに序」に「天台山なる者は蓋し山岳の神秀なる者なり。海を渉《わた》れば即ち方丈蓬莱有り、陸に登れば則ち四明天台有り、皆な玄聖の遊化する所にして、霊仙の窟宅する所なり」（一二二頁）とある。

（6）『荘子』逍遥遊篇に「故に曰はく、至人は己れ無く、神人は功無く、聖人は名無しと」とある。

（7）『史記』巻一二孝武本紀に「天下の名山は八にして、三は蛮夷に在り、五は中国に在り。中国は華山・首山・太室・泰山・東莱、此れ五山は黄帝の常に遊び、神と会する所なり」とあり、『列子』湯問篇に「其の中に五山有り。一に岱輿と曰ひ、二に員嶠と曰ひ、三に方壷と曰ひ、四に瀛洲と曰ひ、五に蓬莱と曰ふ。（中略）其の上の台観は皆な金玉、其の上の禽獣は皆な純縞なり。珠玕の樹は皆な叢生し、華実は皆な滋味有り。之を食へば皆な不老不死、居る所の人は皆な仙聖の種、一日一夕、飛びて相ひ往来する者、数ふべからず」ともある。

（8）『列仙伝』（『芸文類聚』巻七八）に「赤松子は神農の時の雨師なり。水玉を服し、神農に教へ、能く火に入りて自ら焼く。崑崙山の西王母の石堂に至り、風雨に随ひて上下す。炎帝の少女　之を追ひ、亦た仙を得て倶に去る。高辛《かうしん》の時、雨師と為る」とある。

（9）『列仙伝』（『初学記』巻五）に「王子喬は周の霊王の太子晋《しん》なり。好んで笙《ふえ》を吹き、鳳鳴を作す。浮丘公《ふきうこう》　接して崇高《すうこう》に上る。三十余年後、桓良に見えて曰はく、我が家に告げよ、七月七日、我を緱氏山の頭《いただき》に待てと。果たして白鶴に乗りて山頭に駐《とど》まる。之を望むも到るを得ず。乃ち手を挙げ時人に謝して去る」とある。

（10）顔師古は「道は仙道を謂ふ」と注する。

（11）『牟子』（『世説新語』文学篇注）に「漢の明帝　夜に神人を夢む。身に日光有り。明日、博《ひろ》く羣臣に問ふに、通人の傅毅《ふき》対へて曰はく、臣聞く、天竺の有道者、号して仏と曰ふ。軽挙して能く飛び、身に日光有り、殆《ほとん》ど将に其の神ならんとすと」とある「天竺」の「有道者」「仏」は「軽挙して能く飛ぶ」とある。

（12）福永光司「孫綽の思想――東晋詩における三教交渉の形態――」（『愛知学芸大学研究報告』一〇号）。蜂屋邦夫「孫綽の生涯と思想」（『東洋文化』五七号）。

（13）福永光司「王羲之の思想と生活」（『愛知学芸大学研究報告』九号）。

（14）『春秋正義』（『古詩紀』巻三二注）に「傅咸の七経の詩、王羲之写す。然るに今存する所の者は六経のみ」とある。

（15）『荘子』徳充符篇に「故に以って和を滑《みだ》すべからず、霊符に入るべからず」とあり、注に「霊符は精神の宅なり」という。

（16）拙論「詩語の発想――『人生』表現の場合――」（汲古書院『汲古』第一七号）。

（17）「かくして生来の山水を好む性格と相俟って、謝霊運は心の鬱結の捌け口を山水に求めることになった。その結果、詩人としての才能を発揮して、今までになかった山水の美を客観的に捉えた詩を作り、後世山水詩といわれる叙景詩を作った。山水の美を認識した詩人は、謝霊運より以前にあることはあったが、その美を美として味わい楽しんで眺め、それを歌った詩人は、謝霊運を最初とする」（小尾郊一『謝霊運――孤独の山水詩人』汲古書院）とあるのは、一例である。

(18)「山水」の二字が詩にみえる早い例は、左思「招隠の詩二首」其の一の「絲と竹とを必するに非ず、山水に清音有り」のようである。

(19)『古詩紀』巻四六は「客」に注して「一に旅に作る」という。

(20)『詩』小雅・小弁の「維《こ》れ桑と梓と、必ず恭敬す、瞻るに父に匪《あら》ざる靡《な》く、依るに母に匪ざる靡し」による。

(21)「古詩十九首」其の一の「胡馬は北風に依り、越鳥は南枝に巣くふ」による。

〈本稿は『中国中世文学研究』第二三号（中国中世文学研究会・平成四年十月）に、「湛方生の詩」の題目で掲載したものである〉

王羲之父子の「蘭亭の詩」

羲之父子の「蘭亭の詩」は一四篇

『晋書』巻八〇の王羲之伝には「七子有り、名を知らるる者は五人」とあり、玄之・凝之・徽之・操之・献之の名をあげる。残り二人のうち一人は、『王氏譜』によると粛之で四男、もう一人は『世説人名譜』にある渙之で、これは三男。以上によって七人の子を上から順に並べると、玄之・凝之・渙之・粛之・徽之・操之・献之となる。また『劉瑾集』によると、羲之には娘が一人おり、劉暢と結婚して瑾を生んだ。従って羲之の子は息子七人、娘一人ということになる。

八人の子で生卒年が判明しているのは七男の献之だけだが[1]、羲之が郗鑒の娘と結婚したのが三二〇年、羲之一八歳の時とされるので、結婚二年後に長男が生まれ、以後七人の子が三年間隔で生まれたと仮定すると、それぞれの生卒年は次のようになる。なお一人娘は四男と五男との間に生まれたとする。括弧内は羲之の年齢。

玄之＝三二二～？（二〇歳）　凝之＝三二五～？（二三歳）
渙之＝三二八～？（二六歳）　粛之＝三三一～？（二九歳）
娘＝三三四～？（三二歳）　徽之＝三三七～三八八？（三五歳）
操之＝三四〇～？（三八歳）　献之＝三四四～三八八（四〇歳）

義之といえば義之が主催した蘭亭の会で作った詩及び序が想起され、この蘭亭の会には六男の操之を除く六人が参加している。蘭亭の会は永和九年（三五三）の三月三日、会稽郡の山陰県（今の浙江省紹興県）の蘭亭で、執り行った禊の祭事である。これに参加した者は四二人だが、参加者には詩を作ることが課せられた。時に一〇歳（推定）だった七男の献之は詩ができなかったが[2]、義之（五一歳）は六篇、凝之（推定二九歳）・粛之（推定二三歳）・徽之（推定一八歳）はそれぞれ二篇、玄之（推定三二歳）・渙之（推定二六歳）はそれぞれ一篇で、全部で八篇。義之の詩も合わせて、以下、義之父子の「蘭亭詩」一四篇を考察することにする。

子の「蘭亭の詩」——蘭亭の風景と俗念の解放

まずは長男玄之の「蘭亭の詩」。

松竹挺巌崖　　松竹は巌崖に挺《ぬき》んで
幽澗激清流　　幽澗に清流激す
消散肆情志　　消散して情志を肆《ほしい》ままにし
酣暢豁滞憂　　酣暢して滞憂を豁《ひら》かん

五言の本詩の内容は、前半二句、後半二句に分かれる。前半は蘭亭の風景で、それは義之の序の「此の地に崇山峻嶺茂林修竹有り、又た清流激湍の、左右に映帯する有り」と符合する。後半は心情の吐露で、こうした蘭亭の風景に身を置くと、俗念から解放されるといい、それは義之の序の「一觴一詠は、亦た以って幽情を暢叙するに足る」と符合する。

玄之の前半二句に詠う蘭亭は「巖崖」「幽澗」がある、俗人を受け入れない厳しい地形だが、次男凝之の五言四

句の「蘭亭の詩」の前二句に、

氤氳柔風扇　氤氳《いんうん》として柔風扇《ふ》き
熙怡和気淳　熙怡《きい》として和気淳《あつ》し

と詠う蘭亭は「柔風」「和気」がある、俗人をも受け入れる優しい風景だが、これは羲之の序の「是の日や、天は朗らかに気は清み、恵風は和暢す」と符合する。凝之はこうした蘭亭の風景に身を置いて、それを楽しみゆったりした思いに浸る。

駕言興時遊　駕して言《われ》は時遊を興《よろこ》び
逍遥映通津　逍遥して通津に暎《うつ》す

「時遊」とは三月三日の蘭亭の遊びのことだが、三句目は遊びの喜びだけを詠うのではない。「駕言」は『詩経』北風・泉水の「駕して言は出遊し、以って我が憂ひを写《のぞ》かん」をふまえ、「逍遥」は『荘子』の逍遥遊篇に基づくことを思えば、凝之の後半二句も兄玄之の後半同様に、「情志を肆」ままにし、「滞憂を豁」き、俗念から解放される喜びを内在させている。表現の仕方としては直截的な玄之と、間接的な凝之との違いがある。

玄之と凝之に共通するのは、蘭亭の地に身を置くと、俗念から解放されるということである。玄之・凝之以外の「蘭亭の詩」もこの枠を大きく出るものではない。四男の粛之の四言・五言の二詩もそうである。

在昔暇日　在昔《むかし》　暇日
味存林嶺　味は林嶺に存す
今我斯遊　今我れ斯に遊び
神怡心静　神怡《よろこ》び心静かなり

蘭亭の「林嶺」で「遊」ぶと、「神」「心」は「怡」び「静」かになる。四句は『荘子』天道篇の「水静かなれば猶ほ明らかなり。而るを況んや聖人の心の静かなるをや。天地の鑑なり、万物の鏡なり」、左思の「招隠の詩二首」其の二に「前に寒泉の井有り、聊か心神を瑩くべし」とある心境に近い。

嘉会欣時游　嘉会に時游を欣《よろこ》び
豁爾暢心神　豁爾として心神を暢《の》ばしむ
吟詠曲水瀬　曲水の瀬に吟詠し
渌波転素鱗　渌波に素鱗転ず

蘭亭の「曲水の瀬」で「吟詠」していると、「心神を暢」ばすことができる。
五男徽之の四言の「蘭亭の詩」は、次のように詠われる。

散懐山水　懐ひを山水に散じ
蕭然忘羈　蕭然《せうぜん》として羈《つな》がるるを忘る
秀薄粲穎　秀薄は粲として穎《かがや》き
疎松籠崖　疎松は崖を籠《おほ》ふ
遊羽扇宵　遊羽は宵《おほぞら》に扇《お》こり
鱗躍清池　鱗《うを》は清池に躍《をど》る
帰目寄歓　目を歓びを寄するに帰し
心冥二奇　心は二奇に冥《ふか》くす

「粲として穎く秀薄」「崖を籠ふ疎松」「宵に扇こる遊羽」「清池に躍る鱗」――蘭亭を詠う徽之のこの風景には、玄之の厳しい風景と、凝之の優しい風景とがある。こうした蘭亭の地に身を置くと、「懐ひを散」じ、「羈がるるを忘」れ、「心」を「二奇に冥」くすることができる。「二奇」とは天台山（天台宗の聖地）にある赤城山と瀑布で、俗外にある景物。

徽之の本詩はこれまでの詩とは違って、中の四句に蘭亭の風景を詠い、心情の吐露はその前後に置いていることである。

以上の詩は、眼前の厳しくも優しい蘭亭の風景を詠うとともに、そこに身を置くと、心神がのびのびし、俗念から解放される喜びを合わせて詠う。それぞれの詩から共通する語を抜き出して見ると、「松竹」「巖崖」「幽澗」「清流」（玄之の詩）＝「柔風」「和気」（凝之の詩）＝「林嶺」（粛之の詩）＝「曲水の瀬」「淥波」「素鱗」（粛之の詩）＝「山水」「秀薄」「疎松」「崖」「遊羽」「宵」「鱗」「清池」（徽之の詩）、「時遊を興ぶ」（凝之の詩）＝「斯に遊ぶ」（粛之の詩）＝「時遊を欣ぶ」（粛之の詩）、「消散す」「酣暢す」（玄之の詩）＝「豁爾として」（粛之の詩）＝「蕭然として」（徽之の詩）、「情志を肆ままにす」「滞憂を豁く」（玄之の詩）＝「神怡び心静なり」（粛之の詩）＝「心神を暢ばす」（粛之の詩）＝「懐ひを散ず」「羈がるるを忘る」（徽之の詩）となる。

子の「蘭亭の詩」――老荘の哲学賛美

ところで、徽之のもう一首、五言の「蘭亭の詩」はこれまでの五詩とは異なる。

先師有冥蔵　先師は冥《ふか》く蔵する有り
安用羈世羅　安んくぞ世羅に羈《つな》がるるを用ひんや
未若保沖真　未だ若《し》かず沖真を保ち
斉契箕山阿　斉しく箕山《きざん》の阿《くま》に契るに

本詩は老荘ないし老荘の道を究めた「先師」及び帝堯時代に「箕山」に隠棲していた隠者の許由を題材として、

「世羅に羈」がれず、「沖真を保」つ生き方を称えるとともに、自分もそうありたいと念じている。「沖」は『老子』第四章に「道は沖しくして之を用ふるに或《つね》に盈たず、淵として万物の宗に似たり」とあり、「真」は『老子』第二十一章に「窈たり冥たり、其の中に精有り。其の精甚だ真なり、其の中に信有り」とあり、ともに老荘の語である。

徽之の本詩と同様な詩は、次男の凝之の四言詩「蘭亭の詩」にもある。

荘浪濠津　　荘は濠の津《わたしば》に浪《さまよ》ひ
巣歩潁湄　　巣は潁《えい》の湄《みぎは》に歩む
冥心真寄　　冥心を真に寄すれば
千載同帰　　千載帰するを同じくせん

「荘」は荘子で、荘子が「濠の津を浪」うたことは、『荘子』秋水篇に「荘子　恵子と濠の梁の上に游ぶ。云々」とあり、「巣」は巣父で、巣父が「潁の湄を歩」んだことは、『史記』巻六一伯夷伝の注に引く皇甫謐『高士伝』に「時に巣父有りて犢《うし》を牽きて之に飲ましめんと欲す。云々」とある。凝之は荘子がかつてしたように、いま蘭亭の「津を浪」い、また巣父がかつてしたように、いま蘭亭の「湄を歩」んで、荘子・巣父になりきり、自分も二人と同じように「冥心を真に寄」せ、「帰」する所は「千載」前の二人と「同」じでありたいと念じている。

三男の渙之の詩も徽之・凝之の詩と同じと見てよい。

去来悠悠子　　去来す悠悠たる子《し》
披褐良足欽　　褐《かつ》を披《き》て良に欽《うやま》ふに足る
超跡修独往　　跡を超《あ》げて独往を修め
真契斉古今　　真契は古今に斉し

「褐を披」ている人は『老子』第七十章に「是を以って聖人は褐を披て玉を懐く」とある聖人のことで、それは老子が理想とする人物。「独往」は『荘子』在宥篇に「六合に出入し、九州に遊び、独往独来す。是れを独有と謂ふ」とある独往で、それは自然に身を任せて世俗を顧みないことである。渙之は「褐を披」た聖人を「欽」い、「独往を修」め、「真契」を希求する生き方は、老荘の「古」も、自分の「今」も「斉」しく変わらないという。

右の徽之・凝之・渙之の三詩は、眼前の蘭亭の風景は詠わず、老荘という世俗を顧みない過去の人物を題材とし、「沖真」（徽之の詩）、「真に寄す」（凝之の詩）、「真契」（渙之の詩）の「真」を希求することに重点が置かれる。このように専ら老荘の哲学を賛美する詩がいわゆる玄言詩で、羲之の子の次男・三男・五男がその玄言詩を作っている。

羲之の「蘭亭の詩」――子と類似の詩

父の羲之の「蘭亭の詩」六篇はといえば、子らに似た詩もあるが、似ない詩もある。子らに似た詩として、風景と心情を合わせ詠うのが、次の四言詩である。

代謝鱗次　代謝して鱗のごとく次《つ》ぎ
忽焉以周　忽焉《こつえん》として以って周《めぐ》る
欣此暮春　此の暮春を欣び
和気載柔　和気は載ち柔らぐ
詠彼舞雩　彼の舞雩《ぶう》に詠じ
異世同流　世を異にするも流れを同じくす
迺携斉契　迺《すなは》ち携へて斉しく契り
散懐一丘　懐ひを一丘に散ぜん

「和気は載ち柔らぐ」は次男の凝之の五言詩に「熙怡として和気淳し」とあり、「懐ひを一丘に散ぜん」は五男の徽之の四言詩に「懐ひを山水に散ず」とあった。なお「舞雩」とは雨乞い祭りの舞いをするための土壇のことで、これは『論語』先進篇の「(曾晳)曰はく、莫春には春服既に成り、冠者五六人、童子六七人、沂に浴し、舞雩に風し、詠じて帰らん」をふまえる。羲之がこの蘭亭でいま行っていることは、曾晳とは「世を異」にするが、「流れは同」じなのである。「流」れとは、曾晳が『論語』で言っている世俗を離れた人生の楽しみのことである。曾晳は孔子の弟子だが、言っていることは老荘の思想に通じている。だから「懐ひを散」ずることができる。

子らに似た詩で、専ら老荘の哲学を賛美するのが、次の五言詩である。

猗歟二三子　猗《あ》歟《あ》二三子よ
莫非斉所託　託する所を斉しくするに非ざる莫し
造真探玄退　真に造《いた》りて玄退を探らん
渉世若過客　世を渉《わた》るは過客の若し
前世非所期　前世は期する所に非ず
虚室是我宅　虚室は是れ我が宅なり
遠想千載外　遠く千載の外を想ひ
何必謝曩昔　何ぞ必ずしも曩昔《なうせき》に謝せん
相与無所与　相ひ与にするも与にする所無く
形骸自脱落　形骸は自《おのづか》ら脱落す

「真に造る」の「真」は先に説明したし、『荘子』漁父篇にも「孔子愀然として曰はく、請ひ問ふ、何をか真と謂ふやと。客曰はく、真とは精誠の至なりと」とある。「玄退」の退は根の誤りか。「玄根」ならば盧熙の「劉琨に贈る詩」に「其の玄根に処り、廓焉として結ぶこと靡《な》し」とあり、張衡の『玄図』に「玄とは形無きの類にして、自然の根なり。太始に作こり、与に先を為すもの莫し」とある。「虚室」は『荘子』人間世篇に「彼の闋者を瞻るに、虚室白を生じ、吉祥止まる」とある。これは玄言詩と言っていい。

羲之の「蘭亭の詩」——時間の推移

次に、子らに似ない詩を取り上げる。似ない内容としては、時間の推移を詠うものと、人間の寿命を詠うものの、二つである。

時間の推移を詠うものは、右の四言詩の冒頭に「代謝して鱗のごとく次ぎ、忽焉として以って周る」とあったし、人間の寿命を詠うものは、五言詩の最後に「相ひ与にするも与にする所無く、形骸は自ら脱落す」とあった。

次の詩は時間の推移を正面にすえて詠う。

悠悠大象運　　悠悠として大象運《めぐ》り
輪転無停際　　輪転して停まる際《とき》無し
陶化非吾匠　　陶化は吾の匠《をさ》むるに非ず
去来非吾制　　去来は吾の制するに非ず
宗統竟安在　　宗統竟《つひ》に安くにか在る
即順理自泰　　即ち理に順《したが》ひて自ら泰らかなり
有心未能悟　　有心は未だ悟ること能はずして
適足纏利害　　適足するも利害に纏《まと》はる

未若任所遇　　未だ若かず遇する所に任せて
逍遥良辰会　　良辰の会に逍遥するに

「悠悠」と「停まる際無」く、「輪転」し「運」る「大象」。「大象」は形の無いもので、時間もその一つ。時間というものは「吾」が「匠」めたり「制」したりすることができないばかりか、「宗統」が「安」くに「在」るかも分らず、「理」に「順」って「自」ら「泰」らかに動いているものなのだ。羲之は時間の推移から詠い起こして、どう詠い収めるのか。時間の推移を詠う意図はどこにあるのか。推移する時間に身を置かざるを得ないからには、蘭亭のこの「良辰の会」に「逍遥」するのが一番である、と詠い収める。「逍遥」は『荘子』の語であることは、すでに述べておいた。

次の詩は時間の推移を直截的には詠わないが、詠い収めは右の詩と同じである。

鑑明去塵垢　　鑑《かがみ》明らかなれば塵垢を去るも
止則鄙郄生　　止《とど》まれば則ち鄙郄《ひげき》生ず
体之周未易　　之を体するは周《いた》って未だ易からざるも
三殤解天形　　三殤《さんしやう》は天形と解さん
方寸無停主　　方寸に停主無く
務伐将自平　　伐つに務めて将に自ら平らかならんとす
雖無絲与竹　　絲と竹と無しと雖も
元泉有清声　　元泉に清声有り
雖無嘯与歌　　嘯《しやう》と歌と無しと雖も
詠言有余馨　　詠言に余馨《よけい》有り

取楽在一朝　　楽しみを取るは一朝に在り
寄之斉千齢　　之に寄せて千齢に斉しくせん

詠い収めの「楽しみを取るは一朝に在り、之に寄せて千齢に斉しくせん」は、前の詩の詠い収めと同じである。その「楽しみ」は具体的には「元泉」にある「清声」であり、「詠言」にある「余馨」である。なお冒頭の「鑑明らかなれば塵垢を去るも、止まれば則ち鄙郄生ず」は、『荘子』徳充符篇の「鑑明らかなれば則ち塵垢止まらず。止まれば則ち明らかならざるなり。久しく賢人と処れば、則ち過ち無し」をふまえ、言わんとする所は、賢人と処ることの大切さをいう。この賢人は先の聖人同様、老荘の理想とする人物。

羲之の「蘭亭の詩」——人間の寿命

右の詩の「三殤は天形と解さん」は若死にもその人の運命だとしよう、という意味で、人間の寿命に言及するが、次の詩は人間の寿命を正面にすえて詠う。

合散固有常　　合散は固より常有るも
修短定無始　　修短は定めて始め無し

「合」ったり「散」ったりするのにきまりが有るのは勿論だが、「修《なが》」かったり「短」ったりするのは始めから定まっているのでは無い。人と人との出合いには必ず別れがつきもの。しかし人間の寿命が長いか短いかは、始めから決まっているわけではなく、人によって違うのである。

造新不蹔停　　新を造《つく》ること蹔《しば》らくも停《やす》まざるに
一往不可起　　一たび往けば起《た》つべからず

「新」しいものは「蹔」くも「停」むことなく「造」り出されるが、「一」たん「往」ってしまうと「起」ち上がることができない。人は休むことなく次から次へと新たに生まれてくる。しかし一たん死んでしまうと生き返ることはできない。

於今為神奇　今に於いては神奇為《た》るも
信宿同塵滓　信宿にして塵滓《ぢんし》に同じ

「今」は「神奇」だとしても、「信宿」のうちに「塵滓」同然となる。人は「今」は霊妙な存在である。しかし忽ちのうちに無価値なものになってしまう。

誰能無慷慨　誰か能く慷慨《かうがい》無からんや
散之在推理　之を散ずるは理を推すに在り

「誰」でも「慷慨」するが、それを「散」らすには「理」を「推」究する以外ない。人は誰だって死に対して悲憤慷慨しない者はいない。その悲憤慷慨を取り除くには真理を究める以外ない。

言立同不朽　言の立つこと不朽に同じきも
河清非所俟　河清は俟《ま》つ所に非ず

「言」を立てることは「不朽」と同じだが、「河」が「清」むのを俟ってはおれない。不朽の名に等しい後世まで伝わる言葉を残すのもいい。しかしその言葉が黄河の水が清む千年先まで伝わるのは期待できない。

義之は死を直視し、掛け値なしで受け止めている。生まれたからには、死は必ずやってくるし、死が早いか遅いかは人によって違う。そこには「理」があって、その「理」が違いを生じさせている。だからその「理」を究めれば、慷慨しなくてもいいのである。

羲之の生死に対する考え方

その「理」とは何か――。羲之は「蘭亭集詩の序」で次のように述べている。

古人云へり、死生も亦た大なりと。豈に痛ましからずや。昔人感を興こすの由《ゆゑ》を覧《み》る毎に、一契を合するが若し。未だ嘗て文に臨みて嗟悼《さたう》せずんばあらざるも、之を懐《むね》に喩《さと》る能はず。固《もと》より知る、死生を一にするは虚誕《きよたん》為り、彭殤を斉しくするは妄作《まうさく》為るを。

古人は言う、生と死とは重大な問題であると。なんと痛ましいことか。昔の人々が感慨を述べたわけを見るたびに、私も彼らと同じ思いになった。昔の人々の文章を手にしていつも悲嘆にくれたが、それをわが心に明らかにすることはできなかった。しかし死と生とを同じだとするのはでたらめであり、長寿と夭折とを同じだとするのはでたらめであることが分った。

文末の「死と生とを同」じだとし、「長寿と夭折とを同」じだとするのは、老荘の思想である。羲之はそれを「でたらめだ」と言い、きっぱりと否定する。とすると、羲之の言う「理」は、老荘の言う「理」ではないことになる。

羲之は「序」で次のようにも述べている。

向《さき》の欣びし所は、俛仰の間に、已に陳跡《ちんせき》と為る。猶ほ之を以って懐ひを興こさざる能はず。況んや修短は化に随ひ、終に尽くるに期するをや。

以前の喜びは、たちまちのうちに、昔のふるごととなる。こんなことでさえ人々は心を動かさずにはいられない。ましてや命の長い短いは天地自然の理に任せ、ついに死んでしまうことに対してはなおさらである。

文末に「ましてや命の長い短いは天地自然の理に任せ、ついに死んでしまうことに対してはなおさらである」と言う「天地自然の理」が、羲之の言う「理」である。「天地自然の理に任せる」の原文は「化に随ふ」。「化」とは造物主が万物を生育したり、死滅させたりする造化の力のこと、言い換えれば宇宙を運行させる原理である。「随」とは任せることで、「化」には逆らうことも、楯つくこともできず、なるがままに身を委ねるほかないのである。身を委ねるほかない「化」、それは言い換えれば推移する時間のことである。人は推移する時間には逆らうことも、楯つくこともできないのである。

次の詩は「造化の工」を詠う。

三春啓羣品　三春　羣品を啓《ひら》き
寄暢在所因　寄暢　因る所に在り
仰視碧天際　仰ぎて碧天の際《きは》を視
俯瞰淥水浜　俯して淥水の浜《ほとり》を瞰《み》る
廖閴無涯観　廖閴《れうげき》たり涯《かぎ》り無き観《なが》め
寓目理自陳　目を寓《や》るもの理自ら陳ぶ
大矣造化工　大なり矣造化の工
万殊莫不均　万殊　均しからざる莫し
羣籟雖参差　羣籟　参差《しんし》たりと雖も
適我無非親　我に適《かな》ひて親しむに非ざる無し

「涯り無」い景「観」、「目を寓」る万物、それらはみな自然の「理」のまま。「造化の工」は偉大で、「万」物はみな「殊」なるが、源は「均」しい。「造化の工」造物主の功績は偉大だと、羲之は言う。

羲之父子の「蘭亭の詩」の意味するもの

羲之の子の八篇の詩は、大きく二つに分かれる。一つは蘭亭の風景と俗念を解放する心情を合わせ詠うもの、もう一つは専ら老荘の哲学を賛美するものである。この二つの傾向は、老荘思想に基盤を置き、自然の中に生きる場を見いだすという、当時の思潮を形成することになる。玄言詩と言われるのがそれである。

羲之の六篇の詩は、大きく三つに分かれる。一つは子と類似のもの、もう一つは時間の推移を詠うもの、最後の一つは人間の寿命を詠うものである。一つ目の詩は玄言詩の流れに乗るものだが、子が詠わない時間の推移を詠う二つ目と、人間の寿命を詠う三つ目とは、結局は裏表の関係だと思われる。つまり時間が推移することによって、人間の寿命は死に近づく。寿命が死に近づいても抗することができず、ただただ推移する時間に身を委ねるほかない。要するに、推移する時間の中で与えられた自分の寿命を全うするほかないことになる。となると、羲之は自分の人生に何を求めるのか。それは「良辰の会に逍遥」することであり、「楽しみを取」ることであり、「我に適」うことに親しむことである。これによってつかの間の人生を充実させたい、とするのである。

ところで、羲之は子らの詠わない時間の推移と人間の寿命をなぜ詠うのか。子らはまだ若く、羲之は五〇を過ぎていたことが大きな要因だろうが、ほかにこの日が三月三日であること、また羲之の周辺に不幸が多かったことなども考えられよう。

三月三日の禊[3]の祭事とは元来、水辺で心身を清め、病気や邪気を取り除き、大きな幸いを祈る宗教的な儀式で、水辺で蘭を執って魂を招き、不祥を取り除く儀式であった。しかし時代が下るにつれて、この儀式に飲酒が加わって宴遊的・遊戯的になり、さらに詩を作ることが加わって、一段と宴遊的・遊戯的色彩が濃くなった。羲之が主催したこの蘭亭の会も宴遊的・遊戯的色彩が濃いが、羲之には不祥を取り除くという宗教的な儀式のことも念頭にあったのではあるまいか。不祥を取り除くという儀式に身を置いていると、羲之は人間の寿命について考えずにはいられなかったのではないだろうか。

周辺に不幸が多かったこととしては、天子や王氏一族及び知人・官人の死が考えられる。蘭亭の会は三五三年(五一歳)だったが、それ以前に天子として亡くなったのは、元帝(時に羲之二〇歳、以下同じ)・明帝(二三歳)・成帝(四〇歳)・康帝(四二歳)。王氏一族で死んだ人は、王澄(一〇歳)・王廙(二〇歳)・王敦(二二歳)・王導(三七歳)・王允之(四〇歳)・王恬(四七歳)。知人・官人としては温嶠(二七歳)・郗鑒(三七歳)・庾亮(三八歳)・庾冰(四二歳)・庾翼(四三歳)・王濛(四五歳)・劉惔(四六歳?)・褚裒(四七歳)・顧和(四九歳)・許詢(四九歳?)。この中には羲之の妻の父に当たる郗鑒のように七〇歳を越える者もいれば、明帝のように二七歳で亡くなった者もいる。羲之は死んでゆく多くの人たちを見て、推移する時間や人間の寿命について考えずにはいられなかったのではないだろうか。

以上、王羲之父子の「蘭亭の詩」一四篇を考察した結果、子の八篇と羲之の六篇とは詩の内容に違いがあり、それぞれの詩の意味するところについても考察したが、「蘭亭の詩」は貴族たちの単なる遊びの詩ではなく、人間存在について考えた詩、ということができる。

注(1)『世説新語』傷逝篇の劉孝標注に「献之は泰元十三年を以って卒す。年四十五」とある。「泰元十三年」は三八八年。従って生年は建元二年、三四四年となる。また、五男の徽之については傷逝篇に「王子猷・王子敬は倶に病篤くして、子敬先に亡す。(略)(子猷は)因りて慟絶すること良久しく、月余にして亦た卒す」とあるのに拠って、卒年を三八八?年とした。子猷は徽之の字、子敬が献之の字。

（2）献之には「蘭亭の詩」はないが、献之の妾を詠んだ「情人桃葉の歌二首」「桃葉の歌」と「詩」が残っているが、本稿では取り上げない。

（3）「禊」という行事の変遷に関しては小尾郊一『中国文学に現れた自然と自然観』（岩波書店）に詳しい。

〈本稿は『国語教育研究』第四二号（広島大学教育学部国語科光葉会・平成十一年六月）に、「王羲之父子の『蘭亭詩』」の題目で掲載したものである〉

季節の詩

はじめに

春夏秋冬を詠う季節の詩は、『詩経』『楚辞』にそれなりにあり、中国に古くからある詩風の一つである。本稿では各季節が東晋詩においてどのように詠われているか、春夏秋冬を詩題にすえる詩を中心にして、従前の詩の詠じ方と比較・考察し、東晋詩の詩風を明らかにしてみたい。取り上げる順は夏、冬、春、秋とする。

夏の詩

夏を詠う詩は多くない。溯れば『詩経』豳風・七月に、

四月秀葽　　四月には秀葽《しうえう》あり
五月鳴蜩　　五月には鳴蜩《めいてう》あり

とあり、『楚辞』懐沙に、

滔滔孟夏兮草木莽莽　　滔滔《たうたう》たる孟夏　草木莽莽《まうまう》たり

とあるが、あっても部分的で、一篇全体に夏を詠う時は、漢・魏を通じても管見に入らない。

西晋になると、特に傅玄が季節の景物や日月等の天の現象に強い関心を示し、芙蕖、啄木、秋蘭篇、天行篇、日昇歌、明月篇、衆星詩、雲歌、驚雷歌[1]などの詩を残している。失題詩であるが、『太平御覧』巻四八六の餓に引く次の詩の前半には夏の景が詠われる。

炎旱歴三時　　炎旱　三時を経
天運失其道　　天運《めぐ》りて其の道を失ふ
河中飛塵起　　河中に飛塵起こり
野田無生草　　野田に草を生ずる無し
一飡重丘山　　一飡《いっそん》は丘山より重く
哀之以終老　　之を哀しみて以って老を終ふ
君無半粒儲　　君には半粒の儲《たくはへ》も無く
形影不相保　　形影は相ひ保たず

早魃のために「河中」には「塵」が飛び、「野田」には「草」が生えず、収穫もなく哀れに「老」い死んでいく。主題は夏の景の描写にあるのではなく、人を死に追いやる早魃の酷さを詠うことにある。こうした詩風は類書に引く六朝時代の夏の詩には見えない。とすると「炎旱」は夏の季節を象徴する強烈な一現象ではあるが、夏のすべてを表すものではないということであろう。因みに傅玄には「夏を述ぶ賦」もあるが、これは夏の季節をもっと多様な角度から詠いあげている。

夏を全篇に詠う詩は東晋にもあるが、やはり少なく李顒と郭璞くらいである。まず李顒の「羨夏篇」二篇[2]は断片ではあるが、『北堂書鈔』巻五八と『初学記』巻三に引かれている。前書に引く、

義和遊与併　　義和《ぎくわ》は遊ぶに与に併《なら》び

祝融騁離光　　祝融は離光を騁《は》す
照穴応時啓　　穴を照らせば時に応じて啓《ひら》き
超川随化亡　　川を超《こ》ゆれば化に随ひて亡ぶ

は『礼記』月令篇の「孟夏の月、（中略）其の帝は炎帝、其の神は祝融なり」に拠り、後書に引く、

咧咧林蜩鳴　　咧咧《れつれつ》として林蜩は鳴き
翩翩鳴鵙翔　　翩翩として鳴鵙《めいげき》は翔《あまが》ける

は前掲の『詩経』豳風・七月に拠るもので(3)、李顒の独創性は本詩には薄い。

次の「夏の日」と題する詩も李顒の作で、一篇全体に夏が詠われていたと思われるが、現存するのは四句(4)である。

炎光爍南溟　　炎光は南溟に爍《かがや》き
溽暑融三夏　　溽暑《じょくしょ》は三夏に融《と》く
霮䨴重雲蔭　　霮䨴《たんたい》として重雲蔭《おほ》ひ
砰稜震靁吒　　砰稜《はうりょう》として震靁《しんらい》吒《いか》る

夏の代表的な景物として、「光」に蒸し「暑」さ、「雲」に激しい「靁《かみなり》」を配し、夏を印象づける。これらの景物は同じ李顒の作「四時を悲しむ賦」によると、悲しいものとして認識されていたようである。

悲炎節之赫羲　　炎節の赫羲《かくぎ》を悲しむ
覧祝融之御轡　　祝融の御轡《ぎょひ》を覧
遊井耀兮南離　　井耀《せいえう》に南離に遊ぶ
睎辰凱之長吹　　辰凱《しんがい》の長吹を睎《した》ひ
蔭緑柳之楊枝　　緑柳の楊枝を蔭《おほ》ふ

雲鬱律以泉涌　雲は鬱律《うつりつ》として以って泉涌《わ》き
雨淋澡而方簁　雨は淋澡《りんさう》として方に簁《をど》る
奮駭霆之奔磕　駭霆《がいてい》の奔磕《ほんかい》を奮ひ
舒驚電之横摛　驚電の横摛《おうち》を舒《の》ぶ

ここでは垂れこめた「雲」、轟く「霆《いかずち》」、激しい「電《いなずま》」のほかに、降り続く「雨」も並べる。天に起こる現象で夏を詠う李顒の詩風は、生い茂った草木で夏を詠う。冒頭に示した『楚辞』とは異なり、こうした詠い方は他の季節の詩にも共通してみられる。

郭璞の詩は失題であるが、『芸文類聚』巻三の夏に引くのは、夏を詠っている。

羲和騁丹衢　羲和は丹衢《たんく》に騁せ
朱明赫其猛　朱明は赫として其れ猛し
融風払晨霄　融風は晨霄を払ひ
陽精一何冏　陽精は一に何ぞ冏《あき》らかなる
閒宇静無娯　閒宇は静かにして娯しみ無く
端坐愁日永　端坐して日の永きを愁ふ

初めの四句に猛暑の景を詠い、終りの二句に愁いの情を叙している。夏の詩の一篇をこのように構成するのは郭璞が最初であろう。

ところでひっそりとして娯しみのない、「日永」を愁う情は、その前に置かれた猛暑の景から引き起こされるのであろうか。猛暑の景に愁いの情が強く託されているとは断言しがたいが、全くないとも言いがたい。猛暑ゆえに愁う、それを否定することはできまい。前掲の李顒の「四時を悲しむ賦」に「炎節の赫羲を悲しむ」とあるのを無視することができないからである。しかし猛暑に時間の推移ないし人の死を感じ、それによって愁うという意識は郭璞にはない。

冬の詩

東晋の李顒は季節に強い関心をもっていたのか、冬も詠じている。「感冬篇」二篇で、[5]『初学記』巻三と巻六にある。巻三にあるのは、

高陽攬玄轡　　高陽は玄轡《げんぴ》を攬《と》り
太皞御冬始　　太皞《たいかう》は冬始を御す
望舒游天策　　望舒は天策に游び
曜霊協燕紀　　曜霊は燕紀に協《かな》ふ

で、「高陽」氏顓頊《せんぎよく》・「太皞」伏犠《ふくぎ》氏は『史記』の五帝紀・三皇紀にあり、「望舒」・「曜霊」は『楚辞』離騒・天問にある。巻六にあるのは、

蜿虹潜太陰　　蜿虹《ゑんこう》は太陰に潜み
文雉化淮汜　　文雉は淮汜《わいし》に化す

で、「虹」と「雉《きじ》」のことは『礼記』月令篇の「孟冬の月、（中略）雉は大水に入りて蜃《はまぐり》と為り、虹は蔵れて見えず」に拠るもので、この詩には李顒の独創性は薄い。

李顒の作として「羨夏篇」「感冬篇」「四時を悲しむ賦」が残存していることから推せば、春・秋を詠う「〇春篇」「〇秋篇」と題する詩もあったと思われる。その詠い方は「羨夏篇」「感冬篇」同様に、古い書物に拠り、その季

節を支配する神を詠うことからはじめて、動植物を詠いこむという型であったと思われる。それは『礼記』の月令的表現ないし月令的景物ということになろう。(6)

ところで、『詩経』小雅・四月に、

冬日烈烈　冬日は烈烈として
飄風発発　飄風は発発たり

とあり、「烈烈《きび》」しい「冬の日」、「発発《はげ》」しい「飄風《つむじかぜ》」によって冬の寒さが強調されるが、この詩風は夏の詩にもあげた西晋の傅玄に継承される。(7)『太平御覧』巻二七の冬に引く失題詩がそれである。

季冬時惨烈　季冬は時に惨烈《さんれつ》にして
猛寒不可勝　猛寒は勝《た》ふべからず
厳風截人耳　厳風は人の耳を截《さ》り
素雪墜地凝　素雪は地に墜《お》ちて凝《こ》る
林上飛霜起　林上に飛霜起こり
波中自生冰　波中に自ら冰を生ず
未夕結重衾　未だ夕ならざるに重衾を結び
崇朝不敢興　朝を崇《を》ふるまで敢へて興《お》きず

「冬」「烈」「風」は『詩経』小雅・四月の語であり、これに「雪」「冰」「霜」を加え、耳がちぎれ、夜にもならぬのに布団を重ね、朝まで決して起きぬと、がまんできぬ酷寒を具体化する。

この詩風(8)は東晋の次の二篇とは趣きを異にする。その一つは曹毗の「冬を詠う詩」。

緜邈冬夕永　緜邈《めんばく》として冬夕は永く

凜厲寒気升　凜厲《りんれい》として寒気は升る
離葉向晨落　離葉は晨《あした》に向かひて落ち
長風振枝興　長風は条《えだ》を振ひて興こる
夜静軽響起　夜静かにして軽響は起こり
天清月暉澄　天清くして月暉《げっき》は澄む
寒冰盈渠結　寒冰は渠《みぞ》に盈ちて結び
素霜竟櫩凝　素霜は櫩《のき》に竟《わた》りて凝る
今載忽已暮　今載は忽《たちま》ち已に暮れ
来紀奄復仍　来紀は奄《たちま》ち復た仍《よ》る

「風」「水」「霜」の語は傅玄の語と重なるが、「離葉は晨に向かひて落ち、長風は条を振ひて興こる、夜静かにして軽響は起こり、天清くして月暉は澄む」の句は繊細で、ピーンと張った冬の夜の冷気・静寂が感じられ、そこに詩人の内面を託そうとしているように思われる。また「今載は忽ち已に暮れ、来紀は奄ち復た仍る」の句は今年が終わって来年という、時節の変化、時間の推移を詠うものである。ここにもまた詩人の内面が託されているように思われる。冬は一年の終り、それは人生を切り拓く準備の期にも比せられる。冬を繊細にとらえ、冬に時間の推移を感じ、詩人の内面を託そうとする詩風は、従来にない曹毗特有のものである。

その二つは陳新塗《ちんしんと》の妻の李氏(9)の「冬至の詩」。

霊象尋数廻　霊象は尋《つ》ぎて数〻《しばしば》廻《めぐ》り
四気憑時散　四気は時に憑《よ》りて散ず
陰律鼓微陽　陰律は微陽を鼓し

大明啓倏旦　大明は倏旦を啓《ひら》く
感与時来興　感は時来《とき》と与に興こり
心随逝化歎　心は逝化に随ひて歎ず
式宴集中堂　式《も》って宴し中堂に集まり
賓客盈朝館　賓客は朝館に盈《み》つ

冬至には「中堂」に「賓客」を招いて宴を催すという風習(10)があったのであろうか。それゆえに「感は時来と与に興こり、心は逝化に随ひて歎ず」の句があるのかも知れないが、これもまた冬に時間の推移を感じ、詩人の「興」の情を「歎」の情と対立させて叙している。やはり従来の詩になかったものである。

東晋の詩人は春の季節や秋の季節ほどではないにせよ、冬の季節にも時間の推移をなにほどか感じていたようである。そのことは東晋の詩人たちが各時節の変化に対して敏感であったことを示すもので、注目してよい。

冬の季節に時間の推移を詠うのは以後の詩に引き継がれる。たとえば謝霊運の「歳暮の詩」。

殷憂不能寐　殷憂寐《い》ぬる能はず
苦此夜難頽　此の夜の難頽《なんたい》に苦しむ
明月照積雪　明月は積雪を照らし
朔風勁且哀　朔風は勁《つよ》く且つ哀し
運往無淹物　運《めぐ》り往きて物を淹《とど》むる無く
逝年覚易催　逝年催《うなが》し易きを覚ゆ

「憂」いのために寝れぬ、厳しい冬の夜、時間の推移に心を傷める。

こうした詩風は劉宋以後は普通になったが、その初めをなすのは東晋の冬の詩である。

春の詩

春の季節の、古い詩には悲しみを詠うものがある。たとえば『詩経』豳風・七月。

春日遅遅　　春日は遅遅として
采蘩祁祁　　蘩《よもぎ》を采ること祁祁《きき》たり
女心傷悲　　女の心は傷悲し
殆及公子同帰　殆《ねが》はくは公子と同に帰《とつ》がん

うららかな春の日、「蘩」を摘む女たちは悲しむ。そのわけを毛伝には「傷悲するは事の苦しきに感ずればなり。春に女悲しみ、秋に士悲しむは、其の物の化するに感ずればなり」といい、仕事の苦しさと時節の変化のせいだとする。

時節の変化、時間の推移に対する悲しみ――それは冬の詩にも見られたが、とりわけ春と秋に顕著だという。『荘子』庚桑楚篇には「夫れ春気発して百草生じ、正秋にして万宝成る。夫れ春と秋とは豈に得て然ること無からんや。天道已に行はる」とあり、春に百草が生じ、秋に万物が実るのは、天道がそうさせているのだという。春と秋は天道による、其の物の化する度合いが激しくて、人の情を強く揺さぶるのであろう。先の『詩経』の詩ではうららかな春の日に女心が揺さぶられて悲しみ、また『楚辞』招魂に「朱明は夜を承け時は以って淹《とど》むべからず、（中略）湛湛《たんたん》たる江水　上に楓有り、目　千里を極むれば春の心を傷ましむ」とある春の心を悲しませるのは、王逸注の「言ふこころは、湖沢は博平にして春時は草短く、千里を望見すれば、人をして愁思して心を傷ましむるなり」によると、伸びなければならぬ草が春になっても伸びず、千里のかなたまで望められるからである。

春は悲しいとする情は、西晋の陸機の「春の詠」にもある。

節運同可悲　節運《めぐ》れば同に悲しむべく
莫若春気甚　春気の甚だしきに若くは莫し
和風未及燠　和風未だ燠《あたた》かきに及ばざるに
遺涼清且凛　遺涼は清く且つ凛《きび》し

時節の変化はいつも悲しいが、春がとりわけ悲しいという。

ところが、陸機よりやや後の夏侯湛、それに東晋の王廙《おうよく》は春は楽しいとする。「春は楽しむべし」がそれで、その詠い方は郭璞の次の「詩」のようではない。

青陽暢和気　青陽は和気暢《の》びやかに
谷風穆以温　谷風は穆《ぼく》として以って温かし
英茞曄林薈　英茞《えいし》は林薈《りんわい》に曄《かがや》き
昆虫咸啓門　昆虫は咸《み》な門を啓く
高台臨迅流　高台は迅流に臨み
四坐列王孫　四坐　王孫列《なら》ぶ
羽蓋停雲陰　羽蓋は雲陰に停まり
翠鬱映玉樽　翠鬱は玉樽《ぎょくそん》に映ず

「昆虫は咸な門を啓く」は例によって『礼記』月令篇の「仲春の月、（中略）蟄虫咸な動き、戸を開けて始めて出づ」に基づくものであり、春の景を天空から巨視的に詠い起こし、視線を次第に地上に下げて詠う手法も従来からのものだが、王廙の詩は次のようである。

春可楽兮　　　春は楽しむべし
楽孟月之初陽　孟月の初陽を楽しまん
氷泮渙以微流　氷は泮渙して以って微《かす》かに流れ
土冒橛而解剛　土は冒橛《ぼうけつ》して剛を解く
野喧卉以揮緑　野は喧卉《けんき》として以って緑を揮ひ
山葱蒨以発蒼　山は葱蒨《そうせん》として以って蒼を発《ひら》く

また、夏侯湛のは次のようである。

春可楽兮　　　春は楽しむべし
楽東作之良時　東作の良時を楽しむ
嘉新田之啓萊　新田の萊《あれち》を啓《ひら》くを嘉《よみ》し
悦中疇之発菑　中疇の菑《あれち》を発《ひら》くを悦ぶ
桑冉冉以奮条　桑は冉冉《ぜんぜん》として以って条《えだ》を奮ひ
麦遂遂以揚秀　麦は遂遂《すゐすゐ》として以って秀《はな》を揚ぐ
沢苗翳渚　　　沢の苗は渚を翳《おほ》ひ
原卉耀皐　　　原の卉《くさ》は皐《をか》に耀く
春可楽兮　　　春は楽しむべし
楽崇陸之可娯　崇陸《すうりく》の娯しむべきを楽しむ
登夷岡以迴眺　夷岡《いかう》に登りて以って迴眺し
超矯駕乎山嵎　超矯《てうけう》として山嵎に駕す

綴雑華以為蓋　雑華を綴《と》りて以って蓋《かさ》と為し
集繁蕤以飾裳　繁蕤を集めて以って裳《もすそ》を飾る
散風衣之馥気　風衣の馥気《ふくき》を散じ
納戢懐之潜芳　戢懐《しふくわい》の潜芳を納る
鸚交交以弄音　鸚《おうむ》は交交として以って音を弄《ろう》し
翠翾翾以軽翔　翠《かはせみ》は翾翾《けんけん》として以って軽く翔《か》ける
招君子以偕楽　君子を招きて以って偕《とも》に楽しみ
携淑人以微行　淑人を携へて以って微《ひそ》かに行く

王廙の冒頭の「春は楽しむべし」は夏侯湛のそれを踏襲するが、以下夏侯湛が春の楽しさを「東作」（春の耕作）と「崇陸」（高い岡）に焦点をあてて詠うのに対して、王廙は「孟月」（一月）にあてる。従って詩風はおのずと異なる。夏侯湛の詩は前半に畑の、後半に岡の景を叙し、最後に君子と淑人を登場させる。君子と淑人はそれまでの春の景を楽しむ者として登場するのであって、景に君子・淑人の情が託されているのではない。その景は客観的な景とみてよい。このように考えると、前半の畑、後半の岡の景は、後来の田園詩ないし山水詩に連なるとみることもできよう。

王廙の詩はといえば、身辺の「冰」「土」「野」「山」をとらえて、冬から春一月にかけての自然を聴覚的・視覚的に、微細に詠いあげる。「氷」は融けてちょろちょろ流れ、「土」は軟らいで堅さが緩む、「野」は華やかで緑が萌え、「山」は繁って青々している。この詠い方は月令的でも巨視的でもなく、はなはだ写実的である。これもまた後の山水詩の下地になっているのであろう。

王廙の「春は楽しむべし」は断片を入れて六篇残存し、残りの五篇は正月、二月、三月三日を詠うが、あとの二篇は句数が少なく、よく分らない。三月三日を詠う次の詩も、この日の楽しさを「川」「波」「沼」「渠」の水に焦点をあて描写するものである。

上禊兮三巳　上禊《じゃうけい》の三巳
臨川兮盪飲　川に臨み飲《さかづき》を盪《あら》ふ
廻波兮曲沼　廻波あり曲沼あり
夾岸兮道渠　岸を夾み渠《みぞ》を道《みちび》く

三月三日を詩にする早い例は、類書によると西晋の張華の「三月三日後園の会の詩」のようであるが、東晋にも何篇かの詩がある。このうち三月三日は楽しいとするのは、たとえば徐広の「三日水に臨む詩」がある。

温哉令日　温かき哉《かな》令日
爰豫爰游　爰《ここ》に豫《よろこ》び爰に游ぶ
興言命駕　興《たの》しみて言《われ》は駕《が》に命じ
寄懽迴流　懽《よろこ》びを迴流《くわいりう》に寄す

「豫」「游」「興」「懽」は楽しさを直接表す語で、それを馬車に乗って曲りくねった流れに臨むと具体化する。東晋の孫綽の「三月三日」の詩も、楽しいという語は用いないが、詩風は楽しい春である。

姑洗斡運　姑洗《こせん》は斡運し
首陽穆闡　首陽は穆《やは》らぎ闡《あき》らかなり
嘉卉萋萋　嘉卉《かき》は萋萋たり
温風暖暖　温風は暖暖たり
言滌長瀬　言《ここ》に長瀬に滌《すす》ぎ

聊以游衍　聊《いささ》か以って游衍《いうえん》せん
縹蘄渶流　縹《へう》蘄《き》は流れに渶《うつ》り
緑柳蔭坂　緑柳は坂を蔭《おほ》ふ
羽従風飄　羽《とり》は風に従ひて飄《ひるがへ》り
鱗随浪転　鱗《うを》は浪《なみ》に随ひて転ず

「姑洗」（三月）は『礼記』月令篇の「季春の月、（中略）律は姑洗に中たる」の語であるが、「流」れに「渶」る「縹」色の「蘄」、「坂」を「蔭」う「緑」色の「柳」、「風」に任せて「飄」る「羽」、「波」のままに泳ぐ「鱗」はゆったりとした春の景で、これをゆったりとした気持ちで写実的に描写する。ここには山水の語こそないが、山水の景を叙している。

東晋時代には庾闡《ゆせん》にも「三月三日」、「三月三日曲水に臨む」詩がある。後の詩を示すと、次のようである。

暮暮濯清汜　暮暮　清汜《せいし》に濯《あら》ひ
遊鱗泳一壑　遊鱗は一壑《いちがく》に泳ぐ
高泉吐東岑　高泉は東岑《とうしん》より吐き
洄瀾自浄澩　洄瀾《くわいらん》は自ら浄澩《じょうかく》たり
臨川畳曲流　川に臨めば曲流畳《かさ》なり
豊林映緑薄　豊林に緑薄映ず
軽舟沈飛觴　軽舟は飛觴《ひしゃう》を沈め
鼓枻観魚躍　枻《えい》を鼓せば魚の躍るを観る

この詩はもっぱら水に焦点をあてる。「汜」「鱗」「壑」「泉」「瀾」「川」「流」「舟」「魚」がそれであるが、その中にあって「觴」の語がある。この詩は前掲の徐広の詩、孫綽の詩にはないが、李顒の「春は楽しむべし」にあった「飲」とおなじである。

三月三日は上巳の日の節句で、『荊楚歳時記』に「三月三日、士民並びに江渚池沼に出で、流杯曲水の飲を為す」、『韓詩』（顔延之「三月三日曲水の詩の序」の李善注）に「三月桃花流水の時、鄭国の俗、三月上巳、溱《しん》洧《ゐ》両水の上に於いて、蘭を執り魂を招き、不祥を祓除《ふつじょ》するなり」とあるように、この日は流觴曲水の宴が催され、そこには酒があった。三月三日の詩に觴を詠うのはそのためであるが、三月三日と題しながらその日に肝腎な觴を詠わない徐広や孫綽の詩は、単なる春の詩とみることもできよう。

東晋時代の三月三日の詩といえば、永和九年（三五三）三月三日、佳山佳水の景勝地、会稽郡山陰県蘭亭で王羲之らの作った「蘭亭の詩」がある。その詩は現在四一首見ることができるが、詩風は大きく四つに分かれる。

一つ目は三月三日に肝腎な觴もなく、詩題を春の詩としてもいい詩。山水の語はないが、一篇全体に春の山水の景を写実的に詠っている。山水詩風である。その例として謝万の詩をあげる。

肆眺崇阿　　眺めを崇阿《すうぁ》に肆《つ》くし
寓目高林　　目を高林に寓《や》る
青蘿翳岫　　青蘿《せいら》は岫を翳《かく》し
修竹冠岑　　修竹は岑《みね》を冠《おほ》ふ
谷流清響　　谷は流れて響き清らかに
条鼓鳴音　　条《えだ》は鼓《ゆ》れて音鳴る
玄崿吐潤　　玄崿《げんがく》は潤《みづ》を吐き
霏霧成陰　　霏霧《ひむ》は陰を成す

二つ目は春の景の描写とともに觴を詠う詩。その例として孫綽の詩を示す。「竹」や「丘」もあるが、「沼」「瀬」「池」「湍」に焦点をあて、良き仲間と觴を流す当日の光景が目に見えるようである。

春詠登台　春に詠ひて台に登り
亦有臨流　亦た流れに臨む有り
懐彼伐木　彼の伐木を懐ひ
宿此良儔　此の良儔《りやうちう》を宿《つつし》まん
修竹蔭沼　修竹は沼《さは》を蔭《おほ》ひ
旋瀬縈丘　旋瀬《せんらい》は丘を縈《めぐ》る
穿池激湍　穿池《せんち》　激湍《げきたん》に
連濫觴舟　觴《さかづき》の舟を連ね濫《う》かぶ

三つ目は春の景と情を詠う詩。その例としては王玄之の詩。「松」に「竹」、「巌」に「崖」、「幽《ふか》」い「澗《たに》」に「清」い「流」れは、俗外の景で、隠者が居るような所。そこで鬱結した悲しみや憂いを晴らし、心をのびのびさせる。

松竹挺巌崖　松竹は巌崖に挺《ぬき》んで
幽澗激清流　幽澗に清流激す
消散肆情志　消散して情志を肆《ほしいまま》にし
酣暢豁滞憂　酣暢して滞憂を豁《ひら》かん

四つ目は春の景も觴もなく、一篇全体に老荘思想を賛美する詩。その例は曹華の詩である。

願与達人游　願はくは達人と游び

解結遨濠梁　結ぼれしを解きて濠梁《がうりやう》に遨《たの》しまん
狂吟任所適　狂吟して適《ゆ》く所に任じ
浪流無何郷　無何の郷に浪流せん

「達人」は老荘の道に精通している人。「濠梁」は『荘子』秋水篇に「荘子は恵子《けいし》と濠梁の上に遊ぶ」とあり、「無何の郷」は『荘子』逍遥遊篇に「今、子　大樹有りて、其の用無きを患ふ。何ぞ之を無何有《むかいう》の広莫《くわうばく》の野に植ゑて、彷徨乎《はうくわうこ》として其の側に為す無く、逍遥乎として其の下に寝臥せざるや」とある。

老荘思想を賛美するこの詩は、東晋詩の特色とする玄言詩で、蘭亭詩には多く見られる。しかし蘭亭詩以外の春を詠う詩には玄言詩は全くない。そのわけはよく分らないが、次のように考えておきたい。

春夏秋冬の各季節を詠う詩で玄言詩が作られるのは、三月三日の蘭亭詩と秋の詩に限られる。秋の詩については後述するが、老荘思想を賛美する諸人の詩を見てみると、心中に何らかの悲しみや憂いがあるとき、それを解消するために玄言詩が作られているのではないかと。

先の曹華の詩で言えば「結ぼれしを解く」とあるのがそれで、何か心にわだかまる悲しみや憂いがあって、その鬱結を解消しようとして老荘思想に浸り、これを賛美するのである。

従って老荘思想を賛美する玄言詩は、鬱結した悲しみや憂いを晴らして、心をのびのびさせる前述の三つ目の詩風と密接に関わる。蘭亭の三月三日の景はその悲しみや憂いを晴らしてくれる絶好の景であり、老荘思想を賛美するにふさわしい景でもあったのである。孫綽が「三日蘭亭の詩の序」に「近ごろ台閣に詠へば、深きを顧みて懐ひを増す、曖昧《あいまい》の中に復《かへ》り、縈払《えいふつ》の道を思はんが為に、屢〻《しばしば》山水を借りて、以って鬱結を化せん」というのは、まさにそのことの指摘である。

心中にある何らかの悲しみや憂い、つまり鬱結の実態は、孫綽の「耀霊は轡を縦《ほしいまま》にし、急景は西に邁《ゆ》く、楽しみは時と与に去り、悲しみも亦た之に系《かか》る、往復し推移し、新故は相ひ換はる、今日の迹は、明《あす》は復た陳《ふる》し、詩人の興を致すを原《たづ》ぬるに、歌詠の由有るを諒《さと》る」（「三日蘭亭の詩の序」）や王羲之の「況んや修短は化に随ひ、終に尽くるに期するをや、古人云へり、死生も亦た大なりと。豈に痛ましからずや、昔人　感を興こすの由を覧る毎に、一契を合するが若し、未だ嘗て文に臨みて嗟悼《さたう》せずんばあらざるも、之を懐《むね》に喩《さと》る能はず、固より知る、死生を一にするは虚誕《きょたん》為り、彭殤《はうしゃう》を斉しくするは妄作《まうさく》為るを」（「蘭亭集の序」）によると、時間の推移及び人の死に対する恐れである。これを晴らして心をのびのびさせるために玄言詩を詠い、死に至る世俗を避け、山水に身を置いて生を全うしたいと考えたのではないか。

三月三日の蘭亭の春の景が悲しみや憂い、鬱結を晴らしてくれるのであれば、その景は『詩経』や『楚辞』のように悲しくはなく、むしろ王廙のように楽しいものとして認識されていたと思われる。そのことは孫綽が「情は習ふ所に因りて遷移し、物は遇ふ所に触れて興感す、故に轡《たづな》を朝市に振《むす》べば、則ち充屈の心は生じ、歩みを林野に閑《しづ》かにすれば、則ち遼落の志は興こる、（中略）高嶺は千尋、長湖は万頃、隆屈澄汪の勢ひは、壮と為すべし、乃ち芳草を席《し》き、清流に鏡《て》らし、卉木を覧、魚鳥を観る、物を具《そな》へしは同に栄え、生を資《と》りしは咸な暢《の》ぶ」（同上）と言い、王羲之が、「是の日や、天は朗らかに気は清み、恵風は和暢す、仰ぎては宇宙の大なるを観、俯しては品類の盛んなるを察《み》る、目を遊ばせ懐ひを騁《は》せ、以って視聴の娯しみを極むるに足る所以は、信《まこと》に楽しむべきなり」（同上）と言うことから察することができる。

秋の詩

『尸子《しし》』（『芸文類聚』巻三）には「秋は粛なり。万物　礼粛せざる莫し」とあり、『白虎通』五行篇には「秋の言為るや、愁・亡なり」とある。秋は粛しくて万物は厳粛で、人の愁いを誘う季節である。詩に詠われる秋の景もその傾向のものである。『詩経』でいえば、

秋日凄凄　秋日は凄凄《せいせい》として
百卉具腓　百卉は具《み》な腓《そこな》はる
乱離瘼矣　乱離して瘼《や》み
爰其適帰　爰《ここ》に其れ適帰せん（小稚・四月）
喓喓草虫　喓喓《えうえう》たる草虫
趯趯阜螽　趯趯《てきてき》たる阜螽《ふしゅう》
未見君子　未だ君子を見ざれば
憂心忡忡　憂心忡忡《ちゅうちゅう》たり（召南・草虫）
蒹葭蒼蒼　蒹葭《けんか》は蒼蒼として
白露為霜　白露は霜と為る
所謂伊人　所謂　伊《か》の人は
在水一方　水の一方に在り（秦風・蒹葭）

などである。各詩の前半二句の景は興《きょう》とする解釈もあるが、そこには詩人の愁いを誘うものがある。また『楚辞』でいえば、

悲哉秋之為気也　悲しい哉《かな》秋の気為《た》るや
蕭瑟兮草木揺落而変衰　蕭瑟《せうしつ》たり草木揺落《えうらく》して変衰す
憭慄兮若在遠行　憭慄《れうりつ》たり遠行に在りて

登山臨水兮送将帰　　山に登り水に臨み将に帰らんとするを送るが若し
泬寥兮天高而気清　　泬寥《けつれう》たり天高くして気清《す》み
宗廖兮収潦而水清　　宗廖《せきれう》たり潦《あまみづ》を収めて水清し
（中略）
燕翩翩其辞帰兮　　燕は翩翩として其れ辞し帰り
蟬宗漠而無声　　蟬は宗漠《せきばく》として声無し
鴈廱廱而南遊兮　　鴈《かり》は廱廱《ようよう》として南に遊び
鵾鶏啁哳而悲鳴　　鵾鶏《こんけい》は啁哳《たうたつ》として悲しく鳴く
（中略）
皇天平分四時兮　　皇天は四時を平分し
窃独悲此廩秋　　窃かに独り此の廩秋《りんしう》を悲しむ
白露既下降百草兮　　白露は既に百草に下降《くだ》り
奄離披此梧楸　　奄《たちま》ち此の梧楸を離披す（九弁）

とあるのが、それである。「秋の気」は悲しく、「廩《きび》しい秋」は悲しいと言い、その景を具体的に叙しており、「蕭瑟」「憭慄」「泬寥」「宗廖」は悲の言い換えである。『楚辞』に「草木」が「揺落」し「変衰」するのは「白露」のせいであると言い、また「燕」や「蟬」や「鴈」をもち出すのは、『礼記』月令篇の「孟秋の月、（中略）白露降る。寒蟬鳴く」、「仲秋の月、（中略）鴻鴈来る。玄鳥帰る」、「季秋の月、（中略）草木黄落す」に基づき、『詩経』の「白露」「霜」も月令篇に見える。

秋の気の厳しさを月令的景物によって詠う詩は、以後も引き継がれる。東晋の詩でいえば、王珣《おうしゅん》の「秋懐」。

天悠雲際　天は悠《はる》かに雲は際《まじ》はり
風遼気爽　風は遼《はる》かに気は爽《さはや》かなり

湛方生の「秋夜の賦」。

気入肌以凄凛　気は肌に入りて以って凄凛《せいりん》たり
風灑林而蕭索　風は林に灑《そそ》ぎて蕭索《せうさく》たり

同じく湛方生の「詩」。

仲秋有清気　仲秋に清気有り
始涼猶未凄　始涼にして猶《な》ほ未だ凄《さむ》からず
蕭蕭山間風　蕭蕭《せうせう》たり山間の風
冷冷積石渓　冷冷たり積石の渓《たに》

これらの秋の景には人の悲しみの情が託され、秋の季節は悲しいと認識されるようになる。このことに関して小尾郊一氏は「ところで、既に漢代の詩のところで指摘したごとく、その詩に、秋の季節感が利用されているが、この魏晋においては、しばしば、秋景が、悲哀、憂愁の感情を現わすために利用されている。これらの詩をみると、後世の文学における『悲秋』の観念が、この頃、確立されたのではないかとも思われる。ただそれに比して、春の季節感はあまり利用されていない」[11]と述べ、その詩を多く示して詳論されている。

西晋の張載の「詩」(『太平御覧』巻一〇秋)もその一つで、前半には月令的景物を詠い、後半には玉肌の女性が詠われる。

霊象運天機　霊象は天機を運《めぐ》らし
日月如激電　日月は激電の如し

秋風兼夜戒　秋風は夜を兼ねて戒《つよ》く
微霜凄旧院　微霜は旧院に凄《つめた》し
嘉木殞蘭圃　嘉木は蘭圃《らんぽ》に殞《お》ち
芳草悴芝苑　芳草は芝苑《しゑん》に悴《おとろ》ふ
嚶嚶南翔鴈　嚶嚶《あうあう》として南に翔《か》くる鴈《かり》
翩翩辞帰鷰　翩翩として辞し帰る鷰《つばめ》
玉肌随爪素　玉肌は爪に随ひて素《しろ》く
嘘気応口見　嘘気《きよき》は口に応じて見《あらは》る
斂襟思軽衣　襟を斂めて軽衣を思ひ
出入忘華扇　出入するに華扇《くわせん》を忘る
覩物識時移　物を覩《み》て時の移るを識り
顧己知節変　己を顧みて節の変ずるを知る

「風」や「霜」のせいで「蘭」や「芝」の園圃に散る「草木」、それに「鴈」や「鷰」を詠う前半の秋の景は月令的景物であり、後半にはこれを見つめる「玉肌」の女性が詠われる。

「玉肌」の女性はこの秋の景を見て時節の変化を感じ、また吐く息や夏に使う「扇」を忘れてしまう自分を観て時節の変化に気づいている。この詩の主題は秋の景にあるのではなく、秋の景を前にして時節の変化を悲しむことにある。従って秋の景は時間の推移を悲しむ女性の情を引き出すためのもので、感情移入のされた抒情的秋景ということができよう。

情を引き出すための秋景。こうした手法はすでに『楚辞』[12]に見え、魏・西晋を経て東晋にも引き継がれている。

たとえば蘇彦の「秋夜長し」。

晨暉電流以西逝　晨暉《しんき》は電《いなづま》のごとく流れて以って西に逝き
閑宵漫漫其未央　閑宵《かんせう》は漫漫として其れ未だ央《あした》ならず
牛女隔河以延佇　牛女は河を隔てて以って延佇《えんちょ》し
列宿双景以相望　列宿の双景は以って相ひ望む
軽雲飄霏以籠朗　軽雲は飄霏《へうひ》として以って朗を籠《こ》め
素月披曜而舒光　素月は曜《かがや》きを披《ひら》きて光を舒《の》ぶ
時禽鳴於庭柳　時禽《じきん》は庭柳に鳴き
節虫吟於戸堂　節虫は戸堂に吟《な》く
零葉紛其交萃　零葉は紛として其れ交萃《かうすい》し
落英颯以散芳　落英は颯《さつ》として以って芳を散らす
覩遷化之遒邁　遷化の遒《せま》り邁《ゆ》くを覩
悲栄枯之靡常　栄枯の常靡《な》きを悲しむ
貞松隆冬以擢秀　貞松は隆冬にして以って擢秀《てきしう》し
金菊吐翹以凌霜　金菊は翹《はな》を吐きて以って霜を凌《しの》ぐ

入り乱れて散りゆく「葉」、風に吹かれて香りを放ち散りゆく「英《はな》」を見て、時間の推移を感じ、「栄枯」盛衰の無常を悲しんでいる。そして厳しい冬にも高く抜きんでて枯れない「松」、霜に耐えて花を開く「菊」に心を牽かれるのである。本詩には『楚辞』に拠る語は多いが、『礼記』月令篇の語は見えない。

次の江逌《こうゆう》の「秋を詠ず」の景も情を引き出すためにある。

祝融解炎轡
蓐収起涼駕
高風催節変
凝露督物化
長林悲素秋
茂草思朱夏
鳴鴈薄雲嶺
蟋蟀吟深樹
寒蟬向夕号
驚飈激中夜
感物増人懐
悽然無欣暇

祝融は炎轡《えんび》を解き
蓐収《じょくしう》は涼駕を起こす
高風は節の変ずるを催し
凝露は物の化するを督《うなが》す
長林は素秋を悲しみ
茂草は朱夏を思ふ
鳴鴈《めいがん》は雲嶺に薄《せま》り
蟋蟀《しつしゅつ》は深樹《しんしゃ》に吟《な》く
寒蟬は夕に向《あた》りて号《な》き
驚飈《きやうへう》は中夜に激す
物に感じて人に懐ひを増さしめ
悽然《せいぜん》として暇《いとま》を欣《よろこ》ぶ無し

時間の推移という観点からこの詩を張載・蘇彦の詩と比べて見ると、張載・蘇彦は人間が時間の推移を感じているが、江逌の詩では「高風」「凝露」が時間の推移を起こさせると表現している。主体を「高風」「凝露」に置く表現は、人間にはおかまいなく、自然の摂理に随って時間の推移は起こるのだという認識に立っている。しかし人間にはその自然の摂理が非情に思われ、人智ではどうすることもできない時間の推移に屈せざるを得ない。そこに悲しみの情が生じてくる。表現の新鮮さ・奇抜さということからすれば、張載・蘇彦よりも江逌の表現が勝っているといえよう。

江逌の詩で作者が感じるのは、雲のたなびく嶺に集まる「鴈」、ひっそりとした樹《うてな》で鳴く「蟋蟀」、夕暮れどきに

鳴く「寒蟬」、夜中に荒れ狂う「驚飈《はやて》」――こうした秋の景に懐いをつのらせ、秋の夜長を悲しむのである。また
この詩を『礼記』月令篇との関係でいえば、祝融が孟夏の月に、「蓐収」「風」「露」「寒蟬」が孟秋の月に、「鴈」が仲秋の月にあり、いわゆる月令的景物が多い。

秋の景物は人にさまざまな懐いをつのらせ、時間の推移に人の心を悲しませるのである。秋の夜は特に悲しみがつのるようである。先に蘇彦の「秋夜長し」を引いたが、何瑾には「秋夜を悲しむ」がある。

欣莫欣兮春日　　欣《よろこ》ばしきは春日より欣ばしきは莫く
悲莫悲兮秋夜　　悲しきは秋夜より悲しきは莫し
伊之秋夜可悲　　伊《こ》の秋夜悲しむべし
増沉懐於遠情　　沉懐《ちんくわい》を遠情に増す
歎授衣於豳詩　　授衣を豳詩《ひんし》に歎じ
感蕭瑟於宋生　　蕭瑟《せうしつ》を宋生に感ず
天寥廓兮高褰　　天は寥廓《れうくわく》として高く褰《あが》り
気凄粛兮厲清　　気は凄粛《せいしゆく》にして清を厲《はげ》しくす
鷰泝陰兮帰飛　　鷰《つばめ》は陰《きた》に泝《むか》ひて帰り飛び
鴈懐陽兮寒鳴　　鴈《かり》は陽《みなみ》を懐ひて寒く鳴く
霜凝条兮漼漼　　霜は条《えだ》を凝《こ》らして漼漼《さいさい》たり
露霤葉兮泠泠　　露は葉に霤《したた》りて泠泠たり

「蕭瑟」「寥廓」「凄粛」「鷰」「鴈」「霜」「露」の語によって秋の夜の悲しみを詠うが、これらは『楚辞』九弁や『礼記』月令篇に基づく語で、特に取りたてていうことはない。冒頭二句も『楚辞』九歌・少司命の「悲しきは生

別離より悲しきは莫く、楽しきは新相知より楽しきは莫し」をもじったもので、秋は悲しいとすること自体新しい発想ではない。ただ春の日を欣ばしいと言い、秋の夜は悲しいと言い、春と秋とを対にして、対照的に表現するのは注目しておきたい。

ところで、湛方生の「秋夜の詩」は老荘思想を賛美していることで注目すべき作品である。この詩は三二句からなり、九句以降換韻するが、いま九句以下を内容上三つに分け、全体を四段落とする。

悲九秋之為節　九秋の節為《た》るを悲しみ
物凋悴而無栄　物の凋悴《てうすい》して栄《さか》ゆること無し
嶺頽鮮而殞緑　嶺は鮮を頽《くづ》して緑を殞《お》とし
木傾柯而落英　木は柯《えだ》を傾けて英《はな》を落とす
履代謝以惆悵　代謝を履《ふ》みて以って惆悵《ちうちやう》し
観揺落而興情　揺落《えうらく》を観《み》て情を興《お》こす
信皐壌而感人　皐壌《かうじやう》に信《の》ばせば人を感ぜしめ
楽未畢而哀生　楽しみは未だ畢《をは》らずして哀しみ生ず

第一段は秋の季節を悲しむ。万物は衰えて栄えることがないからである。新鮮さを失い緑をなくした「嶺」、枝を垂れ花の散った「木」、揺れ落ちる草木、その木がある平原——これらはその具体であり、作者はこれらによって時間の推移を追い、嘆き悲しむ。「九秋の節為るを悲しむ」、「揺落を観て情を興こす」は『楚辞』九弁の「悲しい哉秋の気為るや、蕭瑟たり草木揺落して変衰す」に基づき、これがこの段の中心句をなしている。また『荘子』知北遊篇の「山林か、皐壌か、我をして欣欣然として楽しましむるか。楽しみ未だ畢はらざるや、哀しみは又た之に継ぐ。哀楽の来たるや、吾禦《ふせ》ぐこと能はず。其の去るや、止むること能はず」に基づく「皐壌に信ばせば人を感ぜしめ、楽しみは未だ畢らずして哀しみ生ず」の句は、平原は楽しみと哀しみが交錯する所だが、秋の平原はひっきりなしに人に悲しみの情を起こさせる所として詠われている。

秋夜清兮　　秋の夜は清く
何秋夕之転長　　何ぞ秋夕の転《うた》た長きや
夜悠悠而難極　　夜は悠悠《いういう》として極まり難く
月皦皦而停光　　月は皦皦《けうけう》として光を停《とど》む
播商気以清温　　商気を播《し》きて以って清温にして
扇高風以革涼　　高風を扇《あふ》ぎて以って革涼なり
水激波以成漣　　水は波を激して以って漣《さざなみ》を成し
露凝結而為霜　　露は凝結して霜と為る

第二段は秋の夜の清《す》んで長いことを詠う。きらきら輝く「月光」、清々しい秋の「気」、冷たく空高く吹く「風」、さざ波となる「水」、霜となる「露」――これらは清らかさをいうための景物であろうが、これもまた『楚辞』九弁の「泬寥たり天高くして気清み、宋廖たり潦を収めて水清し」、『礼記』月令篇の「孟秋の月、(中略) 白露降る」、「仲秋の月、(中略) 盲風至る」、「季秋の月、(中略) 霜始めて降る」などを意識するであろう。

従来の秋を詠う詩は以上の第一段・第二段の内容で終るのだが、湛方生は終らず、さらに続ける。続ける以下の段落で老荘思想を賛美する。ここに湛方生の秋を詠う詩の特色がある。

凡有生而必凋　　凡そ生有れば必ず凋《しぼ》み
情何感而不傷　　情は何に感じて傷《いた》まざる
苟霊符之未虚　　苟《まこと》に霊符の未だ虚しからざれば

孰茲恋之可忘　孰《たれ》か茲《こ》の恋《れん》の忘るべけん
何天懸之難釈　何ぞ天懸《てんけん》の釈《と》き難く
思仮暢之冥方　仮暢《かちやう》の冥方に思はんや

第三段には、生ある者は必ず死ぬ、この自然の哲理は悲しいと詠う。この後に展開される四句はそのことの説明であろうが、よく分らない。「凡そ生有れば必ず凋む」は、楊雄の『法言』君子篇に「生有る者は必ず死有り、始有る者は必ず終有るは、自然の道なり」とあるが、これは第一段の「物の凋悴して栄ゆること無し」と響き合い、人間も風物と同じであって、例外ではないことを言う。詩の内容は思索的哲学的となる。

払塵衿於玄風　塵衿《ぢんきん》を玄風に払ひ
散近滞於老荘　近滞《きんたい》を老荘に散ず
攬逍遥之宏維　逍遥の宏維《くわうゐ》を攬《と》り
総斉物之大綱　斉物《せいぶつ》の大綱を総《す》ぶ
同天地於一指　天地を一指に同じくし
等太山於毫芒　太山を毫芒《がうばう》に等しくす
万慮一時頓渫　万慮は一時に頓渫《とんせつ》し
情累豁焉都忘　情累は豁焉《くわつえん》として都《すべ》て忘る
物我泯然而同体　物我は泯然《びんぜん》として体を同じくし
豈復寿夭於彭觴　豈に復た彭觴《はうしやう》を寿夭《じゆえう》とせんや

第四段、ここに老荘思想を賛美する。

「玄風」は老荘の道理。「逍遥」「斉物」は『荘子』の篇名。「天地を一指に同じくす」、「太山を毫芒に等しくす」、

「物我は泯然として体を同じくす」、「豈に復た彭殤を寿夭とせんや」の句は、すべて『荘子』斉物論篇に「天地は一指なり。万物は一馬なり」、「天下は秋毫の末より大なるは莫く、太山を小と為す」、「天地と我とは並び生じ、万物と我とは一為り」、「殤子より寿なるは莫く、而も彭祖を夭なりと為す」とある。『荘子』の語を次々にたたみかけて、老荘の世界に浸りきる。これこそ玄言詩で、湛方生は秋の夜を詠う詩に玄言詩を作る。

秋の詩、しかも秋の夜の詩で玄言詩を作ったのは、何か意図するところがあったのだろうか。

湛方生よりやや先輩の孫綽は、「秋の日」の詩で玄言詩を作る。一四句からなるが、二段に分けて引く。前段は一〇句。

蕭瑟仲秋日　蕭瑟たり仲秋の日
飈唳風雲高　飈《つむじかぜ》は唳《な》り風雲は高し
山居感時変　山居して時の変はるに感じ
遠客興長謡　遠客は興《お》きて長く謡ふ
疎林積涼風　疎林には涼風積もり
虚岫結凝霄　虚岫には凝霄結ぶ
湛露灑庭林　湛露は庭林に灑《そそ》ぎ
密葉辞栄条　密葉は栄条を辞《さ》る
撫葉悲先落　葉を撫でては先に落つるを悲しみ
攀松羨後凋　松を攀《ひ》きては後れて凋《しぼ》むを羨む

『礼記』月令篇の「蕭瑟」「涼風」「露」によって仲秋を詠ったり、時節の変化に感じたりするのは従来の詩と変わらないし、また、何よりも先に散りゆく「葉」を撫でては悲しみ、すべてに後れて凋む「松」を引き寄せては羨むというのは、蘇彦の「秋夜長し」にあった。詩の内容としては、湛方生の「秋夜の詩」の第一・二・三段落に相当する。

垂綸在林野　綸《いと》を垂れて林野に在り
交情遠市朝　情を交すは市朝より遠ざかる
澹然古懐心　澹然たり古懐の心
濠上豈伊遥　濠の上《ほとり》は豈に伊《こ》れ遥かならんや

後段のこの四句が玄言詩で、湛方生の詩の第四段落に相当する。「垂綸」は傅毅の「荘周を弔ふ図の文」に「荘生の垂綸の象を図き、先達の辞聘の事を記す」、「澹然」は『荘子』天下篇に「本を以って精と為し、物を以って粗と為し、積む有るを以って足らずと為し、澹然として神明と与に居る。古の道術　是に在る者有り。関尹・老聃は其の風を聞きて悦ぶ」、「濠上」は『荘子』秋水篇に「荘子　恵子と濠の梁《はし》の上に游ぶ」とある。「澹然」たる風を悦ぶ老子、釣り糸を垂れ、「濠水」の上で従容として遊ぶ荘子を賛美する。

孫綽が「秋の日」の詩で老荘思想を賛美する機縁となったのは、「山居して時の変はるに感じ、遠客は興きて長く謡ふ」とある時節の変化、それに「葉を撫でては先に落つるを悲しみ、松を攀きては後れて凋むを羨む」とある散りゆくものと残るもの、つまり生と死——この二つのようである。これに山居が拍車をかけていると思われる。山居は『淮南子』泰族訓に「山に居り木に棲み、枝に巣くひ穴に蔵れ、水に潜み陸に行くは、各〻其の寧《やす》んずる所を得たり」とあり、後の謝霊運に「山居の賦」があるように、そこは世俗から離れた所である。また、林野・市朝は孫綽の「三日蘭亭の詩の序」に「故に轡を朝市に振《むす》べば、則ち充屈の心は生じ、歩みを林野に閑《しづ》かにすれば、則ち遼落の志は興こる」とあり、荘子が身を置く林野は、市朝から遠ざかった心のゆったりする所で、そこがつまり山居である。

翻って湛方生の「秋夜の詩」を改めて見ると、湛方生が老荘思想を賛美するのは、「代謝を履みて以って惆悵し、揺落を覩て情を興こす」、「凡そ生有れば必ず凋み、情は何に感じて傷まざる」とあるように、湛方生もまた時間の推移と、生と死の二つに気づいたからであろう。

気づいたからには死を避け、生を全うしようとする。その拠りどころとして老荘思想をもち出し、これを賛美することによって、生の実現を期そうとしたのであろう。それは湛方生だけではなく、孫綽もそうであった。

先に、湛方生が秋を詠う詩、しかも秋の夜を詠う詩で玄言詩を作って見せたのは何か意図があったのか、という問題を提起しておいたが、秋、しかも夜は玄言詩を作る機縁となる時節の変化、生と死に気づかせる絶好の季節であり、時間だったということなのであろう。言い換えれば秋の景そのものに人にそういう情を引き起こさせる要因があるのであろう。暑い夏から寒い冬までの間が秋、日の入りから日の出までの間が夜。そのとき人は時節の変化や生と死について思いを深くするのであろう。

また、寒い冬から暑い夏までの間が春。このときもまた人は時節の変化や生と死について思いを深くするのであろう。これについてはすでに指摘したように、諸人の「蘭亭詩」に老荘思想を賛美する詩が少なくないことと符合する。

孫綽は「蘭亭詩」にも「秋の日」の詩にも玄言詩を作り、「三日蘭亭の詩の序」には老荘思想を賛美する。孫綽にあっては春の景・秋の景→時節の変化→生と死→玄言詩という道筋があったようで、これは孫綽の生き方を示すものでもあり、その意味において季節を詠う詩に玄言詩を組みこむことは注目すべきである。

季節を詠う詩人、わけても春の詩・秋の詩を詠う詩人は孫綽以前にもいるが、そこに玄言詩を組みこむのは孫綽にはじまる。孫綽が東晋に冠たる詩人[13]と称されるゆえんは、ここにもあるということができよう。

おわりに

春夏秋冬の季節を詠う詩は『詩経』『楚辞』のころからそれなりにあるにはあったが、題に春夏秋冬をすえて詠う詩が見えるようになるのは、西晋から東晋にかけてである。このことは人々が季節を意識し、季節に強い関心を示すようになったことを意味する。そこに詠われる季節はその季節特有の景物、いわば月令的景物に終始するものもあるが、それにとどまらず時節の変化を感じ、それを主題とするものもある。時節の変化からさらに生と死を感じ、それを主題とするものもある。

西晋から東晋にかけての人々、特に詩人たちが季節を意識し、季節に強い関心を示すようになったのは、各季節の孟・仲・季三月間の変化や春夏秋冬の季節間の変化に人の死を強く感じたからであろう。西晋から東晋にかけての詩人たちは、それ以前の人々と同じように春・秋の季節にもそれを感じたが、夏・冬の季節にもそれを相応に感じている。

ところが東晋の詩人はそれで終らず、死から避ける手段として季節の詩に玄言詩を作ったのである。それは春と秋の詩においてであるが、このことは従来の詩にはなかったことである。

季節の詩に詠う玄言詩は時節の変化や人の死という、心にわだかまる鬱結を解消し、生を全うしたい詩ということもできよう。これは世俗を避けて山林に隠れる生き方を示すものであり、その意味において東晋時代、季節の詩に玄言詩を詠うのは遊仙詩と無関係ではなく、その関連は改めて考察しなくてはならない。

なお、東晋の季節を詠う詩の中に、季節の景を写実的に描写する山水風の詩もあったことを銘記しておきたい。

注

(1) これらの詩題は『古詩紀』に拠るが、類書では「詩」とするものもある。

(2)「羨夏篇」二篇は、光・亡・翔の韻からすれば、合わせて一篇なのかもしれない。

(3)『詩経』豳風・七月には「七月には鳴鵙あり、八月には載ち績《つむ》ぐ」ともある。

(4)『詩紀』注に「闕あり」という。

(5)「感冬篇」二篇も、始・紀・汜の韻からすれば、合わせて一篇なのかも知れない。

(6) 小尾郊一氏は「いったい、魏晋の以後の文学作品に、秋が描写される時、常に月令的景物が現われるというのはなぜであろうか。それは秋を描写する場合、秋を代表する景物が既に当時の人々の頭に固定しており、その景物を織りこまねば、秋の描写にはならなかったのではなかろうか」（岩波書店『中国文学に現われた自然と自然観』）と述べられているが、月令的景物は秋だけではなく、他の季節の描写にもあてはまる。

(7) 陸機の「時に感ずる賦」は『楚辞』九弁の「悲しい哉《かな》秋の気為《た》るや、蕭瑟として草木揺落して変衰す」に倣って、「悲しい夫《かな》冬の気為る、亦た何ぞ憯懍として以って蕭索たる」と言い、冬の厳しさ、酷さ、寂しさは悲しい、とずばり詠う。

(8) 東晋の包播《ほうは》の「詩」の「冬日は凄惨たり、玄雲は天を蔽《おほ》ふ、素氷は恵みを彌《あまね》くし、白雪は山に依る」は、「この詩風」と趣きを同じくする。

(9) 東晋時代の女性は季節に関心があったのか、劉和《りゅうか》の妻の王氏に「正朝の詩」、傅充の妻の辛氏に「元正の詩」がある。

(10) 張華の「冬初の歳、小会の詩」に「庶尹羣后は、寿を奉じ朝に升る、我に嘉礼有り、式って百寮を宴す」とある。

(11) 引用書は注(6)に同じ。

(12) 小尾郊一氏は『楚辞』九弁篇の文章を示し、「この篇は、職を失った貧士の心境を、寂寥《せきりよう》たる秋景に寄せて、ここにすばらしい叙情詩を展開している。後の魏晋にみられる叙情詩は、実にこの『九弁』から発生すると言っても過言ではない」（前掲書）と述べられている。

（13）『晋書』巻五六孫綽伝の「綽は少くして文才を以って称を垂れ、時の文士　綽を其の冠と為す」、『世説新語』品藻篇の「孫興公・許玄度は皆な一時の名流なり」などである。詳しくは拙著『孫綽の研究——理想の「道」に憧れる詩人——』（汲古書院）を参照されたい。

〈本稿は『広島大学教育学部研究紀』第44号・第45号（広島大学教育学部・平成八年三月・平成九年三月）に、「季節の詩——東晋詩を中心にして（上）（下）」の題目で掲載したものである〉

登山の詩の背景

山——仁者の楽しむ所

東晋時代になると、「石鼓を観る」「楚山に登る」「衡山」「従征して方山の頭に行く詩」「会稽の刻石山に登る」「諸兄弟と方山に別るる詩」「白鹿山の詩」「荊山に登る」など山の名を詩題にすえたり、山に登ったりする詩が目立つようになるが、中国では古くは山はどのようなものとして認識されていたのであろうか。本稿では山の詩が作られるに至る背景を探ることにする。

山は地形的には、

夫れ山は土の聚まれるなり。（『国語』周語下）

石有りて高し。（『説文解字』巻九下）

とあるように、高くて土や石のある所。語義的には、

山は産なり。生物を産するなり。（『釈名』釈山）

山は宣なり。能く気を宣散《せんさん》して万物を生ずるを謂ふなり。（『説文解字』巻九下）

とあり、気を散じて万物を生み出すものと言う。また『韓詩外伝』（『初学記』巻五）に、

夫れ山は万人の瞻仰《せんぎやう》する所。材用は焉《ここ》に生じ、宝蔵は焉に植ゑ、飛禽は焉に萃《あつま》り、走獣は焉に伏す。群物を育

てて倦まざるは、夫の仁人志士に似たる有り。是れ仁者の山を楽しむ所以なり。

とあり、『尚書大伝』（『大平御覧』巻三八）に、

孔子曰はく、夫れ山は嵬《くわい》嵬《くわい》然《ぜん》たり。草木は焉に生じ、鳥獣は焉に蕃《はん》し　財用は焉に殖す。四方皆な焉に私与すること無し。雲雨を出だして以って天地の間に通ぜしむ。陰陽は和合し、雨露の沢《めぐみ》あり。万物は以って成り、百姓は以って饗《う》く。此れ仁者の山を楽しむなり。

とあるのは、山と人との関係を説くものである。

山が人々に仰ぎ見られるのは、高いということだけではなく、仁人・志人と同じように万物をたえず育て、天地間にゆきわたる公平無私な自然の恵みによって、人々が恩恵を蒙るからである。だから山は仁者の楽しむ所となる。楽しむことは知ることや好むことよりも、高い境地である(1)。

山は仁者の楽しむ所——こういう受けとめ方はいつごろからはじまったのであろうか。『論語』雍也篇に「子曰はく、知者は水を楽しみ、仁者は山を楽しむと」とあるのによれば、孔子の時代にはすでにそう受けとめられていたとみてよい。仁者が山を楽しむことについて、何晏は「仁者は山の如く安固なるを楽しむ。自然は不動にして万物焉《ここ》に生ず」と言い、朱子は「仁者は義理に安んじて厚重、遷らざること山に似たる有り。故に山を楽しむ」と言う。これによると、仁者は義理に安住し、そのさまは安定・堅固・不動・厚重であるゆえに、仁者が楽しむものは自ずとそれを持しているもの、ということになる。それが山だったのである。従って孔子が山を楽しむというのは、仁者と同じ性向を持している山の、そういう価値や能力を楽しむというのであって、それを求めて山に入り、山の美しさや山中の生活を楽しむ、といっているのではない。

名　山――仙人の居所

孔子の編といわれる『詩経』にも山がある。しかし水に比べるとかなり少ない。これらの山は楽しい所としてではなく、苦しい所として多く用いられている。たとえば次の詩句である。

陟彼砠矣　彼の砠《そ》に陟《のぼ》れば
我馬瘏矣　我が馬は瘏《つか》れたり
我僕痡矣　我が僕《しもべ》は痡《つか》れたり
云何吁矣　云《ここ》に何ぞ吁《うれ》ふ（周南・巻耳）

留守居の妻が石の多い山に陟って、馬も馭者も疲れきっていることを詠う。

陟彼岵彼兮　彼の岵《こ》に陟りて
瞻望父兮　父を瞻望す
父曰嗟予子　父曰ひき嗟《ああ》予《わ》が子よ
行役夙夜無已　行役しては夙夜已《や》むこと無く
上慎旃哉　上《ねが》はくは旃《これ》を慎めよ
猶来無止　猶ほ来たれ止まる無かれ（魏風・陟岵）

出征兵士がはげ山に陟り、自分を送り出してくれた父の励ましや慰めの言葉を思い出して詠う。

我徂東山　我は東山に徂《ゆ》き
慆慆不帰　慆慆《たうたう》として帰らず

我来自東　　我東自《よ》り来たれば
零雨其濛　　零雨は其れ濛《もう》たり
我東曰帰　　我は東にて帰ると曰ひ
我心西悲　　我が心は西に悲しむ（豳風・東山）

東方の山へ徂き、久しく帰れなかった兵士が雨の中を帰還する苦しみを詠う。

これらの山とは趣きを異にする山がある。終南山である。

終南何有　　終南には何か有らん
有条有梅　　条有り梅有り
君子至止　　君子は至りぬ
錦衣狐裘　　錦衣に狐裘《こきう》
顔如渥丹　　顔は渥丹《あくたん》の如し
其君也哉　　其れ君なる哉《かな》（秦風・終南）

君子つまり秦の君主が到着した終南山は苦しい所ではなく、「儀貌尊厳」（鄭箋）な君主にふさわしい山であり、「周の名山の中南」[2]（毛伝）なのである。

終南山は周代の名山というが、名山とはどんな意味あいを持つのであろうか。『辛氏三秦記』（『太平御覧』巻三八）の、

太一[3]は驪山《りざん》の西に在り。長安を去ること二百里、山の秀なる者なり。

によると、秀なる山のことである。

名山の古い例と思われる『関令尹喜内伝』（『初学記』巻五）には、

五百歳に天下の名山一たび開く。開く時、金玉の精涌出《ようしゅつ》す。

とある。五百年に一度、金玉の精が涌き出る、それが名山である。神秘的な山である。

『史記』巻二八封禅書には次のようにある。

天子は天下の名山大川を祭る。

天下の名山は八あるも、三は蛮夷に在り、五は中国に在り。中国は華山・首山・太室・泰山・東萊、此の五山は黄帝の常に游び、神と遇ふ所なり。黄帝は且つ戦ひ且つ僊を学べり。

黄帝がいつも遊んで神に会い、仙術を学んだ所、それが名山である。

また『抱朴子』自叙編には次のようにある。

未だ松・喬の道を修するに若かず。我に在る而已《のみ》、人に由らず。将に名山に登り、服食し養性せんとす。（中略）乃ち嘆じて曰はく、山林の中には道無きなり。而るに古の道を修する者、必ず山林に入るは、誠に讙譁《くわんくわ》より違《ゐ》遠《ゑん》するを以って、心をして乱れざらしめんと欲すればなり。今将に本志を遂げ、桑梓《さうし》を委《す》てて嵩岳《すうがく》に適《ゆ》き、以って方平・梁公の軌を尋ねんとす。

赤松子・王子喬は古代の仙人。王方平は後漢の仙人。梁公は未詳。嵩岳は嵩高山で五岳の一つ。葛洪は名山に登り、道を修した昔の仙人に倣って、服食し養性したいと言う。

登渉篇にはまた次のようにある。

凡そ道を為し薬を合はせ、及び乱を避けて隠居する者、山に入らざるは莫し。然るに山に入る法を知らざる者は、多く禍害に遇ふ。（中略）乱世を避け、迹を名山に絶ち、憂患無き者は、上元の丁卯の日を以ってす。（中略）僊道を求めて名山に入る者は、六癸の日六癸の時を以ってす。

仙道を求めたり、薬を調合したりする時には名山に入り、また戦乱を避けて隠居する時もそうしたのである。名山には仙草・奇薬が多かった。

名山には神芝不死の薬を生ず。(『博物志』巻六)

名山の奇薬を尋ね、霊波を越えて轅《かなゑ》に憩ふ、石上の地黄を採り、竹下の天門を摘む、曾嶺の細辛《さいしん》を摭《ひろ》ひ、幽澗の渓蓀《けいそん》を抜く、鍾乳を洞穴に訪《と》ひ、丹陽を紅泉に訊《たづ》ぬ。(謝霊運「山居の賦」)

「山居の賦」は東晋以後のものであるが、その自注には「此れ皆な年を住《とど》むるの薬なり。即ち近山の出だす所にして、采拾して以って病を消さんと欲する有り」という。

無名氏の『名山記』『名山略記』、謝霊運の『遊名山志』、都穆の『遊名山記』などはこうした山々に関する書である。

以上によると、名山とは仙薬・仙草があり、仙術を修得し、仙人の棲み家となる所である。とすると、名山といわれる終南山もこのような山ではなくてはならない。前掲の『辛氏三秦記』には続けて次のように言う。

中に石室有り。常《かつ》て一道士有りて、五穀を食はず、自ら太一の精と言ふ。斎潔《さいけつ》すれば乃ち之を見るを得。其の状は仙人に似たり。山は一に地肺《ちはい》と名づく。洪水を避くべし。俗に云ふ、上に神人有り。舡《ふね》に乗りて行き、之を追ふも及ぶべからずと。

また皇甫謐の『高士伝』(『初学記』巻五)には、

四皓《しかう》の綺里季《きりき》等、共に商洛に入り、地肺山に隠れて、以って天下の定まるを待てり。漢の高祖之を徴すも至らず。乃ち深く自ら終南山に隠る。

とあり、崔鴻の『前秦記』(『初学記』巻五)には、

王嘉は五穀を食はず、清虚服気す。潜かに終南山に隠れ、独り廬《いほり》を菴《とざ》して止まる。

とある。これらによると、終南山には五穀を食わぬ名の知れぬ道士や王嘉、あるいは高祖の招聘を辞した四皓がおり、彼らの住となる石室や食となる霊芝(4)があった。まさに名山である。

名山とは称されないが、蓬莱山・方丈山・瀛洲の三神山も実質的には名山である。

威・宣・燕・昭自り、人をして海に入り蓬莱・方丈・瀛洲を求めしむ。此の三神山は、其の伝ふるに渤海中に在り。（中略）蓋し嘗て至る者有り。僊人及び不死の薬は皆な焉に在り。（中略）臣（李少君）嘗て海上に游び、安期生を見る。安期生は巨棗《きょさう》の大いさ爪の如きを食はしむ。安期生は僊者、蓬莱中を通る。（『史記』巻二八封禅書）

こうした名山は以下にあげる泰山・天台山、さらには華山・衡山・嵩高山・崑崙山・廬山・鍾山・九疑山・石鼓山等々、その数は決して少なくない。

道　士——真人・仙人・沙門

ところで道士とはどのような者をいうのであろうか。『大霄琅書経』（『初学記』巻二三）には言う。

人　大道を行ふ、号して道士と曰ふ。士とは何ぞや。理なり、事なり。身心　理に順ふは、唯だ道に是れ従ふのみ。道に従ふを士と為す。故に道士と称す。

大道を行い、道に従う者、それが道士である。ここにいう道とはどのような道をいうのであろうか。

結論を先に言えば、道士には三様の言い方があるようである。一つは老荘思想の道に志す者、その体得者、これを以下真人[5]という。二つは神仙の道に志す者、その体得者、これを以下仙人という。三つは仏の道に志す者、その体得者、これを以下沙門という。

一つ目の真人については、郭璞の「遊仙の詩七首」其の二の「青谿は千余仞、中に一道士有り」に注する胡紹瑛が、

古は皆な道士を以って有道の士と為す。新序の節士篇に、介子推《かいしすゐ》曰はく、謁して位を得るは、道士居らずと。是れなり。（『文選箋証』巻二二）

と言うのがそれである。『新序』節士篇の道士は、続く文に「争ひて財を得るは、廉士《れんし》受けざるなり」とある廉士と同人である。従って、この道士は真人とみてよかろう。また、『困学紀聞』巻二〇には『新序』節士篇と『漢書』巻七五京房伝をあげる。京房伝の用例は「道人始めて去るとき、涌水を寒《こご》えしめ災を為す」をさすのであろうか。その顔師古注には「道人は道術有るの人なり」と言う。

二つ目の仙人について、胡紹瑛はまた言う(6)。

後乃ち仙隠の称と為す。（中略）漢の郊祀志の漢宮閣疏(7)に云ふ、神明台は五十丈、上に九室有りて甞《つね》に九天道士百人を置くと。蓋し武帝自り始まりしならん。

胡紹瑛によると、道士は古くは有道の士（真人）に用いたが、漢の武帝以後、仙隠（仙人）の呼称となったことが分る。従って胡紹瑛は次の資料を「穆王・平王の事は考ふべからず」として、否定する。

周の穆王は神仙を尚ぶ。尹真人《いんしんじん》の楼観に草制するに因り、遂に幽逸の人を召し、置きて道士と為す。平王の洛邑に東遷するや、又た道士七人を置く。（以上『初学記』巻二三に引く『楼観本記(8)』）

因みに『大平御覧』巻六六六に引く次の道士は、漢以後とは限らない。

劉翊《りうよく》、字は子相、後漢の人なり。世〻潁川《えいせん》に居る。家富み貧を済《すく》ふを以って事と為す。陳留太守と為りて後、官を去る。山に入りて道士と為る。

淳于斟《じゆんうしん》、字は叔顗《しゆくぎ》、会稽の人なり。漢の桓帝の時、県令と為る。山に入りて道を修す。

劉寛《りうくわん》、字は文饒《ぶんぜう》、後漢の南陽太守。年七十三、華山に入りて丹棗《たんさう》を服す。（以上『真誥』）

蔣負芻《しやうふすう》は義興の人なり。晋陵の薛彪之《せつへうし》と俗外の交を為す。茅山《ばうざん》に去来し、栖託《せいたく》を志す有り。斉の永明中、暫く都に下り、陶隠居と一遇し、便ち素契を尽くす。陶後に綬《じゆ》を解き、宇を中茅に結ぶ。仍《しき》りに負芻に請ひ嶺を度《わた》る。経典薬術に就き、常に共に之を論ず。

許邁《きょまい》、字は叔玄、少名は映、後に名を遠遊と改む。仙道を求むるを志し、臨安の西山に入り、月を経るも返らず。亦た其の之く所を知らず。

龍威丈人《りょうゐぢゃうじん》は山中にて道を得たる者なり。時人其の名を知る莫し。号して山隠居と曰ふ。慠然《がうぜん》として群せず、高く人の世を絶つ。（以上『太平経』）

また『列仙伝』には次のようにある。

王子喬は周の霊王の太子の晋なり。（中略）伊・洛の間に遊び、道士の浮丘公《ふきうこう》は接するに嵩高山に上るを以ってす。

稷丘君《しょくきうくん》は太山の下の道士なり。

主柱は何所《いづこ》の人なるかを知らざるなり。道士と共に宕山に上る。

山図《さんと》は隴西《ろうせい》の人なり。（中略）道人を追ひ之に問ふ。能く吾に随はば、汝をして死せざらしめんと。

朱璜《しゅくわう》は広陵の人なり。少くして毒瘕《どくか》を病み、睢山の上の道士の阮丘に就く。丘は之を憐みて言ふ、卿　腹中の三尸を除けば、真人の業有り、度教すべしと。

これらの道士はみな山に入っている。その山は名山で、そこで服食養生し、神仙の道を修している。しかし道士はその名山を美しいとは感じていない。

なお、仙人の意の道士(9)は、前掲の『辛氏三秦記』では神人とも太一の精とも言われており、また右の『列仙伝』では道人とも真人とも言われている。

三つ目の沙門の道士は『太平御覧』巻六六六には見えず、『世説新語』に見える。ただし道士ではなく、道人として見える。

林道人　謝公に詣《いた》る。（文学篇）　林道人（支遁）は『高僧伝』巻四（三三九頁参照）に伝がある。謝公は謝安。

高座道人　漢語を作《な》さず。（言語篇）　高座道人は『高座別伝』（言語篇注）に伝がある。

竺法深《ちくはふしん》　簡文の坐に在り。劉尹問ふ、道人何を以って朱門に游ぶやと。（言語篇）　竺法深は『高逸沙門伝』（言語篇注）、『人物論』（文学篇注）に伝がある。簡文は簡文帝、劉尹は劉惔。

愍度《びんど》道人　始めて江を過ぎんと欲し、一の傖道人の侶《りょ》と為る。（仮譎篇）　愍度道人は『名徳沙門題目』（仮譎篇注）、『高僧伝』巻四に伝がある。

殷中軍は廃せられて東陽に徙る。大いに仏教を読み、皆な精解す。唯だ事数の処に至りて解せず。遇〻《たまたま》一道人に見《あ》ひて籤《せん》する所を問へば、便ち釈然たり。（文学篇）　殷中軍は殷浩。

道人の語は前掲の『漢書』京房伝に見え、そこでは真人のことであったし、また『列仙伝』では仙人のことであったが、東晋のころから沙門のこともいうようになったと思われる。

泰　山――封禅・仙界

ところで五岳の一つで、東方に位置する泰山は無懐氏《むかいし》以下、漢の武帝に至るまで封禅の儀を行った山であると、『史記』巻二八封禅書にはある。封禅を行う所として、なぜ泰山が選ばれたのであろうか。それは由緒ある山だったからである。

泰山巌巌　泰山は巌巌《がんがん》として
魯邦是詹　魯邦是れ詹《み》る（『詩経』魯頌・閟宮）

泰山は一に天孫と曰ふ。天帝の孫為るを言ふなり。魂を召すを主る。東方は万物始めて成る。故に人の生命の長短を知る。（『初学記』巻五に引く『博物志』）

一に岱宗《たいそう》と曰ふ。王者の命を受け姓を易ふるや、功を報じ成を告ぐるは、必ず岱宗に於いてするを言ふなり。東方は万物始めて交代する処なり。宗は長なり。群岳の長為るを言ふ。（『初学記』巻五に引く『五経通義』）

泰山は高くて、天帝の子孫で群岳の長、しかも万物が始めて成る東方に位置する山である。そこは土壇を築いて天を祭り、易姓による王者が天下太平を報告する封禅の儀を行うのに最適な山だったのである。

封禅の儀が行われた由緒ある泰山には、

山頂の西巌は仙人の石閭為り。（『初学記』巻五に引く『漢官儀』）

泰山には芝草五石多し。下に洞天有り、周廻三千里、鬼神の府あり。（『初学記』巻三九に引く『道書福地記』）

とあるように、仙人がおり、仙草・仙薬にも恵まれていたのである。巌巌たる泰山と不老長寿の術を修養する仙人、この二つが結びつくのはごく自然に行われたであろう。

蓬萊山にいた仙人の安期生と通じていたという申公の書には、

封禅するもの七十二王、唯だ黄帝のみ泰山に上りて封ずるを得たり。

とあり、申公の言として、

漢主も亦た当に上りて封ずべし。上りて封ずれば則ち能く僊して天に登らん。（『史記』巻二八封禅書）

が伝えられている。これは泰山と仙人が深く結びついていたことを裏づけるものである。

泰山にいた仙人としては次のような者がいる。

稷邱君《しょくきうくん》は泰山の下《ふもと》の道士なり。漢武　泰山を東巡するに、乃ち琴を擁《いだ》きて来拝す。

崔文子は泰山の山人なり。黄老を好み、山下に潜居す。黄丸を作りて売薬す。疫気《えきき》有る者、薬を飲めば即ち愈ゆ。

（以上『初学記』巻五に引く『列仙伝』）

処士の張忠は泰山に隠れ、岩に棲み谷に飲む。導養の法を修するに、石を鑿《うが》ちて釜を為る。泰山の人、今に于いて之を法とす。（『初学記』巻五に引く崔鴻『前秦録』）

道士とも山人とも処士とも呼ばれる仙人は、泰山で長生の薬を作ったり、養生法を修得したりしているが、これについては『抱朴子』に詳述されている。

巌巌たる泰山は楽しい所ではなく、世俗から隔絶された苦しい所であり、だからこそそこが仙人の修養にふさわしい所として選ばれたのであろう。

さて仙人といえば、風雨や白雲や雲気がつきものだが、それは仙人が生来的に有していたのではなく、『尚書大伝』にあったように、山はそもそも雲や雨を出す所であり、封禅の際にも生じた。たとえば、

皆な泰山に至りて后土を祭る。封禅の祠、其の夜には光有るが若く、昼には白雲の封中に起こる有り。(『史記』巻二八封禅書)

光武　泰山に封ず。雲気　宮闕を成す。(『太平御覧』巻三九に引く袁山松『後漢書』)

とあるのがそれである。また、五岳や西王母のいる崑崙山、安期生・負局先生のいる三神山には雲や雨や風があった。

五岳は皆な石に触れて雲を出だす。膚寸《ふすん》にして合し、朝を崇《を》へずして雨ふる。(『芸文類聚』巻一に引く『尚書大伝』)

崑崙山には五色の雲気あり。(『芸文類聚』巻一に引く『河図』)

未だ至らざるに、之を望むこと雲の如し。到るに及べば、三神山は反って水下に居る。之に臨めば、風は輒ち引き去り、終に能く至るもの莫しと云ふ。(『史記』巻二八封禅書)

雲・雨・風が仙人と結びつく事例も少なくない。

赤松子は神農の時の雨師なり。(中略)帝は西王母の石室中に止まり、風雨に随ひて上下す。
赤将子輿は黄帝の時の人なり。(中略)能く風雨に随ひて上下す。
涓子《けんし》は斉の人なり。(中略)宕山《たうざん》に隠れ、能く風雨を致せり。
師門は嘯父《せうほ》の弟子なり。(中略)一旦風雨ありて之を迎ふ。(以上『列仙伝』巻上)

葛玄《かつげん》は車に乗りて過ぎ下《お》りず。須臾にして大風廻りて玄の車を逐ふ有り。塵埃は天に漫り、従者皆な辟易《へきえき》す。玄乃ち大いに怒りて曰はく、小邪敢へて爾《しか》るやと。即ち手を挙げて風を止むれば、風便ち止む。（『神仙伝』巻八）

千載　世を厭ひ、去りて上僊す。彼の白雲に乗りて、帝郷に至れば、三患至る莫くして、身常に殃《わざはひ》無し。（『荘子』天地篇）

以後これらの語は仙人と深く結びつき、仙人を象徴する語となり、魏晋の「遊仙の詩」には頻りに用いられた。

ついでにいえば、稷邱君が漢の武帝に拝謁したとき持っていた琴もまた、仙人を象徴するものである。たとえば次の例である。

務光は夏の時の人なり。耳の長さは七寸。琴を好み、蒲・韮の根を服す。

琴高は趙の人なり。琴を鼓《ひ》くを以って宋の康王の舎人と為す。

寇先は宋の人なり。（中略）数十年して宋の城門に踞し、琴を鼓くこと数十日、乃ち去る。（以上『列仙伝』巻上）

天台山――仙人・沙門

会稽の天台山も例にもれず、高峻で世俗から遠く隔絶された所にあった。

天台山は超然として秀出せり。山に八重有り、之を視ること一帆の如し。高さ一万八千丈、周廻八百里。（『太平御覧』巻四一に引く『臨海記』）

会稽の天台山は遐遠にして、生を忽《ゆるが》せにし形を忘るるに非ざる自りは、躋《わた》ること能はざるなり。（『太平御覧』巻四一に引く『異苑』）

物と我との区別を忘れ、無為自然の道を悟らなければ、八重もあり遐遠な天台山に登ることはできない。天台山は天台宗の聖地として知られているが、そもそもは仙人がいた所である。

天台山は剡県《せんけん》に在り。即ち是れ衆聖の降る所にして、葛仙公の山なり。（『芸文類聚』巻七に引く『名山略記』）

天台山は人を去ること遠からず。（中略）上に瓊楼《けいろう》・王閣・天堂・碧林・醴泉《れいせん》有りて、仙物は畢く備はる。晋の隠士の白道猷《はくだういう》之を過ぐるを得るに、醴泉・紫芝・霊薬を得たり。（『太平御覧』巻四一に引く『啓蒙記注』）

余姚《よてう》の人の虞洪《ぐこう》は山に入りて茗を採るに、一道士の三青羊を牽くに遇へり。洪を引き天台の瀑泉に至りて曰はく、吾は丹丘子なりと。（『太平御覧』巻四一に引く『神異経』）

また後漢の明帝の永平五年（六二）劉晨《りゅうしん》・阮肇《げんちょう》の二人が天台山に入って迷い、桃の実を食べて飢えをしのいでいたところ、山中で出会った二人の女に厚くもてなされ、半年後帰郷してみると、この世は七代も経っていた（『太平御覧』巻四一に引く『幽明録』）という話も、仙界のことである。

ところで天台山が北方の三神山に匹敵する、いわば名山であると主張したのは「天台山に遊ぶ賦并びに序」（二二一頁参照）を著した東晋の孫綽である。

天台山なる者は蓋し山岳の神秀なる者なり。海を渉れば則ち方丈蓬莱有り、陸に登れば則ち四明天台有り。皆な玄聖の遊化する所にして、霊仙の窟宅する所なり。

天台山は玄聖・霊仙のいる神秀なる山岳で、三神山どころか、五岳にも匹敵するが、五岳にも名を列ねず、経典にも名が載らないのは、あまりにも絶域にあるからである。

五岳に列せず、常典に載するを闕《か》く所以の者は、豈に立つ所の冥奥にして、其の路の幽迥《いうけい》なるを以ってにあらずや。

絶域にあるために、ここに登ることのできる者は少なく、王者とて神を祭ることはできなかった。しかし全く天台山に登る手だてがないわけではない。

夫の世を遺《す》て道を翫び粒を絶ち芝を茹《くら》ふ者に非ざれば、烏《いづ》くんぞ能く軽挙して之に宅《を》らんや。夫の遠く寄せ冥《はる》かに捜《さぐ》り信に篤く神に通ずる者に非ざれば、何ぞ肯て遥かに想ひて之を存せんや。

その手だては二通りあるという。一つは仙人になって軽挙し、天台山に住むこと。「粒を絶ち芝を茹ふ」のは[10]仙人のすることである。二つは沙門になって想像し、天台山を脳裏に止めること。「信に篤く神に通ずる」は、前後の表現法から考えて[11]、仙人のすることをくり返し述べているのでなく、仙人とは違う人のすること、つまり沙門のすることと理解するのがよかろう。

このように考えると、天台山は仙人だけではなく、沙門との関連も浮かびあがってくる。「天台山に遊ぶ賦」に神仙・老荘・仏教の三教融合が見られることは、従来から指摘されていることである。

智顗《ちぎ》が天台山[12]に入って修禅寺を建て天台宗を開いたのは、孫綽の死後およそ二百年経てのことである。以後天台山は天台宗の聖地として名を馳せるようになり、そこにいる沙門を道士という。

山に登る詩——玄言詩

東晋時代の山に登る詩に詠われる山は、そうではない山もあるが、おおむね名山である。その考察は他日に譲るが、庾闡の詩（四頁参照）に見える山についてはすでに考察した。

東晋時代の南方の山は、『詩経』以来の北方の山とは違っていたと思われるが、名山といわれる山は高くて、世俗から遠ざかった所にあった。人々はそこに登って、仙人の営みをする者もいたし、仙人気どりでその雰囲気に浸る者もいた。

こうした傾向は当時の玄言詩と相即不離の関係にあったことは確かである。この時まだ名山に美は発見していないが、後来の山水詩を生み出す下地になっていたことも確かである。その意味において東晋時代の山に登る詩は注目すべき詩の一つである。

注

(1)『論語』雍也篇に「子曰はく、之を知る者は之を好む者に如かず。之を好む者は之を楽しむ者に如かずと」とある。

(2)潘岳『関中記』(『初学記』巻五)に「其の山を一に中南と名づく。天の中に在り、都の南に居るを言ふ。故に中南と曰ふ」とある。

(3)『五経要義』(『初学記』巻五)に「終南山は長安の南山なり。一に太一と名づく」とある。

(4)『辛氏三秦記』(『初学記』巻五)には「中に石室霊芝有り」とある。

(5)『荘子』大宗師篇の冒頭に真人に関する論がある。

(6)胡紹瑛の説は『困学紀聞』巻二〇に拠っており、「蓋し武帝自り始まりしならん」、「穆王・平王の事は考ふべからず」も『困学紀聞』にある。

(7)『漢書』巻二五下郊祀志下の「神明台・井幹楼を立つ。高さ五十丈、輦道相ひ属く」の顔師古注にある。

(8)胡紹瑛は「困学紀聞に云ふ」として、『元和郡県志』『大霄経』を引く。

(9)『三洞道科』(『初学記』巻二三)に道士には五種類あるとして、その名をあげる。

天真道士——高玄皇人・広成子・中皇真人・河上丈人

神仙道士——杜冲・尹軌・赤松子・鬼谷子・安期先生・王方平

山居道士——許由・巣父・王倪・東園公・甪里先生

出家道士——宋倫・彭諶・彭宗・王探・封君達・王子年

在家道士——黄瓊・籛鏗

(10)『辛氏三秦記』(『太平御覧』巻五)に「中に石室有り。常《かつ》て一道士ありて、五穀を食はず」、崔鴻『前秦記』(『初学記』巻五)に「王嘉は五穀を食はず」、『列仙伝』巻上に「赤松子は神農の時の雨師なり。水玉を服す」、「偓佺《あくせん》は槐山の採薬父なり。好んで松の実を食ふ」、「呂尚は冀州の人なり。(中略)沢芝地髄の具を服す」とある。

(11)「夫の世を遺て——宅らんや」と「夫の遠く寄せ——存せんや」の二文は、表現法からして異なる二つのことをいうのであろう。従って「世を遺て道を翫ぶ者」は「粒を絶ち芝を茹ふ者」と同じで、それは仙人のことをいい、「遠く寄せ冥かに捜ぐる者」は「信に篤く神に通ずる者」と同じで、それは沙門のことをいうと理解する。

(12)中村元監修『新仏教辞典』(誠信書房)には「古くから道士・隠士が住し、3世紀~6世紀に清化寺・棲光寺・隠岳寺・中巌寺・白巌寺などが支遁・竺曇猷・僧祐などによって建てられ、幽寂の修行地とされていた」とある。

〈本稿は『国語教育研究』第三九号(広島大学教育学部国語科光葉会・平成八年三月)に、「東晋の登山詩——その背景」の題目で掲載したものである〉

「蘭亭の詩」の対句

はじめに

東晋の永和九年（三五三）上巳の日、王羲之は会稽郡山陰県（浙江省紹興県）の蘭亭に、同好の士と宴集した。蘭亭は佳山佳水の景勝地で、服食養性には最適であった。王羲之はここを終焉の地と定め、多くの名士と交わった。宋の張淏の『雲谷雑記』巻一によると、宴集した者は四二人で、全員に詩を賦すことが課せられた。同書には「両篇を成す者は十一人」、「一篇を成す者は一十五人」、「一十六人は詩成らず。各〻罰酒は三觥」とあり、その詩数は三七篇となるが、王羲之には他に四篇あり[1]、すべて四一篇となる。

本稿では、同じ時、同じ場所で、同じ風景を見て作られた、これら蘭亭の詩の対句[2]を取り上げ、その有り様を考察する。

考察にあたっては、大きく風景と思想とに分け、風景をさらに俯仰、山水、風雲、鳥魚、色彩に分け、思想を風景・思想、思想、超俗・世俗に分ける。

風景

1　俯仰

仰視碧天際　　仰ぎて碧天の際を視
俯瞰淥水浜　　俯して淥水の浜《ほとり》を瞰《み》る（王羲之「蘭亭の詩六首」其の二）

俯揮素波　　俯しては素波を揮ひ
仰綴芳蘭　　仰ぎては芳蘭を綴《と》る（徐豊之「蘭亭の詩二首」其の一）

俯仰対は蘇武の詩[2]にある伝統的な型である。王羲之の俯仰対は視線を上下の二方向に移動する対だが、徐豊之のそれは二方向に移動せず、或——、或——に近い対である。王羲之は視線を二方向に移動させることによって、異種の天と水（地）に焦点をあて、蘭亭の空間を巨視的に詠いあげる。一方の徐豊之は視線を移動させないことで、「波」「蘭」の小さな風物に焦点をあて、蘭亭の景観を微視的に詠いあげる。

なお、王羲之の対句は王羲之の「蘭亭集詩の序」の「仰ぎては宇宙の大なるを観、俯しては品類の盛んなるを察る」に通じ、徐豊之のそれは孫綽の「後序」の「乃ち芳草を席《し》き、清流に鏡《て》らし、卉木を覧、魚鳥を観る」と同趣といえよう。

2　山水

四眺華林茂　　華林の茂れるを四眺し
俯仰清川渙　　清川の渙《さか》んなるを俯仰す（袁嶠之「蘭亭の詩二首」其の二）

林栄其鬱　　林は其の鬱《しげ》みに栄え

浪激其隈　浪は其の隈《くま》に激す（華茂「蘭亭の詩」）

「林」と「川」、「林」と「浪」の、この山水対は古くからあり、蘭亭の風景を詠うにも欠くことはできなかった。王羲之の「蘭亭集詩の序」に「此の地に崇山・峻嶺・茂林・修竹有り。又た清流・激湍の左右に映帯する有り」とあるように、蘭亭には高い山、険しい嶺、茂った林、長く伸びた竹、清らかな流れ、早い瀬があった。袁喬之も華茂も「山」を静的に、「水」を動的に詠うが、袁喬之の山水は広がりがあって全体的・巨視的に詠われ、華茂のそれは狭められて部分的・微視的に詠われる。ここに二人の山水対の違いがある。

対句に風物を多く詠う詩を二例引こう。

回沼激中逵　回沼は中逵《ちゅうき》に激し
疎竹間修桐　疎竹は修桐に間《まじ》はる（孫統「蘭亭の詩二首」其の二）
修竹蔭沼　修竹は沼を蔭《おほ》ひ
旋瀬縈丘　旋瀬は丘を縈《めぐ》る（孫綽「蘭亭の詩二首」其の一）

孫統・孫綽は兄弟。「沼」「竹」の風物は共通で、他に「逵」「桐」「瀬」「丘」がある。兄弟の詠う蘭亭の風景は似ているが、仔細にみると異なる。

兄は「竹」を「疎」、弟は「修」ととらえ、「沼」を兄は「疎竹」の対にするが、弟は「修竹」に配し、その「修竹」を「旋瀬」と対にする。「沼」と「竹」、「竹」と「瀬」の対は、先の山水対と同じ。兄弟の句を重ねると、蘭亭の「竹」は「疎」にして「修」く、「修」い「桐」と一緒に生えて「沼」の傍にある。そういう景が浮かんでくる。

こうした景を兄は二句に分けて写すが、弟は上句でこれを写し、下句には視線を移動させて別の景を写している。そのために弟の景には広がりがある。このことは結果的には先の袁喬之・華茂の山水の景に通じることになる。

3　風雲

風と雲、これもしばしば対になる。風も雲も天上にあることでは同種だが、風は聴覚で、雲は視覚ということでは異種である。

薄雲羅景物　　薄雲は景物に羅《かか》り
微風翼軽航　　微風は軽航を翼《たす》く（謝安「蘭亭の詩二首」其の二）
流風払枉渚　　流風は枉渚を払ひ
停雲蔭九皐　　停雲は九皐を蔭ふ（孫綽「蘭亭の詩二首」其の二）

謝安の「雲」は「薄」くて「風」は「微」か、少量同士の対。一方、孫綽の「風」は「流」れて「雲」は「停」まる、動と静の別個の対。王羲之の「蘭亭集詩の序」の「是の日や、天は朗らかに気は清み、恵風は和暢す」とあり、「流風」とはいえ「渚」を払う程度であった。同士・別個の違いはあるが、謝安も孫綽も「雲」は地の「景物」「九皐」に配し、「風」は水の「航」「渚」に配している。

両詩の一字目と四字目に注意すると、「薄」と「微」、「流」と「停」は対だが、「景」と「軽」、「枉」と「九」は対になりきっていない。その点ではこの対句は未熟ということになるだろう。

なお、風を気と対にする詩もある。

氤氳柔風扇　　氤氳《いんうん》として柔風は扇《ふ》き
熙怡和気淳　　熙怡《きい》として和気は淳し（王凝之「蘭亭の詩二首」其の二）
温風起東谷　　温風は東谷より起こり
和気振柔条　　和気は柔条を振ふ（郗曇「蘭亭の詩」）

両詩の対はよく似ているが、郗曇の対が即物的・写実的である。

4　鳥魚

蘭亭に鳥や魚もいたことは前掲の王羲之の「蘭亭集詩の序」に見えるが、これも対[4]になる。

鶯語吟修竹　　鶯語は修竹に吟《うた》ひ
游鱗戯瀾濤　　游鱗は瀾濤に戯る（孫綽「蘭亭の詩二首」其の二）
翔禽撫翰游　　翔禽は翰《つばさ》を撫して游び
騰鱗躍清冷　　騰鱗は清冷に躍る（謝万「蘭亭の詩二首」其の二）
遊羽扇霄　　遊羽は霄《おほぞら》に扇《おこ》り
鱗躍清池　　鱗は清池に躍る（王徽之「蘭亭の詩二首」其の二）

「鶯」と「鱗」、「禽」と「鱗」、「羽」と「鱗」、「鳥」と「魚」とを対にする意識は見えるが、対句になりきっていない。これを次の潘岳の句と比べてみる。

帰鴈映蘭洔　　帰鴈は蘭洔に映じ
游魚動円波　　游魚は円波を動かす（潘岳「河陽県にて作る二首」其の二）

「映」・「動」に注目すると、上句は静的で、下句は動的である。しかし生態的には動的なのは「鴈」で、静的なのは「魚」。これを逆にしたところにこの対の巧みさがある。また、上二字に注目すると、上句は「鴈」、下句は「魚」で、天と水（地）の上下に対するが、下三字では上句も下句も水（地）で対にする。これは冒頭にあげた王羲之の俯仰対の天と水（地）よりも手の込んだ高度な技法で、西晋の修辞の第一人者潘岳の手法の一例である。

ところで、孫綽らの「鳥魚」の三例は、対句にしようと思えばできたのに、あえてしなかったと仮定すると、対句にしないことで調和・融合を破り、「鶯」「鱗」「禽」「鱗」「羽」「鱗」の一つ一つの風物を際立たせようとしたのであろう。そうすることが蘭亭の鳥や魚を詠うのにふさわしいと考えたのであろう。

なお、魚を鳥ではなく、花と対にするものがある。

鮮葩暎林薄　　鮮葩は林薄に暎《うつ》り
游鱗戯清渠　　游鱗は清渠に戯る（王彬之「蘭亭の詩二首」其の二）

「花」と「魚」を対にする用例は管見に入らず、謝万も「花」を詠うが、謝万は「林」と対にする。

碧林輝翠萼　　碧林には翠萼《すゐがく》輝き
紅葩擢新茎　　紅葩には新茎擢《い》づ（謝万「蘭亭の詩二首」其の二）

これを王彬之と比べると、王彬之は謝万の二句の内容を上句で詠ってしまい、下句に「魚」を詠う。これは前述の孫統・孫綽兄弟に似ている。「花」と「林」を対にするこの二句の内容は反復的で、新鮮さに欠ける。これに対して王彬之の「花」と「魚」の対は突飛で、意表を衝く。通常、花の対になるのは草木や鳥だが、その型を破るからである。「花」は植物で「魚」は動物、「花」は静的で「魚」は動的、「花」は陸にあり「魚」は水にいる。異質の要素の多い素材を対にすると、要素数以上の効果を発揮し、新しい世界を創りだすことになる。

5　色彩

佳山佳水の景勝地、蘭亭を詠う手法として色彩対の多用が予想されるが、色彩対は次の詩だけである。

碧林輝翠萼　　碧林には翠萼輝き
紅葩擢新茎　　紅葩には新茎擢《い》づ（謝万「蘭亭の詩二首」其の二）

「碧」と「紅」が色彩対。これで生き生きした春の景を創りあげるのだが、色彩対は二つの色彩が映じ合い、響き合って、二つの色彩以上の力を発揮し、詩の情趣を高める効果がある。

ところで、この詩の上句の四字目は色彩語の「翠」であるが、それと対になる「新」は色彩語ではない。蘭亭の詩にはこうした色彩語の使い方が多い。たとえば俯仰対に引いた王羲之の上句は「碧」で下句は「渌」、徐豊之の上句は「素」で下句は「芳」。次の詩もそうである。

青蘿翳岫　青蘿は岫《みね》を翳《かく》し
修竹冠岑　修竹は岑《みね》に冠《おほ》ふ（謝万「蘭亭の詩二首」其の一）
玄崿吐潤　玄崿は潤《みづ》を吐き
霏霧成陰　霏霧は陰を成す（同前）

これらは色彩対ではないが、色彩語と対になる「修」「霏」に注目すると、それらは色彩を感じさせる語である。こうした対は色彩対とは異なる別の効用があるが、対句としての巧拙を同日に語ることはできない。

思想

1　景物・思想

望巌愧逸許　巌を望みて逸許を愧ぢ
臨流想奇荘　流れに臨みて奇荘を想ふ（孫嗣「蘭亭の詩」）
望巌愧脱屣　巌を望みて屣《くつ》を脱ぐを愧ぢ
臨川謝掲竿　川に臨みて竿を掲《あ》ぐるを謝《や》む（魏滂「蘭亭の詩」）

「巌」と「川」（流）を対にする発想は右の二人にはじまり、「臨川」の用例は以前の何劭・潘尼にあるが、「望巌」はない。

臨川永歎　川に臨みて永歎し
酸涕霑頤　酸涕して頤を霑す（何劭「洛水にて王公に祖し詔に応ずる詩」）

斗酒足為歓　　斗酒は歓びを為すに足るに

臨川胡独悲　　川に臨みて胡《なん》ぞ独り悲しむ（潘尼「三月三日洛水にて作る」）

「臨川」して何劭が「永歓」し、潘尼が「胡独悲」する思いになるのは、『論語』子罕篇の「子は川の上に在りて曰はく、逝く者は斯くの如き夫《かな》、昼夜を舎《お》かずと」をふまえていると思われる。

ところが、孫嗣は「臨流」して「想奇荘」、魏滂は「臨川」して「謝掲竿」している。「奇荘」とは奇士荘周のこと。「流」と荘周との関係については、『荘子』秋水篇に「荘子　恵子と濠梁の上に遊ぶ。（中略）荘子曰はく、請ふ其の本に循はんと。子曰ふ、女安《なんぢ》くんぞ魚の楽しむを知らんと云ふ者は、既已《すで》に吾の之を知るを知りて、我に問へり。我之を濠の上に知るなりと」とあり、「掲竿」のことは庚桑楚篇に「若《なんぢ》規規然として父母を喪ひて、竿を掲げて諸《これ》を海に求むるが若きなり。汝は亡人なるかな、惘惘然《ばうばうぜん》たり」とある。

「望巌」して孫嗣が「愧」ず「逸許」とは、帝堯時代の隠者許由のこと。巌と隠者とは密接な関係にあり、『史記』巻六一伯夷伝に「巌穴の士、趨舎に時有り」とあり、「望巌」して魏滂が「愧」ず「脱屣」のことは、『漢書』巻二五上郊祀志上に「嗟乎、誠に黄帝の如きを得ば、吾妻子を去《す》つるを視《しめ》すこと、屣を脱ぐが如きのみ」とあり、注に「言ふこころは、其れ便易にして顧みる所無きなり」と言う。

孫嗣・魏滂は「巌」や「川」の景物に触発されて、神仙思想・老荘思想を想起し、それを見事な対句にしたてて表現する。東晋の詩は玄言詩といわれるが、それが蘭亭の詩にも見られるのである。これは「臨川」して「逝く者は斯くの如き夫」と歎じ、悲しむ何劭・潘尼と決して同じではない。

2　思想

景物に触発されないで、思想だけを対にするものがある。

荘浪濠津　　荘は濠の津に浪《さまよ》ひ

巣歩潁湄　　巣は潁の湄《みぎは》に歩む（王凝之「蘭亭の詩二首」其の一）

「荘」は荘周。荘周がさまよう「濠」水の「津」は、前掲の『荘子』秋子篇に見える。濠水は安徽省鳳陽県の東北を流れる川。「巣」は巣父。帝堯時代の隠者。巣父がぶらつく「潁」水の「湄」は、『史記』巻六一伯夷伝注に引く『高士伝』に「時に巣父有りて犢《うし》を牽きて之に飲ましめんと欲す。由の耳を洗ふを見て、其の故を問ふ。対へて曰はく、堯は我を見て九州の長と為さんと欲す。其の声を聞くを悪む。是の故に耳を洗ふと。巣父曰はく、子若《も》し高岸深谷に処りて、人道の通ぜざれば、誰か能く子を見ん。子故《もと》より浮游するは、其の名誉を求めんと欲すればなり。吾が犢の口を汚せりと。犢を上流に牽きて之を飲ましむ」とある。潁水は安徽省潁上県を流れる川。

荘周・巣父は老荘思想・神仙思想の対で、これは同類対と見てよかろう。また「濠津」と「潁湄」も同類対と見てよい。この対によって、王凝之の荘周・巣父に対する憧れを強調する。

神散宇宙内　　神は宇宙の内に散じ

形浪濠梁津　　形は濠梁の津に浪ふ（虞説「蘭亭の詩」）

「神」と「形」は心と身、精神と肉体のことで、支配者と被支配者の対であり、「宇宙内」と「濠梁津」も対である。これらは異類対と見てよかろう。「宇宙内」は『荘子』譲王篇に「余は宇宙の中に立つ。（中略）日出でて作し、日入りて息ふ。天地の間に逍遥して、心意自得す」とあり、「濠梁津」は前掲の「濠津」に同じ。この対によって、虞説の老荘思想への強い憧れを訴える。

王凝之・虞説が神仙思想・老荘思想を対にして詠いあげるのは、玄言詩の極みであり、こうした詠い方は従来にはなく、ここに東晋詩の対句の新開拓がある。

蘭亭は玄言詩を作るのにふさわしい地であったということができよう。

3　超俗・世俗

王凝之・虞説以上の対句を作った詩人がいる。次の庾蘊の対句がそれである。

仰想虚舟説　　仰ぎて虚舟の説を想ひ
俯歎世上賓　　俯して世上の賓を歎ず（庾蘊「蘭亭の詩」）

俯仰対についてはすでに説いたが、上句の「想」と下句の「歎」を見ると、反対《はんつい》である。

「虚舟」は『列子』列禦寇篇に「巧者は労し知者は憂ふ。無能なる者は求むる所無く、飽食して遨遊す。汎として繋がざるの舟の虚にして、遨遊する者の若し」とあり、繋がれずに水に漂う舟のことで、無心の世界に逍遥すること。それを想い憧れるというのである。

「世上賓」は世俗の客人のこと。言い換えるとこの世に仮に生きている人のことで、次の詩「方外賓」の逆。

尚想方外賓　　方外の賓を尚《こひねが》ひ想ふも
迢迢有余閒　　迢迢として余閒有り（曹茂之「蘭亭の詩」）

「方外」は『荘子』大宗師篇に「孔子曰はく、彼は方外に遊ぶ者なり。而るに丘は方内に遊ぶ者なり」とあり、方内は「世上」のこと。「世上賓」は孔子のような人で、荘周のような人ではない。そういう人を嘆かわしく思うというのである。

逆の内容の「虚舟説」と「世上賓」とを対にし、上句が超俗で下句が世俗。世俗を否定して超俗を称賛する。これを玄言詩という観点から見たとき、蘭亭の詩四一篇中の最高の対句ということができようか。

このことは郭璞の「遊仙の詩七首」其の一に、

京華遊侠窟　　京華は遊侠の窟《いはや》
山林隠遯棲　　山林は隠遯の棲《すみか》

とある対句の作法に比肩するものとして注目したい。

おわりに

蘭亭の詩における対句は量的には多くないが、質的には注目すべきものがあった。俯仰、山水、風雲、鳥魚、色彩等の対は従来からの踏襲であるが、花鳥の対は目新しいものであった。

こうした中でなかんずく注目すべきは、神仙思想、老荘思想を対にしていることである。その最たるものが、庾蘊の「仰ぎて虚舟の説を想ひ、俯して世上の賓を歎ず」であった。

従来は自然の風物を対句にすることが多く、思想を対句にすることは多くなかった。しかし蘭亭の詩には、思想の対が現れた。このことは東晋詩が西晋の修辞技巧を継承しつつ、それが思想の表現にも及んだことを意味する。言い換えれば玄言詩にまで入り込んだということになり、対句の新開拓として評価されてよい。

注

（1）四篇は『右軍書記』所収。

（2）四一篇の内には、対句をまったく用いないものもあるし、一篇すべて対句というのもあるが、大半は一篇の一部に用いるものである。

（3）「俯しては江漢の流るるを観、仰ぎては浮雲の翔けるを視る」（「詩四首」其の四）。

（4）蘭亭詩以前の用例としては、「遊魚は渌水に潜み、翔鳥は天に薄《せま》りて飛ぶ」（曹植「情詩」）、「綸深ければ魚は淵《しづ》かに潜み、矰《いぐるみ》設けらるれば鳥は高く飛ぶ」（阮籍「詠懐の詩八十二首」其の七十六）。

〈本稿は『東洋史訪』第三号・久保田剛先生退官記念号（兵庫教育大学東洋史研究会・平成九年三月）に、「東晋詩の対句——蘭亭詩を中心にして」の題目で掲載したものである〉

郭璞「遊仙の詩」の対句

はじめに

梁の鍾嶸は東晋の郭璞（二七六～三二四）を中品に配し、その詩風は潘岳を規範としていると言う。

潘岳を憲章し、文体相ひ輝き、彪炳 翫《よろこ》ぶべし。（『詩品』）

郭璞が規範とする潘岳の詩は、上品の潘岳の条に次のようにある。

其の翩翩然として翔禽の羽毛有り、衣服の綃縠有るが如し。

潘の詩は爛《はなや》かなること錦を舒《の》べたるが若く、処として佳からざる無し。

前者は李充の評、後者は謝混の評で、鍾嶸はこれを引く。ともに比喩的に評するが、言うところは同じで、潘岳の詩は修辞面で優れているとする。従って、潘岳の詩を規範とする郭璞の詩も、修辞面で優れていることになる。

本稿では郭璞の詩における修辞、特に対句に注目して、『詩品』の評を検証する。対象とする詩は、郭璞詩の傑作とされる「遊仙の詩」とし、これを郭璞以前・郭璞以後の「遊仙の詩」と比較し考察する。

郭璞の「遊仙の詩」としては、『文選』巻二一に収める「遊仙の詩七首」及びそれ以外の「遊仙の詩」を集めた「遊仙の詩十二首」がある。また、郭璞以前の「遊仙の詩」の作者には、曹丕・曹植・嵇康・成公綏・張華・何劭・張協・鄒湛がおり、郭璞以後東晋末までは庾闡・王彪之がいる。

なお、詩を比較するために、仙人の登場、仙界への飛翔、仙人の居所、仙界の風景、仙人の飲食、仙界と俗界の六つの観点を設けることにする。

仙人の登場

「遊仙の詩」には仙人が登場するが、そのうち対句として登場するものを取り上げる。

左挹浮丘袖　　左は浮丘の袖を挹《と》り
右拍洪崖肩　　右は洪崖の肩を拍《たた》く（「遊仙の詩七首」其の三）

「浮丘」[1]は周の霊王の太子王子喬時代の仙人で、嵩高山にいた。「洪崖」は黄帝時代の仙人で、洪崖山にいた。時代も居所も異なる、同時には存在しない二仙人を対にするのは、郭璞の仙人に対する憧憬が時空を超えていることをいうのに有効である。「左」と「右」の左右対は反対語だが、「挹袖」と「拍肩」は同時に行った行為であろう。

陵陽挹丹溜　　陵陽は丹溜を挹《く》み
容成揮玉杯　　容成は玉杯を揮《まね》く
姮娥揚妙音　　姮娥《こうが》は妙音を揚げ
洪崖頷其頤　　洪崖は其の頤《おとがい》を頷《うご》かす（「遊仙の詩七首」其の六）

「陵陽」子明は黄山にいた仙人。「容成」は黄帝の師。これは「丹溜」（仙薬）を「挹」んで飲む仙人と、「玉杯」を手で「揮《まね》」き寄せることのできる仙人との対。異った行為をする二仙人を並べるところに、この対の妙がある。「姮娥」は羿《げい》の妻。「洪崖」は前出。この対は、仙人というものは音楽に長じていることを言うために、詠いかける女仙とそれに和する男仙を登場させる。これは時間的には連続の動作である。

郭璞以前、仙人を対にするのは張華である。

簫史登鳳音　簫史《せうし》は鳳音を登《な》し
王后吹鳴竽　王后は鳴竽《めいう》を吹く（張華「遊仙の詩四首」其の一）

「簫史」は秦の穆公時代の仙人で、笛の名手。「王后」は穆公の娘の弄玉で、簫史の妻。これも笛の名手。男仙と女仙を対にするのは郭璞より張華が先輩。張華の男仙・女仙は夫婦で、笛の演奏はおそらく同時に行われたであろう。

湘妃詠渉江　湘妃は渉江を詠じ
漢女奏陽阿　漢女は陽阿を奏す（同前・其の二）

「湘妃」は湘君・湘娥とも言い、舜の妃で湘水の女神。「漢女」は漢水の女神。水の女神を対にするこの同類対は、一方だけでもこと足りるが、対にする主なるねらいは形式美の追求にある。

雲娥薦瓊石　雲娥は瓊石を薦《し》き
神妃侍衣裳　神妃は衣裳に侍す（同前・其の三）

「雲娥」は天女。「神妃」も天女。天女を並べるこの対は、二天女が同席しているかどうかは分らないが、ただ二天女を並べて形式美をねらうだけで、含蓄はない。

郭璞以後は庾闡が多く対を用いる。

白竜騰子明　白竜は子明を騰《の》せ
朱鱗運琴高　朱鱗は琴高を運ぶ（庾闡「遊仙の詩四首」其の二）

陵陽「子明」は前出。「琴高」は戦国趙の人。これは『列仙伝』陵陽子明の「三年にして白竜来たり迎へ、竜陽山の上に止まること百余年なり」、琴高の「果たして赤鯉に乗り来たり、祠中より出づ」をそのまま対にした事対で、二仙人の登仙するさまを並べた同類対。一方の句だけでこと足り、平凡である。

赤松遊霞乗雲　　赤松は霞に遊び雲に乗り

封子錬骨淩仙　　封子は骨を錬り仙に淩《のぼ》る（庾闡「遊仙の詩六首」其の二）

「赤松」子は神農の時の雨師。甯「封子」は黄帝の陶正。これも右に同じく、「赤松は水玉を以って煙に乗る」（嵆康「向子期の養生を難ずる論に答ふ」）、「而して雲気の上るに随ふも、猶ほ骨有り」（『列仙伝』甯封子）を対にした事対で、しかも同類対。含蓄はない。

邛疏錬石髄　　邛疏《きょうそ》は石髄を錬り

赤松漱水玉　　赤松は水玉に漱ぐ

憑煙眇封子　　煙に憑《よ》りて封子眇《はる》かに

流浪揮玄俗　　流浪して玄俗揮ふ（庾闡「遊仙の詩四首」其の一）

この二組の対も事対で同類対。「邛疏」は「石髄を煮て之を服す」（『列仙伝』邛疏）、「赤松」子の水玉、甯「封子」の「憑煙」は前出。「玄俗」は「河間王の家老・舎人自ら言ふ、父の世　玄俗を見しに、玄俗影無しと。王呼びて看るに、日中なるも実に影無し」（『列仙伝』玄俗）。

以上総じていえば、張華には女仙が多く、庾闡には事対が多い。しかも両詩人とも同じ内容をくり返すにすぎない。これに対して郭璞は、用例は少ないが、二仙人の行為・動作が時間的に同時であったり、連続したりしており、また女仙も男仙もおり、その対には工夫がみられる。

なお郭璞には次のような表現で仙人を詠うことがある。

左顧擁方目　　左顧すれば方目を擁し

右眷極朱髪　　右眷すれば朱髪を極む（「遊仙の詩十二首」其の七）

「方目」は仙人の目で、偓佺のこと。「朱髪」は仙人の髪で、赤斧のこと。「左」と「右」の左右対は反対語だが、内容は同類で、単調。含蓄はない。

燕昭無霊気　燕昭も霊気無く
漢武非仙才　漢武も仙才に非ず（「遊仙の詩七首」其の六）

「燕昭」は燕の昭王。「漢武」は漢の武帝。仙人ではないが、仙界を求めて求められなかった王を対にする。発想に工夫がある。

仙界への飛翔

登仙撫竜駟　登仙して竜駟を撫で
迅駕乗奔雷　迅駕して奔雷に乗ず
鱗裳逐電曜　鱗裳は電《いなづま》を逐ひて曜き
雲蓋随風迴　雲蓋は風に随ひて迴る
手頓羲和轡　手は羲和《ぎくわ》の轡を頓《とど》め
足蹈閶闔開　足は閶闔《しゃうかふ》の開を蹈む（「遊仙の詩十二首」其の二）

郭璞は俗界を去って仙界に着くまでを詩にすることは少ないが、これはその中の一つで、対句を三組続ける。

最初の対は仙界へ飛翔するための乗り物。「竜駟」を「奔雷」に見たてる神秘的な発想は、一気に仙界へ到着する表現として当を得ている。

二つ目の対は「登仙」の「裳」と「竜駟」の「蓋」の異類対。「鱗」「電」の語は「竜」を、また「電」の語は「雷」を意識している。さらに句中の「鱗」と「電」、「雲」と「風」、二句間の「鱗」と「雲」、「電」と「風」は互いに響きあい、対の形成は見事である。

三つ目の対は仙人の「手」と「足」を対にし、仙界到着をいう。二つ目の対が同時の行為を並べたのに対し、この対は時間的に連続している。また「足蹈閶闔開」の句は上二字に「足」の字を、下三字に「門」の字を用い、視覚的効果をねらう。

郭璞のこの三組の対句は、工夫があり、変化に富み、多角的である。

仙界への飛翔を対にするのは、郭璞以後にはなく、郭璞以前に張華がいる。

雲乗去中夏　雲に乗りて中夏を去り
随風済江湘　風に随ひて江湘を済《わた》る（張華「遊仙の詩四首」其の三）

この対は雲に乗り風に随って俗界を発つことをいうが、同じ内容のくり返し。くり返しの意図は強調にあるといえばそうだが、ここには含蓄はなく、形式美があるにとどまる。なお下句の三字には水の字を用いる。

仙人の居所

「竜駟」を撫でて到着した仙界。そこは天にそびえる仙山。山の名は崑崙山・招揺山・円丘山・鍾山・蓬莱山。「円丘」山は所在不明。「鍾山」は崑崙山の異名。これらの山を対にする。

璇台冠崑嶺　璇台は崑嶺に冠し
西海浜招揺　西海は招揺に浜す（「遊仙の詩十二首」其の三）

「崑崙」山と「招揺」山は西方の山と南方の山の対で、「璇台」と「西海」は陸と水の対。方角も場所も異なる仙山を対にすることによって、仙山に広がりを持たせる。含蓄がある。

円丘有奇草　円丘には奇草有り
鍾山出霊液　鍾山には霊液出づ（「遊仙の詩七首」其の七）

「奇草」と「霊液」は草と水の対で、これらの仙薬が仙山にあることをいう。「円丘」山の所在が不明のため、ねらいが不明だが、内容的にはくり返しである。

呑舟涌海底　呑舟は海底に涌《をど》り
高浪駕蓬萊　高浪は蓬萊を駕《しの》ぐ（同前・其の六）

「海底」と「蓬萊」山は海と山の異類対だが、この対には時間の連続性がある。海底から涌り出た「呑舟」（大魚）が「高浪」を生じ、その「高浪」が「蓬萊」山を超える。この対によって、蓬萊山は危険な所であることをいう。

東海猶蹄涔　東海は猶ほ蹄涔《ていしん》のごとく
崑崙若蟻堆　崑崙は蟻堆の若し（「遊仙の詩十二首」其の二）

「東海」と「崑崙」山も海と山の異類対で、これを「蹄涔」「蟻堆」に喩えるが、これによって仙山は俗界からは見えない、遥かかなたにあることを暗示する。

これら郭璞の対句はまた、多様で工夫に富んでいることが分る。

郭璞以前、仙界の居所としての仙山を詩にする者もあるが、対句表現をとらない。

採薬鍾山隅　薬を鍾山の隅に採り
服食改姿容　服食して姿容を改む（嵆康「遊仙の詩」）
西入華陰山　西のかた華陰山に入り
求得神芝草　求めて神芝の草を得たり（成公綏「遊仙の詩」）

嵆康も成公綏も単句の特徴を生かし、上句と下句とを順接の「そして」で継ぎ、仙山を紹介している。

崆峒臨北戸　　崆峒は北戸に臨み
昆吾眇南陸　　昆吾は南陸に眇《はる》かなり（庾闡「遊仙の詩四首」其の一）

「崆峒」山と「昆吾」山は南方の山で、「北戸」と「南陸」も南方の地。方角も場所も同じこの対には仙山の広がりはなく、郭璞のように技巧的ではない。ただ南方の地であるのに、「南陸」の対に逆方向の「北戸」を並べるのは、工夫がある。

軽挙観滄海　　軽挙して滄海を観
眇邈去瀛洲　　眇邈として瀛洲に去る（同前・其の二）

「滄海」と「瀛洲」は渤海湾の中のことで、この対も同じ内容のくり返し。一方の句だけで足り、含蓄はない。

崑崙涌五河　　崑崙は五河を涌《は》き
八流縈地軸　　八流は地軸を縈《めぐ》る（同前・其の一）

この対句には技巧がある。普通には「崑崙」山と「地軸」、「五河」と「八流」を同じ句に詠うところを、二句に分けてたすき掛けにして詠っている点である。この対によって、「崑崙」山と「八流」が一体となり、含蓄がある。

蓬萊陰倒景　　蓬萊は倒景を陰《くら》くし
崑崙罩曾城　　崑崙は曾城を罩《こ》む（王彪之「遊仙の詩」）

「蓬萊」山は東方の山、「崑崙」山は西方の山で、方角は異なる。この手法はすでに郭璞が用いたもので、郭璞を超える新味はない。

仙界の居所は固有の山だけではなく、普通の丘や岡、川や谷もそうであった。これを対にして、山上の仙界と地上の仙界を同時に表現する。

臨源挹清波　　源に臨みて清波を挹《く》み

陵崗掇丹荑　崗に陵《のぼ》りて丹荑《たんてい》を掇《ひろ》ふ（「遊仙の詩七首」其の一）

「源」と「崗」の対。「源」には「清」「波」の水の字を配し、「清」を色彩語の「丹」と対にする。山上と地上の清らかな仙界が想像される。

登岳採五芝　岳に登りて五芝を採り
渉澗将六草　澗に渉りて六草を将《と》る（「遊仙の詩十二首」其の四）

「岳」と「澗」。それに霊草の「五芝」と「六草」の対で、漢数字も合わせる。

山と川の対は異類対と見ることもでき、これによって仙界は上下・左右に広がっていることを暗示する。

こうした発想は郭璞以前、すでに曹植の詩にある。

北極登玄渚　北極して玄渚に登り
南翔陟丹邱　南翔して丹邱に陟《のぼ》る（曹植「遊仙の詩」）

「渚」と「邱」。これに方角の「北」と「南」、色彩語の「玄」と「丹」の、反対語を対にして、仙界の広がりや美しさを表現する。

なお、「瀆」（川）と「岳」を対にして、これを比喩的に詠う次の郭璞の句は、前掲の「東海は猶ほ蹄涔のごとく、崑崙は蟻堆の若し」同様、巧みである。

四瀆流如涙　四瀆《しとく》は流るること涙の如く
五岳羅若垤　五岳は羅《つら》ぬること垤《てつ》の若し（「遊仙の詩十二首」其の五）

仙界の風景

1　雪・風

仙界には天象の「雲」があり、「風」がある。これを対にして、仙界の風景を詠う。

雲生梁棟間　　雲は梁棟の間に生じ
風出窓戸裏　　風は窓戸の裏《うち》に出づ（「遊仙の詩七首」其の二）

「雲」は上方にあって視覚的、「風」は下方にあって聴覚的。「雲」や「風」が棲み家から出るとは、世俗とは異なる神秘的な風景である。同類対は一方だけでこと足りるが、対にして形式美を意図する。

迴風流曲櫺　　迴風は曲櫺《きょくれい》に流れ
幽室発逸響　　幽室は逸響を発《お》こす（「遊仙の詩十二首」其の一）

「迴風流曲櫺」は意味的には右の「風出窓戸裏」と同じだが、本詩は「風」を「室」と対にする。「風」と「室」は異類対だが、「室」は「曲櫺」から導かれたもの。たすき掛けの「迴風」と「逸響」、「曲櫺」と「幽室」が響きあい、上句と下句は時間的に連続している。

郭璞以前には「風」を「葩」と対にする例がある。

蘭葩蓋嶺披　　蘭葩は嶺を蓋《おほ》ひて披《ひら》き
清風縁隙嘯　　清風は隙に縁《よ》りて嘯く（張協「遊仙の詩」）

「蘭葩」と「清風」の対は、世俗とは異なる汚れのない仙界の風景だが、この句ではむしろ「嶺」と「隙」の対が面白い。

2　植物

仙界にはさまざまな植物がある。「林」と「樹」があり、この同類を対にする。

瓊林籠藻映　瓊林は藻映を籠《こ》め
碧樹疏英翹　碧樹は英翹《えいげう》を疏《し》く（「遊仙の詩十二首」其の三）

「瓊」「藻映」「碧」「英翹」などの美麗を表す語は、神秘的な仙界を表現するのに有効だが、この対は同じ内容のくり返しで、形式美をねらうものである。

仙界には「潜穎」「陵苕」「女蘿」「松柏」もある。

潜穎怨青陽　潜穎は青陽を怨み
陵苕哀素秋　陵苕は素秋を哀しむ（「遊仙の詩七首」其の五）

上句は谷の植物、下句は岡の植物、上句は「陽」（春）、下句は「秋」の異類対で、仙界の風景に空間的・時間的広がりをもたせる。「怨」「哀」に注目すると、これは擬人法による同趣のくり返しである。

寒露払陵苕　寒露は陵苕を払ひ
女蘿辞松柏　女蘿は松柏を辞す（同前・其の七）

「払」と「辞」に注目すると、この対も同趣のくり返し。「寒露」「女蘿」は天象と植物の対で、「陵苕」と「松柏」は植物同士の対。異類と同類を対にして、「寒露」は「陵苕」に、「女蘿」は「松柏」に寄生していることで統一し、晩秋の仙界の風景を詠う。この発想はすでに郗湛にある。

潜穎隠九泉　潜穎は九泉に隠れ
女蘿縁高松　女蘿は高松に縁る（郗湛「遊仙の詩」）

この句では「九泉」と「高松」の対が面白いが、郭璞は郗湛の「縁」の字を逆の意味の「辞」の字に変えて用いる。また「松柏」は鄒湛の「高松」、及び次の何劭の「松」「柏」を借用する。

青青陵上松　青青たる陵上の松
亭亭高山柏　亭亭たる高山の柏（何劭「遊仙の詩」）

以上、「雲」「風」「潜穎」「陵苕」「女蘿」「松柏」などは、仙界の典型的な景物で、これを対にして同じ内容をくり返し、形式美を前面におし出して、仙界は調和のとれた所であることを言う。

3　色彩語

仙界の風景を表現するとき、色彩対が多用される。

潜穎怨青陽　潜穎は青陽を怨み
陵苕哀素秋　陵苕は素秋を哀しむ（「遊仙の詩七首」其の五）
振髪晞翠霞　髪を振ひて翠霞に晞《さら》し
解褐被絳綃　褐を解きて絳綃《こうせう》を被る（「遊仙の詩十二首」其の三）

「青」と「素」。「翠」と「絳」。特に後詩の「翠霞」「絳綃」の美麗な語は、仙界を美化し、神秘化するのに有効である。

色彩対を用いるのは郭璞だけではない。郭璞以前にも、以後にもある。

北極登玄渚　北極して玄渚に登り
南翔陟丹邱　南翔して丹邱に陟《わた》る（曹植「遊仙の詩」）
紫芝列紅敷　紫芝は紅を列ねて敷き
丹泉激陽瀆　丹泉は陽に激して瀆す（鄒湛「遊仙の詩」）
層霄映紫芝　層霄に紫芝映じ

潜澗汎丹菊　潜澗に丹菊汎《うか》ぶ（庾闡「遊仙の詩四首」其の一）
白竜騰子明　白竜は子明を騰《の》せ
朱鱗運琴高　朱鱗は琴高を運ぶ（同前・其の二）

仙人の居所の「玄渚」「丹邱」に色彩対を用い、また仙人の飲食の「紫芝」「丹泉」「紫芝」「丹菊」にも用い、さらに仙人の乗り物の「白竜」「朱鱗」にも用いる。すべて仙界を美化し、神秘化する美麗な色彩対である。

郭璞の次の色彩対は技巧的である。

丹泉漂朱沫　丹泉に朱沫漂ひ
黒水鼓玄濤　黒水に玄濤鼓《ゆら》めく（「遊仙の詩十二首」其の三）

これは「泉」と「水」、「沫」と「濤」の同類対に、色彩対として上句に「丹」と「朱」の同系色を二つ、下句に「黒」と「玄」の同系色を二つ配して、赤い水と黒い水を対にする。この異類の水は不老水で統一される。美的で、神秘的である。

郭璞以上に技巧を凝らした対が庾闡にある。

南海納朱濤　南海は朱濤を納れ
玄波灑北溟　玄波は北溟に灑《そそ》ぐ（庾闡「遊仙の詩四首」其の四）

「海」と「波」、「濤」と「溟」は同類対。上句の「南」は色でいえば「朱」、下句の「北」は「玄」、五行説に従い、それぞれを配する。庾闡の技巧は「朱」と「玄」を同じ位置に置かず、「玄」には「南」を、「朱」には「北」を置き、たすき掛けにしているところにある。この対で水の美しさを表現する。

反対色・同系色を問わず、色彩対の多用は、仙界の風景が色彩豊かで、絵画的となり、美的で、神秘的な効果を高めるのに有効である。

なお、色彩語は用いないが、色彩感を表出するものもある。その一例を郭璞の詩から引用する。

鱗裳逐電曜　鱗裳を電《いなづま》を逐ひて曜《かがや》き
雲蓋随風迴　雲蓋は風に随ひて迴る（「遊仙の詩十二首」其の二）

仙人の飲食

仙界の生活を詠うとき、飲食物を対にする。前出の詩句に、「奇草」「霊液」、「清波」「丹荑」、「五芝」「六草」、「紫芝」「丹泉」、「紫芝」「丹菊」などが見えたし、その他、庾闡の対句から抜き出すと、次のようにある。

朝餐雲英玉蘂　朝に雲英の玉蘂を餐《くら》ひ
夕挹玉膏石髄　夕に玉膏の石髄を挹《く》む（庾闡「遊仙の詩六首」其の四）
朝採石英澗左　朝に石英を澗の左に採り
夕翳瓊葩巌下　夕に瓊葩を巌の下に翳《かざ》す（同前・其の六）
上採瓊樹華　上は瓊樹の華を採り
下把瑤泉井　下は瑤泉の井を把む（同前・其の三）

「雲英玉蘂」「玉膏石髄」、「石英」「瓊葩」「瓊樹」「瑤泉」。美麗な語を添えた飲食物である。同じ内容をくり返し、形式美を追求するこれらの対は、仙界の飲食物を美化し、神秘化するのに有効である。

ただここで注目すべきは、朝夕対・上下対を用いていること。朝夕対は朝から夕までの一日の時間を暗示し、上下対は上から下までの空間の広がりを暗示する。朝夕対・上下対によって、仙人は時間的にはいつも、空間的にはどこでも飲食物を採ることを表現する。

仙界と俗界

郭璞の対句には高度な反対《はんつい》がある。それは仙界と俗界を対にしていることである。

希賢宜励徳　賢を希《ねが》はば宜しく徳に励むべく
羨魚当結網　魚を羨《ねが》はば当に網を結ぶべし（「遊仙の詩十二首」其の一）

「賢」と「魚」とが反対。上句が俗界で、下句が仙界。重点は下句にある。

王孫列八珍　王孫は八珍を列ね
安期錬五石　安期は五石を錬る（「遊仙の詩七首」其の七）

「王孫」と「安期」生が反対。「王孫」は貴公子で、「八珍」は王の饋。「安期」生は千歳の仙人で、「五石」は五種の長寿薬。上句が俗界で、下句が仙界。重点は下句にある。

京華遊侠窟　京華は遊侠の窟《いはや》
山林隠遯棲　山林は隠遯の棲《すまひ》（同前・其の一）

「京華」と「山林」が反対。上句が俗界で、下句が仙界。重点は下句にある。

こうした対は郭璞以前にはなく、郭璞の独創である。反対にする意図は俗界を否定し、仙界を賛美するところにある。ここに郭璞の「遊仙の詩」における対句の真骨頂があるといえよう。

おわりに

郭璞の「遊仙の詩」における対句は、郭璞以前・以後のそれと比較した結果、一段と光り輝いているといえよう。仙界の様子を表現するには、俗界とは異なるゆえに、美化し神秘化しなければならない。そのために色彩語や美麗な語を多用するが、それ以上に形式美と含蓄性を有する対句の力が有効であった。

本稿に取り上げた六つの観点は、「遊仙の詩」作りの柱となるものだが、郭璞はそのいずれにも対句を用いる。特に「遊仙の詩」の根幹にかかわる仙界と俗界を対にする反対《はんつい》の発想は、従来にはなく、郭璞独自のものとして注目してよい。

「遊仙の詩」に対句を多用することは、「遊仙の詩」を「遊仙の詩」たらしめる必要条件であり、対句を用いない「遊仙の詩」は「遊仙の詩」としての特性を半減させることになろう。

郭璞が規範とした潘岳には「遊仙の詩」がなく、両者の詩を比較することはできなかった。「遊仙の詩」ではないが、自然の景を詠う潘岳の次の対句を見るとき、郭璞の対句が潘岳に劣るものではないことは、容易に理解されよう。

春風縁隟来　春風は隟《すきま》に縁りて来たり
晨霤承檐滴　晨霤《しんりう》は檐《のき》を承けて滴る（「悼亡の詩三首」其の一）
幽谷茂纖葛　幽谷には纖葛《せんかつ》茂り
峻巌敷栄条　峻巌には栄条敷く（「河陽県にて作る二首」其の一）
川気冒山嶺　川気は山嶺を冒し

驚湍激巖阿　　驚湍は巖阿に激す（同前・其の二）
濫泉竜鱗瀾　　濫泉は竜鱗のごとく瀾《なみだ》ち
激波連珠揮　　激波は連珠のごとく揮ふ（「金谷集にて作る詩」）

これらはみな同類対で、同じ内容をくり返し、形式美はあるが、含蓄性には乏しい。

『詩品』にいうように、郭璞は確かに潘岳の修辞を規範としているが、その工夫性・多様性においては、潘岳をしのぐものがある、と言うことができよう。

注（1）本稿に取り上げる仙人で、『列仙伝』に名を連ねるのは、陵陽子明・容成公・簫史・琴高・赤松子・甯封子・邛疏・玄俗・偓佺・赤斧・安期先生である。

〈本稿は藤原尚広島大学定年祝賀記念『中国学論集』（藤原尚広島大学定年祝賀記念事業会・平成九年三月）に、「東晋詩の対句——郭璞の『遊仙詩』を中心にして——」の題目で掲載したものである〉

東晋詩における郭璞の位置

はじめに

劉宋の檀道鸞の『続晋陽秋』には、漢代から東晋にかけての詩風の変遷が、次のように説かれている。

司馬相如・王褒・楊雄の諸賢自《よ》り、世〻賦・頌を尚び、皆な体は詩・騒に則り、百家の言を傍綜す。建安に至るに及びて、詩章は大いに盛んなり。西朝の末に逮び、潘・陸の徒、時に質文有りと雖も、宗帰は異ならざるなり。正始中、王弼・何晏は、荘・老の玄勝の談を好みて、世遂に焉を貴ぶ。江を過ぐるに至り、仏理尤も盛んなり。故に郭璞の五言、始めて道家の言を会合して之を韻《うた》ふ。詢及び太原の孫綽、転〻《ますます》相ひ祖尚《たっと》び、又た加ふるに三世の辞を以ってす。而して詩・騒の体は尽きぬ。詢・綽並びに一時の文宗と為る。此れ自り作者悉く之を体す。義熙中に至り、謝混始めて改む。（『世説新語』文学篇注に引く『続晋陽秋』）

このうち、西晋から東晋にかけての詩風の変遷に注目すると、正始中、王弼・何晏が荘老の玄勝の談を好み、世間でもそれが貴ばれた。東晋になって、仏理がとりわけ盛んになった。ゆえに、郭璞がその五言詩に始めて道家の言を会合して詠った。許詢や孫綽がそれをますます尚び、更に三世の辞を加えるに至ったと説いている。

これによると、「仏理」と「三世の辞」が重複しているために、「仏理尤も盛んなり」「故に郭璞の五言、始めて道家の言を会合して之を韻ふ」「又た加ふるに三世の辞を以ってす」の関係が説明しにくい。

ところで、『文選集注』鈔には、『続晋陽秋』のこの部分が次のごとく引かれている。

王褒・楊雄の諸賢自り、賦・頌を尚び、皆な体は詩・騒に則り、百家の言を傍綜す。建安に至るに及びて、詩章は大いに備はれり。西朝の末に至るに逮び、潘・陸の徒、復た時に質文有りと雖も、宗帰は一なり。正始中、王弼・何晏は、老・荘の玄勝の談を尚びて、世遂に焉を貴ぶ。江左に至り、李充尤も盛んにす。故に郭璞の五言詩、始めて道家の言を会合して之を韻ふ。爰に孫興公に及び、転ゝ相ひ祖尚び、又た加ふるに釈氏三世の辞を以ってす。而して詩・騒の体は尽きぬ。義熙に至り、謝混焉を改む。（『文選集注』巻六二江文通「雑体詩」鈔）

これによると、東晋になって、李充が老荘の玄勝の談を更に盛んにし、その影響を郭璞が受けて、その五言詩に道家の言を始めて会合し、更に孫綽が釈氏三世の辞を加えることになったと説いており、意味は通じるようである。とすると、郭璞の「始めて道家の言を会合して之を韻ふ」という五言詩は、李充の影響を受けて作られたことになる。

郭璞と李充の関係

二つの『続晋陽秋』を比べると、『世説新語』文学篇注に引くそれは、「仏理」と「三世の辞」が重複しているために、前後の関係が説明しにくいが、『文選集注』鈔に引くそれは、「仏理」が「李充」となっているために、前後の関係は説明できそうである。

前者の資料では、前後説明しにくいことから、清の何焯は『困学紀聞』巻十三に引く『続晋陽秋』の「過江に至り、仏理尤も盛んなり」に注して、「仏理疑ふらくは当に玄理に為るべし」と言い、また、小尾郊一氏もこの箇所に疑問を提示されている。[1]「仏理」を「玄理」とする何焯の考え方は、前後の意味も通じ、一つの解釈として成り立つであろう。

後者の資料ならば、確かに意味は通じる。だが、「尤も盛んにす[2]」の主語として人名が置かれることに不安がないわけではない。主語として人名の「李充」を置き、「尤も盛んなり」をその述語とするのならば、文末に「之」「焉」などの助字がほしい。

　要するに、「仏理尤も盛んなり」ならば、説明しにくいが、「李充尤も盛んにす」ならば、表現に問題は残るものの、前後の関係は説明できそうである。

　そこで、しばらく『文選集注』鈔に引く『続晋陽秋』の「江左に至り、李充尤も盛んにす。故に郭璞の五言詩、始めて道家の言を会合して之を韻ふ」の資料に基づき、郭璞が李充からどのような影響を受けているかを検討することにする。そのために、郭璞と李充の経歴上・思想上のかかわりをできる限り明らかにし、あわせて西晋から東晋にかけての詩風の変遷にも言及し、東晋詩における郭璞の位置づけをみていきたい。

郭璞と李充の経歴

　まず、郭璞と李充との経歴上の関係を検討していくことにする。

　郭璞および李充の経歴を検討するにあたり、二人の官歴をそれぞれの『晋書』本伝から抜粋すると、次のようである。『晋書』の郭璞本伝は三〇四頁参照。

行きて廬江《ろかう》に至る。太守の胡孟康は丞相に召されて軍諮祭酒《ぐんしさいしゅ》と為る。（中略）璞は既に江を過ぐ。宣城の太守の殷祐《いんいう》は引きて参軍と為す。（中略）王導は深く之を重んじ、引きて己が軍事に参ぜしむ。（中略）後に復た南郊の賦を作る。帝見て之を嘉《よみ》し、以って著作佐郎と為す。（中略）之を頃《しばら》くして尚書郎に遷る。（中略）未だ朞ならずして、王敦は璞を起《た》てて記室参軍と為す。（『晋書』巻七二郭璞伝）

丞相の王導の掾に辟《め》され、記室参軍に転ず。（中略）征北将軍の褚裒は又た引きて参軍と為す。（中略）乃ち剡県《せんけん》の

令に除せらる。母の憂に遭ふ。服闋《をは》り、大著作郎と為る。（『晋書』巻九二李充伝）

この二つの伝によると、二人とも王導に仕えていたことが分る。李充伝によると、李充が王導に仕えたのは、王導が丞相の官にあったときであるが、郭璞が王導に仕えたのは、郭璞伝および王導伝によれば、王導が長江を渡ってまもないころに得た驃騎大将軍(3)の参軍ではないかと思われる。とすると、郭璞は長江を渡って後、王導のもとに身を置き、その関係は郭璞(4)の死去二年前の三二二年、彼が王敦の記室参軍になるころまで続いていたと思われる。王導(5)が丞相になったのは彼の晩年で、このときすでに郭璞は王敦に殺されている。したがって、王導が丞相であったとき、郭璞・李充の二人そろって丞相王導に仕えたことにならず、郭璞伝および李充伝から、二人の官歴上のかかわりを認めることはできない。

さて、郭璞・李充二人の経歴上の関係を『晋書』本伝から直接導くことはできないが、次に示す『晋書』李充伝、『太平御覧』に引く『晋中興書』、『晋書』衛瓘伝には、李充の身内について記している。

父は矩《く》、江州の刺史なり。（中略）（充は）楷書を善くし、妙は鍾・索に参《まじ》はり、世咸な之を重んず。（中略）充の従兄の式は、平穏を以って称を著はし、楷・隷に善し。中興の初め、仕へて侍中に至る。（『晋書』巻九二李充伝）

李充、字は弘度。母は衛氏、廷尉の展の妹なり。充は少くして孤なるも、母は聡明にして訓有り。（中略）充の従兄は咸な亦た書を善くす。（『太平御覧』巻七四九に引く『晋中興書』）

恒族の弟の展、字は道舒、尚書郎・南陽の太守を歴たり。永嘉中、江州の刺史と為り、晋王の大理に累遷す。（中略）中興建てられ、廷尉と為る。（『晋書』巻三六衛瓘伝）

李充伝によると、父は江州刺史となり、従兄の式は東晋のはじめごろ侍中の官にあったとあり、『晋中興書』および衛瓘伝には、母方の兄である展が、永嘉のころ江州刺史となり、東晋になって廷尉になったとある。また、従兄の式および咸、それに李充自身書(6)に巧みであったことが分る。

これらのことから推測すると、李充は身内の式や展を頼って都に出、貴族とかかわりを持ったと考えるのは、可能であろう。この推測が許されるとすれば、東晋王朝成立の三一七年ごろから、郭璞が王敦の記室参軍となる三二二年ごろまで、王導のあたりで、郭璞・李充の二人が顔を合わせることがあったのではないかと思われる。

郭璞と李充の思想

次に、郭璞・李充それぞれの思想の特色を明らかにし、二人の間にその共通性があるかどうかを検討していくことにする。

まず、李充の思想について検討する。『晋書』本伝に載せる「学箴」という文章は、序と辞とからなっているが、その前文に「幼くして刑名の学を好み、深く虚浮の士を抑へ、嘗て学箴を著はす」とあるのによれば、これは当時の老荘浮虚の徒を批判しようとしたものである。

この文章で、老荘浮虚の徒を批判する李充の基本的な考え方は、次に引く文章のはじめに示されている。

聖教は其の末を救ひ、老荘は其の本を明らかにす。本来の塗《みち》殊なるも、教へを為すは一なり。人の迷ふや、其の日久し。形を見る者は衆《おほ》く、道に及ぶ者は尟《すく》なし。千仭の門を覿《み》ずして、適物の迹を逐ふ。迹を逐ふこと愈〻《いよいよ》篤く、本を離るること愈〻遠し。遂に華端《くわたん》と薄俗《はくぞく》とをして倶に興こさしめ、妙緒と淳風とをして並びに絶たしむるは、聖人長く潜《ひそ》みて、迹未だ嘗て滅びざる所以なり。後進の惑ひ、其れ此くの如くなるを懼《おそ》る。将に礼を越えて学を棄てて無為の風を希《こひねが》ひ、義教の殺を見るも其の隆んなるを観ざらんとす。略《ほぼ》懐ふ所を言ひ、以って其の闕《けつ》を補ふ。(『晋書』巻九二李充伝)

つまり「聖教は其の末を救ひ、老荘は其の本を明らかにす。本来の塗殊なるも、教へを為すは一なり」というもので、儒家と道家の教えは、本と末との違いはあれ、世の乱れを正すという点では同じであるとする考え方である(7)。李充はこの考え方に立って、先の文以下に述べるように、礼学を棄てて無為の風を希い、義教の欠点だけを見てその本質を観ない老荘浮虚の徒を批判しようとするのである。

要するに、「学箴」には、儒家・道家の教えは同じであるとする李充の考え方と、その考え方に立って当時の老荘浮虚の徒に対する批判が述べられているようである。こうした考え方は、官と隠との一方に偏らず、その間を生きた郭泰・管寧・陳寔・華歆・嵆康らを讃えた「九賢頌(8)」にその一端をうかがうことができるようである。

続いて、郭璞の思想について検討する。『晋書』本伝に載せる「客傲」という文章は、客と郭璞との問答からなっている。客の「おまえは、天子のそば近くいながらうだつがあがらず、隠遁の気持ちもないくせに、隠者に思いを寄せている。そんなことで、どうして名声があがろうか」という問いに対する答えの中で、郭璞は、世に出る出ないは天子の采配にかかっており、自分の生き方は、「物」と「我」、あるいは「善」と「悪」とを区別することをせず、中立の立場をとるのだと言い、また、世俗にも、そうでないところにも、身を置かず、その中間のところで生きるのだと言う。そして「客傲」の文章の最後には、

夫れ黎黄《れいくわう》の音を欣ぶ者は、蟪蛄《けいこ》の吟に顰《しか》めざるも、雲台の観に豁《ひら》ける者は、必ず帯索の歓を悶《と》づ。縦蹈《しょうたう》して採《さい》薺《さい》を詠ふも、璧を擁して抱関《はうくわん》を歎く。機心を戦はしむるに外物を以ってすれば、意を一弦に得ること能はず。往復を嗟歎に悟れば、安くんぞ与に天を楽しむことを言ふべき者ならんや。乃ち荘周は漆園に偃蹇《えんけん》たり、老莱は林窟に婆娑《ばさ》たり、厳平は塵肆《ぢんし》に澄漠たり、梅真は市卒に隠淪《いんりん》たり、梁生は吟嘯して跡を矯《あ》げ、焦先は混沌として槁杌《かうごつ》たり、阮公は昏酣して傲《がう》を売り、翟叟は形を遁《のが》れて以って倏忽《しゅくこつ》たるが若きは、吾は韵を数賢に幾《ちか》くすること能はず。故に寂然として此の員策と智骨とを玩べり。（『晋書』巻七二郭璞伝）

とあり、荘周・老莱・厳君平・梅福・梁鴻・焦先・阮籍・翟湯の八人の名をあげて、「吾は韵を数賢に幾くするこ

と能はず」と言っている。

ここには、郭璞にとっては、荘周をはじめとする数賢はあまりに偉大すぎて、手の届かぬ存在であると述べているようである。そして、その裏では、当時の老荘浮虚の徒は、これら数賢は手の届く存在であると考えていたことを述べようとしているように思われる。言い換えると、郭璞は、荘周から翟湯までの道家の数賢を敬い、自分もその仲間入りしたいが、それはできることではないとし、その裏では、老荘思想を継承しているようにみせる当時の老荘浮虚の徒を批判しているように思われる。

要するに、「客傲」には、官と隠との一方に偏らず、両者の考え方・生き方を認めつつ、その間のところを生きようとする郭璞の考え方・生き方を述べるとともに、当時の老荘浮虚の徒を批判しているように思われる。

このように、郭璞と李充の思想を検討してみると、郭璞および李充は、当時の老荘浮虚の徒を批判し、自分たちは本来の老荘思想を正しく理解する者であるという点において、共通性があるように思われる。その意味において、『続晋陽秋』に「李充尤も盛んにす」と言い、これを受けて、「故に郭璞の五言詩、始めて道家の言を会合して之を韻ふ」とあるのは、内容的につながるように思われる。

郭璞の道家の詩

次に「郭璞の五言詩」は、「始めて道家の言を会合して之を韻ふ」ということについて検討していくことにする。

郭璞の詩は、『晋書』本伝には「作る所の詩賦誄頌も亦た数万言なり[9]」と記されているが、現存するものは、四言詩四首、五言詩一八首にすぎない。五言詩一八首のうち一四首は[10]「遊仙の詩」と題され、完全なものが一〇首で、四首は断片である。また、残り四首の五言詩は、「無題」「失題」であり、完全な形ではないようである。したがって、郭璞の五言詩として使用可能な資料は、現在では「遊仙の詩」ということになる。少ない資料ではあるが、五言詩の「遊仙の詩」に、道家の言がどの程度、またどのように用いられているかをみていくことにする。

ここには、「遊仙の詩」十四首のうち、二首紹介する。

京華遊俠窟　　京華は遊俠の窟《いはや》
山林隠遯棲　　山林は隠遯の棲《すまひ》
朱門何足栄　　朱門何ぞ栄とするに足らん
未若託蓬萊　　未だ蓬萊に託すに若かず
臨源挹清波　　源に臨みて清波を挹《く》み
陵崗掇丹荑　　崗に陵《のほ》りて丹荑《たんてい》を掇《ひろ》ふ
霊谿可潜盤　　霊谿は潜かに盤《たの》しむべく
安事登雲梯　　安くんぞ雲梯《うんてい》に登るを事とせん
漆園有傲吏　　漆園に傲吏有り
萊氏有逸妻　　萊氏に逸妻有り
進則保竜見　　進みては則ち竜見を保つも
退為触藩羝　　退きては藩《まがき》に触るる羝《ひつじ》と為る
高蹈風塵外　　風塵の外に高蹈し
長揖謝夷斉　　長揖して夷斉に謝せん（「遊仙の詩七首」其の一・『文選』巻二一）
暘谷吐霊曜　　暘谷《やうこく》は霊曜を吐き
扶桑森千丈　　扶桑は千丈に森たり

朱霞升東山　朱霞は東山より升り
朝日何晃朗　朝日何ぞ晃朗たる
迴風流曲櫺　迴風は曲櫺《きよくれい》に流れ
幽室発逸響　幽室に逸響発《お》こる
悠然心永懐　悠然として心に永懐し
眇爾自遐想　眇爾《べうじ》として自ら遐想す
仰思挙雲翼　仰ぎ思ひて雲翼を挙げ
延首矯玉掌　首を延きて玉掌を矯《あ》ぐ
嘯傲遺世羅　嘯傲して世羅を遺《わす》れ
縦情任独往　情を縦《ほしいまま》にして独往に任す
明道雖若昧　明道は昧《くら》きが若しと雖も
其中有妙象　其の中に妙象有り
希賢宜励徳　賢を希《ねが》はば宜しく徳に励むべく
羨魚当結網　魚を羨《ねが》はば当に網を結ぶべし（「遊仙の詩十四首」其の八・『古詩紀』巻四一）

はじめの詩の「山林」は『荘子』徐無鬼篇の「先生は山林に居りて、芧栗を食《くら》ひ、葱韮に厭き、以って寡人を賓《しりぞ》くること久しきかな」に、「風塵の外」は『荘子』達生篇の「其の肝胆を忘れ、其の耳目を遺れ、芒然として塵垢の外に彷徨し、無事の業に逍遥す。是を為めて恃まず、長じて宰らずと謂ふ」に基づくと、李善は注する。また二つ目の詩の「雲翼」は『荘子』逍遥遊篇の「鵬の背は幾千里なるかを知らず。怒して飛べば、其の翼は垂天の雲の若し」に、「独往」は『荘子』在宥篇の「六合に出入し、九州に遊び、独往独来す。是れを独有と謂ふ。独有の人、是れを之れ至貴と謂ふ」に、「明道は昧《くら》きが若しと雖も」は『老子』第四十一章の「明道は昧きが若く、進道は退くが若く、夷道は纇《もつ》れたるが若し」に、「妙象」は『老子』第一章の「此の両者同じく出でて名を異にし、同じく之を玄と謂ふ。玄の又た玄、衆妙の門」に基づいている。

郭璞がこれら道家の言を詩中に用いるときは、単に字面だけを借りるのではなく、その前後の内容をも包みこんでいるようである。

また、道家の言そのものではないが、道家の言の意味内容を道家の考え方にまで広げてみると、はじめの詩の「朱門何ぞ栄とするに足らん」「安くんぞ雲梯に登るを事とせん」「漆園に傲吏有り」「萊氏に逸妻有り」などの句は、それに相当するであろう。

ただ気になるのは、道家の言そのものを詠う詩の数が、「遊仙の詩」十四首のうち四首(11)であるということである。量的には確かに少ない数であるが、先述したように、当時からすれば、かなり多くの作品が散佚しており、現在その数が少ないという理由で、郭璞が道家の言を会合しなかったということにはなるまい。

ところで、梁の鍾嶸『詩品』郭璞の条には、

> 潘岳を憲章し、文体相ひ輝き、彪炳《ひうへい》翫ぶべし。始めて永嘉の平淡の体を変ず。故に中興第一と称せらる。翰林は以って詩首と為す。但だ遊仙の作は、辞に慷慨多く、玄宗より乖遠《くわいえん》す。而して虎豹《こへう》の姿を奈何せんと云ひ、又た翼を戢《をさ》めて榛梗《しんかう》に棲むと云ふは、乃ち是れ坎壈《かんらん》の詠懐にして、列僊の趣きに非ざるなり。

とある。

ここに、「翰林以って詩首と為す」と言うのは、李充がその著『翰林論』において、郭璞は最高の詩人であると、評価したということである。鍾嶸がここに引用したことから考えると、李充は、郭璞の詩が「但だ遊仙の作は、辞に慷慨多く、玄宗より乖遠す」「乃ち是れ坎壈の詠懐にして、列僊の趣きに非ざるなり」の内容であること、つ

まり、神仙界の美しい描写を背景にして、道家の言を詩に取り入れて、自分の不遇を述べていることを高く評価したのではないかと思われる。

郭璞と李充の接点

以上、郭璞と李充の関係を確かめるために、李充との経歴上の関係および二人の思想上の特色、さらに郭璞五言詩における道家の言の使われ方の三点からみてきた。

その結果は、郭璞と李充との間には全く関係がないとはいえず、二人の間には何らかの関係があったように思われる。つまり、断定するには至らないまでも、『文選集注』鈔に引く『続晋陽秋』に言うように、郭璞は李充の影響を受けて、「始めて道家の言を会合して之を韻」ったということが言えるように思われる。

ただ、何焯が「仏理疑ふらくは当に玄理に為るべし」と指摘しているように、「玄理尤も盛んなり」という解釈を無視することもできないだろう。「仏理」と「玄理」とは「仏」と「玄」の違いだけであり、「玄理」と「李充」とは、上下交錯はするが、「玄」「充」とは書体が似ており、「理」と「李」とは音が通じている。また、「玄理」ならば、文末に「之」「焉」なども不要となろう。このようなことから考えると、「玄理尤も盛んなり」であった可能性も十分あり得ることである。結論は今しばらく保留しておきたい。

文学史家の郭璞評

ところで、あらためて『続晋陽秋』に記されている郭璞の位置づけについてみると、檀道鸞は郭璞を詩の中に道家の言を会合した詩人としてとらえているようである。そこで、西晋から東晋にかけての詩風の流れの中で、詩人としての郭璞が文学史上どのように位置づけられているか、他の資料と比較してみることにする。

まず、梁の鍾嶸『詩品』序には、次のようにいう。

永嘉の時、黄・老を貴び、稍《やうや》く虚談を尚ぶ。時に於いて篇什は、理は其の辞に過ぎ、淡乎《たんこ》として味寡なし。爰に江左に及び、微波尚ほ伝はる。孫綽・許詢・桓・庾の諸公は、詩は皆な平典にして、道徳論に似たり。建安の風力は尽きぬ。是れより先、郭景純は儁上の才を用って、其の体を創り変へ、劉越石は清剛の気に仗《よ》りて、厥の美を賛《たす》け成す。然るに彼は衆く我は寡なく、未だ俗を動かすこと能はず。

これによると、西晋末の永嘉時代は「黄・老を貴び、稍く虚談を尚ぶ。時に於いて篇什は、理は其の辞に過ぎ、淡乎として味寡し」と言い、東晋時代は「微波尚ほ伝はる」「建安の風力は尽きぬ」と述べた後、最後に「是れより先」として、劉琨と合わせて郭璞を取り上げ、「儁上の才を用って、其の体を創り変へ」「然るに彼は衆く我寡なく、未だ俗を動かすこと能はず」と言っている。

つまり、『詩品』では、郭璞を、永嘉以来の道家の言を使って作られた「淡乎として味寡し」という詩を自分の不遇を述べる方向に改めようとした詩人として位置づけられている。

また、梁の劉勰の『文心雕龍』明詩篇には、次のように言う。

晋の世の群才は、稍く軽綺に入る。張・潘・左・陸は、肩を詩衢《しく》に比《なら》ぶ。采は正始より縟《じょく》にして、力は建安より柔なり。或いは析文以って妙と為し。或いは流靡《りうひ》以って自ら妍《けん》とす。此れ其の大略なり。江左の篇製は、玄風に溺れ、務めに徇《したが》ふの志を嗤笑《しせう》し、機《たくら》み亡《な》きの談を崇盛にす。袁・孫已下、各〻雕采有りと雖も、辞趣は揆《き》を一にして、与に雄を争ふもの莫し。景純の仙篇は、挺抜して俊と為す所以なり。

これによると、西晋時代は「稍く軽綺に入る」と言い、東晋時代は「玄風に溺れ、務めに徇ふの志を嗤笑し、機み亡きの談を崇盛にす」と述べた後、最後に郭璞を取り上げて、「景純の仙篇は、挺抜して俊と為す所以なり」と言っている。

つまり、『文心雕龍』では、郭璞を、東晋時代盛んだった玄風の流れからははずれた詩人としてとらえているようである。

以上、要するに、『続晋陽秋』は、郭璞を、当時盛んだった道家思想の影響を受けて、その詩に道家の言を始めて取り入れた詩人として位置づけており、『詩品』と『文心雕龍』は、美しい文章によって、永嘉平淡の体を変革した詩人として位置づけているようである。

ところで、宋の沈約の『宋書』巻六七謝霊運伝論には、

> 降りて元康に及ぶに、潘・陸特に秀で、律は班・賈に異なり、体は曹・王に変はり、縟旨《じょくし》は星のごとく稠《しげ》く、繁文は綺《あやぎぬ》のごとく合す。平台の逸響を綴り、南皮《なんぴ》の高韻を採る。遺風余烈は、事は江右に極まる。有晋中興し、玄風独り振ひ、学を為すは柱下に窮まり、物を博くするは七篇に止まる。文辞を馳騁するも、義は此に殫《つ》く。建武自り義熙に暨《およ》ぶまで、載を歴ること将に百ならんとす。綴る響き連なる辞は、波のごとく属《つづ》き、雲のごとく委《つ》もると雖も、言を上徳に寄せ、意を玄珠に託さざるは莫し。遒麗なる辞は、焉《これ》を聞くこと無き爾《のみ》。仲文始めて孫・許の風を革め、叔源大いに太元の気を変ふ。

とあり、郭璞を特別に取り上げていない。このことは、郭璞を、「晋の中興に在りて、玄風独り扇んに、学を為すは柱下に窮まり、物を博くするは七篇に止まる。文辞を馳騁するも、義は此に殫く」と言う玄風の流れの中にいた一人としてとらえていたように思われる。これは『続晋陽秋』と同じ考え方をするものである。

このように、西晋から東晋にかけての詩の流れ、また郭璞の位置づけについては、ほぼ時を同じくして、二つの意見があるようである。この点については、王遥[12]が『詩品』を否定し、『続晋陽秋』の説を是としているが、その

いずれが妥当であるかについては、更なる検討が必要であろう。

おわりに

以上、『文選集注』鈔に引く『続晋陽秋』の「李充尤も盛んにす。故に郭璞の五言詩、始めて道家の言を会合して之を韻ふ」という一文を手がかりに、郭璞と李充との関係、さらに、郭璞の詩が、東晋時代の詩の流れの中で、どのように位置づけられるかについて論じた。

その結果、なお多くの問題を含みながらも、郭璞が李充の影響を受けた可能性のあることが考えられること、さらに、郭璞の詩について、東晋時代盛んだった玄風の流れの中に位置づける考え方と、むしろその流れに逆行して新しい詩風を創ろうとした詩人として位置づけようとする考え方の二つがあり、西晋から東晋にかけての詩風変遷上、解明すべき大きな問題があることが分ったが、これらの問題については、今後の課題としたい。

注

（1）『中国文学に現れた自然と自然観』（岩波書店）に、「これ（引用者注『世説新語』文学篇注に引く『続晋陽秋』をさす）は、晋代に最も近い資料である点からみて、確かであろうが、ただこの記述によると、老荘と仏理と道家の関係が明らかでないし、また許詢、孫綽は玄理のみならず、仏理をも交えたことが、新しく述べられている。孫綽には、仏理を述べた「喩道論《ゆどうろん》」（弘明集《ぐみょうしゅう》）もあることであるから、詩にも仏理が混じっていたと思われるが、現存の詩では明らかでない。許詢は、資料も少くなおさら明らかでない」とある。

（2）『文選集注』鈔に引く『続晋陽秋』、『世説新語』注に引く『続晋陽秋』には、「〇〇尤盛」の用例は、本文引用の箇所だけである。

（3）王導の伝に「及帝登尊号、百官陪列、命導升御牀共坐。導固辞、至于三四、曰、若太陽下同万物、蒼生何由

仰照。帝乃止。進驃騎大将軍、儀同三司」（『晋書』巻六五王導伝）とある。

（4）郭璞の死は、「王敦之謀逆也、温嶠庾亮使璞筮之。（中略）敦怒、収璞、詣南岡斬之。（中略）時年四十九」（『晋書』巻七二郭璞伝）、「俄而敦死、時年五十九」（『晋書』巻九八王敦伝）、「大寧二年（三二四）六月、敦将挙兵内向、帝密知之。（中略）秋七月壬申朔、敦遣其兄含及銭鳳周撫鄧岳等水陸五万、至于南岸。（中略）平旦戦于越城、大破之、斬其前鋒将何康。王敦憤惋而死」（『晋書』巻六明帝紀）によって、太寧二年（三二四）とされている。

（5）王導が丞相になったことは、「咸康四年（三三八）六月、改司徒為丞相、以太傅王導為之」（『晋書』巻七成帝紀）とある。また王導の死については、「咸和五年（三三〇）薨、時年六十四」（『晋書』巻六五王導伝）とあるが、労格は「咸和当作咸康」と言う。『資治通鑑』巻九六には、「咸康五年（三三九）秋七月、庚申、始興文献公王導薨」とある。いま労格および『資治通鑑』の説に従う。

（6）李充の一族のうちには、「桓善草隷書、為四体書勢」（『晋書』巻三六衛瓘伝）、「廞好学、善草隷、与兄式斉名」（『世説新語』棲逸篇注に引く『文字志』）ともあるように、書に巧みな者が多かったようである。

（7）李充の注釈書として、『釈荘論上下二篇』（『晋書』巻九二李充伝）、『論語十巻』（『隋書』巻三二経籍志）などがあることからも、このあたりの事情をうかがうことができよう。

（8）題名からは、九人の賢者を頌した文と推察されるが、現在『初学記』巻一七には、本文にあげた五人の名をとどめるにすぎない。五人それぞれの頌は次のようである。

郭有道「峩峩有道、英風霞爽、玄覧洞照、慧心秀朗」　管徴君「管生含道、養志頤神、抱樸秉和、履信依仁」

陳太丘「懿矣太丘、惟徳之紀、弭迹下邑、戢景百里」　華大尉「亹亹敬侯、誕縦淑姿、令迹鳳翔、清塵竜飛」

嵆中散「粛粛中散、俊明宣哲、籠罩宇宙、高踏玄轍」

（9）『隋書』巻三二経籍志には「晋弘農太守郭璞集十七巻」とある。

（10）「遊仙の詩」十四首のうち七首は、『文選』巻二一に収められている（一七四頁参照）。

（11）四首のうち残り二首は、「青谿千余仞」および「璇台冠崑嶺」ではじまる詩である。なお四言詩であるが、

「王門子に答ふ」「温嶠に贈る」の中にも、道家の言そのものが詠われている。

(12)『中古文学風貌』において「按璞卒於太寧二年（三二四）、劉琨卒於建武元年（三一七）、与潘陸年皆相若、則詩品之説、似難成立、応以檀説為是」と言っている。

〈本稿は第三四回日本中国学会（昭和五七年十月）で発表した「郭璞と李充」に加筆し、題目を変えて『小尾博士古稀記念中国学論』（昭和五八年十月・汲古書院）に、「東晋詩における郭璞の位置」の題目で掲載したものである。なお本書に収める際、原文は書き下し文に改めた〉

詳解

東晋の注目すべき詩人を、鍾嶸《しょうこう》の『詩品《しひん》』から選べば、中品に配する郭璞《かくはく》、下品に配する孫綽《そんしゃく》であろう。因みに上品には東晋の詩人は一人もおらず、陶淵明は劉宋の人として扱われている。

鍾嶸が郭璞を中品に配するのは、西晋末以来の玄言詩《げんげんし》を変革したことを高く評価するもので、特に一連の「遊仙の詩」を取り上げ、それは従来の内容とは異なり、老荘の哲学を賛美することから離れ、仙人になれぬ絶望や時勢への批判を詠んでいるとする。郭璞の「遊仙の詩」は断片を含めて十九首残っているが、『文選《もんぜん》』に収める七首を詳しく解いた。

鍾嶸が孫綽を評価するのは、許詢と並ぶ玄言詩の第一人者だからである。東晋の詩といえば玄言詩だが、孫綽は老荘の哲学を賛美するだけではなく、神仙にも仏教にも通じており、この三つを一つに統合した作品が「天台山に遊ぶ賦」で、それを詳しく解いた。

東晋の詩人として注目すべき郭璞と孫綽、この二人の傑作を取り上げ、東晋の詩の特徴的な一面を明らかにしようとした。

郭璞「遊仙の詩七首」

(10) 遊仙詩七首（其一）　遊仙の詩七首（其の一）

1 京華遊俠窟　京華は遊俠の窟《いはや》／帝都は遊俠人の隠れ家であり

2 山林隠遯棲　山林は隠遯の棲《すまひ》／山林は隠遁者の住み家である

3 朱門何足栄　朱門何ぞ栄とするに足らん／邸宅は栄誉とするには足らず

4 未若託蓬萊　未だ蓬萊に託すに若かず／蓬萊《よもぎあかざ》に身を託すのが一番よい

5 臨源挹清波　源に臨みて清波を挹《く》み／水源を前にして澄んだ水を汲んで飲み

6 陵崗掇丹荑　崗に陵《のぼ》りて丹荑《たんてい》を掇《ひろ》ふ／岡に登って丹芝の芽を拾って食べる

7 霊谿可潜盤　霊谿は潜かに盤《たの》しむべく／霊谿は人知れず楽しむことができ

8 安事登雲梯　安くんぞ雲梯《うんてい》に登るを事とせん／高位高官を求めることなど問題ではない

9 漆園有傲吏　漆園に傲吏有り／漆園には（大臣の要請を拒否した）傲慢な役人がいたし

10 萊氏有逸妻　萊氏に逸妻有り／老萊氏には（夫の出世を辞退させた）放逸な妻がいた

11 進則保竜見　進みては則ち竜見を保つも／進んで（仙界を求めると）中正の徳が保てるが

12 退為触藩羝　退きては藩《まがき》に触るる羝《ひつじ》と為る／退いて（世俗にいると）垣根に角が触れる羊となる

13 高蹈風塵外　風塵の外に高蹈し／世俗の外に遠く去り

14　長揖謝夷斉　長揖して夷斉に謝せん／伯夷・叔斉にはさっさと別れを告げよう

0仙界に遊ぶ詩。郭璞には「遊仙」と題する詩が断片を含めて十九首残存するが、『文選』巻二一には七首を収載する。〈李善注〉「凡そ遊仙の篇は、皆な塵網を滓穢《しわい》し纓紱《えいふつ》を錙銖《ししゅ》し、霞を倒景に飡《くら》ひ、玉を玄都に餌《くら》ふ所以なり。而るに璞の制《つく》るや、文に自叙多し。志は中区を狭しとすと雖も、辞に俗累を兼ぬ。前識に非《そし》らるるは、良に以《ゆゑ》有る哉」。纓紱は官位。錙銖はつまらない。倒景は天上。玄都は仙都。前識は前代の識者。辞兼俗累の兼を李善は無に作るが、いま『文選考異』の「案ずるに無は当に兼に作るべし。各本皆な譌れり」に従う。〈呂向注〉「璞の詩は游仙の意有りと雖も、雑《まじ》へて上下の道徳を傲誕す。信に遠からん乎哉」。上下道徳は老子の『道徳経』上下篇。傲誕は大言壮語する。

○詳解1　「遊仙の詩」の源流は「邅《めぐ》りて吾夫《か》の崑崙に道すれば、路は脩遠にして以って周流す」（『楚辞』離騒）や「卒に神仙の道を得て、上は天と相ひ扶く」（古辞「歩出夏門行」）などに求められようが、詩題に「遊仙の詩」を用いたのは魏の曹丕・曹植が早く、以後、嵆康・成公綏・張華・何劭・張協・鄒湛・郭璞が続く。

○詳解2　0〈李善注〉によると、郭璞の「遊仙の詩」は、俗界を卑しみ仙界を賛美する曹丕らの「遊仙の詩」とは異なり、自叙が多く俗累を兼ねているために、前識者に非難されたと言うが、前識者とは梁の鍾嶸《しょうこう》のことであろう。『詩品』の郭璞の条に「但だ遊仙の作は、辞に慷慨多く、玄宗より乖遠す。而して『虎豹の姿を奈何せん』と云ひ、『翼を戢《をさ》めて榛梗に棲む』と云ふは、乃ち是れ坎壈《かんらん》の詠懐にして、列僊の趣きに非ざるなり」とある。玄宗は道家の玄理。坎壈は不遇なさま。列僊は列仙。辞多慷慨、坎壈詠懐は李善の文多自叙、辞兼俗累と同意であり、鍾嶸はそこを乖遠玄宗、非列僊之趣也と厳しく批判している。要するに、鍾嶸は郭璞の作は、「遊仙の詩」ではなく、「詠懐の詩」に属すると言うのである。

○詳解3　清代になると、何焯は、何劭の作は「遊仙の正体」であるが、郭璞のそれは「其の変」で、「屈子の遠遊」（『義門読書記』文選巻二）だと言って、鍾嶸の批判を支持するが、沈徳潜は「遊仙詩は本《もと》より託すること有りて言ふ。坎壈詠懐は其の本旨なり。鍾嶸が其の列仙の趣き少なしと貶せるは謬れり」（『古詩源』巻八）と言って、鍾嶸の批判を退けている。

1［京華］華の都。帝都。［遊俠］任俠の徒。［窟］巣窟。隠れ家。〈李善注〉「西京の賦に曰はく、都邑の遊俠、張趙の倫」。張趙は張禁と趙放。

2［隠遯］世俗から隠れ遁れる。遯は遁に通ず。［棲］棲み家。〈李善注〉「荘子（徐無鬼篇）に曰はく、徐無鬼は魏の武候に見ゆ。武候曰はく、先生　山林に居ること久しと。郭璞の山海経（大荒西経の「江山の南に棲むを吉と為す」）注に曰はく、山に居るを棲と曰ふと。又た曰はく、遯は退なりと。周易（乾）に曰はく、竜は徳ありて隠る。世を遯るるも悶《うれ》ふる無しと」。又曰は郭璞の『山海経』注にはなく、『周易』序卦に「故に之を受くるに遯を以ってす。遯は退なり」とある。

○詳解4　1と2は反対《はんつい》で、重点は2にある。1京華は国家の中心で世俗の象徴。そこには為政者をはじめ多様な人間がいるが、郭璞はその中から遊俠を選ぶ。李善が「西京の賦」からあげる張禁・趙放は「邪に通じ党を結び、姦軌を挟養し、上は王法を干し、下は吏治を乱し、并兼役使して小民を侵漁し、百姓の豺狼と為る」（『漢書』巻七六王尊伝）、「長安の名豪にして、仇怨を報い、刺客を養ふ者なり」（『漢書』巻九二万章伝）という悪党。その連中の居所ゆえに窟の字を用いる。これに対して2山林は、京華とは無縁な俗外の象徴。そこには世俗を嫌った人々がいるが、郭璞はその中から遊俠とは対照的な隠遯を選ぶ。李善はその源流となる『周易』をあげるが、隠遁者として正史に最初に位置づけるのは『後漢書』巻八三逸民伝で、その賛には「江海に冥滅して、山林に長往す。遠性は風のごとく踈《ち》り、逸情は雲のごとく上る。道は虚全に就き、事は塵枉に違《はな》る」とあり、江海や山林に隠遁すると、性情は超脱し、虚全の道に従い、塵枉から遠ざかることができると言う。その人々の居所だから棲の字を用いたのである。

3［朱門］富貴の人をいう。［栄］名誉・地位が高くなる。〈李善注〉「東方朔の十洲記に曰はく、臣　故に韜隠《たういん》を捨てて王庭に赴き、養生を蔵して朱門に侍すと」。韜隠は隠遁。王庭は宮廷。〈呂延済注〉「朱門は貴門なり」。

4［託］預ける。［蓬莱］蓬《よもぎ》と莱《あかざ》。また山の名。ともに隠者の居所。〈李善注〉「史記（巻二八封禅書）に曰はく、李少君は武帝に謂ひて曰はく、臣常《かつ》て海上に遊び、安期生を見る。仙者は蓬莱中を通るなりと」。安期生は仙人。〈呂延済注〉「蓬莱は仙山の名。若は如なり」。

〇詳解5　『文選箋証』は4蓬莱の莱は、韻の関係から藜の字を是とする。「王氏念孫曰はく、蓬莱は本《もと》は蓬藜に作る。蓬藜は隠者の居る所。塩鉄論の毀学篇に、包邱は麻蓬藜を飯《くら》ひ、道を白屋の下に修むと云ふは、是れなり。藜と棲・梯・妻・羝・斉とは韻と為り、古に於いては脂の部に属するも、莱は之の部に属す。二つの部は相ひ通ぜず。善注に封禅書の『安期生は仙者にして、蓬莱中を通る』を引くは、則ち見る所の本已に誤れり。紹煐按ずるに、顔延年の『謝監霊運に和す詩』に『幽門に蓬藜を植う』と書するに本づけば、亦た証すべし」。『文選箋証』に従えば、蓬《よもぎ》と藜《あかざ》の意となるが、隠者の居所ということでは蓬莱と変わらない。1京華・2山林・3朱門の流れからすれば、4には固有名詞の蓬莱山ではなく、普通名詞の蓬藜がよかろう。ただ蓬莱でも山ではなく、草をいう用例が「英奇を仄陋に挙げ、髦秀《ばうしう》を蓬莱に抜く」（『後漢書』巻八〇下辺譲伝）とある。なお『文選箋証』が韻字を列挙する際、荑の字を落としている。

〇詳解6　3と4の関係は、反語形で3朱門を否定し、4は比較形で蓬莱を選択する。これを1・2に重ねると、朱門が京華と、蓬莱が山林とつながり、郭璞は後者をよしとする。これによっていえば、京華・朱門は山林・蓬莱を賛美するための補助要素であろう。

5［臨源］水源で。［清波］清らかな波。清んだ水。〈李善注〉「（毛詩・小雅・大東の「以って酒漿を挹むべからず」の）毛萇詩伝に曰はく、挹は斟なりと」。

6［丹蕙］丹芝の芽。丹芝は仙草。〈李善注〉「又た（毛詩・周南・芣苢の「薄か言《われ》之を掇《ひろ》ふ」の毛伝に）曰はく、掇は拾なりと。都活の切。本草経（佚）に曰はく、赤芝、一に丹芝と名づく。之を食《くら》はば延命すと。凡そ草の初めて生ずる、通じて名づけて蕙と曰ふ。故に丹蕙と曰ふと」。〈劉良注〉「陵は上、掇は拾、蕙は草なりと」。

○詳解7　李善は5清波の用例を示さないが、これと対になる6丹蕙からすると、清波も仙人を予想させる。ここでは『楚辞』哀時命の王逸注に「清波は清潔の流れにして、人無き処なり」と言う、「餌を貧りて死に近づくを知らば、清波に下り遊ぶに如かず」が当たる。5・6の対句は、仙人の居所は5源（川）にも、6崗（山）にもあることを並列して詠う。

7［霊谿］谷の名。［潜盤］人知れず一人でこっそり楽しむ。世俗から遁れて楽しむ。〈李善注〉「霊谿は谿の名なり」。〈張銑注〉「霊谿は谿の名」。

8［雲梯］雲まで届く梯。天に昇って仙人になることと、高い位に昇ることとの両意。〈李善注〉「言ふこころは、仙人の天に昇るに、雲に因りて上る。故に雲梯と曰ふと。墨子（公輸篇）に曰はく、公輸般は雲梯を為り、必ず宋を取らんと。張湛の列子（湯問篇の「夫の班輸の雲梯、墨翟の飛鳶」）の注に曰はく、班輸は梯を偽り、以って虚を陵ぐべしと」。陵虚は天に上る。〈張銑注〉「盤は楽、安は何なり。仙人の天人に登るに、雲に因りて上る。故に雲梯と曰ふなり」。

○詳解8　7〈李善注〉〈張銑注〉は7霊谿を谿の名とするが、これが孫綽の「天台山に遊ぶ賦」の「霊渓に過《よ》ぎりて一に濯《あら》ひ、煩想を心胸より疏《のぞ》く」（二四〇頁参照）の霊渓と同じで、郭璞がこの付近にいたとすると、本詩制作は渡江後ということになる。

○詳解9　7潜盤の用例は管見に入らないが、班固の「賓の戯に答ふ」に「乃ち伯夷は行を首陽に抗《あ》げ、柳恵は志を辱仕《じょくし》に降し、顔は楽しみを箪瓢《たんへう》に潜め、孔は篇を西狩に終ふるが若き、声は天淵に盈ち塞がる。真に吾が徒の師表なり」とあり、顔回が箪瓢の生活を潜楽したことと、郭璞が霊谿を潜盤したこととは通じよう。盤とは『尚書』五子之歌篇に「乃ち盤遊して度無し」とあり、孔安国注に「盤楽遊逸して度無し」と言うのによると、法度から外れた自由気ままな楽しみのことである。霊谿はそんな楽しみができる所で、それは仙人の楽しみかたなのである。

○詳解10　8安事の用例は郭璞以前、陸機の「招隠の詩」に「至楽は仮れる有るに非ず、安くんぞ醇樸を澆《うす》くするを事とせん」、張載の「招隠の詩」に「意を得るは丘中に在り、安くんぞ愚と智とを事とせん」とあり、ともに「遊仙の詩」と同趣の「招隠の詩」に使われていることに注目したい。

○詳解11　8〈李善注〉には8雲梯に関して二つの資料を示す。一つは公輸般が宋を伐つために造った武具で、これを使えば天に昇ることができる。二つは霊谿にあって仙人が天に昇る道具。二つの資料は天に昇る道具ということでは同じだが、一方は大工が用い、他方は仙人が用いている。大工が雲梯を使って宋を倒せば高位に昇進でき、仙人が雲梯を使って天に昇ることができれば天上で仙人生活ができることになる。李善がここに二つの資料を示すのは、詳解12・14に説くように、8雲梯に二つの意味を持たせたのであろう。なお天に仙界があることは、『荘子』天地篇に「千載にして世に厭くれば去りて上僊し、彼の白雲に乗りて帝郷に至る」によって分る。

○詳解12　8雲梯を7霊谿との関係で考えると、仙人が天に昇る道具に解するのがよい。つまり地上にある霊谿は潜盤することのできる所で、何も雲梯を使って天に昇り、仙人になる必要はないと解する。

9［漆園］地名。蒙県にあるというが、それは一説。［傲吏］傲慢な役人。荘子のこと。〈李善注〉「史記（巻六三老子伝）に曰はく、荘子は蒙の人なり。名は周。嘗て蒙の漆園の吏と為る。楚の威王は荘周の賢なるを聞き、使ひをして幣を厚くして迎へしめ、許すに相と為すを以ってす。荘周笑ひて楚の使者に謂ひて曰はく、亟《すみや》かに去れ。我を汚すこと無かれと」。〈呂向注〉「荘周は漆園の吏と為る。楚の威王は周の賢なるを聞き、幣を厚くして迎へしめ、之に許すに相と為す。周笑ひて使者に謂ひて曰はく、亟かに去れ。我を汚すこと無かれと。故に傲吏と云ふ」。

10［萊氏］老萊子。春秋楚の人。老子とする説もある。［逸妻］放逸な妻。逸は勝手気まま。〈李善注〉「列女伝（巻二楚老萊妻）に曰はく、萊子は世を逃れて蒙山の陽に耕す。或るひと之を楚に言ふ。楚王遂に駕して老萊の門に至る。楚王曰はく、守国の孤、願はくは先生を変《うご》かさんと。老萊曰はく、諾と。妻曰はく、妾之を聞く、乱世に居り、人の制する所と為るは、能く患ひを免れんやと。妾は人の制する所と為る能はずと、其の畚《もつこ》を投げて去る。老萊乃ち随ひて隠る」。孤は王候の自称。変は役人となって政治に参画する。〈呂向注〉「老萊子は蒙山の陽に耕す。楚王遂に駕して老萊の門に至る。曰はく、守国の孤、願はくは先生の志を変かさんと。老萊曰はく、諾と。妻曰はく、妾之を聞く、乱世に居り、人の制する所と為るは、能く患ひを免れんやと。其の畚を投げて去る。老萊乃ち随ひて隠る。是れ逸妻と曰ふ」。

○**詳解13**　9傲は相として迎えられながら、それを拒否したことに言う語であり、10逸は政治への参画を求められながら、それを拒絶したことに言う語である。郭璞はその傲なる役人の荘子や逸なる老萊子の妻の態度を非難するのではなく、1京華・3朱門を捨てて、2山林・4蓬萊・5源・6崗・7霊谿に拠ることに敬意を表するのである。傲・逸は山林に隠遁する者の属性なのである。

○**詳解14**　9・10を右のように考えると、8雲梯は高位に昇る意に解するのがよい。雲梯をこの意に解する用例は見えないが、詳解11に説いたように『墨子』の雲梯から導くことができよう。

11［進］前向きになる。［竜見］徳が世に現れることをいう。〈李善注〉「進は仙を求むるを謂ふなり。周易（乾）

に曰はく、九二、見竜は田に在り。竜徳ありて正中なる者なりと」。見竜は竜見に同じ。田は地上。正中は正しく中を得ていること。中庸。〈李周翰注〉「易（乾）に云ふ、九二、見竜は田に在り。竜徳は正中なりと。将に道徳に進み、以って中正の美を保たんとす」。道徳は老子の説く道と徳。中正は正中に同じ。

12［退］後向きになる。［触藩羝］垣根に角が触れる羊。動きがとれぬことをいう。〈李善注〉「退は俗に処るを謂ふなり。又た（周易・大壮に）曰はく、羝羊は藩に触れ、其の角を羸《から》む。退く能はず、遂《すす》む能はず。利する攸《ところ》无しと」。〈李周翰注〉「又た（易・大壮に）曰はく、羝羊は藩に触れ、其の角を羸むと。退きて困しみを受くるを言ふなり。俗務に帰し角を羸むるの困しみに就くべからず」。

○詳解15　一般に進と退を対にする場合、進が仕官する、退が隠遁する意で、11・12〈李善注〉〈李周翰注〉の意にはならない。「言ふこころは、仕途すれば幸ひに進みて全を保つを得たり。固より見竜の象有り。若し斥退すれば、則ち必ず羝羊の藩に触るるが如し。李善注に進を以って仙を求むと為し、退を俗に処ると為すは、恐らく非ならん」と解する『古詩賞析』注は、王弼注の「潜より出で隠より離る。故に見竜と曰ふ」に拠り、11見竜が世に現れる意味であることもふまえているが、ただ仕途（仕官）すると安全で、斥退（隠遁）すると進退きわまると解するのは、分りにくい。

○詳解16　11・12〈李善注〉は11進を進んで仙界を求める、12退を退いて世俗に処る意に解し、〈李周翰注〉は進を道徳に進む、退を俗界に帰す意に解している。また11竜見は正中つまり中庸の美に解し、12触藩羝は困苦に解している。進と退を対する用例には〈李善注〉や〈李周翰注〉の言う意はないが、いま両注に従い、9傲吏と10逸妻を11の実践者と位置づけることとする。

13［高蹈］高く足を抗《あ》げる。遠く行く。［風塵外］俗外。風塵は煩汚のことに喩える。〈李善注〉「左氏伝（哀公二十一年）に曰はく、魯人の皐《つみ》、我をして高蹈せしむと。荘子（達生篇）に曰はく、孔子は塵垢の外に彷徨すと」。

塵垢外は俗外。

14［長揖］略式の敬礼。［謝］別れの挨拶をする。［夷斉］春秋時代の伯夷・叔斉兄弟。〈李善注〉「説文（巻三上）に曰はく、謝は辞し別るるなりと。史記（巻六一伯夷伝）に曰はく、伯夷・叔斉は孤竹君の子なり。父は叔斉を立てんと欲す。卒するに及び、叔斉は伯夷に譲らんとす。伯夷曰はく、父の命なりと。遂に逃れ去る。叔斉も亦た立つを肯ぜずして逃る。義として周の粟を食《は》まず。首陽山に隠ると」。孤竹は国の名。〈呂延済注〉「夷斉は伯夷・叔斉の二人。武王の君を伐つの事を恥ぢ、周の粟を食まず。首陽山に隠る。璞は風塵の外に蹈み、夷斉の此の小節を守るを為さざらんとす。故に長掲して之に謝して去る」。武王は周の王。君は殷の紂王。長掲は長揖に同じ。

○詳解17　13高蹈は13〈李善注〉に引く『左氏伝』の杜預注に「高蹈は猶ほ遠行のごときなり」と言い、『荘子』の郭象注には「凡そ真性に非ざるは皆な塵垢なり」と言う。遠行して真性な所、そこは2山林であり、4蓬莱であり、5源であり、6崗であり、7霊谿である。

○詳解18　14長揖の用例を〈李善注〉〈五臣注〉は示さないが、『漢書』巻一高帝記に「沛公方に牀に踞《こしか》け、両女子をして洗はしむ。酈生《れきせい》拝せず。長揖して曰はく、足下必ず無道の秦を誅せんと欲せば、宜しく踞けて長者に見《あ》ふべからずと」あり、顔師古注に「長揖は手上自りして下に極む」と言う。これによると、長揖は相手を見下した軽蔑の礼で、郭璞は伯夷・叔斉に対してこれをしたのである。

○詳解19　郭璞は14夷斉のどんな態度を軽蔑したのか。伯夷・叔斉兄弟が隠れた首陽山は2山林で問題ないが、義として周の粟を食まぬという態度を軽蔑したのである。それは14〈呂延済注〉にいう小節で、9傲吏・10逸妻の態度とは異なる。だから郭璞は伯夷・叔斉兄弟にはおさらばして、9傲吏・10逸妻のように大節を守って俗外に出たいと言う。郭璞のこの態度は「孟子曰はく、伯夷は隘、柳下恵は不恭なり。隘と不恭とは由らざるなり」（『孟子』公孫丑上篇）、「恵連は吾が屈に非ず、首陽は吾が仁に非ず」（左思「招隠の詩二首」其の二）に通じるであろう。

○詳解20　14句からなる本詩は四段に分かれる。4句までの第一段は、京華・朱門と山林・蓬莱の二つの世界を提示して、重点は後者の隠遁世界にある。5句から8句までの第二段は、源・崗・霊谿が山林・蓬莱の世界を承け、仙界生活を詠う。9句から12句までの第三段は、傲吏・逸妻で隠者を登場させ、その生活の歓楽を詠う。最後の二句の第四段は、伯夷・叔斉兄弟の小節な隠遁を否定し、大節な隠遁がしたいと詠う。全体としては隠者と仙人とが区別されず、混然としている。

(2)0　（其二）　（其の二）

1　青谿千余仞　青谿《せいけい》は千余仞／青谿山は千余仞もあり
2　中有一道士　中に一道士有り／その中には一人の道士がいる
3　雲生梁棟間　雲は梁棟の間に生じ／雲は梁《はり》や棟《むなぎ》のあたりに湧き起こり
4　風出窗戸裏　風は窗戸の裏《うら》より出づ／風は窓や戸の中から吹き出る
5　借問此何誰　借問す此れ何誰《たれ》ぞと／ここの住人は誰かと聞けば
6　云是鬼谷子　云ふ是れ鬼谷子《きこくし》なりと／鬼谷子だという
7　翹迹企潁陽　迹を翹《あ》げて潁陽《えいやう》を企《のぞ》み／爪立《つまだ》ちして潁水の北を眺め
8　臨河思洗耳　河に臨みて耳を洗はんことを思ふ／川を前にして汚れた耳を洗おうとする
9　閶闔西南来　閶闔《しやうかふ》西南より来たり／閶闔門のある西南から風が吹いてきて
10　潜波渙鱗起　潜波は渙として鱗のごとく起こる／水中に潜んでいた波が鱗のようにぱっと湧きあがる
11　霊妃顧我笑　霊妃《れいひ》は我を顧みて笑ひ／（波の中から出た）宓妃《ふくひ》は私を見てほほえみ

12　粲然啓玉歯　粲然として玉歯を啓《ひら》く／にっこりして美しい歯をみせてくれる

13　蹇脩時不存　蹇脩《けんしゅう》は時に存せざれば／（媒人の）蹇脩はいまは存在せず

14　要之将誰使　之を要《もと》むるに将に誰をか使ひとせん／宓妃を迎えるには誰を使者とすればいいのか

1［青谿］山の名。［千余仭］山が高いことをいう。仭は高さ・深さを測る単位。〈李善注〉「庾中雍の荆州記（佚）に曰はく、臨沮《りんしょ》県に青谿山有り。山東に泉有り。泉の東に道士の精舎有りと。郭璞嘗て臨沮県と為る。故に遊仙詩に青谿の美を嗟《たた》ふ」。臨沮県は湖北省にある。精舎は道士の居所。〈呂向注〉「青谿は山の名」。

2［道士］神仙の道に志す人。その体得者。〈呂向注〉「道士は有道の者」。

○詳解1　1〈李善注〉に引く『荆州記』によると、青谿山の泉には道士がおり、『文選箋証』に引く『寰宇記』の「鬼谷先生は青谿の鬼谷に居り、薬を采りて道を得たり」によると、道士の鬼谷先生がいたと言う。

○詳解2　2道士については、『困学紀聞』巻二〇に詳説するが、『文選箋証』には次のように言う。「按ずるに、古は皆な道士を以って有道の士と為す。新序の節士篇に、介子推曰はく、謁して位を得るは、道士居らずと。是れなり。後乃ち仙隠の称と為す。困学紀聞に云ふ、元和郡県志に、楼観は本《もと》周の康王の大夫の尹喜《いんき》の宅なり。穆王は為に幽逸の人を召し、置きて道士と為すと。御覧三百六十六には大霄経の、尹喜を以って尹軌と為すを引く。又た謂ふ、平王は洛邑に東遷して道士を置くと。然るに穆王・平王の事は考ふべからず。漢の郊祀志の漢官閣疏に云ふ、神明台は五十丈、上に九室有りて嘗《つね》に九天道士百人を置くと。蓋し武帝自り始まりしならん」。これによると、道士は古くは有道の士の意で、『新書』の道士がその例。漢の武帝以後は仙隠の称として用いられ、『漢書』郊祀志がその例。『元和郡県志』と『大霄経』の道士は不明。要するに、有道の士（老荘の道に志す人、その体得者）から仙隠（神仙の道に志す人、その体得者）へと、用法が変化したことを言う。郭璞の詩の2道士は、漢以後ゆえ仙隠の意である。が、2〈呂向注〉は道士を有道の士、つまり老荘の道に志す人、その体得者に解しているようである。なお道人の語は、六朝では僧侶の意に用いられる。「北来の道人　才理を好む有り。林公と瓦官寺に相ひ遇ひ、小品を講ず」（『世説新語』文学篇）がその例。林公は高僧の支遁。

○詳解3　1〈李善注〉によると、本詩は郭璞が臨沮県令時代に制作したことになり、これは⑴詳解8と合わせて、「遊仙の詩」制作時期に関わることとして注目すべきである。ただ郭璞が臨沮県令に就任したことは『晋書』巻七二郭璞伝には見えない。

3［梁棟］梁《はり》と棟《むなぎ》。

4［窻戸］窓と戸。

○詳解4　3・4には李善も五臣も注しないが、2道士の居所をいう。道士の居所には雲や風があったようで、『列仙伝』には「赤松子は神農の時の雨師なり。（略）帝は西王母の石室中に止まり、風雨に随ひて上下す」、「涓《けん》子《し》は斉の人なり。（略）宕山《たうざん》に隠れ、能く風雨を致せり」とあり、⑹には神仙排雲出、但見金銀台（二〇六頁参照）とある。雲が梁や棟の辺りから湧き起こり、風が窓や戸の中から吹き出るという対の表現は、神秘的でいかにも道士の居所らしく、道士は雲や風を呼ぶ術を体得していたのである。

5［借問］主語は作者。［何誰］姓や名を問う疑問詞。

6［云是］～であると言う。是は陳述の語。［鬼谷子］道士の名。〈李善注〉「史記（巻六九蘇秦伝）に曰はく、蘇秦は東のかた斉に事へて、鬼谷先生に習ふと。徐広（佚）曰はく、潁川の陽城に鬼谷有りと。鬼谷子の序（佚）に曰はく、周の時、豪士にして鬼谷に隠るる者有り。自ら鬼谷子と号す。其れ自ら遠ざくるを言ふなり。然るに鬼谷の名は隠者の通号なり」。陽城は河南省にある。豪士は才知の優れた者。通号は通称。〈呂向注〉「蘇秦は鬼谷子に学ぶ。今言ふ所の者は璞の仮称なり」。

○詳解5　5借問、6云是の用例は、曹植の「七哀の詩」に「借問す歎く者は誰ぞと、言ふ是れ客子の妻なりと」があり、5何誰は『呉越春秋』巻二闔閭内伝に「其れ何誰と為すか。子以って之を言へと。子胥《ししょ》曰はく、姓は要、名は離なりと」がある。

○詳解6　道士の6鬼谷子は、詳解1の『寰宇記』には青谿山にいたとあり、6〈李善注〉に引く除広注では陽城にいたとある。鬼谷子は6〈李善注〉の『鬼谷子』序によると、周代の豪士が鬼谷に隠れたことにはじまり、以後特定の者ではなく、隠者の通称となったと言う。また『文選箋証』の「余氏の文選音義に云ふ、真仙通鑑に、鬼谷先生は平公の時の人、姓は王、名は詡《く》。道を老君に受け、青渓の鬼谷に居る。因りて以って号と為すと。紹煐按ずるに、金楼子に、秦の始皇は鬼谷先生の言を聞き、因りて徐福を遣はして海に入り、金菜玉蔬を求めしむと。是れ鬼谷先生は始皇の時に至るも猶ほ存せり。後漢の喜平元年に至りて、蔡邕は青谿に入り、鬼谷先生の居る所を訪ぬ。山は五たび曲がりて、曲に霊跡幽居有れば、則ち僅かに故蹟を遣せり」によると、鬼谷子は老君に仙術を学んだ王詡のことで、晋の平公（在位前五五七～前五三二）の時から、始皇帝を経て、後漢の嘉平元年にもいたと言う。嘉平は熹平の誤まりか。熹平元年ならば一七二年。

○詳解7　6〈呂向注〉の「今言ふ所の者は璞の仮称なり」によると、6鬼谷子は郭璞で、2道士も郭璞をさすことになる。従って5借問、6云是は郭璞の自問自答となる。呂向のこの解は、道士の郭璞が鬼谷子気どりで、青谿にいたとするのである。

7［翹迹］足・かかとを挙げる。［企］爪立ちして望む。恋い慕うことをいう。［潁陽］潁川の北。堯の世の隠者許由の居所。〈李善注〉「広雅（釈詁一）に曰はく、翹は挙なりと。呂氏春秋（慎行論求人篇）に曰はく、昔、堯は許由を沛沢の中に朝し、天下を夫子に属せんことを請ふ。許由遂に潁川の陽に之くと」。〈呂向注〉「昔、堯は許由を沛沢の中に朝し、天下を属せんことを請ふ。許由逃れて潁水の陽に之く。（略）翹は高なり。企は踵《かかと》を挙ぐるなり。此の事を思慕するを言ふ」。

8［臨河］河べりで。［洗耳］汚れた耳を洗い清める。許由の故事による。〈李善注〉「琴操（佚）に曰はく、堯は許由の志を大とし、禅《ゆず》りて天子と為さんとす。由は其の言の善からざるを以って、乃ち河に臨みて其の耳を洗ふと」。〈呂向注〉「由は其の言の善からざるを以って、乃ち河に臨みて其の耳を洗ふ」。

○詳解8　7翹迹の用例は管見に入らないが、翹足が何晏の「景福殿の賦」に「彼の呉蜀の湮滅《いんめつ》するは、固に足を翹げて之を待つべし」とあり、李善注には「新書（佚）に、趙良は商君に謂ひて曰はく、君の亡ぶるは足を翹げて待つべきなり」と言う。翹迹と翹足は近い。また7企は郭璞の「江の賦」に「飛廉は以って其の蹤を睎《み》ること無く、渠黄は其の景を企《のぞ》むこと能はず」とあり、李善注には「毛詩（衛風・河広）に曰はく、跂てば予《われ》之を望むと。鄭玄曰はく、足を挙ぐれば則ち之を望見すと。企は跂と同じ」という。これによると、翹迹と企とは意味は近いが、翹迹は踵を挙げることに、企は望み見ることに重点がある。

○詳解9　7翹・企、8臨・思の主語は郭璞で、7企潁陽、8思洗耳は郭璞が隠者許由の大節・高志を思慕することを言う。

9［閶闔］閶闔門から吹いてくる風。閶闔門は崑崙山にあるので、仙界からの風をいう。〈李善注〉「閶闔は風。已に西京の賦に見ゆ。高誘曰はく、兌を閶闔風と為すと」。兌は『易』の卦。〈李周翰注〉「兌を閶闔風と為す」。

10［潜波］水中に潜んでいる波。湧き起こる波。［渙］水の散るさま。水紋。［鱗起］鱗のように美しく、次々起こる波。〈李善注〉「周易（渙）に曰はく、風　水上に行けば渙なりと」。〈李周翰注〉「水波渙然として魚鱗の起こるが如し」。

○詳解10　9閶闔の用例を李善は二つ示す。一つは張衡の「西京の賦」の「紫宮を未央に正し、嶢闕《げうけつ》を閶闔に表す」で、薛綜注には「紫微宮の門を名づけて閶闔と曰ふ」と言う。もう一つは『淮南子』墬形訓の「皐稽《かうけい》は閶闔風の生ずる所なり」に「兌を閶闔風と為す」と言う高誘注である。閶闔門と閶闔風の二つで、李善はここは閶闔風の意であるとする。閶闔門と閶闔風の関係は、「天に紫微宮有り」（「西京の賦」薛綜注）、「閶闔は崑崙の虚門の名なり」（『淮南子』墜形訓高誘注）、「閶闔風は西方に居る」（『史記』巻二五律書）によると、崑崙山にある紫微宮の閶闔門の方角から吹いてくる風が閶闔風なのである。

○詳解11　9閶闔が西王母のいる崑崙山と関係があると、閶闔風は天上の仙界から吹いてくる風ということになる。とすると、9は仙人を詠う7・8と響き合うので、10とも仙人のことで響き合わなくてはならない。10は水中から何かが現れることを想像させる。現れる何か、それは響き合いで言えば、11の霊妃である。

11［霊妃］宓妃《ふくひ》のこと。洛水の女神。［我］作者をさす。〈李善注〉「霊妃は宓妃なり。毛詩（邶風・終風）に曰はく、我を顧みれば則ち笑ふと。（毛詩・小雅・正月の「屢〻爾の僕を顧る」に）鄭玄曰はく、顧は猶ほ視のごときなりと」。

12［粲然］盛んに笑うさま。［啓玉歯］美しい歯を見せる。笑うことをいう。〈李善注〉「穀梁伝（昭公四年）に曰はく、軍人は粲然として皆な笑ふと。荘子（徐無鬼篇）に曰はく、女商　徐無鬼に謂ひて曰はく、吾の君に説く所以の者は、吾未だ嘗て歯を啓かずと。司馬彪曰はく、歯を啓くとは笑ふなりと」。

○詳解12　11〈李善注〉にいう11霊妃の宓妃は、曹植の「洛神の賦」の李善注に引く『漢書音義』には「如淳曰はく、宓妃は伏羲氏の女、洛水に溺死して神と為る」とあり、古来洛水の女神とされ、曹植はその美麗を詳細に描写する。その宓妃が10潜波より現れるのである。

○詳解13　13〈李善注〉に引く『楚辞』の王逸注には「宓妃は神女なり。以って隠士に喩ふ」、「隠士の清潔なること宓妃の若し」と言う。李善はここに王逸注を引かないが、11霊妃（宓妃）も、2道士、6鬼谷子、7潁陽・8洗耳（許由）などからすると、隠士といえよう。宓妃を隠士と見る資料は、揚雄の「甘泉の賦」の「西王母を想ひて欣然として寿を上り、玉女を屏けて宓妃を却く」、張衡の「思玄の賦」の「太華の玉女を載せ、洛浦の宓妃を召す」、陸機の「前緩声歌」の「宓妃は洛浦に興こり、王韓は太華に起こる」などがある。ここの隠士は仙女のこと。

○詳解14　12粲然は12〈李善注〉に引く『穀梁伝』の范甯注に「粲然とは盛んに笑ふなり」と言い、宓妃の12玉歯は「洛神の賦」に「丹唇は外に朗らかに、皓歯は内に鮮やかなり」とある。なお11〈李善注〉に引く『毛詩』の毛伝には「笑は之を侮るなり」とあるが、12からすると、11笑には侮る意はない。

13［蹇脩］伏羲の臣。傑出した媒人。〈李善注〉「楚辞（離騒）に曰はく、吾は豊隆をして雲に乗り、宓妃の在る所を求めしむ。佩纕《はいじやう》を解きて以って言を結び、吾は蹇脩をして以って理を為さしむと。王逸曰はく、古賢の蹇脩にして媒理するなりと」。豊隆は雷師。纕は帯。媒理は媒人となって言を通じること。〈劉良注〉「蹇脩は古の賢媒なり。存は在なり」。

14［要之］霊妃を迎える。［将誰使］使者に立てる者はいない。〈李善注〉「広雅（巻一下）に曰はく、将は欲なりと」。

○詳解15　11より14までは13〈李善注〉に引く『楚辞』に基づく。屈原は蹇脩を使者に立てて宓妃を迎えようとしたが、郭璞はそれができぬと嘆く。宓妃は郭璞を顧みて笑い、粲然と玉歯を啓いてくれているのに、蹇脩がいないために、宓妃という仙女を迎え入れ、わが物にすることができない。郭璞のいう蹇脩、その実態は分りにくいが、能力とか決断とか、郭璞の内面に関わることであろう。

○詳解16　本詩には2一道士＝6鬼谷子、7潁陽＝8洗耳（許由）、11霊妃（宓妃）の三仙人が登場する。一つの詩に多くの仙人が登場したり、男仙と女仙が登場したりするのは、どんな意味があるのか、前者の問題は後述するとして、後者の問題を考えてみる。本詩を8句までの前半と9句以下の後半に分けて見ると、前半には男仙を、後半には女仙を描く。前半はさらに青谿山にいる鬼谷子を描く6句までと、潁陽にいる許由を描く8句までとに分かれる。前半の男仙に対しては企の字に郭璞の情を託すが、基調としては淡々と男仙を語っている。後半は閶闔に西王母を、潜波に洛水を予想させ、女仙の霊妃（宓妃）を登場させる。その宓妃は絶世の麗人で、玉歯を啓いて郭璞を魅惑し、郭璞はそれに応じようとするが、手だてがなく絶望する。この静の男仙に動の女仙。その意味は対照的だが、郭璞の意図は男仙・女仙を並べ、女仙を際だたせることにあろう。宓妃が魅惑的であればあるほど、これを獲得したいと思う反面、宓妃が高嶺の花に見えて、獲得できぬ思いに至る。郭璞はこの狭間で動揺し、苦悩していたのではあるまいか。郭璞の動揺・苦悩を強烈に印象づけるには、無愛想な男仙より魅惑的な女仙がふさわしいと考え、霊妃（宓妃）を登場させたのであろう。

(3)
〇（其三）　（其の三）

1　翡翠戯蘭苕　翡翠は蘭苕に戯れ／翡翠《かわせみ》は蘭の花に戯れ遊び
2　容色更相鮮　容色は更〻《こもごも》相ひ鮮やかなり／姿や色が互いに照り映えて鮮やかである
3　緑蘿結高林　緑蘿は高林に結び／緑の蘿《かずら》は高い松林にからみつき
4　蒙籠蓋一山　蒙籠として一山を蓋《おほ》ふ／こんもりと山全体を覆っている
5　中有冥寂士　中に冥寂の士有りて／その山中に隠者がいて
6　静嘯撫清絃　静かに嘯《うそぶ》き清絃を撫づ／静かに嘯き澄んだ琴の音を奏でている
7　放情陵霄外　情を放《ほしいまま》にして霄外を陵《わた》り／心を自由にして大空の彼方を凌ぎ
8　嚼蘂挹飛泉　蘂を嚼《くら》ひて飛泉を挹《く》む／花を食べ滝の水を飲んでいる
9　赤松臨上遊　赤松は上に臨みて遊び／赤松子は天上に遊んで

10 駕鴻乗紫煙　鴻に駕して紫煙に乗ず／鴻に乗り紫の雲気に任せている
11 左挹浮丘袖　左は浮丘の袖を挹《と》り／左手は浮丘の袖を握り
12 右拍洪崖肩　右は洪崖の肩を拍《たた》く／右手は洪崖の肩を撫で楽しんでいる
13 借問蜉蝣輩　借問す蜉蝣《ふいう》の輩／蜉蝣の連中に尋ねてみても
14 寧知亀鶴年　寧くぞ知らん亀鶴の年を／亀や鶴の寿命は分っておるまい

1　［翡翠］かわせみ。水辺にいる小鳥。［蘭苕］蘭の花。

2　［容色］姿と色艶《つや》。［更相鮮］翡翠と蘭苕が互いに映じて鮮やかだ。〈李善注〉「言ふこころは、珍禽芳草逓《たが》ひに相ひ輝き映り、悦ぶべきこと甚だしと。蘭苕は蘭秀なり」。秀は花。〈張銑注〉「翡翠は鳥の名。苕は枝、鮮は明なり」。

○詳解1　1・2の景は5からすると、冥寂士の居所。そこは珍禽の翡翠、芳草の蘭苕がある谷川で、2〈李善注〉は悦ぶべき所と言う。なお李善は苕を秀とし、張銑は枝とするが、2からすると秀がよい。

3　［緑蘿］緑の蘿《かずら》。松蘿・女蘿のこと。［高林］ここは松・柏の林をいう。〈李善注〉「陸機の毛詩草木疏に曰はく、松蘿は松に蔓《の》びて枝を生ず。正に青しと。毛詩（小雅・頍弁）に曰はく、蔦と女蘿と、松柏に施《やど》ると。毛萇曰はく、女蘿は松蘿なりと」。〈呂向注〉「緑蘿は松蘿なり」。

4　［蒙籠］草木が密生してほの暗いさま。

○詳解2　3・4の景も5冥寂士の居所で、そこは山。3〈李善注〉に引くのは3の出典で、緑は青、結は蔓・施、高林は松・松柏に同じ。3緑蘿（松蘿・女蘿）や高林（松・柏）が5冥寂士と結びつく用例は管見に入らないが、4蒙籠は張衡の「南都の賦」に「夫の天封・大狐の若きは、列仙の陬《すみか》なり。上は平衍にして曠蕩たり、下は蒙籠として崎嶇たり」とあり、列仙と結びつく用例がある。

○詳解3　1から4までは5冥寂士の居所の景だが、居所を川から山へ、近景から遠景へと移し、しかも翡翠の赤（雄）、青（雌）、蘭の薄紫、蘿の緑、高林（松・柏）の青など、色彩豊かに仙界を描写する。

5［冥寂士］奥深くもの静かな人。仙人のこと。〈李善注〉「冥は玄黙なり」。玄黙はもの静かで口数が少ないこと。〈李周翰注〉「冥は幽」。

6［静嘯］静かに詠う。嘯は声を長くして詩歌を詠う。［清絃］琴の澄んだ音色。

○詳解4　5〈李善注〉及び「老子は玄黙」（『漢書』巻二〇古今人表の張晏注）によると、5冥寂士は老子のような人をさすのであろう。冥寂の用例は郭璞の「客傲」に「巌穴無くして冥寂たり、江湖無くして放浪す」（三二一頁参照）とあり、冥寂は巌穴と深く関わる語である。巌穴は隠者の居所で、『荘子』山木篇に「夫れ豊狐・文豹は、山林に棲み巌穴に伏す。静なり」とある。

○詳解5　5冥寂士が6嘯する例には、『晋書』巻四九阮籍伝に「籍因りて長嘯して退き、半嶺に至りて声有りて鸞鳳の音の巗谷《がんこく》に響くが若きを聞く。乃ち（孫）登の嘯なり」、成公綏の「嘯の賦」に「逸羣公子は（略）、世路の阨僻《あいへき》を狭しとし、天衢を仰ぎて高蹈す。邈として俗を姱《こ》えて身を遺れ、乃ち慷慨して長嘯す」がある。なお青木正児氏の論文「『嘯』の歴史と字義の変遷」は、嘯と神仙家・道家との関係を論じる。

○詳解6　5冥寂士が6撫清絃の例には、『列仙伝』毛女に「止まる所の巌中に琴を鼓するの声有りと云ふ」、子主に「被髪して琴を鼓す」があり、『晋書』巻五六孫登伝には「家属無く、郡の北山に於いて土窟を為り之に居る。（略）好んで易を読み、一絃琴を撫づ」がある。なお一句中に嘯・琴を詠う詩は、唐になるが王維の「竹里館」の「独り幽篁の裏に坐し、琴を弾じて復た長嘯す」がある。

7［放情］心を自由にする。思いのままにする。［陵霄外］世俗を超越する。霄外は天の外。〈李善注〉「楚辞（九弁）に曰はく、志を雲中に放遊すと。淮南子（原道訓）に曰はく、大丈夫は雲に乗り霄を陵《しの》ぎ、造化と逍遥すと」。造化は造物主。〈李周翰注〉「霄は天なり」。

8［蘂］花。瓊樹の蘂で、薬草。［飛泉］滝の水。〈李善注〉「魏の文帝の典論（佚）に曰はく、飢ゑては瓊蘂を食《くら》ひ、渇しては飛泉を飲むと」。〈李周翰注〉「蘂は薬蘂。挹は酌なり」。薬蘂は薬草の花。

○詳解7　7放・陵の主語は5冥寂士。その冥寂士は7〈李善注〉に引く『楚辞』の放逐された屈原のように志を雲中に放遊し、また『淮南子』の大丈夫のように雲に乗り霄を凌ぐのである。大丈夫は高誘注によると体道者のこと。7の詩の用例としては、王康琚の「反招隠の詩」に「神を青雲の外に放つ」、王玄之の「蘭亭の詩」に「消散して情志を肆《ほしいまま》にす」、王蘊之の「蘭亭の詩」に「散豁として情志を暢《の》ばす」などが見える。

○詳解8　8蘂は8〈李善注〉によると、瓊蘂のこと。陸機の「歎逝の賦」に「瓊蘂の微無きを懟《うら》み、朝霞の挹み難きを恨む」とあり、司馬相如の「大人の賦」に「沆瀣《こうがい》を呼吸し朝霞を餐《くら》ひ、芝英を咀噍《そせう》し瓊華を嘰《くら》ふ」とあり、張揖注に「瓊樹は崑崙西流沙の浜《ほとり》に生じ、大いさ三百囲、高さ万仭。華は蘂なり。之を食《くら》へば長生す」と言う。瓊蘂は朝霞と並称される、不老長寿の薬草である。

○詳解9　8飛泉は『楚辞』遠遊に「飛泉の微液を吸ひ、琬琰《えんえん》の華英を抱く」とあり、王逸注には「玄沢の肥潤を含吮《がんせん》す」と言って奥深い沼に解するが、洪興祖補注には「六気　日の入るを飛泉と為す」と言って日没の気に解し、張揖注には「飛泉は飛谷なり。崑崙の西南に在り」と言って谷の名に解する。7陵霄外との対応からすると、王逸注がよく、これもまた不老長寿の水であろう。

9［赤松］古の仙人。赤松子のこと。［臨上遊］天の所で遊ぶ。〈李善注〉「列仙伝（赤松子）に曰はく、赤松子は神農の時の雨師なり。水玉を服し、神農に教ふ。能く火に入るも焼けず。崑崙山の上に至り、常に西王母の石室の中に止まり、風雨に随ひて上下すと」。〈呂延済注〉「赤松は古の仙人」。

10［紫煙］紫の雲気。〈李善注〉「漢武内伝（佚）に曰はく、王母の侍者歌ひて曰はく、遂に万竜椿に乗り、馳騁して九野を眄《み》ると。嵆康の答難に曰はく、偓佺《あくせん》は栢実を以って方目し、赤松は水玉を以って煙に乗ると。古白鴻の頌（佚）に曰はく、茲に亦た耿介《かうかい》として翮を紫煙に矯《あ》ぐと」。答難は答向子期難養生論。耿介は操が堅いこと。〈呂延済注〉「鴻は鳥なり」。

○**詳解10**　9臨上遊は10と合わせて天上のこととし、上に臨みて遊ぶと訓んだが、8挹飛泉を受け、飛泉の上流で遊ぶ意に解し、上遊に臨むと訓むこともできよう。

○**詳解11**　10〈李善注〉に引く『漢武内伝』は、10駕鴻の用例か。駕鴻の用例は郭璞後に梁の沈約の「沈道士の館に遊ぶ」詩に「朋来たりて石髄を握り、賓至りて軽鴻に駕す」があるが、李善はそこに郭璞のこの句を引く。

○**詳解12**　10〈李善注〉に引く嵆康の「答難」は9赤松、10乗紫煙の用例だが、『淮南子』泰族訓にも「王喬・赤松は（略）虚を蹈《ふ》みて軽挙し、雲に乗り霧に遊ぶ」とある。また乗紫煙ではなく、乗紫霞の例が陸機の「前緩声歌」に「献酬は既已に周《あまね》ければ、軽挙して紫霞に乗る」とある。紫の字はしばしば仙人に関する語に冠する。

○**詳解13**　9〈李善注〉に引く『列仙伝』によると、赤松は崐崘山に居り、詳解8・9の張揖注によると、8薬・飛泉も崑崙山にある。とすると、8・9の舞台は崑崙山ということになる。

11［浮丘］古の仙人。〈李善注〉「列仙伝（王子喬）に曰はく、浮丘公は王子喬に接し、以って嵩高山に上ると」。

12［洪崖］古の仙人。〈李善注〉「説文（巻十二上）に曰はく、拍は拊なりと。普白の切。西京の賦に曰はく、洪崖立ちて指麾《しき》すと。神仙伝（衛叔卿）に曰はく、衛叔卿は数人と博す。其の子の度曰はく、向《さき》に与に博する者は誰と為すかと。叔卿曰はく、是れ洪崖先生なりと」。指麾はさし招く。博は博打をする。〈劉良注〉「浮丘・洪崖は並びに仙人なり」。

○**詳解14**　11浮丘は11〈李善注〉に引く『列仙伝』によると、嵩高山に昇る能力のある仙人。12洪崖は12〈李善注〉

に引く「西京の賦」及びその李周翰注の「洪崖は古の楽人なり。指麾とは伎楽を分析するを謂ふなり」によると、音楽の才があった仙人。9赤松はこの二仙人を連れている。これによると、仙人には順位があり、西王母の所にいた赤松は浮丘・洪崖より上位だったことが分る。

○**詳解15**　11挹袖・12拍肩の用例は管見に入らなかったが、『漢語大詞典』には拍肩を解して「軽く別人の肩膀を拍くは、友好或いは愛护を表示す」とある。拍肩が友好・愛护の行為ならば、挹袖もこれに近い行為であろう。郭璞は三仙人に友好・愛护の情を持ったのである。

13［借問］主語は作者。［蜉蝣］かげろう。ここは短命な俗人に喩える。〈李善注〉「大戴礼の夏小正に曰はく、蜉蝣は朝に生まれて暮に死すと」。〈張銑注〉「蜉蝣は朝に生まれて夕に死す。以って世人に比す」。

14［亀鶴年］亀や鶴の寿命。長寿の仙人に喩える。〈李善注〉「養生要論（佚）に曰はく、亀鶴の年は千百の数有り。性寿《なが》きの物なり。道家の言に、鶴は頸を曲げて息し、亀は潜み匿れて噎《いつ》すと。此れ其の寿を為す所以なり。気を服し性を養ふ者は、焉に法る」。〈張銑注〉「亀鶴の寿は皆な千歳なり。以って仙人に比す」。

○**詳解16**　13借問の主語は9赤松とも、作者郭璞とも見ることができよう。主語を赤松とすると、赤松＝亀鶴＝仙人となるが、主語を作者郭璞とすると、郭璞＝蜉蝣＝世人となる。第一首・第二首の構成からすると、本詩の末句も作者郭璞を主語とし、郭璞が直接自らの心情を告白していると見るのがよかろう。

○**詳解17**　14〈李善注〉に引く『養生要論』の道家の言は、『抱朴子』対俗篇の「上薬の延年を知る、故に其の薬を服して以って仙を求む。亀鶴の遐寿を知る、故に其の道引に効《なら》ひ以って年を増す」、論仙篇の「始は必ず終ふと謂ふも天地は無窮なり、生は必ず死すと謂ふも亀鶴は長寿す」に同じ。

○**詳解18**　13・14〈張銑注〉のように13蜉蝣を世人に、14亀鶴を仙人に比喩する手法は、鵬を超俗に、蜩・学鳩を世俗に比喩する『荘子』逍遥遊篇に似ている。

○詳解19　本詩の構成は、1から4までが導入で仙界の描写、5から12までが本論で仙人の生活、13・14が結論で作者の心情となっている。郭璞は三仙人を登場させ、友好・愛护の情を寄せている。

(4)0　（其四）　（其の四）

1　六竜安可頓　六竜は安くんぞ頓《とど》むべき／六頭の竜はじっと留めておくことができず
2　運流有代謝　運流して代謝有り／ぐるぐるぐる周って移り変わる
3　時変感人思　時変は人に思ひを感ぜしめ／時節の変化は人の心を動かし
4　已秋復願夏　已に秋にして復た夏を願ふ／秋になってしまうとまた夏の到来が待ち遠しい
5　淮海変微禽　淮海は微禽を変ぜしむるも／淮水や大海はつまらぬ鳥でも変貌させたが
6　吾生独不化　吾が生のみ独り化せず／わが人間の生命だけは変えることができない
7　雖欲騰丹谿　丹谿《たんけい》に騰《のぼ》らんと欲すと雖も／丹谿に昇りたいと思うが
8　雲螭非吾駕　雲螭《うんち》は吾が駕に非ず／雲に上る竜は私の乗り物になってはくれない
9　愧無魯陽徳　愧づらくは魯陽の徳もて／残念なことに魯陽公のごとき徳をもって
10　迴日向三舍　日を迴らして三舍に向かはしむること無きを／太陽を動かして中天に向かわせることはできない
11　臨川哀年邁　川に臨みて年の邁《ゆ》くを哀しみ／川を前にして年の過ぎゆくのを哀しみ
12　撫心独悲吒　心《むね》を撫でて独り悲吒《ひたく》するのみ／胸を撫でて嘆き悲しむばかりである

1　［六竜］太陽の車を牽く六頭の竜。太陽の馭者。〈李善注〉「楚辞（九歎・遠遊）に曰はく、鴻濛を貫きて以って東のかた去り、六竜を扶桑に維《つな》ぐと。王逸曰はく、我が車轡《しゃひ》を扶桑に結び、以って日を留む。幸ひに年寿を延ばすを得と」。鴻濛は気。扶桑は日の出る辺りの海中にある神木。車轡は車と轡《たづな》。〈呂向注〉「六竜は日の駕なり。頓むるも之を止むべからず」。

2［運流］主語は1六竜。［代謝］移り変わる。〈李善注〉「荘子（知北遊篇）に、黄帝曰はく、四時は運行して、各〻其の序を得と。淮南子（俶真訓）に曰はく、二者は代謝舛馳《せんち》すと。高誘曰はく、代は更なり、謝は叙なりと」。序は順序。二者は人と虎。舛馳は区別がつかない。

○**詳解1**　1と2の趣旨は同じ。1六竜はぐるぐる周って移り変わり、頓めようにも止められない。郭璞は1・2で、時間は人の力では止められず、人間におかまいなく過ぎ行くことをいう。1〈李善注〉に引く『楚辞』では六竜を扶桑に維いで時間を頓め、年寿を延ばすことができたが、郭璞はそんなことはできぬと歎くのである。

3［時変］時節の変化。時間の推移。［人］ここでは作者をさす。〈李善注〉「爾雅（釈詁下）に曰はく、感は動なり」。

4［已秋復願夏］已――復――は、――したからにはさらに――の意。

○**詳解2**　4は3を具体化した表現だろうが、春・秋を使わず、秋・冬を使うのは、特に意図があるのか。一年間の3時変をいうのであれば、春・冬でもよいが、わざわざ四時の途中の秋を用いたのは、秋は3感人思の時節だからであろう。『淮南子』繆称訓に「春には女思ひ、秋には士悲しむ。而して物の化するを知ればなり」とある。秋の字にこだわれば、秋に郭璞の人生の後半を喩えているかも知れないし、本詩の制作は秋なのかも知れない。

5［淮海］淮水と大海。［微禽］ここでは雀と雉《きじ》をさす。

6［吾生］吾は郭璞を強く意識する。［化］5変に同じ。〈李善注〉「国語（晋語九）に、趙簡子歎じて曰はく、雀は海に入りて蛤と為り、雉は淮に入りて蜃と為る。黿《げん》・鼉《てう》・魚・鼈《べつ》は、能く化せざるは莫し。唯だ人のみ能くせざるは、哀しい夫《かな》と」。蛤は小さいはまぐり。蜃は大きいはまぐり。黿は大きいすっぽん。鼉はわに。鼈はすっぽん。〈李周翰注〉「雉は淮に入りて蜃と為り、雀は海に入りて蛤と為る。言ふこころは、此の微禽すら尚ほ自ら変化するに、吾独り能はずと。璞の恨みの詞なり」。

○詳解3　5と6との関係は、変身できる5微禽に劣る、それを郭璞は哀しみ恨んでいるという関係。6〈李善注〉に引く『国語』によると、雀は↓海に入り↓蛤と為る、雉は↓淮に入り↓蜃と為る。しかし吾は↓Aし、↓Bと為れない。唯だ人のみ能くせず、である。郭璞はA・Bを求め、微禽のように変身したいのである。

○詳解4　雀が蛤に、雉が蜃となるのは、鳥類が貝類に変身した、つまり生きる世界が変わったことを意味する。また『説文解字』巻二には、蛤は一千歳の雀が変身したものとあり、蜃の段玉裁注には天子の佩刀の飾りに使ったと言う。則ち蛤・蜃は前の雀・雉よりも価値ある物に変化したことになる。郭璞も今の自分以上の価値ある者に変身したいと強く願うのである。それは仙人になることである。

7［丹谿］丹砂を産する谷。仙界。不死の国。〈呂延済注〉「丹谿は仙者の居る所。騰は升なり」。

8［雲螭］雲に乗る竜。仙界へ行く乗り物。［吾駕］吾は作者をさす。〈李善注〉「魏の文帝の典論（佚）に曰はく、夫れ生は之れ必ず死し、成は之れ必ず敗る。然り而して惑へる者は、風雲に乗るを望み、螭竜と共に駕し、不死の国に適かんことを冀ふ。国は即ち丹谿なり。其の人列缺《れつけつ》に浮遊し、倒景に翺翔《かうしやう》す。然るに死する者は相ひ襲《つ》ぎ、丘壟《きうろう》は相ひ望み、逝く者は反ること莫く、潜む者は形《あら》はるる無し。以って覚るに足るなりと」。列缺は稲妻。天上。倒景は日月が下から照る所。天上至高の所。〈呂延済注〉「雲螭は竜なり」。

○詳解5　7丹谿・8雲螭は詳解3のAにあたる。郭璞は雲螭に乗って丹谿に騰り、Bに変身したいのである。丹谿は8〈李善注〉に引く「典論」によると、不死の国ゆえ、郭璞が変身したBは不死の人、つまり仙人である。

列缺に浮遊し、倒景に翺翔する仙人である。しかし8はBの前提のAが実現できないことを言うのだから、とうていBに変身することはできない。郭璞の哀しみ恨みは尽きない。

○詳解6　8〈李善注〉に引く「典論」中の螭竜は8雲螭と重なり、不死の国は7丹谿と重なる。また駕は8駕であり、適は7騰と同じと見てよく、「典論」と7・8は甚だ近い。とすると、惑へる者もこの時の郭璞の状況に近いと見ることができよう。つまり郭璞は生者は必ず死者となり、成者は必ず敗者となる、そのことへの惑える者である。だから雲螭に駕して丹谿に騰り、惑いから解放され、仙人になりたいとひたすら願うのである。

9［魯陽］楚の魯陽公。［徳］日を逆もどりさせたこと。

10［迴日］太陽を逆回転する。［三舎］三宿分の長さ。〈李善注〉「淮南子（覧冥訓）に曰はく、魯陽公は韓と難を搆《かま》ふ。戦酣《たけなは》にして日暮る。戈《ほこ》を援《と》りて之を麾《まね》けば、日之が為に反ること三舎なりと。許慎（佚）曰はく、二十八宿、一宿を一舎と為すと」。〈劉良注〉「魯陽公は韓と難を遘《かま》ふ。戦酣にして日暮る。戈を援りて之を麾けば日之が為に反ること三舎なり。二十八宿、一宿を一舎と為す。璞愧づらくは、此の徳もて日を迴らして反らしめ、其の寿を駐むるを得ること無きを」。

○詳解7　10〈李善注〉に引く『淮南子』によると、魯陽公が日を三舎逆転させたのは、戦《いく》さの最中に日が暮れたからである。戦さに勝つには時が必要だったのである。これを郭璞に重ねると、日が暮れるとは晩年にさしかかること、戦さに勝つことは仙人になること。そのために日を逆転させたいのだが、魯陽公のような徳が自分にはないことを愧じるという。日暮は4已秋と響き合う。10〈劉良注〉に言うように、寿を伸ばしたいのであり、郭璞の変身願望は深刻である。

11［年邁］年が過ぎてゆく。〈李善注〉「論語（子罕篇）に、子は川上に在りて曰はく、逝く者は斯くの如きかと。尚書（泰誓）に曰はく、日月は逾邁《ゆまい》すと。孔安国曰はく、日月並びに過ぐるが如しと」と。

12［悲吒］嘆き悲しむ。〈李善注〉「儀礼（士喪礼篇）に曰はく、夫人は心《むね》を拊《な》でて哭せずと。吒は歎く声なり。楚辞（九思・疾世）に曰はく、憂ひて寝食するに暇あらず、吒《なげ》きは歎きを増して雷の如しと」。拊心は撫心に同じ。〈張銑注〉「吒は嘆く声」。

○詳解8　11哀年邁は1～4の内容と響き合う。

○詳解9　12〈李善注〉に引く『儀礼』は、士の死後、婦人は静かにするために、心を拊でるだけで哭しないことを説くもので、婦人の心情としては哭したいのだが、主人の入場を待つ間、心を拊でるだけでじっと耐えているのである。この時の郭璞も婦人と同じ心情だとして、李善は『儀礼』を引いたのであろう。年の邁くのも止められず、変身もできぬ郭璞は、哭をこらえ、ただ心を拊でて耐えているのである。

○詳解10　本詩の構成は、1から4までは時間、5から8までは空間、9から12までは時間で組み立て、自分の意志ではどうにもならぬ時間から脱出して俗外の空間に移動しようとするがそれもできず、再びどうにもならぬ時間に舞いもどって、変身できぬ悲哀を詠う。

(5)0　（其五）　（其の五）

1　逸翮思払霄　逸翮は霄《そら》を払はんと思ひ／高く飛ぶ鳥は大空を払いのけようとし

2　迅足羨遠遊　迅足は遠く遊ばんと羨《ねが》ふ／速く走る馬は遠くまで行こうとする

3　清源無増瀾　清源も瀾《なみ》を増すこと無くんば／澄んだ水源でも波が広がることがなければ

4　安得運呑舟　安くんぞ呑舟《どんしう》を運らすを得ん／大魚を泳がせることはできない

5　珪璋雖特達　珪璋《けいしやう》は特達すと雖も／珪璋はそれだけで価値があるものの

6　明月難闇投　明月は闇には投じ難し／明月の珠と同様に暗闇には投げ出し難い
7　潜穎怨青陽　潜穎は青陽を怨み／谷間に咲く花は春の到来の遅いのを怨み
8　陵苕哀素秋　陵苕は素秋を哀しむ／丘に生える陵苕《のうぜんかずら》は秋の到来の速いのを哀しむ
9　悲来惻丹心　悲しみ来たりて丹心を惻《いた》ましめ／悲しみが湧き起こって胸中は傷《いた》み
10　零涙縁纓流　零涙は纓に縁りて流る／落ちる涙は冠の纓《ひも》を伝って流れる

1　［逸翮］高く飛ぶ鳥。翮は鳥の羽。［払霄］天空を払いのける。

2　［迅足］速く走る馬。足は馬の足。〈李善注〉「逸迅して霄を払ひ、及び遠遊せんことを思ふは、以って仙者の軽挙して高蹈せんことを願ふに喩ふ」。〈呂向注〉「逸は軽、霄は天、迅は疾なり。言ふこころは、仙者の資有れば、必ず仙者の道を好むと」。

○詳解1　2〈李善注〉によると、逸翮＝迅足＝逸迅＝仙者、払霄＝遠遊＝軽挙而高蹈の等式が成り立ち、2〈呂向注〉によると、逸翮＝迅足＝仙者之資、払霄＝遠遊＝仙者之道の等式が成り立つ。両注にいう仙者は郭璞自身を意識しているであろう。

○詳解2　李善・五臣ともに逸翮・迅足の用例を示さない。郭璞以前には逸翮の用例はなく、王僧達の「顔光禄を祭る文」に「逸翮独り翔り、孤風は侶を絶つ」、鮑照の「舞鶴の賦」に「逸翮は塵を後にし、翶翥《かうしょ》は路に先んず」、范雲の「古意にて王中書に贈る」に「逸翮は北海を淩ぎ、搏飛《はくひ》して南皮より出づ」とあり、李善は王僧達と范雲の逸翮に郭璞の本詩1を注するが、二詩の逸翮は仙人のことではない。迅足の用例も郭璞以前にはなく、『佩文韻府』には劉勰の『新論』の「九方歅の馬を相《み》るや、未だ風を追ひ電を追ひ塵を絶ち景を滅すと雖も、迅足の勢ひは固に已に見はれたり」がある。

○詳解3　1払霄、2遠遊も李善・五臣は用例を示さないが、前者は左思の「蜀都の賦」に「松柏は山峰に蓊鬱《をううつ》として、脩幹を擢《ぬき》んで長条を竦《あ》げ、飛雲を扇《ふ》き軽霄を払ふ」とあり、後者は『楚辞』遠遊序に「仙人に託配し、与《と》倶《も》に遊戯す。天地を周歴し、到らざる所無し」、「時俗の迫阨《はくやく》を悲しみ、軽挙して遠遊せんことを願ふ」とある。ともに仙人に関する語である。

3［清源］清く澄んだ水源。［増瀾］大波を起こす。波が広がる。〈李善注〉「劉公幹の徐幹に贈る詩に曰はく、方塘は清源を含むと。楚辞（招隠士）に曰はく、谿谷は嶄巌《ざんがん》として水　波を増すと」。方塘は四角い池。嶄巌は山が鋭く立っているさま。〈李周翰注〉「清源は水源なり。増は高なり。瀾は大波なり」。

4［運］動かす。泳がす。［呑舟］舟を呑みこむほどの大魚。〈李善注〉「清源に呑舟の魚を行運すること能はずとは、以って塵俗は仙者を容るるに足らざるに喩ふ。韓詩外伝（巻六）に、孟子曰はく、夫れ呑舟の魚は潜沢に居らず、度量の士は汚世に居らずと」。〈李周翰注〉「呑舟は大魚なり。言ふこころは、小水は呑舟の魚を運らすこと能はず、俗人は遊仙の事を知るに足らずと」。

○詳解4　4〈李善注〉〈李周翰注〉によると、清源＝塵俗＝小水＝俗人という等式が、また呑舟之魚＝仙者＝遊仙之事という等式も成り立つ。

○詳解5　注解4の等式からすると、3清源は世俗にある川のことになるが、清源の用例を3〈李善注〉に引く劉公幹の詩の李善注の張衡の「思玄の賦」の「旦に余は清源に沐し、余が髪を朝陽に晞《かわ》かす」に求めると、清源は俗外にある川のことになる。「思玄の賦」に従えば、3は俗外にある清源でも波が広がらなければ、と解することになる。1・2が俗外のことを詠うので、これに続く清源も俗外にある川とするがよい。

○詳解6　4〈李善注〉に引く『韓詩外伝』中の潜は槮《さん》のこと。槮はふしづけといい、漁法の一種。『毛詩』周南・潜に「猗《い》と漆沮《しつしょ》、潜に多魚有り」とあり、毛伝に「潜は槮なり」という。なお呑舟の用例には、『列子』楊朱篇に「且つ臣之を聞く、呑舟の魚は枝流に遊ばず。鴻鵠は高く飛びて汚地に集まらず。何となれば則ち其の極遠ければなり」がある。

5［珪璋］珪・璋ともに礼式用の美玉。［特達］物を贈るとき、他の物を添えず、それだけで通達すること。衆より特に抜きんでること。〈李善注〉「礼記（聘義篇）に曰はく、珪璋特達するは徳なりと」。〈呂延済注〉「徳達は美の貌」。

6［明月］名玉の名。［難闇投］闇夜には人前に投げ出し難い。〈李善注〉「珪璋・明月は皆な仙に喩ふるなり。言ふこころは、珪璋は徳達の美有りと雖も、明月の珠は闇には投じ難し。以って仙者 超俗の誉れ有りと雖も、影を捕ふるの譏《そし》り無きに非ざるに喩ふ。（略）鄒陽の（獄中にて）書を上り（自らが明らかにす）に曰はく、明月の珠・夜光の璧、暗を以って人に投ずれば、衆は剣を案じて相ひ眄《み》ざる者莫しと」。捕影は影を捕らえることで、捕らえどころがないことに喩える。衆莫不案剣相眄者は剣に手を当てじっと見ていることで、用心深いことをいう。〈呂延済注〉「珪璋・明月は宝なりと雖も、人必ず恐懼して受けず。今、仙道を以って俗に示すも亦た猶ほ此くのごときなり」。

○詳解7　6〈李善注〉によると、珪璋＝明月＝仙＝仙人、特達＝特達之美＝超俗之誉、難闇投＝非無捕影之譏の等式が成り立ち、6〈呂延済注〉では、珪璋＝明月＝宝＝仙道、特達＝美貌、闇投＝示俗となる。いずれにしても、5珪璋・6明月は仙人のことで、郭璞は1逸翮・2迅足がそうであったように、これも自分のこととする。

○詳解8　6〈李善注〉に引く鄒陽の「上書」の後文に「何となれば則ち因無くして前に至ればなり」とあるのによると、剣に手を当ててじっと見るのは、明月珠や夜光璧がわけもなく眼前に放り出されるからである。6〈李善注〉はそこを非無捕影之譏と言い、〈呂延済注〉は人必恐懼不受と言う。要するに、珪璋＝明月＝仙人＝郭璞という一連の存在は、衆＝人＝俗人にとっては捕影、恐懼の対象であって、受け入れてもらえないと言うのである。なお6〈李善注〉の明月之珠は胡刻本は明月皆喩に作るが、『文選考異』により改めた。

7［潜穎］日蔭・谷間に咲く花。［青陽］春。〈李善注〉「潜穎は幽潜に在りて穎を結ぶなり。鄒潤甫の遊仙の詩（佚）に曰はく、潜穎は九泉に隠れ、女蘿は高松に縁ると。義は之れと同じ。爾雅（釈天）に曰はく、春を青陽と為すと」。幽潜は人里離れた奥深い所。九泉は地の底。

8［陵苕］丘に生える陵苕《のうぜんかずら》。［素秋］秋。〈李善注〉「言ふこころは、俗は求仙を娯しまずして、天施の偏れるを怨み、又た浮生の促《すみや》かなるを歎ず。潜穎は青陽の晩く臻《いた》るを怨み、陵苕は素秋の早く至るを哀しむに類するなりと。又た（爾雅・釈草に）曰はく、苕は陵苕なりと。素秋は已に上文に見ゆ」。天施は天の施し。天の運行をいう。〈李周翰注〉「穎・苕は皆な草木なり。潜隠の処に生ずれば、則ち青陽の至らざる（を怨み）、陵阜の上に生ずれば、則ち素秋の早く及ぶを哀しむ。言ふこころは、仙・俗は殊にして事は異なる。宜しく此れと相ひ類すべしと」。

○詳解9　7潜穎怨、8陵苕哀は擬人法。8〈李善注〉によると、7潜穎＝8陵苕＝陵苕＝俗の等式が成り立ち、7・8は俗人を詠うとする。その俗人が7怨み、8哀しむのは、春の到来が晩く、秋の到来が早いことに対してである。7潜穎が春の到来の晩いのを怨むのは、日の当たらぬ谷間に咲く花ゆえに、春が早く来て花を咲かせたいからであり、8陵苕が秋の到来の早いのを哀しむのは、日の当たる陵《おか》に生える苕ゆえに、秋が晩く来てずっと枯れずにいたいからである。時の推移は人智ではままならぬのに、俗人は時の推移を怨んだり哀しんだりして、注文をつける。郭璞はそういう俗人を距離をおいて怨み哀しんでいるが、郭璞も俗人という視点で見ると、俗人なる自分自身を怨み哀しんでいることになる。(4)1・2、11・12参照。

○詳解10　8〈李周翰注〉の仙俗殊事異によると、7は仙人のこと、8は俗人のことと解しており、7も8も俗人のこととする8〈李善注〉とは異なる。李周翰の意図はよく分からないが、5・6を仙人のこととする李周翰ならば、7・8を仙人と俗人に分けないのがよい。8〈李周翰注〉の（を怨み）は欠落していると見て、補った。

○**詳解11**　8〈李善注〉の素秋已見上文は張華の「励志」に「星火は既に夕《かたむ》き、忽焉として素秋なり」とあり、李善注に「秋を白蔵と為す。故に素秋と云ふ」と言い、李周翰注に「西方の色は白。故に素秋と曰ふ」と言う。7青陽、8素秋は『毛詩』豳風・七月の鄭箋に「春には女悲しみ、秋には士悲しむ。其の物化に感ずればなり」と言うように、時の推移に敏感な季節で、郭璞はそれを有効に用いる。

9［悲来］悲しみが湧き起こる。来を動詞に解したが、助字を見て二字を悲来《かな》しみてと訓むこともできよう。［惻］傷ましく思う。［丹心］真心。胸中。〈李善注〉「周易（井）に曰はく、我が心の惻みと為すと。諸葛亮の李平に与ふる教（佚）に曰はく、斯の戒めを詳思し、吾が丹心を明らかにすと」。

10［零涙］落ちる涙。［纓］冠の纓《ひも》。〈李善注〉「俗の遷謝するを悲しむ。故に心を惻ましめ涕を流す。淮南子（繆称訓）に曰はく、雍門子は哭を以って見ゆれば、孟嘗君は涕を流して纓を霑すと」。雍門子は戦国斉の雍門周。琴の名手。孟嘗君は戦国斉の大臣。四君の一人。

○**詳解12**　9惻丹心の中身は何か。10〈李善注〉の悲俗遷謝からすると、時間の推移変化、具体的には7・8のことであろう。また、詩全体からすると、仙人に変身できぬこともあろう。なお9〈李善注〉に引く『周易』は為を謂に作るが、いま十三経注疏本に従う。

○**詳解13**　10纓の冠は官吏の装飾品。とすると、このとき郭璞は官にあったと考えられ、これは本詩制作を考察する一資料となろう。

○**詳解14**　本詩には古の仙人は登場せず、俗人には理解されない仙人を嘆き傷しむとともに、俗人から脱却できない自分を嘆き傷み、郭璞の心情吐露に終始する。

(6)
0　（其六）　　（其の六）

1 雑県寓魯門　雑県　魯門に寓すれば／雑県という鳥が魯の東門に止まると
2 風煖将為災　風煖《あたた》かにして将に災ひを為さんとす／風は暖かくなり災いを起こすという
3 呑舟涌海底　呑舟は海底に涌《わ》き／大魚は海底から涌き出て
4 高浪駕蓬莱　高浪は蓬莱を駕《しの》ぐ／高い波は蓬莱山を越えて行く
5 神仙排雲出　神仙　雲を排《ひら》きて出づれば／仙人の棲む神山が雲をおしわけて現れると
6 但見金銀台　但だ金銀の台を見るのみ／ただ金や銀の高台が見えるだけ
7 陵陽挹丹溜　陵陽は丹溜を挹《く》み／陵陽子明は赤い溜《しずく》を汲んで飲み
8 容成揮玉杯　容成は玉杯を揮《まね》く／容成公は玉製の杯を招き寄せる
9 姮娥揚妙音　姮《こう》娥《が》は妙音を揚げ／姮娥は妙なる音色でうたい
10 洪崖頷其頤　洪崖は其の頤《おとがい》を頷《うご》かす／洪崖は頤を動かして調子に合わせる
11 升降随長煙　升降して長煙に随ひ／たなびく煙に任せて昇ったり降ったりして
12 飄颻戯九垓　飄颻《へうえう》として九垓《きうがい》に戯る／風に吹かれて天上で戯れている
13 奇齢邁五竜　奇齢は五竜に邁《まさ》り／並み外れた年齢は五竜の寿命を超え
14 千歳方嬰孩　千歳なるも嬰孩に方《ひと》し／千年の寿命も赤子に等しい
15 燕昭無霊気　燕昭も霊気無く／燕の昭王も霊妙な気はなく
16 漢武非仙才　漢武も仙才に非ず／漢の武帝も仙人としての才はない

1 ［雑県］海鳥の名。爰居ともいう。［寓］身を寄せる。止まる。［魯門］魯国の東門。

2 ［風煖］風が暖かくなる。煖は暖に同じ。［災］災害。異常気象。〈李善注〉「国語（魯語上）に曰はく、海鳥を爰居と曰ふ。魯の東門の外に止まること三日なり。臧文仲は国人をして之を祭らしむ。展禽曰はく、越なる哉、臧文仲の政を為すや。今、海鳥至る。已に知らずして之を祀《まつ》り、以って国典と為すも、以って仁且つ知と言ひ難し。今茲《ことし》海に其れ災有らんか。其れ広川の鳥獣は常に風を知りて其の災を避くるなりと。是の歳や、海に大風多く風煖かしと。文仲曰はく、信に吾が過ちなりと。賈逵注に曰はく、爰居は雑県なりと」。越哉は不合理だなあ。国典は国家の法令・制度。〈劉良注〉「海鳥を爰居と曰ふ。魯の東門の外に止まる。展禽曰はく、今茲海に其れ災有らんか。夫れ広川の鳥獣は恒に知りて其の災を避くと。是の歳、海に大風多し。雑県は則ち爰居、是れなり」。

○詳解1　1・2は〈李善注〉に引く『国語』の主旨を詩にしたものである。海鳥の雑県（爰居）が魯国の東門の外に三日間止まると、海に大風が吹き、冬でも暖かくなるという災いが生じる。本詩にあってはその災いが何か、はっきりしないが、想像するに、外敵の侵攻や内乱、あるいは郭璞自身の個人的な何かであろう。1・2にこうした災がこめられているとすれば、李善が(1)0注に言うごとく、本詩は郭璞の自叙で、辞に俗累を兼ねている、と見ることができよう。

3 ［呑舟］舟を呑みこむほどの大魚。［涌］涌き出る。躍り出る。〈李善注〉「呑舟の魚は已に上文に見ゆ」。已見上文は(5)4。

4 ［高浪］高く上がる波。［駕］乗り越える。［蓬萊］仙山。(1)4参照。

○詳解2　3・4は災いが生じたことを言うのではなく、災いから逃れることを言う。つまり2〈李善注〉に引く『国語』の「夫れ広川の鳥獣は常に風を知りて其の災を避くるなり」を受け、郭璞は自らを広川の鳥獣に見たてて、その鳥獣が大風を察知し、大風の災いから避けようとしたのである。郭璞にとっての避難所、それは4蓬萊山である。

5［神仙］神人と仙人。あるいは仙人の棲む神山で、ここでは蓬莱山のこと。［排雲出］雲を押し分けて現れる。

6［但見］ただ見えるだけ。［金銀台］金や銀の高台。仙人の居所。〈李善注〉「漢書（巻二五上郊祀志上）に曰はく、斉の威・宣、燕の昭は、仙人及び不死の薬皆な焉《ここ》に在り。而して黄金・銀もて宮闕を為る。未だ至らざるに、之を望むこと雲の如しと」。〈張銑注〉「此の中の神仙は、之れ安からずと為し、雲を排して上に出づれば、但だ其の金・銀の台闕を見る而已」。

○詳解3　3・4は避難所の蓬莱山には容易には行けないことを言う。それは6〈李善注〉に引く『漢書』の続きに、「到るに及べば、三神山は反って水下に居る。水之に臨めば、患ひ且に至らんとす。即ち風輒ち船を引きて去らしめ、終に能く至る莫しと云ふ」とあるのに拠る。難儀をしてたどり着いた所が蓬莱山で、そこは神仙の別天地である。

○詳解4　5神仙と6雲とが密接な関係にあることは、(2)3に雲生梁棟間とあり、『列仙伝』には多く見られる。また、5神仙に6金銀台があることは、6〈李善注〉に引く『漢書』に見える。雲及び金銀台は、神秘的な世界を表現する用語である。

7［陵陽］古の仙人。陵陽子明のこと。［丹溜］石芝の赤い精《しずく》。仙薬。〈李善注〉「列仙伝（陵陽子明）に曰はく、陵陽子明は銍《ちつ》郷の人なり。好みて魚を涎渓《せんけい》に釣る。釣りて白魚を得れば、腸中に書有りて、子明に服食の法を教ふ。子明遂に黄山に上り、玉石脂を採る。之を服すること三年にして、竜来たり迎へて去ると。抱朴子（仙薬篇）に曰はく、流丹は石芝の赤精なり。蓋し石流黄の類なりと。事は太一玉英に見ゆ」。銍郷は春秋宋の地。流丹・石流黄は仙薬。太一玉英は佚書。〈呂延済注〉「陵陽子明・容成公は皆な仙人なり。挹は酌なり。丹溜は石脂の流れ出づるなり」。丹溜石脂流出は石脂から流れ出る丹《あか》い溜《しずく》。

8［容成］古の仙人。容成公のこと。［揮］手でさし招く。［玉杯］玉製の杯。〈李善注〉「列仙伝（容成公）に曰はく、容成公は自ら黄帝の師と称す。周の穆王に見え、能く補導の事を善くす。髪白くして復た黒く、歯落ちて復た生ず。老子に事ふ。亦た老子の師と云ふと。揮とは手を以って之を揮《まね》くを謂ふ。神仙伝（茅君）に曰はく、茅君は道を斉に学ぶ。使人を見ずして、金案・玉杯自ら人の前に来たると」。補導之事は精を取り陽を補う道家の長生法。〈呂延済〉「揮とは手を以って揮く」。

○詳解5　8揮は8〈李善注〉の揮謂以手揮之、『神仙伝』の不見使人、金案玉杯自来人前よりすると、手でさし招く意のようである。つまり玉杯に向かって、手でおいでおいでをすると、玉杯がひとりでに自分の方に寄ってくる意のようである。茅君同様に、8容成もそうした術を会得していたと言うのであろう。なお郭璞以前には揮杯の用例はない。

○詳解6　7と8は二仙を並べる対句。仙薬を飲む7陵陽子明と、玉杯を自由に操る8容成は、仙術を異にする仙人の対。同類対のように見えて、実は異類対であるところに妙味がある。

9［姮娥］羿の妻。仙女。月の精。［妙音］妙なる音楽。〈李善注〉「淮南子（覧冥訓）に曰はく、羿は不死の薬を西王母に請ひしに、常娥窃みて月に奔ると。許慎曰はく、常娥は羿の妻なり。月中に逃ぐと。蓋し虚上夫人、是れなり。史記（巻六九蘇秦伝）に、蘇秦曰はく、妙音・美人以って後宮に充つと」。羿は弓の名人。虚上夫人は不明。

〈劉良注〉「姮娥は仙女なり。妙音は善き歌を謂ふなり」。

10［洪崖］古の仙人。［頷］動かす。［頤］あご。〈李善注〉「洪崖は已に上に見ゆ。列子（湯問篇）に曰はく、其の頤を頷かせば即ち歌は律に合ふと。広雅（釈詁一）に曰はく、頷は動なり。五感の切なりと」。已上見は(3)12。

〈劉良注〉「洪崖は古の仙人なり。頷は動なり。聴きて律に合ふ。故に其の頤を點ず」。聴は音を聴く。點は小さく動かす。

○詳解7　9・10も二仙を並べる対句。7・8がともに男仙であるのに対して、9・10は女仙と男仙。9姮娥も10洪崖も楽人として登場するが、二仙の関係は、洪崖が姮娥の妙なる音に合わせて頤を動かすと、洪崖のうたう歌が音律にぴったり合うというもので、二仙の行為は時間的には同時に進行する。調和のとれた仙界の音楽を対句で見事に表現する。

11［升降］升ったり降ったりする。上下する。［随］身を任せる。［長煙］たなびく煙。〈李善注〉「列仙伝（甯封子）に曰はく、甯封子は黄帝の時の人なり。火を積み自ら焼きて煙に随ひ上下すと」。積火自焼は積んだ薪を燃やしその中に入る。随煙の煙は薪を燃やした煙。〈張銑注〉「升降は上下なり」。

12［飄颻］風にひるがえる。飛びあがる。［戯］遊ぶ。ぶらぶらする。［九垓］大空。俗外。〈李善注〉「淮南子（道応訓）に曰はく、盧敖《ろがう》北海に遊ぶ。蒙穀の上に至りて一士を見る。盧敖は仰ぎて之を視、乃ち与に語りて曰はく、唯だ敖のみ羣に背き党を離るるを為すのみ。六合の外に窮観する者は、敖而已《のみ》に非ず。今卒に夫子を観る。是に於いて始めて敖と交わりを為すべきかと。士笑ひて曰はく、今、子の遊ぶは此に始まる。而して六合を窮むるを語るも、豈に亦た遠からずや。然るに子処《を》れ。吾は汗漫《かんまん》九垓の上に期す。吾以って久しくは居るべからずと。士は臂を挙げて身を竦《あ》げ、遂に雲中に入る。盧敖は仰ぎて之を視るも見えず。乃ち止む」。盧敖は燕の人。始皇帝に召されて博士となり、神山を求めて出かけたが、返って来なかった。蒙穀は山の名。六合之外は宇宙の外。九垓に同じ。夫子は一士のこと。汗漫は遥かに広いさま。ここは人名に用いる。〈張銑注〉「九垓は九天なり」。

○詳解8　11・12〈李善注〉によれば、11は甯封子《ねいふうし》のこと、12は一士のこと。12一士は若士《じやくし》という仙人。12〈李善注〉に引く『淮南子』今本には「若士なる物は齤然《けんぜん》として笑ひて曰はく」、「若士は臂を挙げて身を竦ぐ」とあり、江淹「別の賦」の〈李善注〉に引く『神仙伝』に「若士は仙人なり」とある。また郭璞の「遊仙の詩」（『北堂書鈔』巻一五八）には「若士の姿を髣髴し、夢に列缺《れっけつ》に遊ぶを相《み》る」とある。

○**詳解9**　7～10には陵陽子明・容成公・姮娥・洪崖の固有名詞を出したが、11・12には固有名詞を出さず、仙人の動きを対句で表現する。その変化に妙味がある。

13［奇齢］並み外れた年齢。［邁］超える。［五竜］古の五人の仙人。〈李善注〉「鄭玄の礼記（坊記篇）注に曰はく、齢は年なりと。遁甲開山図栄氏解に曰はく、五竜は皇后君なり。昆弟五人、皆な人面にして竜身なり。長を角竜と曰ひ、木仙なり。次を徴竜と曰ひ、火仙なり。次を商竜と曰ひ、金仙なり。次を羽竜を曰ひ、水仙なり。次を宮竜と曰ひ、土仙なり。父と諸子とは同に仙を得、治は五方に在りと」。昆弟は兄弟。〈張銑注〉「五竜は皇后君なり。兄弟四人、皆な人面にして竜身なり。長を角竜と曰ひ、次を徴竜と曰ひ、次を商竜と曰ひ、次を羽竜と曰ひ、父を宮竜と曰ふ。父と諸子とは同に仙して、五方に在り。此の諸仙の奇齢は此れに過ぐるを言ふ」。此は五竜を指す。

14［千歳］千年。千年の寿命。［方］等しい。同じ。［嬰孩］小児。〈李善注〉「孔安国の論語（憲問篇）注に曰はく、方は比方なりと。釈文に曰はく、人初めて生まるるを嬰児と曰ふと。説文（巻二）に曰はく、孩は小児の笑ふなりと」。〈張銑注〉「嬰孩は小児なり」。

○**詳解10**　13〈李善注〉に引く鄭玄注には歯年也とあり、14〈李善注〉に引く人初生曰嬰児は『釈文』にはなく、『釈名』巻三釈長幼に人始生曰嬰児とある。

○**詳解11**　13五竜の人面竜身説は、13〈李善注〉に引く『遁甲開山図栄氏解』では兄弟五人で、13〈張銑注〉では父と兄弟四人である。ただ四部叢刊本は次曰宮竜土仙也を父曰宮竜土仙也に作る。いずれにしても五人を五音・五行で説く。

○**詳解12**　13五竜は『史記』三皇本紀に「人皇自《よ》り已後、五竜有り」とあり、司馬貞注に「五竜氏は兄弟五人、並びに竜に乗りて上下す。故に五竜氏と曰ふ」と言う。これによると、五竜氏は竜に乗って天地間を上下する皇帝で、その寿命は『史記』の記録によると、三十二万七千六百歳となり、13奇齢はその五竜以上の寿命ということになる。

○詳解13　13が仙人の五竜のことならば、14嬰孩も特定の仙人を意識しているのかもしれない。とすると老莱子のことか。『列仙伝』に「老莱子は楚の人。当時、世乱れ、世を逃れて蒙山の陽に耕す」、『列女伝』に「老莱子は二親に孝養す。行年七十にして、嬰児のごとく自ら娯しみ、五色の采衣を著《き》る。嘗て漿を取りて堂に上り跌仆《てつぼく》す。因りて地に臥し小児の啼を為す。或いは烏鳥を親の側に弄す」とある。跌仆は倒れる。

○詳解14　13・14は13〈張銑注〉によると、7陵陽子明以下、12若士までの仙人を含めて、諸仙の寿命は並み外れていることを言う。並み外れた寿命こそが仙人特有のものであり、それは郭璞のごとき俗人には成し得ないことである。それは俗界の最高の権力者でも成し得ないことなのである。

15［燕昭］燕の昭王。在位前三一一～前二七九。［霊気］霊妙な気。ここは仙人の気質。〈李善注〉「燕昭は人をして海に入り蓬莱を求めしむ。已に上文に見ゆ」。已見上文は(1)4。〈劉良注〉「燕の昭王は海に入り蓬莱山に往きて不死の薬を求めしむるも、終に得ること能はず。故に霊気無しと云ふ」。

16［漢武］漢の武帝。在位前一四一～前八七。［仙才］仙人の才能。〈李善注〉「漢武内伝に、西王母曰はく、劉徹は道を好む。然るに形は慢《おご》り神は穢《けが》る。之に語るに当たり至道を以ってすと雖も、殆んど恐らくは仙才に非ざらんと」。劉徹は武帝のこと。道は仙道。至道は最上の仙道。〈劉良注〉「西王母曰はく、劉徹は道を好む。然るに形は慢り神は穢る。之に語るに至道を以ってすと雖も、殆んど恐らくは仙才に非ざらんと」。

○詳解15　15燕王については、(1)4注及び(6)6〈李善注〉・詳解3に引く『漢書』参照。

○詳解16　16漢武の仙才に関しては、16〈李善注〉に引く『漢武内伝』以外、『史記』巻二一孝武本紀にも次のようにある。「天子既已《すで》に泰山に封禅するに、既に風雨の菑《わざは》ひ無し。而して方士更〻言ふ、蓬萊の諸神山は将に得べからんとするが若しと。是に於いて上は欣然として之に遇はんことを庶幾《こひねが》ふ。乃ち復た東のかた海上に至りて望み、蓬萊に遇はんことを冀ふ。奉車子侯は暴《には》かに病み、一日にして死す。上乃ち遂に去る。海上に竝《そ》ひ、北のかた碣石に至り、遼西自り巡り、北辺を歴て九原に至る。五月返りて甘泉に至る」。これによると、武帝が蓬萊山に行けなかったのは、奉車子侯が頓死したからであり、心身が穢れていたからとする『漢武内伝』とは異なる。

○詳解17　15に燕昭、16に漢武を出す意図は、権力者・支配者といえども、仙人になることはできず、霊気や仙才を有している者だけが仙人になり得ることを言う。いわんや郭璞自身には霊気も仙才もなく、仙人になれぬことを嘆くことになるのだが、それは1・2における災いから身を守り、仙界へ脱出できぬ恨みを告白することになる。

(7)
○　（其七）　（其の七）

1　晦朔如循環　晦朔《くわいさく》は環を循《めぐ》るが如く／晦日《つごもり》と朔日《ついたち》とは輪が巡るようなもので
2　月盈已見魄　月盈つれば已に魄《くら》きを見る／月が満ちてくるともう暗い部分が見える
3　蓐収清西陸　蓐収《じょくしゅう》　西陸を清《きよ》むれば／初秋の神が西の道を払い清めると
4　朱羲将由白　朱羲は将に白に由らんとす／太陽は月の白道を通ろうとする
5　寒露払陵苕　寒露は陵苕を払ひ／寒露の寒さは陵苕《のうぜんかずら》を枯らし
6　女蘿辞松柏　女蘿は松柏を辞す／女蘿は松や柏から離れる
7　蕣栄不終朝　蕣栄《しゅんえい》は朝を終へず／槿《むくげ》の花は朝の終わらぬうちに萎《しぼ》み
8　蜉蝣豈見夕　蜉蝣《ふいう》は豈に夕を見んや／蜉蝣《かげろう》は夕にならぬうちに死んでしまう

9 円丘有奇草　円丘には奇草有り／円丘には珍しい草があり

10 鍾山出霊液　鍾山には霊液出づ／鍾山には不思議な水が出る

11 王孫列八珍　王孫は八珍を列ね／貴公子は八珍を列ねて命を短くし

12 安期錬五石　安期は五石を錬る／安期生は五石を錬って長生きした

13 長揖当塗人　当塗の人に長揖し／役人どもにあいさつし

14 去来山林客　去来して山林の客たらん／俗世を棄てて山林に身を置く者となろう

1 ［晦朔］晦《つごもり》と朔《ついたち》。［循環］円形の玉を巡る。ぐるぐる巡って極まりないこと。〈李善注〉「説文（巻七上）に曰はく、朔は月の一日の始めなり。晦は月の尽くるなりと。尚書大伝（佚）に曰はく、三玉の統は、連環に循ふが若しと」。〈李周翰注〉「循環とは連環に循ふが若くして窮まること無きなり」。

2 ［月盈］月が満ちる。満月になることをいう。［已］もう。早くも。［魄］暗い。月が欠けることをいう。〈李善注〉「礼記（礼運篇）に曰はく、四時和して後に月生ず。是を以って三五にして盈ち、三五にして闕《か》くと。尚書（康誥）に曰はく、惟れ三月、哉《はじ》めて魄を生ずと。孔安国曰はく、十六日、明消えて魄生ずるなりと」。三五は十五日。〈李周翰注〉「魄は暗なり」。

○詳解1　今月の最後の日の翌日は来月の最初の日。月は変わるがこの両日は連続している。1で言わんとすることは、時間は中断することなく推移しているということ。また、十五日の満月の翌日の十六日は月が欠ける。月の形は変わるが満ち欠けは連続している。2で言わんとすることも1に同じ。時間の推移をいうのに1・2ともに月末と月初、満ちると欠けるの逆の現象に注目し、そこに連続性を見出したことに発想の妙がある。

○詳解2　時間の推移を詠うのに四時の運行から詠い起こすことは少なくないが、月の運行から詠い起こすのは多くないのではあるまいか。月の運行を3・4の朱羲に先んじて詠うことは、時間を推移させるのは朱羲よりも月という認識が、郭璞にはあったということになろう。

3［蓐収］七月の神。［清］払い清める。［西陸］西の道。白道。西は五行でいえば白で秋。〈李善注〉「礼記（月令篇）に曰はく、孟秋の月、其の神は蓐収と。司馬彪の続漢書に曰はく、日　北陸に行く、之を冬と謂ふ。西陸之を秋と謂ふと」。〈呂延済注〉「孟秋の月、其の神は蓐収。西陸は秋なり」。

4［朱羲］日。太陽。［由］従う。通る。［白］白道。月の通る道。〈李善注〉「朱羲は日なり。楚辞（離騒）に曰はく、吾は羲和をして節を弭《や》めしむと。王逸曰はく、羲和は日の御なりと。河図（佚）に曰はく、立秋・秋分、月は白道に従ふと。漢書（巻二六天文志）に伝ふ、月に九行有り。立秋・秋分、西して白道に従ふと。左伝（昭公二十一年）に曰はく、分には道を同じくすと。春分・秋分、日月は道を同じくするを謂ふなりと」。弭節はゆるやかに歩む。〈呂延済注〉「朱羲は日なり。立秋の日は白道に従ふ。由は従なり」。

○**詳解3**　3〈李善注〉に引く『続漢書』の西陸謂之秋を今本は誤って西陸謂之春、東陸謂之秋に作る。また『左氏伝』昭公二年の「西陸朝覿にして之を出だす」の杜預注に「陸は道なり」という。

○**詳解4**　3〈李善注〉に引く『礼記』によると、蓐収は孟秋の月以外、仲秋の月、季秋の月の神であるが、ここは清西陸からすると、孟秋の月の神とするがよい。従って3は立秋になったことを言う。

○**詳解5**　4朱羲が白道に由るとは、4〈李善注〉の謂春分秋分日月同道也によると、秋分になったことを言う。3の立秋、4の秋分は二十四気の一つで、5寒露もそうである。とすると、3～5も時間の推移を言うことになる。

○**詳解6**　1・2と3・4の関係は、月も四季も循環することで結ばれ、3・4は四季のうち秋に焦点が当てられる。秋に焦点を当てる意図は5～8からすると、秋の悲哀・憂愁から人の命の短さを導こうとする。

5［寒露］二十四気の一。［払］払い落とす。枯らす。［陵苕］丘に生える陵苕《のうぜんかずら》。〈李善注〉「淮南子（天文訓）に曰はく、斗　辛を指せば則ち寒露なりと。陵苕は已に上文に見ゆ」。斗は北斗。辛は十干の第八位。真西より北寄りの方角。已見上文は(5)8。〈劉良注〉「陵苕は即ち陵上の草なり」。

6［女蘿］かずらの一種。［辞］離れる。落ちる。［松柏］松と柏。〈李善注〉「毛詩（小雅・頍弁）に曰はく、蔦と女蘿と、松柏に施《やど》ると。毛萇曰はく、蔦は寄生なり。女蘿は松蘿なりと」。〈劉良注〉「女蘿は兎絲なり。松柏に縁る。寒の払ふ所と為り、将に萎死を以ってせんとす。故に辞して去る」。

○詳解7　5〈李善注〉は5寒露を二十四気の一とするが、6〈劉良注〉では寒い露とする。3で初秋、4で秋分を言う上句からすれば、〈李善注〉〈劉良注〉ともに成り立つ。

○詳解8　6〈劉良注〉によると、6女蘿辞松柏は女蘿がおのずと松柏から離れるのではなく、5寒い露のために女蘿が萎死し、離れるという解になり、寒露が下句まで係ることになるが、対句であることからすると、下句に係る必要はない。

○詳解9　5陵苕は(5)8に、6女蘿は(3)3（緑蘿）にあり、そこでは仙界の植物として詠われた。しかしここの払われた陵苕、辞した女蘿は、仙界の植物としての用を果たしていない。陵苕・女蘿が郭璞の羨望する仙界だとすれば、陵苕を傷う寒露、女蘿の縁る松柏は、何かに喩えられているのかも知れない。たとえば寒露は世俗の不安、松柏は仙化の理念のようなもの。いずれにしても、郭璞の仙界羨望は果たされないことを言う。

7［蕣栄］槿《むくげ》の花。［不終朝］朝までもたない。終朝は夜明けより朝食までの間。〈李善注〉「潘岳の朝菌の賦の序（佚）に曰はく、朝菌は時人以って蕣華と為し、荘生は以って朝菌と為す。其の物は晨に向かひて結び、日を絶ちて殞《しぼ》むと」。荘生は荘子。絶日は日が沈む。〈張銑注〉「蕣は槿の花なり。朝に栄え暮に落つ」。

8［蜉蝣］かげろう。［豈見夕］夕を見ることはない。夕方までもたない。〈李善注〉「毛萇の詩（曹風・蜉蝣）伝に曰はく、蜉蝣は朝に生まれて夕に死すと」。〈張銑注〉「蜉蝣は小虫の名。朝に生まれて夕に死す。此れ皆な人生の短きに比するなり」。

○詳解10　7蕣栄の解には諸説ある。たとえば7〈李善注〉に引く「朝菌の賦の序」の蕣華は槿の花で、『荘子』逍遥遊篇の支遁注に「一に舜英と名づく。朝に生まれて暮に死す」とあり、潘尼注に「木槿なり」とある。また司馬彪注は芝菌と解し、「大芝なり。天陰れば糞上に生じ、日を見れば則ち死す。一に日及と名づく。故に月の終始を知らざるなり」とある。また『淮南子』道応訓の高誘注は虫に解し、「朝菌は朝に生まれて暮に死す虫なり。水上に生じ、状は蚕蛾に似たり。一に孳母《じぼ》と名づく。南には之を虫邪と謂ふ」とある。いずれも短命である。

○詳解11　8蜉蝣の解にも諸説ある。たとえば8〈李善注〉に引く毛伝は羽のある虫とする。「蜉蝣は渠略なり。朝に生まれて夕に死す。猶ほ羽翼有りて以って修飾するがごとし」とある。郭璞はくそ虫とする。「蛣蜣《きつきやう》に似て、身は狭くて長し。角有りて、黄黒色。糞上の中に聚生し、朝に生まれて暮に死す。猪好みて之を噉《くら》ふ」とある。これまたすべて短命で、糞上に生ずという解に従うと、8蜉蝣と7蕣栄はよく似ている。

○詳解12　7蕣栄と朝菌は同じだとすると、1晦朔如循環の晦朔と7蕣栄不終朝の蕣栄（朝菌）は、『荘子』逍遥遊篇の「朝菌は晦朔を知らず、恵蛄は春秋を知らず」を意識するのかも知れない。なお7〈李善注〉に引く潘岳の朝菌の賦の序の文は、潘尼の朝菌の賦の序（陸機の歎逝賦の李善注）の文とよく似ている。

○詳解13　8蜉蝣に関して8〈李善注〉は毛伝を引き、(3)13蜉蝣の〈李善注〉は『大戴礼』の夏小正を引くが、ともに蜉蝣渠略也と解するのに、已見上文としなかった理由は不明。

9［円丘］山の名。［奇草］珍奇な草。不死の草木。〈李善注〉「外国図（佚）に曰はく、円丘に不死の樹有り。之を食《くら》へば寿しと」。〈呂向注〉「円丘は山の名。奇草は芝草」。芝草は霊芝。

10［鍾山］山の名。［霊液］不可思議な液体。玉膏の類。長寿の水薬。〈李善注〉「東方朔の十州記（崐崘）に曰はく、北海外に鍾山有り。千歳芝及び神草を自生すと。霊液は玉膏の属を謂ふなり。曹植の苦寒行に曰はく、霊液は波を飛ばし、蘭桂は天に参《まじ》ふと」。〈呂向注〉「霊液は玉膏なり」。

○詳解14　10〈李善注〉に引く曹植の詩は「苦寒行」ではなく、「弁天行」に「霊液は素波を飛ばし、蘭桂は上りて天に参ふ」とあり、四言ではなく五言とする。

○詳解15　9円丘の所在は不明だが、9〈李善注〉に引く『外国図』という書名から推測すると、円丘山は外国にあったのであろう。因みに『抱朴子』登渉篇には「昔、円丘に大蛇多く、又た好薬を生ず。黄帝将に登らんとす」とあり、『博物志』物産篇には「円丘山の上に不死の樹有り。之を食へば乃ち寿し。赤泉有り。之を飲めば老いず。大蛇多く、人の害と為り、居るを得ざるなり」とある。

○詳解16　10鍾山は〈李善注〉に引く『十州記』によると、北海外にあり、それは崐崘山系に位置する。『山海経』西山経には「又た西北四百二十里を鍾山と曰ふ。（略）西南四百里を昆侖の邱と曰ふ」とある。

○詳解17　9円丘・10鍾山はともに仙山で、これは12安期は五石を錬る、14去来して山林の客たらんの伏線となり、11王孫・13当塗人の逆となる。

11［王孫］王公の子孫。公子。［列］並べる。［八珍］八種類の珍味。淳熬《じゅんごう》・淳母・炮豚《ほうとん》・炮牂《ほうしょう》・擣珍《とうちん》・漬《し》・熬・肝膋《かんりょう》をいう。〈李善注〉「漢書（巻三四韓信伝）に、漂母は韓信に謂ひて曰はく、吾は王孫を哀みて食を進むと。周礼（天官・食医）に曰はく、食医は王の八珍の斉を和するを掌ると」。漂母は洗濯女。〈李周翰注〉「王孫は王公の子孫にして貴者なり」。

12［安期］安期生。古の仙人。［錬］錬りあげる。［五石］五種の薬石。長寿薬。〈李善注〉「列仙伝（安期生）に曰はく、安期生は自ら言ふ、千歳なりと。抱朴子（金丹篇）に曰はく、五石なる者は、丹砂・雄黄・白礬石《はくはんせき》・曽青・磁石《じせき》なりと」。〈李周翰注〉「安期生は仙者なり。五石は丹砂・雄黄・白礬・曽青・磁石なり」。〈李善注〉「王孫は八珍を列ねて生を傷り、安期は五石を錬りて以って寿を延ばす。優劣の殊なるを言ふなり」。傷生は生命を損う。

死ぬ。延寿は長生きする。長寿。〈李周翰注〉「貴者は八珍の味を饌し、仙者は五石の薬を服すを言ふ」。饌は供える。

○詳解18　11・12は対句。王孫は俗人、安期は仙人。八珍は寿命を縮める美味、五石は寿命を伸ばす薬石。郭璞は対照的な二人を対にして、寿命を縮める俗人の食事法を劣るとし、寿命を伸ばす仙人の食事法を優れるとする。

○詳解19　11王孫の出典として11〈李善注〉に『漢書』を引くが、漂母に食を進められた王孫が、11王孫の典故として重なり合うのではなく、語例をあげたということであろう。王孫の用例としては、劉安の「隠士を招く」に「王孫よ帰り来たれ、山中は以って久しく留まるべからず」がある。

13［長揖］略式の敬礼。［当塗人］仕路に当たる人。役人。〈李善注〉「当塗は即ち仕路に当たるなり。漢書（巻五六董仲舒伝）に武帝の制に曰はく、守文法以戴翼其世者甚衆。孟子（公孫丑上篇）に、公孫丑問ひて曰はく、夫子路に斉に当たれば、管晏の功は復た許すべきかと。趙岐曰はく、仕路に当たるなりと」。管晏は管仲と晏子。〈呂延済注〉「当塗の人は執事を謂ふなり。揖は謝なり」。

14［去来］出かけて行く。［山林客］山林に住む者。仙人をいう。〈李善注〉「山林は上文に見ゆ」。見上文は(1)2。

○詳解20　13〈李善注〉に引く『漢書』は省略があり、どの語の出典か不明。省略を補うと、「夫れ五百年の間、守文の君・当塗の士、先王の法に則り、以って其の世を戴翼せんと欲する者は、甚だ衆し」となり、当塗人の出典であることが分る。

○詳解21　13長揖は(1)14に出典を示すように、敬意の念が薄く、相手をやや小馬鹿にした挨拶。ここも当塗人を軽視する思いをこめて用いられている。

○詳解22　14去来の用例を李善・五臣ともに示さないが、阮籍の「詠懐の詩八十二首」其の七十四に「栄辱の事に咄嗟し、去来して道真を味ははん」、其の七十七に「彼の玄通の士を招き、去来して羨《あふ》る遊びに帰らん」とある。阮籍のこの去来の用例は、俗世を棄てて無為自然の道を求める、という使い方である。郭璞の去来もその使い方である。

○詳解23　14山林は(1)2の山林に同じ。そこは隠遯棲であった。「遊仙の詩七首」の第一首の二句目に山林を言い、第七首の最終句に山林を言うのは、構成その他の点で何か意味があるのか――。これについては改めて論じなければならない。

○詳解24　本詩の内容は、時は流れることで詩を起こし、続いて俗人は短命だが、神山には長寿薬があることを言い、俗人は美味で短命となるが、仙人は薬石で長寿となると言い、最後は俗人を棄てて、仙人になりたいと結ぶ。内容の軸をなすのは俗と仙で、俗を否定し仙を肯定する。この図式は七首全体に通じている。

〈本稿は大学院の授業科目「文選研究」で、国語教育学専修の林直紀・藤田修司・矢山仁・田代智則・前田直彦・森智子・守田庸一・鎌田高明・田口裕美子・真木昭久の受講生と講読した演習記録で、『広島大学教育学部紀要』第四六号・第四七号・第四八号（広島大学教育学部・平成九年三月・平成十年三月・平成十一年三月）に、郭璞「『遊仙詩七首』詳解（上）（中）（下）」の題目で掲載したものである〉

孫綽「天台山に遊ぶ賦并びに序」

0　遊天台山賦序　天台山に遊ぶ賦并びに序

1　天台山者蓋山岳之神秀者也　天台山なる者は蓋し山岳の神秀なる者なり／天台山は山岳の中でも神々しくて他と異なる山である

2　渉海則有方丈蓬莱　海を渉れば則ち方丈蓬莱有り／海をわたってゆくと方丈山・蓬莱山があり

3　登陸則有四明天台　陸に登れば則ち四明天台有り／岡にのぼってゆくと四明山・天台山がある

4　皆玄聖之所遊化　皆な玄聖の遊化する所にして／どの山も仙人が遊覧変化する所で

5　霊仙之所窟宅　霊仙の窟宅する所なり／神仙がほら穴住まいする所である

6　夫其峻極之状　夫れ其の峻極の状／いったい天台山の高大な様子や

7　嘉祥之美　嘉祥の美は／その瑞祥のみごとさは

8　窮山海之瓌富　山海の瓌富《くわいふ》を窮め／山や海の珍奇豊饒を究め尽くし

9　尽人神之壮麗矣　人神の壮麗を尽くす／人界や天界の壮大華麗を究め尽くしている

10　所以不列於五岳　五岳に列せず／（天台山を天子の祭る）五岳と同じに扱わず

11　闕載於常典者　常典に載するを闕《か》くる所以の者は／（神を祭ることを記した）経典に載せていないわけは

12　豈不以所立冥奥

豈に立つ所の冥奥にして／（天台山の）立っている所が奥深くて

13　其路幽迥

其の路の幽迥《いうけい》なるを以ってするにあらずや／そこへの道が遥か遠いからにちがいない

14　或倒景於重溟

或いは景を重溟に倒《さかし》まにし／（天台山の）姿を深い海に逆さまに映したり

15　或匿峯於千嶺

或いは峯を千嶺に匿《かく》す／際だつ峰を山々に隠したりする

16　始経魑魅之塗

始めは魑魅《ちみ》の塗《みち》を経／（天台山へは）最初は怪物のいる道を通って行き

17　卒践無人之境

卒《をは》りは無人の境を践む／最後は人一人いない所を歩くことになる

18　挙世罕能登陟

世を挙げて能く登陟すること罕に／世間の人で（天台山へ）登る能力のある者はまれで

19　王者莫由禋祀

王者すら禋祀《いんし》するに由《よし》莫し／天子でさえ（天台山へ登り）鄭重に神をまつる手だてを持たない

20　故事絶於常篇

故に事は常篇に絶え／だから（天台山の）事跡については経典には何ひとつなく

21　名標於奇紀

名は奇紀に標《しる》せり／（その）名前が奇書に書かれる（だけだ）

22　然図像之興

然るに図像《づざう》の興る／しかし（天台山の）画像ができあがる（という）のは

23　豈虚也哉

豈に虚《むな》しからんや／（天台山は）本当に実在するのだ

24　非夫遺世翫道絶粒茹芝者

夫の世を遺《す》て道を翫び粒を絶ち芝を茹《くら》ふ者に非ざれば／あの世俗を捨て神仙の道を修得し穀物を絶ち霊芝を食べる者でなくては

25　烏能軽挙而宅之

烏《いづ》くんぞ能く軽挙して之に宅《を》らんや／軽やかに天に昇りそこに住まうことはできない

26 非夫遠寄冥捜篤信通神者　夫の遠く寄せ冥《はる》かに捜《さぐ》り信に篤く神に通ずる者に非ざれば／あの遠くに心を寄せ奥深く捜し訪ね誠を尽くし神に精通する者でなくては

27 何肯遥想而存之　何ぞ肯て遥かに想ひて之を存せんや／遥か遠くから想像しそれを抱き続けることはできない

28 余所以馳神運思昼詠宵興　余が神を馳せ思ひを運らし昼は詠じ宵は興《きょう》すれば／私は心を駆りたて思いを動かし昼は詩を詠じ夜は詩を作っていると

29 俛仰之閒若已再升者也　俛仰の閒已に再び升れるが若き所以の者なり／わずかの間に二度も（天台山へ）弁ったようになるものである

30 方解纓絡　方に纓絡《ようらく》を解き／世俗の煩わしさを解き放ち

31 永託茲嶺　永く茲《こ》の嶺に託さん／いつまでもこの山に身を預けるとしよう

32 不任吟想之至　吟想の至に任《た》へず／吟じたり想ったりする極みにがまんできず

33 聊奮藻以散懐　聊か藻を奮ひて以って懐ひを散ぜん／少しばかり詩文を作ってうさを晴らそう

0天台山に遊覧する賦《うた》と序文。〔遊〕気ままに出かける。楽しむ。〔天台山〕山の名。会稽郡剡《せん》県（浙江省嵊《じょう》県の西南）にある。〔賦〕韻文の一体。うた。〈李善注〉「支遁の天台山の銘の序に曰はく、余 内経山記を覧るに云ふ、剡県の東南に天台山有りと」。支遁は東晋の高僧。三一四~三六六。『高僧伝』巻四に伝がある（三三九頁参照）。『内経山記』は未詳。〔孫綽〕東晋の文人。三一〇?~三六七?。『晋書』巻五六に伝がある。〈李善注〉「何法盛の晋中興書に曰はく、孫綽、字は興公、太原の人なり。章安令と為り、稍《やうや》く散騎常侍に遷り、著作郎を領す。尋《つい》で廷尉卿に転ず。時に于いて才筆の士、綽を其の冠と為すと」。〈李周翰注〉「晋書に云ふ、孫綽、字は興公、太原の人なり。永嘉太守と為るや、将に印を解きて以って幽寂に向かはんとするに、此の山の神秀なるを聞き、以って長往すべしと意《おも》へり。因りて其の状を図《えが》かしめ、遥かに之が賦を為れり。賦成りて友人の范栄期に示す。栄期曰はく、此の賦　地に擲《なげう》てば必ず金声を為すなりと。此の山は会稽の東南に在るなり」。

○詳解1　孫綽については、拙著『孫綽の研究――「理想」の道に憧れる詩人――』（汲古書院・平成十一年十二月刊）を参照。

○詳解2　本作品は『文選』巻十一に収める。題中の遊は遊覧の意。遊覧は游覧に同じ。『文選』には本作品以外、魏の王粲の「登楼の賦」、劉宋の鮑照の「蕪城の賦」を載せる。遊覧の用例としては、西晋の夏侯湛の「芙蓉の賦」に「青池に臨みて以って游覧し、芙蓉の麗華を観る」、西晋の潘岳の「射雉の賦」に「青林を渉りて以って游覧し、羽族の羣飛を楽しむ」とある。本作品には本文中に「是に於いて遊覧既に周く、体静かに心閑かなり」とある。

○詳解3　天台山の命名について『真誥』には「山に八重有り、四面は一の如し。斗牛の分に当たり、上は台宿に応ず。故に天台と曰ふ」とある。天台山は南方にあり、漢代の書と思われる『臨海記』には「天台山は超然として秀出せり。山に八重有り、之を視ること一帆の如し。高さ八千丈、周廻八百里。又た飛泉懸流千丈有り布に似たり」（『太平御覧』巻四一）とある。飛泉・懸流は瀑布。また、『名山略記』には「天台山は剡県に在り。即ち是れ衆聖の降る所、葛仙公の山なり」、『異苑』には「会稽の天台山は遐遠にして、生を忽《ゆるが》せにし、形を忘るるに非ざる自りは、躋《のぼ》ること能はざるなり」（『芸文類聚』巻四一）とある。衆聖は多くの聖人。葛仙公は仙人。『神仙伝』巻七葛元に伝があり、「左元放に従ひて九丹金液仙経を受く」「又た元は会稽に游ぶ」とある。遐遠は世俗から遠く離れていること。忽生忘形は自分の生命・肉体を忘れ無為自然の境地に入ること。『臨海記』などの書によると、天台山は超然として秀出し、衆聖の居所で、忘生忘形の境に至らないと、躋ることはできない山であると言う。

○詳解4　0〈李周翰注〉に引く『晋書』によると、本作品は孫綽が永嘉太守の官を辞め、神秀な天台山の画像を図かせ、それを見て登ったものだとし、実際に登ったものではないとする。孫綽が永嘉太守となったのは、三五五年、四六歳以降と思われるが、〈李周翰注〉に引く『晋書』は未見。なお本作品を范栄期に見せた話は『世説新語』文学篇にほぼ同文を載せる。

1［天台山］0参照。［山岳］高大な山。［神秀］神霊秀異。神々しくて他とは異なる。〈李善注〉「広雅（佚）に曰はく、秀は異なりと」。

○詳解5　1は天台山の存在観をいう。山岳の用例は『左氏伝』荘公二十二年に「姜は大岳の後なり。山岳は天に配す。物能く両つながら大なること無し。陳衰へば此れ其れ昌んならんか」とある。神秀の用例は『佩文韻府』には孫綽のこれを最初とするが、後世の用例を見ると、山岳を言うときに多く用いられている。唐の楊烱の「少室山少姨廟の碑銘」に「少室山は山岳の神秀なる者なり」とあり、唐の岑参の「感旧の賦」に「楚山の神秀と漢水の霊長とを呑む」とある。天台山が神秀であることは、詳解3に引いた『臨海記』に「超然として秀出せり」とあり、また『啓蒙記注』に「天台山を見るに、蔚然《うつぜん》として綺秀、双嶺を青霄の上に列す」（『太平御覧』巻四一）とある。

2［渉海］海をわたる。海を超える。［方丈］山の名。［蓬萊］山の名。ともに渤海湾にある。〈李善注〉「方丈・蓬萊は皆な海中の名山なり」。名山には仙薬・仙草があり、仙術を修得し、仙人の棲み家となる所。

3［登陸］高所に登る。岡にあがる。［四明］山の名。［天台］山の名。ともに南方に並んである。〈李善注〉「爾雅（釈地）に曰はく、高平を陸と曰ふ。謝霊運の山居の賦の注に曰はく、天台・四明は相ひ接連し、四明・方石は四面自然に窻を開くと」。「山居賦」注は謝霊運の自注。〈呂向注〉「方丈・蓬萊・四明は並びに山の名」。

○詳解6　2と3は対偶表現。海と陸は対義語で、海にも陸にも仙山があることをいう。萊と台が韻字。

○詳解7　2方丈・蓬萊は『史記』巻二八封禅書に「威・宣・燕の昭自り、人をして海に入り蓬萊・方丈・瀛州を求めしむ。此の三神山は、其の伝ふるに渤海中に在り。（略）蓋し嘗て至る者有り。僊人及び不死の薬は皆な焉に在り。（略）臣（李少君）嘗て海上に游び、安期生を見る。安期生は巨棗《きょさう》の大いさ瓜の如きを食《くら》はしむ。安期生は僊者、蓬萊中を通る」とある。これによると、方丈山・蓬萊山には仙薬があり、仙人の居所であった。

○詳解8　3〈李善注〉に引く「山居の賦」には「遠き東には即ち天台・桐栢、方石・太平、二韭・四明、五奥・三菁あり。神異を緯牒《ゐてふ》に表し、感応を慶霊に験す」とある。神異は1神秀に同じ。その自注に「天台・桐栢は七県の余地、南のかた海を帯す。二韭・四明・五奥は、皆な連接す。奇地の無とする所、五岳より高し。便ち是れ海中三山の流なり。四明・方石は、四面自然に窗を開くなり。（略）方石は直上万丈、下に長谿有り、亦た是れ縉雲《しんうん》の流と云ふ。此の諸山並びに図緯に見え、神仙の居る所」と言う。五岳は泰山・華山・衡山・恒山・嵩山の五つの高山。海中三山は詳解7参照。縉雲は縉雲山で、仙都山ともいう。これによると、四明山・天台山は、五岳より高くて三神山に匹敵し、神仙の居所であった。

4［皆］すべて。2方丈・蓬萊、3四明・天台を受ける。［玄聖］仙人。神仙。［遊化］遊覧変化する。気ままに楽しんで仙人に化《な》る。〈呂向注〉「玄は遠なり」。

5［霊仙］仙人。神仙。［窟宅］窟穴宅住する。ほら穴に住む。〈李善注〉「名山略記（佚）に曰はく、天台山は即ち是れ定光寺の諸仏の降する所、葛仙公の山なりと」。定光寺は不詳。葛仙公は詳解3参照。〈呂向注〉「言ふこころは、此の山皆な遠聖神仙の遊居し変化する所なりと」。

○詳解9　4と5は対偶表現。玄聖と霊仙、遊化と窟宅は近い意味。

○詳解10　4玄聖の用例としては、『荘子』天道篇に「此れを以って下に処るは、玄聖・素王の通なり」とあり、疏に「所謂玄聖・素王とは、自ら貴ぶ者なり。即ち老君・尼父なり」と言う。ここでは尼父（孔子）ではなく、老君（老子）をいう玄聖（無為の徳を備えた聖人）だが、詳解3に引いた『名山略記』や2・3の四山によると、厳密には仙人・神仙をさすことになる。

○詳解11　天台山に仙人がいたことは、詳解2及び5〈李善注〉に引いた『名山略記』以外に、『啓蒙記注』に「晋の隠士の白道猷《はくだういう》は之を過ぐるを得て、醴泉・紫芝・霊薬を獲たり」（『太平御覧』巻四一）、「余姚《よえう》の人の虞洪《ぐこう》は、山に入りて茗《ちゃ》を採るに、一道士の三青羊を牽きたるに遇ふ。洪を引きて天台の瀑泉に至りて曰はく、吾は丹丘子なり。云云と」（同上）とある。なお、5〈李善注〉に引く『名山略記』には、天台山には定光寺という寺があり、仏僧もいたとする。

○詳解12　4玄聖と5霊仙を並べて使う例としては、本作品と同じ作者の孫綽の「丞相王導の碑」に「玄聖は陶化して以って源を啓き、霊化は延祉《えんし》して以って流れを分つ」がある。この玄聖は老子をさす。老子をさす玄聖と対になる霊仙は仙人・神仙をさし、それは本作品の霊仙も同じ。霊仙が仙人・神仙の意であることは、孫綽の後の梁の江淹の「冠軍建平王に従ひ、廬山の香炉峯に登る」にも「此の山は鸞鶴を具へ、往来するは尽く仙霊なり」とあり、同じく江淹の「黄蘗山《くわうげつざん》に遊ぶ詩」に「南州に奇怪饒《おほ》く、赤県に霊仙多し」とある。

○詳解13　4遊化の用例としては、『淮南子』要略訓に「乃ち以って万物を陶冶し、羣生を遊化し、唱へて和し、動きて随へば、四海の内、心を一にして帰を同じくす」とあり、5窟宅の用例としては、郭璞の「江の賦」に「珍怪の化産する所、傀奇《くわいき》の窟宅する所」とある。

○詳解14　5〈呂向注〉は4玄聖を遠聖とし、5霊仙を神仙とし、4遊化と5窟宅を合わせて遊居変化として言い換え、4と5は同意のくり返し表現とみる。遊居は『荘子』天運篇に「而るに已に将に復た取りて盛るに篋衍《けふえん》を以ってし、巾《おほ》ふに文繡《ぶんしう》を以ってし、其の下に遊居寝臥せば、彼は夢を得ざれば、必ず且つ数〻眯《めい》せん」とある。

6［夫］そもそも。いったい。文章の方向を換える接続詞。［其］天台山を指す。［峻極］極めて高大なさま。［状］

様子。〈李善注〉「毛詩（大雅・崧高）に曰はく、嵩高は維れ岳、嵩《たか》く天を極むと」。嵩は崧に同じ。

7［嘉祥］めでたいしるし。瑞祥。［美］うるわしさ。みごとさ。〈李善注〉「（張衡の）東京の賦に曰はく、備《つぶさ》に嘉祥を致すと」。

○詳解15　6〈李善注〉に引く『毛詩』毛伝に「崧は高き貌。山大にして高きを崧と曰ふ。岳は四岳なり。東岳は岱、南岳は衡、西岳は華、北岳は恒」とあるのによると、6峻極之状とは、天台山は四岳に匹敵するほど高大であることを言う。

○詳解16　7〈李善注〉に引く「東京の賦」には「總べて瑞命を集め、備に嘉祥を致す」とあり、その李善注には「墨子（非攻下篇）に曰はく、禹は親ら天の瑞命を抱けりと。孝経鈎命決（佚）に曰はく、帝王起こりて緯合し、宿《かね》て嘉瑞貞祥ありと」とあり、劉良注に「瑞命・嘉祥は皆な王者の美応なり」とある。これによると、嘉祥は瑞命と同じで、帝王・王者の美応ということになり、7嘉祥もそうした意味を持つのであろう。

8［窮］きわめ尽くす。［山海］山と海。［瓌富］珍奇で饒富。〈李善注〉「埤蒼（佚）に曰はく、瑰《くわい》瑋《ゐ》は珍《ちん》琦《き》なりと」。〈劉良注〉「瓌富は珍美の宝、霊異の物多きを謂ふなり」。

9［尽］きわめ尽くす。［人神］人と神。人界と天界。［壮麗］壮大で華麗。

○詳解17　8〈李善注〉に引く『埤蒼』は8瓌の注。瓌は瑰に同じ。『荘子』天下篇注に「瓌瑋は奇特なり」、司馬相如の「子虚の賦」の李善注に引く『広雅』釈訓に「瑰瑋は琦玩なり」とある。

○詳解18　8窮・9尽の主語は6・7であるが、あえて区別すれば、8窮の主語は7嘉祥之美で、9尽の主語は6峻極之状であろう。7嘉祥之美の内実は、7〈李善注〉に引く「東京の賦」の薛綜注に「祥は神なり。即ち騶《すう》虞《ぐ》・沢馬の属なり。瑞は応なり。即ち鸞・凰の属なり」とある類で、それは8〈劉良注〉の「珍美の宝、霊異の物」で、8山海之瓌富と言うことである。また6峻極之状の内実は、10以下で述べることで、9人神之壮麗と言うことである。

○詳解19　8と9は対偶表現で、山海と人神の対偶は奇抜である。8山海の山は3陸、15千嶺と響きあい、海は2海、14重溟と響きあうのだろうか。

10［所以］理由。わけ。［列］連ねる。並べる。［五岳］五つの高山。〈李善注〉「爾雅（釈山）に曰はく、太山を東岳と為し、華山を西岳と為し、衡山を南岳と為し、常山を北岳と為し、嵩山を中岳と為すと」。

11［闕］欠く。［載］記す。書きとめる。［常典］五経などの経典。五典。〈李善注〉「常典は五経の流なり」。

○詳解20　『周礼』春官・大宗伯に「大宗伯は邦の天神・人鬼・地祇の礼を建つるを掌り、以って王を佐け邦国を建保す。（略）血祭を以って社稷・五祀・五岳を祭る」、『礼記』王制篇に「天子は天下の名山大川を祭るに、五岳は三公に視《なぞら》へ、四瀆は諸侯に擬ふ」とあるように、五岳は天子が祭った名山である。祭るということは天子が巡行できたということである。従って10不列於五岳とは、天台山は五岳のように祭ることができない、巡行することができないことを言う。それほど天台山は遠い所にあることを言う。天子でさえできないのだから、庶民はなおさらである。

○詳解21　『列仙伝』（『太平御覧』巻三九）によると、10五岳には仙人もいた。中央の嵩山には王喬が、西方の華山には馬明生・脩羊公・毛女・呼子先《こしせん》らが、東方の太山（泰山）には稷丘君《しょくきゅうくん》がいた。孫綽が10五岳に仙人を意識していたとすれば、それは4玄聖・5霊仙と響きあうことになる。

○詳解22　11常典は儒教の経典で、13〈劉良注〉によると祭祀之常典ということで、その常典は神や祖先の祭を記した書である。その書は具体的には詳解20に引いた『周礼』や『礼記』をさすであろう。従って11闕載於常典とは、天台山は常典に載せられる山のように祭ることができないことを言う。それほど天台山は遠い所にあることをいう。とすると、10不列於五岳と11闕載於常典とは同じ内容のくり返しで、天台山は遠い所にあること言う。

それは12・13で説明される。

12［豈不以］なんと～だからではないか。～だからであるにちがいない。強く言いきる表現。［所立］（天台山が）立っている所。所在地。［冥奥］奥深い。〈李善注〉「冥奥は冥冥深奥なり」。冥冥は暗いさま。

13［其路］天台山への路。［幽迥］奥深く遠い。〈李善注〉「幽迥は遐遠なり」。〈劉良注〉「五岳の数に次でず、祭祀の常典に載せざる所以は、蓋し深奥幽遠にして、道路の至らざる所を以ってなり」。

○詳解23　12は（天台山の）立つ所が冥奥、13は其（天台山へ）の路が幽迥ということで、天台山は遠く奥深い所にあって（天子でさえ）行くことができないことを言う。6峻極之状の説明である。

○詳解24　『佩文韻府』は、12冥奥・13幽迥の用例は孫綽のこれを示す。

14［或］15或と合わせて、――したり、――したり。［倒景］影を逆さまにする。影は天台山の影。［重溟］深い海。〈李善注〉「重溟は海を謂ふなり。山　海に臨みて影倒《さかし》まにす。故に倒景と曰ふなり」。〈李周翰注〉「景は影、重は深、溟は海。（略）言ふこころは、此の山俯して深海に臨めば、山影は倒にして水中に在りと」。

15［匿］かくす。見えなくなる。［峯］高い山。天台山をさす。［千嶺］山々。山なみ。〈李周翰注〉「匿は蔵なり。直上して孤立するを峯と曰ひ、平高にして長きを嶺と曰ふ。（略）其の峻峯は遠く嶺の後に在り。故に千嶺の蔽ふ所と為る」。

○詳解25　14・15は6峻極之状を14重溟という海と15千嶺という山で、具体的に説明する。

16［始］最初は。［魑魅］山の神。怪物。［塗］道。〈李善注〉「杜預の左氏伝（宣公三年）注に曰はく、魑は山神、魅は怪物なりと」。〈張銑注〉「始は初、塗は道なり。魑魅は山鬼なり」。山鬼は山神。

17［卒］最後は。［無人］人がいないこと。［境］処。場所。〈李善注〉「荘子（山木篇）に曰はく、其の道は幽遠にして人無しと」。幽遠は奥深く遠い。〈張銑注〉「卒は終なり。（略）初めは鬼魅の道を経、終りは無人の処に至るを謂ふは、深遠なるを言ふなり」。

○詳解26　16魑魅は山にいる怪物で、『史記』巻一五帝本紀の服虔注には「魑魅は人にして獣身、四足あり。好んで人を惑はす。山林の異気の生ずる所にして、以って人に害を為す」とある。また山中で魑魅に遭遇しないためには勇士を必要とした。張衡の「西京の賦」に「是に於いて蚩尤《しいう》は鉞を秉《と》り、鬣《れふ》を奮ひ般を被《き》て、不若《ふじやく》を禁禦し、以って神姦を知らしめば、魑魅魍魎も、能く旃《これ》に逢ふこと莫し」とあるのが、それである。蚩尤は武器の発明者といわれ、ここは猟に出かける天子の護衛係として登場する。鉞はまさかり。鬣はたてがみ。般はとらのかわ。不若は怪物。神姦は怪異な物。魍魎は怪物。孫綽の文には蚩尤のような勇士はいないので、魑魅にも遭遇することになる。

○詳解27　17〈李善注〉に引く『荘子』は今本には彼其道幽遠而無人とある。彼は建徳の国をさし、それは南越にあって、そこへの道は幽遠で無人の所にある。従って李善がこの『荘子』を引くのは、天台山を建徳の国に重ねるためである。なお、李善が引く文より前に游於無人之野（無人の野に游ぶ）いう文がある。17無人之境の出典ならば無人之野が適当のように思われるが、李善がこれを引かなかったのは考慮の上のことであろう。游於無人之野は市南子の言葉の中にあり、市南子は専ら洒心去欲（心を洒《あら》ひ欲を去る）という内面的な側面（老荘思想）から無人の語を使うのに対して、李善の引く文は魯の主君の言葉の中にあり、魯の主君は専ら物理的な側面（道程距離）から無人の語を使う。魯の君主には彼其道遠而険又有江山（彼は其の道遠くして険し。又た江山有り）の語もある。

○詳解28　16・17は17〈張銑注〉にあるように、天台山はただ深遠であることを言うのであって、そこに内面的な側面は含まれない。従って16・17は1神秀、6峻極、12冥奥、13幽迥の線上にある表現である。

18［挙世］世の中の人全部。［罕］少ない。めったにない。［能］できる。能力のある者ができる。［登陟］登る。登はだんだんと進み上がる。陟は足を運んで上がる。〈李善注〉「劉兆の穀梁注（佚）に曰はく、挙は尽なりと。

楚辞（七諫・初放）に曰はく、世を挙げて皆な然り。将に誰にか告げんとすと」。

19［王者］天子。帝王。［莫由］手だてがない。方法がない。［禋祀］真心をこめて祭る。〈李善注〉「孔安国の尚書伝に曰はく、精意以って享《まつ》る。之を禋と曰ふと」。精意は真心、誠意。

○詳解29　18挙世は権力を持たない一般人、19王者は権力を握る天子の対比。一般人はもちろん、天子でさえ天台山に近づくことはできない。天台山はそれほど1神秀で、6峻極で、12冥奥で、13幽迴の地にあるのである。

○詳解30　19〈李善注〉の孔安国の伝は『尚書』舜典の「（舜は）終を文祖に受け、璿璣《せんき》玉衡を在《み》て、以って七政を斉ふ。肆《つひ》に上帝に類し、六宗に禋《まつ》り、山川を望し、羣神に徧《あまね》くす」にある。これによると、19王者は舜をさし、20〈呂向注〉によると、禹をさす。なお、『左氏伝』隠公十一年の杜預注には「絜斉《けっさい》以って享るを禋祀《いんし》と謂ふ」という。絜斉は身を清める、斎戒沐浴する意。

20［事］事跡。実体。［絶］絶無。記さない。［常篇］11常典に同じ。〈李善注〉「広雅（釈詁四）に曰はく、絶は滅なりと。篇は即ち常典なり」。〈呂向注〉「禹は高山大川を定むるに、此の山載せず。故に事は常篇に絶ゆと云ふなり」。

21［名］名前。［標］書き記す。［奇紀］奇書。常典以外の書物。〈李善注〉「広雅（釈詁四）に曰はく、標は書なりと。奇紀は即ち内経山記なり」。〈呂向注〉「内経山記に説く所は、剡の東南に天台山有りと。故に名は奇紀に標すと云ふなり」。

○詳解31　20〈呂向注〉の文は『尚書』禹貢に「禹は土を敷き山を随《くず》し木を切り、高山大川を奠《さだ》む」とある。従って常典とは『尚書』をさす。

○詳解32　21〈李善注〉〈呂向注〉の『内経山記』は0注参照。

○詳解33　天台山は常典に載らず、奇紀に載る名山・霊山である。

22［図像］画像。［興］できあがる。生じる。

23［虚］偽り。うそ。［也哉］感嘆の助辞。〈呂延済注〉「綽は此の山を図書せしめ、観て之を慕ふ。故に豈に虚ならんやと云ふ。実に羨ましきを言ふなり」。図書は画く。

○詳解34　22図像のことは0孫綽の〈李周翰注〉に引く『晋書』参照。

24［遺世］世俗の名誉・地位を捨てる。［翫道］神仙の道を味わう。翫は心ゆくまで習う。［絶粒］穀物を絶つ。粒は米食。［茹芝］霊芝を食う。芝は仙草。〈李善注〉「列仙伝に曰はく、赤松子は松実を食《くら》ふを好み、穀を絶つと。列仙伝の讃（佚）に曰はく、水を飲みて須らく芝茎を茹《くら》ふべし。食を断ち糧を休《や》めて、以って穀気を除くと。広雅（釈詁二）に曰はく、茹は食なりと。譲慮の切なり」。芝茎は仙草。穀気は摂取した穀物。〈呂延済注〉「粒は穀、茹は食なり。芝草、之を食《くら》らはば仙者たるべし」。

25［烏］反語形。［軽挙］軽やかに高い所へ上がる。天に昇る。［宅］住まう。居る。〈李善注〉「楚辞（遠遊）に曰はく、軽挙して遠遊せんことを願ふと」。〈呂延済注〉「言ふこころは、世事を脱遺し高道に耽翫し、穀を絶ち芝を食ふ者に非ざれば、何ぞ能く之に居らんやと」。

○詳解35　24遺世・翫道の用例は孫綽以前には見えない。24絶粒・茹芝の用例として〈李善注〉は『列仙伝』赤松子をあげるが、これは佚文で、左思「呉都の賦」の李善注に引く『列仙伝』赤須子には「栢実・石脂を食ひ穀を絶つ」とある。これによると、遺世・翫道・絶粒・茹芝は、仙人になるためにすることで、それは25軽挙から分る。25〈李善注〉に引く『楚辞』には「時俗の追阨《ついやく》を悲しみ、軽挙して遠遊せんことを願ふ」とあり、王逸注に「高翔して世を避け道真を求むるなり」という。道真は25〈呂延済注〉の高道に同じで、それは24翫道の道に通じる。軽挙の用例は、『漢書』巻四〇張良伝に「願はくは人間の事を棄てて、赤松子に従ひて游ばんことを欲する耳《のみ》。廼ち道を学びて軽挙せんと欲す」とあり、顔師古注に「道は仙道を謂ふ」と言う。また『淮南子』泰族訓にも「王喬・赤松子は塵埃の間を去り、羣慝《ぐんとく》の紛を離れ、陰陽の和を吸ひ、天地の精を食す。呼して故を出だし、吸して新を入る。虚を踈《ふ》みて軽挙し、雲に乗り霧に游ぶ。養性と謂ふべし」とある。また25宅は5窟宅に通じる。

26［遠寄］遠くに心を寄せる。［冥捜］奥深く捜《さが》し訪ねる。［篤信］誠を尽くす。誠意をこめる。［通神］神に精通する。〈李善注〉「言ふこころは、情を遐遠に寄せ、幽冥を捜訪し、信に篤く道を善くし、神に通じて感化する者に非ざれば、何ぞ肯て之を存せんやと」。〈呂延済注〉「冥は幽、捜は求、篤は厚なり」。

27［肯］すすんで。［遥想］遥か遠くから想像する。［存］存続する。持ち続ける。〈呂延済注〉「遠く託し幽かに求め、信に厚く神に通ずるに非ざれば、安くんぞ肯て遠く之を思はんや」。

○**詳解36**　26遠寄・冥捜の用例は孫綽以前には見えないが、遠寄は13幽迥に、冥捜は12冥奥に通じる。また26篤信を26〈李善注〉が篤信善道と解するのは、『論語』泰伯篇の「子曰はく、信に篤く学を好み、死を守りて道を善くす」に基づくのであろう。李善はしかし儒家の道を道家の道に換えて用いる。また26通神は王延寿の「魯の霊光殿の賦」の李善注に引く劉歆の「太常博士を移す」に「聖上の徳は神明に通ず」とあり、26〈李善注〉は通神感化と解する。聖上は天子の意。

○**詳解37**　24・25と26・27は対偶表現で、仙人を志向していることでは言うところは同じだが、具体的には異なる。24・25は絶粒・茹芝・軽挙・宅之に注目すると、肉体を鍛錬して仙人を志向し、26・27は篤信・通神・遥想・存之に注目すると、精神を鍛錬して仙人を志向している。仙人になるには肉体と精神の両方を鍛錬しなくてはならず、仙人になってはじめて天台山に行くことも可能となるのである。

○**詳解38**　24・25と26・27の対偶表現を比較すると、24・25には神仙思想が強く見られるが、26・27には神仙思想とともに、仏教思想も見えるようである。冥・信・神などの語がそうである。

28［余］孫綽をさす。［所以］内容。立場。［馳神］心を駆りたてる。［運思］思いを動かす。［詠］声を永くひいて詠う。［興］詩を作る。〈李周翰注〉「霄は夜、興は起なり。綽は志　此の山を好み、昼夜捨てず。故に云ふ、昼は詠じ夜は起くと」。

29［俛仰之間］うつむいたり、あおむいたりする、わずかの間。［再升］二度も登る。〈李善注〉「荘子（在宥篇）に、老聃　崔臞《さいく》に謂ひて曰はく、其の疾《はや》きや、俛仰の間にして再び四海の外を撫すと。王弼の周易（豊・節）注に曰はく、若は辞なりと。臞は音は劬」。四海之外はこの世の外。別世界。〈李周翰注〉「首を低《た》れ首を仰ぐの間にして忽ち再び此の山に登るが如きなり。俛は首を低るるなり」。

○詳解39　28・29の所以——者は、28余を説明した文で、二つは同格の関係にある。

○詳解40　28馳神・運思の用例は孫綽以前には見えないが、似た用例が魏の郭遐叔の「嵆康に贈る詩二首」其の一に「情を馳せ想ひを運らし、神は往き形は留まる」とある。

○詳解41　28〈李周翰注〉は28興の意味を起とするが、28の神と思が同義であることからすると、興と詠も同義と解するのがよい。興を（詩を）作る意に用いる例として、魏の応瑒の「公宴の詩」に「論を弁じて常結を釈き、筆を援りて文章を興す」とある。常結は鬱結。

○詳解42　29〈李善注〉に引く『荘子』は人心を説明するもので、其疾也哉の其は人心をさし、人の心は俛仰の間に二度も四海の外を撫すのだと言う。これを典故とすると、孫綽の28神・思もわずかの間に二度も四海の外の天台山に登るのだと言うことになる。肉体は登れないにしても、精神が二度も登ることができた感激を吐露する。

30［方］今まさに〜する。［解］解放する。取り除く。［纓絡］まつわる。世俗の煩わしさ。〈李善注〉「方は猶ほ将のごときなり。纓絡は以って世網に喩ふるなり。説文（巻十二下）に曰はく、嬰は繞なりと。纓と嬰とは通ず。郭璞の山海経（海内径）注に曰はく、絡は繞なりと」。世網は世俗の煩わしさ。〈劉良注〉「解は脱なり。纓絡は縈《えい》纏《てん》なり」。**縈纏**はまつわる。煩わしいこと。

31［永］永久に。［託］任せる。預ける。［茲嶺］天台山をさす。〈劉良注〉「言ふこころは将に俗理の縈纏を脱去し、長く此の山に居らんとすと」。俗理は世俗の道理。

○**詳解43**　30纓絡は俗界、31茲嶺は俗外。俗界から抜け出て、俗外の天台山へ心身を預けたいと願う。しかも永久に。

32［任］がまんする。持ちこたえる。［吟想］吟じたり想ったりする。吟は声に出して詠う。［至］極み。〈劉良注〉「吟想の極みに任へざるなり」。

33［聊］すこし。しばらく。［奮藻］詩を作る。藻は文藻。［散懐］うさを晴らす。〈李善注〉「（張衡の）帰田の賦に曰はく、翰墨を揮ひ以って藻を奮ふと」。**翰墨**は筆。〈劉良注〉「奮は発、藻は文なり。（略）故に聊か復た文詞を発して以って長想の懐ひを散ず」。

○**詳解44**　32吟想は28馳神・運思・詠と同じで、33奮藻は28興と同じ。

○**詳解45**　33散懐の用例には王羲之「蘭亭の詩六首」其の一に「迺ち携へて斉しく契り、懐ひを一丘に散ぜん」とあり、王羲之の子の王徽之「蘭亭の詩二首」其の一にも「懐ひを山水に散じ、蕭然として羈《つな》がるるを忘る」とある。孫綽は会稽内史の王羲之に引かれて右軍長史となり、王羲之が蘭亭に宴集した時も加わって「蘭亭の詩」及び後序を作っている。王羲之・王徽之は一丘・山水で散懐しているが、孫綽は奮藻して散懐している。ここに両者の違いがある。

○**詳解46**　33散懐の懐を33〈劉良注〉には長想之懐とする。長想の語は傅毅の「舞の賦」に「心を無垠《むぎん》に遊ばしめ、遠思し長想す」とあり、成公綏の「嘯の賦」に「高を睎《のぞ》み古を慕ひ、長想し遠思す」とある。この長想は28馳神・運思に近いであろう。詳解45に引いた王羲之・王徽之の散懐の懐は、王羲之の「蘭亭集の序」の「一觴一詠は、亦た以って幽情を暢叙するに足る」、また孫綽の「後序」の「縈払《えいふつ》の道を思はんが為に、**屢〻**山水を借りて、以って其の鬱結を化せん」によると、幽情であり、鬱結である。これによると、33散懐の懐は長想ではなく、幽情・鬱結とみるがよい。

○詳解47　0〈李周翰注〉に引く『晋書』及び序の22・23によると、孫綽は自ら天台山に遊んでこの賦を作ったのではなく、天台山の図像を見て遊んだ気分になって作ったことが分る。19王者でさえ登ることができなかったのだから、孫綽はもちろん登れなかったのである。

1 太虚遼廓而無閡　太虚は遼廓《れうくわく》にして閡《かぎり》無く／大道は広々として限りがなく

2 運自然之妙有　自然の妙有を運らす／自然の妙を動かす

3 融而為川瀆　融《と》けて川瀆《せんとく》と為り／（大道が）融けて川となり

4 結而為山阜」　結びて山阜《さんふ》と為る／結ぼれて山となる

5 嗟台岳之所奇挺　嗟《あめ》台岳の奇挺する所は／ああ天台山が秀《ひい》で抜きんでているのは

6 寔神明之所扶持　寔《まこと》に神明の扶持する所なり／まことに造物主に加護されているからである

7 蔭牛宿以曜峯　牛宿に蔭《おほ》はれて以って峯を曜《かがや》かし／（天台山は）牛宿におおい隠されて峰を光り輝かし

8 託霊越以正基　霊越《れいゑつ》に託して以って基を正す／霊越に委ねて土台をしっかり定め保っている

9 結根彌於華岱　根を結ぶこと華岱《くわたい》より彌《ひろ》く／根を張ることでは華山や岱山より広く

10 直指高於九疑　直に指すこと九疑《きうぎ》より高し／まっすぐに伸びることでは九疑山より高い

11 応配天於唐典　配天に唐典《たうてん》に応じ／天の神を祭るのは唐典にある言葉のとおりだし

12 斉峻極於周詩」　峻極を周詩に斉《ひと》しくす／高く険しいのは周詩にある言葉のとおりである

13 邈彼絶域　邈《ばく》たる彼の絶域は／はるか彼方のあの遠い区域（の天台山）は

14 幽邃窈窕 幽邃《いうすゐ》にして窈窕《えうてう》たり／奥深くてはるか遠い

15 近智以守見而不之 近智は見るを守るを以って之《ゆ》かず／見識のない者は見つめているだけで行こうとはせず

16 之者以路絶而莫暁 之く者も路の絶えたるを以って暁《さと》る莫し／行く者とて道がないので（行き方が）分らない

17 哂夏蟲之疑冰 夏蟲《かちゆう》の冰を疑ふを哂《わら》ひ／夏の虫は（冬に）冰があるのかと嘲り笑い

18 整軽翮而思矯 軽翮《けいかく》を整へて矯《あ》がらんことを思ふ／軽やかな羽をそろえて飛び挙がろうとする

19 理無隠而不彰 理は隠れて彰《あらは》れざる無く／物の理は隠れることなくはっきり現れ

20 啓二奇以示兆 二奇を啓《ひら》きて以って兆を示す／二つの奇景を開いて形を示してくれる

21 赤城霞起示建標 赤城は霞《かすみ》起こりて標《しるし》を建て／赤城山には霞が起こって（それが）目印となり

22 瀑布飛流以界道」 瀑布は飛び流れて以って道を界す／瀑布は飛び流れて道に界をつけている

23 覩霊験而遂徂 霊験を覩《み》て遂に徂《ゆ》き／不思議な霊力をはっきり見てそのまま出かけ

24 忽乎吾之将行 忽乎《こつこ》として吾の将に行かんとす／たちまち私は（天台山へ向けて）進み出そうとする

25 仍羽人於丹丘 羽人《うじん》に丹丘《たんきう》に仍《よ》り／羽の生えた仙人に随って仙人の居所へ行き

26 尋不死之福庭 不死の福庭を尋ぬ／不老不死の幸せな所を探し求める

27 苟台嶺之可攀 苟くも台嶺の攀《よ》づべくんは／仮りにも天台山へよじ登ることができるのなら

28 亦何羨於層城 亦た何ぞ層城を羨《うらや》まん／（西王母の君臨する）崑崙山など願いはしない

29 釈域中之常恋 域中の常恋を釈《す》て／この世の中のいつも欲しいと思う物は捨ててしまい

30 暢超然之高情 超然の高情を暢《の》ぶ／この世の外の何物にもこだわらぬ思いをのびのびさせたい

31 被毛褐之森森 毛褐《まうかつ》の森森たるを被《き》て／仙人の着るふさふさした衣服をはおり

32 振金策之鈴鈴 金策の鈴鈴たるを振ふ／金製の策《つえ》を激しく振い鳴らしている

33 披荒榛之蒙蘢
34 陟峭崿之崢嶸
35 済楢渓而直進
36 落五界而迅征
37 跨穹隆之懸磴
38 臨万丈之絶冥
39 践莓苔之滑石
40 搏壁立之翠屏
41 攬樛木之長蘿
42 援葛藟之飛茎
43 雖一冒於垂堂
44 乃永存乎長生
45 必契誠於幽昧
46 履重嶮而逾平」
47 既克隮於九折
48 路威夷而脩通
49 恣心目之寥朗
50 任緩歩之従容
51 藉萋萋之纖草

荒榛《くわうしん》の蒙蘢《もうろう》たるを披《ひら》き／辺り一面覆っている茂った樹々を押し分け
峭《せう》崿《がく》の崢嶸《さうくわう》たるを陟《のぼ》る／高くそそり立つ険しい崖を上へ上へ陟って行く
楢渓《いうけい》を済《わた》りて直に進み／楢渓を（舟で）済ってまっ直ぐ（向こう岸に）進み
五界を落《くだ》りて迅《と》く征く／五県の界を斜めに下って猛スピードで征く
穹隆《きゆうりゆう》の懸磴《けんとう》を跨《また》ぎ／曲りくねったアーチ型の石の架橋を一気に跨ぎ
万丈の絶冥に臨む／万丈もある奥深い渓谷を見おろす
莓苔《ばいたい》の滑石を践《ふ》み／苔が生えてつるつる滑る石の架橋をしっかり践み
壁立の翠屏《すゐへい》を搏《と》らふ／壁のようにそそり立つ翠の樹々の生えた崖をつかむ
樛木《きうぼく》の長蘿《ちやうら》を攬《と》り／枝の垂れた木に絡《から》む長く伸びた葛をつかみ
葛藟《かつるゐ》の飛茎を援《ひ》く／つるの絡んだ高い所にある茎を引き寄せ（て登）る
一たび垂堂を冒《をか》すと雖も／一度は（命懸けの）危険を冒すことになるが
乃ち永く長生を存す／そうしてはじめて永久に長寿を保つことができる
必ず誠を幽昧《いうまい》に契《ちぎ》れば／必ず飾らぬ真実の心を無為自然の道に一致させるならば
重嶮《ちようけん》を履《ふ》むも逾〻《いよいよ》平らかなり／険阻な道を歩くにしてもひどく平坦な道になるのだ
既に克《よ》く九折を隮《のぼ》るも／曲りくねった九十九折を登り終えが
路は威夷《ゐい》として脩通す／（それでも）路は曲りくねってずっと通じている
心目の寥朗《れうらう》たるを恣《ほしいまま》にし／心は虚しくし目は輝かせて思いのままに振るまい
緩歩《くわんぽ》の従容《しようよう》たるに任す／（足は）ゆっくり歩いてくつろぎ放題
萋萋《せいせい》の纖草《せんさう》に藉《し》き／生い茂った細い草の上に座ったり

52 蔭落落之長松
落落の長松に蔭《かげ》す／高くそびえる松の下に座ったりする

53 覩翔鸞之裔裔
翔鸞《しやうらん》の裔裔《えいえい》たるを覩《み》て／（神鳥の）鸞が（列をなして）飛び舞っているのを見たり

54 聴鳴鳳之唈唈
鳴鳳《めいほう》の唈唈《ようよう》たるを聴く／（神鳥の）鳳が調子を合わせて鳴いているのを聴いたりする

55 過霊渓而一濯
霊渓に過《よ》ぎりて一《いつ》に濯《あら》ひ／霊渓に立ち寄って（身についた汚れを）すっかり洗い潔め

56 疏煩想於心胷
煩想《はんさう》を心胷《しんきよう》より疏《のぞ》く／（世俗の）煩わしい思いを胸中から取り除く

57 蕩遺塵於旋流
遺塵《ゐぢん》を旋流《せんりう》に蕩《ただよ》はせ／（それでも）遺《のこ》った六塵を深い淵に漂わせ

58 発五蓋之遊蒙
五蓋《ごがい》の遊蒙《いうもう》を発《ひら》く／五蓋というふわふわと定めのない蒙《おお》いを出してしまう

59 追羲農之絶軌
羲農《ぎのう》の絶軌を追ひ／伏羲《ふくぎ》・神農の世俗と隔絶した行為を追い求め

60 躡二老之玄蹤」
二老の玄蹤《げんしよう》を躡《ふ》む／老子・老莱子の奥深い行為を踊み行う

61 陟降信宿
陟降《ちよくかう》すること信宿にして／（山を）登り下りすること二泊で

62 迄于仙都
仙都に迄《いた》る／仙人の集まっている所に到着する

63 双闕雲竦以夾路
双闕は雲に竦《そび》えて以って路を夾み／二つの楼閣は雲の中に竦えて道を夾んで立ち

64 瓊台中天而懸居
瓊台《けいだい》は天に中して懸居す／美しい玉の台閣は天の中ほどに懸っている

65 朱闕玲瓏於林間
朱闕は林間に玲瓏《れいろう》として／朱塗の門は木々の間にはっきり見え

66 玉堂陰映于高隅
玉堂は高隅に陰映す／美しい御殿は高山の一隅に奥深く照り映えている

67 彤雲斐亹以翼櫺
彤雲《とううん》は斐亹《ひび》として以って櫺《れい》に翼《う》け／赤い雲はあや模様鮮やかに欄干《らんかん》で受けとめ

68 暾日烱晃於綺疏
暾日《けうじつ》は綺疏《きそ》に烱晃《けいくわう》たり／明るい太陽はあや模様の彫刻した窓に光り輝いている

69 八桂森挺以凌霜
八桂は森挺《しんてい》して以って霜を凌《しの》ぎ／八本の桂の木は高く抜きんでて霜をものともせず

70 五芝含秀而晨敷
五芝《ごし》は秀《はな》を含みて晨《あした》に敷く／五色の芝は花を含んで朝がたに咲き広がる

孫綽「天台山に遊ぶ賦并びに序」

71 恵風佇芳於陽林
恵風は芳を陽林に佇《つ》み／万物の成長を助ける恵みの風は芳りよい花を南側の林に満たし

72 醴泉涌溜於陰渠
醴泉《れいせん》は溜《りう》を陰渠《いんきょ》に涌《わ》かす／長寿を助ける甘い泉は涌き水を次々に出し続ける

73 建木滅景於千尋
建木は景を千尋に滅《け》し／建木はその姿を千尋のかなたに消して見えなくなり

74 琪樹璀璨而垂珠
琪樹《きじゅ》は璀璨《さいさん》として珠を垂る／琪樹は光り輝いて美しい珠を垂れ下げている

75 王喬控鶴以沖天
王喬《おうけう》は鶴を控《ひ》きて天に沖し／仙人の王喬は鶴を引き連れて一直線に天高く上がり

76 応真飛錫以躡虚
応真《おうしん》は錫《しやく》を飛ばして虚を躡《ふ》む／仏僧の羅漢は錫杖を飛ばして天空を踏んで行く

77 騁神変之揮霍
神変の揮霍《きくわく》を騁《は》せ／神のように変化する速さを思いのままにあやつり

78 忽出有而入無」
忽ち有を出でて無に入る／たちまち有為の世俗を出て無為の俗外へ入る

79 於是遊覧既周
是に於いて遊覧既に周く／ここに至ってすべて遊覧し終わり

80 体静心閑
体静かに心閑なり／肉体は静まり精神はのどかになった

81 害馬已去
害馬已に去り／馬の本性を害うものはとっくに無くなり

82 世事都捐
世事都《すべ》て捐《す》つ／世俗の事はすっかり棄てきった

83 投刃皆虚
刃を投ずるは皆な虚にして／庖丁を投げ入れる所はすべて空虚な部分で

84 目牛無全
牛を目《み》るは全きこと無し／牛を見るのは牛の全身ではない

85 凝思幽巌
思ひを幽巌《いうがん》に凝《こ》らし／思いを奥深い巌に集中し

86 朗詠長川
詠を長川に朗《きよ》らかにす／詩を長い川で清らかに吟ず

87 爾乃羲和亭午
爾《しか》して乃ち羲和《ぎくわ》は午に亭《いた》り／かくて日の御者の羲和がま昼になると

88 遊気高褰
遊気は高く褰《ひら》く／空中に漂う大気は天高く消えてなくなる

89 法鼓琅以振響
法鼓《はふこ》は琅《らう》として以って響きを振ひ／仏法を説く太鼓が清く高らかに響きわたり

90 衆香馥以揚煙　衆香は馥《ふく》として以って煙を揚ぐ／仏法を説く多くの香が立ちこめて高く煙を揚げる

91 肆覲天宗　肆《つひ》に天宗に覲《まみ》え／老子に会ったり

92 爰集通仙　爰《ここ》に通仙を集む／多人の仙人を集めたりする

93 挹以玄玉之膏　挹《く》むに玄玉の膏《あぶら》を以ってし／（飲むと仙人になれる）黒い玉の汁を汲んで飲み

94 嗽以華池之泉　嗽《す》ふに華池の泉を以ってす／（崑崙山の山頂にある）華池の泉をすすって飲む

95 散以象外之説　散ずるに象外《しやうがい》の説を以ってし／（胸中にある老荘の）道に関する論を発散させ

96 暢以無生之篇　暢《の》ぶるに無《む》生《しやう》の篇を以ってす／（仏典の）不生不滅の章をのびやかに吐き出す

97 悟遣有之不尽　有を遣《や》るの尽きざるを悟り／有を捨てても捨てきれないことが分り

98 覚渉無之有閒　無に渉《わた》るの閒有るを覚る／無にわけ入っても隔たりがあることが分る

99 泯色空以合跡　色空を泯《ま》ぜて以って跡を合はせ／（形有る）色と（形無き）空を混ぜてあとかたを一つにし

100 忽即有而得玄　忽ち有に即きて玄を得たり／たちまち有にくっついて玄（なる無・道）を得た

101 釈二名之同出　二名の同《とも》に出づるを釈《しやく》し／始めと母がともに道から出たのを解きほぐし

102 消一無於三幡　一無を三幡《さんはん》に消す／（老荘の）道を（仏教の）色・空・観で解き尽くす

103 恣語楽以終日　語楽《ごらく》を恣《ほしいまま》にして以って日を終へ／一日中意のままに語り楽しんで（道を尽くし）

104 等寂黙於不言　寂黙《せきもく》を不言に等しくす／（仏教の）寂黙を（老荘の）不言と同じだとする

105 渾万象以冥観　万象《ばんしやう》を渾《こん》じて以って冥観《めいくわん》し／（老荘や仏教の）万物を渾然一体として

106 兀同体於自然」　兀《こつ》として体を自然に同じくす／無知の状態でわが肉体を（老荘・仏教の）自然と一緒にする

1 〔太虚〕天。道。太極。宇宙の始源。〔遼廓〕広々として限りがない。〔無閡〕限りがない。〈李善注〉「太虚は天を謂ふなり。無閡は無名を謂ふ。管子（心術篇）に曰はく、虚にして形無し。之を道と謂ふと。（賈誼の）鵩鳥の賦に曰はく、寥廓《れうくわく》忽荒たりと」。無名は天地の始め。寥廓は遼廓に同じ。忽荒は空漠なさま。〈李周翰注〉「太虚は混気なり。遼廓は広遠なり。混気は広遠にして限閡する所無く、自然の妙理を運動するを言ふ。是れ乃ち万物は形有るなり」。

2［運］動かす。［自然］道。玄。虚にして形無きもの。［妙有］道の実態をいう語。詳解7参照。〈李善注〉「自然は道を謂ふなり。妙有は一を謂ふなり。老子（第二十五章）に曰はく、天は道に法り、道は自然に法ると。鍾会（佚）曰はく、出づる所を知る莫し。故に自然と曰ふと。王弼曰はく、自然は無義の言、窮極の辞なりと。又た曰はく、妙は極の微なりと。老子（第四十二章）に曰はく、道は一を生ずと。王弼曰はく、一は数の始めにして物の極なりと。之を謂ひて妙有と為すは、有と言はんと欲するも、其の形を見ざれば則ち有に非ず。故に之を妙と謂ふ。其の無と言はんと欲するも、物　之に由りて以って生ずれば則ち無に非ず。故に之を有と謂ふなり。斯れ乃ち無中の有にして之を妙有と謂ふなり」。阮籍の通老子論（佚）に曰はく、道は自然なり。易には之を太極と謂ひ、春秋には之を元と謂ひ、老子には之を道と謂ふなりと」。無義之言は窮極之辞に同じで至理の言、無言の言。無中は玄中に同じで無状無極。極之微也は今本は微之極也に作り、胡刻本には欲言其無の無の字がないが、四部叢刊本に従う。〈李周翰注〉「妙は妙理を謂ひ、有は有形を謂ふ」。妙理は玄妙な理。

○詳解1　「遊天台山賦」の書き出しは老荘の語を頻りに用い、1は太虚の状態を、2は太虚の作用を言い、合わせて太虚の実態を述べる。

○詳解2　1は遼廓で太虚の広遠な空間をいい、無閡で太虚の無限な時間をいう。

○詳解3　1太虚は1・2〈李善注〉によると天・道、1〈李周翰注〉によると混気とある。天・道・混気はいずれも宇宙生成の始源で、老荘思想の根本概念を表すものである。天・道は2〈李善注〉にあり、道または『老子』

第十八章にも「大道廃たれて仁義有り」とあり、混気は『老子』第二十五章に「物有り混成し、天地に先だちて生ず」とある。

○詳解4　1遼廓は1〈李善注〉には寥廓忽荒と言い、1〈李周翰注〉には広遠と言う。「鵩鳥の賦」の遼廓忽荒については、李善は「元気の未だ分れざるの貌」と注し、劉良は「空無の著なるを言ふなり」と注する。空無は陶淵明の「園田居に帰る五首」其の四に「人生は幻化に似て、終に当に空無に帰すべし」とあり、虚無・無為の意だが、仏語としても用いる。

○詳解5　1無閡を1〈李善注〉に無名というのは、『老子』第一章に「名無し、天地の始めには」とある。1〈李周翰注〉に無所限閡というのは、無限の意。従って無閡とは無限なる天地の始源をいう。

○詳解6　2自然については〈李周翰注〉は何も言わないが、2〈李善注〉には『老子』及びその注釈を列挙する。これを抜き出すと、自然＝道＝莫知所出＝無義之言＝窮極之辞＝一＝数之始＝物之極＝太極＝元となり、自然は万物の始源で、言葉では説明できない道と同じである。

○詳解7　2妙有については2〈李善注〉は無中之有謂之妙有と説明するが、妙と有とに分けても説明する。妙は極之微也と言い、さらに欲言有、不見其形則非有と言い、有と言おうとするが、形が見えない。これが有である。有は欲言其無、物由之以生則非無と言い、無と言おうとするが、物はこれから生ずるので無ではない。これが有である。2〈李周翰注〉は妙は妙理、有は有形とする。

3［融］（太虚が）融ける。［川瀆］川。瀆は大きい川。〈李善注〉「融は猶ほ銷のごとし」。〈李周翰注〉「混気の融くる者は水と為り、結ぶ者は山と為る。瀆も亦た水なり」。

4［結］（太虚が）結ぼれる。［山阜］山。阜は丘。〈李善注〉「老子（第四十二章）に曰はく、三は万物を生ずと。鍾会（佚）曰はく、散じて万物を為すなりと。班固の終南山の賦（佚）に曰はく、流沢遂《み》ちて水と為り、停積結びて山と為ると」。散の主語は道。流沢は流れ。停積は積もる。〈李周翰注〉「阜も亦た山なり」。

○詳解8　1～4は有・阜が韻を踏み一段落となり、天台山は太虚が造り出したものであることを言う。

○詳解9　3・4は4〈李善注〉に引く「終南山の賦」の表現とよく似ており、孫綽はこれを意識していると思われる。なぜなら終南山も天台山と同様、道士の住む仙山だからである。終南山は太一山ともいう。『漢書』に「太一山は又た終南山と為す」、『関中記』に「終南山は一に中南と名づく。天中の居都の南に在ると言ふなり」、『辛氏三秦記』に「太一は驪山の西に在り。長安を去ること二百里。山の秀なる者なり。中に石室有り。常《かつ》て一道士有り、五穀を食はず。自ら太一の精と言ふ。斎潔すれば乃ち之を見るを得たり。其の状は仙人に似たり。山は一に地肺と名づく。洪水を避くべし。俗に云ふ、上に神人有り、船に乗りて之を追ふも及ぶべからずと」（以上『太平御覧』巻三八）とある。なお、左思の「魏都の賦」にも「流れて江海と為り、結びて山岳と為る」とあり、李善注には同じく「終南山の賦」を引くが、流・結の主語は1太虚と同じ泰極（太極）とする。これによると、1太虚（泰極）が3川瀆（水・江海）となったり、4山阜（山・山岳）となったりする、いわば万物を生み出す始源は太虚であることを文学に詠うのは、班固あたりから始まるのであろうか。

5［嗟］感嘆の辞。［台岳］天台山のこと。「序」1に山岳とある。［奇挺］すぐれ抜きん出る。〈李善注〉「広雅（釈詁一）に曰はく、挺は出なりと」。〈呂向注〉「挺は抜なり。奇状なる者は秀異にして羣せざるを言ふなりと」。奇状は奇異な形状。

6［寔］実に。［神明］造物主。「序」1に神秀、26に通神とある。［扶持］支え助ける。加護する。〈李善注〉「（王延寿の）魯の霊光殿の賦の序に曰はく、豈に神明の依憑《いひょう》支持する者に非ざるやと」。依憑支持は助け支える。〈呂向注〉「寔は実なり。実に神明の扶持する所の如きなり」。

○詳解10　5・6は対等の関係ではなく、主述の関係の対偶表現とみる。5台岳が奇挺しているのは、6神明が扶持しているからであるとみる。つまり天台山が奇抜にして秀異であるのは、神明の依憑支持のお蔭だというのである。

○詳解11　5奇挺の用例は孫綽以前にはないが、6神明は『易』説卦・『荘子』斉物論篇に、6扶持は『礼記』内則篇にある。6〈李善注〉は神明・扶持の用例として「魯の霊光殿の賦の序」を引くが、前後を補うと次のようになる。「魯の霊光殿は蓋し景帝の程姫《ていき》の子、恭王余の立てし所なり。（略）漢の中ごろ微にして、盗賊の奔突するに遭ひ、西京の未央・建章の殿自り、皆な隳壊《きくわい》せらる。而るに霊光は巋然《きぜん》として独り存するのみ。意《おも》へば豈に神明の依憑支持して以って漢室を保ちし者に非ずや。然れども其の規矩制度の、上は星宿に応ぜしも亦た永く安かりし所以なり」。これによると、霊光殿だけが盗賊に破壊されなかったのは、神明の加護があったことと、霊光殿を造営した時の規則が星宿にかなっていたことの二つである。その星宿は「賦」中に見える觜陬《しそう》（営室星と東壁星）である。建物の霊光殿は山岳の天台山とは異なるが、李善は二つを重ねて、天台山と神明・星宿との関係を強調する。

7［蔭］おおい隠す。つつみ隠す。［牛宿］二十八宿の一で、越《えつ》の分野にある。［曜］光り輝かす。照らす。［峯］天台山の峰。〈李善注〉「天台は越の境なり。故に牛宿と云ふなり。漢書（巻二八下地理志下）に曰はく、越の地は牽牛の分野なりと」。〈呂向注〉「牛星は越の分野なり」。

8［託］任せる。委ねる。［霊越］越をいう。霊異の出ずる所。「序」5に霊仙とある。［正］定める。［基］土台。根本。〈呂向注〉「此の星蔭覆《いんふう》して以って其の峯を曜かし、根を此の地に託すを言ふ。霊越と謂ふは山海の霊異の出づる所を言ふなり」。

○詳解12　7・8は5の台岳奇挺、6の神明扶持の具体的説明で、対偶表現。7蔭牛宿は詳解11の「魯の霊光殿の賦の序」の星宿に通じ、天台山と星宿との関係については「序」詳解3参照。8託霊越は天台山のある越の地が霊異であることを言う。牛宿といい霊越といい、天台山は神秘的であることを言い、7峯・8基の字に注目すると、その神秘性が天にも地にもあることを言う。正基の用例は孫綽以前にはない。

9［結根］根をつなぐ。根を張る。［彌］広い。［華岱］華山と岱山。五岳の一つ。華山は西岳で陝西省に、岱山は東岳で山東省にある。「序」10に五岳とある。〈李善注〉「結は猶ほ固のごときなり。（張衡の）南都の賦に曰はく、根を結び本を竦《た》つと。華・岱・九疑は皆な山の名なり。劉瓛《りうけん》の周易義に曰はく、彌は広なりと」。〈呂向注〉「彌は過なり。峻極なること華・岱二山より過ぐるを言ふ」。

10［直指］まっすぐ指さす。高く伸びる。［九疑］九疑山。同形の峯が九つある。湖南省にある。〈呂向注〉「直に指して上れば復た九疑より高し。九疑は山の名なり」。

○詳解13　9・10も5の台岳奇挺、6の神明扶持の具体的説明で、対偶表現。7・8との関係で言えば、天をいう7と高さをいう10とがつながり、地をいう8と広さをいう9とがつながる。

○詳解14　9華・岱は太華山・泰山ともいい、五岳の一。『史記』巻二八封禅書に引く『尚書』に「歳二月、東のかた巡狩して岱宗に至る。（略）五月、巡狩して南岳に至る。南岳は衡山なり。八月、巡狩して西岳に至る。西岳は華山なり。十一月、巡狩して北岳に至る。北岳は恆山なり。皆な岱宗の礼の如くす。中岳は嵩高なり。五載にして一たび巡狩す」とある。また、『列仙伝』修羊公には「修羊公は魏の人なり。華陰山の上の石室の中に在り」、稷邱君には「稷邱君は泰山の下の道士なり」とある。これによると、華山・岱山は儒家的色彩と神仙的色彩の両様を持った山ということができる。

○詳解15　10九疑は『山海経』海内経に「南方の蒼梧《さうご》の丘、蒼梧の淵、其の中に九疑山有り。舜の葬られし所にして、長沙零陵界中に在り」とあり、また『郡国志』（『太平御覧』巻四一）には「九疑山に九峯有り。（略）八を紀峯と曰ふ。馬明生　安期生に遇ひ、金液神丹を授くる処なり。九を紀林峯と曰ふ。周義山、字は秀通、右函を開きて李山経を得たり。之を読みて仙を得るなり」とある。これによると、九疑山もまた儒家的色彩と神仙的色彩の両様を持った山ということができる。

○詳解16　9華・岱、10九疑の三山を儒家的色彩・神仙的色彩のいずれかに決めるのではなく、両様の色彩を持った山とするのが、6神明扶持の山にふさわしいであろう。

11［応］対応する。匹敵する。［配天］天の神の祭りに祖先を合わせ祭る。［唐典］堯典のこと。堯は陶唐氏だからいう。「序」11に常典、20に常篇とある。〈李善注〉「配は猶ほ対のごときなり。左氏伝（荘公二十二年）に、周史陳侯に謂ひて曰はく、姜は太岳の後なり。山岳は則ち天に配すと。杜預曰はく、姜姓の先は堯の四岳と為すと。故に唐典と曰ふなり」。周史は周の史官。太岳は岱山のこと。〈呂向注〉「堯は五岳を祭りて以って天に配す。此の山の神秀亦た応ずべきなり」。

12［斉］等しい。［峻極］極めて高いこと。高く険しいこと。「序」6に峻極とある。［周詩］『詩経』のこと。〈呂向注〉「周詩に云ふ、崇高なるは惟れ岳、峻《けは》しきこと天に極《いた》ると。今此の山斉しきなり」。

○詳解17　天台山は11配天する所だが、それは太岳の子孫の姜が先祖の堯の四岳を祭ったのに応じ、天台山はまた12峻極な所だが、それは周詩（「序」6参照）と等しいとする。唐典・周詩に注目すると、11・12は天台山に儒家的色彩を持たせている。

○詳解18　5～12は持・基・疑・詩が韻を踏み、八句が一段落となり、天台山が秀で抜きんでているのは造物主の加護によることを詠う。

13［邈］遠い。［彼］あの。［絶域］遠い区域。〈李善注〉「王逸の楚辞（離騒）注に曰はく、邈は遠なり。絶は遠なりと」。〈李周翰注〉「邈彼とは此の山の遠きを言ふなり。絶域とは其の遠くして人跡を絶つを謂ふ」。此山は天台山のこと。

14［幽邃］奥深い。［窈窕］はるか遠い。〈李善注〉「（王延寿の）魯の霊光殿の賦に曰はく、琁室《せんしつ》は㛹娟《べんけん》として以って窈窕たり、洞房は叫窱《けうてう》として幽邃たりと。王逸（離騒注に）曰はく、邃は深なりと」。琁室は曲がり続く部屋。㛹娟は曲がりくねる。洞房は奥深い部屋。叫窱は遠い。〈李周翰注〉「窈窕は深極の貌」。

○詳解19　13〈李善注〉に引く王逸の『楚辞』注は、今本では邈邈遠貌とあり、また絶遠也は佚文で、大招の観絶霤只の注には楼観特高、与大殿絶遠、宜遊宴也とある。

○詳解20　13邈は天台山に至る行程の遠さを言い、13絶域は天台山全体の区域の広さを言う。これを「序」と対応させると、邈は「序」16魑魅之塗と重なり、絶域は17無人之境と重なる。合わせて言えば、12冥奥・13幽迥と重なる。要するに、天台山は世俗から遠く離れた距離の所にあり、また人跡の及ばない奥深い広範な所にあるというのである。

○詳解21　14幽邃と窈窕は意味的には近い。邃・窈・窕の三字には穴の字があり、うす暗い、奥深い、遠い、極まりない、見えにくい、静かだ、かすかだなどの意味を有する。だがあえて幽邃と窈窕を区別し、13邈彼絶域と関連させると、幽邃は絶域に、窈窕は邈に近いと言えよう。

○詳解22　14〈李善注〉は14幽邃・窈窕の出典として「魯の霊光殿の賦」をあげる。この賦では幽邃・窈窕は霊光殿の部屋の様子を述べるのに用いるが、孫綽はそれを天台山の様子を述べるのに用いる。部屋と山との違いはあるが、ともに世俗とは無縁で遠く離れ、俗人の及ばない奥深い所にある。そういうことで両者は共通する。

○詳解23　13邈彼絶域、14幽邃窈窕は次の用例からすると、そこには神仙思想・老荘思想が見える。「夢に山に登りて迥《はる》かに眺め、幽人の髣髴たるを覯《み》る。（略）黄神は邈として質《ただ》すこと靡《な》く、遺識《ゐしん》に儀《のっと》りて以って臆対す」（班固の「幽通の賦」）。黄神は黄帝。「珍怪は麗にして奇隙《きげき》充ち、径路は絶ちて風雲通ず。（略）増岡は重阻にして、列真の宇なり」（左思の「呉都の賦」）。「幽邃を研求するは、王・何自《よ》り以還なり」（『世説新語』言語篇）。王・何は王弼と何晏。「乃ち絶阻重険の若きは、人跡の遊ぶ所に非ず。窈窕沖深にして、常に霞を含みて気を貯ふ。真に謂ふべし、神明の区域にして、列真の苑囿なりと」（湛方生の「廬山神仙の詩」序）。沖深は幽邃に近い。

15［近智］身近なことしか分らぬ智者。見識のない者。［以守見］見つめているだけで。［之］行く。〈李善注〉「近智は猶ほ小智のごときなり。爾雅（釈詁一）に曰はく、之は往なりと。近智は見る所を守りて之かざるを言ふ」。小智は智が少ない者。〈李周翰注〉「幽邃深極なれば則ち小智の人は但だ其の俗見を守りて往かざるなり」。俗見は俗人の考え。

16［之者］（天台山へ）行く者。［以路絶］道がないので。［暁］知る。分る。〈李善注〉「仮りに之く者有るも、其の路の断絶せるを以って之を能く暁ること莫きなり。方言（巻一）に曰はく、暁は知なりと」。〈李周翰注〉「往く者は路径の険絶せるを以って能く通暁すること莫きなり」。路径は道。険絶は極めて険しいこと。通暁は詳しく通じていること。

○詳解24　15見を15〈李周翰注〉は俗見に解するが、ここは15〈李善注〉の見る所（見ていること）がよい。また16路絶を16〈李周翰注〉は険絶に解するが、ここは16〈李善注〉の路の断絶すがよい。

○詳解25　15近智を15〈李善注〉〈李周翰注〉ともに小智とする。小智は賈誼の「鵩鳥の賦」に「小智は自ら私し、彼を賤しみ我を貴ぶ」とあり、李善注には「列子（佚）に曰はく、小智は自ら私す。怨の府なり」と言う。つまり自分のことしか考えないのが小智である。孫綽がここに15近智（＝小智）を出すのは儒家を意識してのことで、天台山をただ見つめている儒家を嘲笑する。因みに15の智は儒家の語で、老子はこれを「大道廃たれて仁義有り、智慧出でて大偽有り」（『老子』第十八章）と言って否定する。なお、小智の対は達人で、「鵩鳥の賦」には「達人は大観し、物として可ならざるは無し」とあり、李善注には「鶡冠子（世兵篇）に曰はく、達人は大観し、乃ち其の符を見る」と言う。

○詳解26　16之者は15近智よりましだが、16〈李善注〉の解では仮有之者であって、仮定の話である。従ってこの16之者も15近智に同じく、儒家を意識する。

○詳解27　15近智以守見而不之を「序」と対応させると、18挙世罕能登陟に近く、16之者以路絶而莫暁は19王者莫由禋祀に近い。いずれにしても儒家たる俗人は天台山には行けないのである。従って孫綽は15・16ともに神仙思想・老荘思想の立場にある。

17［哂］嘲笑する。［夏蟲］夏だけ生きている虫。［疑冰］冬に冰があることを疑う。〈李善注〉「浅近小智なるは夏蟲に同じきを言ふ。今既に之を哂ふ。馬融の論語（先進篇の何晏集解に引く）に曰はく、哂は笑なりと。荘子（秋水篇）に曰はく、北海若は河伯に謂ひて曰はく、夏蟲以って冰を語るべからざる者《は》、時に篤ければなりと。司馬彪（佚）曰はく、厚く見る所の時を信ずればなりと」。〈張銑注〉「哂は笑なり。夏蟲の冬に寒冰有るを知らざるは、亦た猶ほ小智の高道を識らざるがごとし。故に之を笑ふ」。高道は老荘の説く無為自然の道。

18［整］そろえる。［軽翮］軽やかな羽。［矯］高く挙がる。飛び挙がる。〈李善注〉「故に翮を整へ矯がらんことを思ふなり。方言（巻十二）に曰はく、矯は飛なりと」。翮は鳥の羽。〈張銑注〉「乃ち軽翮を整へて高く挙がり、以って中に遊ばんと欲するを思ふなり。翮は鳥の羽なり。神仙は皆な鳥に乗駕して行く。故に軽翮と曰ふなり」。中は沖で、虚の意味。

○詳解28　17夏蟲は17〈李善注〉に引く『荘子』には「北海若曰はく、井蛙《せいあ》は以って海を語るべからざるは、虚に拘はるればなり。夏蟲は以って冰を語るべからざるは、時に篤ければなり。曲士は道を語るべからざるは、教に束ねらるればなり。今、爾《なんぢ》は涯涘《がいし》を出でて、大海を観れば、乃ち爾の醜きを知れり。爾将《は》た与に大理を語るべしと」とあり、北海若を借りて荘子の主張するところは、教えに拘束されている曲士に対して、涯涘（みぎわ）から脱出して、大海に出て自分の見識の狭さを知り、道＝大理を語れというのである。道＝大理とは老荘の道である。

○詳解29　17〈李善注〉の浅近小智は15近智の言い換えで、浅近小智＝夏蟲という等式が成り立つ。両者に共通するのは、17『荘子』の篤於時也。これは17司馬彪によれば、見ている時のことしか信じていない、つまり了見の狭いことで共通する。了見の狭い者、それは詳解25の儒家である。孫綽はこの者を17哂うのである。哂は嘲笑し、見下す笑い。

○詳解30　了見の狭くない者、それを言うのが18整軽翮而思矯、その者である。18〈張銑注〉によると、神仙で、神仙は小智とは違い、高道を識っている。

○詳解31　18整軽翮而思矯が神仙であることは、次の資料から分る。「王子喬は周の霊王の太子の晋なり。（略）時に至り、果たして白鶴に乗りて山頭に駐まる」（『列仙伝』王子喬）、「将に答へ賦せんとして暇あらず、爰《ここ》に駕を整へて亟《すみ》やかに行く、崑崙の巍巍たるを瞻《み》て、縈《えい》河《か》の洋洋たるに臨む」（張衡の「思玄の賦」）、「赤松は上遊に臨み、鴻に駕し紫煙に乗る」（郭璞の「遊仙の詩七首」其の三）。

○詳解32　17夏蟲之疑冰を「序」と対応させると、24非夫遺世翫道絶粒茹芝者、26非夫遠寄冥捜篤信通神者に通じ、18整軽翮而思矯は25能軽挙而宅之、27肯遥想而存之、30方解纓絡、31永託茲嶺に通じるであろう。

19［理］物の理。森羅万象に備わっている理。［無隠而不彰］隠れることなくはっきり現れる。〈李善注〉「劉向の列女伝（周王忠妾）に曰はく、名は細くして聞こえざる無く、行は隠れて彰れざる無しと」。名は名声。評判。行は行為。実践。〈李周翰注〉「志の専ら至る所は、隠として明らかならざる無く、為として成らざる無し」。志所専至は志のゆきつく所。至高至大の志。

20［啓］啓示する。［二奇］二つの奇景。ここでは21赤城、22瀑布をさす。［兆］しるし。形。〈李善注〉「二奇とは赤城・瀑布なり。賈逵の国語注（佚）に曰はく、兆は形なりと」。〈李周翰注〉「二奇は則ち赤城・瀑布なり。兆は跡なり」。

○詳解33　19理は前後の文意から、道家のいう理であろう。『荘子』秋水篇に「今、爾は崖涘《がいし》を出でて大海を観れば、乃ち爾の醜きを知れり。爾は将《はた》与に大理を語るべし」とあり、物の生成について論ずる天地篇には「留流して物を生じ、物成りて理を生ず。之を形と謂ふ」とある。これによると、理は万物に備わっており、物と理を合わせたものが形ということになる。従って19理は無隠而不彰となる。つまり20兆（形）となって現れるのである。

○詳解34　ところが、『荘子』田子方篇には、老子が物の生成を論じて、「至陰は粛粛たり、至陽は赫赫たり。粛粛として天より出で、赫赫として地より発す。両者交〻通じて和を成して物生ず。或いは之が紀を為すも、其の形を見る莫し。消息満虚、一晦一明、日に改まり月に化す。日に為す所有るも、其の功を見る莫し。生には萌《きざ》すに所有り、死には帰するに所有るも、終始無端に相ひ反して、其の窮まる所を知る莫し。是れに非ざれば、且つ孰《いづ》れをか之が宗と為らん」とある。ここには理の語はないが、物の紀はその形を見ることはできないと言っている。従って老子の説に従えば、19理無隠而不彰は成り立たないことになる。

○詳解35　詳解34の老子の説が、たとえば道を説明する『老子』第十四章の「之を視れども見えず、名づけて夷と曰ふ。之を聴けども聞こえず、名づけて希と曰ふ。之を搏《う》てども得ず、名づけて微と曰ふ。（略）是れを無状の状、無物の象と謂ふ」に通じるとすると、道家においては理の概念と道の概念とは異なっていたということになるのだろう。

○詳解36　19〈李善注〉に『列女伝』を引くのは、『列女伝』の行と孫綽の19理は同一概念であるというのではなく、行に続く無隠而不彰を出典として引いたのであろう。

○詳解37　20啓・示の主語は19理。19理は無隠而不彰のように見える21二奇の兆を啓き示してくれるのである。二奇は天台山にある奇景で、その二奇を通過しないと天台山に達することはできない。なお、二奇の用例として、王徽之の「蘭亭の詩」に「遊羽は霄に扇《お》こり、鱗は清池に躍る、目を歓びを寄するに帰し、心を二奇に冥《ふか》くす」

とある二奇は、羽と鱗をさす。

21［赤城］赤城山。［霞起］霞が起こる。［建標］目標を定める。目印となる。〈李善注〉「支遁の天台山の銘の序（佚）に曰はく、天台に往くに、当に赤城山に由りて道径と為すべしと。孔霊符の会稽記（佚）に曰はく、赤城は山の名。色は皆な赤く、状は雲霞に似たり。懸霤《けんりう》は千仞なり。之を瀑布と謂ふ。飛流灑散《さいさん》して、冬夏竭《つ》きずと。天台山図（佚）に曰はく、赤城山は天台の南門なり。瀑布山は天台の西南峯なり。水は南巌従《よ》り懸注し、之を望むこと布を曳くが如しと。標を建つとは物を立てて以って之が表識と為すなり。戦国策（佚）に曰はく、標を挙ぐること甚だ高しと」。〈李周翰注〉「此の山に城有り。赤色にして霞の如く起ちて標を立てり」。

22［瀑布］滝。［飛流］飛び流れる。［界道］道の境界とする。境界をつける。〈李善注〉「界道とは道の疆界を為すを謂ふなり。法華経（見宝塔品）に曰はく、黄金もて縄を為り、以って八道を界すと」。八道は八正道《はっしょうどう》のこと。正見・正思・正語・正業《しょうごう》・正命《しょうみょう》・正精進・正念・正定《しょうじょう》。仏教で重んぜられた八つの実践徳目で、清浄な世界（浄土）に至る道をいう。〈李周翰注〉「瀑布泉を望むに、懸流すること千仞、垂布の如くして下り、石梁の上を過ぐ。故に界道と云ふ」。

○詳解38　13〜22は窕・暁・嬌・兆・道が韻を踏んで一段落となり、天台山は絶域にあって人間が行くことはできないことを言う。

○詳解39　21赤城は21〈李善注〉〈李周翰注〉によると、山の名、赤い色の山、雲霞のような形状、天台山の南側の門、天台山へ行く経路。22瀑布は22〈李善注〉〈李周翰注〉によると、滝の名、長さ千仞、垂布のような形状、飛び散る水、冬も夏も水量豊富、天台山の南側の巌から流れ落ちる水、石橋を突っ走る水。また山の名。天台山の西南側の峰。

○詳解40　『異苑』には「会稽の天台山は遐遠にして、生を忽《ゆるが》せにし形を忘るるに非ざる自りは、躋《のぼ》ること能はざるなり。赤城は其の逕《みち》を阻み、瀑布は其の衢《みち》に激す。石に莓苔《ばいたい》の嶮有り、淵に不測の深有り」（『太平御覧』巻四一）とあり、天台山へ登ることのできる者は、忽生忘形の生命・肉体を忘れた者に限る。言い換えれば、無為自然の境地に至った、老荘思想ないしは神仙思想の境を会得した者と言うことができよう。そうでない者は天台山へ至る手前にある21赤城・22瀑布は通過できないことになる。難所なので、20二奇というのである。

○詳解41　21と22は対偶表現。21霞起は霞起こるとも霞のごとく起こるとも訓め、これと対になる22飛流は飛び流るとも、飛ぶがごとく流るるとも訓める。

○詳細42　21〈李善注〉に引く『会稽記』に21赤城の状似雲霞とある。雲霞は孫綽より後の宋の謝霊運の「石壁精舎より湖中を還る作」に「林壑《りんがく》は暝色を斂《をさ》め、雲霞は夕霏を収む」とある。精舎が仏教の精舎であれば、雲霞は精舎から還る途中の湖あたりの景で、仏教の精舎を思わせる景物である。また『南史』巻一九謝澹伝には「澹は任達にして気に仗《よ》り、当世に営まず。順陽の范泰《はんたい》と雲霞の交りを為す」とある。雲霞の交りとは俗外の交りをいうようである。以上によると、天台山の状をいう雲霞は以後、仏教ないし俗外をいうとき用いられるようになったらしい。

○詳解43　21建の主語は赤城。赤城が標を建つの標は、21〈李善注〉では物のことであり、それが表識になる。表識になる物とは霞とも、赤城とも解される。霞であれば、李善は霞起を霞起こると訓んだことになり、赤城であれば、赤城そのものが標となることになる。

○詳解44　22界道は22〈李周翰注〉は赤城と瀑布が天台山への道を区切ると解するが、22〈李善注〉は仏典の『法華経』を出典としてあげる。李善が引く『法華経』のこの場面は、釈迦牟尼仏の説法を聞き、八正道を会得した人々だけが、娑婆世界から清浄な世界（浄土）へ移されるのだが、黄金の縄によって娑婆世界と清浄な世界（浄土）は区切られていることを言う。要するに、娑婆世界と清浄な世界（浄土）は黄金の縄で区切られているが、八正道を会得すれば、黄金の縄を通過して娑婆世界から清浄な世界（浄土）へ達することができる、と言うのである。このことは、天台山と俗界とは瀑布で区切られているが、老荘思想ないし神仙思想を会得すれば、瀑布を通過して俗界から天台山へ達することができる、と言うのである。

○**詳解45**　22〈李善注〉が指摘するように、孫綽が『法華経』をここに用いたとすると、22には仏教思想があり、天台山を仏教思想の観点で見ていたことになる。この賦に仏教思想があることは、既に指摘されていることだが、22界道にはじめて仏語が登場したことを指摘しておきたい。

23［覩］はっきり見る。確かに目に見つける。［霊験］不可思議な感応。不思議な霊力。［遂］かくて。そのまま。［徂］往く。赴く。〈呂延済注〉「此の山の霊験を見て神思は遂に往く。而して忽ち行くなり」。神思は精神。

24［忽乎］たちまち。にわかに。［吾］孫綽をさす。［行］進む。旅をする。

○**詳解46**　23・24の二句は『楚辞』遠遊の「至貴を聞きて遂に徂き、忽乎として吾将に行かんとす」に基づくか。〈李善注〉がこれを引かない理由は分らないが、至貴と霊験は異なり、『楚辞』は出典としてはふさわしくないと判断したのであろうか。因みに王逸はこの二句に「彼の王侯を見て奔驚するなり。周《あまね》く万宇を視て四遠に渉るなり」と注する。王侯は仙人の王子喬のことで、これを至貴と表現した。至貴は『荘子』在宥篇に「六合に出入し、九州に遊び、独往独来す。是れを独有と謂ふ。独有の人、是れを之れ至貴と謂ふ」とある。至貴は俗外の人に用いる。

○**詳解47**　23霊験の用例を〈李善注〉は示さないが、盛弘之『荊州記』（『太平御覧』巻六六）に「宮亭湖の廟神は甚だ霊験有り。塗旅の経過するや、祈禱せざる無し。能く湖中をして風を分ちて南北に帆たらしむ」とある。宮亭湖は鄱陽湖《はようこ》の南側で、廬山のふもとにあり、そこの廟神を祈禱すると、霊験がある。この場合、霊験をもたらすのは神霊であるが、霊験は仏語としても用いる。22界道からすると、23霊験にも仏教の意味あいがあるかもしれない。

○詳解48　23徂と24行との違いは、詳解46の王逸注に従うと、23徂は奔驚で、疾走する、24行は渉四遠で、宇宙の彼方を歩き回る意味となる。また24忽乎には孫綽のはやる心がよく表れている。いよいよ天台山へ出発する。

25［仍］従う。就く。［羽人］羽の生えた人。仙人をいう。［丹丘］仙人の居所。一日中明るい国。〈李善注〉「楚辞（遠遊）に曰はく、羽人に丹丘に仍り、不死の旧郷に留まると。王逸曰はく、衆仙に明光に就くに因るなり。丹丘は昼夜常に明らかなりと。山海経（海外南経）に、羽人の国、不死の民有りと」。〈呂延済注〉「仍は因なり。羽人は仙人なり。仙人に丹丘に因るを言ふ」と。

26［尋］尋ね求める。以前の道を尋ね探す。［不死］不老不死。［福庭］福のある庭。仙人の居所。〈呂延済注〉「不死の庭を尋求するは、仙の処を求むるを謂ふなり」。

○詳解49　25羽人について25〈李善注〉に引く王逸注を補うと、「或ひと曰はく、人　道を得れば、身に毛羽を生ずるなりと」とあり、補注には「羽人は飛仙なり」とある。得道の道は神仙の道。また25丹丘については王逸注に「九懐に曰はく、夕に明光に宿すと。明光は即ち丹丘なり」とある。

○詳解50　25〈李善注〉に引く『山海経』を補うと、「羽民の国は其の東南に在り。其の人と為りは、長頭にして身に羽を生ず」とあり、注に引く『呂氏春秋』求人篇の高誘注には「羽人は鳥の喙にして背上に羽翼有り」とあり、『博物志』には「羽民の国、民　翼有りて、飛ぶも遠からず。鸞鳥多くして、民は其の卵を食《くら》ふ。九疑を去ること四万三千里なり」とある。

○詳解51　25〈李善注〉に引く『山海経』を補うと、「不死の民は其の東に在り。其の人と為りは、黒色にして寿《いのちなが》くして死せず」とあり、注に「員北山有り。上に不死の樹有りて、之を食へば乃ち寿し。亦た赤泉有りて、之を飲めば老いず」とあり、注に引く『呂氏春秋』求人篇には「禹は南のかた不死の郷に至る」とある。

○詳解52　26福庭の用例を〈李善注〉は示さず、『佩文韻府』には『福地記』の長安城一帯の、周囲数百里の諸山を名づけて福庭というのを引く。福庭ではないが、福地は仙境のことである。王融の「三月三日曲水の詩の序」に「芳林園は、福地奥区の湊、丹陵若水の旧なり」とあり、李善注に引く『遁甲開山図』には「驪山《りざん》の西原に阜有り、名づけて風涼と曰ふ。雍州の福地なり」とある。また『関中記』（『太平御覧』巻三八）には「終南太一、左右三十里、内を福地と名づく」とある。

27［苟］仮りにも。もしも。［台嶺］天台山のこと。［攀］よじ登る。すがる。

28［亦］それでもなお。［何］どうして。反語形。［羨］ほしがる。慕う。［層城］高い建物。ここは崑崙山にある天帝の居所。〈李善注〉「薛君韓詩章句（佚）に曰はく、羨は願なりと。淮南子（墬形訓）に曰はく、崑崙虚《こんろんきょ》を掘りて以って地に下れば、中に層城九重有りとは、是れなり」。〈劉良注〉「層城は崑崙山の上に在り。天帝の居なり。言ふこころは、此の山既に攀陟すべくんば、亦た何ぞ崑崙山を羨まんと」。攀陟はよじ登る。たどり着く。

○詳解53　27台嶺（5台岳に同じ）を実在しない28層城（崑崙山）と比較し、天台山は女仙西王母が君臨する崑崙山に勝るとも劣らないことを強調する。孫綽は「序」において、2方丈・蓬莱、3四明、10五岳、本文において9華岱、10九疑などの山々をあげてきたが、28層城は天台山と張り合う最後の山で、天台山は層城以上なのである。結局は「序」1天台者蓋山岳之神秀者也に帰着する。

○詳解54　27苟の仮定法、28亦何の反語法の表現に注目すると、この時の孫綽は気持ちが激しく動揺し、興奮している。この傾向はそれまでの対偶表現を打ち破った24忽乎吾之将行に見ることができるし、登ることが不可能な所を歯を食いしばって登る意味の27攀にも見ることができる。孫綽は自分の肉体を使って攀るのではなく、「序」22図像を眺めながら、「序」33奮藻して攀っているのである。空想の中で歓喜し、天台山へ攀って行くのである。

29［釈］手放す。自由にする。［域中］国の中。世の中。［常恋］常に恋い慕うこと。その物。〈李善注〉「老子（第二十五章）に曰はく、域中に四大有りと」。四大は道・天・地・王。

30［暢］のびのびさせる。［超然］俗世間に関わらないさま。［高情］世俗から離れた高尚な情。〈李善注〉「漢書音義（佚）に曰はく、暢は通なりと。老子（第二十六章）に曰はく、栄観燕処有りと雖も、超然たりと」。栄観は宮閨。燕処は后妃の居所。〈劉良注〉「将に俗中の常情の恋ふる所を釈捨し、我が超縦自然の道に通暢せんとす」。超縦は世俗に関わらず自由なさま。

○詳解55　29・30は対偶表現。29域中は俗中。29『老子』でいえば四大のある所。これと対になる30超然は俗外。30『老子』でいえば栄観・燕処のない所。域中（名詞）と超然（状態語）の対に妙がある。29常恋は恒常の欲望。それは名誉や地位。これと対になる30高情は高尚な心情。それは世を避け俗に負くこと。孫綽は改めて俗中のいっさいを否定し、俗外に超越して、天台山へ攀る心構えを作る。

○詳解56　29常恋は孫綽以前の用例は管見に入らないが、30高情の用例としては、『世説新語』に「何驃騎の弟は高情を以って世を避くるも、驃騎は之に勧めて仕へしむ」（棲逸篇）、「孫曰はく、高情遠致は、弟子蚤《つと》に已に服膺す」（品藻篇）、「孫興公・許玄度は一時の名流なり。或いは許の高情を重んずれば、則ち孫の穢行《わいかう》を鄙とす」（品藻篇）とあり、避世、遠致、名流などの語と使われる。何驃騎（何充）の弟は何準。孫・孫興公は孫綽。許玄度は許詢。

○詳解57　30暢は王羲之の「蘭亭集の詩の序」、孫綽の「蘭亭詩の後序」及び諸氏の「蘭亭の詩」に合わせて十一回用いられ、蘭亭詩人の好んだ語の一つである。たとえば「蘭亭集の詩の序」には「亦た以って幽情を暢叙するに足る」、「蘭亭詩の後序」には「生を資《と》りしは咸な暢ぶ」、王蘊之の「蘭亭の詩」に「散豁として情志暢ぶ」とある。蘭亭詩人の「暢」は胸中に鬱結した思いを伸ばし晴らす意味に多く用いるが、30暢は世俗から超越した思いをのびのびさせる意味に用いている。29常恋ではなく、30高情に視点をおいて、暢を積極的な意味に用いる。

拙著『孫綽の研究——理想の「道」に憧れる詩人——』（汲古書院）参照。

31［被］着る。はおる。［毛褐］毛で作った衣服。［森森］ふさふさしているさま。毛羽だっているさま。〈李善注〉「七啓に曰はく、余は毛褐を好むも、未だ此の服に暇あらざるなりと」。〈呂向注〉「被は服なり。毛褐は羽衣なり。森森は衣の皃」。

32［振］揺り動かす。［金策］金製の策《つえ》。錫杖《しゃくじょう》のこと。［鈴鈴］雷が鳴り響く音。ここは策の音。〈李善注〉「金策は錫杖なり。鈴鈴は策の声なり」。〈呂向注〉「金策・錫杖は並びに仙人の服用する所なり。鈴鈴は策の声なり」。

○詳解58　31・32は対偶表現で、天台山に攀る孫綽の出で立ちを31は視覚的に、32は聴覚的に描写する。

○詳解59　31毛褐は31〈李善注〉に引く「七啓」によると皮衣《かわごろも》、粗末な衣服のことだが、31〈呂向注〉によると羽衣、仙人の衣服のこと。呂向が羽衣とするのは、25羽人との関係で言うのであろう。32金策との対で言えば、本来は粗末な衣服の意だが、ここは羽衣がよい。羽衣の説明としては『漢書』巻二十五上郊祀志上の「羽衣」に顔師古が注する「羽衣は鳥の羽を以って衣を為り、其の神僊飛翔の意に取るなり」がある。

○詳解60　31毛褐は仙人だけではなく、仏僧も着る。『高僧伝』巻五釈道壹に「竺道壹《ちくどういつ》は姓は陸、呉の人なり。（略）是を以って域を異にするの人は、万里を遠しとせず、褐を被て錫を振ふ」とある。詳解59と合わせ考えると、31毛褐を着ている孫綽はこの時、仙人であり仏僧でもあったと見てよかろう。

○詳解61　31森森には李善は注せず、31〈呂向注〉は「衣の皃」と言う。森森は字の通り木が多いさまを言うので、「衣の皃」とは31毛褐が多い、羽衣の鳥の羽が多いさまを言うと解したのであろう。

○詳解62　32金策には李善は出典を示さず、「錫杖なり」と注する。32金策の用例としては張衡の「西京の賦」に「帝酔ふ有り。乃ち金策を為り、錫《たま》はるに此の土を用ってす」とあり、李善注に引く『列仙伝賛』に「秦の繆公《ぼくこう》は金策祚世《そせい》の業を受く」とある。この金策は金製の策《ふだ》で、策《つえ》ではない。ただ金製の策《ふだ》は仙人が文字を記すためのもので、仙人と無関係ではない。

○詳解63　32金策は仙人の持ち物で、32〈呂向注〉の金策錫杖並仙人所服用也と言って金策と錫杖を並べるのは、32〈李善注〉の金策錫杖也を受けたのであろう。錫杖は杖の先は材料は錫《すず》、中は木、下は角《つの》で作り、先には鐶《かん》をかけ、地を突くと鳴る。金策・錫杖の語ではないが、『神仙伝』には竹杖または杖の語がしきりに用いられる。たとえば壺公・孔元方・介象・李常在・蘇仙公らである。金策・錫杖が仙人の持ち物となるのは、『亀山元籙』（『太平御覧』巻六七五）の「冬三月、三夭の玉童化して老人と為り、九節の金杖を把《と》りて、玉清の中に洞羅す」から推測すると、老人の持ち物の金杖からきたのであろう。玉童は仙童。玉清は天帝の居所。洞羅は至る。

○詳解64　32金策は仙人だけではなく、仏僧も持つ。そのことは詳解60に引く『高僧伝』に振錫とあったし、安清・弗若多羅・釈慧益の伝にも見えるし、竺仏図澄・渉公・釈保志の伝には錫杖の語が見える。詳解62と合わせ考えると、31毛褐の場合と同様に、32金策を持っている孫綽はこの時、仙人であり、仏僧でもあったと見てよかろう。

錫杖については76応真飛錫以躡虚を参照。

○詳解65　32鈴鈴には32〈李善注〉〈呂向注〉ともに策声、策声也と言い、用例も辞書もあげないが、『説文解字』巻十一下に「霆、靁《かみなり》の余声の鈴鈴たるは、万物を挺出する所以なり」とあり、段玉裁注には「靁は物を生ずる所以にして其の用は余声の鈴鈴たる者に在り」と言う。これによると、鈴鈴は雷が万物を生み出させるために鳴り響く、地を震わすほどの激しい音のこと。孫綽は金策をそんなに激しく振り揚げ、天台山を攀るのである。金策を激しく振るのは、「序」16魑魅から身を守り、23霊験に祈禱するためであろう。

33［披］切り開く。押し分ける。［荒榛］茂った樹々。奥深い林。［蒙蘢］草木が覆っているさま。〈李善注〉「高誘の淮南子（原道訓）注に曰はく、叢木を榛と曰ふと。孫子（佚）に曰はく、草樹蒙蘢たりと」。〈呂向注〉「荒榛は深林なり。蒙蘢は林の密なる皃」。

34［陟］高い所に陟る。［峭崿］険しい崖。［崢嶸］高く険しいさま。奥深く険しいさま。〈李善注〉「文字集略（佚）に曰はく、崿は崖なりと。字林（佚）に曰はく、崢嶸は山の高き貌」。〈呂向注〉「峭崿は高き峯なり。崢嶸は峯の高き皃」。

○詳解66　33以下78までは、天台山の図像を見ながらではあるが、天台山へ登って行く実景描写で、具体的・写実的である。

○詳解67　33・34は対偶表現。33は荒・榛・蒙・蘢の部首からして、本句は草木を言い、34は峭・崿・崢・嶸の部首からして、本句は山を言う。草木は一面に生い茂り、道なき道を手で切り開き、押し分けながら進んで行く。また山は高く険しくそびえ、そこを上へ上へと陟って行く。33は平面を、34は垂直面を言うのであろうが、いずれも天台山への道は難所であることを言う。

35［済］舟で渡る。支えてもらい渡る。［楢渓］渓谷の名。油渓とも書く。［直進］まっすぐに進む。〈李善注〉「顧愷之の啓蒙記注（佚）に曰はく、天台山に之きて次いで油渓を経と。謝霊運の山居の賦に曰はく、石橋の莓苔を凌《しの》ぎ、楢渓の縈紆《えいう》を越ゆと。注に曰はく、（神仙の）居る所、往来には要《かなら》ず石橋を経て楢渓を過ぐ。人迹復た此を過ぎずと。楢の字は殊なると雖も、並びに酉留の切」。莓苔はこけ。縈紆は曲がりくねるさま。並は楢の字と油の字。〈呂向注〉「楢渓は渓の名。至深にして険阻なり」。

36［落］下る。斜めに行く。経る。［五界］五県の界。［迅行］速く行く。〈李善注〉「落は邪行なり。五界は五県の界なり。孔霊符の会稽記（佚）に曰はく、此の山は旧《も》と五県の余地と名づくと。五県とは余姚《よえう》・鄞《ぎん》・句章・剡《せん》・始寧。服虔の漢書注（佚）に曰はく、鄞は音は銀と」。邪行は正行の反対。邪は斜に通じ、斜めに行く。余地は余りの地。外れの地。〈呂向注〉「落は経なり。五界は峻道の名。此の険阻を済り峻道を経て疾《と》く行くを言ふなり」。峻道は険阻な道。

○詳解68　孫綽は33の生い茂った草木、34の高く険しい山から、35深い深い渓谷に出、36五つの県境を走る。

○詳解69　35・36は対偶表現。35楢渓は35〈李善注〉〈呂向注〉によると、天台山へ至る途中にある渓谷で、そこは至って深い。36五界の解釈は36〈李善注〉と〈呂向注〉とは異なり、李善は天台山の旧名を五県の余地と言うことから、五県の界と解するが、呂向は峻道と解する。謝霊運の「山居の賦」の自注には「天台・桐栢は七県の余地、南は海を帯ぶ」と言う。これらによると、五県は五県の界で、そこは峻道だったと言うのであろう。

○詳解70　35楢渓は至深なので、危険を冒し、舟に助けられてまっ直ぐに済り、進むのである。危険な渓谷をいっときも早く抜け出ようとする。そのはやる思いは直進の語によく表れている。

○詳解71　36落は36〈李善注〉と〈呂向注〉は解釈が異なる。李善は邪行と解し、呂向は経と解する。落はもともと上から下へ下る意味だから、五界を下ると解すればいいのに、李善は邪行と解することによって、道なき道を突き進み、天台山へ早く着きたいとする。はやるその思いは迅征の語によく表れている。

37〔跨〕股を開いて越える。〔穹隆〕永く曲りくねるさま。高く弓なりに曲るさま。〔懸磴〕石橋。石の架橋。〈李善注〉「穹隆は長曲の貌。西京の賦に曰はく、閣道は穹隆たりと。懸磴は石橋なり」。閣道は崖から崖へわたした架橋。〈李周翰注〉「懸磴は石橋なり」。

38〔臨〕見おろす。〔万丈〕一万丈。非常に深いことをいう。一丈は約二・五m。〔絶冥〕奥深い渓谷。〈李善注〉「顧愷之の啓蒙記(佚)に曰はく、天台山の石橋は、路逕は尺に盈たず。長さは数十歩にして、歩めば至って滑らかなり。下は絶冥の澗に臨むと。冥は幽深なり」。路逕は路幅。一尺は約二二・五㎝。〈李周翰注〉「絶冥は深澗なり。此の山に石橋有り。広さは尺に盈たず。下は万丈の深澗に臨む」。

○詳解72　37・38も対偶表現。37は石橋をひと跨ぎし、38は深い渓谷を見おろす。天台山への道は難所だが、37跨・38臨には喜びの征服感・達成感がある。

○詳解73　37穹隆は石橋の形容だが、それは37・38〈李善注〉によると、長くて弓なりに曲がったアーチ型の架橋で、その道幅は至って狭く、しかも滑る。そこを一気にひと跨ぎして通過する。

○詳解74　38万丈は渓谷の形容で、果てしのない深さをいうが、この38は石橋をひと跨ぎした次の景ではなく、アーチ型の石橋の上から下を見おろした景であろう。

○詳解75　38〈李善注〉に引く『啓蒙記』の続きには「唯だ其の身を忘れ、然る後能く済済たる者は巌壁を梯《のぼ》る」とある。孫綽はこのとき済済たる者だったのであろう。済済者は謹み深い者。

○詳解76　孫綽は図像を見ながらこの賦を書いているのだが、38〈李善注〉に引く顧愷之の『啓蒙記』との表現の重なりからすると、『啓蒙記』や天台山に関する書物をも参考にしたのではないかと思われる。因みに顧愷之の生卒年は三四一～四〇一で、孫綽（三一〇？～三六七？）より三〇歳くらい若い。顧愷之が二〇歳で『啓蒙記』を書いたとすると、この賦は孫綽五二歳以後、死ぬ五八歳の間の作となろう。「序」の詳解4参照。

39［践］しっかり踏みつける。［莓苔］こけ。［滑石］滑らかな石。つるつる滑る石。〈李善注〉「莓苔は即ち石橋の苔なり。異苑に曰はく、天台山は石に莓苔の険しき有りと。孔霊符の会稽記（佚）に曰はく、赤城山の上に石橋有り。懸度するに石屏風有りて、橋上に横絶す。辺《そば》に過逕有るも、纔《わづ》かに数人を容るるのみと。莓は音は梅」。懸度は長く吊り下がる。横絶は横たわる。過逕は通り道。〈李周翰注〉「又た莓苔の石上に生ずる有り。甚だ滑らかなり」。

40［搏］つかむ。つかみ取る。［壁立］壁のように立つ。険阻なことをいう。［翠屏］翠の屏風。翠の樹々の生えた崖をいう。〈李善注〉「翠屏は石橋の上の石壁の名なり。仲長子の昌言（佚）に曰はく、斧帳・翠屏の坐せずと」。斧帳は、斧を刺繍した帳《とばり》、翠屏は翡翠を刺繍した屏風のことか。〈李周翰注〉「石屏風有り、壁立して橋上に横絶するが如し。傍らに小径有り、人は手を以って搏らへて行く」。

○詳解77　39滑石の石は39〈李善注〉によると、37懸磴（石橋）のことで、その石橋には39莓苔が生え、そのために滑る。滑らぬようにしっかり践んで行く。とすると39は場所的には37と同じ所で、孫綽はまだアーチ型の石橋にいる。践の字に孫綽の慎重な思いが読みとれる。

○詳解78　40翠屏は40〈李善注〉は石壁の名とするが、39滑石と対になることからその説は採らない。壁のようにそそり立つ翠の樹々の生い茂った石壁をつかむと解する。搏の字にやはり孫綽の慎重さが読みとれる。

○詳解79　39〈李善注〉に引く『会稽記』によると、石橋があるのは赤城山。とすると21赤城より以降、この40まで、さらに続いて46までは赤城山付近の描写ということになる。

41［攬］取る。つかむ。引き取る。［樛木］枝が曲がり垂れている木。［長蘿］長く伸びた葛《かずら》。〈李善注〉「毛詩（周南・樛木）に曰はく、南に樛木有り、葛藟之に累《まと》ふと。毛萇曰はく、木の下の曲がれるを樛と曰ふと。爾雅（釈草）に曰はく、女蘿は兎絲なりと」。女蘿は苔の一種。さるをがせ。ひかげのかずら。〈李周翰注〉「樛木は長木なり。蘿は木に附きて生ず」。長木は高い木。

42［援］引く。引っぱる。引き寄せる。［葛藟］つる性の植物の一種。ぎゃうじゃのみず。［飛茎］高い所にある茎。長く伸びた茎。〈李善注〉「顧愷之の啓蒙記注（佚）に曰はく、石橋を済《わた》る者は、巌壁を搏らへ、女蘿・葛藟の茎を援くと。賈逵の国語注に曰はく、援は引なりと」。石橋は37懸磴参照。〈李周翰注〉「又た樛木の蘿を把攬し、葛藟の茎を攀援し、然して進み度《わた》るを得たり。蔓《つる》有る者は、葛藟・葛蔓なり」。把攬はつかみ取る。攀援はよじ登る。

○詳解80　41・42は対偶表現で、37懸磴を渡る時の様子を『毛詩』周南・樛木の詩の前句の樛木二字を41に用い、後句の葛藟二字を42に用いて述べる。

○詳解81　41の樛木・長蘿といい、42の葛藟・飛茎といい、不安定な植物で、それを手探り状態で攬《と》り援《ひ》いて懸磴を渡るのだから、危険極まりない。しかし『啓蒙記注』や李周翰が言うように、その危険を冒さないと、石橋を渡ることができず、前進することができないのである。

○詳解82　41樛木・42葛藟は41〈李善注〉に引く『毛詩』によると、南方産の植物である。『毛詩』は北方の黄河流域の詩集であることを思うと、北方の人々には樛木・葛藟は珍しいものだったかも知れない。それが南方の天台山に登る途中にあるのである。

○詳解83　41攬は『荘子』山木篇に「王独り夫の騰猿《とうゑん》を見ざるや。其の柟梓《なんし》豫章を得るや、其の枝を攬蔓《らんまん》し、其の間に王長す」とあり、42援は張衡の「西京の賦」に「熊虎《ゆうこ》は升りて拏攫《だくわく》し、猨狖《ゑんいう》は超えて高援す」とあるのによると、攬《と》ったり援《ひ》いたりするのは猿。従って長蘿を攬り飛茎を援く作者孫綽は、猿のようにして天台山へ登っていくのである。

43［一］一度。［冒］向こう見ずに進む。押しきってする。［垂堂］堂の端に坐る。垂は端・縁《ふち》。危険な所に近寄ることをいう。〈李善注〉「漢書（書巻四九爰盎伝）に、爰盎《ゑんあう》は上を諫めて曰はく、臣聞く、千金の子は坐するに堂に垂せずと」。千金の子は大金持ちの子。将来有望な子。

44［乃］なんと。はじめて。［永］永久に。［存］保つ。そのままの状態にしておく。［長生］長生き。長寿。〈李善注〉「老子（第五十九章）に曰はく、長生久視の道なりと。東方朔の十洲記に曰はく、桂英・流丹　之を服せば長生すと」。久視は久活の意で、長生に同じ。桂英・流丹は仙薬。

○詳解84　43・44は対偶表現で、43は短命で終わるかも知れない危険な行為を言い、44は永久に長寿でいられる安泰な状態を言う。長寿を獲得するには、命懸けの行為をしなくてはならないのである。

○詳解85　44長生の語は44〈李善注〉に言うように、『老子』を出典とするが、44〈李善注〉に引く『十洲記』にも見え神仙の語でもある。『抱朴子』仙薬篇には「石硫・黄芝は五岳皆な有りて、箕山《きざん》多しと為す。許由は此れに就き之を服して長生す」とあり、『抱朴子』には長生のほか、長生久視・長生不死・長生不老・神仙長生・長生仙方・長生養性・長生之道などの語も多く見られる。

45［契］一致させる。符合させる。［誠］生地。真実。飾り気がないこと。［幽昧］道。無為自然の道。〈李善注〉「幽昧は道を謂ふなり。鍾会の老子注（佚）に曰はく、幽冥晦昧なり。故に称して玄と為すと」。玄は道のこと。〈呂向注〉「契は結」。

46［履］歩む。行く。［重嶮］険阻困難が重なっていること。要害の地。［逾］ますます。甚だ。［平］平坦になる。〈呂向注〉「逾は甚なり。言ふこころは、誠信を結ぶに幽昧神明の道に欺かざれば、則ち足は此の険を履むと雖も、平道の易よりも甚だしからんと」。神明は道。

○詳解86　23〜46は行・庭・城・情・鈴・嶸・征・冥・屏・茎・生・平が韻を踏んで一段落となり、天台山に登る意を決し、苦難の道中を描写する。

○詳解87　45幽昧は45〈李善注〉の『老子』注にあり、45誠は『荘子』徐無鬼篇に「夫れ大の備はれるは、天地に若くは莫し。（略）己れに反りて窮まらず、古に循ひて摩《そこな》はざるは、大人の誠なり」とある。大人は己れにとらわれない人。45は老荘の語に拠る。

○詳解88　46履は『易』履に「道を履むこと担担たり。幽人貞しくして吉なり」とあり、46重嶮は『易』習坎に「習坎は重険なり。水は流れて盈たず。険を行きて其の信を失はず。（略）天の険は升るべからず、地の険は山川丘陵なり」とあり、46は『易』の語に拠る。

○詳解89　45は条件句で46は結果句。老荘の言う道に飾らぬ真実の心を一致させるならば、どんなに険阻な道でも平坦な道になる、と言うのである。無為自然の道に従っておけば、困難なことはすべて解消されるという。

47［既］すでに〜し終えた。［克］できる。能に同じ。［隮］登る。よじ登る。躋に同じ。［九折］曲がりくねりの多いこと。九十九折。〈李善注〉「其の道嶮しく九折して九有るを言ふ。杜篤の首陽山の賦（佚）に曰はく、九折萎崔《ゐさい》して艱多しと」。萎崔は険しい。〈呂延済注〉「山道曲折して九有るを言ふ」。

48［路］小さい道。山道。［威夷］長く続くさま。曲りくねって遠いさま。［脩］長い。［通］貫く。達する。〈李善注〉「韓詩（佚）に曰はく、道の威夷なる者なりと」。〈呂延済注〉「威夷は長き貌。脩は長なり。既に能く之を済れば則ち長路威夷として通ず」。

○詳解90　47既と47以下の換韻に注目すると、47九折は23から46までの天台山に登る道の険しさを総括し、九折の坂道を隮り終えた、と言うのである。従って48は九折から解放されて、視界が開けたことを言うはずだが、48もまだ九折であることを言うようである。威夷は『毛詩』小雅・四牡に「四牡は騑騑《ひひ》たり、周道は倭遅《ゐち》たり」とある倭遅と同じだとすると、毛伝には「倭遅は歴遠の貌」とあり、集伝には「回遠の貌」とあり、倭遅つまり威夷は遠まわり、曲りくねって遠いという意味で、視界が開けず、まだ九折の状態が続くことになる。48〈呂延済注〉が47と48を則でつなぎ、47を条件句、48を結果句とする読みでは47と48の文意は通じないので、隮ルモと読み、九折を隮り終えたが（それでも）路は曲りくねってずっと通じていると訳した。ただ47九折と48威夷とを比べると、威夷は九折ほど険しい言い方ではあるまいと思われる。

49［恣］気ままにする。し放題にする。［心目］心と目。または心の目。［寥朗］虚しく明らかである。〈李善注〉「列子（楊朱篇）に曰はく、晏平仲は養生を管夷吾に問ふ。曰はく、目の視んと欲する所に恣にし、意の行かんと欲する所に恣にすと。寥朗は心は虚しく目は明らかなるを謂ふなり。説文（巻九下）に曰はく、寥は虚空なりと。毛萇の詩（大雅・既酔）の伝に曰はく、朗は明なりと」。

50［任］委ねる。［緩歩］ゆっくり歩くこと。［従容］ゆったりとしたさま。くつろぐさま。〈李善注〉「列子（黄帝篇）に曰はく、子華の容は、緩歩闊視すと。尚書（君陳）に曰はく、従容して以って和らぐと」。子華は春秋晋の名家。闊視は遠く広く視ること。こせこせしない見方。〈呂延済注〉「寥朗・従容は寛曠・閑楽の貌。心目を恣にし、緩歩に任せば、自ら寛曠・閑楽を覚るなり」。寛曠は広々として虚しい。閑楽は静かで楽しい。

○詳解91　49・50は対偶表現なので、49心目は50緩歩に合わせると、心の目の意かも知れないが、今は49〈李善注〉に引く『列子』の「目の～」「意の～」に従い、心と目の意に解する。49寥朗は双声で、50従容は畳韻の語。

○詳解92　49心目の用例として〈李善注〉が引く『列子』は養生に関することであり、49寥朗の寥は『老子』第二十五章に「寂たり寥たり」とあり、また仏僧の支遁の「五月長斎の詩」には「蕭索《せうさく》として情牖《じやういう》は頽れ、寥朗として神軒は張る」とあるのに拠ると、49の句には神仙・老荘・仏教の思想があると見ることができる。

○詳解93　50緩歩の用例として〈李善注〉が引く『列子』は名家の振る舞いに関するものであり、50従容は50〈李善注〉に引く『尚書』は周の成王が臣下の君陳に民の和し方を述べたもので、緩歩も従容も儒家の立場にある者の状態である。しかし緩歩は『抱朴子』極言篇に「是を以って養生の方は、唾は遠きに及ぼさず、行は歩を疾《と》くせず、目は聴くことを極めず、目は視ることを久しくせず」とあり、従容は『荘子』在宥篇に「従容として無為、而して万物炊累《すいるゐ》す」とある。以上によると、50の句には儒教・神仙・老荘の思想があると見ることができる。

○詳解94　50〈呂延済注〉に拠ると、呂延済は49を心目を恣にすれば寥朗に之きと訓み、50を緩歩に任せば従容に之くと訓んでいる。この賦には○○○之○○の形は多いが、49・50の之の字だけ動詞で訓むのは無理であろう。従って呂延済の訓みは採らない。

51［藉］敷き物にして座る。［萋萋］生い茂っているさま。［纖草］細い草。弱い草。〈李善注〉「草を以って地に薦《し》きて坐するを藉と曰ふ。楚辞（招隠士）に曰はく、春草生じて萋萋たりと」。〈呂延済注〉「藉は鋪、纖は細。萋萋は草の美しき貌」。

52［蔭］物の陰に居る。［落落］高く抜んでるさま。［長松］高くそびえる松。〈李善注〉「杜篤の首陽山の賦（佚）

に曰はく、長松は落落として卉木は蒙蒙たりと」。蒙蒙は盛んなさま。〈呂延済注〉「落落は松の高き貌」。

○詳解95　51〈李善注〉に引く『楚辞』は招隠士の語であり、前の句に「王孫遊びて帰らず」とある王孫に王逸は「隠士は世を避けて山隅に在るなり」と注する。また52〈李善注〉に引く「首陽山の賦」の首陽山は、周の俸禄を受けるのを嫌った伯夷叔斉兄弟が餓死した山であり、『楚辞』九歌・山鬼には「山中の人は杜若を芳しとし、石泉に飲みて松柏に蔭す」とあり、松柏に蔭すのは山中の人である。以上に拠ると、51・52は隠士と関連がある。

53［覿］見る。会う。［翔鸞］飛翔する鸞。鸞は神鳥の名。［裔裔］飛ぶさま。〈李善注〉「裔裔は飛ぶ貌なり」。〈呂延済注〉「裔裔は鸞の飛ぶ皃」。

54［聴］耳を傾けて聞く。［鳴鳳］和鳴する鳳。鳳は神の鳥。鳳は雄で、雌は凰。［喈喈］調子を合わせるさま。呼び合うさま。〈李善注〉「爾雅（釈訓）に曰はく、喈喈は和するなりと。声の和するを謂ふなり」。和は調子を合わせる。〈呂延済注〉「喈喈は和鳴なり」。和鳴は調子を合わせて鳴く。呼び合う。

○詳解96　53鸞は『説文解字』巻四下に「赤神霊の精なり。赤色にして五采、鳴けば五音に中たり、頌声作せば則ち至る」、『山海経』西山経に「西南三百里を女牀の山と曰ふ。（中略）鳥有り、其の状は翟《きじ》の如くして五彩の文あり。名づけて鸞鳥と曰ふ。見はるれば則ち天下安寧なり」、嵆康の「琴の賦」に「玄雲は其の上を蔭ひ、翔鸞は其の巓に集まる」とある。これらに拠ると、鸞は神鳥・瑞鳥で、人界から遠く離れた所にいることが分る。

○詳解97　54鳳は『説文解字』巻四下に「神鳥なり。（中略）東方の君子の国より出で、四海の外に翱翔し、崐崘を過ぎ、砥柱《しちゅう》に飲み、羽を溺水に濯《あら》ひ、莫《くれ》に風穴に宿る。見はるれば則ち天下大いに安寧なり」、『山海経』南山経に「又た東五百里を丹穴の山と曰ふ。（中略）鳥有り、其の状は雞の如く。五采にして文あり。名づけて鳳皇と曰ふ。（中略）是の鳥や、飲食は自然にして、自ら歌ひ自ら舞ふ。見はるれば則ち天下安寧なり」、『列仙伝』蕭《しょう》史《し》に「居ること数年にして吹くこと鳳声に似る。鳳凰は来たりて其の屋に止まる。（中略）一旦皆な鳳凰に随ひて飛び去る」とある。これらに拠ると、鳳も神鳥・瑞鳥で、人界から遠く離れた所にいることが分る。

○詳解98　53裔裔は53〈李善注〉〈呂延済注〉ともに飛貌とあるが、宋玉の「神女の賦」の「歩は裔裔として殿堂を曜かす」の裔裔に李善は「行く貌」と注し、左思の「蜀都の賦」の「翩として蹮蹮《せんせん》として以って裔裔たり」の裔裔に呂向は「舞ふ貌」と注する。とすると53裔裔は鸞が行列をなして、舞うように飛んでいる様子をいうのであろう。

○詳解99　54喈喈は54〈李善注〉に謂声之和也とあるが、これは『爾雅』釈詁下に「噰噰《ようよう》は音声の和するなり」に拠るのであろう。郭璞注には「鳥鳴きて相ひ和す」と言う。噰噰は喈喈に通じる。

○詳解100　53・54は対偶表現で、天台山の頂上に登る途中で、行列をなして舞い飛んでいる鸞を見たり、声の調子を合わせて鳴き合っている鳳に耳を傾けたりしている。この光景は俗界から遠く離れた安寧な世界で、深く仙界に入ったことを強く思わせる。

55［過］立ち寄る。［霊渓］渓の名。［一濯］すべて洗う。すっかり洗い流す。〈李善注〉「霊渓は渓の名。広雅（釈詁）に、濯は洗なりと」。〈呂延済注〉「此の山に霊渓の水有り」。

56［疏］除く。除き去る。［煩想］煩わしい想い。ごたごたした思い。［心胷］胸の中。〈李善注〉「賈逵の国語注（佚）に曰はく、疏は除なりと」。〈呂延済注〉「煩俗の想を疏滌《そでき》す」。煩俗は世俗の煩わしさ。疏滌は除き去る。

○詳解101　55霊渓は55〈李善注〉によると渓名で、それは〈呂延済注〉によると此の山（天台山）にあると言う。35済楢渓而直進以下、次第に頂上を目指して進んでおり、行程からするとこの霊渓は山腹を流れていることになる。『臨海図経』（『太平御覧』巻六七）には「銅渓は県の西北五十里に在り。其の水は黄色にして、状は銅に似たり。故に銅渓と号す。孫興公の天台山の賦に霊渓に過ぎりて一に濯ふと云ふは、是れなり」とある。県は臨海県のこと。

○詳解102　55一濯は「一たび濯ひ」とも訓めるが、今は「一《いっ》に濯ひ」と訓み、一をすべて・すっかりの意に解する。濯は『楚辞』漁父の「滄浪の水清まば、以って吾が纓を濯ふべし、滄浪の水濁らば、以って吾が足を濯ふべし」によると、身を洗い潔める意味。55一濯が身を洗い潔めるのに対して、56疏煩想於心胷は心を洗い潔めることを言う。つまり55・56の二句で身と心、肉体と精神を洗い潔める、言い換えると世俗のいっさいを心身から除き去って、汚れのない仙界に入っていくことを詠う。

○詳解103　56煩想の用例は管見に入らないが、煩懐が仏僧の支遁の「八関斎の詩三首」其の一に「冷風に煩懐を解き、寒泉に温手を濯ふ」とある。解煩懐は疏煩想と類似し、濯寒泉は過霊渓而一濯すと類似している。これによると55・56の語や発想は、支遁の仏教詩に似ていると見なすことができよう。

57［蕩］漂わせる。ほしいままにする。［遺塵］遺《のこ》った汚れ。ここは色・声・香・味・触・法の六塵のことで、これらは人の心を汚すものである。［旋流］深い淵。〈李善注〉「一濯に因りて仮言するなり。六塵は虚仮にして能く住せず。故に蕩と曰ふ。遺《や》ると雖も未だ尽くすこと能はず。故に遺と曰ふ。中論（顚倒品）に曰はく、六塵は色・声・香・味・触・法なりと。高誘の淮南子（俶真訓）注に曰はく、旋流は深淵なりと」。仮言は仮りに想定して言う。虚仮はうつろで実体がないもの。不住は定まらない。遺はなくす。捨てる。〈呂延済注〉「蕩は洗なり。旋流は深淵なり。塵は六塵なり。色・声・香・味・触・法なり」。

58［発］放つ。出す。［五蓋］人の善行を蓋《おお》う五つのもの。貪欲・瞋恚《しんい》・睡眠・調戯・疑悔の五つ。［遊蒙］浮遊する蒙《おお》い。〈李善注〉「身・意は皆な浄《きよ》くして能く離れず。故に発と曰ふ。五蓋は真に非ずして己れの善行を蔽ふ。故に遊と曰ふ。大智度論（釈初品中禅波羅密）に曰はく、五蓋は貪欲・瞋恚・睡眠・調戯・疑悔なりと。礼記（仲尼燕居篇）に曰はく、昭然として蒙を発《ひら》くと。五蓋は或いは神の表と為せり」。身は六塵の触、意は法のこと。非真は57〈李善注〉の虚仮に同じか。貪欲は貪り、瞋恚はいかり、睡眠は意識がぼんやりすること、調戯は心をざわざわさせること、疑悔はためらい。発蒙は蒙《おお》っている物を取り去る。神表は心の外に表われた物。〈呂延済注〉「遊蒙は天中の清気なり。五蓋は貪欲・瞋恚・睡眠・調戯・疑悔なり。皆な深淵に洗蕩し、天中に啓発すれば、尽く已に除けり」。

○詳解104　57〈李善注〉によると、57遺塵の遺は55で一に濯ひて身を潔め汚れを遣《や》ったのだが、遺り尽くすことができずにまだ遺《のこ》っている意味であり、塵とは六塵のことである。六塵の色・声・香・味・触・法は上から順に『中論』六情品の眼・耳・鼻・舌・身・意に当たる。六つの情が六つの塵を呼び起こすのだが、その六つの塵はうつろで実体がなく、一定の所に止まっていることができないものである。李善の解釈に従うと、人間の中に巣くう遺塵はどうしようもない代物で、それを取り除くことはできないので、深淵に勝手に漂わせていると言うのである。李善が故曰蕩と注するのはそういう解釈だが、57〈呂延済注〉には蕩洗也といい、洗い流す・取り除く意味で解釈している。なお57旋流は55霊渓のことであろう。

○詳解105　58〈李善注〉によると、58五蓋は『大智度論』の貪欲・瞋恚・睡眠・調戯・疑悔の五つで、それは心の外に表われた物で、うつろで実体がなく人々の善行を蔽い隠してしまうものである。58五蓋は57で煩想を疏き心を潔めたのだが、疏きされずに残っていたものである。五蓋の蓋は蔽う、58〈李善注〉に引く『礼記』の発蒙によると蒙《おお》いの意味。従って58遊蒙の蒙は蓋《おお》い・蔽いのことであり、遊は李善が故曰遊と注するのによると、うつろで実体がないという意味で、それは五蓋そのものが具有しているのである。五蓋が具有している遊蒙を発くの発を説明するために、李善は57遺塵（六塵）の身・意を持ちだして、身意皆浄而能不離、故曰発と注するのは分らない。混同が見られる。また58〈呂延済注〉に遊蒙を天中清気也と解するのは、57旋流との対を意識してのことだろうが、遊蒙がなぜ天中の清気なのか分からない。

○詳解106　55から58までを見ると、55一濯は身の汚れをすっかり洗い流して潔め、56疏煩想は煩わしい想いを除いて心を潔めた。しかし57遺塵は55一濯しても洗い流すことができず、人間に巣食うどうしようもないものなので旋流に蕩《ただよ》わせ、58五蓋も56疏煩想しても疏ききることはできず、人間に巣食うどうしようもないものなので、遊蒙のままに発《はな》ってやる、となっている。要するに55・56は心身の汚れを除いて潔めたが、57・58は人間には除ききれない汚れがあることを言う。除ききれない汚れは放置するしかない。ここに孫綽の苦悩がある。

○詳解107　57遺塵（六塵）は仏典の『中論』にあり、58五蓋も仏典の『大智度論』にある。仏典の語を使用することによって、煩悩を捨てて悟りの境地に入ろうとするが、人間が本来的に持っている六塵・五蓋から脱しきれない苦悩にさいなまれる現実の姿を詠う。孫綽は20二寄を通過したのに、霊渓を前にして俗（娑婆）の世界から仏（浄土）の世界へすっきりと入れない真の姿を見せている。

59［追］追いかける。慕う。［羲農］伏羲と神農。ともに伝説上の帝王。［絶軌］世俗と隔絶された行為。〈李善注〉「羲農は伏羲・神農なり。広雅（釈詁）に曰はく、軌は跡なりと」。〈呂延済注〉「羲農は伏羲・神農なり。軌は跡」。

60［躡］（先に行く者のあとを）ふむ。ふみつける。［二老］老子と老莱子。老子は道家思想の祖。老莱子は仙人。［玄蹤］玄妙な事蹤。奥深い行為。〈李善注〉「又た（広雅・釈詁に）曰はく、蹤は履なりと。二老は老子・老莱子なり。史記（巻六三老子伝）に曰はく、老子は楚の苦縣の人なり。名は耳、字は聃、姓は李氏。周の衰へたるを見て、乃ち遂に去りて西のかた関に至る。関令曰はく、子将に隠れんとす。強ひて我が為に書を著せと。乃ち上下二篇を著し、道徳の意を言ふと。又た曰はく、老莱子も亦た楚の人なり。書十五篇を著し、道家の用を言ひ、道を脩めて寿を養ふと。劉向の別録（佚）に曰はく、老莱子は古の寿者なりと」。〈呂延済注〉「二老は老子・老莱子なり。皆な高道有り。故に之を追ふ。玄は大なり」。高道は高尚な道。世俗を高く超越している道。

○詳解108　47〜60は通・容・松・唈・胥・蒙・蹤が同じ韻で、14句で一段落となり、天台山の中腹辺りから山頂に至るまでの描写で、世俗から遠ざかって仙界に入る心構えが仏語や老荘語によって述べられる。

○詳解109　59・60が対偶表現であることからすると、59羲農と60二老は思想的には近く、59絶軌と60玄蹤も近い意味であろう。

○詳解110　60二老は60〈李善注〉に引く『史記』にあるように老子と老莱子で、思想的には道を脩めた道家に属する。従って59羲農も道家に属すると見てよい。59〈李善注〉〈呂延済注〉ともに、羲農の思想には全く触れないが、羲農が道家に属する資料としては『淮南子』覧冥訓に「伏戯・女媧は法度を設けずして至徳を以って後世に遺《のこ》る」、『淮南子』主術訓に「故に不言の令、不視の見、此れ伏犧・神農の師と為す所以なり」などがある。伏羲と神農を思想的に近いと見るのは、57遺塵（六塵）と58五蓋がともに仏教の思想であることが、根拠の一つである。なお伏羲と神農を併称する例はあるが、老子と老莱子を併称するのは特殊である。老彭（老子と彭祖）、黄老（黄帝と老子）、老荘（老子と荘子）の用例は少なくない。

○詳解111　60玄蹤の用例は管見に入らないが、玄は『老子』第一章に「故に常無は以って其の妙を観んと欲し、常有は其の徼を観んと欲す。此の両者は同じく出でて名を異にす。同じく之を玄と謂ふ。玄の又た玄、衆妙の門」とあるように、道家の語。これに対して59絶軌の絶は道家の語ではないが、蔡邕の「郭有道の碑文」の「将に鴻涯の遐迹を蹈み、巣許の絶軌を紹《つ》ぎ、区外に翔けて以って翼を舒べ、天衢を超えて以って高跱《かうじ》せんとす」の用例からすると、世俗から隔絶された行為という意味で、意味的には玄蹤に近いと言えよう。

61［陟降］陟《のぼ》ることと降ること。上下すること。［信宿］二晩宿泊する。二泊する。〈李善注〉「毛詩（周頌・閔予小子）に曰はく、陟降廷止すと。毛萇曰はく、陟降は上下なりと。左氏伝（荘公三年）に曰はく、凡そ師は一宿を舎と為し、再宿を信と為すと」。廷は今本は庭に作り、毛伝は直也とする。師は軍隊。〈李周翰注〉「再宿を信と為す」。

62［迄］至る。［仙都］仙人の集まる所。〈李善注〉「爾雅（釈詁上）に曰はく、迄は至なりと。十洲記に曰はく、滄浪の海の島中に石室有り。九老の仙都の治処にして仙官数万人ありと」。滄浪は北海にある。九老は不明。仙官は仙界の官。〈李周翰注〉「迄は至なり。上下すること両宿にして仙都に至るを言ふなり。都は猶ほ聚のごときなり」。

○詳解112　61陟降信宿は60までの行程を言うのか、それとも60以後の行程を言うのか定かではないが、後者に解するがよかろう。つまり信宿の行程は簡潔に陟降の二字で言い、具体的内容は60までの句から想像させる手法を取ったと解しておきたい。

○詳解113　孫綽は天台山に実際に登ったのではなく、図像を見て想念の世界で登ったのだが、何日間もかけて、ついに62仙都に到着したのである。以下は仙都つまり仙人の集落地の様子が描写される。

63［双闕］左右に二つ並んでいる楼閣。［雲竦］雲の中に竦え立つ。［夾路］道を間に夾む。〈李善注〉「顧愷之の啓蒙記注（佚）に曰はく、天台山は双闕を青霄の中に列ね、上に瓊楼・瑶林・醴泉有りて、仙物は畢く具はると」。〈李周翰注〉「闕は楼なり。竦は立なり。双楼は雲の立つが如くして路傍を夾む」。

64［瓊台］美しい玉の台閣。［中天］天の中央。大空。［懸居］懸《かか》かって居る。〈李善注〉「十洲記に曰はく、承淵山に金台・玉楼・流清の闕、瓊華の室あり。西王母の治むる所にして、真官仙霊の宗とする所なりと」。真官は仙人で官職を有する者。〈李周翰注〉「高台は天半に在りて之を懸くること空に在りて居るが若きなり」。

○詳解114　63双闕は曹植の「仙人篇」に「閶闔は正に嵯峨《さが》たり、双闕は万丈余」とあり、建物が高いことで世俗から隔絶されていることを言う。それは64瓊台も同じこと。瓊台が西王母の治めた所にあることを言うのは、天台山は西王母が支配する崑崙山にも匹敵する山であることを暗示するものである。

○詳解115　60までは一句六字が中心であったが、61・62では四字、63・64以下は七字がしばらく続く。この字数の変化は韻の変化つまり場面の変化を表わすものである。作品全体としては一句六字が割合の多くを占める。

65［朱闕］朱塗の宮城門。［玲瓏］はっきり見えるさま。［林間］林の中。木々の間。〈李善注〉「晋灼の漢書注に曰はく、玲瓏は明らかに見ゆる貌」。

66［玉堂］美しい宮殿。［陰映］奥深く照り映える。［高隅］高山の一隅。〈李周翰注〉「玉堂は深邃なり。故に陰映と云ふ。高は山の高き処に在るを謂ふ。東南を隅と曰ふ」。深邃は奥深い。

○詳解116　65〈李善注〉には65朱闕の用例を示さないが、王延寿の「魯の霊光殿の賦」の「崇墉《すうよう》は岡のごとく連なり以って嶺のごとく属《つづ》き、朱闕は巌巌として双立す」、左思の「呉都の賦」の「朱闕は双立して、馳道は砥《といし》の如し」によると、朱闕は二つあって、高処にそびえ立っていることが分る。とすると65朱闕は63双闕雲竦以夾路のことかも知れない。その朱闕・双闕が木々の間にはっきり見えるというのであろう。

○詳解117　66玉堂の用例も〈李善注〉は示さないが、左思の「呉都の賦」に「増岡は重なり阻しく、列真の宇あり、玉堂は霤《あまだれ》を対《むか》へて、石室は相ひ距《いた》る」とあり、李善は「玉堂・石室は仙人の居なり」と注する。これによると、玉堂は仙人の居所で、険阻な高い丘にあることが分る。とすると66玉堂は64瓊台中天而懸居のことかも知れない。その玉堂・瓊台が奥深く高山の一隅にあるというのであろう。

○詳解118　65朱闕も66玉堂も天子の居所をさしたが、それを仙界にある建物に使い、仙人の居所をさすようになる。つまり俗界の華麗さを仙界に持ちこみ、仙界は俗界にも勝るとも劣らない世界であることを強調する。

○詳解119　65朱闕と66玉堂との位置関係は、66高隅からすると、朱闕より玉堂が遠い所にあるのかも知れない。ただ林間に朱闕が玲瓏としているというのは朱闕が大きく、朱色が鮮やかなことを強調するのであろう。なお66〈李周翰注〉に東南曰隅というのは何に拠るのか分らないが、『爾雅』釈宮に、宮中の四隅の異名として「東南隅、之を窔《えう》と謂ふ」とあり、郭璞注には「窔は亦た隠闇の義なり。奥と相ひ類す」と言う。「東南曰隅」がこれだとすると、高隅は高奥ということになり、66陰映とも符合する。

67［彤雲］赤い雲。［斐亹］模様のあるさま。［翼］受ける。［櫺］れんじ。欄干に付けた格子。〈李善注〉「斐亹は文ある貌。翼は猶ほ承のごときなり。櫺は窻《まど》の閒子なり」。閒子はすき間。〈呂向注〉「彤雲は彩雲なり。斐亹は文色の貌。翼は扶なり。櫺は鉤欄《こうらん》なり。彩雲は鉤欄に扶《つ》くが若し」。彩雲は彩《いろどり》のある雲。鉤欄は手すり。

68［曒日］明るい太陽。［烱晃］光り輝く。［綺疏］あや模様の彫刻。〈李善注〉「毛詩（王風・大車）に曰はく、曒日の如きこと有りと。李尤の東観の銘（佚）に曰はく、房闥内に布《し》き、綺疏外に陳《つら》ぬと。薛綜の西京の賦の注に曰はく、疏は之を刻穿《こくせん》するなりと。然るに刻して綺文を為る。之を綺疏と謂ふなり」。房闥は宮中の部屋。刻穿は彫る。綺文はあや模様。〈呂向注〉「綺疏は窻なり。曒日は綺窻に光明たり」。

○詳解120　63双闕・64瓊台・65朱闕・66玉堂の建物の描写から、67彤雲・68曒日の自然界の描写へ転じ、それ以下、69八桂・70五芝・71恵風・72醴泉・73建木・74琪樹へと続く。

○詳解121　67彤雲は赤色の雲。これをさらに67斐亹の二字で色彩を強調する。強調されたまっ赤な雲が、67櫺にくっついている。格子窓の櫺も飾り窓であり、美しさは一段と強調される。67〈李善注〉には67彤雲の用例をあげないが、陸機の「漢の高祖功臣の頌」に「彤雲は昼に聚まり、素霊は夜に哭く」とある彤雲は、高祖の居所に常にあった丹色の雲気であり、彤雲ではないが、『太平広記』巻二三神仙に「（道士の王）遠知の母は、（略）常に彩雲・霊鳳の其の身上に集まるを夢む。因りて娠有り」とある彩雲は、道士誕生を占う雲であり、不可思議な霊力を持つ存在である。67彤雲もこうした意味あいを有するであろう。なお、67彤雲の彤は65朱闕の朱と対応し、櫺は朱闕にある欄干であろう。

○詳解122　68曒日は明るい太陽。これをさらに68烱晃の二字で光明を強調する。強調されたまっ赤な太陽が、68綺疏で光り輝いている。彫刻されたあや模様も飾りであり、美しさは一段と強調される。67〈李善注〉には綺疏の用例として李尤の「東観の銘」をあげるが、「古詩十九首」其の五には「交疏は綺窓に結び、阿閣は三十の階」とある。これによると綺疏は窓に彫刻されたあや模様であることが分る。従って67櫺を67〈李善注〉の櫺窻間子也と解すると、68綺疏と同じになるので〈李善注〉に従わず、68〈呂向注〉の櫺鉤欄也に従う。なお、68瞰日の瞰は66玉堂の玉と対応し、綺疏は玉堂にある窓であろう。

○詳解123　63から68までは仙界のある場所が高く遠い所にあり、美しく華やかであることを強調している。高く遠い所としては、63雲竦、64中天、66高隅の表現、美しく華やかである所としては、63双闕、64瓊台、65朱闕、66玉堂、67彤雲・櫺、68瞰日・綺疏などの表現である。

69［八桂］八本の桂の木。［森挺］高く抜きんでる。［凌霜］霜を侵す。霜をものともしない。〈李善注〉「山海経(海内南経)に曰はく、桂林八樹は賁隅《はんぐう》の東に在りと。郭璞曰はく、八樹は林を成す。其の大なるを言ふなりと。賁隅は音は番禺。神農本草経(佚)に曰はく、桂の葉は冬夏常に青くして枯れずと」。賁隅は今の番隅県で広東省に属す。〈呂銑注〉「八桂は八樹桂の叢生するなり。森然として挺出し、霜を凌ぎ凋まず」。

70［五芝］五色の霊草。薬草。［含秀］花を含む。［晨敷］朝がた広がる。〈李善注〉「又た(神農本草経に)曰はく、赤芝は一に丹芝と名づく、黄芝は一に金芝と名づく、白芝は一に玉芝と名づく、黒芝は一に玄芝と名づく、紫芝は一に木芝と名づくと。馮衍の顕志の賦(後漢書二八下馮衍伝)に曰はく、五芝の茂英なるを食《くら》ふと」。〈呂銑注〉「芝草は薬草なり。五者は青・黄・赤・白・黒なり。皆な秀を含み栄を吐きて晨朝に布く」。

○詳解124　69〈李善注〉によると、69八桂は南方の賁隅にあるので、天台山にあることの証となる。また『列仙伝』桂父の「桂父は象林の人なり。(略)常に桂及び葵を服し、亀脳を以って之に和し、千丸に十斤の桂あり。累世之を見る。今、荊州の南に尚ほ桂丸有り」によると、桂は仙人の常食であったことが分る。

○詳解125　70〈李善注〉に引く「顕志の賦」を載せる『後漢書』馮衍伝注に引く『茅君内伝』には、五種の神芝を服食すると、太極仙卿・太極大夫・太清竜虎仙君・大清仙官・三官正真御史になることができるとあり、『神仙伝』彭祖には「彭祖は殷の大夫なり。（略）夏を歴て殷末に至るまで八百余歳。常に桂芝を食ひて、導引行気を善くす」とあり、芝は桂と同様仙人の常食であったことが分る。

○詳解126　69〈李善注〉に引く『神農本草経』に桂の葉は一年中青くて枯れないというのは、69八桂は松にも勝るとも劣らず、69霜を凌ぐ生命力の強さを言うのであろう。また70含秀の五芝が晨に敷くというのも、朝の寒さに負けず、花開くという五芝の生命力の強さを言うのであろう。だから69八桂・70五芝は仙人の常食となるのだろう。

71［恵風］恵みの風。万物の成長を助けるもの。［佇］積む。満たす。［芳］芳しさ。香りのよい花。［陽林］南側の林。〈李善注〉「辺譲の章華台の賦に曰はく、恵風春のごとく施すと。宁は猶ほ積のごときなりと。佇は宁と同じ。毛萇の詩の（召南・殷其雷）伝に曰はく、山南を陽と曰ふと。鄭玄の周礼（地官）の注に曰はく、陽林は山南に生ずと」。〈張銑注〉「恵は和、佇は起、芳は春なり。陽を南と謂ふ。林に花有り。故に香しきなり」。

72［醴泉］甘い水のでる泉。長寿を助けるもの。［涌］次々に沢山出す。［溜］流れ。涌き水。［陰渠］北側の溝。〈李善注〉「史記（巻一二三大宛伝・太史公曰）に曰はく、崐崘山上に醴泉有りと。白虎通（封禅篇）に曰はく、醴泉は美《うま》き泉なり。状は醴の如しと。陰渠は山北の渠なり」。〈張銑注〉「陰を北と謂ふなり」。

○詳解127　71・72は対偶表現。恵風は醴泉と、佇は涌と、芳は溜と、陽林は陰渠と対になる。

○詳解128　71恵風は71〈李善注〉に引く「章華台の賦」によると、春に吹く風であり、張衡の「東京の賦」の「恵風は広く被り、沢《めぐみ》は幽荒に洎《およ》ぶ」、王羲之の「蘭亭集の詩の序」の「是の日や、天は朗らかに気は清み、恵風は和暢す」などによると、広く行きわたり、万物の成育を助けるのが恵風である。72醴泉は女仙の西王母が支配する崐崘山にあり、72〈李善注〉に引く『白虎通』には「醴泉は美き泉なり。状は醴酒の若く、以って老を養ふべし」とあるのによると、不老長寿になるのを助けるのが醴泉である。要するに天台山には万物を成長させる71恵風が吹き、人間を不老長寿にさせる72醴泉があるのである。

○詳解129　71佇の主語は恵風。恵風は春の風だから静かで穏やか。従って佇の意味は起こすと動的に解する〈張銑注〉ではなく、積むと静的に解する〈李善注〉がよい。それは芳しい花の芳、南を表す陽とも調和がとれる。72涌の主語は醴泉。醴泉は水だから動いて激しい。従って涌き水の溜、北を表す陰とも調和がとれる。

○詳解130　71・72は対偶表現で、それは万物・人間を生起させるものを題材としていることでは共通するが、71が静的で72が動的であることでは相違している。巧みな対遇表現ということができる。

○詳解131　左思の「招隠の詩」に「白雪は陰岡に停まり、丹葩は陽林に曜く」、嵆康の「養生論」に「然る後に蒸《む》すに霊芝を以てし、潤《うるほ》すに醴泉を以てす。（略）無為自得して、体は妙に心は玄なり」とあり、71陽林・72醴泉が隠者・仙人とともに使われている。

73［建木］木の名。［滅］消す。無くする。［景］姿。影。［千尋］尋は長さの単位。遠い距離をいう。〈李善注〉「淮南子（墬形訓）に曰はく、建木は広都に在り。衆帝の自りて上下する所なり。日中に景無く、呼べども響き無し。蓋し天地の中なりと。山海経（海内経）に曰はく、神人の丘に建木有り。百仭にして枝無しと」。広都は都広の誤りで、都広は南方の山の名。神人の丘は南海の外にある九丘の一つで、神民の丘とある。建木のことは「木有り、青葉紫茎、玄華黄実なり。名づけて建木と曰ふ」とあり、海内南経にも見える。〈呂延済注〉「景は影なり。建木は木の名。天帝の従りて上下する所の処なり。此の木日中に影無し。故に滅景と云ふなり。千尋は木の高さを言ふなり。八尺を尋と曰ふ」。

74［琪樹］木の名。［璀璨］玉の垂れているさま。光り輝くさま。［垂珠］玉を垂れる。〈李善注〉「又た（山海経・海内西経に）曰はく、崑崙の墟の北に珠樹・文玉樹・玗琪樹有りと。璀璨は玉の垂るる貌。玗は羽倶の切、璀は七罪の切」。〈呂延済注〉「琪樹は玉樹、璀璨は光色なり」。

○詳解132　73・74に崐崘山にある建木・琪樹の二つの樹を置くのは、天台山を崐崘山と同等に見たのである。73建木は73〈李善注〉によると、天帝が天へ上り地へ下る時に使う木で、日中は天帝の姿が消え、呼んでも応答がないと言う。天帝は日中建木を使って天へ上り、姿を消したために呼んでも応答がないということは、建木が千里のかなたへ姿を消したということであり、日中は見ることができないということである。従って73滅景の景は天の景であり、建木の景である。建木は不思議な木である。74琪樹は74〈李善注〉に引く『山海経注』には「玗琪は赤玉の属なり、（略）即ち玉樹の類なり」とあり、玉のように美しい樹である。部首に玉を持つ琪・璀・璨・珠を多用していることがそれを物語る。

75〔王喬〕仙人の名。〔控〕引く。引き連れる。〔沖天〕まっすぐに天高く上がる。〈李善注〉「列仙伝（王子喬）に曰はく、王子喬は周の霊王の太子晋なり。道人の浮丘公接して以って嵩高山に上る。三十余年の後、人は山上に於いて之を見る。我が家に告げよ、七月七日に於いて我を緱氏の山頭に待てと。果たして白鶴に乗りて山頭に駐まれりと。毛萇の詩（鄘風・載地）の伝に曰はく、控は引なりと。史記（淳于髠伝）に、楚の荘王曰はく、鳥有りて翥《と》ばず。翥べば乃ち天に沖すと」。嵩高山は五岳の一つ。中央の岳。〈李周翰注〉「王喬は仙人なり」。

76〔応真〕道を得た人。羅漢をいう。〔飛〕速く走る。〔錫〕錫枝。〔躡虚〕虚空を行く。〈李善注〉「百法論（未詳）に曰はく、并及八輩は応真の僧なり。然るに応真は羅漢を謂ふなりと。大智度論（未詳）に曰はく、菩薩は常に二時に応じて頭陀し、常に錫枝・経伝・仏像を用ふと」。并及八輩は不明。羅漢は小乗仏教の最上の修行者の位。菩薩は仏道を成就しようとする修行者。二時は朝と晩。頭陀は托鉢して歩くこと。〈李周翰注〉「応真は真道を得たるの人。錫杖を執りて虚空を行く。故に飛と云ふなり」。

○詳解133　75王喬の仙人と76応真の仏僧を対にするのが二句の重要な点。75鶴は沖天する際に使い、76錫は躡虚する際に使うもの。類似の表現が晋の湛方生の「生風の賦」に「王喬は之を以って鵠を控き、列子は之を以って虚に乗る」とある。列子は戦国時代の鄭の列禦寇のこと。道家の思想家。

○詳解134　75王喬のことは75〈李善注〉に引く『列仙伝』の記述が基になるが、阮籍「詠懐の詩十七首」の其の十六に「焉んぞ見ん王子喬の、雲に乗じて鄧林に翔るを、独り延年の術有るのみ、以って我が心を慰むべし」とあり、李善は「子喬は俗を離るるに以って軽挙し、性を全くするに以って真を保つ」と言う。この保真は76〈李周翰注〉の応真得真道之人に通じ、王喬も応真も真を得た人ということで共通する。

○詳解135　76応真は76〈李善注〉に引く『百法論』『大智度論』によると、羅漢・菩薩のことで仏僧であることは間違いない。東晋の湛方生の「廬山神の山詩の序」に「太元十一年、樵採《せうさい》の其陽なる者有り。時に于いて鮮霞は林に褰《かか》げ、傾暉は岫《みね》に映ず。一沙門を見るに、法服を披《はお》りて独り巌中に在り。俄頃ちして裳を振ひ錫を揮ひ、崖に淩《のぼ》りて直上す。丹霄を排《ひら》きて軽挙し、九折より起こりて一指す。既に白雲に之れ乗ずべく、何ぞ帝卿を之れ遠しとするに足らんや。目を窮むれば蒼蒼たり、翳然として跡を滅《け》す」とあるのも、証左となるであろう。なお76飛錫と仏僧との関係については、『釈氏要覧』下の飛錫に「今の僧の遊行、飛錫と嘉称す。此れ高僧隠峯の五台に遊び淮西に出で、錫を擲《なげう》ち空を飛びて往くに因る。西天の得道の僧の若き、往来には多く是れ飛錫す」とある。西天は印度。錫については詳解63・64参照。

77［騁］伸ばす。行く所まで行く。ほしいままにする。［神変］神のごとき変化。人智では測り知ることのできない変化。［揮霍］変化。速くて勢いがあること。〈李善注〉「衆仙既に正道に登る。故に能く其の神変を騁せ、衆有を出でて無為に入るを言ふなり」。正道はここは仙人の王喬や仏僧の応真の道。〈呂向注〉「揮霍は変易なり。言ふこころは、神思を馳騁《ちてい》するは、轡《たづな》を執りて遊ぶが若きこと有り。疾きを言ふなりと」。

78［忽］ふと。にわかに。［有］衆有。有為。［無］無為。〈李善注〉「淮南子（原道訓）に曰はく、無有を出でて無為に入ると」。〈呂向注〉「変易は常ならず。有為の地を出でて、無為の境に入ること或《あ》り。自然を言ふなり」。

○詳解136　61～78は都・隅・敷・珠・無が虞の韻、居・疏・渠・虚が魚の韻で、虞・魚を交互に用いて一段落とし、全体として仙都の状況を述べる。

○詳解137　77騁・78出入の主語は直接的には75王喬・76応真だが、77〈李善注〉は衆仙とする。それは王喬・応真に限らず、すべての仙人をさす。天台山の図像を見ている作者孫綽も衆仙の一人で、77騁・78出入の主語となる。

○詳解138　77神変は77〈呂向注〉は神思つまり精神の意とするが、ここは霊妙不可思議なものの意であろう。神変之揮霍とは衆仙が神技的にすばやく変化することを言う。どう変化するかと言えば、78にあるように出有而入無。

○詳解139　78有は衆有・有為で、無は無為。『荘子』在宥篇に「何をか道と謂ふ。天道有り。人道有り。無為にして尊き者は天道なり。有為にして累はしき者は人道なり。主たる者は天道なり。臣たる者は人道なり。天道と人道とは相ひ去ること遠し。察せざるべからず」とあり、天道は無為で尊く、人道は有為で累わしいとする。これによると、78有は累わしい世俗、無は尊い俗外となる。従って78は衆仙が忽ち有なる世俗を出て無なる俗外に入ると言うのである。忽は77が神技的ですばやいことと対応する。

79［於是］そこで。こういう段階で。［遊覧］ぶらぶら歩いて見渡す。［既］もはや。とっくに。［周］全体にゆき渡る。すべてを尽くす。

80［体］肉体。［静］静まる。動かない。［心］精神。［閑］のどか。せわしくない。〈李善注〉「王逸の楚辞（招魂）注に、閑は静なりと」。

○詳解140　79遊覧の用例を李善はあげないが、潘岳の「射雉の賦」に「青林を渉りて遊覧し、羽属の羣飛するを楽しむ」とあり、李善はここに枚乗の「七発」の「雲林に游渉す」を注する。これによると遊覧は遊渉に近く、それは荘子の言う逍遥遊にも通じるであろう。つまり遊覧とはぶらぶら歩いて見渡すことだが、世俗から抜け出てのんびりしていることを言うと見てよい。昭明太子が『文選』の類目として遊覧を立てたのは、孫綽のここの遊覧を用いたのであろう。なお『文選』には詩の類目としての遊覧もある。「序」の詳解2参照。

○詳解141　79於是遊覧既周は「序」22然図像之興・23豈虚也哉と呼応し、孫綽は天台山の図像を遊覧し、ここで見終わったのである。周の字は余す所なくという意味だから、細部にわたって天台山を見尽くしたことになる。具体的には天台山の周縁から核心へ、景物から仙人へという描写に現われている。従って80以降は図像の天台山を見終わった後の孫綽の思いを述べることになる。

○詳解142　80体静心閑は天台山の図像を遊覧し終えた直後の孫綽の思いで、肉体は静で精神は閑だと言う。静は動の反対語で動かないこと、閑は忙の反対語でひまでのどかなことで、肉体も精神も安定していることを言う。80〈李善注〉には『楚辞』王逸注の閑静也を引くが、これによると80は体静心静、体閑心閑となり、肉体も精神も同じ状態にあることになる。閑＝静ならば閑静という熟語の用例を見ると、『淮南子』本経訓に「太清の始まるや、和順にして寂漠、質真にして素樸、閑静にして躁《さわ》がず」とあり、高誘注に「閑静は無欲を言ふなり」と言う。これによると、天台山を遊覧し終えた後の孫綽は、肉体も精神も無欲の状態になったのである。

○詳解143　80体静心閑の体と心とを対応させる用例としては、たとえば、嵇康の「琴の賦」に「体清く心遠ければ、邈《はる》かにして極め難し」とあり、同じく嵇康の「養生論」に「体は妙にして心は玄なり」とあり、李善はこれに『老子』第一章の「玄の又た玄、衆妙の門なり」を注する。

81［害馬］馬の本性を害う。［已］とっくに。もはや。［去］取り除く。無くなる。〈李善注〉「荘子（徐無鬼篇）に曰はく、黄帝将に大隗を具茨《ぐし》の山に見んとす。適〻《たまたま》馬を牧する童子に遇ふ。黄帝曰はく、天下を為《をさ》むることを問はんことを請ふと。小童曰はく、夫れ天下を為むる者も亦た奚ぞ以って馬を牧する者に異ならんや。亦た但だ其の馬を害する者を去る而已矣と。郭璞曰はく、馬は分に過ぐるを以って害と為ると」。大隗は無為自然の道のことで、荘子が創作した人名。具茨の山は今の河南省滎陽《けいよう》辺りにある山で、泰隗山ともいう。〈李周翰注〉「黄帝は襄城の下に於いて馬を牧する童子を見て天下を理むることを問ふ。童子曰はく、天下を為むること何ぞ馬を牧し其の馬を害するものを去るに異ならんやと。今、嗜《し》欲《よく》已に除くも亦た猶ほ馬を害するものの羣を去るがごとし」。

82［世事］世俗の事。［都］すべて。全部。［捐］棄てる。〈李善注〉「（張衡の）帰田の賦に曰はく、世事と長く辞すと」。〈李周翰注〉「捐は棄なり」。

○詳解144　81害馬已去は81〈李善注〉に引く『荘子』の亦但去其害馬者而已矣を用いる。これは天下を為めることは馬を牧することと同じで、馬を牧する害となるものを取り除くだけだと言った言葉にあり、馬を牧するとは81〈李善注〉に引く『荘子』が省略する文に従うと、「襄城の野に遊」ぶこと、「復た六合の外に遊」ぶこと。つまり世俗世界から超越し、人為に束縛されず、自然の本性に任せることである。馬を害するとは馬を牧しないこと。つまり世俗世界に執着し、人為に束縛され自然の本性に任せないことである。

○詳解145　81〈李善注〉に引く郭璞（郭象の誤まり）が馬以過分為害というのは、馬が分不相応なことをすると、それは馬を害することになるという意味。分不相応なこととは馬の本性にふさわしくないこと、それは馬を害することになると言うのである。郭象が「夫の天然を師として其の分に過ぎたるを去れば、則ち大隗至るなり」と注するのは、自然を師匠として馬の本性にふさわしくないことをすると、大隗はやってくるという意味。郭象の注によると、81害馬とは馬の本性にふさわしくないことをするという解釈になる。

○詳解146　81〈李周翰注〉の今嗜欲已除亦猶害馬去羣矣は、81害馬已去を害馬去羣と置きかえ、これは嗜欲已除と説明している。害馬去羣は馬を害するものが集団から離れるという意味だろうが、これが害馬已去の置きかえとなるのは分らない。嗜欲已除は欲望が無くなるという意味で、李周翰は81害馬已去を欲望が無くなると解したことになる。欲望とは世俗的欲望で、名誉とか地位とか財産のことである。

○詳解147　82世事都捐は82〈李善注〉に引く「帰田の賦」にある与世事乎長辞を用いる。「帰田の賦」には「諒に天道の微昧《びまい》なる、漁父を追ひて以って嬉を同じくす、埃塵を超へて以って遐《はる》かに逝き、世事と長く辞す」とあり、また『荘子』斉物論篇には「塵垢の外に遊ぶ」とあり、大宗師には「芒然として塵垢の外に彷徨し、無為の業に逍遥す」とある。82世事都捐とは世俗の汚れを棄て切ったことを言う。

○詳解148　詳解141以下によると、81害馬已去と82世事都捐は対偶表現で、81は内面から、82は外面からの表現で、内外の違いはあるが、言うことは同じ。

83［投刃］刃を投げ入れる。［皆］すべて。どれでも。［虚］空虚。何もないこと。

84［目牛］牛を見る。［全］全身。完全な牛の姿。〈李善注〉「荘子（養生主篇）に曰はく、庖丁は文恵君の為に牛を屠る。文恵君曰はく、善き哉《かな》技と。庖丁は対へて曰はく、臣の好む者は道にして、技より進めり。臣始め牛を解きし時、見る所は牛に非ざる者無し。三年の後、未だ嘗て全牛を見ざるなり。今、臣は神を以って遇し、而して目を以って視ざるなりと」。〈李周翰注〉「庖丁は牛を解き、三年の後、見る所は皆な全牛に非ず。已に其の骨節を見るに但だ神を以ってし、目を以って視ずして刃を投ずるは皆な虚なりと為す。言ふこころは、今、道の至妙を得て、疑导《ぎがい》する所無きは、亦た此くの如きなりと」。疑导は疑いとどこおる。导は礙に同じ。

○詳解149　83投刃皆虚は庖丁人の技を超えたすごい術を称える。投刃とは庖丁を慎重に扱うのではなく、無造作に投げ入れることで、投げ入れる所は虚なる部分、それは骨と肉との間の隙間である。皆というのだからどの部分でも皆まちがわずに投げ入れるというのである。こうしたことができるのは、84〈李善注〉に引く『荘子』によると、庖丁人が道を好むからであり、目で視ず精神の働きで扱うからである。84〈李周翰注〉は庖丁人の好む道を道之至妙だと説明する。至妙は『老子』第一章に「故に常に無欲にして以って其の妙を観、常に有欲にして以って其の徼を観る」とあり、老荘の語。

○詳解150　83虚は骨と肉との間の隙間の意に解したが、『荘子』庚桑楚篇に「虚為れば則ち無為にして為さざるなり」とあり、人間世篇には「唯だ道は虚に集まる。虚とは心斎なり」とあり、郭象注には「其の心を虚にすれば至道は懐に集まるなり」と言う。心斎は心を虚しくして統一すること。これによると虚は虚心、つまり己れを虚しくして自然に従う無為自然の道と解することもできる。

○詳解151　84目牛無全は84〈李善注〉に引く『荘子』の未嘗見全牛也をふまえ、それは臣始解牛時、所見無非牛者であったが、三年の後にこうすることができるようになったのである。目牛無全とは牛を解き始めた時は牛の全体しか見えず、どこに庖丁を入れればよいか分らなかったが、三年後には牛の全体を見るのではなく、部分が見えるようになり、庖丁を入れる所が分ったというのである。それは肉眼で見るのではなく、心眼で見ることができるようになったからである。心眼とは『荘子』の以神遇のことである。

○詳解152　83投刃皆虚と84目牛無全とは対偶表現で、言うことは同じで『荘子』にある三年之後のことである。

85 ［凝思］思いを集中する。思いつめる。［幽巌］奥深い巌。〈李善注〉「広雅（佚）に曰はく、凝は止なりと」。〈李周翰注〉「思ひを凝らして幽巌に坐す」。

86 ［朗詠］詩を清らかに吟ず。［長川］長い川。〈李善注〉「朗は猶ほ清徹のごときなり」。清徹は清《す》んで透きとおっていること。〈李周翰注〉「詠を高くして長川に臨む」。

○詳解153　85凝思の用例を李善は引かないが、陸機の「文の賦」に「澄心を罄《つ》くして以って思ひを凝らし、衆慮を眇かにして言を為す」とあり、孫綽より後の鮑照の「蕪城の賦」に「思ひを凝らして寂《しづ》かに聴けば、心は傷みて已に摧けり」とあり、李善はここに「天台山の賦に曰はく、思ひを高巌に凝らす」を引く。これによると、凝思とは世俗を超越した精神世界に没入することを言うようである。

○詳解154　85幽巌の用例は孫綽以前には見えないが、幽も巌も隠者に関する語である。招隠の詩に例を取ると、陸機の詩に「躑躅《てきちょく》して安くに之かんと欲す、幽人は浚谷に在り」、左思の詩に「巌穴に結構無く、丘中に鳴琴有り」

とある。

○詳解155　86朗詠の朗を86〈李善注〉は清徹と解し、86〈李周翰注〉は高と解する。朗詠の用例は孫綽以前にはなく高詠の用例が『晋書』巻八〇王羲之伝に「古の世を辞する者は、或いは髪を被り陽狂し、或いは身を汚し跡を穢す。艱しと謂ふべし。（略）言を興し詠を高くし、杯を銜み満を引く能はずと雖も、田里の行ふ所を語らば、故より以って掌を撫するの資と為らん」とあり、高詠は世を辞する者がする行為である。

○詳解156　86長川の用例としては、曹植の「秀才の軍に入るに贈る五首」其の四に「磻を平皐に流し、綸《いと》を長川に垂る」とあり、これは『荘子』秋水篇の「荘子は濮水に釣る」、『楚辞』哀時命の「下りて釣を谿谷に垂れ、上りて僊者を要め求む」を意識し、傅毅の「荘周を弔ふ図の文」に「荘生の垂綸の象を図き、先達の辞聘の事を記す」とあり、『南史』巻二三王彧伝に「文帝嘗て羣臣と天泉池に臨む。帝は綸を垂れて良〻《やや》久しきも獲ず。景文は席を越えて曰はく、臣以為へらく、綸を垂るる者は清し。故に貪餌を獲ずと。衆皆な善しと称し、文帝甚だ相ひ欽重す」とある。景文は王彧の字。

○詳解157　85凝思幽巌と86朗詠長川も対偶表現で、幽巌と長川に身を置き隠者の生活に浸りきっている。

87［爾乃］かくて。そうしてはじめて。［羲和］日の御者。［亭］至る。当たる。［午］南。ま昼。〈李善注〉「楚辞（離騒）に曰はく、吾羲和をして節を弭《や》めしむと。王逸曰はく、羲和は日の御なりと。午は日中す」。弭節はゆるやかに歩む。〈劉良注〉「亭は至なり」。

88［遊気］空中に漂う大気。［褰］開く。なくなる。〈李善注〉「徐爰の（潘岳）射雉の賦の注に曰はく、褰は開なりと」。〈劉良注〉「遊気は海気なり。褰は収なり。言ふこころは、海気日を蔽ひ、午に至りて気乃ち高く収まりて日を見るなりと」。海気は海の気。

○詳解158　87爾乃は『助字弁略』巻三に「此の爾の字は猶ほ斯なり、然後なりと云ふがごとし。爾は既に此と訓ず。

故に転じて斯と為すを得たり」とあり、爾は此・斯・然後の意。乃ははじめて、ようやくの意味。上の文を受けて下の文を起こす働きをする。

○詳解159　87義和亭午は時間の経過を表すが、ここで正午になったことを言うので、85凝思幽巌・86朗詠長川は正午より前、早朝のことかも知れない。

○詳解160　88遊気の用例を李善は示さないが、『晋書』巻十二天文中に「凡そ遊気天を蔽へば、日月は色を失ふ。皆な是れ風雨の候なり」とあり、遊気は風雨の兆候で、それが高く開くとは風雨を吹き飛ばして天が晴れ日が見えることを言う。

89［法鼓］仏の教えを伝える太鼓。［琅］清く澄んでいるさま。［振響］響きを振わせる。〈李善注〉「法華経（序品）に曰はく、大いなる法鼓を撃つと」。〈李周翰注〉「法鼓は鐘なり。琅は声なり」。

90［衆香］多くの名香。［馥］香りがたちこめるさま。［揚煙］香煙を高く揚げる。〈李善注〉「又た（不詳）曰はく、衆くの名香を焼くと」。名香は良い香。〈李周翰注〉「馥は香気の積むなり」。

○詳解161　89〈李善注〉に引く『法華経』には「今、仏世尊は大いなる法を説き、大いなる法雨を雨ふらし、大いなる法螺《ほふら》を吹き、大いなる法鼓を撃ち、大いなる法義を演ぜんと欲す」とあり、仏世尊が法鼓を撃ち、仏法を説いている様子を言い、その法鼓の音が辺り一面に響き渡っている、と言うのが89。

○詳解162　89〈李周翰注〉は琅声也というが、孫綽の「許詢に答ふる詩」に「粲たること錦を揮《ふる》ふが如く、琅たること瓊を叩くが若し」とあるように、清く澄んで調子が高く響きが美しい様子をいう意に解する。また89振響は用例を示さないが、『抱朴子』博喩篇に「霊鳳は響きを朝陽に振へば、未だ物を恵するの益有らざるも、聴を下風に澄まさざる莫し」とあり、遙か遠くまで伝わり、多くの人々を教化することを言う語である。

○詳解163　90〈李善注〉に引く又は不詳だが『観普賢菩薩行法経』に「（行者は）此の誓を立て、已《をは》りて空閑の処に於いて衆くの名香を焼き、華を散じ一切の諸仏及び諸菩薩大乗方等を供養す」とあるのによると、衆くの名香を焼くのは行者で、その名香の煙が高く揚がる、と言うのが90。

○詳解164　90馥の用例としては、嵆康の「酒会の詩七首」其の七に蘭のこととして「馥馥たる薫芳は、風に順ひて宣ぶ」とあり、馥馥は芳香が周囲にゆきわたる意。また90揚煙の用例は孫綽以前には見えないが、89振響が空間的な広がりを言うのに対して、揚煙は立体的な高さを言うのであろう。

○詳解165　89・90は対偶表現で、ともに仏教世界を髣髴させる。89では仏世尊が説法するときに用いる法鼓が辺りに清澄な響きで鳴りわたり、90では一切の諸仏及び諸菩薩が供養する時に用いる衆くの名香が高く立ち上っている様子を描写している。

91［肆］かくて。そこで。［覿］見る。会う。［天宗］老子。〈李善注〉「天宗は老君を謂ふなり。尚書（堯典）に曰はく、肆に羣后に覲ゆと。孔安国曰はく、肆は遂なりと」。老君は老子。〈李周翰注〉「肆は将、覿は見、宗は尊なり」。

92［爰］ここに。そこで。［集］集める。［通仙］多くの仙人。〈李善注〉「通仙は衆山を謂ふなり。其れ通は猶ほ通侯のごときなり」。通侯は多くの諸侯。〈李周翰注〉「爰は乃なり。将に天尊に見えんとし、乃ち諸〻の神仙人を通集するを言ふなりと」。

○詳解166　91・92は前後の89・90、93・94の六字句とは違い、四字句からなる対偶。89・90が仏教世界を言い、93・94が神仙世界を言うのに対して、91は老荘の世界を、92は神仙の世界を言う。

○詳解167　91〈李善注〉は天宗謂老君也と言って天宗を老子と解するが、91〈李周翰注〉は天宗を天尊に解する。天尊は『仏説無量寿経』に「今日世尊は奇特法に住し、（略）今日天尊は如来の徳を行ず」とあるのによると、仏世尊つまり仏のことである。89・90の文脈からすると仏と解することもできようが、91と対句になる92が仙人のことであり、前後の六字句に対して四字句であることを考えると、天宗は老子と解するがよい。

○詳解168　91観・92集の主語は作者孫綽で、孫綽は89・90で仏教世界に浸りつつ、91老子に会い、92仙人を集めた。孫綽はこのとき、仏教・老荘・神仙の三教一致の世界に身を置いたのである。ここに至って孫綽の足場は固められた。仏と仙人と衆人との関係については、『妙法蓮華経』序品に「最後の天中の人、号して燃燈の仏と号す。諸仏の導師にして、無量の衆を度脱す」とある。なお91肆・92爰は強い意味はなく、調子を整える発語の助字と見てよかろう。また92爰集通仙を92〈李周翰注〉が乃通集諸神仙人也と解するのは分らない。

93［挹］汲み取る。汲んで飲む。［玄玉］黒色の玉。［膏］あぶら。汁。〈李善注〉「毛萇の詩（小雅・谷風・大東）の伝に曰はく、挹は斟なりと。山海経（西山経）に曰はく、密山は是れ玄玉を生じ、玉膏の出づる所なりと。郭璞曰はく、玉膏の中又た黒玉を出だすを言ふと」。斟は汲み取る。玉膏は玉から出る汁。玉の精液。不死の霊液という。〈呂向注〉「玄玉・華池は皆な神仙の食ふ所なり。挹は酌」。斟酌は汲んで飲む。

94［嗽］すする。飲む。［華池］崑崙山の上にある池。［泉］地中から湧き出る水。〈李善注〉「史記（未詳）に曰はく、崐崘の其の上に華池有るなりと」。〈呂向注〉「嗽は飲なり」。

○詳解169　93・94は対偶表現で、93挹・94嗽の主語は92通仙であり、作者孫綽である。93玄玉之膏は93〈李善注〉に引く『山海経』によると、密山から産出し、94華池之泉は94〈李善注〉に引く『史記』によると、崐崘山上にあり、93〈呂向注〉によると、ともに仙人の食す仙薬である。

○詳解170　93玄玉之膏については、93〈李善注〉に引く『山海経』に「又た西北四百二十里を密山と曰ふ。其の上に丹木多し。員葉にして赤茎、黄華にして赤実なり。其の味は飴《あめ》の如く、之を食へば飢ゑず。丹水は焉より出でて、西流して稷沢《しょくたく》に注ぐ。其の中に白玉多し。是れ玉膏有り。其の原《みなもと》は沸沸湯湯たり。黄帝は是れ食ひ是れ饗す」とあり、郭璞注に「河図玉版に曰はく、少室山の上に白玉の膏有り。一たび服すれば即ち仙たり」、「鼎湖より登竜して竜蛻するを得る所以なり」と言う。また中山経には「又た東五十里を少室の山と曰ふ。（略）其の上に玉多く、其の下に鉄多し」とあり、郭璞注に「此の山巓にも亦た白玉膏有り。之を服するを得ば、即ち仙道を得。世人は上ること能はず」とある。白玉膏も玉玄膏同様、これを服すと仙人になることができる仙薬である。それは世人が登ることのできない山に産出する。

○詳解171　94華池之泉の出典として、94〈李善注〉が引く『史記』は未詳だが、巻一二三大宛伝には「太史曰はく、禹本紀に言ふ。河は崑崙より出づ。崑崙は其の高さ二千五百余里にして、日月の相ひ避隠し光明を為す所なり。其の上に醴泉瑤池有り」とあり、華池を瑤池に作るが、『論衡』談天篇に引く太史公曰、『太平御覧』巻三八に引く史記曰は華池に作る。また嵆喜の「嵆康に答ふる四首」其の一に「雲を凌《しの》ぎて軽やかに邁《ゆ》き、身を霊螭に託す、遥かに芝圃に集まり、欝を華池に釈《と》く、華木は夜光り、沙棠は離離たり、俯して神泉に漱ぎ、仰ぎて瓊枝《けいし》を嘰《くら》ふ」とある。これらによると、華池は崑崙山にあり神泉なので、これを服すと仙人になることができる。

○詳解172　93挹は郭璞の「遊仙の詩七首」其の一に「源に臨みて清波を挹《く》み、崗に陵りて丹荑《たんてい》を掇ふ」、其の三に「情を放《ほしいまま》にして霄外を陵《わた》り、蕊を嚼《くら》ひて飛泉を挹む」、其の六に「陵陽は丹溜を挹み、容成は玉杯を揮《まね》く」とあり、仙人になるための液体を汲んで飲む意味であろう。また94嗽も江淹の「雑体詩三十首」嵆中散に「朝に琅玕《らうかん》の実を食《くら》ひ、夕に玉池の津を飲む」とあり、李善注に引く傅玄の「擬楚篇」の「崑崙に登り玉池に漱ふ」と合わせ考えると、口すすぐ意味ではなく飲む意味であろう。

95〔散〕外に出す。敷きつめる。〔象外〕現象を超越していること。道のこと。〔説〕解釈。理論。〈李善注〉「象外とは道を謂ふなり。周易（繋辞伝下）に曰はく、象とは像なりと。（晋陽秋の）荀粲列伝に、粲は兄の俁《ぐ》に答へて云ふ、像を立てて以って意を尽くすとは、此れ象外に通ずる者に非ざるなり。象外の意は、故《もと》より蘊《かく》れて出でずと」。像は形。〈張銑注〉「道経（第四十一章）に云ふ、大象は形無しと。此れ無象外の説なり」。無象は形のないこと。

96［暢］伸ばす。ゆきわたる。［無生］不生不滅であること。生死を超越していること。仏典のこと。［篇］巻。章。〈李善注〉「無生とは釈典を謂ふなり。（『維摩経』観衆生品第七に）維摩詰曰はく、是れ天女の所願具足し、無生忍を得たりと。倶は牛矩の切」。天女は天界の女。無生忍は無生法忍のことで、生死を超越した安堵感。〈張銑注〉「維摩経（入不二法門品第九）に云ふ、無生法忍を得たりと。此れ則ち無生の篇なり」。

○詳解173　95象外は95〈張銑注〉に引く『道経』によると、老荘の語であり、96無生は95〈李善注〉〈張銑注〉に引く『維摩経』によると仏教語で、異なる思想の老荘と仏教とを対偶表現とするのは注目すべきである。

○詳解174　95〈李善注〉に引く荀粲列伝は、『三国志』巻一〇荀彧伝に引く『晋陽秋』に「何劭は粲の伝を為りて曰はく」の中に、兄の倶が粲を難じて「易（繋辞伝上）に云ふ、聖人は象を立てて以って意を尽くし、辞を繋《か》けて以って言を尽くすと。則ち微言は胡為《なんす》れぞ得て聞見すべからずや」と言ったのに対して、粲が「蓋し理の微なる者は、物象の挙ぐる所に非ざるなり。今、象を立てて以って意を尽くすと称するは、此れ意の外に通ずる者に非ざるなり。辞を繋けて以って言を尽くすとは、此れ繋表を言ふ者に非ざるなり。斯れ則ち象外の意、繋表の言は、固より蘊れて出です」と言ったとある。要するに象の外にある道理は奥深く隠れていて、形や言葉で表すことができないと言い、95〈李善注〉はこれを道としている。『道経』（『老子』）第四十一章の「大方には隅無く、大器は晩成し、大音は声希に、大象は形無く、道は隠れて名無し。夫れ唯だ道のみ善く貸し且つ成す」、第十四章の「之を視れども見えず、名づけて夷と曰ふ。之を聴けども聞こえず、名づけて希と曰ふ。之を搏《と》らへんとするも得ず、名づけて微と曰ふ。此の三者は致詰すべからず。故より混じて一と為る。其の上は皦らかならず、其の下は昧からず。縄縄として名づくべからず。無物に復帰す。是れを無状の状、無象の象と謂ふ。是れを忽恍と為す」を出典とする。

○詳解175　96無生の出典として引く96〈李善注〉の『維摩経』には「爾の時、維摩詰は舎利弗に語れり、是の天女は已に曾《かつ》て九十二億仏を供養し、已に能く菩薩の神通に遊戯し、所願具足し、無生忍を得て不退転に住し、本願を以っての故に、意に随ひて能く現じて衆生を教化すと」とあり、天女が無生忍を得たのは、九十二億仏を供養し、菩薩の神通に遊戯した結果だという。また96〈張銑注〉に引く『維摩経』には「是の入不二法門品を説く時、此の衆中に於いて五千の菩薩は、皆な入不二法門に入り、無生法忍を得たり」とあり、無生法忍を得たのは入不二法門に入ったからだと言う。入不二法門とは一切の相対的な対立を超越した、絶対の境地を表わす教えのこと。また『維摩経』観衆生品には「（文殊師利）又た問ふ、云何《いかん》ぞ正念を行ぜんと。（維摩詰）答へて曰はく、当に不生不滅を行ずべしと」とあり、正念は八正道の一つで、邪念を離れ正しい道を憶念すること。また『高僧伝』巻四支遁伝には「晩に石城山に移り、又た棲光寺を立つ。山門に宴坐し、心を禅苑に遊ばしめ、木を食ひ澗に飲み、志を無生に浪《ほしいまま》にす」とある。いずれにしても無生とは仏道の極で、96〈李善注〉はこれを仏典とする。

○詳解176　95散・96暢は目的語の象外之説・無生之篇からすると、同じ方向の意味である。天台山の山頂を極めて、91天宗に見え、92仙人たちを集め、そして93玄玉の膏や94華池の泉を飲んだ孫綽が、胸中にある老荘思想の根本である道や、仏教思想の極致である不生不滅の論を四方八方へのびのびと発散させているのが、この散と暢である。孫綽の得意然とした表情を彷彿させる。

97［悟］理解する。迷いがさめる。［遣］捨てる。取り除く。［有］形有るもの。形而下的に存在する一切のもの。［不尽］無くならない。〈李善注〉「言ふこころは、道釈二典は皆な無を以って宗と為す。今、有を非なりと為して之を遣り、之を遣るも尽きざるを悟ると。説文（巻十下）に曰はく、悟は覚なりと」。〈李周翰注〉98李周翰注参照。

98［覚］道理が分る。迷いが解ける。［渉］関わる。わけ入る。［無］名無きもの。形而上的に存在する一切のもの。

［閒］隔たり。〈李善注〉「無を是なりと為して之に渉り、之に渉るも閒有るを覚る。皆な有に滞るを言ふなり。小雅（広詁二）に曰はく、閒は隙なりと」。〈李周翰注〉「我は言ふ、常時以為へらく、有を遣り無に渉れば、以って道を為すに足ると。此に及びて乃ち悟る、智を用って有を遣るも終に理を尽くすこと無く、心を以って無に渉るも終に閒隙有るを。何者《なんとなれば》其の物を使ひて可ならざる無きこと能はざるを以っての所以《ゆゑ》に有無並列す。此れ昔の非にして今は乃ち是なるを謂ふなり」。

○詳解177　97・98は対偶表現で、有と無を区別して考えている。

○詳解178　97有は『老子』第四十章に「天下の万物は有より生じ、有は無より生ず」とあり、有と無の関係を説く。詳しくは2・100参照。97は老荘思想を基調とする。

○詳解179　98無は97〈李善注〉に道釈二典皆以無為宗とあるように、老荘と仏教の根源だが、99が仏教、100が老荘を基調とする句であることを考えると、98無は仏教を基調とすると読んでおきたい。郭璞の「客傲」に「俗に傲る者は以って自得するを得ず、黙し覚る者は以って無に渉るに足らず」（三二一頁参照）とある。

○詳解180　97・98〈李善注〉〈李周翰注〉によると、孫綽は有を捨て無に関わると、道を会得することができると考えていたが、今この時に至ってそれが誤りであることを悟り覚ったと言うのである。つまり有を捨てても捨てきれず、だからといって無に関わっても無との間に隔たりがあって無に至り得ないと言うのである。要するに有も捨てきれず、無にも至り得ないのだから、有から逃げられないことを言う。

○詳解181　97悟・98覚は孫綽の「喩道論」の「仏なる者は梵語にして、晋訓せば覚なり。覚の義為るや、物を悟らしむるの謂にして、猶ほ孟軻の聖人を以って先覚と為すがごとし。其の旨は一なり」によると、悟・覚は当時仏語として用いられていたことが分る。

99［涅］混ぜる。［色空］色と空。［合］一つにする。［跡］足跡。あとかた。〈李善注〉「有と言へば既に有に滞る。

故に釈典には色空を泯ぜて以って其の跡を合はす。郭象の荘子注（佚）に曰はく、泯は平泯なりと。又た（郭象の荘子斉物論注に）曰はく、本末・内外は暢然として倶に得、泯然として跡無しと。維摩経（入不二法門品）に、喜見菩薩曰はく、色・色空を二と為す。色は即ち是れ空、色の滅すに非ず。空・色の性は自ら空なること是くの如し。受想行識は識・空を二と為す。識は即ち是れ空、非識の性は自ら空。其の中に於いて通じて達する者を入不二法門と為す」。受想行識は毛受想行識の五蘊《ごうん》（五陰ともいう）の四蘊。受は苦楽を感じること。想は三世の諸法を憶想すること。行は一切の働きが止まることなく絶えず移り変わっていること。識は事物を識別すること。

100［忽］たちまち。にわかに。［即］くっつく。離れない。［有］形有るもの。［得］獲得する。自分のものにする。［玄］無。道。言葉も名もない、暗く幽かな混沌世界。〈李善注〉「道教は忽ち有に於いて玄を得。有は形有るを謂ふなり。王弼の老子（第一章）の注に曰はく、凡そ有は皆な無に始まると。又た（王弼の老子第四十章の注に）曰はく、有の始まる所は無を以って本と為すと。然らば王は以《おも》へり、凡そ有は皆な無を以って本と為し、無は有を以って功と為し、将に無を寤《さと》らんと欲すれば、必ず有に資《よ》らんとすと。故に曰はく、有に即きて玄を得るなりと。王弼又た（老子第一章の注に）曰はく、玄は冥嘿《めいもく》にして有無きなりと」。〈呂向注〉「玄は道なり。色は五色、空は虚空なり。今言ふ、此の二者を視るに、泯然として一の如し。忽ち有を遣るの情自りして道を得るなりと」。五色は青・黄・赤・白・黒。華美な色なので、法衣に用いてはならない色。

○**詳解**182　97・98では有と無を区別して考え、有から逃げられなかったので、99・100は有と無を一体化して考え、有を捨て無に至ろうとする。78参照。

○**詳解**183　99泯の意味は下の合跡との関連からすると、99〈李善注〉に引く郭象の泯然無跡がよい。この跡は本末・内外の跡で、それが無いとは本末・内外が一緒になって区別がつかなくなったことを言うのであろう。従ってここでは泯はまぜると訓んでおく。

○詳解184　99〈李善注〉に引く郭象の本末・内外に当たるのが、99では色空である。色・空は99〈李善注〉に引く『維摩経』にあり、仏語である。色とは形有るもので、それは100の有に相当する。空は存在を否定するもので、それは100の玄（無）に相当する。要するに99は形有る色と存在を否定する空とを混ぜて一体化する、と言うのである。これは色と空とを区別せず、同じものとして認識するのである。

○詳解185　100有と玄（無）とは、100〈李善注〉に引く『老子』王弼の三つの注からすると、もともとあるのは無で、その無から有が生じるという関係にある。あくまでも無が根本にあり、その根本の無から有が発生する、と言うのである。

101［釈］解きほぐす。捨て去る。［二名］無名である天地の始めと有名である万物の母。［同出］（二名が）同に（玄から）出ること。玄のこと。〈李善注〉「釈とは解説して散ぜしむるを謂ふなり。二名とは即ち有名は物の始め、無名は物の母なり。二名は異なると雖も、之を釈てて同に道より出ださしむるを言ふなり。老子（第一章）に曰はく、無名は天地の始め、有名は万物の母なり。故に常無は以って其の妙を観んと欲し、常有は以って其の徼を観んと欲す。此の両者は出づるを同じくして名を異にす。同に之を玄と謂ふと。王弼曰はく、両者とは始めと母とを謂ふなり。（同出とは）同に玄より出づるなり。異名とは施す所は同じくせざるなりと。首に在れば則ち之を始と謂ひ、終なれば則ち之を母と謂ふなり」。〈李周翰注〉「二名とは有無を謂ふなり。此の両者は同に心より出でて其の名を異にす。今若し其の有を釈て去りて、以って其の無に従はば、固より理有り。夫れ道なる者は、之を視るも見えず、名づけて希と曰ふ。声無きなり。之を聴くも聞こえず、名づけて夷と曰ふ。声無きなり。之を摶《と》らふるも得ず、名づけて微と曰ふ。形無きなり」。

102［消］解き尺くす。消し去る。［一無］道。［三幡］色・空・観。〈李善注〉「訓暢して尽くさしむるなり。三幡とは、色一なり、色空二なり、観三なり。三幡は殊なると雖も、消して一と為らしめ、同に無に帰するを言ふなり。

郤敬輿の謝慶緒に与ふる書に三幡の義を論じて曰はく、近ごろ三幡を論ずる諸人は、猶ほ多く既に観・色・空を別たんと欲するがごとし。更に観・識は同に一有に在りて、重ねて二観を仮ると。理に於いて長ぜりと為す。然るに敬輿の意は、色・空及び観を以って三幡と為し、識・空及び観も亦た三幡と為せり」。〈李周翰注〉「幡は則ち三を成し、無は則ち一に帰し、并びに其の一を消す。道の何ぞ遠きや」。

○**詳解186** 101二名は101王弼注によると、始めと母だが『老子』にいう天地の始め、万物の母のこと。101〈李周翰注〉は有と無とするが、これは『老子』にいう有名と無名のこと。101同出は101王弼注は玄とする。玄とは道のこと。100玄参照。101釈とは101〈李善注〉の釈謂解説令散也によると、解きほぐす意。捨て去る意でも通じるであろう。従って101はともに玄（道）から出る始め（無）と母（有）を解きほぐす（捨て去る）意となる。101〈李善注〉は二名は異なるが、この二名を解きほぐして同に道から出させるのだ、と解している。

○**詳解187** 102一無は102〈李善注〉〈李周翰注〉ともに説明しないが、『老子』第四十二章に「道は一を生じ、二は三を生じ、三は万物を生ず」とあり、王弼注に「万物・万形は其れ一に帰するなり。何に由りて一に至らん。無に由ればなり。無に由れば乃ち一。一は乃ち無と謂ふべし」と言うのによると、一無とは道のこと。102三幡は102〈李善注〉によると、色・色空・観のことだが、色・空・観、識・空・観とする説もあると言う。色とは形に現われた一切のもの。空は存在するものには自体・実体・我などというものはないこと。観は心を一にして悟りを得るために努めること。識とは対象を分析分類して認識すること。『摩訶般若波羅密経』行相品に「是れ色空は色に非ずと為し、空を離れて色無く、色を離れて空無し。色は即ち是れ空、空は即ち是れ色」とある。102消は101〈李善注〉の釈謂解説令散也に、102〈李善注〉の訓暢令尽也を重ねると、消謂の二字を補った消謂訓暢令尽也が消の意味で、解きつくす。消し去る意でも通じるであろう。従って102は一無（道）を三幡（色・空・観）で解きつくす（消し去る）意となる。102〈李善注〉は三幡は殊なるが、一となして無に帰すのだと解しているが、一無を一と無に分けて、為一（一と為し）・帰於無（無に帰す）とするのは、無理な解のように思われる。一無は詳解187の王弼の解がよい。

○詳解188　101と102を比べると、101は『老子』第一章に拠り、『老子』の二名・同出（道）の思想を釈すことを言い、102は『老子』第四十二章と郤敬輿の三幡義や『摩訶般若波羅密経』に拠り、『老子』の一無（道）を仏教の三幡に消すことを言う。釈と消とはほぼ同意で、101は老子の思想を釈し、102は老子の思想を仏教の思想で消すと言うのである。

103［恣］意をほしいままにする。自由自在にする。［語楽］語り楽しむ。［終日］一日を終える。一日中。〈李善注〉「荘子（則陽篇）に曰はく、言ひて足らば則ち終日言ひて道を尽くすと」。

104［等］等しい。同じ。［寂黙］静寂で沈黙であること。［不言］ものを言わないこと。〈李善注〉「夫れ言は道に従ひて生じ、道は言に因りて暢ぶ。道の言に因るは、理は空一に帰す。故に終日語楽するも不言に等し。又た（荘子・寓言篇に）曰はく、言ふも言ふこと無くんば、終身未だ嘗て言はず。終身言はざるも、未だ嘗て言はずんばあらずと」。〈張銑注〉「既に其の道を得れば、語黙するも自ら斉し」。

○詳解189　103〈李善注〉に引く『荘子』を103恣語楽以終日に重ねると、足＝恣、言＝語楽、而＝以、終日＝終日となる。この結果どうなるかは103恣語楽以終日には何も言わないが、『荘子』では尽道（道を尽くす）ことになると言う。とすると103恣語楽以終日の結果も尽道（道を尽くす）ことになるのであろう。

○詳解190　104寂黙は104〈李善注〉〈張銑注〉は用例を示さないが、支遁の「八関斎の詩三首」其の一に「寂黙たり五習の真、亹亹として心を励まして柔なり」とあり、陳の江総の「修心の賦」には「寂黙の幽心を逐ひ、鏡中にして遠く尋ぬるが若し」とある。また、104不言は104〈李善注〉に引く『老子』にあり、『老子』第二章には「是を以って聖人は、無為の事に処り、不言の教へを行ふ」とある。

○詳解191　103と104を比べると、103は『荘子』則陽篇に拠り、終日語楽を恣にして道を尽くすという『荘子』の思想を言い、104は仏僧支遁の詩の寂黙、『荘子』寓言篇の不言に拠り、仏教の思想を老荘の思想と等しくし、両思想を一体化する。この発想は102が老荘思想を仏教に消して一体化するのと同じである。なお103〈李善注〉に引く『荘子』には続く文として「道・物の極は、言黙以って載するに足らず。言に非ず黙に非ざれば、議極まる所有らん」とあり、104寂黙・不言に通じる語が見える。

105［渾］統べる。渾然一体とする。［万象］すべての現象。万物。［冥観］無知無心となって心に悟ること。〈李善注〉「孝経鉤命決（佚）に曰はく、地は以って形を舒し、万象は咸く載すと。冥は昧なり。顕視さざるを言ふなり」。〈李周翰注〉「冥は猶ほ大のごときなり。此れ綽の道を慕ふことの深くして、此の賦多く玄妙の理を述べて以って焉を託す所以なり」。

106［兀］無知なさま。［同］一緒にする。［体］肉体。［自然］あるがまま。人為が加わらない状態。〈李善注〉「玄宗を妙悟すれば則ち蕩然として都て遺る。已の是なるを知らず、已に物の物為たるを見ず。故に万像を渾斉して以って冥観す。兀然として体を自然に同じくす。兀は無知の貌なり。自然は已に上文に見ゆ」。已見上文は2参照。〈李周翰注〉「兀は無営の貌。心に営むこと無くして自然の道に同じくするを言ふなり」。無営は世俗の事に心を労しない。

○詳解192　79～106は刪の韻の閑・間、元の韻の幡・言を含むが、残りの捐・全・川・褰・煙・仙・泉・篇・玄・然は先の韻で、これで一段落となり、天台山を遊覧し終えた後の心境を述べる。

○詳解193　105万象は105〈李善注〉に引く『孝経鉤命決』にあるように、地が載せる万物のことで、ここでは文脈からして老荘や仏教をも含むものである。つまり渾万象とは老荘と仏教を統べ、渾然一体とすることを言う。冥観は105〈李善注〉〈李周翰注〉によると、暗くてはっきり視ることのできない道、玄妙の理ということになるが、李善も李周翰も用例をあげない。六朝の用例は管見に入らず、唐の韓愈の「薦士の詩」に「冥観して古今を洞《ふか》くし、象外に幽好を逐ふ」とある。渾万象を老荘と仏教とを統べ、渾然一体とすると解したので、この冥観も二つの思想を無知無心となって心に悟る意に解さなくてはならない。なお〈李周翰注〉の冥猶大也に従い大観と同じだとすると、賈誼の「鵩鳥の賦」に「達人は大観し、物として可ならざる無し」とあり、李善は「鶡冠子（世兵篇）に曰はく、達人は大観して、乃ち其の符を見ると」と注し、李周翰は「通達の人は理を以って之を観る」と言う。李周翰の言う理は玄妙の理であろうが、大観するのは玄妙の理を会得した達人である。

○詳解194　106兀は106〈李善注〉は無知之貌也と言い、〈李周翰注〉は無営於心と言うが、人為的な知恵や世俗とは無関係だとすることでは同じである。106自然は2及び詳解6参照。要するに自然は『老子』のいう道のことである。従って106は人為のない無知の状態になってわが肉体を自然と一緒にするというのは、『老子』の思想と一体になるということだが、89法鼓琅以振響以下、老荘と仏教が並行して述べられていることからすると、106自然には老荘に加えて仏教の思想をも含むものであると読みたい。特に95以下の動詞、95散、96暢、99泯、101釈、102消、104等、105渾、106同に注目すると、老荘と仏教とを渾然一体のものとして認識しようとする意識が甚だ強いと言わなくてはならない。

〈本稿は大学院の授業科目「文選研究」で、国語教育専修の松友一雄・鎌田高明・田口裕美子・真木昭久・北崎貴寛・木村香織・小桝雅典・下前知義・武久康高・伊東大介・伊藤美紀・伊藤裕介・付宜紅・厚母充代・棚田真由美・鳴海大志・真部奈美・宮本浩治・滑川史子・信木伸一・森宣浩・吉田尋子の受講生と講読した演習記録で、「序」は「遊天台山賦序」の題目で、『広島大学教育学部紀要』第四九号（広島大学教育学部・平成十二年三月）に掲載したものであるが、本文は未発表のものである〉

訳注

東晋の詩を理解するために、詩人の伝記を読むことは必須である。書き下し文・口語訳・語釈を付け、郭璞《かくはく》・孫綽《そんしゃく》・李充・庾闡《ゆせん》・楊方・支遁《しとん》の伝記を読んだ。ここには東晋の代表的な詩人である郭璞・孫綽を取り上げるのがよいが、孫綽の伝記は拙著『孫綽の研究——理想の「道」に憧れる詩人——』（汲古書院）に使ったので、孫綽に変えて支遁とする。

郭璞は「遊仙の詩」が知られているが、辞賦は東晋の第一等で、経書・陰陽・算暦・五行・天文・卜筮に通じ、多くの書物や作品の注解を著し、東晋王朝とも深く関わった、文字どおり博学多才な士である。

支遁は名僧で知られ、貴族であった王羲之《おうぎし》や謝安、玄言詩人の孫綽・許詢《きょじゅん》、清談家の王洽《おうこう》・劉恢《りゅうかい》・殷浩《いんこう》・郗《ち》超《ちょう》・王濛《おうもう》らと交流があり、また王室にも寵愛され仏教を講じている。老荘の哲学と仏教とを繋ぐ、当時の思想界の指導的役割を果たした士である。

ここには取り上げなかった李充の伝記にある「学箴《がくしん》」は、郭璞の「客傲《きゃくごう》」と合わせて、当時の思潮や世相を知るうえで貴重な資料である。

郭璞の伝記

郭璞、字は景純、河東聞喜《ぶんき》①の人となり。父は瑗《あん》、尚書都令史なり。時に尚書の杜預《どよ》②増損する所有りて、瑗多く之を駁正《ばくせい》せしに、公方を以って称を著はす。建平の太守に終はる。璞は経術を好み、博学③にして高才有り。而るに言論に訥なるも、詞賦は中興の冠為《た》り。古文奇字を好み、陰陽算暦に妙なり。郭公なる者有りて、河東に客居せり。卜筮に精《くは》しく、璞は之に従ひて業を受く。公は青嚢中書《せいなうちゅうしょ》④九巻を以って之に与ふ。是れ由り遂に五行・天文・卜筮の術に洞《ふか》くし、災ひを攘《はら》ひ禍ひを転じて、無方に通致するは、京房《けいばう》⑤・管輅《くわんろ》⑥と雖も、過ぐる能はざるなり。璞の門人の趙載《てうさい》嘗て青嚢書を窃《ぬす》み、未だ読むに及ばざるに、火の焚く所と為る。

郭璞、字は景純といい、河東郡の聞喜の出身である。父は瑗といい、尚書の都令史の官であった。当時、尚書の杜預が手加減することがあり、瑗はしばしばこれを正したので、公正ということで名をあげた。建平郡の太守で終わった。璞は経書の学問を好み、博学ですぐれた才能があった。しかし言葉や議論はうまくはないが、辞や賦は東晋の第一人者であった。古文や奇字が好きで、陰陽や算暦にすぐれていた。郭公という者がいて、河東に旅住まいしていた。占いに詳しく、璞はこの人から教えを受けた。公は『青嚢中書』九巻を璞に与えた。これによって璞は五行・天文・卜筮に通じ、災禍を除き転じて、万方に通暁することは、たとえ京房や管輅であっても、璞をしのぐことはできないほどであった。璞の門人の趙載がかつて『青嚢中書』を窃み、読み終わらぬうちに、焼けてしまった。

□資料は『晋書』巻七二郭璞伝（中華書局本）を用いる。

①聞喜　山西省絳《こう》県の西南。②杜預　二二二～二八四。『晋書』巻三四に伝がある。③博学有高才而訥於言論　『世説新語』文学篇注に引く『璞別伝』参照。④青嚢中書　『晋書斠注』には「郡斎読書志に、郭璞の青嚢補注三巻有り。

通志略は青嚢経二巻に作る」とある。⑤京房　紀元前七七～前三七。漢代の易学者。『漢書』巻七五に伝がある。⑥管輅　二〇八～二五六。魏の易学者。『三国志』巻二九に伝がある。

恵《けい》・懐《くわい》①の際、河東先づ擾《みだ》る。璞は之を筮《ぜい》し、策を投じて嘆じて曰はく、「嗟乎《ああ》、黔黎《けんれい》は将に異類に湮《しづ》まんとし、桑梓《さうし》②は其れ翦《き》られて竜荒《りゆうくわう》③と為らんか」と。是に於いて潜かに姻昵《いんぢつ》及び交遊数十家と結び、地を東南に避けんと欲す。将軍の趙固《てうこ》④に抵《いた》るに、固の乗る所の良馬死するに会ふ。⑤固は之を惜しみ、賓客に接せず。璞至るも、門吏為《ため》に通ぜず。璞曰はく、「吾能く馬を活かさん」と。吏は驚きて入り固に白《まう》す。固は趨《はし》り出でて曰はく、「君能く吾が馬を活かさんか」と。璞曰はく、「健夫二三十人を得て、皆な長竿を持たしめ、東のかた行くこと三十里に、丘林社廟なる者有り。便ち竿を以って打拍すれば、当に一物を得べし。宜しく急ぎて持ち帰るべし。此れを得れば馬活きん」と。固は其の言の如くすれば、果して一物の猴《さる》に似たるを得て、持ち帰れり。此の物死馬を見るに、便ち其の鼻を嘘吸《きよきふ》せり。之を頃《しばら》くして馬起ち、奮迅嘶鳴《ふんじんせいめい》し、食すること常の如し。復に向《さき》の物を見ずして、固は之を奇とし、厚く資給を加ふ。

恵帝・懐帝のころ、河東がまず乱れた。璞はこれらを占い、策《めどき》をほうり投げて嘆息して言った。「ああ、人間は禽獣に滅ぼされ、国家は亡ぼされて匈奴の地となるのだろうか」と。そこで身内やつきあいの者数十軒と一緒になり、東南の地へ避けようとした。途中、将軍の趙固のもとに至ると、固の乗っていた良馬が死んだところであった。固は残念がり、お客にも会わなかった。璞が行っても、門番は仲つぎをしなかった。璞が「わたしは馬を活かすことができる」と言うと、門番は驚いて中に入って固に告げた。固は走って出て「おまえはわしの馬を活かすことができるのか」と尋ると、璞は次のように答えた。「強健な男二三十人ひとりひとりに長い竿を持たせて、三十里東に行くと、社廟の祭られている丘林がある。そこでそれを竿でたたかせると、一つの物を得るにちがいない。それを急いで持ち帰るがよい。それによってこの馬が活きかえることができるのだ」と。固はその言葉のとおりにすると、案の定猿に似た一物を手に入れて、持ち帰った。この物は死んでいる馬を見ると、馬の鼻を吸ったり吐いたりした。しばらくすると馬は起ちあがり、奪いたっていいななき、食べることもいつものようであった。さっきの物はもはや見えず、固はふしぎに思い、鄭重に謝礼した。

①恵・懐　西晋の恵帝（在位二九〇～三〇六）と懐帝（在位三〇七～三一二）。②桑梓　敬老の意にも用いるが、ここでは故郷、国の意。『毛詩』小雅・小弁に「維れ桑と梓と、必ず恭敬す」とある。③竜荒　荒れた土地。『漢書』巻一〇〇叙伝七〇下に「竜荒幕《さばく》の朔《きた》まで、来庭せざるは莫し」とある。④趙固　前趙の劉聰に仕えた将軍。⑤会固所乗良馬死以下の話は『太平広記』巻四三五に引く『捜神記』などに見える。

行きて廬江《ろかう》に至る。太守の胡孟康《こまうかう》①は丞相②に召されて軍諮祭酒《ぐんしさいしゆ》と為る。時に江・淮は清宴《せいえん》にして、孟康は之に安んじ、南渡するに心無し。璞は為《ため》に占ひて曰はく、「敗なり」と。康は之を信ぜず。璞将に促装《そくさう》して之を去らんとす。主人の婢《ひ》を愛するも、由《よ》りて得る無し。乃ち小豆三斗を取り、主人の宅を繞《めぐ》りて之を散ず。主人晨《あした》に赤衣の人数千　其の家を囲むを見る。就《つ》きて視れば則ち滅《き》ゆ。甚だ之を悪《にく》み、璞に請ひて卦《か》を為さしむ。璞曰はく、「君が家宜しく此の婢を畜《やしな》ふべからず。東南二十里に於いて之を売るべし。慎みて価を争ふ勿かれ。則ち此の妖は除くべきなり」と。主人之に従へり。璞は陰《ひそ》かに人をして賤《やす》く此の婢を買はしむ。復た符を為《つく》りて井の中に投ずれば、数千の赤衣の人は皆な反縛《はんばく》し、一一自ら井に投ず。主人大いに悦ぶ。璞は婢を携へて去る。後《のち》数旬にして廬江陥《お》つ。

廬江にたどりついた。太守の胡孟康は丞相に呼び寄せられて軍諮祭酒となった。当時、揚子江・淮水のあたりは平安無事で、孟康もここに落ちつき、南へ行くつもりはなかった。璞は占って「南へ行かぬのはよくない」と言ったが、孟康は信じなかった。璞は急いで旅仕度をし孟康のもとを去ろうとした。（ところが）主人（孟康）の下女が好きになり、ものにしようとしたができなかった。そこで小豆三斗を手に入れて、主人の家のぐるりにばらまいた。主人は明け方赤い服を着た数十人の者が自分の家をぐるりとりまいているのを見た。近づいて視ると消える。主人はこれをひどく気持わるがり、占いをしてくれるように頼んだ。璞が言うには「あなたの家でこの下女を養うのはよろしくない。東南の方角二十里の所でこの下女を売るがよい。売り値を決してつりあげなさるな。そうすればこの化け物はいなくなるだろう」と。主人はそのとおりにした。璞はこっそり人をやってこの下女を安く買わせた。そうしておふだを作って井戸の中へ投げ入れると、赤い服を来た数十人の者たちはみな両手をうしろ手に縛って、一人一人井戸の中へ飛びこんだ。主人は大喜びであった。璞は下女を連れて立ち去った。数十日後、廬江は陥落した。

①胡孟康　伝不詳。以下の話は『捜神記』巻三に見える。②丞相　人名不詳。

璞は既に江を過ぐ。宣城の太守の殷祐《いんいう》①は引きて参軍と為す。時に物有りて大いさ水牛の如し。灰色の卑腳《ひきゃく》にして、腳は象に類す。胸の前・尾の上は皆な白く、大力にして遅鈍なり。来たりて城下に到れば、衆咸な焉《これ》を異とす。祐は人をして伏して之を取らしめんとし、璞をして卦を作《な》さしむるに、遯《とん》の蠱《こ》に之《ゆ》くに遇へり。其の卦に曰はく、「艮《こん》の体は乾《かん》に連なり、其の物は壮巨なり。山潜の畜は、兕《じ》に匪《あら》ず武に匪ず。身は鬼と并《とも》にし、精は二午に見はる。法として当に禽と為るべきに、両霊は許されず。遂に一創を被り、其の本墅《ほんしょ》に還る。卦を按じて之に名づくれば、是れ驢《ろ》鼠《そ》為《た》らん」と。卜適《まさ》に了《をは》れり。伏せし者戟《ほこ》を以って之を刺せば、深さ尺余なるも、遂に去りて復た見えず。郡の網紀は祠に上りて之を殺さんことを請ふ。巫云ふ、「廟神は悦ばずして曰はく、『此れ是れ䢼亭《きょうてい》の驢山君の鼠にして、使ひて荊山《けいざん》に詣《いた》り、暫く来たりて我に過《よ》ぎれり。須らく之に触るべからず』と」と。其の精妙なること此くの如し。祐は石頭の督護に遷り、璞復た之に随ふ。時に鼯鼠《ごそ》有りて延陵に出づ。璞は之を占ひて曰はく、「此れ郡の東に当に妖人の制を称するを欲する者有るべし。尋《つ》いで亦た自ら死せん。後に当に妖樹の生ずること有るべし。然るに瑞の若くして瑞に非ず。辛螯《しんがう》の木なり。儻《も》し此の者有らば、東南数百里に必ず逆を作す者有り。期は明年なり」と。無錫県に欻《たちま》ち茱萸四株　枝を交へて生じ、連理の若き者有り。其の年盗《たう》　呉興の太守の袁琇《ゑんしう》を殺せり②。或るひと以って璞に問ふ。璞曰はく、「卯の爻発《おこ》りて金を沴《そこな》ふ。此の木は曲直ならずして災ひを成すなり」と。

璞は揚子江を渡った。宣城の太守の殷祐は彼を参軍に抜擢した。そのころ大きさが水牛ほどもある何物かがいた。灰色の短い足をし、その足は象そっくりである。胸の前側と尾の先は白く、力は強くのっそりとして鈍い。（この物が）町はずれにやってきたので、人々はこれをふしぎに思った。祐はある者を待ち伏せさせこれを捉まえようとして、璞に占いをさせたところ、遯が蠱に行くのに出合った。その占いに言うには「艮の体は乾に連なっており、占うものは大きい。山中に潜んでいる獣は、兕でも虎でもない。身は鬼と一緒になり、精は二つの午に現われる。法としては禽となるべきであるが、二つの霊は許されない。かくて一つ傷つけられて、本《もと》の野に還った。卦から考えてこれに名づければ、それは驢鼠ということになろう」と。占いが終わった。待ち伏せしていた者が戟でこの驢鼠を突き刺すと、一尺余り入ったが、そのまま逃げて二度とは姿を見せなかった。郡の綱紀はこの驢鼠を殺すことを祠に願い奉った。巫が言うには「みたまやはお喜びにならず、『これは邯亭の驢山君の鼠であり、使いで荆山にやってき、しばらくして私の所に立ち寄ったもの。これに触ってはならない』と言われている」と。占いのすばらしさはこのようであった。祐は石頭の督護に遷り、璞もまたこれについて行った。そのころ延陵にむささびが出た。璞はこれを占って「この郡の東方に天子に代わって政令を行おうとしている物の怪がいるはずだ。そのうち自然に死ぬであろう。その後ふしぎな樹が生えるにちがいない。しかし、それはめでたいようであってめでたくはない。辛螫の木というものである。もしこのようになったならば、東南の方角数百里の所できっと反逆を起こす者が現れるだろう。その時期は明年である」と言った。無錫県でたちまち茱萸四株が枝を交叉して生え、連理の木のようであった。その年、盗人が呉興の太守の袁琇を殺した。ある人が璞にたずねた。璞は「卯の爻があがって金を害する。この木は曲りもせずまっ直ぐもならず災いを起こす」と言った。

①殷祐　以下の話は『捜神記』巻四に見える。②其年盗殺呉興太守袁琇　『晋書』巻五孝愍帝紀に「（建興）三年（三一五）春正月、呉興の人の徐馥《じょふく》、太守の袁琇を害す」とある。

王導①は深く之を重んじ、引きて己《おの》が軍事に参ぜしむ。嘗て卦を作さしむ。璞言ふ、「公に震厄《しんやく》有り。駕を命じて西のかた出づること数十里にして一柏樹を得て、截断して身の長《たけ》の如くし、常の寝処に置かしむべし。災ひは当に消ゆべし」と。導は其の言に従ふ。数日にして果して震あり、柏樹は粉砕す。

王導は璞を厚くもてなし、抜擢して自分の参軍にさせた。ある時璞に占いをさせたことがあった。璞が言うには「あなたは雷の災離があります。車を用意して西方に数十里行かせて、柏の樹を一つ手に入れ、身長の長さに切り、ふだんの寝床へ置かせるがよい。そうすれば災離は除かれるであろう」と。導はその言葉のとおりにした。数日たって案の定雷があり、柏の樹はこなごなに砕けた。

①王導　二六七～三三九。東晋の政治家。『晋書』巻六五に伝がある。拙著『孫綽の研究――理想の「道」に憧れる詩人――』（汲古書院）参照。以下の話は『世説新語』術解篇、『太平御覧』巻九五四に引く『幽明録』に見える。

時に元帝初めて建鄴《けんげふ》を鎮す。①導は璞をして之を筮せしむるに、咸《かん》の井《せい》に之くに遇ふ。璞曰はく、「東北の郡県に武なる名の者有りて、当に鐸《すず》を出だすべし。以って受命の符を著はす。西南の郡県に陽なる名の者有りて、井《せい》当に沸くべし」と。其の後、晋陵の武進県の人　田中に於いて銅鐸五枚を得、歴陽県の中に井沸き、日を経て乃ち止む。

時に元帝は建鄴を鎮することになった。王導が郭璞にこのことを占わせると、咸が井にゆく卦が出た。璞は「東北の方角の郡県に武と名のつく所があって、そこでは鐸《すず》を掘り出すにちがいない。それは天子となる徴《しるし》を著すものである。西南方角の郡県に陽と名のつく所があって、そこでは井戸が沸くにちがいない」と言った。その後、晋陵の武進県の人が田んぼの中で銅鐸五枚を手に入れ、また歴陽県の中で井戸水が沸き、一日たつと沸かなくなった。

①時元帝初鎮建鄴　元帝は司馬睿《しばえい》のこと。建鄴は今の南京。司馬睿が安東将軍・都督揚州江南諸軍事として建鄴を鎮したのは、元嘉元年（三〇七）七月、三二歳の時。以下の話は『芸文類聚』巻一三に引く『晋陽秋』に見える。

帝の晋王と為るに及び①、又た璞をして筮せしむるに、豫《よ》の睽《けい》に之くに遇ふ。璞曰はく、「会稽《くわいけい》当に鍾《かね》を出だすべし。以って成功を告ぐ。上に勒銘《ろくめい》有るは、応に人家の井の泥中に之を得べし。繇辞《えうじ》の所謂《いはゆる》『先生は楽を作るを以って徳を崇《さか》んにし、殷《おほ》いに之を上帝に薦む』者なり」と。

元帝が晋王になったとき、また璞に占わせたところ、豫が睽にゆく卦が出た。璞が言うには「会稽から鐘が出るにちがいない。それは成功することを示すものである。鐘の表面には銘文があるが、それは人家の井戸の泥の中にあるだろう。これは占いのことばに『先生は音楽を作って徳を盛んにし、音楽を大いに上帝に薦めた』と言うものである」と。

①及帝為晋王　司馬睿が晋王となったのは、建武元年（三一七）三月、四二歳の時で、大赦して改元し、宗廟社稷を建康に立てた。以下の話は『初学記』巻七に引く臧栄緒『晋書』に見える。

帝即位するに及び①、大興の初め、会稽の剡県《せんけん》の人果たして井中に於いて一鐘を得たり。長さ七寸二分、口径四寸半、上に古文奇書十八字有り。「会稽獄命《くわいけいごくめい》」と云ふも、余の字は時人之を識る莫し。璞曰はく、「蓋し王者の作《おこ》るや、必ず霊符有り。天人の心を塞《み》たし、神物と契《けい》を合はせ、然る後に以って受命を言ふべし。五鐸は号を晋陵に啓《ひら》き、桟鐘《さんしょう》は成を会稽に告ぐるを観るに、瑞は類を失はず、出づるに皆な方を以ってせり。豈に偉ならずや。夫《か》の鐸は其の響きを発し、鐘は其の象を徴し、器は数を以って臻《あつま》り、事は実を以って応ふるが若きは、天人の際は察せざるべからず」と。帝は甚だ之を重んず。

元帝が即位したとき、太興の初めのことであるが、会稽の剡県の人が、そのとおりに井戸の中から一つの鐘を見つけた。それは長さ七寸二分、さしわたし四寸半で、上に古文の珍しい字が十八字あった。「会稽獄命」（の四字）と言うが、他の字は当時の人には見おぼえがなかった。そのとき璞は次のように言った。「思うに王者が出るときは、必ず霊符がある。天と人の心を満足させ、神と物とが一体になり、はじめて受命ということができる。五つの鐸は号（晋王）を晋陵に啓き、小さな鐘は成功を会稽に示してくれたことを思うと、瑞は然るべき類のものが出、しかも出かたがきまりにちゃんと合っている。なんとすばらしいことであろう。あの鐸は鐸としての響きを出しており、鐘は鐘としての形をはっきりさせており、品物（鐸）は（五という）数のとおりに集り、事（鍾）は事実とぴったりしたことは、天と人との接し方を感じとらねばならない」と。元帝はこれによって璞を非常に重んじた。

①及帝即位　司馬睿が東晋初代の皇帝として即位したのは、太興元年（三一八）三月、四三の時。在位は三一七〜三二二。以下の話は『太平御覧』巻五七五に引く『広古今五行記』にあり、これによると「会稽の剡県の人」とは「陳清」のことである。

璞は江の賦①を著はす。其の辞甚だ偉にして、世の称する所と為る。後に復た南郊の賦②を作る。帝見て之を嘉《よみ》し、以って著作佐郎と為す。時に于いて陰陽錯繆し、而して刑獄繁く興る。璞は上疏して曰はく、

臣聞く、春秋の義は元を貴び始を慎しむ。③故に分・至・啓・閉には以って雲物を観ると。④天人の統を顕《あきら》かにし、休咎《きうきう》の徴を存する所以なり。臣は浅見を揆《はか》らず、輒ち歳首に依りて粗《あら》く占ふ所有るに、卦として解の既済《きさい》に之くを得たり。爻を案じ論じ思ふに、方に春木の王《さか》んなる竜徳の時に渉るも、廃水の気の為に来たりて乗ぜらる。加ふるに升陽は未だ布《し》かず、隆陰は仍《しき》りに積もる。坎《かん》は法の象為《た》りて、刑獄は麗《つづ》く所なり。変坎　離に加はれば、厥《そ》の象は燭《て》らさず。義を以って之を推すに、皆な刑獄の殷繁なるは、理に壅濫《ようらん》有りと為す。又た去年十二月二十九日、太白　月を蝕す。月は坎に属し、羣陰の符は、幽情を照察して、以って太陽を佐くる所以の者なり。太白は金行の星にして来たりて之を犯せり。天意若し刑理　中を失へりと曰へば、自ら其の法を為す所以の者を壊すなり。臣の術学は庸近にして、内事に練《な》れざるも、卦理の及ぶ所は、敢へて言を尽くさざらんや。又た去秋以来、沈雨　年に跨り、金家の火に渉るの祥為《た》りと雖も、然るに亦た是れ刑獄の充溢せるは、怨歎の気の致す所なり。往《さき》の建興四年十二月中、行丞相令史の淳于伯《じゅんうはく》⑤は市に刑せられ、而して血は長摽《ちゃうへう》に逆流せり。伯は小人にして、罪は未だ允《ゆる》さざるに在りと雖も、何ぞ霊変に感動するに足りて、斯《か》くの若きの怪を致さんや。皇天の金家を保祐し、陛下を子愛する所以を明らかにし、屢〻《しばしば》災異を見《あら》はし、殷勤《いんぎん》に已《や》むこと無し。陛下は宜しく側身思懼《しく》⑥して、

以って霊譴《れいけん》に応ずべし。皇極の謫《たく》は、事虚《むな》しくは降らず。然らずんば、将来必ず愆陽《けんやう》苦雨⑦の災ひ、崩震薄蝕《はくしょく》の変、狂狡蠢戾《きゃうかうしゅんれい》の妖有りて、以って陛下旰食《かんしょく》⑧の労を益さんことを恐るるなり。

臣謹んで旧経を尋ね按ずるに、尚書に五事⑨供禦《きょうぎょ》の術有り、京房《けいばう》の易伝に消復の救有り。咎《きう》に縁りて慶を致し、異に因りて政を邁《おこな》ふ所以なり。故に木　庭に生ぜずんば、太戊《たいぼ》は以って隆んなること無く、⑩雉《きじ》　鼎に鳴かずんば、武丁《ぶてい》は宗と為らず。⑪夫れ寅畏《いんゐ》は福を饗《う》くる所以、怠傲《たいがう》は患ひを招く所以なり。此れ自然の符応にして、察せざるべからざるなり。案ずるに解卦の繇《えう》に云ふ、「君子以っては過ちを赦《ゆる》し罪を宥《ゆる》す」と。既済《きさい》に云ふ、「患ひを思ひて予《あかじ》め之を防ぐ」と。臣愚以為へらく、宜しく哀矜《あいきょう》の詔を発し、予に在るの責を引き、瑕釁《かきん》を蕩除《たうぢょ》し、陽を賛《たす》け恵みを布き、幽斃《いうへい》の人をして蒼生に応じて以って悦育し、否滞《ひたい》の気をして谷風に随ひて紓散《じょさん》せしむべし。此れ亦た時事に寄せて以って用を制し、開塞《かいそく》に籍《か》りて曲成する者なり。

臣窃かに観るに、陛下の貞明仁恕は、之を自然に体し、天は其の祚を仮《おほ》いにし、区夏を奄有せり。重光を已に昧《くら》きに啓き、四祖⑫の遐武を廓《あきら》かにす。祥霊は瑞を表し、人鬼は謀を献ず。天に応じ時に順ふは、殆んど此れより尚《たか》からず。然るに陛下は即位以来、中興の化は未だ闡《あきら》かならず。躬《みづか》ら万機を綜《す》べ、労は日の昃《かたむ》くるを逾《こ》ゆと雖も、玄沢は未だ羣生に加はらず、声教は未だ宇宙に被らず、臣主は未だ上に寧《やす》からず、黔細《けんさい》は未だ下に輯《やはら》がず、鴻鴈《かうがん》の詠⑬は興らず、康哉《かうさい》の歌⑭の作《な》らざるは、何ぞや。道に杖《よ》るの情は未だ著はれざるに、而るに任刑の風は先に彰はれ、経国の略は未だ震《ふる》はざるに、而るに軌物の迹は屢ゝ《しばしば》遷る。夫れ法令は一ならざれば則ち人情は惑ひ、職次数ゝ改まるれば則ち覬覦《きゆ》生じ、官方審らかにせざれば則ち秕政《ひせい》作《おこ》り、懲勧明らかならざれば則ち善悪渾《こん》ず。此れ国を有する者の慎しむ所なり。臣窃かに陛下の為に之を惜しむ。夫れ区区の曹参《さうしん》を以ってすら、猶ほ能く蓋公《がいこう》の一言に遵ひ、清靖に倚《よ》りて以って俗を鎮《をさ》め、市獄に寄りて以って非を容れり。徳音は忘れられず、詠を今に流せり。漢の中宗は、聡悟独断にして、令主と謂ふべし。然るに意を刑名に厲《はげ》しくし、用って純徳に虧《か》く。老子は礼を以って忠信の薄と為す。⑮況んや刑は又た是れ礼の糟粕《さうはく》なる者をや。夫れ無為にして之を為し、不宰《ふさい》以って之を宰するは、固より陛下の体する所の者なり。其の君の堯・舜と為らざるを恥づる者は、亦た豈に惟《た》だ古人のみならんや。是を以って敢へて狂瞽《きやうこ》を肆《ほしいまま》にし、其の懐ひを隠さず。若し臣が言採《と》るべくんば、或いは塵露《ぢんろ》の益と為す所以なり。若し採るに足らざれば、聴納の門を広むる所以なり。願はくは陛下少しく神鑒《しんかん》を留めて、察を臣が言に賜はん。

疏は奏せられ、優詔して之に報ゆ。

璞は「江の賦」を著わした。その言葉は甚だすぐれており、人々にほめ称えられた。その後、また「南郊の賦」を作った。元帝はそれを見て喜び、著作佐郎とした。そのころ陰陽の均衡が崩れ、刑罰がしきりに行われた。璞は次のように上疏した。

私は「『春秋』の義は元始《はじめ》を貴び慎しむところにある。だから春分・秋分・冬至・夏至・立春・立夏・立秋・立冬には気色が災変をみる」と聞いています。（これは）天と人との関係を明らかにし、喜びと災いの徴《しるし》が存在するということです。私はあさはかな考えを顧りみず、年の始めにあたって、あらまし占ってみましたところ、解が既済にゆく卦が出ました。爻を調べ考えてみますと、ちょうど春の木が盛んになる天子の徳の時機に関わっていますが、汚れた水の気のためにつけこまれています。加えて升る陽気は広くゆきわたらず、盛んな陰気は積り積っています。坎は法を表わしたものであり、刑罰はつながれ、変坎が離に加わると、その象は照らしません。この道理から考えますと、刑罰がしきりに行われていますが、理には外れていると思います。また去年の十二月二十九日には、金星が月を蝕しました。月は坎に属し、月の集まるところは、静かな心を確実に見抜き、太陽を佐けるものです。金星は金行の星で月を犯しました。天意がもし刑罰道理が正しさを失っていると言えば、それは天の法の基準がおかしくなっているからです。私の技術と学問は浅くて、中味には精通してはいませんが、占いに現れたことは、言わないわけにはいきません。また去年の秋以来、しとしと降る雨が一年にもわたり、金家が火に関係する幸いであるとしても、刑罰が充ちあふれるのは、怨みの気風が招くのです。以前建興四年（三一六）十二月中に、行丞相令史の淳于伯が町で処刑され、血は長い刀の先から逆流しました。伯は身分の低い人間で、罪はまだ認められてはいませんが、どうして霊妙な変化を感じ起こさせ、このような奇怪なことを招いたのでしょうか。（このようなことが起こったのは）天は金家を助け、天子（元帝）を子のように可愛がることを明らかにしたもので、しばしば災いを現わし、殷勤に止むことはありません。陛下はおそれ慎しんで思い、霊の咎《とが》めに対応されるがよいでしょう。天の咎《とが》めは何もなくして降ることはありません。そうしなければ、将来、時候が狂う災いが起こり、地震・日月食の変化が現われ、狂乱無智の者どもが動き出し、そのために陛下には夜遅くまで政務の苦労をされることを心配します。

　私が謹んで昔の経書を調べ考えてみますに、『尚書』には五事供禦の方法が述べてあり、京房の『易伝』には災いをなくして平常にもどる方法が述べてあります。これは災いから喜びを招き、天変地異を反省して立派な政治を行うことにあるのです。だから木が庭に生えなかったならば、太戊は隆盛になることはありませんでしたし、雉が鼎の耳で鳴かなかったならば、武丁は尊ばれることはなかったのです。そもそも敬しみ畏れることは幸せを受けることであり、傲り怠ることは災いを招くことです。このことは自然の反応であって、よく考えなくてはなりません。考えてみますと、「解卦」の占いのことばに「君子は（解の卦によって）過失者を釈放し罪人を軽減する」とあり、「既済」には「君子は災いの起こることを察してこれを予防する」とあります。私が思いますに、憐れみの詔を出し、自分（天子）の責任を示し、過ちは除き、陽を助け恵みを敷き、幽閉されている人を人間同様に養い育て、滞った気を東風のまにまに解きほぐさせるがよいでしょう。このこともまたその時々の事柄に適応してやっていき、開き閉じることに仮りて作りあげていくのです。

　密かに思いますに、陛下の貞明仁恕は、自然に身についたものであり、天はその福禄を立派だとし、天下を保たせてくれました。陛下は光を蒙昧にあてて教え導き、四代の武功を明らかにされました。めでたい霊は瑞兆を表わしてくれており、人も鬼も謀を献じてくれています。天が時に応ずることは、これ以上のことはないくらいです。しかし陛下が即位されて以来、中興の実はまだ明らかになっていません。陛下自身は政務万端を整え、日が傾くまで働かれても、恵みはまだ人々には加わらず、徳もまだ世の隅々まで届かず、君主は上にあってまだ安らかでなく、人民は下にあってまだ睦じくせず、「鴻鴈の詠」も起こらず、「康哉の歌」も詠われないのは、どうしたことでしょうか。徳の道に頼る情はまだ著われないのに、刑に委ねる気風はもう表われ、また、国を治める基本方針がまだはっきりしないのに、物事の規準はしばしば変わります。いったい法令が統一されていないと人々は惑い、職分がしばしば変更されると分外のことを望み、役人の規律が審らかでなければ悪政が起こり、賞罰が明らかでなければ善悪の区別がつかなくなります。このことは国を治めていく者の慎重にすべきことなのです。私は人知れず陛下のためにこのことを残念に思います。そもそもあの一地方の曹参さえも、曹公の一言に従い、清靖によって世の中を治め、裁判によって誤りを受け入れることができたのです。その評判は忘れられず、今なお伝えられています。漢の中宗は、その聡明さは抜きんでており、立派な君主ということができます。しかし刑罰に意を用い、無為自然の生き方に欠けています。老子は礼を真心の薄いものとしました。ましてや刑は礼の槽《かす》であることはいうまでもありません。いったい無為の境地ですべてをなし、不宰の境地ですべてを司るのは、いうまでもなく陛下が身につけているものです。そのような君主が堯・舜のようにならぬのを恥ずかしく思うのは、昔の人だけではありません（私もそうです）。だからあえて周囲のことも考えず、気ままに自分の思いを隠さず述べました。もしも私の言葉に採るべきことがあれば、少しでもお役に立つというものです。もしも採るに足らなければ、人々の意見を聴き入れる門を広めるためというものです。どうか陛下には少しくお考えおきになられ、思いを私の言に賜わりますように。

上疏文は上奏され、手厚い詔でお返しがあった。

①江賦　『文選』巻三〇に収められている。②南郊賦　『北堂書鈔』巻五七に引く『晋中興書』に「郭璞、字は景純。太興元年（三一八）南郊の賦を奏す。元帝其の才を嘉し以って著作佐郎と為す」とある。③春秋之義貴元慎始　『漢書』巻五六董仲舒伝に「謹んで春秋の、一を元と謂ふ所なり。一を謂ひて元と為すは、始を大にして本を正さんと欲するを視《しめ》すなり。春秋深く其の本を探りて、反って貴き者より始む」とある。④分至啓閉以観雲物　『左氏伝』僖公五年に「五年、春　王の正月辛亥、朔、日　南至す。公既に朔を視、遂に観台に登りて以って望みて書す。礼なり。凡そ

分・至・啓・閉には必ず雲物を書す。備への為の故なり」とあり、杜預は「分は春秋の分なり。至は冬夏の至なり、啓は立春立夏、閉は立秋立冬、雲物は気色災変なり」と注する。⑤淳于伯　伝未詳。以下の話は『晋書』巻二八五行志中に見える。⑥側身　おそれつつしむ。『毛詩』大雅・雲漢の序に「災ひに遇ひて懼る。身を側てて行ひを修め、之を鎖し去らんと欲す」とある。⑦衍陽苦雨　時候が狂うこと。『左氏伝』昭公四年に「其の之を用ふるや、徧きときは則ち冬に衍陽無く、夏に伏陰無く、春に凄風無く、秋に苦雨無し」とある。⑧旰食　一日中忙がしくて夜晩く食事をとること。『左氏伝』昭公二十年に「楚の君と大夫と其れ旰食せんか」とあり、杜預は「将に呉の憂ひ有りて早《つと》に食するを得ざらんとす」と注する。⑨五事　王者の為政上の五つの要件。『尚書』洪範に「五事、一に曰はく貌、二に曰はく言、三に曰はく視、四に曰はく聴、五に曰はく思」とある。⑩木不生庭太戊無以隆　『史記』巻三殷本紀に「帝の太戊立ち、伊陟《いちょく》は相為り。毫《はく》に祥有り。桑穀共に朝に生じ、一暮にして大きさ拱す。帝の太戊懼れ、伊陟に問ふ。伊陟曰はく、臣聞く、妖は徳に勝たずと。帝の政其れ闕有るか。帝其れ徳を修めよと。太戊之に従ふ。而して穀桑は枯死して去る」とある。⑪雉不鳴鼎武丁不為宗　『史記』巻三殷本紀に「帝武丁　成湯を祭る。明くる日　飛雉有り、鼎の耳に登りて呴《な》く。武丁懼る。祖己《そき》曰はく、王憂ふる勿かれ。先づ政事を修めよと。（中略）武丁　政を修め徳を行ふ。天下咸な驩《よろこ》び、殷道復た興る」とある。⑫四祖　西晋の武帝（在位二六五～二九〇）・恵帝（在位二九〇～三〇六）・懐帝（在位三〇六～三一二）・愍帝（在位三一三～三一六）の四帝のこと。⑬鴻鴈之詠　『毛詩』小稚・鴻鴈の序に「鴻鴈は宣王を美《よみ》するなり。万民離散して、其の居に安んぜず。而して能く之を労来し、還定し安集して、矜寡に至り、其の所を得ざる無し」とある。⑭康哉之歌　『尚書』皐陶謨に「（皐陶）乃ち賡《つづ》いて載《はじ》めて歌ひて曰はく、元首明《つと》めんかな。股肱良きかな。庶事康きかなと」とある。⑮老子以礼為忠信之薄　『老子』第三十八章に「夫れ礼は忠信の薄にして乱の首なり」とある。

其の後、日に黒気有り。璞は復た上疏して曰はく、

臣は頑昧《がんまい》なるを以って、近ごろ見る所を冒陳《ぼうちん》せしも、陛下は狂言を遺《す》てずして、事は御省を蒙る。伏して聖詔

を読み、歓懼交〻《こもごも》戦ふ。臣前《さき》に「升陽は未だ布《し》かず、隆陰は仍《しき》りに積もる。坎は法の象為りて、刑獄は麗《つづ》く所なり。変坎　離に加はれば、厥《そ》の象は燭らさず」と云ひしは、将来必ず薄蝕の変有ることを疑へばなり。此の月四日、日の山を出づること六七丈にして、精光は潜昧《せんまい》にして色は都《すべ》て赤し。中に異物有りて大いさ鶏子の如し。又た青黒の気有りて、共に相ひ薄撃《はくげき》し、良久《やや》しくして方《まさ》に解く。按ずるに時に歳首に在りて純陽の月、日は癸亥《きがい》に在りて全陰の位、而して此の異有り。①殆ど元首供禦の義顕《あら》はれず、消復の理著《あら》はれざるの致す所なり。計るに微臣の陳ぶる所を去ること、未だ一月に及ばざるにして、而して便ち此の変有り。益〻皇天　情を陛下に留むるは、懇懇の至なるを明らかにするなり。

往年の歳末、太白は月を蝕す。今、歳始に在りて、日に咎譴《きゅうたく》有り。曽《すなは》ち未だ数旬ならずして、大眚《だいせい》再び見はる。日月釁《きん》を告ぐるは、詩人に懼れらる。②天を高しと曰ふこと無きは、其の鑒《かがみ》は遠からず。故に宋景は善きことを言ひしに、熒惑《けいわく》は次を退き、③光武は乱を寧《やす》んずるに、呼沱《こだ》は氷を結ぶ。④此れ天人の懸符なるも、形影の相ひ応ずるが若きこと有るを明らかにす。之に応ずるに徳を以ってすれば、則ち休祥　臻《あつま》り、之に酬ゆるに怠を以ってすれば、則ち咎徴作《おこ》る。陛下宜しく恭《うやうや》しく霊譴《れいけん》を承け、天の怒りを敬《つつ》しみ、沛然《はいぜん》⑤の恩を施し、玄同⑥の化を諧《ととの》ふべし。上は天意を允塞《いんさく》する所以、下は羣謗を弭息《びそく》する所以なり。

臣聞く、「人の多幸は、国の不幸なり」⑦と。赦《しゃ》宜しく数〻せざること、実に聖旨の如し。臣愚以為へらく、子産の刑書を鋳するは、政事の善に非ず。⑧然るに作《な》さざるを得ざるは、須らく弊を救ふを以ってすべきの故なりと。今の宜しく赦すべきは、理亦た之の如し。時の宜しきに随ふは、亦た聖人の善くする所の者なり。此れ国家大信の要にして、誠に微臣の干豫《かんよ》するを得る所に非ず。今、聖朝の明哲は、思ひは謀猷《ぼうゆう》を弘め、方に四門を闢《ひら》きて以って采を亮《あきら》かにし、⑨輿誦《よしょう》を羣心に訪ふ。⑩況んや臣は筆を朝末に珥《はさ》むを蒙りて、而して誠を竭《つ》くし規を尽くさざるべけんや。

之を頃くして尚書郎に遷る。数〻便宜なるを言ひ、匡益《きょうえき》する所多し。

その後、太陽に黒い気が生じた。璞は再び次のごとき上疏文を記した。

愚か者の私が、近ごろ目にしたことをあえて陳べましたが、陛下にはそのたわごとをお捨てにならず、お目通しいただきました。謹んで詔を拝読して、歓びと懼れにうち震えております。私が先に「升る陽気は広くゆきわたらず、盛んな陰気は積り積っています。坎は法を表わしたものであり、刑罰はつながれ、変坎が離に加わると、その象は照らしません」と言いましたのは、将来かならず日月食の変化があるのではないかと思ったからです。今月の四日、太陽が山を出ること六七丈のあたりで、明るい光はどんよりとし、赤一色になったのです。その中に卵大の変なものがありました。さらに青黒の気がありましたが、互いに攻めあい、しばらくすると争いが治まりました。思いますに時は一年の始めで陽の気ばかりの月であり、日は癸亥で陰ばかりの位置にあって、こうした異変が起こったのです。それは天子供禦の義が顕われず、消復の理が著われないことが招いたものでしょう。考えてみますと、私が申し述べて一月も経たないうちに、この異変が起こりました。ますます天が陛下に情をかけているのは、このうえない誠であることを明らかにしたのです。

昨年末、金星が日を蝕しました。今、年の始めに、太陽に咎《とが》がありました。つまりまだ数十日もならぬうちに、大罪が再び現われたのです。日月が凶亡の徴《しるし》を告げるのは、詩人に懼れられるからです。天を高いと言うことがないのは、その手本はごく近くにあります。宋景は良いことを言ったので、火星は日盛が三度動き、光武帝は乱を平定するために、呼沲の河には氷が張ってくれました。これは天と人とはるか離れた符合ですが、それはちょうど形が影に応ずるようなことを明らかにしたものです。徳をもって応ずれば、喜びがやってくるし、怠惰をもって報いると、災いの徴を作ることになります。陛下には恭しく天の咎を受けられ、天の怒りを敬われ、恵み厚い恩を施され、すべてが同じようになるよう整えられるがよいのです。上は天の意志を充満させるものであり、下は多くの人の非難を止めさせるものなのです。

「民の幸多きは、国の不幸である」と私は聞いています。恩赦がたびたび行われないのは、まことに天子の思召しのとおりです。私思いますに「子産が刑書を鋳刻して国の常法としたのは、政事の良いやり方ではない。しかし鋳刻せざるを得なかったのは、それで弊害を救うためであったのである」と。今、恩赦をするのが良いのは、その理は子産の場合と同じなのです。時宜に随うのは、また聖人がうまくする事がらです。このことは国家がこのうえない信頼を得る要目であって、まことに私の干与することのできることではありません。今、晋王朝の明哲な人々は、謀《はかりごと》に思いを広め、四方の門を開いて人材を求め、職務を助けさせ人々の言を多くの人々の心に聞いておられます。ましてや私は朝廷の末席で仕事に携っており、真心を尽くし思いを述べずにはいられないのです。

しばらくして尚書郎に遷った。たびたび良いことを言い、役立つ事が多かった。

①案時在歳首純陽之月日在癸亥全陰之位　『晋書斠注』に「魏略に曰はく、天文志　太興四年（三二一）三月癸未、日中に黒子有りと。此《ここ》に時は歳首に在りて純陽の月、日は癸亥に在りと云ふは、未詳なり」とある。②日月告釁見懼詩人　『毛詩』小雅・十月之交に「月日　凶を告ぐ、其の行を用ひず」とある。③宋景言善熒惑退次　『史記』巻三八宋微子世家に見える。④光武寧乱呼沲結冰　『後漢書』巻一上光武帝紀に見える。⑤沛然　「孟子」離婁上篇に「孟子曰はく、政を為すは難からず。罪を巨室に得ず。巨室の慕ふ所は、一国も之を慕ふ。一国の慕ふ所は、天下之を慕ふ。故に沛然として徳教は四海に溢る」とある。⑥玄同　『老子』第五十六章に「知者は言はず、言者は知らず。其の兌を塞ぎ、其の門を閉ざし、其の鋭を挫《くじ》き、其の粉を解き、其の光を和らげ、其の座を同じくす。是を玄同と謂ふ」とある。⑦人之多幸国之不幸　『左氏伝』宣公十六年に「諺に曰はく、民の多幸は、国の不幸なりと。是れ善人無きの謂なり」とある。⑧子産之鋳刑書非政事之善　子産が鄭の宰相となり、刑書を鼎に鋳して国の常法としたこと。事は『左氏伝』昭公六年に見える。⑨闢四門以亮采　『尚書』堯典に「月正元日、舜　文祖に格《ただ》す。四岳に詢《はか》り、四門を闢き、四目を明らかにし、四聰を達す。（中略）舜曰はく、咨《ああ》四岳よ、能く庸を奮《つと》め、帝の載《こと》を熙《おこ》すもの有らば、百揆に宇《を》りて采《こと》を亮らかにするに、恵《こ》れ疇によらしめんと」とある。⑩訪輿誦於羣臣　『左氏伝』僖公二十八年に「晋侯之を患ふ。輿人の誦を聴くに、墓に舎せよと称す」とあり、杜預は「輿は衆なり」と注する。

明帝の東宮に在るや①、温嶠《おんけう》②・庾亮《ゆりやう》③と並びに布衣の好《よし》み有り。璞も亦た才学を以って重んぜられ、嶠・亮と埒《ひと》しく論者は之を美《ほ》む。然るに性は軽易にして、威儀を修めず④。酒を嗜み色を好み、時に或いは度を過ぐ。著作郎の干《かん》宝《ばう》は常に之を誡めて曰はく、「此れ適性の道に非ざるなり」と。璞曰はく、「吾が受くる所に本限有るは、之を用ふるに恒に尽くすを得ざらんことを恐る。卿乃ち酒色の患ひを為さんことを憂ふるや」と。

明帝が皇太子であったとき、温嶠や庾亮と布衣のつきあいがあった。璞も才能や学問を認められ、嶠や亮と肩を並べ、論者はこれをほめ称えた。しかし性格は軽々しくて、礼儀作法は身につけていなかった。酒と女が好きで、時には度が過ぎることがあった。著作郎の干宝はこれを戒めて「これは性格にかなったやり方ではない」と言うと、璞は「私が授かったところの天分は、いつもこれを使い尽くさないのではないかと心配している。あなたは私が酒や女に溺れているのを心配するのか」と言った。

①明帝之在東宮　明帝は元帝の長子で、司馬紹のこと。司馬紹が東宮になったのは太興元年（三一八）三月、二〇歳の時。②温嶠　二八八～三二九。東晋中興の功労者。③庾亮　二八九～三四〇。東晋の貴族。妹は明帝の妃。④然性軽易……卿乃憂酒色之為患乎　この話は『文選』巻一二の郭璞の「江の賦」の注に引く臧栄緒『晋書』、『世説新語』文学篇注に引く「璞別伝」に見える。⑤干宝　?～三一七。『晋紀』『捜神記』の著者。

璞既に卜筮を好み、縉紳《しんしん》多く之を笑ふ。又た自ら才高く位卑《ひく》きを以って、乃ち客傲《かくがう》を著し、其の辞に曰はく、

客　郭生に傲《おご》りて曰はく、

「玉は兼城を以って宝と為し①、士は名を知らるるを以って賢と為す。明月は妄《みだ》りには映ぜず、蘭葩《らんは》は豈に虚しく鮮やかならんや。今、足下は既に以って文秀を叢薈《そうわい》に抜き、弱根を慶雲に蔭《おほ》ひ、扶揺《ふえう》を陵《しの》ぎて翮《つばさ》を竦《あ》げ、清瀾を揮ひて以って鱗を濯《あら》ふ。而るに響は一皐《いつかう》に徹せず、価は千金に登らず。栄悴の際に傲岸《がうがん》し、竜魚の間に頡頏《けつかう》す。進みて諧隠《かいいん》②を為さず、退きて放言を為さず。沈冥の韻無きに、風を厳先《げんせん》③に希《こひねが》ひ、徒《いたづ》らに思ひを鑚味《さんみ》に費やして、

洞林④に連山⑤に摹《なら》ふ。尚ほ何ぞ名あらんや。夫れ驪《り》竜《りょう》の髯《ひげ》を攀《よ》ぢ、翠禽の毛を撫づるに、而るに霞肆《かし》を絶《わだ》り天津を跨《また》ぐを得ざる者は、未だ之れを前《さき》には聞かざるなり」と。

郭生は粲然《さんぜん》として笑ひて曰はく、
「鷦鷯《せうれう》は与には雲翼を論ずべからず、⑥井蛙《せいあ》は与には海鼇《かいがう》を量り難し。⑦然りと雖も、将に子《し》の惑ひを袪《さ》らんとし、訊《いさ》むるに未だ悟らざるを以ってす。其れ可ならんか。

乃者《さき》に地維は中絶し、乾光は采を墜《うしな》ふ。皇運は暫く迴り、祚を淮海に廓《おほ》いにす。竜徳は時に乗じ、羣才は雲のごとく駭《おどろ》く。藹《あい》として鄧林⑧の逸翰《いつかん》に会ふが若く、爛《らん》として溟海⑨の奔濤を納るるが若し。咨嗟《しさ》の訪⑩を煩はさず、蒲《ほ》帛《はく》の招⑪を仮らず。九有の奇駿を羈《つな》ぎ、咸な之を一朝に総《す》ぶ。豈に惟《た》だ豊沛⑫の英、南陽⑬の豪のみならんや。昆吾《こんご》⑭は鋒を挺《ぬ》き、驌驦《しゅくさう》⑮は髦《たてがみ》を軒《た》て、杞梓《きし》は競ひて敷き、蘭荑《らんゐ》は争ひて翹《ぬき》んづ。嚶声《あうせい》は伐木《ばつぼく》より冠たり、⑯類を援《ひ》くこと抜茅より繁し。⑰是を以って水に浪士無く、巌に幽人無く、⑱蘭を刈るに暇《いとま》あらず、桂を爨《かし》ぐに給せず。安くんぞ錯《さく》薪《しん》を事とせんや。

且つ夫れ窟泉《くつせん》の潜は雲翬《うんき》を思はず、熙氷《きひょう》の采は旭晞《きょくき》を羨まず。光耀を埃藹《あいあい》に混ずる者は、亦た曷《なん》ぞ滄浪⑲の深き、秋陽⑳の映を願はんや。登降は九五㉑に紛たり、淪湧《りんよう》は竜津に懸《かか》る。蚓蛾《いんが》は不才を以って陸に槁《か》れ、蟒蛇《ばうだ》は騰鶩《とうぶ》を以って鱗を暴《さら》す。連城の宝は、褐裏に蔵《かく》し、三秀㉒は艶なりと雖も、麗采に糜《かゆ》すれば、香は悪《いづ》くにか芬ならん、賈は悪くにか在らん。是を以って塵ならず冥ならず、驪《り》ならず騂《せい》ならず、其の神を支離《しり》にし、其の形を蕭悴《せうすゐ》にす。㉓形廃《す》たるれば則ち神は王《さか》んに、㉔跡粗《そ》にして名生ず。体全き者は犠と為り、至って独なる者は孤ならず。俗に傲る者は以って自得するを得ず、黙し覚る者は以って無に渉るに足らず。故に心を恢《おほ》いにせざるも形は遺《わす》られ、累《わづら》ひを外にせざるも智は喪《うしな》はる。巌穴㉕無くして冥寂たり、江湖㉖無くして放浪す。玄悟して以って機に応ぜず、洞鑒《どうかん》して以って昭曠せず。物を物とし我を我とせず、是を是とし非を非とせず。意を忘るるも我が意に非ず、意得るも我が懐ひに非ず。羣籟を無象に寄せ、万殊を一帰に域《かぎ》る。殤子《しゃうし》を寿とせず、彭《はう》・涓《けん》を夭とせず、秋豪を壮とせず、太山を小とせず。㉗蚊の涙も天地と斉しく流れ、蜉蝣《ふいう》も大椿《だいちん》㉘と年を歯《なら》ぶ。然して一闔一開《いちかふいつかい》は両儀の跡、一沖一溢は懸象の節なり。㉙渙沍《くわんご》は寒暑に期し、凋蔚《てうゐ》は春秋に要す。青陽の翠秀、竜豹《りょうへう》の委穎《ゐえい》、駿狼《しゅんらう》の長暉、玄陸の短景なり。故に皐壌《かうじゃう》は悲欣《ひきん》の府と為り、㉚胡蝶は物化の器と為る。㉛

夫れ黎黄《れいくわう》の音を欣ぶ者は、蟪蛄《けいこ》の吟に顰《しか》めざるも、雲台㉜の観に豁《ひら》ける者は、必ず帯索《たいさく》の歓を閟《と》づ。縦蹈《しょうたう》して採薺《さいさい》を詠ふも、璧を擁して抱関《はうくわん》㉝を歎く。機心を戦はしむるに外物を以ってすれば、意を一弦に得ること能はず。往復を嗟歎に悟れば、安くんぞ与に天を楽しむことを言ふべき者ならんや。乃ち荘周は漆園《しつゑん》に偃蹇《えんけん》たり、老莱《ろうらい》は林窟に婆娑《ばさ》たり、厳平《げんぺい》㉞は塵肆《ぢんし》に澄漠《ちょうばく》たり、梅真《ばいしん》㉟は市卒に隠淪《いんりん》たり、梁生《りゃうせい》㊱は吟嘯《ぎんせう》して跡を矯《あ》げ、焦先《せうせん》㊲は混沌として槁杌《かうごつ》たり、阮公《げんこう》㊳は昏酣《こんかん》して傲《がう》を売り、翟叟《てきさう》㊴は形を遁《のが》れて以って倏忽《しゅくこつ》たるが若きは、吾は韵を数賢に幾《ちか》くすること能はず。故に寂然として此の貟策と智骨とを玩べり」と。

璞は占いが好きで、高官の人の笑い者となった。また自分自身は能力が高いが位が低いということで、「客傲」を著して、それに次のように書いた。

客が郭生にいばって次のように言った。

「玉は城を兼ねることで宝となり、士は名を知られることで賢となる。明月は妄りに輝いているのではなく、蘭の葩《はな》も虚しく鮮やかなのではない（明月・蘭葩はそれなりに力があるので、人々に認められるのだ）。今、足下は文《うつ》しき秀《ほ》を叢薈《くさむら》に抜き、弱い根を天子の庇護で蔭い、扶揺《つむじかぜ》に乗って翮《はね》をあげ、清んだ瀾《なみ》に揮って鱗を濯っている。しかし評判は一つの皐《さわ》にも響かず（名声が一つの皐にも知れわたらない）、値うちは千金にも達しない。栄華と憔悴の間で傲《おご》りたかぶり、竜と魚の間でうろうろしている。諧隠《たわむれごと》をするでもなく、放言をするでもない。沈冥の韵《しらべ》のないくせに、気風を厳先に請い求め、いたずらに思いを鑚味に費やして、「洞林」「連山」にまねている。そんなことで何の名声があがろうか。そもそも驪竜の髯《ひげ》をよじり、翠禽の毛を撫で（天子の側近くにいて）、しかもたなびく霞を渡り、天津《あまのかわ》を跨ぐことができない者（世に埋もれている者）は、これまで聞いたことがない。」

郭生は粲然として笑い、次のように言った。

「鷦鷯《みそさざい》とはともに大鵬のことを論ずることはできないし、井戸の蛙とはともに海鼇《うみがめ》のことを語ることはできない。そうではあるが、お前の惑いを解くために、分っていないことについて教えてやろう。よろしいか。

先に地維が中途で絶ち切れ、天の光は采《いろどり》を失った（天下は乱れた）。しかし皇運は須臾にして巡ってき、祚を淮海の地に盛んにすることができた（晋の中興ができた）。天子の徳は時勢に乗じ、有能な人材は雲のごとくわき起こってきた。そのさまは鄧林に盛んに逸鳥（有能な人材）を集めるようであり、溟海にきらきらと大波を入れるようである。徳を慕い咨嗟《ためいき》をついてやって来る者を煩しいとせずに召しかかえ、特別したての蒲帛《くるま》を用意して招くこともしない（招かなくても人材はやってくる）。天下の駿馬をつなぎとめ、残らずこの王朝に集める。豊沛（高祖）のもとに集まった英俊や、南陽（劉秀）のもとに集まった豪傑などは問題ではない（豊沛に集まった英俊、南陽に集まった豪傑は言うに及ばない）。昆吾の剣は鋒《ほこさき》を抜き放ち、驌驦の名馬は髦《たてがみ》を立て、杞梓の良材は競い茂り、蘭蕙の芳草は争って茂ろうとする。「伐木」以上に鳥は呼びあい（賢人は呼びあい）、「抜茅」以上に繁く類を援《ひ》きあっている（賢人をひき抜いている）。だから川には放浪者はいず、岡には世捨て人はいず、蘭を刈りとる（賢人を召しかかえる）のに忙しく、桂をかまどに焚く（賢人を召しかかえ使う）のに忙しい。雑木（無能者）など問題にはしないのだ。

そもそも深い泉に潜んでいるものは雲の上に飛ぶことを思わないし、輝く氷を采《と》るものは旭の輝きを羨しがらない。光耀と埃藹とを区別しない者（才能を外に表さない者）は、滄浪の水の深みや、物を清める秋の太陽の日ざしを願いはしない。登る（尊）ことと降る（卑）こととは九五（天子）のところで複雑に絡みあっており、淪む（世に出ない）ことと湧く（世に出る）こととはすべて竜津（天子）に懸かっている。蚓《みみず》や蟻は不才のために死んでしまい、蟒《うわばみ》や蛇は竜のように騰鶩《はしりあが》ったために鱗を日に暴している。連城に相当する宝も、粗末な衣服の中に蔵されてしまい、霊草も艶《うつく》しくはあるが、麗しい采を粥《かゆ》にすれば、芳草の香りはどうして香るのか、連城の値うちはどこにあるのか。こういうわけで私は塵界にもおらず高い地位にもおらず、驪《くろうま》でもなく騂《あかうま》でもなく（どちらかにつくと命が危くなるのでどちらにもつかない）、心を支離にし、形を蕭悴させているのだ。形を捨てれば心は旺盛になる。世間で活躍しないでいると名が起こってくる。身体の全うな者は犠牲となり、至って孤独な者も孤独ではない。世俗に傲《おご》る者は自得することができず、黙し覚っている者も無にいたるに足りない。だから心を無理に大きくしなくても形は忘れられ、累いから逃れようとしなくても智恵は失われる。巌穴がなくても冥寂し、江湖がなくても放浪する。深く悟って世俗の機《たくらみ》にも応ぜず、深く知り抜いて世俗のことを明らかにしない。物を物としたり我を我としたりして区別せず、善を善としたり悪を悪としたりして区別しない（中立の立場をとる）。意を忘れたといっても、それはわが意ではなく、意が得られたといっても、それはわが懐いではない。多くの籟《ひびき》を無象（道）に寄せ、万の殊を一帰（道）に限る。殤子を長寿とせず、彭祖・涓子を短命とせず、秋豪を大とせず、太山を小としない。蚊の涙も天地とともに流れ、蜉蝣《かげろう》も大木とともに年をとる。ところで、闔と開とは天地の跡《うごき》、沖と溢とは天然現象の節《うごき》である。氷が渙《と》け冱《こお》るのは寒暑によって起こるのであり、草木が凋《しぼ》み蔚《しげ》るのは春秋によって起こるのである。青い太陽（春）には翠の秀《はな》が咲き、竜豹の時期（秋）には穀物の穂が萎《しぼ》み、大きな狼の時期（夏）には長い暉《ひかり》があり、玄《くろ》い陸（冬）には短い景がある。だから沢畔の地は悲しみや欣びの場所となり、胡蝶は物の変化する器となる。

　そもそも鴬の鳴き声を欣ぶ者は、蟪蛄《せみ》の声に顔をしかめることはしないが、功績者の像を並べた雲台観に通じている者は、縄を帯びた賤者の歓びを嫌うにちがいない。気ままに楽しみ踊って薺《なずな》採りの歌を詠うが、有能で賤しい身分であることを歎く。外物に対してたくらみの心を戦わせると、琴の弦に安んずることはできない。嗟嘆の中に往復を悟るならば、自分の境遇に安んずることはできない。さて荘周は漆畑の役人で隠れていたし、老莱子は林の窟《いわあな》に安んじていたし、厳君平は世俗の町中で心を澄まし安らかにしていたし、梅福は市《まち》の中に隠れ淪んでしまったし、梁鴻は京の衰えを吟嘯して天子の跡を挙げ、焦先は混沌とした状態で槁杌《か》れてしまったし、阮籍は昏酔して傲慢なふるまいをしたし、翟湯は倏忽《すみや》かに隠遁した。私はこれらの賢者と同じ韻《おもむき》（生き方）を望むつもりはない。だから寂しくもこの筮竹と亀の甲を玩んでいるのである」。

①玉以兼城為宝　『史記』巻八一廉頗列伝に「趙の恵文王の時、楚の和氏の璧を得。秦の昭王之を聞き、人をして趙

王に書を遺らしむ。願はくは十五城を以って璧に易へんことを請はん」とある。②諧隠　諧謔と隠語。『文心彫竜』諧讔篇に「諧の言は皆なり。辞浅くして俗に会し、皆な悦笑するなり。讔は隠なり。遯辞以って意を隠し、譎譬以って事を指すなり」とある。③厳先　伝未詳。④洞林　書名。郭璞の撰。⑤連山　三易の一。『周礼』春官・大卜に「三易の法を掌る。一に連山と曰ひ、二に帰蔵と曰ひ、三に周易と曰ふ」とある。⑥鷦鷯不可与論雲翼　『荘子』逍遥遊篇に「鷦鷯は深林に巣くふも、一枝に過ぎず。偃鼠は河に飲むも、腹を満たすに過ぎず」とある。⑦井蛙難与量海鼇　『荘子』秋水篇に「井蛙以って海を語るべからざるは虚に拘《なつ》めばなり」とある。⑧鄧林　『列子』湯問篇に「夸父力を量らず、日の影を追はんと欲す。(中略)道に渇して死し、其の杖を棄つ。尸の膏肉の浸す所、鄧林を生ず。鄧林の弥広、数千里あり」とある。⑨溟海　『列子』湯問篇に「終髪の北に、溟海といふ者あり。天池なり。魚有り、其の広さ数千里、其の長さ称ふ。其の名を鯤と為す。鳥有り、其の名を鵬と為す」とある。⑩咨嗟之訪　出典は『晋書』巻三六張華伝に「(張)華は性人物を好み、誘進して倦まず。窮賤候問の士に至るまで、一介の善き者有れば、便ち咨嗟称詠して、之が為に延誉す」か。⑪蒲帛之招　『漢書』巻八八申公伝に「是に於いて上は使ひをして束帛して璧を加へ、安車して蒲を以って輪を裹《つつ》み、駕駟して申公を迎へしむ」とある。⑫豊沛　前漢の第一代天子高祖の出身地。⑬南陽　後漢の第一代天子光武帝の出身地。⑭昆吾　名剣の産地。⑮驌驦　良馬の名。⑯嚶声冠於伐木　『毛詩』小雅・伐木に「木を伐ること丁丁たり、鳥の鳴くこと嚶嚶たり」とある。⑰援類繁乎抜茅　『易』泰に「茅を抜くに茹たり。其の彙と以《とも》にす。征きて吉なり」とある。⑱巌無幽人　『史記』巻六一伯夷伝に「厳穴の士、趣舎　時有り」とある。⑲滄浪　『孟子』離婁上篇に「孺子有り、歌ひて曰はく、滄浪の水清まば、以って我が纓を濯ふべし。滄浪の水濁らば、以って我が足を濯ふべし」とある。⑳秋陽　『孟子』滕文公上篇に「江漢以って之を濯ひ、秋陽以って之を暴《さら》すとも、皜皜乎《かうかうこ》として尚《くは》ふべからず」とある。㉑九五　天子の位。㉒三秀　霊草。㉓支離其神蕭悴其形　『荘子』人間世篇に「夫れ其の形を支離する者すら、猶ほ以って其の身を養ひて、其の天年を終ふるに足る。又た況んや其の徳を支離する者をや」とある。㉔形廃則神王　『荘子』養生主篇に「天の生むや、是れ独ならしむ。(中略)沢雉は十歩にして一啄し、百歩にして一飲す。樊中に畜《やしな》はるるを蘄《もと》めず。神は王たりと雖も、善しとせざればなり」とある。㉕巌穴　『荘子』山木篇に「夫れ豊狐・文豹は、山林に棲み、巌穴に伏す。静なり」とある。㉖江湖　『荘子』山木篇に「飢渇して隠約すと雖も、猶ほ且つ江湖の上を胥疏《しょそ》して食を求む。定なり」とある。㉗不寿殤子不夭彭涓不壮秋豪不小太山　『荘子』斉物論篇に「天下に秋豪の末より大なるは莫く、而も大山を小なりと為す。殤子より寿なるは莫く、而も彭祖を夭なりと為す。天地と並び生じて、万物は我と一為《た》り」とある。㉘大椿　『荘子』逍遥遊篇に「上古に大椿なる者有り。八千歳を以って春と為し、八千歳を秋と為す」とある。㉙一闔一開両儀之跡一沖一溢懸象之節　『易』繋辞上に「是の故に戸を闔《とざ》す、之を坤と謂ひ、戸を闢《ひら》く、之を乾と謂ひ、一闔一闢、之を変と謂ふ。（中略）是の故に易に大極有り。是れ両儀生ず。（中略）縣象の著明なるは、日月より大なるは莫し」とある。㉚皐壌為悲欣之府　『荘子』知北遊篇に「山林や、皐壌や、我をして欣欣然として楽しましむるかな。楽しみ未だ畢《をは》らざるに、哀しみ又た之に継ぐ。哀楽の来たるは、吾禦《ふせ》ぐ能はず。其の去るは、止むる能はず。悲しいかな。世人は直《ただ》に物の逆旅為るのみ」とある。㉛胡蝶為物化之器矣　『荘子』斉物論篇に「昔者、荘周は夢に胡蝶と為れり。（中略）周と胡蝶とは、則ち必ず分有らん。此れを之れ物化と謂ふ」とある。㉜雲台　『後漢書』巻二二朱祐等伝論に「永平中、顕宗追ひて前世の巧臣に感じ、乃ち二十八将を南宮の雲台に図画す」とある。㉝抱関　卑賤の役人。『孟子』万章下篇に「尊を辞して卑しきに居り、富を辞して貧しきに居るは、悪《いづ》くにか宜しき。抱関・撃柝なり」とある。㉞厳平　『漢書』巻七二王貢両龔鮑伝。㉟梅真　『漢書』巻六七梅福伝。㊱梁生　『後漢書』巻八三梁鴻伝。㊲焦先　『魏志』巻一一管寧伝に引く『魏略』。㊳阮公　『晋書』巻四九阮籍伝。㊴翟叟　『晋書』巻九四翟湯伝。

永昌元年、皇孫生まる。璞は上疏して曰はく、

　有道の君にして、未だ嘗て危を以って自ら持せずんばあらず。乱世の主にして、未だ嘗て安を以って自ら居らずんばあらず。故に存して亡を忘れざるは、三代の興こる所以なり、亡して自ら以って存と為すは、三季の廃する所以なり。是を以って古の令主は、忠讜《ちゅうたう》を開き納れて、以って其の違を弼《ただ》さしめ、切直を摽顕《へうけん》して、用って其の失を攻めしむ。乃ち一善を聞けば則ち拝し、規誡《きかい》を見れば則ち懼るるに至る。何ぞや。蓋し其の身を私せず、

天下に処《を》るに至公を以ってすればなり。臣窃かに惟《おも》ふに、陛下は符運至って著しく、勲業至って大なるも、而るに中興の祚は隆んならず、聖敬の風は未だ躋《わた》らざるは、殆んど法令は太《はなは》だ明らかにして、刑教は太だ峻《きび》しきに由れり。故に水至って清ければ則ち魚無く、政至って察なれば則ち衆乖《そむ》く。①此れ自然の勢ひなり。

臣は去春事を啓す。②「囹圄《れいご》は充斥し、陰陽和せざるを以って、之を卦理に推すに、宜しく郊祀に因りて赦を作《な》し、以って瑕穢《かわい》を蕩滌《たうでき》すべし。然らずんば、将来必ず愆陽苦雨の災ひ、崩震薄蝕の変、狂狡蠢戻の妖有り」と。其の後月余にして、日果たして薄鬪《はくとう》す。去秋以来、諸郡並びに暴雨有り、水皆な洪潦《こうらう》し、歳用って年《みのり》無し。適《たま》ゝ《たま》呉興に復た欲して妄を構ふる者有りと聞く。咎徴《きうちょう》漸く成り、臣甚だ之を悪めり。頃者《さきごろ》以来、役賦転た重く、獄犴《ごくかん》日《ひび》に結び、百姓は困擾《こんぜう》し、乱に甘んずる者は多く、小人は愚嶮《ぐけん》にして、共に相ひ扇惑《せんわく》す。勢ひ至る所無しと雖も、然れども虞《おそ》れざるべからず。洪範伝の③「君道虧《か》くれば則ち日蝕し、人憤怨《ふんゑん》すれば則ち涌溢《よういつ》し、陰気積もれば則ち下は上に代はる」を案ずるに、此れ微理潜《ひそ》かに応じ、已に事に著実する者なり。仮令《たと》ひ臣遂に不幸にして謬中《べうちゅう》すれば、必ず陛下側席の憂ひ④を貽《のこ》さん。

今、皇孫載ち育《う》まれ、天は霊基《れいき》を固くす。黔首《けんしゅ》は顒顒《ぎょうぎょう》にして、実に恵潤を望めり。又た歳は午位に渉り、金家⑤の忌む所なり。宜しく此の時に於いて恩を崇くし沢《めぐみ》を布くべし。則ち火気は潜かに消え、災譴《さいけん》は生ぜず。陛下

上は天意を承《う》け、下は物情に順ひ、皇孫の慶に因り天下に大赦すべし。然る後に罰を明らかにし法を敕《ととの》へ⑥、以って理官⑦を肅し、克く天心⑧に厭《かな》ひ、人事を慰塞《ゐさく》すれば、兆庶は幸甚にして、禎祥は必ず臻《いた》らん。

臣今陳《の》ぶ所は、暫くして之を省みれば、或いは未だ聖旨に允《あた》らざるも、久しくして之を尋ぬれば、終に臣が誠を亮《あきら》かにせん。若し啓する所　上に合はば、願はくは陛下　臣の身を以って臣の言を廃する勿かれ。臣の言隠すこと無く、而して陛下之を納れなば、適《まさ》に君は明にして臣は直なるの義を顕はす所以なる耳《のみ》。

疏は奏され、焉《これ》を納る。即ち大赦して年を改む。

永昌元年（三二二）天子（元帝）には孫が誕生された。璞は上疏して次のように言った。

　国をよく有《たも》った君主で、危機意識を持たなかったものはいません。世を乱した君主で、平安に満足しない者はいません。だから存立していて滅亡を忘れない、それが三代が興こった理由であり、滅亡しながら自らは存立しているとする、それが三代が滅んだ理由です。こういうわけで昔の令君主は、忠正な人物を広く採用して、令主の過ちを正させ、切直な人物を挙げ用いて、令主の失敗を攻めさせたのです。そこで昔の令君主は善一つを聞いてさえ敬意を表し、規誡されると懼れ慎しむようになりました。どういうことでしょうか。それは自分のことだけを考えず、天下のことを考えて処しているからです。私ひそかに思いますに、陛下には天運がまことに著しく、功労はまことに大きいが、中興の祚は盛んでなく、聖明で恭敬な風が躋らないのは、取り締まりが甚だ明らかで、刑教が甚だ厳しいことによります。だから水が清みきっていれば魚は住まず、刑法がはっきりしすぎると人々は背いてしまいます。それは自然のなりゆきなのです。

　私は昨春（次のような）上疏文を奉りました。「牢獄には罪人が溢れ、陰陽が和せざることで、これを卦《うらない》の理によって推しはかると、郊外の祀りで大赦を行い、陰陽不和を取り除くがよろしい。そうしなければ、時候が狂う災いが起こり、地震・日月食の変化が現われ、狂乱無智の者どもが動き出すでしょう」と。その後一月ばかりして案の定、日蝕がありました。去年の秋以来、諸郡にはひどい雨が降り、水は溢れ、一年間収穫がありませんでした。たまたま呉興では反逆を企てようとしている者がいると聞いています。咎徴はしだいに成り、私はこのことを甚だ悪むものです。このごろは賦役もますます重くなり、獄舎には日に日に繋がれ、人々は苦しみ乱れ、乱に乗ずる者が多く、小人は愚かで邪悪で、互いに煽動し惑っています。勢いは行きつく所までいってはいませんが、心配しないわけにはいきません。「洪範伝」に「君主の道が完全でないと日蝕が起こり、人が憤り怨むと水が溢れ、陰気が積もると下着が上着にとって代る」とあるのを考えますと、これは奥深い道理が潜かに応じ合って、事実として著われてきます。仮りにも私の言うことが不幸にも誤まって的中したなら、陛下こそが喪にある者の立場に立つことになります。

　さて今、皇孫が誕生し、天は天子の基盤を強固にしてくれました。人々は温和で、恵みを待ち望んでおります。

また本年は午の位に関係し、金家は嫌います。(従って) この時に当たって恩愛を厚くし恵沢を天下に及ぼすのがよいでしょう。そうすれば、火気は潜かになくなり、災いも生じません。陛下には上は天の意志を考え、下は物(人)の情に順い、皇孫誕生を慶び祝って天下に大赦されるのがよいと思います。そうしてはじめて罰を明らかにし法を整へ、そして裁判官を戒め、天の心を満足させ、人々の暮らしを満足させるならば、人々は至って幸せになり、めでたい徴《しるし》は必ずややってきます。

私が今申しあげたことは、当面これを振り返ってみますと、まだ天子の思召しには適《かな》わないとしても、やがて後これを振り返ってみますと、結局は私の誠《まごころ》を明らかにすることができます。仮りにも私の申しあげたことが陛下の考えに合えば、どうか陛下には私ごとき身分ということで私のことばをお棄てにならぬように。私のことばには隠し隔ては何もなく、陛下にはこれを取り入れられたならば、まさに君主は明であり臣下は直であるという大義を天下に明らかにしたということになるのです。

上疏文は奏され、これは納められた。すぐに大赦が行われ改元された。

①水至清則無魚政至察則衆乖　東方朔「客難に答ふ」に「水至って清ければ則ち魚無く、人至って察なれば則ち徒無し」とある。②臣去春啓事　「臣聞」(三一一頁) 以下の「上疏」文。③洪範伝　「君道虧則日蝕」以下は、『尚書』洪範の内容を整理したものである。④側席之憂　『礼記』曲礼上篇に「憂ひ有る者は側席して坐し、喪有る者は専席して坐す」とある。⑤金家　東晋王朝をさす。⑥明罰敕法　『易』に「噬嗑《ぜいかふ》は亨る。獄を用ふるに利あり。(中略) 先王以って罰を明らかにし法を勅ふ」とある。⑦理官　『漢書』巻三〇芸文志に「法家者の流れは、蓋し理官より出で、信賞必罰、以って礼制を輔く」とある。⑧天心　『尚書』咸有一徳に「克く天心に享《あた》り、天の明命を受く」とある。

時に曁陽《きやう》の人の任谷、耕して樹下に息ふに因り、忽ち一人の羽衣を著《き》たる有りて、就きて之に淫す。既にして在る所を知らず。谷遂に娠《はら》める有り。月を積みて将に産《う》まんとするに、羽衣の人復た来たり、刀を以って其の陰下を穿《うが》ち、一蛇子を出だして便ち去れり。谷は遂に宦者と成れり。後に闕《けつ》に詣《いた》りて上書し、自ら道術有りと云ふ。帝は

谷を宮中に留む。璞復た上疏して曰はく、

任谷の為す所の妖異は、因由有ること無し。陛下は玄鑒広覧し、其の情状を知らんと欲して、之を禁内に引き、供給し安処せしむ。臣は国を為《をさ》むるに礼正を以ってすと聞くも、奇邪を以ってすることを聞かず。聴く所は惟《た》だ人のみ。故に神は之に吉を降す。陛下は簡黙にして正に居り、動けば典刑に遵《したが》ふ。周礼を案ずるに、奇服怪人は宮に入らずと。①況んや谷は妖詭《えうき》怪人の甚だしき者なるも、而るに講肆《かうし》の堂に登り、殿省の側に密邇《みつじ》し、日月を塵《ぢん》点《てん》し、天聴を穢乱《わいらん》せり。臣の私情、窃かに取らざる所以なり。陛下若し谷を以って信に神霊の憑《よ》る所の者と為さば、則ち応に敬して之を遠ざくべし。夫れ神は聡明正直にして、接するに人事を以ってす。②若し谷を以って妖蠱《えうこ》詐妄《さぼう》の者と為さば、則ち当に裔土《えいど》に投畀《とうひ》すべくして、宜しく紫闈《しゐ》に褻近《せつきん》せしむべからず。若し谷を以って或いは是れ神祇　告譴《こくけん》し、国の為に眚《せい》を作す者ならば、則ち当に己れに克ち礼を修めて以って其の妖を弭《や》むべくして、宜しく谷をして安然として自容し、其の邪変を肆《ほしいまま》にせしむべからざるなり。臣愚以為へらく、陰陽陶烝《たうじょう》し、変化万端するは、亦た是れ狐狸魍魎《こりまうりやう》　憑仮《ひようか》して慝《とく》を作さん。願はくは陛下　臣の愚懐を採り、特《た》だ谷をして出ださしめよ。臣は人の乏しきを以って、忝《かたじけ》なくも史任を荷ひ、敢へて直筆を忘れんや。惟《た》だ義是れ規《のっと》る。

其の後、元帝崩ず。③谷因りて亡走す。

時に暨陽の人の任谷は、耕作して樹の下に休んでいると、ふと羽衣を着た人がやってきて色情をほしいままにした。しばらくして羽衣の人はどこかへ行ってしまい、任谷はそのまま妊娠した。月を重ねて産もうとするとき、羽衣を着た人がまたまたやってきて、刀で任谷の陰部の下を切り、蛇一匹を取り出して行った。任谷はかくて宦者となった。後に宮中に行って上書し、みずから道術を心得ていると言った。帝は任谷を宮中に留めた。璞はまた上疏して次のように言った。

任谷がなす妖異は、理由のあることではありません。陛下は玄鑒広覧であられ、その様子を知ろうとして、任谷を宮中に引き留め、物を与え安らかにさせておられます。私は礼正によって国を治めるとは聞いていますが、奇邪によって国を治めるとは聞いていません。天子が耳を傾けられるのは人です。だから神は天子に吉を降されるのです。陛下はことば少なく正しきにおられ、動かれるにしても不変の法則に遵っておられます。『周礼』を見ると「怪しい服装をした者や怪しい人間は宮中には入れない」とあります。まして任谷は妖詭で怪人の最たる者でありながら、書を講ずる部屋に登り、天子御座所のそば近くに寄りそい、天子を汚し、天子の耳を汚しています。私の気持ちとしては、失礼ながら賛成しかねるところです。陛下がもしも任谷をまことに神霊の憑《つ》いた者とお思いならば、敬して遠ざけるがよいでしょう。そもそも神は聰明であり、人には是是非非で接します。陛下がもしも任谷を媚び諂うでたらめな者だとお思いならば、遠隔の地に流すべきだし、宮殿に慣れ近づけてはなりません。陛下がもしも任谷を天地の神々が告譴つまり国のために災いをしている者だとされるならば、陛下は我欲にうち克って礼を修めそして任谷の妖を押えるべきだし、任谷をして安心して落ち着かせ任谷の邪変を勝手気ままにさせてはなりません。私思いますに、陰陽が万物を陶冶し、変化が種々様々であることは（天子のすることであるが）、任谷もまた狐狸や魍魎がするように天子に依りかかってうまく災いを起こすことでしょう。どうか陛下には私の愚見を取り入れられて、任谷をただただ宮中からお出しなさいますように。私は人が足りぬということで、ありがたくも史臣の任務を受けており、事実をありのままに書くことは決して忘れておりません。ただ義に則っているだけです。

その後、元帝が崩御した。任谷はそのために亡げていった。

①奇人怪人不入宮　『周礼』天官・閽人にある。②神聰明正直接以人事　『左氏伝』荘公三十二年に「吾之を聞く、国の将に興らんとするや、民に聴く。将に亡びんとするや、神に聴くと。神は聰明正直にして壱なる者なり。人に依りて行ふ」とある。③元帝崩　永昌元年（三二二）十一月、時に四七歳。

璞は母の憂を以って職を去り、葬地を曁陽に卜するに、①水を去ること百歩許《ばかり》なり。人　水に近きを以って言を為す。璞曰はく、「当に即ち陸と為るべし」と。其の後沙張《わ》きて、墓を去ること数十里、皆な桑田と為る。未だ朞ならずして、王敦《わうとん》②は璞を起《た》てて記室参軍と為す。是の時、潁川の陳述③大将軍の掾と為る。美名有り、敦の重んずる所と為るも、未だ幾《いくばく》ならずして没す。璞は之に哭し哀しむこと甚だし。呼びて曰はく、「嗣祖よ、嗣祖よ。焉《いづ》くんぞ福に非ざるを知らん」④と。未だ幾《いくばく》ならずして敦は難を作す。

璞は母の喪によって職をやめ、墓場を曁陽の地に占うと、川から離れること百歩ばかりであった。人々は墓場が川に近いということで文句を言った。（その時）璞は、「すぐに陸になる」と言った。その後沙浜が広がり、墓地から数十里地方は、すべて桑畑となった。一年経たぬうちに、王敦は璞を起用して記室参軍とした。この時、潁川の陳述が大将軍の属官となった。陳述は名声があり、王敦に重用されていたが、まもなく死んだ。璞は陳述の死を哭しひどい哀しみようであった。声をあげて、「嗣祖よ、嗣祖よ。災いを知らなくてよかった（早く死んでよかった）」と言った。まもなくして王敦が反逆した。

①卜葬地於曁陽　以下の話は『世説新語』術解篇に見える。②王敦　二六六～三二四。『晋書』巻九八に伝がある。『太平御覧』巻二四九に引く『晋中興書』参照。③陳述　『世説新語』術解篇の注に引く「陳氏譜」がある。④嗣祖嗣祖　以下の話は『世説新語』術解篇に見える。

時に明帝即位①し、年を踰《こ》ゆるも未だ改号せず、而して熒惑《けいわく》は房を守る。璞は時に休帰せしに、帝は乃ち使ひをして手詔を齎《もたら》して璞に問はしむ。会〻《たまたま》曁陽県復た上言して赤烏②見《あらは》ると曰ふ。璞乃ち上疏して年を改め赦を肆《ほしいまま》にせんことを請ふ。文多ければ載せず。璞嘗て人の為に葬る。③帝微服して往きて之を観て、因りて主人に問ふ、「何を以って竜角《りょうかく》④に葬るや。此の法は当に族を滅ぼすべし」と。主人曰はく、「郭璞云へり、『此れ葬るは竜なる耳《のみ》。三年を出でずして当に天子を致すべきなり』と」と。帝曰はく、「天子を出だすや」と。答へて曰はく、「能く天子の問を致す耳《のみ》」と。帝甚だ之を異とす。璞は素《もと》より桓彝《くわんい》⑤と友として善く、彝は毎に之に造《いた》る。或るとき璞の婦間に在るに値《あ》ふも、便ち入る。璞曰はく、「卿《けい》来たるに、他処には自ら径《ただ》ちに前《すす》むべし。但だ廁上には相ひ尋ぬべからざる耳《のみ》。必ず客主に殃《わざは》ひ有らん」と。彝は後に酔ひて璞に詣るに因り、正に廁に在るに逢ひ、掩《おほ》ひて之を観るに、璞が躶身《らしん》にて被髪し、刀を銜《くわ》へ醊《てつ》を設くるを見たり。璞は彝を見て、心《むね》を撫《な》でて大いに驚きて曰はく、「吾は毎に卿来ること勿かれと属せしに、反って更に是くの如し。但だ吾のみに禍ひするに非ずして、卿も亦た免れず。天実に之を為すに、将に以って誰をか咎《とが》めん」と。璞は終に王敦の禍ひに嬰《かか》り、彝も亦た蘇峻《そしゅん》⑥の難に死せり。

時に明帝が即位し、翌年になっても改元せず、火星は房宿から動かなかった。璞はその時曁陽県に帰って休んでいたので、そこで明帝は使者に直筆の詔を持たせて璞に問わせた。曁陽県の役人がたまたま「赤い鳥が現われた」と上言していた。璞はそこで改元して恩赦を行うよう上疏した。文章が長いので載録しない。璞はかつて人のために葬ったことがある。明帝は忍び姿で出かけてこれを見、主人に「どうして竜角の地に葬るのか。このやり方は一族を滅ぼすことになるぞ」と聞いた。主人が答えて、『これは竜角の地に葬るのだ。三年以内に天子を致すことができる』と郭璞が言ったのだ」と言った。明帝は「天子を出すのか」と言うと、主人は答えて「天子がおいでになるのだ」と言った。明帝はこれをふしぎだとした。璞は平素から桓彝と仲がよく、桓彝はいつも郭璞の所へ行っていた。あるとき璞は婦人の所にいたが、桓彝はそのまま入っていった。璞は次のように言った。「君はわが家に来たときは、他の場所ならまっすぐ来ても良い。だが廁の中だけは入ってはならない。きっと客も主人も災いを受けるだろう」と。桓彝はその後酔っぱらって璞を尋ねたところ、璞がちょうど廁にいたのに出会い、こっそり陰に隠れて見ていると、璞は裸になって髪をふり乱し、刀を口にくわえて祭りの用意をしていた。璞は彝を見て、胸を押えてびっくりし、「わしは君にいつも来てはならぬと、言いつけていたのに、まだこういうことをするのか。ただわしが災いを受けるだけではなく、君も災いから免れられないのだ。それは天の仕業であって、誰を責めることもできない」と言った。璞は結局王敦の災いにかかって死に、彝もまた蘇峻の乱で殺された。

①明帝即位　永昌元年（三二二）閏月、二四歳の時。②赤烏　瑞鳥。『史記』巻二八封禅書に「周　火徳を得、赤烏の符有り」とある。③璞嘗為人葬　以下の話は『世説新語』術解篇に見える。④竜角　『五雑組』巻六に「葬地は大約生気を以って主と為す。故に之を竜角と謂ふ」とある。⑤桓彝　二七六〜三二八。『晋書』巻七四に伝がある。⑥蘇峻

『晋書』巻一〇〇に伝がある。

王敦の逆を謀るや、温嶠《おんけう》・庾亮《ゆりやう》は璞をして之を筮せしむるも、璞が対は決せず。嶠・亮は復た己れの吉凶を占はしめしに、璞曰はく、「大吉なり」と。嶠等は退きて、相ひ謂ひて曰はく、「璞の対了《れう》せず、是れ敢へて言ふこと有らざるは、或いは天　敦の魄を奪ひしならん。今、吾等は国家と共に大事を挙げ、而して璞大吉なりと云ふは、是れ事を挙ぐれば必ず成有りと為すなり」と。是に於いて帝に勧めて敦を討たしむ。

王敦が反逆を謀ったとき、温嶠・庾亮はこれを璞に占わせたが、璞の占いは決まらなかった。嶠・亮はまた自分たちの吉凶を占わせたところ、「大吉である」と璞は答えた。嶠らは退出して、次のように言いあった。「璞の占いがはっきりせず、ことばに出して言わないのは、天が敦の魂を奪ったのであろうか。今我々は国家とともに大仕事を行おうとしており、璞が大吉と言っているのは、事を行えば必ず成功するということだ」と。そこで帝（明帝）に敦を討つように勧めた。

初め、璞毎に言ふ、「我を殺す者は山宗なり」と。是に至りて果たして姓の崇なる者有りて、璞を敦に構ふ。敦は将に挙兵せんとして、①又た璞をして筮せしむ。璞曰はく、「成る無し」と。敦は固より璞の嶠・亮に勧むるを疑ひ、又た卦の凶なるを聞き、乃ち璞に問ひて曰はく、「卿更に吾が寿の幾何《いくばく》なるかを筮せよ」と。答へて曰はく、「向《さき》の卦を思ふに、明公　事を起こせば、必ず禍ひすること久しからず。若し②武昌に住まば、寿は測るべからず」と。敦は大いに怒りて曰はく、「卿の寿は幾何ぞ」と。璞曰はく、「命は今日の日中に尽きん」と。敦怒り、璞を収め、③南岡に詣《いた》りて之を斬る。璞出づるに臨み、刑を行ふ者に何くに之かんと欲すと謂ふに、曰はく、「南岡の頭なり」と。璞曰はく、「必ず双柏樹の下に在り」と。既に至れば果たして然り。復た云ふ、「此の樹応に大鵲の巣有るべし」と。衆之を索《さが》すも得ず。璞更に尋ね覓《もと》めしむれば、果たして枝の間に於いて一大鵲巣の、密葉之を蔽《おほ》ひしを得たり。

　それより以前、璞は「自分を殺す者は山宗である」と、いつも言っていた。この時になってそのとおり姓を崇と言う者が現われて、璞を敦にしくんだ。敦は兵を挙げようとして、璞に占わせた。璞は「成功しない」と言った。敦は璞が嶠・亮に敦を討つことを勧めているのではないかと思っていたし、加えて占いは凶であると聞いて、璞に「お前はわしがどれほど生きられるかを占え」と言った。璞は「先の占いを思うと、あなたが事を起こせば、必ず災いはすぐに起こるだろう。もしも武昌に住んでいれば、いつまでも長生きできるだろう」と言った。敦はひどく怒り、「お前の寿命はどれほどか」と言った。璞は「命は今日の昼間に尽きるだろう」と言った。敦は怒り、璞を捕らえ、南岡へ連れて行って斬り殺した。璞は出発するにあたり、刑執行者に「どこへ行こうとするのか」と聞くと、「南岡の辺りだ」と答えた。すると璞は「殺される場所は二本の柏の樹の下であろう」と言った。着いてみるとそのとおりであった。璞はまた「この樹には大鵲《かささぎ》の巣があるはずだ」と言った。人々は巣を探したが、見つからなかった。璞はなおも探させると、そのとおり大きな鵲の巣が繁った葉に蔽《おお》われているのを見つけた。

①王敦挙兵　一回目は元帝の永昌元年（三二二）春正月。二回目は明帝の太寧二年（三二四）六月。以下の話は『世説新語』文学篇注に引く『璞別伝』に見える。②武昌　湖北省武漢市。③南岡　『初学記』巻二〇に引く鄧粲『晋紀』に「建康の南坑に至るに及び、参軍の郭璞を殺す」とある。

初め、璞　中興の初め行きて越城の間を経しに、①一人に遇へり。其の姓名を呼び、因りて袴褶《こしふ》を以って之に遺《おく》る。其の人辞して受けず。璞曰はく、「但だ取れ。後に自ら当に知るべし」と。其の人遂に受けて去る。是に至りて果たして此の人刑を行へり。時に年四十九。②王敦平らぐに及び、弘農の太守を追贈さる。

　それより前、東晋のはじめ璞は越の町辺りを通ったとき、一人の人に出合った。璞はその人の姓名を呼んで、乗馬袴を贈った。その人は辞退して受け取らなかった。璞は「ともかく受け取れ。後になってそのわけがちゃんと分るはずだ」と言った。その人はかくて受け取り去って行った。ここに至ってそのとおりこの人が刑を執行した。時に年四九歳。王敦の乱が平定されたとき、璞は弘農の太守を追贈された。

①初璞中興初行経越城間　中興初は東晋の当初。以下の話は『北堂書鈔』巻一二九に引く『捜神記』、『太平御覧』巻六九三に引く『捜神記』などに見える。②時年四十九　卒年は明帝の太寧二年（三二四）。生年は西晋の武帝の咸寧二年（二七六）。

初め、庾翼《ゆよく》①幼なき時、嘗て璞をして公家及び身を筮せしむ。卦成りて曰はく、「建元②の末に丘山傾き、長順③の初め子は凋零《てうれい》す」と。康帝即位④するに及び、将に改元して建元と為さんとす。或るひと庾冰《ゆひょう》⑤に謂ひて曰はく、「子は郭生の言を忘れたるや。丘山は上の名にして、⑥此の号は宜しく用ふべからず」と。冰は心を撫で歎恨《たんこん》す。帝の崩ずる⑦に及び、何充は改元して永和と為す。庾翼は歎じて曰はく、「天道の精微なるは、乃ち当に是くの如くなるべし。長順とは永和なり。吾庸《なん》ぞ免るるを得んや」と。其の年翼卒す。

　そのかみ、庾翼が幼かった時、璞に王室およびわが身を占わせたことがあった。占いは成り、「建元の末には丘山が傾き、長順（永和）の初めにはあなたは死んでしまう」と言った。康帝が即位すると、改元して建元としようとした。ある人が庾冰に「あなたは郭生のことばを忘れたのか。丘山は天子の名であり、この年号（建元）は使ってはならない」と。冰は胸をなで歎き恨んだ。（康）帝が崩御すると、何充は改元して永和とした。庾翼は歎じて、「天道が精微であるのは、このようであるのだ。長順とは永和のことである。私は災いから免かれることはできまい」と言った。その年に翼は死んだ。

①庾翼　三〇五～三四五。『晋書』巻七三に伝がある。②建元　康帝の年号。三四三～三四四。③長順　穆帝の年号の永和（三四五～三五六）のこと。④康帝即位　咸康八年（三四二）六月、二〇歳の時。⑤庾冰　二九六～三四四。庾翼の兄。『晋書』巻七三に伝がある。⑥丘山上名　丘山は岳で、康帝司馬岳のこと。⑦帝崩　建元二年（三四四）八月、二三歳。

冰は又た其の後嗣を筮せしむ。卦成りて曰はく、「卿の諸子は並びに当に貴盛なるべし。然るに白竜なる者有らば、凶徴至る。若し墓碑に金を生ぜば、庾氏の大忌なり」と。後に冰の子の蘊《うん》　広州の刺史と為る。妾の房内に忽ち一新生の白狗子有りて、由来する所を知る莫し。其の妾秘かに之を愛し、蘊をして知らしめず。狗は転た長大なり。蘊は入りて狗を見るに、眉眼は分明にして、又身は至って長くして弱く、常狗に異なれり。蘊は甚だ之を怪しみ、将に出でて共に視んとす。衆人の前に在るに、忽ち在る所を失ふ。蘊は慨然として曰はく、「殆んど白竜ならんか。庾氏禍ひ至らん」と。又た墓碑に金を生じ、俄かにして桓温①の滅ぼす所と為る。終に其の言の如し。璞の占験は、此の類の如きなり。

冰はまた自分の後嗣を占わせた。占いは成り「あなたの子たちはみな身分が高く盛んになるにちがいない。しかし白竜が現われたら、凶徴が起こるだろう。もし墓碑に金が生じたら、庾氏にとって大きな忌である」と言った。その後冰の子の蘊が広州の刺史となった。妾の部屋の中にどこから来たのか分らないが、生まれたばかりの白い小犬がにわかに現われた。妾はこの犬をそっと可愛がり、蘊には知らせなかった。犬はますます大きくなっていた。蘊は妾の部屋に入って犬を見たが、その眉と眼ははっきりとしており、また胴の長さは極めて長くうねうねして、普通の犬とは違っていた。蘊はひどく怪しみ、部屋の外に出て妾と一緒によく視ようとした。人々の前に置いたところ、ふとどこかへ行ってしまった。蘊は悲しんで「白竜ではないだろうか。庾氏にとって災いが起こるだろう」と言った。また墓碑には金が生じて、たちまち桓温に滅ぼされた。結局は璞のことばどおりであった。璞の占いの徴《しるし》は、すべてこの類のごとくであった。

①桓温　三一二〜三七三。『晋書』巻九八に伝がある。

璞は前後筮験六十余事を撰し、名づけて洞林《とうりん》と為す。又た京①・費②諸家の要最を抄し、更に新林十篇・卜韵一篇を撰す。爾雅を注釈し、別に音義・図譜を為《つく》る。又た三蒼・方言・穆天子伝・山海経及び楚辞・子虚・上林の賦を注すること数十万言、皆な世に伝はる。作る所の詩・賦・誄・頌も亦た数万言なり。

璞は自分の行なった占いの六十余例を撰して、『洞林』と名づけた。また、京房・費直などの諸家の重要な点を抄録し、さらに『新林十篇』『卜韻一篇』を撰した。『爾雅』を注釈し、ほかに『音義』『図譜』を作った。また『三蒼』『方言』『穆天子伝』『山海経』及び『楚辞』「子虚賦」「上林賦」に注すること数十万言、これらはみな世に伝えられている。書いた詩・賦・誄・頌は数万言である。

①京　京房。『漢書』巻七五に伝がある。②費　費直。『漢書』巻八八に伝がある。

子は鷔《がう》、官は臨賀の太守に至る。

子は鷔で、官職は臨賀郡の太守になった。

〈本稿は『中国中世文学研究』第16号（中国中世文学研究会・昭和五八年一二月）に、「六朝文人伝――『晋書』郭璞伝――」の題目で掲載したものである。なお本書に収める際、書き下し文を加えた〉

支遁の伝記

支遁《しとん》、字は道林、本姓は関氏、陳留①の人なり。或いは云ふ、河東の林慮②の人なりと。幼くして神理③有り、聡明にして秀徹④なり。初め京師⑤に至りしに、太原の王濛《わうもう》⑥甚だ之を重んじて曰はく、微を造《いた》す⑦の功は、輔嗣《ほし》⑧に減《おと》らずと。陳郡の殷融⑨は嘗て衛玠《ゑいかい》⑩と交はり、其の神情⑪は儁徹《しゅんてつ》にして、後進⑫之を継ぐ者有る莫しと謂《おも》へり。遁を見るに及び、歎息し以って重ねて若《かくのごと》き人⑬を見たりと為せり。

支遁、字は道林、俗姓は関氏、陳留の人である。河東の林慮の人であるとも言う。幼くして道理に深く通じ、聡明で抜きんでていた。以前都に行ったとき、太原の王濛は遁を甚だ重んじて、「玄遠な微旨に達した功は王弼《おうひつ》以上である」と言った。陳郡の殷融はかつて衛玠と交わり、「衛玠の神情は秀れており、後学の者で彼を継ぐ者はいない」と考えていた。（ところが）遁を見るや、歎息して衛玠のような人物にまた出会った、と思った。

□資料は『高僧伝』巻四支遁伝（梁会稽嘉祥寺沙門慧皎撰）を用いる。

①陳留　河南省陳留県。②河東林慮　河南省林県。③神理　道理に深く通ずること。『世説新語』言語篇注に引く『謝車騎家伝』に「（謝）玄、字は幼度、鎮西奕《えき》の第三子なり。神理明俊、微言を善くす」とある。④秀徹　すぐれる。抜きんでる。⑤京師　東晋の都建康。⑥太原王濛　『晋書』巻九三に王濛伝がある。太原は山西省太原県。⑦造微　玄遠な微旨に達する。微は玄理。⑧輔嗣　王弼の字。『老子』『易』の注を作る。⑨陳郡殷融　『世説新語』文学篇注に引く『中興書』に伝がある。陳郡は河南省淮陽県。⑩衛玠　『晋書』巻三六に伝がある。⑪神情　人品。風采。『世説新語』文学篇注に引く『文字志』に「（謝）安は神情秀悟にして、善く玄遠を談ず」とある。⑫後進　後学の者。『論語』先進篇に「後進の礼楽に於けるは君子なり」とある。⑬若人　衛玠に匹敵する人物。『論語』憲問篇に「子曰はく、君

子なる哉《かな》若き人、徳を尚ぶ哉《かな》若き人と」とある。

家は世〻仏に事へ、早《つと》に非常の理①を悟る。余杭山②に隠居し、道行《だうぎやう》の品《ぼん》③を沈思し、慧印《けいいん》の経④を委曲し、卓焉として独り抜き、天心⑤を得《え》自たり。年二十五にして出家す。

家は代々仏道を信奉し、（遁は）早くから無常の理を悟っていた。余杭山に隠れ住み、道行小品般若経に思いを運らし、仏典に精進し、衆より抜きんでて秀れ、仏の御心を会得していた。二十五歳で出家した。

①非常理　無常の道理。『四十二章経』に「仏言ふ、天地を観て非常を念ひ、世界を観て非常を念ふ」とある。②余杭山　浙江省にある山。③道行之品　道行小品般若経。『世説新語』文学篇に「北来の道人才理を好む有り。林公（遁）と瓦官寺に相ひ遇ひ、小品を講ず」とある。④慧印之経　如来の知慧の変らぬ教え。仏典。⑤天心　天の御心。仏の御心の意に解した。

講肆《かうし》①に至る毎に、善く宗会②を標す。而るに章句或いは遺《のこ》す所有り。時に文を守る者③の陋《いや》しむ所と為る。謝安④は聞きて之を善しとして曰はく、此れ乃ち九方歅《きうほういん》⑤の馬を相《み》るや、其の玄黄⑥を略して其の駿逸を取れりと。⑦王洽《わうかふ》・劉惔《りうくわい》・殷浩《いんかう》・許詢・郗超《ちてう》・孫綽・桓彦表《くわんげんへう》・王敬仁・何次道《かじだう》・王文度《わうぶんど》・謝長遐《しやちやうか》・袁彦伯《えんげんはく》等⑧は、並びに一代の名流⑨にして、皆な塵外の狎《かふ》⑩を著はす。

議論の場になるといつも、本質をとらえて標榜することに長じていた。しかし、章句（の解釈）には時に遺漏があり、当時の文字を大切にする人からは卑しまれた。謝安はこれを聞き賛えて「このことは九方歅が馬を鑑定するとき、馬の黒・黄（の毛色）を無視して、その駿逸を問題にした（ことと同じである）」と言った。王洽・劉惔・殷浩・許詢・郗超・孫綽・桓彦表・王敬仁・何次道・王文度・謝長遐・袁彦伯らは、みな当代の名流で、世俗を超越した仲間たちで知られた。

①講肆　書を講ずる場。論議の場。②宗会　物ごとの真髄、本質。会宗に同じ。③守文者　文字を大切にする人。文字の徒ともいう。④謝安　『晋書』巻七九に伝がある。⑤九方歅　馬の鑑定人。九方皐《きゅうほうこう》ともいう。『世説新語』軽詆篇注に引く『列子』に鑑定の話がある。⑥玄黄　黒色と黄色。馬の毛色。⑦ここまでのことは、『世説新語』軽詆篇注に引く『支遁伝』に見える。⑧王洽は『晋書』巻六五、殷浩は巻七七、郗超は巻六七、孫綽は巻五六、王敬仁は王脩で巻九三、何次道は何充で巻七七、王文度は王坦之で巻七五、袁彦伯は袁宏で巻九二に伝がある。劉恢は『世説新語』賞誉篇注に引く宋の明帝『文章志』に、許詢は言語篇注に引く『続晋陽秋』に伝がある。桓彦表・謝長遐は伝不詳。⑨一代名流　当時の名流。名流は老荘の理に長じた人にいう。『世説新語』品藻篇に「孫興公（綽）・許玄度（詢）は皆な一時の名流なり」とある。⑩塵外之狎　世俗を超越した狎客。狎客はなれなれしくて礼儀に拘らぬ者。

遁は常《かつ》て白馬寺①に在り、劉系之《りうけいし》②等と荘子逍遥篇③を談ず。云ふ、各〻性に適《かな》ふ、以って逍遥と為すと。遁曰はく、然らず。夫れ桀《けつ》・跖《せき》④は残害を以って性と為せり。若《も》し性に適ふを得と為せば、彼も亦逍遥ならんと。是に於いて退きて逍遥篇に注す⑤。群儒旧学　歎伏せざる莫し。

遁はかつて白馬寺で、劉系之らと『荘子』逍遥遊篇を論じた。（劉系之が）「それぞれ性に適う、それが逍遥である」と言うと、遁は言った。「そうではない。いったい桀王や盗跖《とうせき》は残害を性としている。もし性に適うとするのであれば、彼らも逍遥ということになる」と。そこで退出して逍遥遊篇に注した。多くの学者や老学者は、みな歎伏した。

①白馬寺　河南省洛陽県の東にある寺。後漢の明帝の時建立し、中国僧寺の始祖といわれる。②劉系之　伝不詳。③荘子逍遥篇　『世説新語』文学篇には白馬寺で遁と馮懐《ふうかい》が逍遥篇について論じた話が見える。④桀跖　夏の桀王と黄帝の時の盗跖。桀王の性が残害であることは『史記』巻二夏本紀に、盗跖のそれは巻六一伯夷伝、『荘子』盗跖篇にある。⑤注逍遥篇　『世説新語』文学篇注に引く支遁「逍遥論」にその一端が窺える。

後、呉に還り、支山寺を立つ。晩に剡《せん》①に入らんと欲す。謝安②　呉興の守③為《た》り、遁に書を与へて曰はく、君を思ひて日積《つも》り、辰《とき》を計りて傾遅④す。剡に還りて自ら治《ち》せんと欲するを知り、甚だ以って悵然《ちやうぜん》たり。人生は寄するが如き耳《のみ》⑤。頃《このごろ》風流⑥得意⑦の事、殆んど都《すべ》て尽きたりと為す。終日慼慼《せきせき》として、事に触れて惆悵《ちうちやう》す。唯《た》だ君の来たるを遅《ま》ち、以って晤言《ごげん》⑧して之を消さん。一日は千載に当たる耳《のみ》。此の山多き県は、閑静にして差《やや》疾を養ふべし。事は剡に異ならざるも、医薬は同じからず。必ず此の縁⑨を思ひ、其の積思を副《そ》ふるなりと。

後に呉に帰り、支山寺を建立した。後年剡《せん》に入ろうとした。（時に）謝安は呉興の太守であり、遁に書簡を送った。「君を思って日を重ね、時を数えて心を寄せています。剡に還って病いを治そうとしているのを知り、誠に痛ましいばかりです。人の世は仮りの住まいにすぎないのです。このごろは風流得意のことは、全くなくなってしまいました。終日嘆き憂い、事に触れては恨み悲しんでいます。ただ君の来られるのを待つばかりで、出会って語りあいこの憂いを晴らしたいものです。一日は千年の長きに相当します。山の多いこの県は、閑静で病いを治すにはよい所です。事は剡と変わりませんが、医薬は比べものにならぬほど素晴らしいのです。この縁《えにし》を思い、積もる思いを付しました」と。

①剡　浙江省嵊県《じょうけん》の西南にある県。②謝安　前出。③呉興守　呉興の太守。太守は長官。呉興は浙江省呉興県付近の郡。④傾遅　深く心を寄せ期待して待つ。⑤人生如寄耳　魏の文帝の「善哉行」に「人生は寄するが如く、憂ひ多くして何をか為さん」とある。⑥風流　俗事を棄てて高尚なこと。⑦得意　心に会うこと。⑧晤言　向きあって語る。出会って話す。『毛詩』陳風・東門之池に「彼の美しき淑姫《しゅくき》、与に晤言すべし」とある。⑨此縁　この関係。遁・謝安ともに呉にいることをいう。

王羲之①は時に会稽《くわいけい》②に在り。素《もと》より遁の名を聞くも、未だ之を信ぜず。人に謂ひて曰はく、一往の気③、何ぞ言ふべきに足らんやと。後、遁既に剡に還るに、郡を経由す。王は故《ことさら》に往きて遁に詣《いた》り、其の風力④を観んとす。既に至るや、王は遁に謂ひて曰はく、逍遥篇　聞くを得べきかと。遁乃ち数千言を作《な》す。新理を標掲《へうけい》し、才藻⑤驚絶《きやうぜつ》す。王は遂に襟を披《ひら》き帯を解き、留連《りうれん》⑥して已《や》むこと能はず⑦。仍《な》ほ請ひて霊嘉寺⑧に住《ぢゆう》せしめ、意存⑨して相ひ近づけり。

王羲之は会稽に居たことがある。平素から遁の名声は聞いていたが、信用していなかった。人に「(自分は)一途な気性で、(遁と)語るわけにはいかぬ」と言った。後に遁が剡に還ろうとしたとき、(会稽)郡を経由した。王はわざわざ出かけて遁に会い、彼の風力を見ようとした。行き着いて、王が遁に「逍遥遊篇について(見解を)お聞きしたい」と言うや、遁はなんと数千言しゃべった。新しい理論を掲げ、才藻は驚くほど優れていた。王はかくて心の内を開き、いつまでも立ち去りかねた。そこで霊嘉寺に住まわせ、気に入って互いに近づきあった。

①王羲之　『晋書』巻八〇に伝がある。②会稽　浙江省にある郡。王羲之は会稽の内史としてここに居た。③一往之気　一途な気性。④風力　風采と力量。⑤才藻　才知と文藻。⑥留連　去るに忍びないさま。⑦ここまでのことは、『世説新語』文学篇に見えるが、遁と王羲之との出会いかたは、両書異なる。⑧霊嘉寺　会稽郡にあったのであろう。⑨意存　心に残る。気があう。

俄《には》かにして又た迹を剡の山に投ず。沃州《よくしう》①の小嶺立寺《せうれいりつじ》に於いて道を行ふ。僧衆百余、常に随ひて学を稟《う》く。時に或いは惰《おこた》る者有れば、遁乃ち座右の銘を著はし、以って之を勖《はげま》して曰はく、之を勤《つと》めよ之を勤めよ。至道②は弥《とほ》きに非ず。奚為《なんす》れぞ淹滞《えんたい》③するや、弱喪《じゃくさう》④の神奇よ⑤。茫茫《ぼうぼう》たる三界、⑥眇眇《べうべう》として長く羇《き》⑦すれば、煩労は外に湊《あつま》り⑧、冥心《めいしん》は内に馳《は》す⑨。徇《したが》ひ赴きて⑩欽《つつし》み渇《むさぼ》れば、緬邈《めんばく》として疲れを忘る。人の一世に生まるるは、涓《けん》として露の垂るるが若し。⑪我が身は我に非ず、云云《うんうん》と誰か施さんや。達人⑫は徳を懐《おも》ひ⑬、安きは必ず危きを知り、⑭寂寥⑮として清く挙がり、累《わずら》ひを禅池⑯に濯《あら》ふ。謹んで明禁⑰を守り、雅《つね》に玄規⑱を玩《もてあそ》び、心を神道⑲に綏《やす》んじ、志を⑳無為㉑に抗《あ》ぐ。三蔽《さんへい》㉒を寥朗㉓し、六疵《ろくし》㉔を融冶㉕し、五陰㉖を空同《むな》㉗しくし、四肢㉘を虚豁《むな》㉙しくす。指に非ざるを指に喩《さと》㉚せば、絶えて離るること莫し。妙覚既㉛に陳《ひさ》しく、又た其の知を玄《ふか》くし、任に宛転《えんてん》㉜し、物と推移す。㉝此れを過ぎて以往《いわう》は、思ふ勿かれ議《はか》る勿かれ。㉞之を覚《かく》父《ふ》㉟に敦くし、志は嬰児《えいじ》㊱に在りと。

にわかにしてまた剡の山に身を寄せた。沃州の小嶺立寺で仏道を修行した。百余人の僧が、いつも(遁に)ついて学問を受けた。怠惰な者がいると、遁は座右の銘を著わし、励まして言った。「よくよく勤め励まれよ。仏道は近くにあるのです。怠けてはなりませぬ、若くして郷里を離れた霊妙な者たちよ。広大なる人間世界に、いつまでも仮り住まいしていると、煩わしさや疲れが身体にたまり、深く考えることが心の内にわき起こるものです。（仏道に）身を寄せ探求すれば、疲れなど忘れてしまいます。人がこの世にあるのは、わずかの間です。自分の身は実は自分の身ではなく、誰もあれこれ言うことはできません。達人なる者は徳を慕い、安と危とは入れ替わるということを心得ていますし、心静かにして清く身を持ち、静かな池で汚れた心身を洗い清めるのです。謹んで戒律を守り、常に規範に習熟し、仏道に心を安らかにし、無為に志を高くします。三蔽を明らかにし、六疵を和らげ、五陰を空《むね》しくし、四肢を虚《むな》しくします。指ではないもので指を証明すると、決して指から離れることはないのです。無上の悟りを得て久しく、また知識も深くなり、任に応じて順応変化し、万物とともに推移します。これ以上のことは、思ったり考えたりしてはいけません。覚父の仏陀を心より敬い、志すところは嬰児にあるのです」と。

①沃州　浙江省新昌県の東にある山。②至道　深遠な道。仏道の意に解する。『荘子』在宥篇に「至道の精は窈窈冥冥《えうえうめいめい》たり。至道の極は昏昏黙黙《こんこんもくもく》たり」とある。③淹滞　滞ること。怠ること。④弱喪　弱年にして故郷を失うこと。年若く他郷にさすらうこと。『荘子』斉物論篇に「予は悪《いづ》くんぞ死を悪《にく》むの弱喪にして帰るを知らざる者に非ざるを知らんや」とある。⑤神奇　神秘霊妙な者。ここは僧衆百余をさす。『荘子』知北遊篇に「是れ其の美とする所の者は神奇と為る」とある。⑥三界　衆生の生存する全世界。⑦長羇　久しく旅住まいする。⑧外湊　肉体にたまる。外は⑨の内に対すると解した。⑨内馳　心の内、精神に起こる。⑩徇赴　（仏道に）従う。⑪涓若露垂　わずかに露が降りるようだ。はかないことをいう。⑫達人　見識高く道理に通じた人。嵆康「山巨源と絶交する書」に「柳下恵・東方朔は達人なり。卑位に安んず。吾豈に敢へて之を短《そし》らんや」とある。⑬懐徳　徳を思い続ける。『論語』里仁篇に「子曰はく、君子は徳を懐ひ、小人は土を懐ふと」とある。⑭知安必危　安楽であることは必ず危険であることを知る。安と危とは入れ替わることを知る。『荘子』則陽篇に「安危は相ひ易《か》はり、禍福は相ひ生ず」とある。⑮寥寥　静かなさま。『老子』第二十五章に「寂たり寥たり、独立して改めず、周行して殆《つか》れず」とある。⑯禅池　静かな池。⑰明禁　掟。

戒律。⑱玄規　規範。戒め。⑲神道　霊妙な道。仏道の意に解する。『易』観に「天の神道を観るに、四時忒《たが》はず。聖人は神道を以って教へを設く。而して天下服す」とある。⑳抗志　志を高くする。㉑無為　人知人為を捨てること。『老子』第三十七章に「道の常は無為にして、而も為さざる無し」とある。㉒三蔽　三つの傷害。邪魔物。詳しくは不明。㉓寥朗　明らかにする。㉔六疵　六つの疵。病気。『左氏伝』昭公元年の寒疾・熱疾・末疾・腹疾・惑疾・心疾をいうか。㉕融治　溶かす。和らげる。㉖五陰　五蘊《ごうん》に同じ。色・愛・想・行・識をいう。㉗空同　むなしい。同は洞に通じ、空の意。㉘四肢　両手両足。㉙虚豁　むなしい。㉚非指喩指　指とは違うものによって指を証明する。ある者を証明するとき、それと同じ物を用いると、実相が分らなくなるので、違う物を用いること。『荘子』斉物論篇に「指を以って指の指に非ざることを喩《さと》すは、指に非ざるを以って指の指に非ざることを喩すに若かざるなり。（略）天地は一指なり」とある。㉛妙覚　無上の悟り。梁の簡文帝「上天法頌表」に「天上天下、妙覚の理　独り円なり」とある。㉜宛転乎任　任務に応じて変化順応する。『荘子』天下篇に「椎拍輐断《すゐはくくわんだん》、物と宛転す」とある。㉝与物推移　万物と推移する。『淮南子』俶務訓に「且つ夫れ精神は滑淖《くわつしやく》繊微し、倏忽《しゆくこつ》変化して、物と推移す」とある。㉞勿思勿議　考えたり論じたりするな。『荘子』知北遊篇に「思ふこと無く慮ること無ければ、始めて道を知る」とある。㉟覚父　悟りを開いた人。父は尊称。ここは仏陀をいうのであろう。『孟子』万章下篇に「(伊尹)曰はく、天の斯の民を生ずるや、先知をして後知を覚《さと》らしめ、先覚をして後覚を覚らしむ。予は民の先覚者なり。予将に此の道を以って此の民を覚らしめんとすと」とある。㊱嬰児　みどり児。『老子』第二十八章に「天下の谿と為れば、常徳離れず、嬰児に復帰す」とある。

時に遁の才は経済①に堪《すぐ》れりと以ってするも、己れを潔くして②俗より抜きんで③、兼済《けんさい》④の道に違ふ有りと論ず。遁乃ち釈矇論《しやくもうろん》⑤を作る。

当時、遁には経世済民の才能はあるが、身を清くして俗人より抜きんで、兼済の道に背くことがあると論じられた。遁はそこで釈矇論を著わした。

①経済　国を治め民を救うこと。『抱朴子』地真篇に「聡明大智を以って、経世済俗の器に任ず」とある。②潔身　身を清くする。『論語』述而篇に「人　己れを潔くして以って進む。其の潔きに与《くみ》するなり」とある。③抜俗　世俗より高く抜け出る。『後漢書』巻四九仲長統伝に「至人は能く変じ、達人は俗より抜きんず」とある。④兼済　すべて済《すく》う。広く治める。『荘子』列御寇篇に「小夫の知は苞苴《はうしよ》・竿牘《かんとく》を離れず。精神を蹇浅《けんせん》に敝《つか》らせて、導・物を兼済し、形・虚を太一にせんと欲す」とある。⑤釈矇論　矇昧な者に釈く論。

晩に石城山①に移り、又た棲光寺を立つ。山門に宴坐②し、心を禅苑③に遊ばしめ、木を食④ひ澗《たに》に飲み、志を無生《むしやう》⑤に浪《ほしいまま》にす。乃ち安般《あんはん》・四禅《しぜん》の諸経に注し、及び即色遊玄論《そくしきいうげん》⑥・聖不弁知論《しようふべんち》・道行旨帰《だうぎやうしき》・学道誡《がくだうかい》等は、蹤《あと》を馬鳴《ばめい》⑦に追ひ、影を竜樹《りようじゆ》⑧に蹋《ふ》み、義は法本⑨に応じ、実相⑩に違はず。

後年、石城山に移り、また棲光寺を建立した。山門に坐禅し、心を静かな庭にほしいままにし、木の実を食べ谷川の水を飲み、志を仏典に遊ばせた。そこで安般・四禅の諸経に注をし、また即色遊玄論・聖不弁知論・道行旨帰・学道戒などは、馬鳴の跡を追い、竜樹の影を慕い、意義は仏典に応じ、真理に違うことはなかった。

①石城山　浙江省永興県にある山。②宴坐　心身を安らかにして坐禅する。『維摩詰経』弟子品に「舎利仏言ふ、我昔曾《かつ》て林中に於いて、樹下に宴坐す」とある。③禅苑　静かな庭。禅は静の意。④木食　木の実を食べる。『世説新語』雅量篇注に引く『安和上伝』に「釈道安は常山薄柳の人なり。本姓は衛。年十二にして妙門と作る。（略）石氏の乱に値ひ、陸渾山《りくこんざん》に於いて木を食《くら》ひ学を修む」とある。⑤無生　仏典。孫綽「天台山に遊ぶ賦」に「散ずるに象外の説を以ってし、暢《の》ぶるに無生の篇を以ってす」とあり、李善注に「無生は釈典を謂ふなり」と言う。⑥即色遊玄論　『世説新語』文学篇および注に引く『支道林集』妙観章はこれに言及する。⑦馬鳴　印度の高僧。大乗起信論を著わす。⑧竜樹　馬鳴の孫弟子。大乗二十頌論を著わす。⑨法本　仏典。⑩実相　実在不変の真理。『法華経』方便品に「仏の成就する所は、第一の希有《けう》なる難解の法にして、唯だ仏と仏とのみ、乃ち能く諸法の実相を究尽す」とある。

晩に山陰①に出で、維摩経を講ず。遁　法師②と為り、許詢　都講《とかう》③と為る。遁　一義を通ずれば、衆人咸《み》な謂《おも》へらく、詢以って難を厝《お》くこと無しと。詢　一難を設くる毎に、亦た謂へらく、遁復た能く通ぜずと。此くの如くして竟《を》はりに至るも、両家竭《つ》きず。凡そ在聴の者④咸な謂へらく、遁の旨を審らかにし得たりと。廻《かへ》りて自ら説かしむれば、両を得るも、三は反《かへ》って便ち乱る⑤。

後年、山陰に出て、維摩経を講釈した。遁が法師となり、許詢が都講となった。遁が一つの解釈を示すと、人々はみな「詢は難問を発することはできまい」と思った。詢が難問を発するたびに、人々はまた「遁は解釈することはできまい」と思った。このようにして最後までいったが、二人とも負けることはなかった。およそ傍聴者たちは「遁の主旨はよくわかった」と思った。（しかし）家に帰って自分で説いてみると、二乗までは説くことができたが、三乗は混乱してしまった。

①山陰　浙江省にある県。②法師　仏教を修行して師となる者。③都講　門生の筆頭。法師に発問する者。④在聴者　傍聴していた者。⑤得両三反便乱　両は二乗、三は三乗。三乗とは声聞乗・縁覚乗・菩薩乗のこと。『世説新語』文学篇注に引く『法華経』参照。この段の話は『世説新語』文学篇では場の異なる話とするが、ここでは同じ場の一つの話とする。

晋の哀帝即位①するに至り、頻《しき》りに両使を遣はし、徴《ちょう》し請ひて都に出でしむ。東安寺②に止まり、道行般若③を講ず。白黒④は欽崇《きんすう》⑤し、朝野⑥は悦服⑦す。太原の王濛⑧は宿《かね》て精理を構へ、其の才辞を撰《えら》び、往きて遁に詣《いた》る。数百語を作《な》し、自ら謂《おも》へらく、遁能く抗する莫しと。遁徐《おもむ》ろに曰はく、貧道⑨　君と別《わか》れて多年なるも、君の語は了《つひ》に長進せずと。濛は慙《は》ぢて退き⑩、乃ち歎じて曰はく、実に紆鉢《うはつ》⑪の王何⑫なりと。

東晋の哀帝が即位したとき、二人の使者を何度も派遣して、（遁を）都に召し寄せた。（遁は）東安寺に止まり、道行般若経を講釈した。賢・不肖みな尊敬し、宮人・庶民みな満足した。太原の王濛はかねてより精密な論理を組みたて、優れた言葉を選別しておき、遁の所へ出かけた。数百言をまくしたて、ひそかに「遁は刃向かうことはできまい」と思った。が、遁はおもむろに言った。「私は君と別れて長年になるが、君の話は一向に進歩していない」と。濛は恥じ入って退室し、「(遁は) まさに仏門の王弼・何晏である」と、歎じて言った。

①哀帝即位　哀帝の在位は三六一～三六五。②東安寺　都の健康にあったのであろう。③道行般若　前出。④白黒　賢人と不肖。『史記』巻一三〇太史公自序に「賢不肖自《おのづか》ら分るれば、白黒乃ち形《あら》はる」とある。⑤欽崇　敬慕する。⑥朝野　朝廷と在野。⑦悦服　喜び従う。⑧太原王濛　前出。⑨貧道　僧侶の謙称。⑩ここまでのことは、『世説新語』文学篇および注に引く『高逸沙門伝』に見えるが、以下の「乃歎曰、実紵鉢之王何也」のことは見えない。⑪紵鉢　僧侶の食器。転じて仏門の意。『世説新語』賞誉篇注に引く『高逸沙門伝』に「(略) 濛は聴講の衆僧に云ふ、高坐に向《あ》る者は、是れ鉢釪の後王なり。何人ぞや」とある。⑫王何　王は王弼。『魏志』巻二八に伝がある。前出。何は何晏。『易』『老子』にも通じ、『論語集解』もある。『魏志』巻九に伝がある。

郄超　謝安①に問ふ、林公②の談、稽中散《けいちゅうさん》③に何如と。安曰はく、稽努力すれば、裁《わづ》かに去るを得る耳《のみ》と。又た問ふ、殷浩④に何如と。安曰はく、亹亹《びび》たる論弁、恐らくは殷は文⑥を制せん。⑦超抜直上《てうばつちょくじやう》、⑧淵源《ゑんげん》は実に徳を慙《は》づること有らんと。郄超は後に親友に書を与へて云ふ、林法師は神理の通ずる所、玄は抜きんで独り悟る。数百年来、大法⑨を紹明《せうめい》⑩し、真理をして絶えざらしむるは、一人而已《のみ》と。

郄超は謝安に問うた。「林公の談論は、稽中散に比べてどうですか」と。安は「稽が努力すれば、やっとついて行くことができるほどです」と答えた。また問うた。「殷浩とはどうですか」と。安は答えた。「倦《う》むことのない弁論では、おそらく殷は文を制するでしょう。超脱高邁の点では、淵源は実に不徳を恥じることでしょう」と。郄超は後に親友に手紙を送り、「林法師は道理に深く通じており、玄理は衆より抜きんで悟りきっています。数百年来、仏典を受け継いで明らかにし、真理を絶えさせなかったのは、(遁) 一人だけです」と言った。

①郄超・謝安　前出。②林公　支遁のこと。③稽中散　稽康。中散大夫は稽康の官。竹林の七賢の一人。『晋書』巻四九に伝があり、稽を嵇に作る。④殷浩　字は淵源。前出。⑤亹亹　勉め励むさま。熱心なさま。⑥支　支遁。⑦ここまでのことは、『世説新語』品藻篇に見える。⑧超抜直上　超脱高邁。俗世より高く抜きんでていること。⑨大法　大乗の法。仏法。⑩紹明　受け継いで明らかにする。

遁は京師に淹留《えんりう》し①、渉《わた》るに将に三載ならんとす。乃ち東山②に還らんとして、上書告辞して曰はく、

遁は都に永く滞在し、三年にもなろうとしていた。そこで東山に帰ろうと思い、書を上り別れの挨拶に次のように言った。

①淹留京師　都に永く滞在する。『世説新語』雅量篇注に引く『高逸沙門伝』に「遁は哀帝の迎ふる所と為り、京邑に遊ぶこと久し。心は故山に在り。乃ち衣を王都に払ひ、還りて巌穴に就く」とある。②東山　浙江省臨安県の西。謝安の隠棲地。

遁　頓首して言ふ。敢へて不才を以って、風①を世表②に希《ねが》ふも、未だ後を鞭《むちう》つこと能はず。用《も》って霊化③を愆《あやま》る。蓋し沙門の義は、出仏の聖に法る。湻《じゅん》を彫《かざ》り朴に反り④、絶《はなは》だ宗に帰らんと欲す⑤。虚玄⑥の肆《し》に遊ぶも、内聖⑦の則を守り、五戒⑧の貞を佩《お》ぶるも、外王⑨の化を毗《たす》く。無声の楽⑩に諧《かな》ひ、以って自得して和と為す⑪。慈愛⑫を篤くするの孝は、蠕動《じゅどう》⑬すら傷《そこな》ふこと無く、撫恤《ぶじゅつ》⑭を銜《いだ》くの哀しみは、永く不仁⑮を悼《いた》む。未兆《みてう》⑯の順を秉《と》りて、遠く宿命⑰を防ぎ、無位⑱の節を掲《と》りて、亢《かう》に履《つ》くこと悔いず⑲。是を以って哲王⑳の世を御するは、南面㉑の重なり。其の風尚㉒を欽《つつし》み、其の逸軌《いつき》㉓に安んじ、其の順心㉔を探り、其の形敬㉕を略《をさ》めざるは莫し。故に歴代をして弥ゝ《いよいよ》新ならしむ。

遁は頓首再拝して申しあげます。不才なる私は、風趣を俗外に求めながら、いまだに後継者を育てずにおります。まことに仏の教えに違うものであります。仏門の教義は、出家した聖人を範とするものと考えます。淳朴の道に反り、本宗に帰ろうと思います。静寂な所に心を遊ばせながら、君王の規則を守り、五戒の節を身に修めながら、君王の教

化を輔《たす》けております。音のない音楽に心を柔らげ、心に悟って調和を保っております。親への孝行を真心こめて尽くすのは、禽獣でさえ守り、慈愛の心を抱きながらそれの果たせぬ哀しみは、仁徳のなさがいつまでも悲しまれます。兆《きざし》のない緒《いとぐち》を握って、過去の運命を防禦し、無位無官の節操を守って、官位に就くことに悔いはありません。こういうわけで哲王が世を治めることは、南面する者に重要なことであります。高い気風を敬い、優れた足跡に安んじ、従順な心を探り、敬意を治めなくてはなりません。かくて歴代の天子をますます新たにさせるのであります。

①希風　風趣・趣向を慕う。②世表　俗界の外。陸機の「歎逝の賦」に「精《たましひ》は浮かび精《こころ》は淪《しづ》み、忽ち世表に在り」とある。③霊化　仏の教えの意か。④彫澮反朴　淳朴を飾り淳朴に反る。『淮南子』原道訓に「已に雕《てう》し已に琢《たく》し、樸に還反《かへ》る。無為にして之を為し、而も道に合す」とある。⑤帰宗　本宗・根本に帰る。⑥虚玄　奥深いこと。静寂。張協の「七命」に「其の居や、峥嶸《さうくわう》幽藹《いうあい》にして、蕭瑟《せうしつ》虚玄なり」とある。⑦内聖　内に聖徳を備えた者。完璧な君主。『荘子』天下篇に「是の故に内聖外王の道、闇《くら》くして明らかならず、鬱《うつ》として発せず」とある。⑧五戒　五つの戒め。不殺生《ふせっしょう》・不偸盗《ふちゅうとう》・不邪淫《ふじゃいん》・不妄語《ふもうご》・不飲酒《ふいんしゅ》。『晋書』巻六四会稽文孝王道子伝に「臣聞く、仏者は清遠玄虚の神、五誡を以って教へと為す」とある。⑨外王　外に明王として君臨する者。完璧な君主。⑦注参照。⑩無声之楽　鐘鼓の音のない音楽・楽しみ。『荘子』天地篇に「冥冥に視て、無声に聴く」とあり、『礼記』孔子閒居篇に「孔子曰はく、無声の楽・無体の礼・無服の喪、此れを之れ三無と謂ふ」とある。⑪為和　調和をとる。『荘子』天地篇に「無声の中に独り和せるを聞く」とある。⑫慈愛　親子間の愛情・道徳。『老子』第十八章に「六親《りくしん》和せずして孝慈有り」とある。⑬蠕動　うねり動く。禽獣をいう。『淮南子』本経訓に「蠉飛《けんぴ》蠕動は、徳を仰ぎて生ぜざるは莫し」とある。⑭撫恤　いたわりいつくしむ。『詩経』小雅・蓼莪に「出でては即ち恤《うれ》ひを銜《ふく》み、入りては即ち至る靡《な》し」とあり、孝子が父母に死別し、孝養できぬことを怨む。⑮不仁　仁徳がない。『易』繋辞下に「子曰はく、小人は不仁を恥ぢず」とある。⑯未兆　動く気配が見えない。『老子』第六十四章に「其の安きは持ち易く、其の未だ兆《きざ》さざるは謀《はか》り易し」とある。⑰宿命　過去の因縁による運命。過去の世の生涯。⑱無位　定まった位がないこと。『易』乾に「上九に曰はく、亢《かう》竜《りゅう》悔い有りとは、何の謂ぞやと。子曰はく、貴くして位无《な》く、高くして民无し。賢人下位に在りて輔くる无し。是を

以って動けば悔い有るなりと」ある。⑲履亢不悔　亢竜（高貴な位）に就くことは後悔しない。⑱注参照。⑳哲王　賢明な王。『尚書』酒誥に「在昔、殷の先哲王は、迪《も》って天顕と小民とを畏れ、徳を経《をさ》むるに哲を秉《と》る」とある。㉑南面　天子。『漢書』巻七二貢禹伝に「況んや漢地の広、陛下の徳を以って、南面の尊に処《を》り、万乗の権を秉《と》り、天地の助に因るをや」とある。㉒風尚　高い気風。『世説新語』文学篇注に引く孫綽『道賢論』に「遁は向秀《しやうしう》に比《くら》べ、雅《もと》より老荘を尚ぶ、二子は時を異にするも、風尚にして玄同じきなり」とある。㉓逸軌　優れた足跡。手本。潘岳の「秋興の賦」に「羣儁《ぐんしゅん》の逸軌を仰ぎ、雲漢を攀《よ》ぢて以って游騁《いうてい》す」とある。㉔順心　従順な心。自然な心に従う。『荘子』庚桑楚篇に「静かならんと欲せば則ち気を平らかにし、神ならんと欲せば則ち心に順ふ」とある。㉕形敬　形に現われた敬意。敬意を現わすこと。

陛下、天は聖徳①を鍾《あた》へ、雅《つね》に倦《う》まざるを②尚《たつと》び、道は霊模《れいも》に遊び③、日昃《かたむ》く④も忘れて御す。⑤鐘鼓⑥は晨《あした》に極まり、声は天下に満ち、清風⑦は既に劭《うるは》しく、幸甚ならざるは莫しと謂ふべし。上願《ねが》はくは陛下、齢を二儀⑧に斉《ひと》しくし、弘く至法⑨を敷き、陳信⑩の妖誣《ふ》⑪を去り、丘禱《きうたう》⑫の弘議を尋ね、小塗《と》⑬の致泥《ちでい》⑭を絶ち、宏轡《くわうひ》を夷路《いろ》⑮に奮はれんことを。若然《かくのごと》くすれば、泰山《たいざん》⑯は季氏《し》⑰の旅に淫《みだ》されず、一を得て以って霊と成る。⑱王者は員丘《ゑんきう》⑲に非ざれば禋《まつ》らず、一を得て以って永く貞たり。⑳若し貞霊《ていれい》㉑をして各〻一ならしめば、人神㉒相ひ忘る。君君《くん》㉓たれば、下は親《みづか》ら挙ぐること無く㉔、神神《しん》㉕たれば、呪《のろ》ひは霊を加へず。玄徳《げんとく》㉖は交はり被《おほ》ひ、民は冥佑《めいいう》㉗を荷《う》く。恢恢《くわいくわい》㉘たる六合《りくがふ》㉙は、吉祥㉚の宅と成り、洋洋㉛たる大晋㉜は、元亨《げんかう》㉝の宇と為る。常に無為㉞なれば、万物は宗に帰し、㉟大象を執れば、天下自ら往く。㊱国　刑殺㊲を典《つかさど》れば、則ち有司㊳存す。若し生かして恵するに非ざれば、則ち賞する者は自ら得、㊴戮して怒るに非ざれば、則ち罰する者は自ら刑す。㊵公器《こうき》㊶を弘めて以って神意㊷に厭《かな》ひ、銓衡《せんかう》㊸を提《ただ》して以って冥量《めいりょう》㊹を極む。所謂《いはゆる》、天何をか言はんや。四時行はると。㊺

陛下は天より聖徳を賜られ、常に倦むことなく勤め励み、道として神聖な法式に身をおき、日が傾くのも忘れて世を治めておられます。音楽は早朝から盛んであり、名声は天下にゆきわたり、気風は麗わしく、これ以上の幸せはないと思われます。どうか陛下には、天地とともに長生きし、無上の教えを天下に及ぼし、陳勝《ちんしょう》の信書の詐術を取り除き、孔丘の祈禱《きとう》の深慮を尋ね、小路が泥だらけになるのを防ぎ、大きい轡《たずな》を平坦な道に奮われますように。このようにしますと、泰山は季氏の祭に汚されることはなく、道を得て神霊となるのです。王者は員丘山でなければ祭らず、道を得て永久に王となるのです。もし王と神霊それぞれ道を得ることができれば、王も神霊も互いの存在を忘れることができます。君主が君主として存在していれば、人民は勝手に行動することはなく、神が神として存在していれば、呪術が霊を強いることはありません。聖人の徳が至る所に及び、人民は神の加護を受けることになります。広大なる宇宙は、吉祥の居所となり、広大なる大晋は、元亨の居宇となります。常に無為であれば、万物は根本に帰り、道を守れば、天下どこへでも行くことができます。国家が刑罰を用いることになれば、そのための役人が存在することになります。もし（罪人を）生かして情けをかけることがなければ、賞《ほ》め賛える者は自ら満足することになり、（罪人を）殺して自分で憤ることがなければ、罰する者は自分で自分を刑することになります。人々の共有すべき仁義を天下に弘めて神の心を満足させ、役人の取り調べを正して神の心を究めなくてはなりません。それが「天は何も言わぬのに、四季は自然に運る」ということなのです。

①聖徳　天子としての徳。『後漢書』巻三章帝紀に「有司奏言す、孝明皇帝は聖徳淳茂にして、日の昃《かたむ》くるまで劬労す」とある。②不倦　倦み疲れない。『左氏伝』昭公十三年に「施舎《ししゃ》し倦まず、善を求めて厭《あ》かず。是を以って国を有《たも》つ者は、亦た宜《むべ》ならずや」とある。③道遊霊模　未詳。④日昃　注②参照。⑤御　馬を御す。国を治めることをいう。⑥鐘鼓　音楽。国を治める手段。『礼記』楽記篇に「鐘鼓干戚《かんせき》は安楽を和する所以なり」とある。⑦清風　清らかな風。気風。張協の「詠史の詩」に「清風は万代に激し、名は天壌《てんじょう》と倶にす」とある。⑧二儀　天と地。張協の「七命」に「功は造化と流を争ひ、徳は二儀と大を比ぶ」とある。⑨至法　最高の教え。無上のきまり。⑩陳信　陳勝の信書のことか。『史記』巻四八陳渉世家に「乃ち行きて卜す。卜者は其の指意を知りて曰はく、足下の事は皆な成りて功有らん。然れども足下之を鬼《き》に卜せしやと。陳勝・呉広は喜び、鬼を念ひて曰はく、此れ我に先づ衆を威《おど》すを教ふる耳《のみ》と。乃ち帛《きぬ》に丹書して曰はく、陳勝王《わう》たらんと」とある。⑪妖誣　人を惑わす言葉。詐りごと。⑩注参照。⑫丘禱　孔丘

の祈禱。『論語』述而篇に「子の疾病なり。子路禱《いの》らんことを請ふ。子曰はく、諸《これ》有りやと。子路対《こた》へて曰はく、之れ有り。誄《るい》に曰はく、爾《なんぢ》を上下の神祇に禱ると。子曰はく、丘の禱ること久しと」とある。⑬小塗　こみち。『荀子』栄辱篇に「巨涂《きょと》は則ち譲《みだ》れ、小涂は則ち殆《あやふ》し」とある。⑭致泥　泥を招く。⑮夷路　平坦な道。⑯泰山　五岳の一。山東省泰安県の北部。⑰季氏之旅　季氏の祭。「季氏」は春秋魯の季孫氏。「旅」は山神をまつる祭。『論語』八佾篇に「季氏　泰山に旅す。子は冉有《ぜんいう》に謂ひて曰はく、女《なんぢ》救ふこと能はざるかと。対へて曰はく、能はずと。子曰はく、嗚呼、曾《すなは》ち泰山は林放に如かずと謂《おも》ふやと」とある。⑱得一以成霊　道を得て神霊となる。『老子』第三十九章に「昔の一を得る者は、天は一を得て以って清く、地は一を得て以って寧《やす》く、神は一を得て以って霊に、谷は一を得て以って盈《み》ち、万物は一を得て以って生じ、侯王は一を得て以って天下の貞と為る。其の之を致すは一なり」とある。⑲員丘　山の名。仙人の居所。『博物志』物産篇に「員丘山の上に不死の樹有り、之を食《くら》へば乃ち寿《いのちなが》し。赤泉有り、之を飲めば老いず」とある。⑳得一以永貞　道を得て永久に王となる。⑱注参照。㉑貞霊　上文の「貞」「霊」を受ける。㉒人神　上文の「王者」「泰山」および⑱注の「侯王」「神」を受ける。㉓君君　君主は君主である。「君」は上文の「王者」を受ける。『論語』顔淵篇に「斉の景公　政を孔子に問ふ。孔子対へて曰はく、君は君たり、臣は臣たり、父は父たり、子は子たりと」とある。㉔親挙　人民が自ら行う。『孔叢子』巡狩篇に「山川社稷、親《みづか》ら挙げざること有れば、土荒れ民遊びて教へ無しと為す」とある。㉕神神　神は神である。「神」は上文「人神」の「神」を受ける。『荘子』天地篇に「故に深の又た深にして能く物とし、神の又た神にして能く精にす」とある。㉖玄徳　施してもそれを忘れる徳。聖人の徳。『老子』第十章に「生じて有せず、為して恃《たの》まず、長じて宰《さい》せず、是れを玄徳と謂ふ」とある。㉗冥祐　神の加護。㉘恢恢　広大なさま。『老子』第七十三章に「天網は恢恢、疎にして失わず」とある。㉙六合　天地四方。宇宙。『荘子』斉物論篇に「六合の外は、聖人存して論ぜず。六合の内は、聖人論じて議せず」とある。㉚吉祥　めでたいこと。『荘子』人間世篇に「彼の闋《と》ぢたる者を瞻《み》れば、虚室　白を生じ、吉祥止まる」とある。㉛洋洋　広大なさま。また、道徳のゆきわたっているさま。㉜大晋　晋王朝を賛えて言う語。㉝元亨　天の四つの徳をいう。『易』乾に「元《はじめ》にして亨《とお》る」、王延寿の「魯の霊光殿の賦」に「天衢《てんく》を荷ひて以って元亨し、宇宙を廓《ひら》きて京を作る」

とある。㉞無為　あるがまま。『老子』第三十七章に「道の常は無為にして、而も為さざるは無し」とある。㉟万物帰宗　万物は根本に帰る。『老子』第四章に「道は沖《むな》しくして之を用ふるも或いは盈《み》たず。淵として万物の宗に似たり」、『荘子』知北遊篇に「中国に人有り、陰に非ず陽に非ず、天地の間に処《を》り、直《た》だ且《しばら》く人と為りて、将に宗に反らんとす」とある。㊱執大象而天下自往　道を守れば天下どこへでも安じて行くことができる。『老子』第三十五章に「大象を執りて天下に往くに、往きて害あらず、安・平・大なり」とある。㊲刑殺　刑に処し殺す。『史記』巻六秦始皇本紀に「上は刑殺を以って威と為すを楽しみ、天下は罪を畏れ禄を持し、教へて忠を尽くすもの莫し」とある。㊳有司役人。『論語』泰伯篇に「籩豆《へんとう》の事は、則ち有司存す」とある。㊴自得　満足して得意になる。自ら心に悟る。㊵自刑　自ら刑を施す。㊶公器　共有物。『荘子』天運篇に「名は公器なり。多く取るべからず」とある。㊷神意　神の意志。㊸銓衡　はかり。はかり調べること。㊹冥量　奥深い考え。神の考え。㊺天何言哉四時行焉　天は何も言わないのに、四季は自然に運る。『論語』陽貨篇に「子曰はく、天何をか言はんや。四時行はれ、万物生ず。天何をか言はんやと」とある。

貧道は東山に野逸《やいつ》①し、世と栄を異にす。蔬《そ》を長皁《ちやうふ》に菜《と》り、流れ②に清壑《せいがく》に漱《くちすす》ぎ、濫縷《らんる》③して世を畢《を》へ、皇階《くわうかい》④を窺《うかが》ふを絶つ。乾光《けんくわう》⑤は曜《ひかり》を曲げ、猥《みだ》りに蓬蓽《ほうひつ》⑥を被《おほ》ひ、頻《しき》りに明詔⑦を奉じて、京に詣上《いた》らしむるを悟らず。進退惟《こ》れ咎《とが》あり、⑧居《お》く所を知らず。天庭⑨に到りし自《よ》り、屢〻《しばしば》引見⑩を蒙《かうむ》り、賓礼《ひんれい》⑪に優遊《いういう》⑫し、策するに微言《びげん》⑬を以ってす。毎に愧《は》づらくは、才の滞《とどこほ》れるを抜⑭かず、理の新しきを拘《と》る⑮こと無きを。玄模《げんぼ》⑯を対揚《たいやう》⑰し、允《まこと》に視聴を塞《み》たす⑱に足らず、踧踖《しゆせき》⑲として人に侍し、汗⑳を位席㉑に流す。曩《さき》に四翁㉒は漢に赴き㉓、干木《かんぼく》㉔は魏に蕃《はん》たる㉕も、皆な出処㉖由《ゆゑ》有り、黙語㉗適《まさ》に会《かな》へり。今、徳は昔人㉘に非ず、動静は理に乖《そむ》き㉙、魂㉚を禁省《きんせい》㉛に遊ばしめ、言㉜を帝側に鼓《こ》し、将に拠《よ》るに非ざるに困《くる》しまんとするは㉝、何ぞ能く為すこと有らんや。且《しばら》く歳月僶俛《びんべん》㉞し、斯《か》くの若きの歎を感ず。況んや復た同志索居《さくきよ》㉟し、綜習㊱遼落《れうらく》㊲するをや。首を迴《めぐ》らして東顧㊳するに、孰《たれ》か能く懐《おも》ひ無からんや。上願《ねが》㊴はくは陛下、特《た》だ放遣《はうけん》㊵を蒙り、之を林薄《りんぱく》㊶に帰し、鳥を以って鳥を養はん㊷ことを。荷《にな》ふ所㊸は優為《た》り、謹んで露板《ろはん》㊹し以聞《いぶん》㊺す。其の愚管《ぐくわん》㊻を伸べ、糧を裹《つつ》みて㊼路を望む。伏して慈《じ》詔《せう》㊽を待たん。

私は東山に野遊し、世俗とは栄誉を異にしています。長い丘で野菜を摘み取り、清んだ谷川の流れで口を漱ぎ、ぼろを着て生涯を過ごし、天子の位を窺い見ることなどいたしません。哀帝さまは光を曲げて、やたらに私に及ぼし、しきりに詔勅を奉じて、都に出向くことになるとは思いもしませんでした。出処進退には咎《とが》めだてがあり、どのように処理すればいいのか分りません。皇宮に参りましてからは、たびたび天子にお目どおりし、賓客の礼をもってゆったりとし、深みのあるお話を申しあげました。（しかし）難解なところを明らかにするほどの才能がなく、新説を出すほどの道理でもないことをいつも恥じております。天子のお考えを称揚し、耳目を大いに満足させることもできず、ただ恭しく側に侍り、居るべき席で冷汗をかいております。かつて四人の老人は漢王室に出向き、段干木《だんかんぼく》は魏国の藩臣となりましたが、ともに出処には理由があり、進退はまさに理にかなっております。ところが今、私の徳は昔の人のようではなく、出処進退は道理に違《たが》い、魂を宮中にさまよわせ、天子の側で意見を述べ、分不相応な所で苦しんでいるのは、どうしようもありません。ともあれ長年勉め励んで、このような嘆きを懐いたのです。まして同志が離れて住み、一緒に学んだ者が遠く別れていれば、なおさらのことです。頭をめぐらして東山を思いますと、懐かしまずにはいられません。どうか陛下には、私を自由にされ、草むらに帰して、鳥には鳥の養い方をさせてくださいますように。謹んで封をせずに上書いたします。卑見を述べ、東山への帰路を思い旅支度をいたします。伏して慈愛ある詔を切望いたします。

①野逸　野で楽しむ。②漱流　流れで口をすすぐ。陸雲の「逸民の賦」に「短き策《つゑ》を杖《つゑつ》きて遂に往き、乃ち石に枕し流れに漱ぐ」とある。③濫縷　「濫」は「襤」の誤まりと見て、ぼろの着物の意とする。④皇階　天子の位に即く順序。陸機の「漢の高祖功臣の頌」に「慶雲は輝《ひかり》に応じ、皇階は木より授けられる」とある。⑤乾光　天の光。ここは哀帝をさす。⑥蓬華　蓬戸華門。貧者の家の喩《たと》え。『晋書』巻五一皇甫謐伝賛に「士安《しあん》は逸を好み、心を蓬華に栖《す》ましむ」とある。⑦明詔　詔勅。『史記』巻九七酈生伝に「臣請ふ、明詔を奉ずるを得て斉王に説き、漢の為にして東藩と称せしめんと」とある。⑧進退惟咎　出処進退には災いや非難がある。『易』乾に「進退存亡を知りて其の正を失はざ

る者は、其れ唯だ聖人のみか」とある。⑨天庭　天子の庭。朝庭。左思の「蜀都の賦」に「幽思道徳を絢《あや》にし、藻を擿《の》べて天庭に揆《かがや》かす」とある。⑩引見　引き入れて対面する。⑪賓礼　五礼の一。賓客をもてなす儀式。『礼記』坊記篇に「賓礼は進む毎に以って譲り、喪礼は加ふる毎に以って遠ざかる」とある。⑫優遊　ゆったりする。『毛詩』大雅・巻阿に「伴奐《はんくわん》として爾《なんぢ》に游ばば、優游して爾に休せん」とある。⑬微言　奥深い言葉。⑭抜滞　難解な所を明らかにする。⑮拘新　新説を出す。⑯玄模　未詳。「霊模」が前出。⑰対揚　対《こた》え称揚する。『毛詩』大雅・江漢に「虎は拝し稽首《けいしゅ》し、王休に対揚す」とある。⑱允塞　大いに満足させる。『毛詩』大雅・常武に「王の猶《はかりこと》は允に塞ち、徐《じょ》方《はう》既に来たる」とある。⑲蹶踖　恭敬なさま。『論語』郷党篇に「君在れば、蹶踖如たり、与与如《よよじょ》たり」とある。⑳流汗　恥じて汗をかく。㉑位席　座るべき席。㉒四翁　商山に隠れた四人の老人。東園公《とうえんこう》・綺里季《きりき》・夏黄公《かこうこう》・甪里《ろくり》先生。『漢書』巻七二王吉伝序に「漢興りて園公・綺里季・夏黄公・甪里先生有り。此の四人の者は、秦の世に当たり、避けて商雒《しやうらく》の深山に入り、以って天下の定まるを待つなり」とある。㉓赴漢　漢に出向く。『史記』巻五五留侯世家に「是に於いて呂后《りょこう》は呂沢《りょたく》をして人を使はし、太子の書を奉じ、辞を卑《ひ》くし礼を厚くして、此の四人を迎へしむ。四人至り、建成侯の所に客たり」とある。㉔干木　戦国時代の段干木。㉕蕃魏　魏の国の藩臣となる。『史記』巻四四魏世家の注に引く皇甫謐の『高士伝』に「木は晋の人なり。道を守りて仕へず。魏の文侯は見《まみ》えんと欲し、其の門に造《いた》れば、干木は牆《かきね》を踰《こ》え之を避く。文侯は客礼を以って之を待す」とある。㉖出処・㉗黙語　「出」「語」は官に在ること。「処」「黙」は家に居ること。『易』繋辞上に「君子の道、或いは出で或いは処《を》り、或いは黙し或いは語る」とある。㉘昔人　ここでは「四翁」「干木」をさす。㉙動静乖理　動・静（出処進退）が道理にはずれる。『易』艮に「動静其の時を失はざれば、其の道　光明なり」、『荘子』天下篇に「夫れ無知の物は、己れを建つるの患《うれ》ひ無く、知を用ふるの累《わづら》ひ無く、動静は理を離れず。是を以って終身誉《ほま》れ無し」とある。㉚遊魂　魂をさまよわせる。曹植の「王仲宣の誄」に「儻《も》し独り霊有らば、泰素《たいそ》に游魂せん」とある。㉛禁省　天子の御所。宮廷。㉜鼓言　言を述べる意か。㉝将困非拠　拠るべきでない所にいて苦しむ。分不相応な地位にいて苦しむ。『易』繋辞下に「困《くる》しむ所に非ずして困しめば、名は必ず辱《はづかし》めらる。拠る所に非ずして拠れば、身は必ず危し」とある。㉞僶俛　励み勉める。㉟同志索居　志を同じくする者が離れて居る。『礼記』檀弓上篇に「吾の羣を離れて索居すること、亦た已に久し」とある。㊱綜習　修め習う人。㊲遼落　広々と遥か遠いさま。『世説新語』言語篇に「江山遼落、居然として万里の勢ひ有り」とある。㊳東顧　東方を思う。東方はここでは「東山」のこと。曹植の「自ら求められんことを求むる表」に「剣を撫して東顧し、而して心既に呉会《ごくわい》に馳《は》す」とある。㊴上願　願い奉る。『史記』巻八六荊軻伝に「此れ丹の上願ひして、命を委ぬる所を知らず。唯だ荊卿のみ意を留めよ」とある。㊵放遣　追いやる。自由にする。㊶林薄　草木の茂った所。『晋書』巻五一束晳伝に「是れ士は朝に登ることを諱《い》みて競《きそ》ひて林薄に赴く」とある。㊷以鳥養鳥　鳥は鳥の養い方による。自然に任せる。『荘子』至楽篇に「夫れ鳥の養を以って鳥を養ふ者は、宜しく之を森林に栖ましめ、之を壇陸《だんりく》に遊ばしめ、之を江湖に浮かばしめ、之に鰌鰷《しうでう》を食《くら》はしめ、行列に随ひて止まらしめ、委蛇《ゐだ》して処《を》らしむべし」とある。㊸所荷　任務。㊹露板　封緘しない上奏文。㊺以聞　上書する。㊻愚管　愚かな見解。自分の意見の謙称。㊼裹糧　食糧を包む。旅支度をすることをいう。『孟子』梁恵王下篇に「故に居る者は積倉《せきさう》有り、行く者は裹糧有り」とある。㊽慈詔　慈愛のある詔。以上で「上書」が終わる。

詔して即ち焉《これ》を許す。資給①もて遣《つか》ひを発し、事事《じじ》豊厚なり。一時の名流は、並《み》な征虜《せいりょ》に餞離《せんり》す②。蔡子叔《さいししゅく》③は前《さき》に至り、遁に近くして坐す。謝安石《しゃあんせき》④は後《のち》に至る。蔡の暫《しばら》く起《た》つに値《あ》ひ、謝便《すなは》ち移りて其の処に就く。蔡還《かへ》るに、褥《しとね》を合はせて謝を挙げ地に擲《なげう》つも、謝は以って意に介さず。其れ時賢の慕ふ所と為ること此くの如し。既にして迹《あと》を剡の山に収め、命を林沢に畢《を》ふ。

　詔して東山に帰ることを許した。使者を立てて贈り物をし、すべてに厚い待遇であった。当時の名士たちは、残らず征虜亭で送別の宴を開いた。蔡子叔は早く来て、遁の近くに坐った。謝安石は遅れて来た。蔡子叔がしばらく席を起つと、謝安石は動いて蔡子叔がいた所に坐った。蔡子叔が帰って来ると、敷き物に乗せたまま謝安石を持ちあげて投げ捨てたが、謝安石は意に介さなかった。（遁が）当時の賢人たちに慕われることはこのようであった。まもなくして剡県の山に姿を隠し、林沢で命を終えた。

①資給　贈り物。②餞離於征虜　征虜亭で別れのはなむけをする。征虜亭は謝安が建てた東屋《あずまや》。事は『世説新語』雅量篇に見えるが、そこでは蔡子叔と謝万の争いとする。③蔡子叔　蔡系。『晋書』巻七七蔡謨伝に附伝がある。④謝安石　謝安のこと。前出。

人嘗《かつ》て遁に馬を遺《おく》る者有り①、遁受けて之を養ふ。時に或いは之を譏《そし》る者有り。遁曰はく、其の神駿《しんしゅん》②を愛し、聊《いささ》か復に畜《やしな》ふ耳《のみ》と。後に鶴を餉《おく》る者有り③。遁は鶴に謂ひて曰はく、爾《なんぢ》は沖天の物④にして、寧《いづ》くんぞ耳目の玩《ぐわん》と為らんやと。遂に之を放つ。

　遁に馬を贈る者がいて、遁はこれを受け取って飼っていた。ところがそれを非難する者がいた。遁は言った。「馬の駿逸さが好きで、飼っているだけだ」と。その後、鶴を贈ってくれる者がいた。遁は鶴に言った。「お前は大空高く飛ぶものであって、人さまの耳や目の慰みものではない」と。かくて放してやった。

①有遺遁馬者　『世説新語』言語篇に見える。②神駿　駿逸。③有餉鶴者　『世説新語』言語篇に見える。④沖天之物　大空を淩ぐ物。孫綽の「天台山に遊ぶ賦」に「王喬は鶴を控《ひ》きて以って天に沖す」とある。

遁は幼き時、嘗て師と共に物類①を論ず。鶏卵は用を生ずるに、未だ為に殺すに足らずと謂ふに、師は屈せしむること能はず。師尋《つ》いで亡《し》するも、忽《たちま》ち形を現はす。卵を地に投ずれば、殻《から》破れ鶵《ひな》行く。頃之《しばら》くして倶に滅ぶ。遁乃ち感悟《かんご》②し、是れ由り蔬食《そしょく》して身を終ふ。

　遁は小さいころ、先生と物の類について議論した。（遁が）「鶏の卵は役に立つので、殺すわけにはいかない」というのに対して、先生は（遁を）屈服させることができなかった。先生はまもなく死んだが、ふと姿を現わした。（そこで遁は）卵を地に投げつけるや、殻が破れ雛が出てきた。しばらくすると（先生の姿も雛も）ともに消え失せた。遁は心に感じ悟って、これ以後、野菜を食べ身を終えたのである。

①物類　物の類・仲間。②感悟　感じ悟る。

遁は先に余姚《よえう》①を経て塢山《をざん》の中に住む。明辰《めいしん》に至り、猶ほ塢の中に還らんとす。或るひと其の意を問ふ。答へて言ふ、謝安石　昔数〻《しばしば》来たりて見て就くに、輒《すなは》ち旬日に移る。今、情に触れ目を挙ぐれば、想を興さざる莫しと。後に病は甚だしく、移りて塢の中に還る。晋の太和元年②閏《うるう》四月四日を以って、住む所に終ふ。春秋五十有三なり。即ち塢の中に窆《ほうむ》り、厥《そ》の塚は焉《ここ》に存す。或いは剡《せん》に終ふと云ふも③、未だ詳らかならず。

遁は以前に余姚を通って塢山の中に住んでいた。明け方になり、塢山の中に還ろうとした。ある人が遁の気持ちを尋ねた。遁は次のように答えた。「謝安石が昔たびたびやって来てくれ、そのつど十日以上も会っていた。今、心によぎり目を挙げて眺めてみると、（謝安石を）思い出さずにはいられない」と。後に病気が重くなり、塢山の中に移り住んだ。晋の太和元年（三六六）閏四月四日、住み家で亡くなった。享年五三歳。塢山の中に葬り、その墓はここにある。剡県で亡くなったとも言われるが、はっきりしない。

①余姚　県名。浙江省紹興県の東北。②晋太和元年　東晋の廃帝の年号。「元年」は三六六年、この年五三歳で死ぬ。生年は逆算すると、西晋の愍帝二年（三一四）となる。③或云終剡　『世説新語』傷逝篇注に引く『支遁伝』に見える。また言語篇注に引く『高逸沙門伝』には「洛陽に終ふ」とある。

遁は草隷《さうれい》を善くす。郗超《ちてう》①は之が為に伝を序し、袁宏《ゑんくわう》②は之が為に讃を銘し、周曇宝《しうどんほう》③は之が為に誄《るゐ》を作る。孫綽④の道賢論《だうけんろん》は、遁を以って向子期《しやうしき》に方《くら》ぶ。論⑤に云ふ、支遁・向秀は、雅《もと》より荘老を尚ぶ、二子は時を異にするも、風玄を好むは同じと。又た喩道論《ゆだうろん》に云ふ、支道林なる者は、識は清く体は順⑥、而して物に対せず。玄道⑦もて沖済《ちゅうさい》し、神情⑧と任を同じくす。此れ遠流⑨の帰宗する所以にして、悠悠《いういう》たる者⑩の未だ悟らざる所以なりと。

遁は草書・隷書に巧みであった。郄超は遁の伝を作り、袁宏は讃を作り、周曇宝は誄を作った。孫綽の『道賢論』には遁を向秀に比べている。『論』には「支遁と向秀は、平素から荘子・老子を尚んでいた。二人は時代は異なるが、玄道を好む趣向は同じ」とある。また『喩道論』には「支道林は、見識は清遠で人格は素直、そして物と対することがない。仏の道によって心を虚しくして人を済《すく》い、仏の御心と同じ務めをする。これは遠く流された者が根本に帰ることができるのであり、心を静かにしている者は悟ることができないものなのである」とある。

①郄超　前出。②袁宏　前出。③周曇宝　伝不詳。④孫綽　前出。⑤論　『世説新語』文学篇注に引く『道賢論』に見える。⑥識清体順　見識は清遠で人格は素直である。『世説新語』言語篇に「会稽の賀生《がせい》（循《じゅん》）は、体識清遠にして、言行は礼を以ってす」とある。⑦玄道　奥深い道。仏の道か。⑧神情　心情、仏の御心の意か。⑨遠流　遠くに流されている者。⑩悠悠者　俗外でゆったりと心静かに暮らしている者。

後に高士の載逵《さいき》①行きて遁の墓を経て、乃ち歎じて曰はく、徳音②は未だ遠からず。而るに拱木③已に繁し。神理④の緜緜《めんめん》として、気運⑤と倶に尽きざらんことを冀《こひねが》ふ耳《のみ》と。

後に高尚の士の載逵が遁の墓を通り過ぎ、歎じて言った。「（遁の）立派な言葉はまだ残っている。なのに墓には大木が生い茂っている。立派な教理はいつまでも伝わり、（遁の）運命とともに尽きないことを願うだけだ」と。

①載逵　戴逵の誤まりであろう。『晋書』巻九四に戴逵伝がある。事は『世説新語』傷逝篇に見える。②徳音　立派な言葉。『詩経』大雅・皇矣に「貊《しづ》かなり其の徳音、其の徳克《よ》く明らかなり」とある。③拱木　大木。中寿の木。『左氏伝』僖公三十二年に「爾《なんぢ》何をか知らん、中寿ならば、爾が墓の木は拱ならん」とある。④神理　真理。⑤気運　気数と運命。寿命。

遁に同学の法虔《ほふけん》①有り。精理②は神に入る。③遁に先んじて亡《し》す。遁歎じて曰はく、昔、匠石《しやうせき》④は斤《まさかり》を郢人《えいひと》に廃し、牙《が》生《せい》は絃を鍾子《しやうし》に輟《や》む。⑤己れを推して人に求むるに、良《まこと》に虚ならず。宝契《はうけい》⑥既に潜《しづ》み、言を発するも賞《め》づる莫く、中心は蘊結《うんけつ》す。⑦余其れ亡《ほろ》びんと。乃ち切悟章《せつごしやう》を著はし、亡《し》する臨んで之を成す。落筆して卒す。凡そ遁の著はす所の文翰集は十巻有り、⑧世に盛行す。

遁には同学の法虔という僧がいた。精密な論理は霊妙の域に達している。遁より先に亡くなった。遁は嘆じて言った。「その昔、匠石は郢人が死ぬと斤を棄て、伯牙《はくが》は鍾子期《しようしき》が死ぬと絃を断った。自分のことから昔の人のことを推しはかると、まことに真実そのものである。宝とする同学の親友はもはや死に、ものを言って誉めてくれる人もなく、心の内は鬱結してしまった。自分はもう終わりだ」と。そこで『切悟章』を著わし、死ぬ間際にこれを書きあげた。書き終えて死んだ。およそ遁の著わした詩文集は十巻あり、世にもてはやされた。

①法虔　高僧。事は『世説新語』傷逝篇および注に引く『支遁伝』に見える。②精理　精密な論理。『世説新語』讒険篇に「袁悦　口才有り。短長の説を能くし、亦た精理有り」とある。③入神　霊妙の域に達する。『易』繫辞下に「精義　神に入るは、以って用を致すなり」とある。④匠石廃斤於郢人　「匠石」は周代の大工の名人。『荘子』徐無鬼篇に「荘子　葬を送り、恵子《けいし》の墓に過《よ》ぎる。顧みて従者に謂ひて曰はく、郢人の堊《しつくい》もて其の鼻端《びたん》に浸《ぬ》ること蠅翼《ようよく》の若し。匠石をして之を斲《けつ》らしむ。匠石は斤を運《めぐ》らして風を成し、聴《まか》せて之を斲る。堊を尽くすも鼻は傷《そこな》はず。郢人立ちて容を失はず。宋の元君は之を聞き、匠石を召して曰はく、嘗試《ここみ》に寡人の為に之を為せと。匠石曰はく、臣則ち嘗て能く之を斲れり。然りと雖も、臣の質は死して久しと。夫子の死せし自《よ》り、吾以って質と為すもの無し。吾与《とも》に之を言ふこと無しと」とある。⑤牙生輟絃於鍾子　「牙生」は伯牙。春秋斉《せい》の琴の名手。「鐘子」は鐘子期。春秋楚の人。『世説新語』傷逝篇の注に引く『韓詩外伝』に「伯牙は琴を鼓し、鍾子期は之を聴く。琴を鼓すに方《あた》りて、志は太山に在り。子期曰はく、善き哉《かな》乎、琴を鼓すは。巍巍乎《ぎぎこ》として太山の若しと。莫景の間、志は汳水《りうすい》に在り。子期曰はく、善き哉乎、琴を鼓すは。洋洋乎として汳水の若しと。鍾子期死すれば、伯牙は琴を擗《さ》き絃を絶ち、終身復た之を鼓さず。以為へらく、在者は之が為に琴を鼓すに足るもの無きなりと」とある。⑦宝契　宝とする契り。同学の親友。「法虔」をさす。⑧蘊結　思いが積もって結ばれること。『毛詩』桧風・素冠に「庶《ねが》はくは素韡《そひつ》を見ん、我が心は蘊結す、聊《いささ》か子と一の如くならん」とある。⑧文翰集有十巻　『隋書』巻三五経籍志には「晋沙門支遁集八巻」とある。

時に東土に復た竺法仰《ぢくはふぎやう》なる者有り。亦た慧解《けいかい》① 致聞《ちぶん》②にして、王坦之《わうたんし》③の重んずる所と為る。亡《し》せし後、猶ほ形を見《あら》はして王に詣《いた》り、勖《つと》めて以って業を行ふ。

当時、東晋にまた竺法仰という僧がいた。竺法仰も聡明の評判高く、王坦之に愛重された。死後、姿を現わして王坦之の所にやって来て、修業に勉め励んだ。

①慧解　聡明。利口。『晋書』巻九五鳩摩羅什伝に「什の胎に在るや、其の母の慧解なること常に倍す」とある。②致聞　評判が高い。③王坦之　前出。

〈本稿は『広島大学教育学部紀要第四二号・第四三号（広島大学教育学部・平成五年三月・平成六年三月）に、「支遁伝訳注上・下（『高僧伝』巻四）」の題目で掲載したものである〉

講話

講話としてここ一年の間に話したことを三篇、文字にして載せることにした。

「陶淵明の日日」は、満の六三になった長谷川が、数えの六三で亡くなった陶淵明の日日を、詩文に即して追ったものである。陶淵明の日日は多様で一定していないが、そこに陶淵明の存在がある。人の一生とはそんなもので、悩み苦しみ喜び楽しみ、右へ左へ揺れながら、日日を送るものである。

「東晋の詩」は、味のない玄言詩だと言われているが、玄言詩といっても子細にみると、必ずしも一様ではなく、「味」のないところに次の時代に繋がる「味」が隠されており、東晋の玄言詩は前の西晋と次の劉宋を繋ぐ、重要な役割を担っている。

「『遊』の意味するもの——先秦・東晋の間——」は、先秦から東晋までの主要な作品にある「遊」の使われ方をみると、老荘や神仙と深く関わり、俗外に身を置くとき「遊」を用いているが、俗外の範囲は時代が下るにつれて遠くから近くへ狭まる。このことと玄言詩・山水詩の誕生とは密接な関わりがあることを指摘したものである。

陶淵明の日日

陶淵明の古里にはいくつかの説がありますが、今は淵明の最も古い伝記に記されている尋陽《じんよう》としておきます。尋陽は長江流域の今の江西省九江市です。その南には有名な廬山《ろざん》連峰が聳えています。淵明が生まれたのは西暦三六五年で、四二七年に数え年六三歳で亡くなっています。王朝で言いますと、東晋王朝ですが、淵明五六歳の時に不運にも東晋は滅ぼされ、続いて東晋を滅ぼした劉宋王朝が始まります。淵明は以後死ぬまでの七年間、屈辱的なことですが、生まれた国を滅ぼした敵国の民となることになります。淵明の生きた時代は日本でいえば、弥生時代と飛鳥時代の間の古墳時代で、今から千六百年前になり、結構昔の人です。淵明が亡くなったのが数えの六三、今年私は満の六三になりました。

こんなことを考えていますと、淵明は日日をどう過ごしていたのだろうと思いまして、今日は時間を与えられましたので、淵明の残しました作品を拾いながら、六三年間どんな日日を送っていたのか、その一端をお話してみよう、ということにしました。私のことですから講演はようしませんので、お気軽に聞き流していただきたいと思います。

私の話よりも分りやすいものを二つ持って来ましたので、初めに皆さんに見ていただこうと思います。

一つは淵明の肖像画です。これまで私は淵明の肖像画を何枚か見ましたが、みな老人のもので若い時のは見たことがありません。今日持って来ましたのは私が最も気に入っているもので、明の周位の作で「淵明逸致」という題が付いています。「逸致」とは優れた趣きという意味ですが、「逸」は逸脱の逸で常識から外れて、優れているということです。酔っ払った淵明が脇から支えられている肖像ですが、その風体を見ながら、どこが常識から外れているのかご覧ください。その風体は恥ずかしながらまさに私の風体です。

もう一つは写真です。付箋を二か所挟んでおきますが、それは淵明が生活した場だと伝えられる、現在の写真です。小さい写真ですが、一枚は棚田の田園風景で、田園の向こうに見えるのが先程言いました廬山連峰で、今日の話の終わりに出てきます。ただこの写真は廬山連峰の東側の田園風景で、淵明が住み耕していた廬山連峰の南側とは違いますが、似ているだろうとは思います。もう一枚は夕日が西に沈む農村の風景で、暗い画面ですが、よく見ると二・三の家と牛が一頭見えます。家の造りは現在のものですが、淵明の時代はどうだったのか、想像して眺めてください。なお、この写真は山口直樹さんという人が撮影したもので、山口さんは今から二十年前の一九八〇年から中国の写真を取り続け、これまでに三十数回、日数にして千二百日余り、スタッフなしのたった一人で、舗装もしてない凸凹道や上り下りの坂道を、五十キログラム以上の機材を背負い、欲しい風景を撮るために、一か所に一週間も十日間も、雨が降っても日が照っても、テントの中で待つという、自称「中国の文学・歴史をテーマとする風景写真家」です。

ところで皆さんの中には、淵明と言えば酒、朝から晩まで酒浸たりの飲兵衛で、家の周りに菊を植えて眺め、何不自由なく楽しく、日日のんびりと過ごした、幸せなお爺いちゃんで、自分もそんな日日を送ったみたい、と思っている人がいらっしゃるのではないか、と思いますがいかがですか。そんな日日ならば私も送って見たいと思いますが、人間ってそんな美味しい日日を送れるようにはできていないようです。

さて、淵明は六三歳で亡くなりますが、ご存じのように「帰りなんいざ、田園将に蕪《あ》れんとす、胡《なん》ぞ帰らざる」という言葉を残して、役人から足を洗い、田園に帰ります。それは淵明四一歳の十一月のことです。淵明は二九歳で初めて役人になりますが、二九歳から四一歳までの十三年間に五回役人を変えます。しかしどの役人も長続きせず、辞めて古里に帰り、しばらくしてまた役人になり、辞めてまた古里に帰る、それを繰り返していました。古里に近い彭沢《ほうたく》県の知事になったのは、最後の五回目のことで、「帰りなんいざ、田園将に蕪れんとす、胡ぞ帰らざる」と言ったのは、彭沢県の知事を辞め、田園に帰る時の言葉です。知事と言っても日本の知事とは違って、その地位は低く淵明は「小さな村」の役人と言っています。生涯五十年そこそこの時代、淵明は働き盛りの三十歳代の日日を、何を考えて送っていたのでしょうか。

淵明の詩文として残っているのは一五四篇ですが、四一歳以前に役人をしていた時の詩と、四一歳以前に古里に住んでいた時の詩を読み比べますと、前者の詩では役人になったのは本心ではないと後悔し、一時《いっとき》も早く辞めて古里に帰りたいと言い、後者の詩では自然に身を預け自分の生き方に思いを巡らせています。淵明は役人の日日は決して楽しいと言ってはいません。ならばなぜ十三年間に五回も役人になったのでしょうか——一言で言えば貧乏から抜け出るためだったのです。淵明は貧乏でした。貧乏というよりも貧窮でした。貧窮から抜け出るためだったのです。淵明の詩文には貧の字が一八回、窮の字が二六回使われますが、貧とは金銭や衣食住が少ないこと、窮とはそれが全くないことを意味します。淵明は二九歳の時に初めて役人になりますが、役人になる理由を「立年（三十歳）になろうとするとき、耒《すき》を棄てて始めて役人になったのは、凍えや餒えが己れに纏《まと》わりつき、昔からの長い飢えに苦しみ、生活に節度が得られなかったからだ」（「飲酒二十首」其の十九）と言い、貧窮から抜け出て、生活の節度を得るために、役人になったと言います。役人になれば貧窮から抜け出て、生活の節度も得られたはずなのに、役人生活は長続きせず、辞めて古里に帰って来ます。役人を辞める理由、その理由は何だったのでしょうか。役人という仕事は淵明の本心に合わなかったからです。古里に帰って来れば元の木阿弥で、また貧窮になります。こんな事を五回も繰り返したのが、二九歳から四一歳までの、働き盛りの三十代の日日だったのです。

淵明の貧窮は半端ではありません。製作時期不明の詩に「若くしてわが家は貧乏神に逢い、年老いて一段と飢えから離れられない、菽《まめ》や麦が実に羨ましくてならず、ご馳走に預かろうとは思いもしない、月に九度しか食べられないほど飢え、暑いときでも冬着を着ていやになる」（「会《さと》ること有りて作る」）と言い、若い時から老いるまで、生涯貧窮だったのです。淵明の自叙伝「五柳先生の伝」には、自分の衣食住について、衣は「貧弱な衣服は穴が開き破れを縫う」、食は「粗末な食器はしばしば空である」、住は「狭く貧しい家はひっそりとして、風や日の光がしのげない」とあります。生涯この貧窮が続いたのですが、淵明はこうした衣食住を自ら「晏如《えんじょ》たり」、つまり安らかで平然と受け止めているのだ、言うのです。

金銭に関しては「五柳先生の伝」には何も言いませんが、別の詩に「子供はいるがお金は残さない、死後の事は心配無用」（「雑詩十二首」其の六）と子供にはお金を残さないと格好いいことを言いますが、実の所は残そうにも残すお金はなかったのです。淵明には「乞食《こつじき》」という変な題の詩があります。それは「飢えが襲ってきて私を駆り立てるが、どこへ行けばいいか分からない、歩きに歩いてこの村里にやって来て、門を叩いてもうまく言葉が出ない」で始まるもので、以下省略しますが、食べ物を請い求める詩です。

端から見ますと、淵明という男はだらしない、ちゃんとしろ、女房や子供もいるのに、本心に合わないとは何事だ、と思いたくなります。淵明は日日貧窮だったのに、貧窮を恥ずべきことだと思っていなかった風があります。と言いますのは、淵明には「貧士を詠ず」という七首連作の詩があります。淵明は「貧士」と言って「貧者」とは言いません。「貧士」と「貧者」は違います。「貧者」は単なる貧乏人ですが、「貧士」は「貧であって道を楽しむ」（『論語』学而篇）者であり、「貧は士には通常の状態である」（『列子』天瑞篇）、「貧は士にはふさわしいことで、卑しいことではない」（『後漢書』巻八一范式伝）とあるように、貧は士には付き物なのです。学問や人格のある男子が「士」なのです。淵明は自分は「士」、つまり学問や人格のある男子だと思い、貧窮は恥ずべきことではなく、むしろ誇りにさえ思っていたように思われるのです。因みに「五柳先生の伝」に「粗末な食器はしばしば空であった」とありましたが、それは実は淵明以前に孔子の弟子七十人中、貧窮を憂えず逆に楽しみとした顔回だったのです。顔回は紛れもなく「士」です。また「五柳先生」が貧窮を「晏如」として受け止めていたのも、実は淵明以前にいたのです。その人は吃音のために議論するのが不得手で、黙々と思慮を巡らせ、沢山の詩文や著書を著した、前漢の楊雄《ようゆう》です。楊雄も「士」です。淵明は自分も貧窮を貧窮としなかった、顔回や楊雄と同じ「士」だと、自分に言い聞かせていたのです。だから貧窮は恥ずべきことではなく、むしろ誇りにさえ思っていたように思われるのです。

「貧士を詠ず七首」の其の一の最後の四句に「自分の力を考えてこれまでの生き方を守り続け、（そのために衣食の）寒さと飢えに付きまとわれている、（こうした）自分を理解してくれる者がいないとすれば、どうしようもない（と嘆きはする）が悲しむことではない」と言い、貧窮なのは自分の本心を貫いたせいで、この世に理解者がいなくても悲しむに足りないとし、其の二以下には貧を守って後世に名を残した過去の聖人賢人をあげ、自分もその聖人賢人の仲間であると自負するのです。つまり自分を過去の「貧士」に重ねて、自分の貧窮を価値づけ威厳を持たせようとしたのです。これは独創よりも伝統を重んじるという、中国古来の考え方に拠るものだと思います。なお「貧士」を詩題にするのは、淵明以前にはなく、淵明が最初のようです。

淵明の文学、淵明という人物を理解しようとする時、私は「貧窮」の字がキーワードの一つだと考えています。淵明が何か事を起こす際には、「貧窮」が念頭にあるように思うからです。

さて、先程言いましたように、淵明は一五四篇の詩文を残していますが、淵明の思いを、それは単純ではない複雑な思いなのですが、それを最もよく表しているのは、彭沢県の知事を辞めた後で書いた、よくご存じの「帰去来《ききょらい》」という作品だと私は思っています。これには序文が付いており、それほど長いものではありませんので、私の訳を読んで見ます。

私は家が貧しくて、田畑の仕事をしても自給できなかった。小さい子供たちは部屋いっぱいで、缾《かめ》には貯えた穀物があるわけではない。生きていくための糧、それを手にする方法が分らぬ。親戚や故人は私に役人になるようたびたび勧めてくれ、きれいさっぱりそうしようと思ったが、それをかなえる手だてがない。たまたま天下に事件が起こり、諸侯が金品や情愛こそ徳があるとした。私は叔父に貧苦であると思われ、かくて小さな村（の彭沢県）に採用された。当時はまだ風や波は収まらず、遠方への任務はいやであった。彭沢はわが家から百里の所にあり、知事用の田圃からあがる利益は、酒を造るのに申し分ない。だからすぐに希望したのである。数日のうちに、帰りたい思いに襲われた。というのはあるがままの性質は、これを矯めて世の事に励むことができるというものではない。飢えと凍えとは確かにきびしいが、わが本心に背けばあれもこれも病むことになる。かつて世の事にかかわったのは、まったく口や腹に使役されたからにほかならぬ。そこでがっくりきて嘆き傷み、平素からの志に深く恥じ入るのである。そう思いながら心に期していたのは、一年後には身じたくを整えて夜のうちに帰らねばならぬということ。まもなくして程氏《ていし》に嫁いだ妹が武昌で亡くなり、急いで行きたい気持ちに駆られ、自分から辞めて職を去った。仲秋八月から冬の間、官にいたのは八十日ばかり。妹の死がもとで心の動いたままで。

この序文に書かれているのは、彭沢県の知事になるまでの経緯、知事になってからの心境、知事を辞職する理由の三つですが、それは淵明の掛け値なしの、偽らざる正直な告白だと思います。つまり、田畑の仕事では貧窮から抜け出ることができないこと、父として子供を養う義務があること、しかし自力で生活費を稼ぐことができないこと、国の混乱に巻き込まれたくなく、家族と一緒にいたいこと、酒米を作り好きな酒が飲めること、自分が信条とする「あるがままの性質」「わが本心」「平素からの志」には背くことができないこと、辞職は早くから決めていたこと、妹の詩が辞職の引き金になったことなどです。この序文にはありませんが、歴史家は辞職の理由として、県を統括する役人が視察に来ると言うので、淵明は「薄給取りの俺が何で頭を下げてぺこぺこしなくてはならぬ」と言ったことをあげ、その日のうちに辞職したとも伝えています。

彭沢県の知事を辞職した理由、それは「帰去来」の序文によりますと、「あるがままの性質」を貫くためだったのです。原文で言いますと「質性は自然なり」です。「自然」という語がキーワードで、それは孔子や孟子の儒家の語ではなく、老子や荘子の道家の語なのです。「自然」は道家の別の語で言えば「無為」とか「真」、普通の語で言えばやや言い過ぎかも知れませんが、「自由」「自在」と言っていいかと思います。何にも束縛されない、本来あるがままの状態を言う語です。「あるがままの性質」を貫くことが「わが本心」であり、「平素からの志」なのです。「わが本心」の原文は「己」の一字、「平素からの志」は「平生の志」です。これを「帰去来」の本文で言いますと、二回使われる「帰去来兮」の直後にある「田園将に蕪れんとす」と「請ふ交はりを息めて以て游を絶たんことを」です。「田畑は荒れようとしている」、だから「帰ろう」と言います。また「（世俗との）交遊をやめることにしたい」、だから「帰ろう」と言います。前者は自然の側に立ち、後者は人事の側に立つものですが、それは「ありのままの質性」を貫きたい、だから「帰ろう」と同じことなのです。

「園田の居に帰る五首」の詩も「帰去来」と同じく、彭沢県の知事を辞め、「園田」に帰って来た四二歳ころの詩ですが、其の一の詩に「若い時から世俗とうまが合わず、生まれながらに邱や山を好んだ、意に反して世俗の中に落ち、あっという間に十三年が過ぎた、旅先にいる鳥は昔いた林を恋い慕い、池に泳ぐ魚は昔いた淵を思い懐かしむ、荒れ地を南側の野原辺りに開こうとして、世過ぎの拙さを守って園田へ帰った来た」と言い、続けてこれから住む家の様子について、「四角い宅地の広さは十畝ばかり、草葺きの家は八・九本の柱がある、楡《にれ》や柳の樹が裏側の軒を覆い隠し、桃や李の樹が座敷の前側に並んでいる、遠く見える村の家々はほのかに霞み、村里から上がる炊煙は心ひかれる、犬は奥まった路地で吠え、鶏は桑の樹の天辺で鳴いている、門の内側には世俗の雑事はなく、何もない部屋はゆとりが充分だ」と言った後、最後の二句に「長い間籠の中にいたが、また自然に帰ることができた」と言います。

二九歳から四一歳までの十三年の間に役人をしたのは意に反してしたことで、自分の意は「邱山」「園田」「自然」にあるのだ、と言うのです。

ここで得られた一つの結論は、淵明は「自然」なる性質を貫いたということです。淵明がこの結論を悩み苦しんで得たことは、これまでの話でお分りだろうと思います。私は淵明がこの結論を得るに至る心境を察しますと、戦国時代の一人の思想家を思い出します。それは分れ道に来て、南に行くべきか、北に行くべきか、の二者択一で泣いたという楊朱《ようしゅ》という思想家です。淵明は意に反して役人となり貧窮から抜け出る道を行くべきか、それとも意に反しないで「自然」なる自分の性質を貫く道を行くべきか、その二者択一に泣いたと思うのです。淵明は日日酒を飲み菊を眺め、何不自由なく楽しく、のんびり過ごして得た結論でなかった、と思うのです。

さて、「世俗との交遊をやめる」「あるがままの性質」を実践する場が、「田園」だったのですが、淵明は「田園」

で何をして日日を送っていたのでしょうか――四一歳以後の詩文から、具体的な動きを拾い、その実相を描いて見ようと思います。

淵明は早起きで、夜は遅くまで起きています。三九歳の詩に「朝早く車馬の用意をして（畑へゆき）、土地を耕すと心はゆったりする」（「癸卯の歳の始春　田舎に懐古す二首」其の一）と言い、四二歳ころの詩に「朝早く起きて雑草を引き抜き、月とともに鋤《くわ》を背負って帰る」（「園田の居に帰る五首」其の三）と言い、四六歳の詩に「朝早く出かけて微力を尽くして働き、日が沈むと耒《すき》を抱えて帰って来る」（「庚戌の歳の九月中　西田に於いて早稲を穫す」）と言い、五九歳ころの詩に「朝は畑に水をやり、夜はあばら家に寝る」（「龐参軍《ほうさんぐん》に答ふ」）と言います。朝の早起きは田畑の仕事をするためで、朝早くからの田畑の仕事は、日が沈み月が出るまで、夜になってもしたのです。それは貧窮から抜け出て、家族を養うためです。先の「帰去来」の序文にあったように、淵明は四一歳以前にも、「私は家が貧しくて、田畑の仕事をしても自給できなかった。小さい子供たちは部屋いっぱいで、缾《かめ》には貯えた穀物があるわけではない」という経験をしているのですが、田畑の仕事では貧窮から抜け出ることができないことを承知のうえで、「あるがままの性質」を実践するほかなかったのです。端目には空しく見えても、淵明はやらざるを得ないのです。なお、「小さい子供たちは部屋いっぱいで」とありますが、後で淵明の家族を紹介しますように、淵明には五人の息子がいました。

淵明の田畑は家の近くにもあったと思いますが、「帰去来」には「幌つきの車を用意させて行くこともあり、一艘の舟に棹をさして行くこともある、（舟に乗り）奥深く谷川に沿って進み、（車に乗り）凸凹と丘を通り過ぎる」とあるのによりますと、車や舟で行く所にもあったようです。見ていただいた写真は棚田でしたが、棚田とは違った田畑もあったのでしょう。淵明はその田畑にいろいろな物を植えます。例えば「豆を南山の麓に植えたが、草が茂って豆の苗はまばら」（「園田の居に帰る五首」其の三）、「桑や麻は日に日に大きくなり、私の土地も日に日に広がる」（「園田の居に帰る五首」其の二）、「畑の野菜は味わい充分、去年の穀物は今なおある（略）もち粟をついて旨酒を造り、酒ができると手酌で飲む」（「郭主簿に和す二首」其の一）、「語らって春できの酒を注ぎ、摘んだ自家製の野菜が肴」（「山海経を読む十三首」其の一）とありますように、豆・桑・麻・野菜・もち粟等の穀物を植えたようです。ということは、淵明は豆やもち粟や野菜を食べ、桑で蚕を飼い、麻で着る物を作っていたということです。これらの物は、世俗とは違う世界を詠った「桃花源の詩」に、「桑や竹が茂って木陰が沢山あり、菽《まめ》や稷《きび》は時節に応じて植えた、春の蚕では長い糸が取れ、秋の実りには王の税は課せられない」とある中国古代の理想の作物であり、淵明は彼らと同じ生活をしているのだ、と言っているように思われます。ただそれは淵明だけのことではなく、当時の人はみなそうだったのかも知れません。

淵明が死んだ後、友人の顔延年《がんえんねん》がその死を悼んで書いた文章に、「若くして貧乏で病気がち、家には下男も下女もいない、家事労働は他人に任さず一人でやり、粗末な食物さえ不充分でこと欠く始末、母は年老い子供は幼く、母の傍で孝養し貧乏ゆえに勤め励んだ」（「陶徴士《とうちょうし》の誄《るい》」）とあるのによりますと、淵明は貧窮から抜け出すために、病気を押して、母や子のために、誰の手も借りず一人で、身を粉にして働いたのです。『韓詩外伝』という本に「家が貧乏で年老いた親を持つ者は、官職を選ばず仕えなくてはならない」（第一章）という言葉があるように、「若くして貧乏」で「母は年老」いている淵明は、仕事の選り好みは許されなかったのです。

淵明は「病気がち」と言いますが、五九歳ころの詩の序に、自分の病気について、「私は長年病いを抱え、詩文を作らなかった、元来弱い体だったうえに、老いと病いが加わった」（「龐参軍に答ふる」序）とあり、自分の病気は長年にわたるもので、もともと体が弱く病気と老齢で苦しんでいると言います。淵明自身は病名を明かしませんが、歴史家は「羸疾《るいしつ》」と「脚疾《きゃくしつ》」の二つをあげ、先の顔延年は「痁疾《てんしつ》」だったと言います。羸疾はどんな病気かよく分りませんが、羸は痩せる・疲れるという意味で、この病気になったのは三十代の前半で、自ら田畑を耕して生活費を稼ぎ出していたが、羸疾になってしまったという文脈からしますと、田畑の仕事に疲れ、食べる物にも事欠いて痩せ細るという、栄養失調の状態だったのかも知れません。長年にわたる病気とは羸疾のことかと思います。また、脚疾は脚の病気で具体的にはよく分りませんが、脚気の類かも知れません。また、痁疾という病気は注に「瘧《ぎゃく》疾《しつ》」とあり、伝染性の熱病のマラリア病のことです。脚疾を患ったのは文脈からしますと、五十代になってからではないかと思われ、「痁疾」に罹ったのは五十歳だと顔延年は言います。老いと病いが加わったという病いは、脚疾と痁疾のことだろうと思います。淵明は若い頃からさまざまな病気を患い、田畑の仕事ができる体調ではなかったのですが、貧窮から抜け出るために田畑の仕事をしないわけにはいかなかったのです。

　田畑の仕事は自然が相手であり、労力を尽くしたほど収穫が得られないことが多いものです。四二歳ころの詩には「道幅は狭くしかも草木は茂り、降りた夜露は野良着を濡らす、濡れるのは惜しくはないが、わが願いだけは裏切ってくれるな」(「園田の居に帰る五首」其の三)と言い、四六歳の時の詩には「農夫は誠に苦しくてならないが、この苦しみを厭うわけにはいかない、身体はそれこそ疲れるが、禍災には邪魔されたくない」(「庚戌の歳の九月中　西田に於いて早稲を獲す」)と言い、淵明は日日祈るようにして、四一歳以前にもまして、田畑の仕事に朝から夜まで精を出し、製作時期不明ですが、引っ越しをした時の詩には「衣や食は当然自給せねばならず、精を出す畑仕事は私を裏切ることはない」(「居を移す二首」其の二)と自らに言い聞かせるのです。「精を出す畑仕事は私を裏切ることはない」の原文は「力耕不吾欺」(力耕は吾を欺かず)です。あとに引けない淵明は「力耕」したに違いありません。それはしかし言うは易く行うは難いことです。

淵明は貧窮から抜け出るために、朝早くから夜月が出るまで、日日田畑の仕事に精を出しますが、簡単に貧窮から抜け出ることはできません。田畑から上がる収穫以外、どこから生活費を得ていたのか、非常に興味がありますが、淵明は何も言わないので、残念ながら分りません。

ここで淵明の家族を紹介しておきます。

淵明が生まれた時、祖父・祖母が生きていたかどうかは分りませんので、祖父・祖母のことは省きます。淵明の父は名は不明ですが、「子に命ず」の詩に「ああ重重しきわが亡き父は、淡泊にして無心、身を風や雲に預け、喜怒哀楽を表さなかった」とあるのによりますと、世俗には関心を示さなかった人のようで、これは淵明に影響を与えているかも知れません。淵明の母は征西大将軍の幕僚長を勤めた孟嘉《もうか》の四女です。孟嘉は淵明の曾祖父の侃《かん》の十女と結婚していますので、淵明の父と母は従兄妹同士が結婚したことになります。淵明の兄妹としては四歳下の妹が一人いることが分っています。その妹は淵明とは母親が違い、父の隠し女の子です。淵明八歳のころ父が亡くなり、淵明一二歳の時に妹の母が、妻は淵明三十歳のころに、母は淵明三七歳のころに、程氏に嫁いだ妹は淵明四一歳の時に、亡くなっています。肉親が次々に亡くなるという、家庭的には不幸な人でした。淵明が死に対して非常に敏感だったのは、次々に経験した肉親の死と無関係ではあるまいと思います。三十歳ころ妻を亡くした淵明は、直後に別の家の女と再婚します。淵明には五人の男の子がおり、その名も分っています。上から儼《げん》・俟《とう》・份《ふん》・佚《いつ》・佟《とう》と言い、人偏の字をどの子にも付けたのは、淵明が人間に拘っていたことを示唆するのかも知れません。このうち長男が初婚の妻との間の子で、次男以下は再婚の妻との間の子だと言われています。

先にあげた詩の「子に命ず」は、子に名づける意味で、長男の儼が生まれた時に書いた、四言詩・八〇句の格調高い長い詩です。陶家の祖先は伝説の帝王の陶唐氏《とうとうし》の堯《ぎょう》であり、以下時代を追って祖先が偉大であることを得々と説き明かし、「お前の名を儼と言い、お前の字を求思《きゅうし》と呼ぶ」としたのです。名の「儼」は『礼記』から取り、字の「求思」は『中庸』を著した孔子の孫の孔伋《こうきゅう》の字を借りました。「子に命ず」の最後は、「朝早くから夜遅くまで、お前が有能であることを願う、お前が有能でないとすれば、それはまた已むを得ぬか」と結び、由緒ある陶家の後継者として生まれた長男の誕生、その長男に儒家の本山の『礼記』や孔伋から名や字を付けたのだから、儼が有能でないはずはないという、長男に対する淵明の期待の大きさが推し量られます。その期待は儒家の学問に励んで欲しい、という期待だろうと思います。

淵明は長男を初めとする子供たちを詩の題材にします。例えば「幼子が私の側で遊び戯れ、言葉をまねるが片言ばかり、こうした事は本当に楽しく、まずは役人生活が忘れられる」(「郭主簿に和す二首」其の一)、「家内に言いつけて幼子を連れ、気持ちのいい日に遠出をしよう」(「劉柴桑に和す」)、「ともあれ子供や甥たちを連れ、薮を分け荒れた村に出かよう」(「園田の居に帰る五首」其の四)、「幼子の手を引いて部屋に入ると、樽いっぱいに酒が用意してある」(「帰去来」)などです。

淵明は子煩悩だったようですが、一方に「子を責む」という詩があります。詩中の舒《じょ》・宣・雍《よう》・端・通は、儼・俟・份・佚・佟の幼い時の名です。「(私の)両側の鬢はすっかり白髪、肌膚にも艶がなくなった、息子が五人いるというのに、どの子も勉強が嫌い、舒のやつはもう十六なのに、怠けようは天下無類、宣のやつはすぐ十五というのに、学問に志そうとはしない、雍と端とは年十三だが、六と七とが分らない、通くんはやがて九つになるのに、梨や栗を欲しがるばかり、天の定めがかくありとすれば、まずは酒でも飲むとしよう」。

儒家の本山から名と字を付けた長男は、一六歳になりました。生まれた時に「お前が有能であることを願う」た淵明の期待はどこへやら、勉強嫌いで儒家の学問には遠く及ばなかったのでしょう。長男だけではありません。次男以下みなそうです。父としての淵明は子供らを責めずにはいられず、「子を責む」という詩を作ったのです。それにしても「天の定めがかくありとすれば」と呟いて、子供を俎に載せこれを肴にして飲む淵明、好感のもてるいい風景です。「天の定め」に責任を預ければ、万事解決するという、誰も傷つかない無難な解決法なのです。人間の叡知です。長男も次男以下も淵明自身も、誰も悪くないのです。悪いのは「天の定め」です。

この詩では淵明三十歳ころに亡くした先妻の子の長男が一六歳で、後妻の子の次男が一五歳ですから、本詩は淵明四四・五歳ころの作となります。四四・五歳になっても子供はかわいくて仕方なかったはずで、本当は「子を愛す」という題にしたかったのに、ふざけたりとぼけたりしてそれを楽しむ癖のある淵明は、その時酒の肴がなかったのか、五人の息子を肴にして、「子を責む」という題にしたのだ、と思うのがいいと思います。息子を酒の肴にする時、よく勉強するとか、人並み以上とか、呟いて飲んだのでは、酒ははずまないと思うのですが——。

なお、自分の子を詩の題材にするのは、淵明以前皆無ではありません。例えば西晋の詩人の潘岳《はんがく》には、幼くして死んだ娘を悼む詩があり、左思《さし》にはお茶目な二人の娘を詠んだ詩がありますが、不出来な息子を詩の題材にする詩人は、淵明が初めてです。この点で新しい題材を開拓した詩人と言えますし、これを継承したのが唐の大詩人杜甫《とほ》です。ついでに言いますと、淵明は子供は正面きって題材にしますが、妻はしません。そのわけは私は「先生が言われるには、ただ女子と小人だけは養い難い。近づけると順わず、遠ざけると怨むからだと」（『論語』陽貨篇）という孔子の発言にあると思っていますが、中国の文学理論を研究している興膳宏氏は「自分の妻や恋人のことに詩文の中で正面きって言及するのは、この時代の人々の意識において、はばからねばならぬことだったからである」（『潘岳　陸機』筑摩書房）と言っています。この発言の裏には、妻は子供より劣り、取り上げるに足りぬ存在であった、ということがあるのでしょうか。

さて、「田園」に帰った来た淵明が、日日していた具体的なこととして、田畑の仕事がありましたが、自叙伝

「五柳先生の伝」には、読書・飲酒・詩文をあげています。この三つは淵明の日日の楽しみで、ここに生きる意義を見つけていたように思います。

まず、淵明の読書については「本を読むのは好きだが、詳細に理解することはしない、心にぴったりと会えばいつも、うれしくなって食事を忘れる」と言います。「詳細に理解することはしない」というのは、淵明の読書法でその人柄を彷彿させますが、これは当時流行っていた「詳細に理解する」義疏学《ぎそがく》、つまり分析を重ねて奥深い意味を究める学問への反発も含んでいるようです。また「食事を忘れる」とは、孔子は夢中になると「食事を忘れる」と言う語が『論語』にあり、淵明はこれをふまえて「心にぴったりと会えばいつも、うれしくなって（孔子同様に）食事を忘れる」ほどで、食事も忘れて読書に没頭し夢中になるというのです。

淵明はどんな本を読んでいたのでしょうか。本の種類はさまざまで経史子集のすべてに亙り、また注にも及びます。例えば経では『周易』『尚書』『毛詩』『論語』『孟子』ほか、史では『戦国策』『史記』『漢書』『後漢書』ほか、子では『孔子家語』『管子』『淮南子《えなんじ》』『老子』『列子』『荘子』ほか、集では司馬相如《しばしょうじょ》、班固、曹植《そうち》、阮籍、潘岳、郭璞《かくはく》ほか、注では『毛詩』の毛萇《もうちょう》注、『礼記』の鄭玄《じょうげん》注、『楚辞』の王逸《おういつ》注、『淮南子』の高誘《こうゆう》注ほかです。

これらの本の中には「心にぴったりと会う」ものがあったのでしょう。例えば『漢書』の皇太子の養育係の長官を辞めて郷里に帰った、漢代の疏広《そこう》と疏受《そじゅ》の行為が「心にぴったりと会」って「二疏を詠ず」という詩を作り、春秋時代の三人の忠臣が、寵愛を受けた主君の後を追って殉死した話を載せる『春秋左氏伝』を読み、「心にぴったりと会」って「三良を詠ず」という詩を作り、「荊軻を詠ず」は『史記』の秦の始皇帝を暗殺しようとして失敗したが、テロリスト荊軻の男気が「心にぴったりと会」って作り、各地の奇怪な草木鳥獣を記した古代の地理書の『山《せん》海経《がいきょう》』を読んで「山海経を読む十三首」を作り、あるいは「昔、漢の董仲舒《とうちゅうじょ》が士不遇の賦を作り、司馬遷《しばせん》がまたこの賦を作った。私はかつて冬・夜・雨の時節や討論の余暇に、これらの賦を読み、ひどく心を傷めて「心にぴったりと会」って作ったのが、「士の不遇に感ずる賦」です。

淵明は読書人です。若い時からこれらの本を琴と同じように楽しんでいました。例えば「若い時から俗外に身を寄せ、琴と本に心を預けた」（「始めて鎮軍参軍と作りて曲阿を経しとき作る」）、「付き合いを止めてゆっくりくつろぎ、一日の慰み相手は本や琴」（「郭主簿に和す二首」其の一）、「身内の心あるよい話がうれしく、琴や本を楽しんで憂いを消したい」（「帰去来」）。これらによりますと、淵明の読書は慰み物であり、憂いを消す物であり、いわば精神安定剤の役割を果たしていたように思われます。

ところで、淵明はこうしたさまざまな本をどのようにして読むことができたのでしょうか。淵明の時代は紙はありましたが、印刷術はありません。この時代に本を読むことができる方法は、大きくは三つあったかと思います。一つは自分の家にある本を読む、二つは本のある所へ行って読む、三つは本を借り書き写して読むです。淵明の場合、曾祖父の侃は名将でしたが、下層階級の出身で、当時求められた門閥ではありませんでした。また淵明の父親は名も分らない人で、本があるほどの格式ある家ではなかったと思われますので、一つ目の自分の家にある本を読む、それはできなかったと思います。二つめの本のある所とは、首都の建康《けんこう》（今の南京）の官庁、あるいは淵明の古里にある役所ないし寺院、または地方の名家くらいです。淵明は首都の官庁勤務はなかったので、古里の役所・寺院・名家で読んでいたのかも知れません。とりわけ淵明と交友のあった名僧の慧遠《えおん》が居た東林寺《とうりんじ》で読んだことは充分に考えられます。慧遠と東林寺については後で取り上げます。三つ目の本を借りて書き写して読むことは、充分に可能性があります。「飲酒二十首の序」に「酔っ払ってしまうと、いつも数句書いては一人楽しむ、書き損じた紙は多く、字句に順序次第があるわけではない、ともかく知り合いに書いてもらい、手慰みにしようと思うだけ」

とあるのによりますと、淵明は貧窮とはいえ紙はあったようですし、借りた本を書き写すのも、あるいは知り合いに頼むことがあったかも知れません。淵明より後の話ですが、『文選《もんぜん》』に注をした唐の学者李善《りぜん》は、本文の傍証として千六百余りの本を引用するのですが、後世の『文選』研究家の中にはその凄さに驚嘆し、書簏《しょろく》（木箱）と称された李善のことだから、かなり多くのものを覚えていたであろう、という人もいます。そう言えば隋代に始まった国家統一試験の科挙は、経書の理解と暗誦が要求されました。淵明もかなりのものを覚えていたかも知れません。

　続いて、淵明の飲酒について「五柳先生の伝」には、「生まれつき酒を嗜むが、家が貧しくていつも飲めるわけではない、身内や古なじみは私の事情を知って、酒を用意して招いてくれることもある、出かけて飲めばいつも空にし、必ず酔っ払うのがわが決意、酔っ払って（席を）退くときは、決して去るか留まるか未練を残したことはない」と言います。「五柳先生の伝」の字数は全部で一二五字ですが、酒のことに三八字を費やすのは、淵明の生活における酒の役割の大きさを物語っています。

　淵明は酒が大好きでした。

　淵明が彭沢県の知事になった理由の一つは、三頃《けい》の広さの知事用の田圃があり、そこに酒を造るもち米を植えることができたからです。三頃の広さは約千五百アールですが、妻に反対されて仕方なく二五〇アールに普通のうるち米を植えたというのですが、八月に知事になり三か月後の十一月には辞めていますので、もち米の収穫には預かれず、酒を造ることもできなかったはずです。陰暦八月田植えをしたというのですが、二期作かどうなのかよく分りません。淵明は製作時期不明の詩で「この世に生きて望むものはない、ただ酒と長寿とだけあれば」（「山海経を読む十三首」其の五）と言い、淵明の酒は長寿と同じほどの価値があったのです。しかし好きな酒も「家が貧しくていつも飲めるわけではなかった」のです。淵明の飲んだ酒は清酒ではなく濁酒だったはずで、米や粟などの収穫がないと酒を造ることはできません。不作の年は飲めないのです。だからかどうか分りませんが、淵明は「身内や古なじみ」が「酒を用意して招いて」くれると、この時とばかり「酔っ払う」まで飲むのです。「酔っ払う」と「未練を残さず」引き上げます。この飲み方は実は孔子の飲み方に近くて、孔子の酒は「量に限度はない。乱に及ぶことはない」（『論語』郷党篇）と伝えられています。淵明が孔子の酒の飲み方を意識していたかどうか分りませんが、淵明の貧窮が孔子の弟子の顔回の貧窮に似ていることを、誇りにさえ思っていたことと重ねますと、意識していたかも知れません。

　淵明が五十歳を過ぎると、酒を送ってくれる者が二人現れます。顔延年と王弘《おうこう》です。顔延年は淵明は「痁疾」だったと言った人ですが、淵明五一歳の時に、淵明が住んでいた近くの役人として赴任して付き合いが始まり、毎日淵明の所に立ち寄って飲み、いつも酔っ払うまで飲んでいます。翌年役人を辞めて帰る時、二万銭をくれてやると、淵明は全額を酒屋に預け、少しずつ酒に換えて飲んだと言います。「二万銭」が今のお金に換算するとどれほどなのか分りませんが、決して少ない金額ではあるまいと思います。また、原文の「酒家」を「酒屋」と訳したのですが、淵明の住んでいた所には「酒屋」があったようです。「酒屋」の規模はどれほどで、どんな酒を売っていたのかなど、興味は尽きませんが、残念ながら実態は分りません。また王弘が淵明と出会うのも、王弘が淵明の近くの役人として来たからで、淵明五四歳の時です。王弘は淵明と知り合いになろうと思っていましたが、思うようにならなかったので一策を案じたのです。それは淵明が廬山へ行くというのを事前に知り、道の途中に酒を整えて淵明の友人を使いに遣りますが、脚の不自由な淵明は歩くことができず、籠に乗せられて行き、行き着くと心ゆくまで飲んだと言います。王弘はわざと遅れてやって来て、知り合いになることができたと言います。また、淵明は重《ちょう》陽《よう》の節句だというのに酒がないまま、菊が沢山生えている家の近くへ出かけ、そこにしばらくいると、王弘が酒を送り届けてくれたので、淵明は手酌で飲み酔っ払うと帰って来たと言います。結構ただ酒も飲んだようです。

今、紹介しました顔延年と王弘は役人です。淵明は四一歳で「帰りなんいざ、田園将に蕪れんとす」と宣言して「田園」に帰ったのですが、帰った後も役人との交流をまったく絶っていたのではなかったことが分ります。一五四篇の詩文には「田園」に帰って以後、交流のあった役人を詩題にすえて詠んだ詩が十首ばかりありますが、その中の「王撫軍《おうぶぐん》の坐に於いて客を送る」の「王撫軍」は王弘のことです。「撫軍」とは撫軍将軍のことで、天子を輔佐するほどの、将軍の中ではかなり高い地位でした。「田園」に帰った後も役人たちとなぜ交流を持ったのか、淵明の意図はよくは分りません。淵明は役人生活にまだ未練があったのかとも想像しますが、五四歳の時と六二歳の時に役人になることを勧められます。しかし両方とも辞退していることを見ますと、未練があったとも思われません。今は淵明は天下の趨勢にはまったく無関心ではなかった、と考えておこうと思います。冒頭に言いましたように、淵明五六歳の時に、淵明の生まれた東晋王朝が滅び、次の劉宋王朝の民となることを余儀なくさせられた天下の趨勢に、淵明とて無関心でいることはできなかったのではないか、と考えておこうと思います。

話を酒にもどしますと、残っている詩文一五四篇のうち三四篇に三九回酒の字があり、一七篇に觴の字が、七篇に酌・醪の字があります。また詩の題の「連雨に独り飲む」「飲酒二十首」「酒を止む」「酒を述ぶ」には「飲む」「酒」を使いますし、『陶淵明集』を著した梁の昭明太子《しょうめいたいし》はその序に「どの篇にも酒がある」と言うのは、誇張ではありますが、言い得ていると思います。明治の石川啄木も淵明を読んでおり、漢文で書いた二二歳の日記に、「淵明の集を読み、感ずること多少ぞ。（略）嗚呼、淵明の飲みし所の酒は、遂に苦かりしならん。酒に酔ふは苦き味に酔ふなり」と記し、淵明の酒は苦かったと言います。確かに苦かった酒もあり言い得ていますが、日日苦い酒ばかり飲んでいたのではないようです。例えば、周囲の景物に融け込んで飲む酒、気のあった近所の人と飲む酒、田畑で汗を流す農夫と飲む酒、世俗を超越した人と飲む酒は旨い酒です。また田畑の仕事で疲れた心身を癒す酒も、人との別れに飲む酒もあります。さらに移り行く時の流れに付いて行けない人の命を見つめ、生きている短い時を充実させるために飲む酒もあります。

昔の『詩経』『礼記』『漢書』などの本には、酒は憂いを忘れさせ、歓びを共にし、老化や病気を防ぎ、最高の薬で、嘉き会合の御馳走だと、書かれています。淵明自身も酒の良さについて、「酒はもろもろの憂いを払いのけ、菊は年を取るのを食い止める」（「九日閒居」）とか、「（菊を）この憂いを忘れるという酒に浮かべ、私の世俗から超越したいという思いを深くする」（「飲酒二十首」其の七）とか、「もの知りの老人が私に酒をくれ、なんと飲んだら仙人になれるという、飲んでみるともろもろの俗情はなくなり、何杯も飲むとふと自然と一体になれる」（「連雨にて独り飲む」）とか言います。「自然と一体になれる」の原文は「天を忘る」で、『荘子』にある語です。「自然と一体になれる」と、どんな憂いでも忘れることができるのです。

淵明は貧窮のため酒が飲めないこともありましたが、それでもやりくりして結構飲んだのではないかと思います。しかし自分の葬式のことを詠んだ詩には、「ただ無念なのはこの世にいた時、充分に酒が飲めなかったこと」（「挽《ばん》歌《か》の詩三首」其の一）と言い、この世に無念を残して死んでいったのです。

次に淵明の詩文についてですが、「五柳先生の伝」には「いつも詩文を著して自分一人で娯しみ、少しばかりわが主義を示した」とありました。「わが主義」と訳した原文は「己が志」です。「己」は以前に「わが本心」と訳した「己」と同じであり、「志」は以前に「平素からの志」と訳した「平生の志」の「志」と同じで、ここの「わが主義」と訳した「己が志」も、具体的には「自然」を貫くということになります。

「いつも詩文を著して」という淵明の詩文は、隋代の歴史書の『隋書』には「宋の徴士の陶潜集九巻。梁五巻、録一巻」とあり、梁の昭明太子が編纂した『陶淵明集』は今に伝わらず、淵明の詩文の実数は不詳ですが、清の陶《とう》澍《じゅ》が編纂した『靖節《せいせつ》先生集十巻』によりますと、今に残っているのは、先程から言いますように一五四篇です。一五四篇のうち詩は四言詩と五言詩で、楽府はありません。文は辞賦・記伝・祭文です。

詩の題材は身近なものが多く、耳や目に触れたものを詠みます。淵明の詩に使われる風物は、天・雨・時・土・山・石・阜・穴・谷・川・水・邑・里・舟・玉・田・火・獣・鳥・魚・虫・木・竹・草・果に関するものです。従って淵明の詩は自ずと自然の風物・風景を詠むことが多くなり、四言詩・五言詩の大半は風物・風景を詠み込んでいます。それを詠物詩、贈答詩、行旅詩、雑詩、田園詩、遊覧詩に分けて詠むこともできますが、これらの風物・風景を詠む詩は、淵明の後の宋の謝霊運《しゃれいうん》の山水詩を生む先駆けとして、注目すべきことなのです。田園詩と山水詩は似ていますが、区別するとすれば、田園は日常目に触れる田畑や農村・郊外の風物や風景で、山水は日常目に触れない深山・幽谷です。言い換えますと、田園は俗中の風物・風景で、山水は俗外の風物・風景ということになります。淵明の詩の風物・風景は俗中のものです。

淵明の文章では「五柳先生の伝」「帰去来」「桃花源の記」はよく知られていますが、「閑情の賦」という作品があります。この「情」は官能的で、その官能的な「情」を静めるというのがこの作品です。長い作品なので真ん中あたりを訳して紹介します。

　願わくは貴女の上着の襟となり、美しい項《うなじ》の残り香を承けたい
　ああ薄絹の襟が夜脱ぎ捨てられると、秋の夜が半ばにもならぬのを怨んでしまう
　願わくは貴女の裳の帯となり、なまめかしくか細い体を縛りたい
　ああ寒さ暑さの気が変わると、古いのを脱ぎ新しいのを着てしまう
　願わくは貴女の髪の油となり、なで肩にかかる黒髪を梳《す》きたい
　ああ美人はいつも湯浴みして、白く澄んだ水で油を流してしまう

願わくは貴女の眉の黛となり、遠くを眺める時は静かに揚がりたい
ああ紅も白粉もまだ鮮やかなのに、美しい化粧にやりかえてしまう
願わくは貴女の寝台の布団となり、弱い体を秋の三か月癒して上げたい
ああ模様のある布団に代わると、何年経っても見捨てられてしまう
願わくは貴女の絹の履《くつ》となり、白い足にくっ付いて立ち回りたい
ああ振るまいにも節度があって、空しく寝台の前に棄てられてしまう
願わくは昼には影法師となり、いつも体に寄り添いあちこち行きたい
ああ高い樹には蔭が多く、時には一緒でないのを嘆いてしまう
願わくは夜には蝋燭となり、美しい容姿を二つの柱の所で照らしたい
ああ朝の太陽の光が差し込むと、蝋燭の光はたちまち消え失せてしまう
願わくは竹には扇となり、涼しい風を柔らかな手に含ませて上げたい
ああ白い露が朝方降りる時には、襟や袖を思いながら別れてしまう
願わくは木には桐となり、膝の上の音色のいい琴になりたい
ああ楽しみが尽きると哀しみが来て、終には私を押しやって音をやめてしまう

この作品の製作時期は不明ですが、作品中に「わが田園生活には暇が多く、筆を執ってこれを作る」「若さが夕暮れになるのを悼み、この歳が尽きようとするのを恨む」と言うのによりますと、田園に帰った四一歳以後の作だろうと思いますが、こんなものを淵明は書いたのか、と思わせる衝撃的な作品です。三十歳ころ妻を亡くし、直後に再婚した淵明です。これは亡くした妻を偲んだ作品だと、説明する人もいます。淵明とて男、女性に関心があって当然で、正常で健康的だと見ることもできます。自分の情を包み隠さず書く、淵明のものを書く主張を見る思い

がします。
淵明がこの「閑情の賦」で本当に願うこと、それは淵明の性に巣くう情欲を満たしてくれる女性ではないのです。淵明は時間の移り変わりに非常に敏感で、特に死には敏感でした。死を達観しているようで達観し切れず、酒で死を紛らわしたり、山や川や花や鳥で紛らわしたりしました。情欲は酒や山・川・花・鳥の言い換えで、情欲を願うことではありません。この作品の序に「勝手な表現にならぬよう淡泊を旨とし、始めは気ままだが終わりは平静になる、中庸の道から外れた邪心を抑えて、世の中を諷刺する一助としたい」と言うのが、このことをよく表しています。

ところで、淵明の一連の詩文は淵明の生存中、どう評価されていたのか知りたい思いがしますが、それに応えてくれる資料は見つかりません。ただ淵明に酒を飲ませてくれたあの顔延年が、淵明の死を悼んで書いた「陶徴士の誄」に「詩文は達意を旨としている」という一文があります。原文は「文は指達《したつ》を取る」です。この四字の意味するところは、これと対になる「学問は師を名のるほどではなく」と合わせ考えますと、淵明の詩文を貶した言葉ではないにしても、褒め称えた言葉ではないように思われます。それは淵明の死を悼んだ顔延年の文は、序文が七八句、本文が一一六句からなる長文なのですが、淵明の詩文に言及するのは、この四字しかないことを思いますと、そう考えていいと思います。つまり淵明の詩文はただ達意を旨としているだけで、それ以外何もないという冷ややかな評価だと思います。当時詩文に求められたのは、達意以外に語句の新鮮さ、対句の新奇さでしたが、淵明の詩文にはそれが欠けていた、というのでしょう。淵明が亡くなって四十年後に生まれた鍾嶸《しょうこう》は、文学評論書の『詩品』を著し、鍾嶸以前には淵明の詩文は「田舎者の言葉」と評価されていたことを伝えています。原文は「田家語」です。生存中の淵明の詩文はどうも芳しい評価を得ていなかったと結論してよかろうと思います。淵明の詩文を高く評価したのは、「私は平素から淵明の詩文が好きで、手から放すことができない」と言って『陶淵明集』を編纂し、またその詩文八篇を自ら編纂した『文選』に採録した梁の昭明太子を待つことになります。

なお、淵明の詩文は『日本国見在書目録』に「陶潜集十巻」の記載があり、王朝時代すでに日本でも読まれていたようです。

さて、淵明は「五柳先生の伝」で「自分の書いた詩文の中で、少しばかりわが主義を示した」と言っていました。「わが主義」の中身はいったいどんなことなのでしょうか。最後にこのことについて、淵明が日日眺めていた廬山を手がかりにして、お話しようと思います。

廬山は淵明の家から見ると南側にありましたので、淵明は南山と呼んでいます。淵明の詩には「南山」が三回、「南山」と同じ「南嶺」「南皐」が一回ずつ使われますが、最も人口に膾炙されているのが「飲酒二十首」其の五の詩です。淵明は家の南側にある廬山を眺めて、日日を送っていたのですが、何を考えて日日廬山を眺めていたのでしょうか。「菊を（小屋の）東側の垣根の辺りで摘み取り、ゆったりした気分で南方の山を見る、山の雰囲気は（薄暗い）日暮れに素晴らしく、空飛ぶ鳥は群をなして（ねぐらへ）帰る、この風景の中にこそ真意があり、説明しようと思ったが（真意を会得したいま）もうその言葉を忘れた」。

「ゆったりした気分で南方の山を見る」の原文は「悠然見南山」です。「悠然」の意味は「はるか遠いさま」「心のゆったりしたさま」のことです。「悠然として」は動詞の「見る」を修飾し、「南山」を「見る」淵明の形容なのですが、同時に体言の「南山」も修飾し、「見」られる「南山」の形容であると、読む人もいます。つまり「悠然」として「悠然」たる「南山」を「見る」と読むのです。廬山が「悠然」としており、その「悠然」たる廬山を、淵明は「悠然」とした思いで「見」ているのです。このことは淵明と廬山が一体になっていることを意味し、廬山は淵明と一体化させてくれる山だったのです。

そうだとしますと、「飲酒二十首」其の五の冒頭に「粗末な小屋を構えて俗人の居る処に住み、しかし（役人の乗る）車や馬の喧しさはない、聞いてみるがどうしてそのようで居られるのかと、心を遠くにおくと住む所は自然に辺鄙になるのだ」と言いますのも、廬山と淵明が一体になっているからかも知れません。

では廬山とはどんな山なのでしょうか。廬山は一山の名ではなく、九十九の峰の総称で、連峰の名です。この廬山連峰はすでに言いましたように、淵明の家からは南側に見えます。ものの本には、廬山連峰は三千万年前に形造られ、二百万年前は氷の山で、廬山という名は周代の匡俗《きょうぞく》という者がこの山に隠れ棲み、定王（在位紀元前六〇六〜紀元前五八六）が使者を遣ったところ、すでに仙人となって立ち去り、廬《いおり》だけ残っていたので、廬山と名づけ、匡俗に因んで匡山・匡廬とも言うとあります。廬山とは仙人の廬という意味です。

廬山連峰にいたのは仙人だけではなく、僧侶も棲んでいました。「太元十一年（三八六）、薪採りの其陽《きょう》という者がいた、このとき美しい霞は林にかかり、夕日は山に照り映えていた、見ると一人の僧侶が、袈裟を着てぽつんと巌の中にいる、にわかに裳をはたき杖を振り動かし、崖を越えて真っすぐ上がって行く、夕焼け空をおしわけて軽くあがり、九折坂から起って一気にめざす、白い雲に乗ったからには、仙都は決して遠くはない」（湛方生《たんほうせい》「廬山神仙の詩の序」）とあります。湛方生は淵明よりやや先輩に当たります。

廬山連峰は南北二九キロメートル、東西一六キロメートル、最高峰は漢陽峰の一七四七メートル、五人の老人が肩を並べた形の五老峰は一三五八メートル。名刹の西林寺・東林寺もあります。後の唐代の白居易の詩にある「遺愛寺の鐘は枕を傾けて聴き、香炉峰の雪は簾を撥《は》ね上げて看る」の遺愛寺・香炉峰は廬山連峰の北側にあり、また李白が「飛沫が真っすぐ三千尺流れ落ち、その様はまるで天の河が中天から落ちるようだ」と詠んだ瀑布もあります。

廬山連峰と言えば名僧の慧遠で、慧遠と淵明とは深い縁があります。中国哲学研究者の福永光司氏によりますと、西林寺は淵明が三歳の時に祖父の兄の範が建てて、慧遠の兄弟子の慧永《えいえい》を住まわせ、淵明が二二歳の時に慧遠ために建てさせたのが東林寺だ、と言います。東林寺に入った慧遠は、淵明の親戚の張野《ちょうや》や淵明の友人の周続之・劉遺民《りゅういみん》ら十八人を集めて、白蓮社《びゃくれんしゃ》という仏教教団を組織し、中国浄土宗の発祥地となるのですが、その基盤を作ったのは、実は淵明の祖父の兄だったのです。淵明も白蓮社へ誘われたとする説もありますが、誘いにはどうも乗らなかったようです。慧遠は淵明より三一歳年上ですが、次の逸話によりますと、二人の間は緊密だったようです。「廬山の東林寺の三門の内に虎渓《こけい》という名の堀がある。廬山に住んでいた慧遠は、虎渓を過ぎて人を見送ることはしなかった。淵明と僧侶の陸修静《りくしゅうせい》を見送った時のこと、話に夢中になり思わず知らず虎渓を過ぎていた。三人は互いに顔を見合わせて笑った。世間ではこれを虎渓三笑と言っている」(『廬山記』)。白蓮社への誘いには乗らなかったとしても、淵明と慧遠及び仏教とは無関係だとは言い切れないと思います。

　太古からの由緒があり、道を体得した仙人・僧侶が棲み、常人は容易に踏み込めない、深山幽谷の俗外の地にある、霊験新たかな霊山が、廬山連峰です。「悠然」と存在する霊山の廬山連峰と一体になった淵明は、何を考えたのでしょうか。

　ぼんやりと薄暗い夕暮れの、廬山連峰が醸し出す、目には見えない雰囲気と、その雰囲気が辺りに漂う時に、鳥たちが仲間とともにねぐらへ帰って行く光景を見て、「真意」を見いだすのです。淵明の詩文には「真意」以外に「真を含む」「真に任す」「真想」「真を養う」「真に復る」のように使い、「真」の字は淵明の思想を理解するキーワードの一つですが、「真」は儒家が使用する語ではなく、道家の語であることは明瞭です。「真意」はいろいろに解されていますが、道家の別の語に置き換えますと、無為自然の道という「無為」であり「自然」であり「道」であり、道家の思想の精髄のことだと思います。

ここで思い出されるのが、彭沢の知事を辞職した理由の「質性は自然なり」です。淵明はこの「あるがままの性質」を「わが本心」と言い、「平素からの志」とも言っていましたし、私は「自然」を「無為」「真」「道」に、さらに「自由」「自在」の語で言い換えました。要するに淵明は廬山連峰の雰囲気と光景に、若いころから日日もち続け、愚直なまでに貫き通した「自然」つまり「真」を確認したのです。言い換えれば、「自然」「真」を貫き通すために、四一歳にして役人を捨てて「田園」に帰り、廬山連峰と一体となって「自然」「真」を確認し、自分の判断に狂いはなかったと、淵明は思ったに違いないと思います。

「悠然」と存在する霊山を「悠然」たる思いで「見」ていると、淵明の心の中に渦巻くもろもろの憂いは消え、心が安らいだに違いありません。淵明の心を癒し、生きる活力をくれるのが、霊験新たかな霊山の廬山連峰なのです。

「自然」「真」は言葉で説明するものではなく、会得するものだと言い、「自然」「真」の意味合いを会得した今は、言葉は忘れてしまったと言います。淵明にとっての「自然」「真」とはそんなものだったのです。

なお、廬山連峰に「見」えるのは、「鳥」だけではなく「雲」も「見」えます。右の詩には「雲」は詠みませんが、「帰去来」に「雲は心を無にしてほら穴から出ていき、鳥は飛び疲れると塒へ帰ることを知っている」と「鳥」との対で詠まれる「雲」は、廬山連峰に「見」えるものだと思います。「心を無にして」と訳した原文は「無心」です。「無心」も道家の語で、「自然」「無為」「真」に通じるものです。「帰去来」に「南側の窓にもたれて世俗を見くだす思いを寄せ、膝が入るほどの狭い所が落ち着けることを実感する」とあるのは、「南側の窓」から廬山連峰の「鳥」や「雲」を眺めて、淵明は「真」「無心」の境地になり、世俗を見くだしていたのです。

私の話はこれで終わりますが、今日お話したのは淵明の全容ではなく、最初に申しましたとおりその一端であることを、改めてお断りしておきます。貧窮・子供・読書・飲酒の話もその一端です。今日全くお話しなかったことで、淵明を知る上で大切なことを二つ補足しておきます。一つは淵明は本身と分身を設定して、自己の多面性を分析したり凝視したりして、自己を客観視する作品が沢山あります。もう一つは淵明が肉親を次々亡くしたことは指摘しましたが、淵明は死に関して沢山の発言をしています。この二つのことは、書き残したものから推測しますと、酒を飲みながら考え、廬山連峰を見ながら考え、日日脳裏から離れることはなかったと思います。死を考えることは、当然生を考えていたということです。また、今日は淵明の生きた時代がどういう時代であり、淵明以前の時代がどうであったかについても、まったく言及しませんでした。役人と田園の間を行き来する、言い換えると官と隠の間を行き来する、儒教と道教の間を行き来するのは、特異なことであったのか、これについてもまったく言及しませんでした。

このような淵明を人は、隠逸詩人とか田園詩人とか呼びます。この呼び名には初めに言いましたように、何不自由なく楽しく、日日のんびりと過ごした、楽隠居という印象が強いのですが、淵明の日日は決してそんなものではありませんでした。また孤独の詩人・矛盾の詩人・世俗と超俗とを合わせ持った詩人などと呼ぶ人もいますが、これとて淵明の一面をとらえての呼び名です。あえて私が言いますと、喜怒哀楽の情を包み隠さず正直に言う、どこにもいるごく普通の人間で、表現を飾る当時の流行に乗らないで、思うことをそのまま詩にした、庶民詩人と呼んでおこうと思います。呼び名を付けるのは勝手ですが、淵明は墓の中でどう思っているのでしょうか。淵明が付けて欲しかった呼び名、それを淵明の使った語から探しますと、「園田の居に帰る五首」其の一にありました「守拙」だろうと思い、「守拙」詩人と呼んでおきたいと思います。「守拙」は先程「世過ぎの拙さを守る」と言い換えておきましたが、「拙」とは不器用さ・要領の悪さで、それを大事に守り抜くのが、「守拙」ということです。「守拙」詩人。愚直詩人と呼んでもいいかと思います。

終わりまでお付き合いいただきまして、ありがとうございました。

〈本稿は平成十三年八月十一日、第四十二回広島大学教育学部国語教育学会の講話に、相応の修正を加えたものである〉

東晋の詩

東晋の詩についてお話をする前に、東晋という王朝がどのようにしてできたのか、簡単に説明しておこうと思います。

東晋は西暦で言いますと、三一七年に興こり四二〇年に滅ぼされた、百年ばかりの王朝です。東晋を興こしたのは司馬睿《ばえい》という人ですが、この人は前代の西晋の司馬氏の血を引き、西晋が滅ぼされたので、司馬氏の晋を再興したのです。百年後に東晋を滅ぼしたのは劉裕という者で、四二〇年に宋という王朝を建てます。

西晋は都を洛陽に置き、東晋の領土の倍ほどの範囲を支配していましたが、その西晋が滅んだ理由は二つあります。一つは内乱で、もう一つは外圧です。

一つ目の内乱は八王の乱と言われています。西晋は初代皇帝の武帝（司馬炎）は国をよく治めましたが、二代目の恵帝（司馬衷《ちゅう》）は暗愚だったために、武帝の皇后の楊氏一族と、恵帝の皇后の賈氏一族が政権争いをし、これに司馬氏の八人の王が巻き込まれて、楊氏と賈氏それに八王が攻防を繰り返し、三代目の懐帝（司馬熾《し》）になってやっと終結しました。二九一年から三〇六年までの一六年間続いたこの内乱が八王の乱です。

もう一つの外圧は五胡の侵略です。五胡とは五つの異民族のことで、それはツングース族の鮮卑、トルコ族の匈奴と羯《かつ》、チベット族の氐《てい》と羌《きょう》の五つの異民族が、北方や西方から西晋を侵略してきたのです。五胡が侵略してきた背景には、八王が楊氏・賈氏に対抗しようと、軍事力の強化を図るために異民族の力を借りようと引き入れたので、五胡はやすやすと西晋を侵略することができたのです。

四代目の愍《びん》帝（司馬鄴《ぎょう》）が五胡の一つの匈奴の劉聡に殺されますと、すでに揚子江下流域の建鄴《けんぎょう》（今の南京）にいた司馬睿は、三一七年建鄴に都を置き、揚子江より南を領土とし、ここに東晋を興こしたのです。司馬睿これが東晋初代皇帝の元帝で、時に四三歳でした。西晋からは三十万にのぼる家族が揚子江を渡り、江南の地に民族大移動を行ったのです。一家族が五人としますと、一五〇万人の者が揚子江を渡ったことになります。

北方から来た人たちにとっては、南方はこれまで経験したことのない土地で、まったく新しい生活が始まりますが、北方では五胡同士が戦って興亡を繰り返し、十六の国が次々に興こっては滅んでゆきます。揚子江を渡って南方へ逃げて来た北方の人たちは、祖先の墓がある北方が忘れられず、兵を挙げて五胡を征伐することもしましたが、勝利を収めることはできませんでしたし、せいぜい揚子江という大河を塞として五胡の侵入を防ぐのが精一杯でした。従って北方から来た東晋の人たちは何の心配もなく、安寧な日日を送っていたのではないのです。

このようにして興こり、このような状態にある東晋時代、どんな詩が作られたのか――私がこれまで東晋の詩を読んで知り得たことをお話しさせて頂くことで、退官する者はこの学会で話をすべしという責めを果たすことができれば、と思っています。

ところで、六朝時代の批評家は、三国の魏から東晋にかけての詩を説明する中で、東晋の詩は概ね「味」のないものとして冷淡に扱っています。二人の批評家を紹介します。最初は東晋に最も近い宋の檀道鸞《だんどうらん》（生卒年不明）の批評です。

正始中、王弼《わうひつ》・何晏は、老荘の玄勝の談を尚びて、世遂に焉《これ》を貴ぶ。江左に至り、李充尤も盛んにす。故に郭璞の五言詩、始めて道家の言を会合して之を韻《うた》ふ。爰《ここ》に孫興公に及び、転〻《ますます》相ひ祖尚《たっと》び、又た加ふるに釈氏三世の辞を以ってす。而して詩・騒の体は尽きぬ。義熙《ぎき》に至り、謝混焉を改む。

（『文選集注』江淹「雑体詩」鈔に引く『続晋陽秋』）

正始は三国の魏の時の年号で、西暦二三九年から二四九年までです。このころは王弼・何晏が「老荘の玄勝」の談を尚び、その風潮が世の中に広まり、世を挙げて「老荘の玄勝」の談義を貴んだと言います。「江左」とは揚子江の南で、東晋のことです。東晋になると、李充という者が「老荘の玄勝」の談義をいっそう盛んにしたとあります。こういう流れの中で、郭璞が作った五言の詩には、誰よりも先に「道家の言」を持ち込みます。孫興公つまり孫綽になりますと、今まで以上に「道家の言」を祖尚び、それに加えて「釈氏三世の辞」を祖尚びました。このようにして『詩経』『楚辞』の体は無くなったのです。義熙は東晋末期の年号で、四〇五年から四一八年までですが、東晋末期になって謝混なる者が現れ、正始中から続いた「老荘の玄勝」の風を改めたと言うのです。

もう一つは梁の鍾嶸《しょうこう》（四六八？～五一八？）の批評です。鍾嶸は漢以後の詩人一二三人を、上中下の三段階に分け、詩人を品評した『詩品』の著者です。

永嘉の時、黄老を貴び、稍く虚談を尚ぶ。時に於いて篇什は、理は其の辞に過ぎ、淡乎として味寡なし。爰に江左に及び、微波尚ほ伝はる。孫綽・許詢・桓・庾の諸公は、詩は皆な平典にして、道徳論に似たり。建安の風力は尽きぬ。是れより先、郭景純は儁上の才を用って、其の体を創り変へ、劉越石は清剛の気に仗《よ》りて、厥《そ》の美を賛《たす》け成す。然るに彼は衆く我は寡なく、未だ俗を動かすこと能はず。義熙中に逮び、謝益寿は斐然《ひぜん》として継ぎ作こる。

（『詩品』序）

永嘉は西晋の年号で三〇七年から三一三年までで、この時代は「黄老」を貴び、次第に「虚談」を尚ぶようになります。そのために当時の「篇什」つまり詩歌は、「理」が「辞」を越えてしまい、「淡乎」として「味」のないものになったと言います。そして「江左」東晋になっても、「微波」は伝わっているのです。孫綽・許詢・桓・庾の人たちは、その詩はみな「平典」つまり平凡にして典型（型通り）、「道徳論」のようだと言います。桓は桓温のことで、庾は庾亮とも庾闡《ゆせん》とも言われています。かくて後漢の建安時代、それは一九六年から二二〇年までの年号ですが、その建安時代の「風力」が無くなったのです。これより以前、それは孫綽らが現れる以前、郭景純つまり郭璞は優れた才能で、「其の体」を創り変え、劉越石つまり劉琨は清純で剛毅な気で、「其の美」を賛助し完成させたのです。しかし「彼」つまり孫綽らが多く「我」つまり郭璞らが寡なく、いわゆる多勢に無勢では世俗を動かすことはできなかったのです。東晋末期の義熙年間になりますと、謝益寿つまり謝混がぱっと現れて郭璞・劉琨を継承したと言います。

なお「淡乎として味寡なし」は『老子』第三十五章にある言葉で、そこでは「道の口より出づるや、淡乎として其れ味無し」と使われ、王弼の注によりますと、道は深くて大きく、それを口に出して言うと、味のないものになる、と言うのです。ここに言う道とは老子の言う道で、それは老荘の哲学の本質的なもの、根源的なもの、本来的なもの、言い換えれば後に解く「玄」のことです。老子自ら「道」は「味」がないものだ、と断言しているのです。

右の檀道鸞と鍾嶸の批評を比べて見ますと、違う所もありますが、似ている所が多くあります。似ている所として最も重要なのは、東晋時代は前代の「味」のない「老荘の玄勝」の談義を引き継いでますます尚び、それを詩の中に詠み込んだのですが、それは「平典」だと言って貶すのです。「老荘の玄勝」の談義とは老荘の哲学の談義という意味で、右の批評の中に「道家の言」「黄老」「虚談」「微波」「道徳論」とありますのは、言い方は違いますが大筋では「老荘の玄勝」の言い換えと見ていいようです。

老荘の哲学を賛美し、それを詠み込んだ詩を玄言詩《げんげんし》と呼んでいます。玄言詩とは老荘の哲学を賛美した詩のことです。『老子』第三十五章にありましたように、老荘の哲学そのものが「味」のないものですから、それを賛美した詩が「味」のないものであることは言うまでもないことです。鍾嶸はそれを「平典」と言い貶していますが、「平典」を鍾嶸の言葉で言い換えますと、「理」が「辞」を越えたと言うことです。この「理」は老荘の理つまり老荘の哲学のことで、「辞」とは言葉つまり表現された内容のことです。この表現内容とは後で説明します『詩経』『楚辞』の体及び建安の風力のことです。老荘の哲学が表現内容を越えたのが、玄言詩ということになります。「味」のない老荘の哲学で、「平典」な玄言詩を作った中心人物は、孫綽・許詢、それに桓温及び庾亮ないし庾闡だと言うのです。

檀道鸞は、四人のうちの孫綽は「釈氏三世の辞」も詩に持ち込んだと言います。「釈氏三世の辞」とは釈迦の過去・現在・未来の説法のことで、仏教のことです。つまり孫綽の詩には老荘の哲学を詠んだ詩と、釈迦の仏教を詠んだ詩があると言うのです。孫綽は玄言詩も仏教詩も作った詩人ということになります。

玄言詩と仏教詩の登場によって、伝統的な『詩経』『楚辞』の体は無くなり、建安の風力は無くなったと言うのです。『詩経』『楚辞』の体といい、建安の風力といい、それは作品の内から外に向かって出る力、読む者をして感動を起こさせる力、と言ってよかろうと思います。鍾嶸が「理」が「辞」を越えてしまったと言う「辞」が無くなったことを言っているのだと思います。

こうした詩を改め、『詩経』『楚辞』の体、建安の風力を取り戻したのが、東晋の末期に現れた謝混だと言うのです。

以上は檀道鸞と鍾嶸の批評を比べて似ている所でしたが、違う所がありました。それは郭璞の取り扱いの違いです。檀道鸞は郭璞を李充と孫綽の間に置き、郭璞の五言の詩には、誰よりも先に「道家の言」つまり老荘の哲学を持ち込んだ詩人として扱っています。これに対して鍾嶸は郭璞を孫綽らの後に置き、「是れより先」と断って「其の体を創り変」えたと詩人として扱います。郭璞（二七六〜三二四）と孫綽（三一〇?〜三六七?）の生卒年からしますと、「其の体」の「其の」は、「理は其の辞に過ぎ、淡乎として味寡」ない「永嘉」の「篇什」を受けますので、郭璞は老荘の哲学を詠んだ詩人ではなく、新しい詩風に創り変えた詩人として扱っています。このことは二人の批評の大きく違う所です。

前置きが長くなりましたが、ここまでお聞きになり「味」のない東晋の詩って全然面白くない、これからまだ面白くもない、「味」のない話を聞かされるのか、早く席を立ちたいと思われる方も多いだろうと思いますが、お立ちにならない方のために、面白くもない、「味」のない話を続けます。

東晋の詩、その代表は何と言っても玄言詩で、それは東晋時代特有のもので、前後に類をみないものです。ただ残念なことに、玄言詩として今に残っているのは僅かで、殆どが散逸しています。檀道鸞・鍾嶸の批評家があげる孫綽と許詢が玄言詩人の双璧なのですが、許詢の詩は断片を含めて僅か三首しか残っておらず、孫綽は許詢より多いとはいえ、断片を含めて一三首に過ぎません。従って玄言詩の全容を明らかにするには資料が少なすぎると言わざるを得ません。ついでに言いますと、桓温・庾亮の二人は残っている詩は一首もなく、庾闡ならば断片を含めて二三首残っています。残っている玄言詩は少ないのですが、いくつか取り上げてみます。

許詢（三二三?〜三五二?）の残っている詩は三首で、どの詩にも玄言詩の痕跡が見えますが、ここには断片二句の「農里の詩」を取り上げてみます。

亹亹玄思得　亹亹として玄思は得られ／勉め励んで奥深い思いは得られ
濯濯情累除　濯濯として情累は除かる／楽しみ遊んで累わしい思いは除かれる

「玄思」は奥深い思いと言い換えましたが、「玄」は儒教の書の『論語』にはなく『老子』に出てくる語で、老荘の哲学の基本的な概念を表します。『老子』の冒頭第一章は老子の基本的な概念である「道」について説明するのですが、老子は「道は玄である」と言い、一切の万物は「道」つまり「玄」を門として、出て来るのだと言います。いわば「道」「玄」は万物を生み出す根源なのです。老子は他の章では「万物の宗」「恍惚」「寂寥」「無為」「自然」とも言います。福永光司氏は「玄」について「もともと暗く定かでないもの、ぼんやりとして捉えどころのないものを意味し、色でいえば黒い色を意味する」「本質的なもの、根源的なもの、本来的なものだけがそこに表れているといったような墨の色の単純さを意味しうる」（朝日新聞社『老子』）と述べています。要するに「玄」は言葉では説明し難く、その実態は捉らえ難く、混沌としているもののようです。この「玄」言い換えますと「道」、さらに言い換えますと「無為」「自然」が、老荘の基本的な概念なのです。先程の檀道鸞の批評の中に「老荘の玄勝」とありましたのも、老荘の哲学ということになりますし、許詢の言う「玄思」も老荘の哲学ということになります。

二句目の「情累」を累わしい思いと言い換えましたが、「累」とは足手まといになる、面倒をかける意味で、そうした思いは歓迎すべき思いではなく、邪魔になる思いです。西晋の陸機の「行行重ねて行行に擬す」詩に「去り去りて情累を遺て、安処して清琴を撫す」とある「情累」は邪魔になる累わしい思いの意味です。邪魔になる累わしい思いはどこで持つことになるのかと言えば、それは名誉とか地位とか財産とかが蠢いている俗世間です。

「玄思」「情累」の意味がこのようだとしますと、許詢の二句は老荘の哲学は世俗の思いを取り除いてくれる、逆に言えば、世俗の思いを取り除くには老荘の哲学を会得すれば良い、ということになります。わずか二句しかありませんが、ここには老荘の哲学を賛美する痕跡を残しており、玄言詩に属するものとしていいかと思います。
批評家が許詢と双璧だとする孫綽の玄言詩として、相棒の「許詢に答ふ」詩から引用します。この詩は四言の九二句からなる長い詩で、全体玄言の詩風ですが、ここには二一句から三〇句までを取り上げます。

遺栄栄在　栄を遺るれば栄は在り／栄誉を忘れることで却って栄誉を受け
外身身全　身を外にすれば身は全し／身を世俗から離すと却って身を全うできる
卓哉先師　卓き哉先師／非凡なる先師は
脩徳就閑　徳を脩め閑に就く／徳を脩め静寂であった
散以玄風　散ずるに玄風を以ってし／深遠な道に思いを晴らし
滌以清川　滌《あら》ふに清川を以ってす／清澄な流れに身を清めもした
或歩崇基　或いは崇基に歩み／高い丘を歩いたり
或恬蒙園　或いは蒙園に恬《おちつ》けり／蒙の庭に心落ち着けたりした
道足匈懐　道は匈懐に足り／道は胸中に満ち満ち
神栖浩然　神は浩然に栖む／心は浩然を棲み家とした

ここには老荘に関する語が頻りに使われます。煩雑になりますが、その語をあげて見ます。「先師」とは老子と荘子のことで、「玄風」「道」はすでに説明しましたように、老荘の哲学の本質的なもの、根源的なもの、本来的なものです。梁の江淹の「雑体詩三十首」の殷東陽・興矚に「仁を求むるは既に我自りす、玄風豈に外に慕はんや」とあり、李善はこれに「玄風は道を謂ふなり」と注します。「玄風」は「道」のことです。「身を外にす」は『老子』第七章に「是を以って聖人は其の身を後にして身先んじ、其の身を外にして身存す」とあり、「徳を脩め閑に就く」は『史記』巻六三老子伝に「老子は道徳を脩む」とあり、『荘子』天地篇には「天下に道有れば則ち物と皆な昌え、天下に道無ければ則ち徳を脩め閑に就く」とあり、「蒙園」は荘子が役人となった場所です。「栄を遺るれば」は張協の「詠史の詩」に「達人は止足を知り、栄を遺れて忽ち無きが如し」とあり、「止足を知る」は『老子』第四十四章に「足るを知れば辱しめられず、止まるを知れば殆ふからず」とあるのによりますと、この「達人」は老子のことです。従って「栄を遺るれば」の主語も老子です。「清川」は魏の曹植の「王仲宣の誄」に「冠を南岳に振ひ、纓を清川に濯ふ」とありますが、この「清川」は『荘子』秋水篇に「荘子　恵子と濠梁の上に遊ぶ。云々」とある「濠水」を意識し、荘子が濠水の橋の辺りを散歩し、濠水でのんびり泳いでいる魚を見て、魚の楽しみを知ったことを言うのかも知れません。また「崇基」の意味は高い丘ですが、老荘と高い丘との関係はよくは分りませんが、『史記』老子伝に「周に居ること之を久しくするも、周の衰ふるを見て、迺ち遂に去りて関に至る」とある「関」、つまり老子が函谷関に至ったということかも知れません。「浩然」は『孟子』公孫丑下篇に「夫れ昼を出でて而も王は予を追はざるなり。予は然る後に浩然として帰思有り」とあり、「浩然は心浩然とすれば遠志有り」と言う趙岐の注によりますと、「浩然」は心が限りなく広々とし、束縛されない心境を言い、『孟子』にある語ですが、老荘の哲学に通じる意味を持っています。

このように孫綽は老荘に関する語を頻繁に使い、老荘の哲学を賛美します。まさに玄言詩です。ここは直接は老子と荘子を賛美しますが、これによって孫綽に詩を贈ってくれた許詢に答え、許詢を賛美することは言うまでもありません。なお孫綽・許詢の生卒年によりますと、孫綽と許詢は一四歳離れていたことになりますが、その二人が玄言詩の双璧として君臨していたということになります。

もう一つ玄言詩を紹介しておきます。それは孫綽の従兄の子の孫放の詩で、詩の題はずばり「荘子を詠む詩」です。

巨細同一馬　　巨細も一馬に同じく／大でも小でも馬に変わりなく

物化無常帰　物化に常帰無し／万物の変化に常理はない
脩鯤解長鱗　脩鯤《しゅうこん》は長鱗を解き／大きい鯤は小さい鱗を脱ぎ
鵬起片雲飛　鵬起これば片雲飛ぶ／大鵬が動くと片雲は吹き飛ぶ
撫翼摶積風　翼を撫して積風に摶《う》ち／羽ばたきしてつむじ風を起こし
仰凌垂天翬　仰ぎ凌《しの》いで垂天翬《と》ぶ／天空を仰いで垂天の翼が飛び上がる

詩の題から分りますように、この詩は『荘子』にある内容をただ詠んだものです。初めの二句は斉物論篇の「天地は一指なり、万物は一馬なり」と「周と胡蝶とは、則ち必ず分有らん。此れを之れ物化と謂ふ」をふまえていますし、三句目から最後の句までは、逍遥遊篇の「窮髪の北に冥海なる者有り、天池なり。魚有り、其の広さ数千里、未だ其の脩《なが》さを知る者有らず。其の名を鯤と為す。鳥有り、其の名を鵬と為す。背は泰山の若く、翼は垂天の雲の若し。扶揺に摶《う》ち、羊角して上ること九万里、雲気を絶《わた》り青天を負ひ、然る後に南を図り、且に南冥に適《ゆ》かんとするなり」をふまえています。この詩はこの六句で完結しているのかどうか分りませんが、『荘子』に書かれていることをただ詩にしたというだけのものです。

以上短いものですが、いわゆる玄言詩と名づけられるものを三首紹介しました。三首とも老荘の哲学を賛美し、「味」のないものという点では共通しているかと思いますが、三首には微妙な違いがあるようにも思われます。最後の孫放の詩は『荘子』という本を読んでいるのと変わりませんし、孫綽の詩は確かに老荘の語を頼りに使いますが、孫放とは趣きが違いますし、許詢とも違います。つまり玄言詩と言ってもいろいろな型があったと言うことができます。許詢の詩は後でもう一度取り上げようと思っています。

ここで考えてみたいことがあります。それは東晋時代、なぜ老荘の哲学を賛美する、「味」のない玄言詩が作られたのか、ということです。わけがあるとすればそれは何なのか、ということです。ここで初めにお話しました、東晋という王朝が再興された過程、それに檀道鸞・鍾嶸の魏から東晋にかけての詩風の変遷の説明、この二つを思い出していただきますと、玄言詩を作った人たちは、従来から南方にいた土着の人たちではなく、北方からやって来た人たちであることは、想像するに難くないことです。北方の人たちは見も知らぬ南方の地にやって来て、どんなことを考えていたのでしょうか。

東晋以前の北方と南方とはどんな関係だったのでしょうか。古く紀元前の春秋時代には、揚子江より南には呉と越の国がありましたが、二つの国は戦いに明け暮れ、野蛮で未開、文明のない国でした。紀元後の三国の一つで、後に西晋に滅ぼされた呉の国は、孫権が建業（今の南京）に都して揚子江以南を領土とし、南方の野蛮な民族を征服し、南方を開発する功績は大でした。呉の国を支えていたのは、朱氏・張氏・顧氏・陸氏という四つの土着の名族でしたが、呉が西晋に滅ぼされると、呉を出て西晋に仕える名族もいました。例えば祖父が将軍、父が宰相だった陸機・陸雲兄弟はその一人ですが、西晋に入ったこの兄弟は、北方の人たちから全うに扱われなかったと、『世説新語』には記されています。北方の人たちには、呉の国は春秋時代の呉と変わらず、野蛮で未開、文明のない国だったのでしょう。魏の国には確かに曹操を中心とする文学集団があり、王弼を中心とする老荘の哲学があり、これに比べて呉には文明らしい文明はありませんでした。

こうした状況を考えますと、北方と南方とでは状況にかなりの違いがあります。北方の人たちは南方の人たちが持っていない文明を持っている、北方の人たちは南方の人たちに対して優越感を持っている。その文明・優越感を誇示したのが玄言詩である。見も知らぬ南方の土地にやって来て、土着の南方の人たちに軽視されないために、その存在感を示したのが玄言詩である。――こうしたわけがあって、北方から来た人の手によって玄言詩が作られた、ということなのではないかと私は思っています。

ところで、東晋には「蘭亭の詩」というものがあります。「蘭亭の詩」は後に書聖と言われた王羲之（三〇七〜三六五）が、永和九年（三五三）の三月三日、会稽郡の山陰県（今の浙江省紹興県）の蘭亭という所で、四一人の同士を集めて宴を催し、それぞれに作らせた詩で、現在四一首残っています。蘭亭の地には、高い山、険しい嶺、茂った林、長く伸びた竹があり、清らかな流れや早い瀬があり、魚や鳥もいる、風光明媚な所です。一連の「蘭亭の詩」には初めに王羲之が、終りに孫綽が序を付けています。蘭亭に同士を集めた主催者は王羲之ですが、玄言詩人の孫綽も加わり、王羲之と並んで序を書いていることを見ますと、一連の「蘭亭の詩」には玄言詩の匂いがあるのではないか、と思われます。

王羲之の次男は王凝之と言いますが、その王凝之に「蘭亭の詩」があります。

荘浪濠津　　荘は濠《がう》の津に浪《さまよ》ひ／荘子は濠水の渡し場をさまよい
巣歩潁《えい》湄　　巣は潁の湄《みぎは》に歩む／巣父《そうふ》は潁水の辺りをぶらついた
冥心真寄　　冥心を真に寄すれば／奥深い心を老荘の哲学に寄せると
千載同帰　　千載帰するを同じくせん／行き着く所は千年前と同じ

荘子が濠水の渡し場をさまよったというのは、先に『荘子』を引いてお話しました、荘子が濠水の橋の辺りを散歩し、濠水でのんびり泳いでいる魚を見て、魚の楽しみを知ったという話です。「巣」は伝説時代の堯の時の隠者の巣父のことで、巣父が潁水の辺りをぶらついたというのは、晋の皇甫謐《こうほひつ》の『高士伝』という本に、堯が隠者の許由に役人就任を勧めところ、それを聞いた許由は耳が汚れたと言い、潁水でその耳を洗ったのですが、巣父は許由が汚れた耳を洗ったので、その潁水を渡らなかった、とある話です。「真」は老荘の書にある語で、『老子』第二十一章に「窈《えう》たり冥たり、其の中に精有り、其の精甚だ真なり」とあり、『荘子』漁父篇には「真なる者は天より受くる所以なり。自然にして易ふべからざるなり。故に聖人は天に法り真を貴び、俗に拘《とら》はれず」とあり、それは「道」「玄」のことで、老荘の哲学の意味になります。

孫綽には孫嗣《そんし》という子がおり、孫嗣も王凝之とよく似た「蘭亭の詩」を作っています。

望巌懐逸許　巌を望みて逸許を懐ひ／巌を遠く眺めて逸才の許由を思い慕い
臨流想奇荘　流れに臨みて奇荘を想ふ／水の流れを前にして奇士の荘子を想い浮かべる
誰云真風絶　誰か云ふ真風絶ゆと／老荘の哲学は絶えたと誰が言うのか
千載挹余芳　千載に余芳を挹《と》る／千年後の今なお在る

「逸許」の許は王凝之の詩にありました巣父と同じく、伝説時代の堯の時の隠者の許由で、「奇荘」の荘は荘子のことです。「真風」は孫綽の詩にありました「玄風」と同じで、老荘の哲学のことです。隠者の許由は老荘の哲学とは直接関係しませんが、世俗への思いを取り除いていることでは老荘に通じます。

このように見ますと、王羲之・孫綽二世の「蘭亭の詩」も、老荘の哲学を賛美する玄言詩である、と言うことができそうです。

王羲之の長男の王玄之の「蘭亭の詩」は次のようです。

松竹挺巌崖　松竹は巌崖に挺《ぬき》んで／松や竹は巌や崖に聳え立ち
幽澗激清流　幽澗《いうかん》に清流激す／深い谷には澄んだ水が激しく流れる
消散肆情志　消散して情志を肆《ほしいまま》にし／憂いを晴らして心をのびのびさせ
酣暢豁滞憂　酣暢《かんちゃう》して滞憂を豁《ひら》かん／酒を飲んで積もった憂いを晴らそう

この詩には老荘の語はありません。王玄之は蘭亭の地の、巌や崖に聳え立つ松と竹、深い谷に激しく流れる澄んだ水を見て、世俗への思いを晴らして心をのびのびさせ、さらに酒を飲んで世俗への思いを晴らそうとしています。

王羲之の五男の王徽之《おうきし》の「蘭亭の詩」は次のようです。

散懐山水　懐ひを山水に散じ／憂さを山や水（の自然）に晴らし
蕭然忘羈　蕭然《せうぜん》として羈《つな》がるるを忘る／心静めて世のしがらみを忘れる
秀薄粲穎　秀薄は粲《さん》として穎《かがや》き／茂った草むらは美しく輝き
疎松籠崖　疎松は崖を籠《おほ》ふ／疎らな松は崖を籠っている
遊羽扇霄　遊羽は霄《そら》に扇《お》こり／飛ぶ鳥は大空に羽ばたき
鱗躍清池　鱗は清池に躍《をど》る／魚は澄んだ池で跳ねる
帰目寄歓　目を歓びを寄するに帰し／歓びの湧き起こる所を見つめ
心冥二奇　心は二奇に冥《ふか》くす／二つの奇景に思いを深める

この詩にも老荘の語はありません。王徽之は蘭亭の地の、美しく輝く茂った草むら、崖を籠っている疎らな松、大空に羽ばたく飛ぶ鳥、澄んだ池で跳ねる魚、これら歓びの湧き起こる、山や水を見て世俗への思いを晴らし、世のしがらみの思いを忘れる、というのです。「二奇」とは「遊羽」と「鱗」を指します。

王玄之と王徽之の二つの「蘭亭の詩」を、先の許詢の「農里の詩」と比べて見ますと、「農里の詩」では世俗への思いは老荘の哲学が取り除いてくれると言っていましたが、王玄之・王徽之の「蘭亭の詩」では山水（自然）が世俗への思いを取り除いてくれると言っています。ということは、老荘の哲学も山水（自然）も、世俗への思いを取り除いてくれ、その意味において老荘の哲学と山水（自然）とは同じ価値があることになります。老荘の哲学と山水（自然）とが同じ価値があるということは、東晋に続く宋になって山水詩が生まれてくることと密接な関係があり、かなり重要なことだろうと思います。

ここまでの話を整理しておきますと、老荘の哲学を賛美する玄言詩は、北方から来た人たちが南方の人たちに対して、その存在感を誇示した所産で、それは「味」のないものだったのですが、老荘の哲学によって世俗への思いを取り除くことができ、老荘の哲学でなくても、同じ価値のある山水（自然）で世俗への思いを取り除くことができた、ということです。その意味において、玄言詩の役割は重要であると思うのです。

四二人の同士を集めた主催者の王羲之の「蘭亭の詩」を取り上げて見ます。

猗歟二三子　猗歟《ああ》二三子よ／ああ皆の者よ
莫非斉所託　託する所を斉《ひと》しくするに非ざる莫し／身を委ねる所はみな同じなのだ
造真探玄退　真に造《いた》りて玄退を探らん／道を究めて老荘の哲学を探ろう
渉世若過客　世を渉るは過客の若し／世に生きるのは旅人のようなもの
前世非所期　前世は期する所に非ず／前世に期待するものはなく
虚室是我宅　虚室は是れ我が宅なり／人気のない部屋が私の住み家なのだ
遠想千載外　遠く千載の外を想ふも／遠く千年もの昔に思いを馳せるが
何必謝曩昔　何ぞ必ずしも曩昔《なうせき》に謝せんや／昔に必ずしも挨拶する必要はない
相与無所与　相ひ与にするも与にする所無く／肉体と精神は一緒にしようにもならず
形骸自脱落　形骸は自ら脱落す／肉体は自ずと消滅してしまうのだ

主催者王羲之は前半に老荘の「真」「玄退」「虚室」の語を使って、老荘の哲学を取り上げるのですが、後半では老荘の哲学を疑っているようです。最後の二句は王羲之の「蘭亭の詩の序」に「固に知る、死生を一にするは虚誕為り、彭殤を斉しくするは妄作為るを」（死と生とを同じとするのはでたらめであり、長生きと早死にとを同じとするのもでたらめであることが、分った）と言うのに通じます。「死と生とは同じで、長生きと早死にとは同じだ」と言ったのは荘子で、『荘子』の徳充符篇・斉物論篇に書かれています。

「蘭亭の詩」の中には王羲之のように、老荘の哲学に疑問を持ちながら、人間の死に思いを馳せるものもあったのですが、こうした詩は王羲之以外の詩人にはありません。

このように見ますと、「蘭亭の詩」と言いましてもさまざまな内容のものがあったことが分ります。「蘭亭の詩」についてはお話すべきことを残して、陶淵明（三六五～四二七）の詩に移りたいと思います。陶淵明五六歳の四二〇年、東晋が滅ぼされて王朝が宋に変わりますので、陶淵明は宋の詩人として扱うこともありますが、宋になって七年後には亡くなってもおり、今は東晋の詩人としておきます。

歴史家は陶淵明を隠遁者の伝記に組み入れ、隠者として扱っています。しかし陶淵明の詩文を読んで見ますと、隠者の面もありますが、そうではない面もあります。陶淵明は二九歳で役人になり、四一歳の時に役人を辞め、田園に帰りますが、二九歳から四一歳までの十三年間に五回役人を変えています。一つの仕事が長続きせず、二、三か月で辞めた仕事もあります。四一歳の時にあの有名な「帰りなんいざ、田園将に蕪《あ》れんとす、胡《なん》ぞ帰らざる」という言葉とともに田園に帰り、田畑の仕事に精を出すことになります。田園に帰って以後も役人になるよう誘われたこともありますが、すべて断っています。こう見ますと、陶淵明は純粋の隠者ではなく、半分隠者で半分役人だったと言っていいかと思います。

陶淵明は東晋の詩人には珍しく、一五四篇もの詩文が残っています。「帰去来」「桃花源の記」「五柳先生の伝」

などはよく知られていますが、ここでは陶淵明の心境をよく写している「飲酒二十首」の其の五の詩を取り上げたいと思います。『文選』には詩題を「雑詩」として載せている詩です。

結廬在人境　廬《ろ》を結びて人境に在り／粗末な小屋を構えて俗人の居る所に住み
而無車馬喧　而も車馬の喧《かまびす》しき無し／しかし（役人の乗る）車や馬の喧しさはない
問君何能爾　君に問ふ何ぞ爾《しか》ると／聞いてみるがどうしてそのようで居られるのかと
心遠地自偏　心遠ければ地自ら偏なり／心を遠くにおくと住む所は自然に辺鄙になるのだ
采菊東籬下　菊を采《と》る東籬の下／菊を（小屋の）東側の垣根の辺りで摘み取り
悠然見南山　悠然として南山を見る／ゆったりした気分で南方の山を見る
山気日夕佳　山気は日の夕に佳《よ》く／山の雰囲気は（薄暗い）日暮れに素晴らしく
飛鳥相与還　飛鳥は相ひ与に還る／空飛ぶ鳥は群をなして（ねぐらへ）帰る
此中有真意　此の中にこそ真意有り／この風景の中にこそ真意があり
欲弁已忘言　弁ぜんと欲して已に言を忘る／説明しようと思ったが（それを会得したいま）もうその言葉を忘れた

陶淵明は半分隠者で半分役人だと言いましたが、この詩の書き出しにもそのことが言えます。隠者の住む所は普通は『後漢書』巻八三の逸民伝の賛に「江海に冥滅し、山林に長往すれば、遠性は風のごとく疎《ち》り、逸情は雲のごとく上り、道は虚全に就き、事は塵枉に違《はな》る」（江や海に深く隠れ、山や林に長く隠れると、世俗から遠ざかろうとする思いは風のように散ってしまい、世俗から超えようとする思いは雲のように上ってしまい、道は虚無に行き着き、事は世俗と掛け離れる）とあるように深山幽谷で、深山幽谷を住む所とすると、性情は世俗から遠ざかり、老荘の哲学を修得することができるのです。

陶淵明の住む所は深山幽谷ではなく、「人境」つまり世俗です。世俗を住む所としたのでは隠者とは言えません。

ところが生卒年は不明ですが、晋の人とされる王康琚《おうこうきょ》の「反招隠の詩」の冒頭に、「小隠は陵藪に隠れ、大隠は朝市に隠る」（小物《こもの》の隠者は山や林に隠れ、大物《おおもの》の隠者は朝廷や市場に隠れる）とあり、深山幽谷に隠れるのは隠者としては小物で、世俗に隠れるのが大物の隠者だと言うのです。そうだとしますと、陶淵明は自ら大物の隠者だと宣言しているようです。

世俗ですからそこは車や馬が大きな音を立てて、行き交います。庶民は車や馬には乗れません。乗れるのは役人です。しかし陶淵明には役人の車や馬の音は耳に入らず、世俗への思いを断ち切ることもできるのです。なぜかと言いますと、住む所が問題ではなくて、心の持ち様が問題なのだと言うのです。心が世俗から遠ざかっていれば、心が奥深くもの静かであれば、住む所は自然に辺鄙な土地片田舎になるのだと言うのです。先の『後漢書』に即して言い換えますと、住む所の世俗は江や海、山や林の深山幽谷と同じであり、性情は世俗から遠ざかり、老荘の哲学を修得することもできると言うのです。

住む所を世俗に構えながら、心が世俗から遠ざかることができるのは、六句目にある「南山」のお陰だろうと思います。「南山」とは陶淵明が住んでいる所から南に見えるのでこう呼ぶのですが、廬山《ろざん》というのが固有の名です。廬山は一つの山の名ではなく、九十九の連峰の総称で、その廬山連峰は今の江西省の九江県の南にあります。陶淵明は家の東側の垣根の辺りで菊を摘み取り、ゆったりした思いでたまたま見上げると、南に聳えている廬山連峰が目に入ったと言うのです。「見る」とは見るつもりで見るのではなくて、「山」が勝手に目に入って来て見えたというのです。「見る」を「望む」に作る本もあり、宋の蘇軾（一〇三六〜一一〇一）は「諸集の字を改むるに書す」（『東坡題跋』巻二）という題で、近ごろの連中は憶測で軽々しく字を改め、それに見識のない者が多く賛同し、昔の本に誤りが日に日に増え、誠に腹立たしいとした上で、陶淵明のこの詩の「見る」を今の本が「望む」に作ることに対して、「菊を采る次《ついで》、偶然にして山を見る。初め意を用いず、而して景の意と会す。故に喜ぶべきなり」（菊を摘み取るついでに、偶然に山を見たのだ。初めから思いがあったのではなく、景が思いとぴったり会った。だから素晴らしいのだ）と言い、「見る」を「望む」に改めたのでは、一篇の詩の素晴らしさが駄目になってしまうと続け、「望む」を退けて「見る」を良しとします。一篇の詩の素晴らしさとは、後で述べますこの廬山連峰に陶淵明が「真意」を会得したしたことを言うのだと思います。「望む」ではなく「見る」でないと「真意」は会得できないのだと思います。蘇軾が「望む」を退けて「見る」を良しとしたのは、こうしたわけがあるのだろうと推察します。「悠然として」から考えても「見る」が良いと思われます。

唐になりますと、白居易が「遺愛寺の鐘は枕を欹《そばだ》てて聴き、香炉峰の雪は簾を撥《かか》げて看る」（「香炉峰下、新たに山居をトし、草堂初めて成り、偶〻東壁に題す」）と詠んで、廬山連峰にある遺愛寺・香炉峰が世に知られ、李白が「飛流直下三千尺、疑ふらくは銀河の九天より落つるかと」（「廬山の瀑布を望む」）と詠んで、廬山連峰の瀑布が世に知られるようになります。

廬山連峰は歴史が古く、三千万年前に形造られ、二百万年前は氷の山で、周には仙人が住み、晋には僧侶が住み、陶淵明と交友のあった名僧の慧遠《えおん》も住んでいました。廬山連峰のことはこの慧遠の『廬山記略』、宋の陳舜兪《ちんしゅんゆ》の『廬山記』に詳しく書いてありますが、ここには東晋の湛方生《たんほうせい》の「廬山神仙の詩の序」を引くことにします。

尋陽に廬山なる者有り、彭蠡《はうれい》の西に盤基す。其れ崇標峻極にして、辰光は輝きを隔てらる。幽澗は澄深にして、清を積むこと百仞なり。乃ち絶阻重険の若きは、人跡の遊ぶ所に非ず。窈窕沖深にして、常に霞を含み気を貯ふ。真に謂ふべし、神明の区域にして、列真の苑囿《えんいう》なりと。太元十一年（三八六）、樵採《せうさい》の其陽《きやう》なる者有り。時に于いて鮮霞は林に褰《かか》げ、傾暉は岫《みね》に映ず。一沙門を見るに、法服を披《はお》りて独り巌中に在り。俄頃《たちま》ちにして裳を振ひ錫《つゑ》を揮ひ、崖に凌《のぼ》りて直上す。丹霄を排《ひら》きて軽挙し、九折より起こりて一指す。既に白雲に之れ乗ずべく、何ぞ帝郷を之れ遠しとするに足らんや。目を窮むれば蒼蒼たり、翳然《えいぜん》として跡を滅《け》す。

陶淵明の生地にはいくつか説がありますが、冒頭にある尋陽はそのうちの一つで、陶淵明は生まれて以来、家の南にある廬山連峰をずっと見ていたことになります。湛方生はその廬山連峰の様子を、彭蠡湖の西にどっかりと構えており、高く険しく聳え立ち、日の光は輝きを遮られ、奥深い谷川は澄みきって深く、百尋《ひろ》の底まで清らかである。険しい上にさらに険しく、人が尋ねて遊ぶ所ではない。果てしなく奥深くて、常に霞を含み気を貯えている、と言います。まさに人跡未踏の深山幽谷です。

湛方生は続けて、廬山連峰は「神明な区域」だと言います。「神明な区域」とは神聖な区域のことで、それは世俗の区域の逆ですから、そこには俗人はいないことになります。そこに居るのは「列真」多くの仙人です。「真」は老荘の哲学のことでしたが、仙人の意味にも使いました。『説文解字』巻八上に「真は僊人の形を変へて天に登るなり」とあり、形を変えて天に登った仙人たちの「苑囿」庭園が廬山連峰なのです。廬山連峰に最初に住み着いた仙人は、慧遠の『廬山記略』によりますと、紀元前約一七〇〇年から紀元前約七七〇年の、殷・周の頃の匡裕《きょうゆう》だと言います。

> 匡裕先生なる者有り、殷・周の際自り出で、世を遁れ時に隠れ、潜かに其の下に居る。或いは云ふ、裕は道を仙人に受け、共に此の山に遊ぶと。遂に室を崖岫に託し、即ち巌を館と成す。故に時人は其の止まる所を謂ひて、神仙の廬と為す。因りて以って山に名づく。

仙人から道を学んだ匡裕は、崖・岫・巌を居室として住み着いたので、当時の人々はそこを神仙の廬と言い、以後それに因んで廬山と名づけた、と言うのです。

神聖な区域の廬山連峰にいたのは仙人だけではなく、「沙門」つまり僧侶もいたのです。太元十一年（三八六）と言えば陶淵明二二歳の時ですが、湛方生はこの年に薪採りの其陽が見た僧侶の様子を伝えています。法衣を着てぽつんと巌の中にいた僧侶は、にわかに裳をはたき杖をふり揚げ、崖を越えてまっすぐに上って行き、九折坂から起って一気にめざし、白い雲に乗って天上に至ると言うのです。

盧山の説明が長くなりましたが、それは「悠然として南山を見る」の次の句の「山気は日の夕に佳く」と関わるからです。「山気」は山の雰囲気と言い換えましたが、これは語の意味を取っただけで、具体的には何のことか分りません。この「山」は当然「南山」盧山連峰であるはずで、「山気」とは盧山連峰の雰囲気のことです。盧山連峰の雰囲気を具体化するために、長々と説明したのですが、陶淵明は「山気」つまり盧山連峰の雰囲気は、一日のうちの「日の夕」日暮れが「佳」いと言うのです。「佳」の字について、小尾郊一氏は「六朝の用語で、非常にいいという場合によくこの字を使う」（『古詩唐詩講義』）と説明されますが、盧山連峰の日暮れの雰囲気が非常にいいとは、どんな雰囲気なのでしょうか。『文選鈔』には「晩に向かへば山気は清美なり。故に佳と言ふ」と言い、日暮れになると山気は清んで美しい、それが非常にいいのだと説明し、李周翰は「日暮るれば山気は蒙翠す。所謂佳なり」と言い、日暮れになると山気はもやにかすむ、それが非常にいいのだと説明します。二つの「非常にいい」の説明は同じではありませんが、先の湛方生の「盧山神仙の詩の序」に「果てしなく奥深くて、常に霞を包み気を貯えている」とあり、ここに「霞」と「気」が使われ、その「霞」は「時に美しい霞は林にかかり、夕日は山に照り映えていた」と使われています。これからしますと、盧山連峰は霞を包んだ気で覆われ、それが夕日を受けて盧山連峰に照り映えている。陶淵明もおそらくこういう日暮れが、盧山連峰の雰囲気として非常にいい、と思っていたのではないでしょうか。

陶淵明は「山気は日の夕に佳く」の句に「飛鳥は相ひ与に還る」と続けます。空飛ぶ鳥が群をなして帰る所はねぐら。そのねぐらは当然盧山連峰にあるはずです。盧山連峰は深山幽谷で仙人や僧侶のいる所でした。そこに鳥たちはねぐら、自分の住む所を持っているのです。陶淵明の住む所といえば、「人境」世俗でした。陶淵明は盧山連峰のねぐらへ帰って行く鳥たちに憧れ、羨ましく思ったに違いありません。しかし鳥になることはできません。世俗に住んでいる陶淵明にできること、それは「心遠ければ地自ら偏なり」と自らに言い聞かせることです。こう言い聞かせることで、陶淵明は鳥たちと同じになり、廬山に住んだ気になったのだ、と思います。「心遠し」とは具体的には心が廬山連峰まで遠ざかることだったのです。陶淵明が「帰去来」で「南窓《なんさう》に倚《よ》りて以って傲《がう》を寄せ、膝を容るるの安んじ易きを審かにす」（南側の窓にもたれて世俗を見くだす思いを寄せ、膝が入るほどの所が落ち着けることを実感する）と言いますのは、南側の窓にもたれていると廬山連峰が自然に目に入って来る。すると廬山連峰と一体となり、世俗を見くだす心境になると言うのです。

さて、この詩で陶淵明が最も言いたかったのは、最後の二句です。これまでの句は最後の二句を言うためのものだったのです。「此の中にこそ真意有り」の「真意」を、日本の斯波六郎氏は「役人生活を捨てて隠遁生活をしようとする心もちをいふ」（北九州中国書店『陶淵明詩訳注』）と解し、吉川幸次郎氏は「南山の方へ帰り行く飛鳥の姿、その中にこそこの世界の真実はある、とはっきり輪郭を伴った事体としていい切ったのではなく、その中に真実への示唆がある、此の中に真の意有り、と、事体を雰囲気に於いてとらえ、余裕をおいていったとする方が、より淵明的である」（新潮社『陶淵明伝』）と解し、一海知義氏は「この世における真実なるものを希求する心」（筑摩書房『陶淵明』）と解し、花房英樹氏は「俗事から離れて、田園で静かな暮らしをしたいという、心の底からの考え」（集英社『文選』）と解しています。一方、中国の李善が『楚辞』七諫・自悲の「真情」の王逸の注の「真情は本心なり」（李善は「真は本心なり」と引くが、今本の王逸注に従う）を引きますのは、「此の中に淵明の本心、本来の心がある」と解しているようですが、これだけでは淵明の「本心」の中身は分りません。『文選鈔』に「鳥は日暮れて山に還る。是れ栖に帰りて集まり、其の労倦《らうけん》を息《ねぎら》ふ。故に真意有りと言ふなり」と言いますのは、「鳥たちが日暮れに山のねぐらに帰って集い、そこで疲れを取る。淵明もそんな鳥のようでありたい、というのが淵明の真意なのだ」と解しているようで、李善の言う「淵明の本心」とはこういうことかも知れません。

「真意」の「真」はすでに王徽之・王羲之の「蘭亭の詩」にあった「真」、孫嗣の「蘭亭の詩」に「真風」とあった「真」に同じで、それは「玄」「道」と同じく、老荘の哲学を言うものでした。先に引きました『説文解字』の「真」に段玉裁が「此れ真の本義なり。経典は但だ誠実と言ひて、真実と言ふ者無く、諸子百家に乃ち真の字有る耳」と注しているのによりますと、「真」とは儒家の語ではなく、諸子百家ここでは老荘の語だと言うのです。また『文選鈔』に「真とは道の本を謂ふなり」とありますのも、「真」は老荘の哲学の「道」のことだと言うのです。陶淵明は「真の意」のほかに「真を含む」「真に任す」「真の想ひ」「真を養ふ」「真に復る」など、「真」の字を多く使いますが、みな老荘の哲学の意味です。

陶淵明が老荘の哲学があるとしたのは「此の中」ですが、「此の中」とは直前の二句をさします。二句別々に老荘の哲学があると言っているのかも知れませんが、今は「廬山連峰の雰囲気が素晴らしい（薄暗い）日暮れ時に、空飛ぶ鳥が群をなして（廬山連峰のねぐらへ）帰る」――この風景に老荘の哲学があると読んでおきます。深山幽谷の廬山連峰に、日暮れになるとねぐらへ帰る鳥たち。この風景は陶淵明が日日眺めている風景で、陶淵明は日日眺めている風景に、老荘の哲学を見いだしたのです。付け加えておきますと、陶淵明は廬山連峰をただ眺めていただけではなく、廬山連峰の東林寺に住んでいた名僧の慧遠を、足を運んで訪ねたこともありました。

「此の中」に老荘の哲学を発見した陶淵明は、それを「弁ぜんと欲して已に言を忘る」と言うのです。これは『荘子』外物篇の「言は意に在る所以なり。意を得て言を忘る」（言葉は本意を会得するためのものである。本意を会得してしまうと言葉は忘れる）をふまえています。荘子が言わんとすることは、言葉というものは本意を会得するための手段であり、本意を会得して目的を達したら、手段の言葉は必要ないので忘れてしまう、と言うのです。陶淵明はこれをふまえ、自分は「此の中」に本意を会得したので、それを言葉で説明する必要もないので、言葉は忘れてしまったと言うのです。ここに言う本意とはすでに説明しました老荘の哲学の語である「玄」とか「真」とか「道」のことです。この「玄」「真」「道」というものは言葉で説明しきれるものではなく、会得するしかなく、陶淵明はそれを会得したというのです。「道を口に出して言うと、味のないものになる」という老子の言葉をここで思い出します。

先に「真意」に関して先人の説をいくつか紹介しましたが、私は「真意」の「意」は『荘子』にいう「意を得て言を忘る」の「意」に解し、「真意」とは「真の本意」と解釈したいと思っています。「真の本意」とは老荘の哲学の精髄ということができると思います。

陶淵明が老荘の哲学の精髄を見いだしたのは、深山幽谷の廬山連峰で、それは陶淵明の日常の生活の場である田園とは遠く離れています。深山幽谷ではなく、日常いつも目に触れる田園風景に老荘の哲学の精髄を見いだした詩があるか、と言えばそれはないようです。陶淵明ではありませんが、先に玄言詩として取り上げました許詢の詩の題は「農里の詩」でした。「農里」は農村・村里の意味で、詩の題からしますと、この詩は田園を詠んだ詩かと思います。残念なことにこの詩は二句しかなく、想像の域を出ないのですが、日常の田園に老荘の哲学を発見した内容だったかも知れません。そうだとしますと、「農里の詩」は玄言詩とは別の評価をしなくてはならないかも知れません。

私の話は以上で終わりますが、最後に少し整理しておこうと思います。

孫綽や許詢らが玄言詩を作りましたのは、ひたすら老荘の哲学を賛美するためでしたし、王凝之らが「蘭亭の詩」

で老荘の哲学を賛美しましたのは、風光明媚な蘭亭の風景に触発されてのことでした。陶淵明はと言えば、神仙や僧侶のいる霊山の廬山連峰の日暮れの雰囲気に触発され、そこに老荘の哲学を発見したものでした。東晋の百年間、その詩は老荘の哲学を詠む風潮がずっとありましたが、子細に見ますと老荘の哲学を賛美するにも変遷があり、批評家が言いますように、東晋の詩はみな一様に「味」がない、と言い切ることもできないように思います。「味」がないところに「味」があるのが東晋の詩、ということができようかと思います。

東晋に続く宋（四二〇～四七九）の詩の特色は、山や水の自然を詠む山水詩だと言われ、その筆頭は謝霊運《しゃれいうん》（三八五～四三三）とされています。小尾郊一氏は山水詩について「その明瞭な定義づけは困難である」といい、山水詩という語を初めて使うのは唐の白居易の「謝霊運の詩を読む」だとし、白居易の言う山水詩の語を説明して「その包含する範囲は、広く天海までも包含し、小さくは草樹に至るまでも包含している」「それは現在普通いう叙景詩といった意味にさえ理解される」（汲古書院『謝霊運――孤独の山水詩人』）と述べておられます。これが山水詩だとしますと、東晋の玄言詩、諸人の「蘭亭の詩」、陶淵明の詩、あるいは今日はお話しませんでした仏教の詩、遊仙の詩、季節の詩、登山の詩なども、その先鞭を担ったと見なすことができます。

『文心雕竜』明詩篇には宋の初めの詩について、「宋初の文詠は、体に因革有り。荘老退を告げて、山水方《まさ》に滋し」と言います。「因革」とは因習と変革のことで、因習は古いもの、変革は新しいもののことで、宋の初めにはその両方があったと言います。古いものとは老荘の哲学を賛美する玄言詩で、新しいものは山や水の自然を賛美する山水詩である、というのです。これによりますと、宋の初めには玄言詩が後退し、山水詩が台頭してきたことになります。玄言詩が後退して山水詩が台頭してきたという言い方は、玄言詩と全く関係なく、突然に山水詩が出現したのではないように思います。玄言詩を母胎にして、山水詩が誕生した、と見たいと思います。

宋の山水詩は山水に美を見いだし、それを賛美するところに山水詩たるゆえんがあるのですが、東晋の玄言詩、諸人の「蘭亭の詩」、陶淵明の詩には、山水に美を見いだし、それを賛美したものはありませんでした。しかし老荘の哲学を賛美する詩、それは例えば風光明媚な蘭亭で詠まれた一連の詩、あるいは深山幽谷の廬山連峰を詠んだ詩は、そこに山水の美を見いだす土壌が培われていた、と言っても言い過ぎではあるまいと思います。時代が変わって土壌に潜んでいた芽が現れてきた、と言うことができようと思います。新しい詩の誕生というものは、そんなものではないでしょうか。

そもそも東晋の詩人たちが玄言詩を作ったのは、すでに述べましたように、北方から来た人たちが土着の南方の人たちに軽視されず、その存在感を示すためでした。北方よりも南方が高い文明を持っていたら、北方の人たちは玄言詩を作らなかったかも知れません。そうしますと、宋になって山水の叙景詩も作られなかっただろうと思います。

このように考えますと、東晋百年の玄言詩を初めとする諸々の詩があったからこそ、宋の山水詩があったのです。「味」のない詩と冷淡に扱われても、東晋百年を無視して、西晋の詩から宋の詩へ飛んだのでは、山水詩はこの世に誕生しなかった、と言っても言い過ぎではあるまい、というのが今日のお話の締めくくりです。

面白くもない、「味」のない話に最後まで付き合ってくださり、お礼を申し上げて終わりにします。長時間有り難うございました。

〈本稿は平成十三年十一月二十五日、平成13年度広島大学国語国文学会秋期研究集会の講話に、相応の修正を加えたものである〉

「遊」の意味するもの——先秦・東晋の間——

「遊」の字は、早く先秦の思想の書や詩文に見られます。ということは「遊」の字は中国の思想や詩文と何らかの関係があるのではないか、と思われるのですが、そこに見られる「遊」は、どんな意味を持っているのでしょうか。「遊ぶ」と言いますが、どこで「遊ぶ」のでしょうか。何のために「遊ぶ」のでしょうか。「遊ぶ」ことによって何か得るものがあるのでしょうか。「遊ぶ」とはどんなことなのでしょうか。「遊ぶ」場所・目的・効用について、主要な作品として、先秦の『詩経』『論語』『老子』『荘子』『楚辞』、また漢の書だと言われている『列仙伝』、及び漢詩・魏詩・西晋詩・東晋詩を加えて、先秦から東晋までの「遊」の字の意味するところをお話しようと思います。

『詩経』以下の「遊」の字の意味するところを取り上げる前に、中国の辞書ではどう説明されているか、見ようと思います。漢の辞書の『説文解字』巻七上には「游」「遊」の字を示して、「游」が古い字で「游」と「遊」は通じるとし、また『説文解字』の「游は旌旗《せいき》の流なり」に注する段玉裁の「旗の游は水の流るるが如し。故に流と称するを得るなり」によりますと、「游」は吹き流しのことで、それは水が流れるのに似ているので、「旌旗の流」と言うのだと説明します。原義の吹き流しの「游」から、固定せず自由に動く意味が生まれてきます。三国魏の辞書の『広雅』釈詁三には「遊は戯なり」、明の辞書の『正字通』には「游は自ら適するなり」とあります。

また諸書に付された注を古い順にあげますと、「游は行なり」(『詩経』大雅・板の毛伝)、「游竜は猶ほ放縦《はうしょう》のごときなり」（『詩経』鄭風・山有扶蘇の鄭箋）、「遊は逸にして法度無し」（『尚書』五子之歌の孔安国注）、「物を玩びて情に適《かな》ふの謂なり」（『論語』述而篇の朱注）、「遊は係はらざるなり」（『荘子』外物篇の郭象注）は先秦の文献であり、「游は猶ほ浮のごときなり」（『礼記』緇衣《しい》・鄭玄注）、「遊は閒暇無事にして之に於いて遊ぶを謂ふなり」（『礼記』学記の鄭玄注）、「游は仕なり」（『戦国策』秦策の高誘注）、「游は出なり」（『淮南子』原道訓の高誘注）、「游は遨《がう》なり」（司馬相如「封禅の文」の李善注）は漢の文献であり、「遊」の意味の違いを時代で区別することは難しく、さまざまに使われていたと言うほかあるまいと思います。

さて、先秦から東晋までの右にあげた主要な作品に見える「遊」（游を含む）の一字及び「遊」（游）の熟語を拾い出すと、次のようになります。ただし人名及び篇名・詩題は除きます。未記入は0です。

	遊	優遊	遊衍	遊遨	遨遊	遊戯	戯遊	浮遊	放遊
詩経	22	2	1	1					
論語	5								
老子									
荘子	106				2			3	
楚辞	48	1			1	1	1	4	1
列仙伝	15							1	
漢詩	48	1		2	4	2			
魏詩	143	3	1		8	4		1	
西晋詩	128	3			1	2		1	
東晋詩	90		1			1			

遠遊					3			11	5	3
遊心				6	1		2	5	1	
遊志					1				1	
遊思										4
遊神					1					
遊目					1			3	2	2
遊観								1		1
遊覧					1					
遊仙									1	

最初に『詩経』の「遊」を取り上げます。

『詩経』は中国最初の詩集で、紀元前一一〇〇年ごろから紀元前六〇〇年ごろまでの、北方の黄河流域に伝わった詩三百五篇を、孔子が国々の歌謡・周の王室の歌・宗廟の楽歌に分け編纂したもので、その詩は内容も形式も素朴なものですが、その『詩経』には「遊」の字が二十二回見えます。『詩経』の「遊ぶ」場は、ずばり「山に遊ぶ」「水に遊ぶ」とは言いませんが、それらしい言い方があります。

「其の深きに就きては、之に方し之に舟す、其の浅きに就きては、之に泳ぎ之に游ぶ」（邶《はい》風・谷風）は水の字はありませんが、前章の涇《けい》水を受け、その浅瀬を渡る時に「游」を使います。「游」は直前の「泳」と同じ意味で、集伝に「水に浮くを游と曰ふ」によりますと、定めなく水に任せてふわふわおよいでいる状態を言います。「溯洄《そくかい》して之に従へば、道は阻にして且つ長し、溯游して之に従へば、宛《さなが》らに水の中央に在り」（秦風・蒹葭《けんか》）の溯游は溯洄の反対語で、毛伝に「流れに従ひて渉《わた》るを溯游と曰ふ」とあります。流れのままに身を任せるのが「游」で、そうすれば水の中央へ行って相手を見ることができます。『詩経』には「水に遊ぶ」ずばりではなく、それらしいものが二つしかありませんが、二つの「游」は事に逆らわず、あるがままに任せる意味で、それ以上の意味はないようです。

「山に遊ぶ」言い方はありませんが、「北園に遊び、四馬は既に閑なり、輶車《いうしや》には鸞鑣《らんへう》あり、獫《れん》・歇驕《かつけう》を載す（秦風・駟驖《してつ》）の「園に遊ぶ」があります。この詩の序には、秦の襄公（紀元前七七七～紀元前七六六）が、狩猟を終えた後の、猟場の北の園で、慣れた四頭立ての小型の馬車に、種々の猟犬も載せ、くつろいでいるさまを詠ったものだとあります。当時の秦の都は秦州にあり、北園はその郊外にあったようです。園は山ではありませんが、『詩経』では園が遊びの場であったことは分りますが、それ以上の意味はないように思います。

『詩経』には「優游」「游衍《いうえん》」という言い方があります。「優游」の例としては「伴奐《はんくわん》として爾《なんぢ》に游ばば、優游として爾に休せん」（大雅・巻阿）とあり、正義に「伴奐の言と優游とは相ひ類す。故に自ら縦弛《しようし》するの意と為す」と言うのによりますと、「優游」とは緩んで気ままであり、のんびりしている意味です。『字彙』には「游、又た優游は、自如の貌」とあるのによりますと、あるがままという意味です。つまり「優游」の「游」は「優」の意味に近い緩やか、暢びやかという意味があるようです。「游衍」の例としては「昊天《かうてん》は曰《ここ》に旦《たひ》らかにして、爾と游衍す」（大雅・板）とあり、毛伝に「游は行、衍は溢なり」と言い、正義に「故に游は行、衍は溢なりと云ふは、亦た自ら恣《ほしいまま》にするの意なり」とあります。「自ら恣にす」とは気ままにする、思うままにすることです。

次は『論語』の「遊」です。

「仁」や「礼」を説く儒教の基本書といわれる『論語』には、「遊」の字はわずか五回で、ずばり「山に遊ぶ」「水に遊ぶ」使い方はなく、「舞雩《ぶう》に遊ぶ」例があります。

「樊遅《はんち》従ひて舞雩の下に遊ぶ」（顔淵篇）とあり、古注に「舞雩の処に壇墠《だんせん》樹木有り。故に下に遊ぶべし」と言います。舞雩は天を祠って雨乞いをする祭りで、壇墠は舞楽をする祭壇のことですが、そこには樹木もあり、木陰で遊ぶこともあったのでしょう。これは弟子の樊遅が孔子のお供をして舞雩の木陰にやって来た時の話ですが、先進篇には孔子から「自分の思うことを言ってみよ」と言われた弟子の曾皙《そうせき》は、弾いていた琴を一度かき鳴らして側に置き、「春の末に春着も完成し、冠を着けた五・六人や子供ら六・七人と、沂《き》水で禊《みそぎ》をし、舞雩で舞いを舞い、詩を口ずさんで帰りたい」と答えた話を伝えています。曾皙の答えは、その場にいた他の弟子たちがみな、国家の事に関与したいと言った答えとは異なるものでした。曾皙の答えと樊遅が舞雩の下で遊んだことを重ねますと、『論語』におけるこの「遊」は、世俗と離れて心を俗外でゆったりする意味をもつように思われます。樊遅・曾皙が「遊」んだ場は舞雩でしたが、舞雩は雨乞いの祈りをする場であり、汚れのない清浄な場である点では、山水に近いと見ることもできようかと思います。

『論語』にはもう一つ「芸に遊ぶ」という使い方があります。「子曰はく、道に志し、徳に拠り、仁に依り、芸に游ぶと」（述而篇）とあり、何晏の注には「芸は六芸なり。拠依するに足らず。故に遊と曰ふ」と言います。六芸とは礼・楽・射・御・書・数のことです。孔子は四つを並べ道が最高位で、これに徳→仁→芸が続き、「芸に遊ぶ」ことを最下位に置きます。正義には「此の楼閣は身を飾る所以なる耳《のみ》にして、道・徳と仁とに劣れり。故に依拠するに足らず。故に但だ遊と曰ふのみ」とあり、六芸は身を飾るに過ぎず、道・徳・仁には劣り、依拠するに足らないので、ただ遊と言うのだ」と説明します。朱子が「游とは物を玩びて情に適ふの謂なり」と言います「玩物」の「玩」は下の「適情」との繋がりからしますと、「物」を粗末に扱うのではなく、「物」を楽しむ、深く味わう意味であろうと思います。「適情」とは心に適う、気に入る意味で、『正字通』の「游とは自ら適するなり」に通じ、「自得」にも通じると思います。以上によりますと、六芸は道・徳・仁よりも価値が低く、志したり拠ったり依ったりするものではなく、自由気ままに心を任せるのが、「遊」の意味のようです。

ところで、『論語』には「山に遊ぶ」「水に遊ぶ」使い方はありませんが、雍也篇に「子曰はく、知者は水を楽しみ、仁者は山を楽しむ」と使っています。包咸の注には「知者は其の才知を運らして以って世を治むるは、水の流るるが如くにして己を知らざるを楽しむ」と言い、何晏は「山の安固なるは自然にして動かず、而して万物生ずるが如きを楽しむ」と言うのによりますと、知者や仁者が世を治める時の心構えを「水」「山」に喩えた使い方のようです。つまり知者は自己主張しない水、存在に気づかせない水のように、世を治めるのだと言い、仁者は安定して不動、しかも万物を生み出す存在の山のように、世を治めるのだと言っているのです。従って「水を楽しむ」「山を楽しむ」と言うのは、比喩的な使い方で、ずばり「山」そのもの「水」そのものを「楽しむ」と言っているのではありません。ただし「水」と「山」を並べて使うのは、西晋時代にはじめて「山水」の熟語が現れる源をなすものとして注目すべきことです。

続いて『荘子』の「遊」に移ります。

「道」「無為」「自然」を説く道家思想の祖といわれる老子は、四二〇頁の表にありますように、「遊」の字を一度も使いませんが、荘子（前三六五?～前二九〇?）は「遊」の字を百を超えて使い、その中には『詩経』『論語』のように「山に遊ぶ」「水に遊ぶ」に近い言い方もあり、また『詩経』『論語』にはない言い方もあります。

まず「水に遊ぶ」に近い言い方を三つ取り上げます。一つ目は「知は北のかた玄水の上に遊び、隠弅《いんふん》の丘に登る。而して適〻無為謂《むゐゐ》に遭ふ」（知北遊篇）で、これは知が水辺に遊んだ話です。知が遊んだ玄水は北方にある川の名で、近くの丘には暗い墳墓があり、そこには無為謂という「無為」の「道」を修得した者が住んでいたと言うのです。「玄水」の玄は方角で言えば北、色で言えば黒ですが、玄はそもそも『老子』第一章に「道の道とすべきは常の道に非ず。（略）此の両者は同じく出でて名を異にす。同じく之を玄と謂ふ。玄の又た玄、衆妙の門なり」とある玄で、老荘哲学の基盤となる「道」のことなのです。従って「玄水に遊ぶ」とは「道に遊ぶ」ことに他なりません。

二つ目は「黄帝は赤水の北に遊び、崑崙《こんろん》の丘に登る。而して南のかた望み、還り来たらんとするに其の玄珠を遺《うしな》へり」（天地篇）で、郭象の注には「此れ明らかに真を得るの由る所に寄す」と言います。黄帝が遊んだ所は赤水の北方です。黄帝が遊んだ赤水は南方にある川の名で、その北方には崑崙山があり、崑崙山に登った黄帝は、そこから南方の赤水を眺めた後、南方へ向かって帰ろうとしたところ、玄珠を無くしてしまったと言うのです。崑崙山は仙人が住んでいたと伝えられる山で、玄珠の玄は「道」のことでした。郭象の注によりますと、「道」は「真」と言うこともできます。赤は方角で言えば南で、王の居る方角でもあります。黄帝が南を望んだということは、王になろうとしたことを意味し、黄帝が老荘哲学の「道」「真」を失ったのは、王になろうとする気になったからです。

三つ目は「荘子は恵子《けいし》と濠梁《がうりやう》の上に遊ぶ。荘子曰はく、儵魚《いうぎよ》は出で遊びて従容《しようよう》たり。是れ魚の楽しみなりと」（秋水篇）で、これは荘子が水に架かる橋で遊んだ話です。濠梁は濠水に架かる橋のことで、濠水は安徽省の鳳陽県辺りという説があります。その濠水は魚が来てゆったりと遊ぶ川なのです。荘子がその川に遊んだということは、荘子には魚の遊びが分るということで、荘子と魚は一体になっているのです。時代が下って東晋になりますと、この話は「簡文は華林園に入り、顧みて左右に謂ひて曰はく、心に会《かな》ふ処は必ずしも遠きに在らず。翳然《えいぜん》たる林水は、便ち自ら濠濮《がうぼく》の閒の想ひ有り。覚えず、鳥獣禽魚の自ら来たりて人に親しめるを」（『世説新語』言語篇）と伝えられ、濠水・濮水には鳥・獣・禽・魚がやって来て、人間と親しみ一体となっている所なのです。

次に「山に遊ぶ」に近い言い方として三つ取り上げます。一つ目は「南伯子綦《なんはくしき》は商の丘に遊び、大木を見るに、異有り。（略）子綦曰はく、此れ果たして不材なり。以って此の其の大なるに至る。嗟呼《ああ》、神人は此の不材を以ってす」（人閒世篇）で、南伯子綦が遊んだのは山ではなく丘です。南伯子綦が遊んだ商の丘は、荘子が生まれた宋にあるのでしょうが、そこには役に立たない無用の大木があり、普通の人は無用の大木を無視しますが、神人はそれを後生大事にするのです。神人は後にも出てきますが、無心で物事に逆らわない人、老荘の哲学を修得した人です。従ってこれは無用に遊ぶ神人の話で、無用のことは『老子』第十一章に「故に有の以って利を為すは、無の以って用を為せばなり」とあり、物が物として「用」をなすのは、「有」ではなく「無」なのだと言い、「無」を高く評価します。商の丘に遊んだということは無用に遊んだということで、それは「道に遊ぶ」、老荘の哲学に遊ぶことなのです。

二つ目は「君の患《うれ》ひを除く術は浅し。夫れ豊狐文豹《ほうこぶんぺう》は山林に棲み、巌穴に伏すは静なり。（略）今、魯国は独り君の皮に非ざるか。吾は君の形を刳《さ》き皮を去り、心を洒《あら》ひ欲を去りて、無人の野に遊ばんことを願ふ」（山木篇）です。君とは魯の殿様、吾は市南宜僚《しなんぎれう》のことで、市南宜僚が魯の殿様に、「無人の野に遊ぶ」ように言ったのです。「遊ぶ」所は「無人の野」です。市南宜僚は魯の国を豊狐文豹（毛皮の美しい狐と豹）に喩え、「無人の野」を「山林」「巌穴」に喩え、体を切り裂き、毛皮を取り除き、心を洗い清め、欲望を捨てて、無人の野に「遊」ぶと、魯の患いはなくなると諭したのです。

三つ目は「故に余は将に女《なんぢ》を去り、無窮の門に入り、以って無極の野に遊ばんとす」（在宥篇）です。余とは広成《こうせい》子《し》のこと、女とは黄帝のことで、広成子が「私は君を捨てて無極の野に遊」びたいと、黄帝に言ったのです。「遊ぶ」所は山ではなく「無極の野」です。無窮と無極は意味が近く、それは太初・根源・混沌、言い換えますと「玄」「道」「真」、さらに言い換えますと「無為」「自然」と言うことだと思います。つまり「無窮の門に入る」「無極の野に遊ぶ」とは老荘の哲学に入り、老荘の哲学に遊ぶということなのです。「無人の野に遊ぶ」も老荘の哲学に「遊ぶ」ことだと思います。

これら「水に遊ぶ」「山に遊ぶ」に近い言い方は、遊ぶ所は水や山（丘・野）にしても、そこに「遊ぶ」と老荘の哲学が得られると考えていたようです。

ところで、『荘子』には『詩経』『論語』にはなかった「無窮に遊ぶ」という言い方があり、これは『荘子』の思想を説き明かす鍵の一つで、それは後世に大きな影響を及ぼします。『荘子』の「無窮に遊ぶ」話は随所に見られますが、その典型は冒頭の逍遥遊篇の大鵬《たいほう》が飛翔する、「北冥《ほくめい》に魚有り。其の名を鯤《こん》と為す。鯤の大いさ、其の幾千里なるかを知らず。化して魚と為るに、其の名を鵬と為す。鵬の背、其の幾千里なるかを知らず。怒《はげ》みて飛べば、其の翼は垂天の雲の若し。是の鳥や、海の運《うご》けば則ち将に南冥に徙《うつ》らんとす。南冥とは天池なり。『斉諧《せいかい》』は怪を志す者なり。『諧』の言に曰はく、『鵬の南冥に徙るや、水に撃つこと三千里、扶揺《ふえう》に搏《たた》きて上ること九万里、去りて六月を以って息ふ者なり』と」という話です。ここには「遊」の字はありませんが、これに続くやや後の文に「無窮に游ぶ」があり、大鵬の飛翔は篇名の「逍遥遊」の典型なのです。大鵬が遊んだ場所は南の海。北の海から南の海までの距離は九万里。その間を飛翔するには翼で水面を撃ち、勢いを得て大風に乗り、大空を背にして六か月かけてやっと到着します。到着した南の海は天が造った海で、そこは人間世界を超えた、まさに無窮の地です。

荘子は右の大鵬の飛翔の話のやや後に、「若し夫の天地の正に乗り、而して六気の弁を御し、以って無窮に遊ぶ者ならば、彼且つ悪《いづ》くんぞ待たんや。故に曰はく、『至人は己無く、神人は功無く、聖人は名無し』と。（略）藐《はる》かなる姑《こ》射《や》山《ざん》に神人の居有り。肌膚は氷雪の若く、淖《しやく》約《やく》なること処子の若く、五穀を食はず、風を吸ひ露を飲み、雲気に乗り、飛竜を御し、而して四海の外に遊ぶ」と言い、無窮の地へは大鵬でなくても、人間でも行くことができる、と言います。ただし行くことができるのは、究極的な人間、人間を超越した人間。荘子はそれを「至人」「神人」「聖人」と呼ぶのです。「至人」「神人」「聖人」が「天地の正に乗り、六気の弁を御」して「無窮に遊」び、「神人」が「五穀を食はず、風を吸い露を飲み、雲気に乗り、飛竜を御」して「四海の外に遊」んだのは、大鵬が「大風に乗り、大空を背」にして「南の海」へ飛翔したのと同じ構図なのです。因みに郭象は姑射山の「神人」に注して「神人は即ち聖人なり」と言います。「神人」と「聖人」は同じで、「至人」も同じなのです。

『荘子』には「遊」の字が百余りありますが、「無窮」「南の海」「四海の外」に「遊ぶ」と同趣の使い方が、かなりあります。言葉だけ抜き出しますと、「塵《ぢん》垢《こう》の外に遊ぶ」（斉物論篇）、「方の外に遊ぶ」（大宗師篇）、「天地の気に遊ぶ」（大宗師篇）、「夫の遥蕩《えうたう》恣《し》睢《しよ》転《てん》徙《し》の塗《みち》に遊ぶ」（大宗師篇）、「無《む》何《か》有《いう》の郷に遊ぶ」（応帝王篇）、「無有に遊ぶ」（応帝王篇）、「無極の野に遊ぶ」（在宥篇）、「無端に遊ぶ」（在宥篇）、「逍遥の虚に遊ぶ」（天運篇）、「無人の野に遊ぶ」（山木篇）、「六《りく》合《がふ》の外に遊ぶ」（徐無鬼篇）などです。

右にあげた一連の「遊」はどういう意味なのでしょうか。「此れ遊ぶ所のみ」（大宗師篇）の郭象の注に「為さざるに遊びて師無きを師とするなり」と言い、「胞に重《ぢゆう》閬《らう》有り、心に天遊有り」（外物篇）の郭象の注に「遊は係はらざるなり」と言うのによりますと、「遊」とは何物にも拘束されず、とらわれない、自由気ままの意です。この意味は荘子が「逍遥」の二字を「遊」に冠して用いることから分ります。郭象は「逍遥遊」に注をして「夫れ小大は殊なると雖も、自得の場に放《ほしいまま》にすれば、則ち物は其の性に任じ、其の能に称《かな》ひ、各〻其の分に当たる」と言い、陸徳明は「義は間放にして拘はらず、怡適《いてき》して自得するに取る」と言うのによりますと、「遊ぶ」とは「逍遥」することであり、そうすると「怡適」の境地、つまり喜び・楽しみの境地が得られると言うのです。

郭象・陸徳明によりますと、「遊ぶ」とは「怡適」の境地になること、「自得」の境地になることです。「自得」の語は『荘子』に十例ばかりありますが、『荘子』に注をする郭象は「自得」の語をしばしば使います。「自得の場に遊ぶ」の例として、「故に聖人遊ぶ所有り」（徳充符篇）の注の「聖人は自得の場に遊ぶ。之を放にして至らざる無き者は、才徳全ければなり」、「汝将に何を以って夫の遥蕩恣睢転徙の塗に遊ばんや」（大宗師篇）の注の「而して復た夫の自得の場・無係の塗に遊ぶこと能はざるなり」があります。「自得の場に放にす」の例としては、「逍遥遊」の注の「夫れ小大は殊なると雖も、自得の場に放にすれば、則ち物は其の性に任じ、其の能に称ひ、各〻其の分に当たる」、「若《なんぢ》能く入りて其の樊《はん》に遊ぶも、其の名に感ずること無かれ」（人間世篇）の注の「心を自得の場に放にすれば、実に当たりて止まる」があります。

これによりますと、「無窮」の地は「自得」の場なのです。「自得」の場とはどんな場なのでしょうか。『荘子』の十例ばかりから二三取り上げます。「余は宇宙の中に立ち、冬日は皮毛を衣、夏日は葛絺《かつち》を衣る。春は耕種して形は以って労動するに足り、秋は収斂して身は以って休食するに足る。日出でて作し、日入りて息ふ。天地の間に逍遥して心意自得す。吾は何ぞ天下を以って為さんや。悲しい夫、子の余を知らざるや」（譲王篇）は、舜が善巻《ぜんけん》に天下を譲ろうとしたので、善巻が断った話ですが、「自得」は「心意」のありようを言う語です。それは夏も冬も粗末な衣服を着、春に耕し秋に取り入れ、朝になると働き、夜になると休み、天地の間に逍遥して得られた時の「心意」です。また「夫れ自ら見ずして彼を見、自ら得ずして彼を得んとする者は、是れ人の得を得として自ら其の得を得とせざる者なり。人の適を適として自ら其の適を適とせざる者なり」（駢拇篇）とあります「自得」は、「自適」と近い意味のようです。「自適」とは「昔者荘周は夢に胡蝶と為り、栩栩然《くくぜん》として胡蝶なり。自ら喩《たの》しみて志に適《かな》へるかな」（斉物論篇）とありますように、「自喩」であり「適志」です。「自喩適志」に「自ら快として意を得、悦豫《えつよ》として行ふ」と注する郭象によりますと、自分の心のままになり、意を得て楽しくなる意味です。それが「自得」なのです。ここでは胡蝶になったり荘周になったり、自由自在になることができるからです。

『荘子』ではありませんが、『荘子』と思想を同じくする『淮南子』原道訓には、「万方百変し、消揺して定むる所無きも、吾は独り慷慨して物を遺れ、而して道と同《とも》に出づ。是の故に以って之を自得する有るや、喬木の下、空穴の中、以って情に適ふに足る」とあり、高誘の注の「其の天性を自得するなり」「夫れ自得する者は、其の情性に適ふに足る」によりますと、天性を自得する者は、情性のままに楽しむことができることになります。「天性」と「情性」とは意味は近く、「適情」と「適志」とは同じだろうと思います。

「自得」の意味がこのようだとしますと、「自得」の場とは自分の情性のままに、自分の心に適うままに、自由自在に楽しむことのできる場、ということになります。その場は「無窮」にあり、大鵬が飛翔した話では南の海です。郭慶藩《かくけいはん》はこれを「至人は天正に乗りて、高興して無窮に遊ぶ。物物に放浪するに於いて、物を物とせずんば、則ち遥然《えうぜん》として我あらず。玄感を得て、為さず疾まずして速やかなれば、則ち逍然として適はざる靡《な》し。此れ逍遥と為す所以なり」と説明します。「玄感」とは深く感応するという意味ですが、「逍遥遊」して至る「自得」の場の「無窮」には、「道」が存在していたようです。「庸とは用なり。用とは通なり。通とは得なり。得に適ひて幾《つ》きたり。是に因る已《のみ》。已にして其の然るを知らず。之を道と謂ふ」（斉物論篇）とあり、郭象の注に「自用とは条暢して自得せざる莫きなり。幾は尽なり。至理は自得に尽きたり」と言います。「自得」にこそ「至理」があるという至理とは、荘子の言う「道」のことです。また『淮南子』原道訓に「所謂自得とは、其の身を全くする者なり。其の身を全くすれば、則ち道と一と為る」とあり、「自得」とは身を無事に保つことであり、身を無事に保つことは、「道」と一体になることなのです。右の斉物論篇・原道訓から、「自得」とは「道」と一体になる、ということが分りました。従って「自得」の場である「無窮」には「道」があり、「無窮に遊ぶ」ことは「自得の場に遊ぶ」ことであり、「道に遊ぶ」ことだったのです。

「道」とはいったい何か。「道」は老荘思想の中心語で、『老子』にしばしば見えます。「道の道とすべきは常の道に非ず」（第一章）、「人は地に法り、地は天に法り、天は道に法り、道は自然に法る」（第二十五章）、「道の常は無為にして、而も為さざる無し」（第三十七章）、「道は一を生じ、一は二を生じ、二は三を生じ、三は万物を生ず」（第四十二章）、「道は万物の奥にして、善人の宝、不善人の保つ所なり」（第六十二章）などです。

「道」は万物の根源であり、天帝に先立つ存在であり、造物主です。それは「玄」であり、「玄の又た玄」であり、名状できないものなのです。「道」はまた「無為」であり、「自然」なのです。福永光司氏は「百姓は皆な我を自然と謂ふ」（第十七章）の「自然」を説明して、「自然とは、あるがままということであるが、老子はそのあるがままなるものを天地造化の具体的ないとなみに見る」「老子は万物のこのような生成化育の相《すがた》を天地造化のいとなみとして把握し、そのいとなみを自《お》のづから然るもの、すなわち自然として理解するのである」「本来的な在り方とは人為人知に歪曲されず、吾がはからいに囚われない人間の在り方であり、吾がはからいに囚われない在り方をもつ人間すなわち無為の聖人となりえてこそ、天地造化のいとなみをそのまま己れのいとなみとすることができるというのが、老子の実践の論理である」「老子において自然とは、より具体的には天地万物のおのづからなる生成化育の相《すがた》――田園山野のたたずまいをよぶ言葉であった」「老子において自然とは、人間の本来的な在り方と生き方、あるがままの心のはたらきをよぶ言葉でもあった」（『老子』朝日新聞社）と言います。知北遊篇の郭象の注に「夫れ自然の性に率《したが》ひ、無迹の塗《みち》に遊ぶ者は、形骸を天地の間に放にし、精神を八方の表に寄す」と言いますのは、このことの指摘だと思います。

天地造化の営みも、天地万物の生成化育も、人間の本来的な在り方・生き方が「道」なのであり、「無窮」の「自得」の場には、その「道」があるのです。この「無窮」「自得の場」「道」に行くことは、容易ではありません。「天地の正に乗りて、六気の弁を御す」（逍遥遊篇）、「雲気に乗り、日月に騎《の》る」（斉物論篇）、「夫の莽眇《まうべう》の鳥に乗る」（応帝王篇）という乗り物に乗らないと、行くことはできないのです。こうした乗り物に乗ることができるのは、「逍遥遊」の筆乗の注の「世に遊ぶこと是くの若し。惟だ道を体する者のみ之を能くす」、「天根は殷の陽に遊び、蓼《りく》水の上に至り、適ゝ無名人に遭ふ」（応帝王篇）の呂吉甫の注の「無名人は則ち道を体する者なり」、「夫れ道を体する者は、天下の君主の繫る所なり」（知北遊篇）の郭象の注の「道を体する者は人の宗主なるを言ふ」と言います「道を体する者」で、荘子はこれを「至人」「神人」「聖人」と言うのです。

以上を整理しますと、「無窮に遊ぶ」ことは「自得の場に遊ぶ」ことであり、「自得の場に遊ぶ」ことは「道に遊ぶ」ことです。言い換えますと、「無窮に遊ぶ」ことは、自分の心のままに楽しむことを目的とし、結果として道を体することができるのです。無窮に遊ぶ＝逍遥する＝自得する＝自適する⇩道ということになるのです。

荘子は「水」や「山（丘・野）」及び「無窮」に「遊」んでいますが、荘子が遊ぶ所の水や山は、無窮の所に遊ぶのと変わらないのです。つまり「無窮に遊ぶ」と同じように、「水」や「山（丘・野）」で遊んでいたのです。『荘子』の在宥篇には「遊ぶ」ことを巡って、次のような雲将《うんしよう》と鴻蒙《こうもう》の問答を載せています。「雲将は東に遊び、扶揺《ふえう》の枝を過ぎて、適〻鴻蒙に遭へり。鴻蒙は方《まさ》に将に髀《もも》を拊《う》ち雀躍して遊べり。雲将は之を見て倘然《しやうぜん》として止まり、贅然《しぜん》として立ちて曰はく、叟《そう》は何人ぞや。叟は何ぞ此れを為すやと。鴻蒙は髀を拊ち雀躍して輟《や》めずして、雲将に対へて曰はく、遊べりと」。鴻蒙が雲将の問いに「遊べり」と答えている「遊」の中身は、鴻蒙が内股の肉を叩きながら、雀が踊るように小躍りして喜んでいることです。何とも他愛ない無邪気な行為ですが、これが荘子の言う「遊」なのです。

この話には続きがあり、三年後に旅をしていた雲将が、たまたま鴻蒙に出会い、教えを請うと、鴻蒙は次のように答えています。「浮遊して求むる所を知らず、猖狂《しやうきやう》して往く所を知らず、遊ぶ者は鞅掌《あうしやう》して以って無妄《むばう》を観る。朕は又た何をか知らんと」。郭象はここに「求むる所を知らずして、自ら求むる所を得たり。往く所を知らずして、自ら往く所を得たり。夫れ内に足る者は、目を挙ぐれば皆な正しきなり」と注しています。鴻蒙が雲将に答えたことは三つあります。「浮遊」していると求めるものは何もない。「猖狂」していると往く宛は何処にもない。「遊ぶ」者は見る所が多いので「道」が発見できる。この三つ以外のことは分らない、と答えたのです。浮遊も猖狂も遊ぶ者も結局は同じことで、遊ぶ者は道が発見できると言うのです。これを整理しますと、遊ぶ＝浮遊＝何も求めない→自ら往く、遊ぶ＝猖狂＝行く宛もない→自ら求める、遊ぶ＝見るものが多い（無窮・無極）＝無妄を観る→内に足る、ということになります。郭象は「遊ぶ者」を「内に足る者」と言い換えていますように、それは心の内が遊ぶことなのです。心の内が遊ぶとは、心にとらわれないで、心のままにふるまうことなのです。「遊ぶ」とはそういうことだと、荘子は言うのです。

荘子の「遊ぶ」場は非日常的な宇宙空間で、それは「無為」「自然」「道」なのですが、荘子の哲学はそれ自体「無為」「自然」「道」に「遊ぶ」ことによって成り立っている、と言うことができようかと思います。

次は『楚辞』の「遊」です。

『楚辞』は『詩経』が北方の黄河流域の詩集であったのに対して、南方の長江の中流域にあった、楚の国の屈原《くつげん》（前三四〇～前二七九）及び他の文人の作品を、前漢の劉向が集め編纂した作品集で、その内容は浪漫的・神秘的で、形式は「兮《けい》」の字を多用して口調を整えています。四二〇頁の表にありますように、『楚辞』には五〇に近い「遊」の字が使われ、しかも以前の書に増して熟語が多様になります。

『楚辞』は以前の『詩経』『論語』『荘子』同様に、ずばり「山に遊ぶ」「水に遊ぶ」という言い方はありませんが、似た使い方があり、また『荘子』にあった「無窮に遊ぶ」言い方があります。

先に「山に遊ぶ」「水に遊ぶ」に近い言い方を取り上げます。「聊か山陜《さんけふ》に浮遊し、歩みて江畔に周流す」（九歎・思古）とあり、山あいで「浮遊」しています。「青虬《せいきう》に駕《が》し白螭《はくち》に驂《さん》とし、吾は重華《ちようくわ》と瑶圃《えうほ》に遊ぶ」（九章・渉江）とあり、王逸の注に「言ふこころは、己は虞舜を待ちて玉園に遊ばんことを想ふと」と言い、伝説の聖天子虞舜と玉樹の園で「遊」んでいます。「屈原は既に放たれて、江潭に遊び、行ゝ沢畔に吟ず」（漁父）とあり、王逸の注に「水の側に戯るるなり」と言い、水辺で「遊」んでいます。「女《なんぢ》と河の渚に遊び、流澌《りうし》は紛として将に来たり下らんとす」（九歌・河伯）とあり、王逸の注に「言ふこころは、屈原は河伯と久しく河の渚に遊ばんことを願ふと」と言い、黄河の中洲で黄河の神と「遊」んでいます。また「蘭皐《らんかう》と慧林《けいりん》に遊び、玉石の嵾嵯《しんし》たるを睨《み》る」（九歎・惜賢）

とあり、王逸の注に「猶ほ蘭皐蕙林芬芳《ふんはう》の処に居るを喜ぶがごとし」と言い、蘭の生えている水辺及び香草の生えている林に「遊」んでいます。

これによりますと、「遊」は「浮」と熟語になり、「戯」と言い換えることもでき、「遊戯」「戯遊」の熟語もできます。『楚辞』には「浮遊」「遊戯」「戯遊」の用例がいくつかあります。「遠く集《いた》らんと欲するも止まる所無く、聊か浮遊して以って逍遥せん」（離騒）とあり、王逸の注に「遠く他方に集らんと欲するも、又た之く所無し。故に且《しばら》く遊戯して観望し、以って其の憂ひを忘れ、用ふるに自適するを以ってす」と言い、「浮遊」を「遊戯」で言い換えています。「旦《あした》に従容として自ら慰め、琴書を玩びて遊戯す」（九思・傷時）とあります。「厳載駕して出でて戯遊し、八極を周くして九州を歴たり」（九思・逢尤）とあり、王逸の注に「将に以って憂憤を釈《と》かんとするなり」と言います。王逸の注によりますと、「浮遊」「遊戯」「戯遊」することは、「憂いを忘れ」「憂憤を釈き」「自適する」ことなので、山あいに「浮遊」したり、黄河の中洲で「遊」んだりすることも、「憂いを忘れ」「憂憤を釈き」「自適する」ことになるのでしょう。

「女《なんぢ》と九河に遊び、衝風は起ちて波を横たふ、水車に乗りて荷《はす》を蓋《かさ》とし、両竜に駕して螭《ち》を驂《さん》とす、崑崙に登りて四に望めば、心は飛揚して浩蕩《かうたう》たり」（九歌・河伯）とあり、王逸の注に「言ふこころは、河伯は水を以って車と為し、螭竜を驂駕として遊戯するなり」と言います。「九河」は伝説の聖天子の禹が黄河を治めた時にできた九つの流れで、「崑崙」山は黄河の水源で、黄河の神・仙人の西王母が居る所です。王逸の注によりますと、荷の蓋を着けた水車に乗り、螭を添え馬にした二頭の竜を着けて「遊戯」し、万里彼方の崑崙山へ登って行くと、気持ちは何にも束縛されず広々すると言うのは、無窮に遊ぶ『荘子』や『楚辞』遠遊に通じていると言っていいと思います。

次に「無窮に遊ぶ」を取り上げます。『楚辞』には「無窮」の語が三回あり、九歎・遠遊に「無窮に遊ぶ」がありますが、遠遊篇にその典型があります。遠遊篇は後世の偽作とする説もありますが、今は王逸に従い、屈原の作としておきます。遠遊篇の書き出しは「時俗の迫阨《はくあい》を悲しみ、軽挙して遠遊せんことを願ふ」で始まりますが、王逸は遠遊製作に関して、「屈原は方直の行ひを履《ふ》み、世に容れられず。上は讒佞《ざんばう》の譖毀《しんき》する所と為り、下は俗人の困極する所と為る。山沢に章皇《しやうくわう》し、告訴する所無し。乃ち深く元一を惟《おも》ひ、恬漠《てんばく》を修執す。（略）仙人に託配し、与倶《とも》に遊戯す。天地を周歴し、到らざる所無し」と説明します。屈原が「軽挙して遠遊を願」うのは、「時俗の迫阨を悲」しんだからです。上の句は具体的には方直の行いが世に容れられず、讒言者に中傷され、俗人に苦しめられたことをさし、下の句は仙人に身を託して、仙人と共に天地の間を周遊することをさします。

遠遊篇は天地の間を周遊する仙人が見た世界の描写で、その世界は『荘子』の「無窮に遊ぶ」と同趣のことがしきりに現れます。そのいくつかを列挙しますと、「焉《いづ》くにか託乗して上浮せん」「天地の無窮を惟《おも》ふ」「歩して徙倚《しい》して遥かに思ふ」「漠として虚静にして以て恬愉《てんゆ》す」「澹《たん》として無為にして自得す」「聊か仿佯《はうやう》して逍遥せん」「凱風《がいふう》に順ひて従遊《しょういう》す」「八竜の婉婉《ゑんゑん》たるに駕す」「驚霧の流波に遊ぶ」「青雲を渉りて以って汎濫《はんらん》して游ぶ」「方外の荒《くわう》忽《こつ》たるを覧る」「四荒を経営す」「六漠を周流す」「無為を超えて以って至清す」「泰初《たいしょ》と与にして隣と為る」などです。列挙した語は老荘の語ですが、老荘の語を使って行動するのは、老荘思想家ではなく仙人です。ここに『楚辞』と『荘子』の違いがあります。『楚辞』に注する王逸の解をいくつか取り出して見ます。「風に乗り霧を蹈《ふ》み皇庭に升るなり」「雷電に託乗して以って馳騖《ちぶ》するなり」「風に乗りて戯蕩《ぎたう》し、而して観聴するなり」「風に乗りて戯蕩し、八区を観るなり」「攀縁《はんえん》して気を蹈み、而して飄騰《へうとう》す」「雲気を蹈履《たうり》して澂清《ちょうせい》に浮くなり」などです。

仙人もまた老荘思想家同様に、風や雲などの乗り物を必要とします。「万宇を周視し、四遠に渉るなり」「衡山を過ぎて九疑を観るなり」「遂に率土《そつど》を究め、海隅を窮むるなり」「遂に往きて周流し、九野を究むるなり」「八極を周遍す」「天庭に登るなり」などです。乗り物に乗ると、仙人も「無窮に遊」ぶことができるのです。「心を縦《ほしいまま》にし志を肆《ほしいまま》にすれば、願ふ所は高し」「恬然《てんぜん》として自ら守れば、内に楽佚《らくいつ》するなり」「心を按《おさ》へ意を抑ふれば、徐《おもむ》ろに従容たり」「且《しばら》く戯れて観望すれば、以って憂ひを忘るるなり」「高翔して世を避け、道の真を求むるなり」「嗜欲を滌除《てきぢょ》して道の実を獲るなり」「道と并《なら》ぶなり」などですが、「無窮に遊」んでいると、仙人も心のままに楽しみ、世俗の憂いが忘れられ、「道」と一体になることができます。このことは『荘子』の「自得」に通じ、『楚辞』にも「澹《たん》として無為にして自得す」とあり、王逸の注の「嗜欲を滌除して、道の実を獲るなり」と言う「道の実」であり、「吾は将に王喬に従ひて娯戯せんとす」とあり、洪興祖の補注に「淮南に云ふ、王喬・赤松は塵埃《ぢんあい》の間を去り、羣慝《ぐんとく》の紛を離れ、陰陽の和を吸ひ、天地の精を食ひ、呼して故を出だし、吸して新を求め、蹀虚《てふきょ》軽挙して、雲に乗り霧に游ぶは、性を養ふ謂ふべし」と言う「性を養ふ」ことです。また「長《とこし》へに太息して涕を掩《おほ》ふ」とあり、王逸の注に「屈原謂へらく、身を修め道を念へば、仙人に遇ふを得たり」の「身を修め道を念ふ」ことです。「（王子喬）曰はく、道は受くべくして、伝ふべからず」とある「道」は仙人になる「道」で、仙人も『荘子』注釈家の言う「道を体する者」です。

続いて『列仙伝』の「遊」を取り上げます。

『列仙伝』は漢の劉向が、伝説の時代から漢代までの、仙人七十二人を集めて編纂したものですが、仙人は山や水にも遊び、「無窮」に遊ぶこともできます。

七十二人の最初にあるのは赤松子で、「赤松子は神農の時の雨師なり。水玉を服し、以って神農に教へ、能く火に入りて自ら焼く。往往にして崑崙山の上に至り、常に西王母の石室の中に止まり、風雨に随ひて上下す。炎帝の少女は之を追ひ、亦た仙を得て倶に去る。高辛の時、復た雨師と為る。今の雨師は本と是れなり」という仙人です。「神農」は伝説上の皇帝で、医薬の神と言われ、「高辛」も伝説上の皇帝で、黄帝の曾孫と言われます。「炎帝」は「神農」のことで、「西王母」は「崑崙山」を支配する女仙人です。

赤松子を初めとする七十二人に記述されていることを整理しますと、次のようになります。

〔身体〕毛が生える、白髪が黒くなる、歯が抜けても生える、耳が長い、顔色が色々変わる、髪はざんばら

〔服用〕水晶、雲母、朮、沢芝、地衣、石髄、菖蒲、韭の根、桂、桂・葵に混ぜた亀の脳みそ、松の実、茯苓、菊の花、帚木の種、水銀、丹砂、消石、五石脂

〔常食〕桃、李（の花びら）、松脂、桂、霊芝、櫨の実、蕪菁の種、水、茘枝の花びら・実、黄精、松の実、天門冬、石脂、霞、芝草、木苺の根、地黄、当帰、羌活、独活、苦参、松葉、巴豆

〔隠棲〕五柞山、宕山、南山、娥媚山、綏山、太山

〔乗物〕風雨、煙気、青い牛の車、羊、赤い鯉、白い鶴、鳳凰、竜、扁舟

〔居所〕西王母の石室、北山の石室、白梯山、睢水、嵩高山、蓬莱山、華陰山の石室、呉山の断崖、陵陽山

〔興味〕琴、魚釣り、笙、簫、乗馬、豚、笛

〔売薬〕丹砂、鶏、鶏卵、真珠、桃、李、紫草、禹余糧、葱、韮

〔特性〕火の中に入っても焼けない、死んでも生き返る、九十歳でも数十歳の顔つき、死んでも死体が冷たくならない、身体が飛ぶように軽くなる

〔寿命〕三百歳、二百歳、四百歳、八百歳、百七十余歳

こうした特性を持つ仙人は、簡単に「無窮に遊ぶ」ことができます。「遊」の字はありませんが、例えば「甯封《ねいふう》子《し》は煙気に随ひて上下す」「赤将子輿《せきしゃうしょ》は風雨に随ひて上下す」です。「無窮」でなくても山や川に行くことができます。例えば「陸通は諸名山に遊び、蜀の娥媚《がび》山の上に在り」「江妃二女は出でて江漢の湄《みぎは》に遊ぶ」「王子喬《わうしけう》は伊洛の間に遊び、道士の浮邱公《ふきうこう》は接するに以って嵩高《すうかう》山に上る」「琴高《きんかう》は冀《き》州・涿《たく》郡の間に浮遊す」とあります。「無窮」でも「無窮」でなくても、どこにでも行くことのできる仙人の存在が、またその神仙思想が、以後の「遊」のあり方に大きな影響を与えることになるのです。

ここで荘子と屈原と仙人との関係について、整理しておきたいと思います。

荘子も屈原も「無窮に遊」び、「自得」の境地を得ました。二人の生卒年は近いが、生地は荘子は北方の宋、屈原は南方の楚で遠く離れており、二人の間に何らかの交渉があったとは考え難いと思います。なのになぜ同じことが北と南で起こったのでしょうか。

荘子が「無窮」に「自得」の境地を求めたのは、不安と絶望の渦巻く戦国の世に生き、また周に滅ぼされた殷の遺民が建てた宋に生まれるという、不遇な身がそうさせたのであろうと思われます。言い換えますと苛酷な現実から逃避して、自由な世界へ憧れたからなのでしょう。

一方の屈原も世に容れられなかった不遇な人でした。不遇な屈原が憂さを晴らし、自分の生きる道を探し当てたのが、仙人の生き方だったのです。仙人となって世俗から飛翔し、「無窮」に「自得」の境地を得たのです。荘子も屈原も不遇な人生――このゆえに自由な安住の場を求めたのです。

歴史的には荘子や屈原以前に、「無窮」はもちろん「無窮」でなくても、どこにでも行くことのできる仙人がいました。この仙人の存在及びその思想である神仙思想は、老荘思想とあい待って以後に大きな影響を及ぼすことになるのです。

次に漢（前二〇六～前二二〇）の「遊」を取り上げます。

漢の「遊」は基本的には漢以前の『詩経』『論語』『荘子』『楚辞』『列仙伝』を踏襲します。

賦の例ですが、二つあげます。「時に従ひて出游し、後園に游ぶ」「怠《う》みて後に発し、清池に游ぶ」（司馬相如「子虚の賦」）とあります「後園に游ぶ」「清池に游ぶ」は、『詩経』や『楚辞』の使い方です。「夫子は固《まこと》に窮するも、芸文に遊ぶ。楽しみて以って憂ひを忘るるは、惟だ聖賢なるのみ」（班彪「北征の賦」）とあります「芸文に遊ぶ」は、『論語』です。

張衡の「思玄の賦」に「九皐《きうかう》の介鳥に遇ひ、素意の逞《たくま》しからざるを怨む、塵外に遊びて天を瞥《み》、冥翳《めいえい》に拠りて哀しく鳴く」とあり、李善の注には『荘子』の「塵垢の外に彷徨《はうくわう》す」を引きます。「九皐の介鳥」は鶴のことで、「塵外に遊ぶ」鶴は「無窮」に遊んだ『荘子』の大鵬に似ています。「無窮に遊ぶ」ことができたのは、『荘子』では「道」を体する者、『列仙伝』では仙人でしたが、仙人とて不老長寿の「道」を体していたのですから、「道」を体していたことでは、『荘子』も『楚辞』も『列仙伝』も同じことになるはずです。としますと、漢代の詩は「道」を体した仙人が「無窮に遊ぶ」ことを詠む詩が少なくありません。楽府の例ですが、古辞「善哉行」の「六竜に参駕し、雲端に遊戯す」、淮南小山の「淮南王」の「繁舞奇歌は泰《やす》らかならざるは無く、桑梓《さうし》に徘徊して天外に遊ぶ」などは、「無窮」の「雲端に遊戯し」「天外に遊び」には、六竜に乗るか、仙人の術を得た淮南小山でないと不可能なのです。

ところで、漢代には詩・賦に「遊心」という語があります。詩は「志を山棲に抗《あ》げ、心を海左に游ばしむ」（仲長統「志を述ぶる詩二首」其の二）で、賦は「心を無垠《むぎん》に遊ばしめ、遠思し長想す」（傅毅「舞の賦」）ですが、「遊心」は四二一頁の表にありますように、『詩経』『論語』にはなく、すでに『荘子』『楚辞』にあったものです。

先に『荘子』の使い方を二つ引きます。一つ目は「無名人曰はく、汝は心を淡に遊ばせ、気を漠に合し、物の自然に順ひて、私を容るること無ければ、而《すなは》ち天下は治まれりと」（応帝王篇）で、郭象の注に「淡に遊ぶとは、其の性に任じて、飾る所無きなり」と言うのによりますと、「心を淡に遊ばす」とは心を飾ることなく性のままに遊ばせることだと解しています。「淡」は『老子』第三十五章に「道の口より出づるや、淡乎として其れ味無し」とあり、「淡」とは「味が無い」ことで、言葉で説明した「道」は「淡」なのです。また、「恬淡」の語が『荘子』天道篇に「夫れ虚静恬淡寂漠無為は、天地の平にして道徳の至なり。故に帝王聖人は焉《ここ》に休む」とあるのによりますと、「恬淡」は「虚静」「寂漠「無為」と同じ意味のようです。としますと、「心を淡に遊ばせる」とは心を「虚静」「寂漠」「無為」に遊びばせるということになります。従って「且つ夫れ物に乗じて以って心を遊ばしめ、已むを得ざるものを託して、以って中を養はば至なり」（人間世篇）とありますのも、「心を淡に遊ばせる」ことなのだろうと思います。

二つ目は「夫れ然るが若き者は、且に耳目の宜しとする所を知らずして、心を徳の和に遊ばしめんとす」で、郭象の注に「故に心を天地の間に放《ほしいまま》にすれば、蕩然として当たらざる無く、曠然《くわうぜん》として適《ゆ》かざる無し」と言うのによりますと、「心を徳の和に遊ばしむ」とは「心を天地の間に放にする」ことです。「天地の間」それは「無窮」のことであり、「虚静」「寂漠」「無為」のことです。「遊心」とは「放心」のことなのです。

次に『楚辞』の使い方です。「日月に乗りて上り征き、顧みて心を鄗酆《かうほう》に遊ばしむ」（九懐・匡機）とあり、王逸の注の「周の京を回眄《くわいべん》し、先聖を念ふ」によりますと、「遊心」は「念」の意味に解しています。「鄗」は周の文王の都、「鄠」は武王の都です。「遊心」ではなく、似た語に「遊志」「遊神」があります。「願はくは不肖の軀を賜りて別離し、志を放にして雲の中に遊ばしむ」（九弁・第九）とあり、王逸の注の「上は豊隆に従ひて観望するなり」によりますと、「観望」の意味に解しています。「豊隆」は雲の神です。また「九霊に登りて神を遊ばしめ、静女は微晨《びしん》に歌ふ」とあり、王逸の注の「九天に登りて精神を放にせんことを想ふなり」によりますと、「精神を放にす」る意味に解しています。

以上によりますと、『荘子』の「遊心」は「心」を「淡」「徳の和」に「遊」ばせることであり、『楚辞』の「遊心」（遊志・遊神）は「念う」「観望する」「精神を放にする」意味でした。翻って仲長統の「遊心」は対になる「抗志」と合わせ、傅毅の「遊心」も「無垠」と合わせ考えますと、ともに「精神を放にする」意味であり、「心」を老荘の「淡」に「遊」ばせる意味ではあるまいと思います。

「遊心」の意味として「観望する」がありましたが、「遊目」の語が賦にあります。「飛闥《ひたつ》を排《ひら》きて上に出づれば、目を天表に遊ばしむるが若く、依ること無くして洋洋たるに似たり」（班固「西都の賦」）、「琁璣《せんき》を攀《よ》ぢて下視し、行ゝ目を三危に遊《あそ》ばしむ」（楊雄「甘泉の賦」）、「乃ち遂に往きて徂き逝きて、聊か目を遊ばしめて魂を遨ばしむ」（曹大家「東征の賦」）とあり、曹大家の賦の呂延済の注には「聊か且く魂神心目を遨遊せしむるなり」と言います。「遊目」の語もまたすでに『楚辞』にあったのです。「忽ち反顧して以って目を遊ばしめ、将に往きて四荒を観んとす」（離騒）とあり、王逸の注の「将に遂に目を遊ばしめ、往きて四遠の外を観んとす」によりますと、「遊目」は「四遠の外」つまり「無窮」を観ることになります。班固らの「遊目」も『楚辞』と同じ使い方だと思います。

「目を遊ばしむ」るか「心を遊ばしむ」るか、「目」と「心」の違いはありますが、「遊心」と「遊目」はほぼ同じように使われていたのであろうと思います。

ところで、右の曹大家の賦に注した呂延済は「魂神心目を遨遊せしむ」と言い、「遊」と「遨」を同じ意味に解し、「遨遊」の語を使っています。「遨」は「敖」に通じ「遊」の意味です。『詩経』小雅・鹿鳴に「我に旨酒有り、嘉賓は式《も》って燕し式って敖す」とあり、毛伝に「敖は遊なり」とあります。「遨遊」の語は漢代の「上陵」の古辞に「芝を車と為し、竜を馬と為し、覧《み》て遨游す、四海の外を」とあり、仙人が「無窮」の「四海の外」を「覧」て「遨遊」して来たことを詠んでいます。また「游遨」の語もあり、張衡の「思玄の賦」に「愁ひは鬱鬱として以って遠く慕ひ、卬《がう》州を越えて遊遨す」とあり、卬州は交広の南にあった酷暑の地で、やはり「無窮」の地です。『淮南子』精神訓に「形埒《けいらつ》無きの野に游遨す」とあり、「游遨」する所は「無窮」の「形埒無きの野」です。

「遨」「敖」が「遊」と合わせて使われた例は、四二〇頁の表にありますように、すでに『詩経』『荘子』『楚辞』にあったのです。『詩経』邶風・柏舟に「我に酒の以って敖し以って遊ぶ無きに微《あら》ず」とあり、毛伝に「我に酒の以って敖遊して憂ひを忘るる無きに非ず」と言います。また『荘子』列禦寇篇には「無能なる者は求むる所無く、飽食して遨遊す。汎として繫がれざるの舟の若く、虚にして遨遊する者なり」とあり、『楚辞』九思・守志には「羽翮《うかく》を攄《の》ばして俗を超え、遊びて陶遨して神を養ふ」とあり、王逸の注に「陶遨すれば心は繫がるる無し」と言います。これらによりますと、「遨」「敖」「遊」すると、何にも束縛されず、憂いを忘れる境地に達することができるのです。その境地に達することができるのは、俗外であり、酒であったのです。

また、先の「上陵」に「覧て遨遊す」の語がありましたが、これはすでに『楚辞』にあった「遊覧」の語が、「覧遨遊」に伸びたものだと思います。『楚辞』にある「遊覧」は「外に彷徨して遊覧するも、内に惻隠して哀しみを含む」（九歎・憂苦）で、王逸の注には「言ふこころは、己《おのれ》外に山野の中に彷徨して以って遊戯し、俗に随ひて侫偽《ばうぎ》すと雖も、然るに心中は常に惻隠し、悲しみを含みて君を念へば、心は乱結して憂ひ哀しむなり」と言います。王逸は「遊覧」を「遊戯」と言い換えており、ここでは「山野の中に彷徨する」ことが、「遊覧」「遊戯」だと言うことになります。「遊覧」の語は『荘子』にはなく、後の梁の昭明太子の編纂した『文選』の類目の「遊覧」に引き継がれることを、指摘しておきたいと思います。

漢の詩には一つですが、『詩経』にあった「優游」の語が「穆穆優游して、上黄を嘉服す」（「漢郊祀歌十九首」帝臨）とあり、詩以外には「近者《ちかごろ》、陸子は優游して新語を以って興こり、董生は帷を下げて藻を儒林に発す」（班固「賓の戯るるに答ふ」）とあり、李善が「鄭玄曰はく、優游は仕へざるなり」を引くのによりますと、「優游」は出仕しない意味です。「是に於いて百姓は瑕《きず》を滌《すす》ぎ穢《けが》れを盪《あら》ひ、而して至清に鏡《み》る。形神は寂漠とし、耳目は営まず。嗜欲の源は滅《き》え、廉恥の心は生ず。優游して自得し、玉のごとく潤ひて金のごとく声せざる莫し」（班固「東都の賦」）とあるのによりますと、「自得」に近く、自ら楽しみ満足する意味のようです。また李善が「淮南子に曰はく、至人の治むるや、其の嗜欲を除き、優游して委縦《ゐしょう》すと。又た曰はく、吾の所謂天下を有つ者は、自得する而已《のみ》と」と言うのによりますと、「優游」は「委縦」に近く、思いのままに任せる意味のようです。「太平の責めは塞《ふさ》がり、優游の望みは得たり。自然の勢ひに遵游し、無為の場に恬淡たり」（王褒「聖主の賢臣を得るの頌」）とあり、李善が「君為るの道は、太平にして優游たるを冀ふ」と言うのによりますと、「優游」は平穏無事の「太平」に近い意味ようです。

漢では「遊観」の語が詩ではなく文章に現れます。「此れ乃ち游観の好み、耳目の娯しみなるも、未だ其の美なる者を睹《み》ざれば、焉《いづ》くんぞ称挙するに足らんや」（張衡「南都の賦」）、「游観すること侈靡《しび》にして、妙を窮め麗を極む」

（揚雄「羽猟の賦」）、「游観広覧の知有ること無く、顧みて至愚極陋の累有り」（王褒「聖主の賢臣を得るの頌」）などです。「游観」の語は「戴記に游観の言を顕はす」（陸倕「石闕の銘」）の李善の注の「礼記は戴聖の伝ふる所なり。故に戴記と号す。（礼記の礼運に）曰はく、昔者、仲尼は蜡賓《さひん》に与かる。事畢はり出でて観の上に遊び、喟然《きぜん》として歎ずと」とあるのによりますと、「游び観る」のではなく、「観に游ぶ」ことのようです。「観」は建物の楼観のことです。

次に魏（二二〇～二六五）の「遊」に移ります。

魏の「遊」には『論語』を除く『詩経』『荘子』『楚辞』『列仙伝』の流れを受け継いでいます。

まず『詩経』の「園に遊ぶ」に属するものです。次の三首の「西園に遊ぶ」の「西園」は、曹丕が魏の都の鄴《ぎょう》に芙蓉池を中心にして作った庭園です。「清夜に西園に遊び、飛蓋《ひがい》は相ひ追随す、飄颻《へうえう》として志意を放《ほしいまま》にし、千秋も長く斯《か》くの若くならん」（曹植「公讌」）の「志意を放にす」によりますと、そこは精神を解き放つことができる場であり、「日暮に西園に遊び、憂思の情を写《のぞ》かんことを冀ふ」（王粲「雑詩」）によりますと、「憂思の情」を晴らす場であり、「輦《くるま》に乗りて夜に行遊し、逍遥して西園に歩む（略）遨遊して心意に快く、己を保ちて百年を終ふ」（曹丕「芙蓉池にて作る」）によりますと、「心意に快」く「百年」の長寿を保つことができる場であったようです。『詩経』の「園に遊ぶ」は遊ぶ場が園であった以上のことは何もありませんでしたが、右の二つの詩の「園に遊ぶ」は、憂いを忘れ、心を解放してくれ、長生きできる場として認識されており、ここに『詩経』と魏との違いを見いだすことができます。

次は『荘子』の「無窮に遊ぶ」に属するものです。「子　我が御と為るに非ずんば、逍遥して荒裔《くわうえい》に遊ばん」（阮籍「詠懐詩八十二首」其の五十八）の「荒裔」は遠く果てしない絶域の地で、そこに「逍遥遊」するのは「無窮に遊ぶ」ことに他なりません。「回翔して広囿《くわういう》に遊び、波水の間に逍遥す」（王粲「雑詩四首」其の二）の「広囿」は林や池などのある庭園ですが、王粲は「波水の間」を「逍遥遊」しています。「逍遥遊」に注目しますと、王粲は「波水の間」を「無窮」に見立てているのかも知れません。

『荘子』には大鵬が「無窮」に飛翔する話がありましたが、魏には「鸛鵠《かんこく》」「黄鵠《こうこく》」が「天」「四海」に「遊ぶ」詩があります。「寒蟬は樹に在りて鳴き、鸛鵠は天に摩《せま》りて遊ぶ」（王粲「従軍行五首」其の五）とあり、「黄鵠は四海に遊び、中路にして将に安《いづ》くにか帰らんとす」（阮籍「詠懐詩八十二首」其の八）とあるのがそれです。「鸛鵠」も「黄鵠」もはこうのとりのことで、「烏生八九子歌」には「黄鵠は天極に摩りて高く飛ぶ」、『玉篇』には「鵠は黄鵠、仙人の乗る所なり」とあるのによりますと、「鸛鵠」「黄鵠」は大鵬に劣らぬほど「天に摩りて遊び」「四海に遊ぶ」鳥で、仙人の乗り物でもあったのです。大鵬は荘子が創造した架空の鳥でしたが、「鸛鵠」「黄鵠」は実在の鳥です。架空の鳥から実在の鳥へ——この違いは意味が大きいと思われます。つまり非現実が現実になるということで、東晋の田園詩誕生ないし山水詩萌芽に繫がることとして、大きな意味を持っていると思われるのです。

ところで、魏の詩には「無窮に遊ぶ」から発想されたと思われる、次のような言い方が現れます。「人事を絶ち、渾元に遊ぶ」（曹操「陌上桑」）、「逍遥して太清に遊び、手を携えて長く相ひ随ふ」（嵆康「秀才の軍に入るを贈る十九首」其の十九）、「太清の中に浮遊し、更に新たに相ひ知るを求む」（嵆康「志を述ぶ二首」其の二）、「物を遺れ鄙累《ひるい》を棄て、逍遥して太和に遊ぶ」（嵆康「二郭に答ふる三首」其の二）とある、「渾元に遊ぶ」「太清に遊ぶ」「太和に遊ぶ」がそれです。「渾元」は『漢書』巻一〇〇叙伝上の「渾元は物を運らし、流れて処らず」に顔師古が「天地の気なり」と言うのによりますと、世俗と断ち切って、天地の気に「遊ぶ」ということです。「太清」「太和」は『荘子』天運篇に「之を行ふに礼義を以ってし、之を建つるに太清を以ってす。（略）然る後に四時を調理し、万物を太和するなり」とあります。「太清」は天道・天理のことで、天地の道、天地自然の理法の意味で、そこに「遊ぶ」というのです。「太和」は陰陽が調和し、万物を生成させる気の意味で、そこに「遊ぶ」というのです。

右の四首のうち三首は竹林の七賢の嵆康のものですが、この言い方は天地の初め、根源に「遊ぶ」、言い換えますと老荘の哲学に「遊ぶ」ことのように思われます。『荘子』には「老聃曰はく、吾は物の初めに遊ぶと」（田子方篇）とあり、その郭象の注に「初とは未だ有らずして欻《たちま》ち有り。物の初めに遊び、然る後に物の為さざる有りて自ら有るを明らかにするなり」と言います。「物の初め」については、「万物の終始する所に遊ぶ」（達生篇）とあり、その郭象の注の「万物の終始する所に遊ぶとは、物の極なり」と言い、「万物の祖に浮遊す」（山木篇）とあり、その郭象の注の「万物の祖とは猶ほ衆父の父と云ふがごとし」と言うのによりますと、「物の極」「万物の祖」と言うことになります。としますと、「渾元に遊ぶ」「太清に遊ぶ」「太和に遊ぶ」とは、老荘哲学の根幹、基本概念をなす「道」「玄」「無為」「自然」に「遊ぶ」ことになります。このことは東晋の玄言詩を生む母胎となるのだと思います。

次は『楚辞』『列仙伝』に属し、仙人が「遊ぶ」ものです。「遠遊して四海に臨み、俯仰して洪波を観る（略）仙人は其の隅に翔り、玉女は其の阿《くま》に戯る（略）崑崙は本と吾が宅にして、中州は我が家に非ず」（曹植「遠遊篇」）の「遠遊」は、『楚辞』の篇名であり、その遠遊篇には仙人が「遠遊」して「無窮に遊」び、心のままに楽しみ、世俗の憂いを忘れ、「道」と一体になることが詠まれていました。曹植は『楚辞』の篇名の「遠遊」を詩の題として使い、そこには仙人・玉女が登場し、仙女の西王母が支配する崑崙山も登場します。

詩に「遠遊」が使われるものをいくつか列挙しておきます。「髪を暘谷《やうこく》の浜に濯ひ、崑岳の傍に遠遊す」（阮籍「詠懐詩八十二首」其の三十五）の「崑岳」は崑崙山、「暘谷」は東方の日の出る所です。「願はくは泰華《たいくわ》山に登り、神人と共に遠遊す」（曹操「秋胡行二首」其の二）の「泰華山」（西陝省華陰県の南）は太華山・華山とも言い、五岳の一つの西岳のことです。ここの「神人」は仙人のことです。「三芝は瀛《えい》州に延び、遠遊して長生すべし」（阮籍「詠懐詩八十二首」其の二十四）の「瀛州」は渤海にあった三神山の一つで、そこには仙人が住んでいました。「三芝」は三種類の霊草のことです。この詩には不老長寿を詠んでいます。

「遠遊」の語はありませんが、仙人を詠む詩を二首あげておきます。「八極に遨遊し、乃ち崑崙の山・西王母の側に到る」（曹操「気出唱三首」其の二）の「遨遊」は漢の詩にあり、「八極」は『荘子』田子方篇に「八極に揮斥するも、神気は変ぜず」とあり、「崑崙山」はすでにありましたし、「西王母」は「崑崙山」を支配する仙女です。「王喬と雲に乗り八極に遊ばんことを思ふ」（嵇康「秋胡行七首」其の六）の「王喬」は周の霊王の太子で、嵩高山にいた仙人ですし、仙人が雲に乗ることは『列仙伝』にありました。

さて、「遊心」の語はすでに『荘子』にあり、漢の詩にもありましたが、魏の詩にもあります。それはみな竹林の七賢の嵇康のものです。「智を絶ち学を棄て、心を玄黙に遊ばしむ」（「秋胡行七首」其の五）、「清商を操縵《さうまん》し、心を大象に遊ばしむ」（「酒会の詩七首」其の三）、「俯仰して自得し、心を泰玄に遊ばしむ」（「秀才の軍に入るを贈る五首」其の四）です。「玄黙」は『漢書』巻二〇古今人表に「老子は玄黙にして、孔子の師とする所なり」とあり、老子のことと見ていいと思います。因みに「智を絶ち学を棄つ」は、『老子』に「聖を絶ち智を棄つ」（第十九章）、「学を絶てば憂ひ無し」（第二十章）とあります。「大象」は『老子』第四十一章に「大象は形無し」とあり、『荘子』大宗師篇の「夫れ道は、情有り信有るも、為すこと無くして形無し」によりますと、「形無」き「大象」は「道」のことです。「泰玄」は太玄とも書き、李善は「泰玄は道を謂ふなり」と言います。その「道」は当然老荘の「道」です。また『淮南子』原道訓の「自得とは其の身を全くする者なり。其の身を全くすれば則ち道と一と為る」によりますと、「自得」とは「道」のことです。詩ではありませんが、嵇康には文章に「心を寂寞に遊ばしめ、無為を以って貴と為す」(「山巨源に与へて絶交する書」)とあり、李善は『荘子』刻意篇の「夫れ虚静恬淡寂漠無為は、天地の平にして道徳の至なり」を引きます。

嵇康が「心を遊ばしむ」る所の「玄黙」「大象」「泰玄」「寂寞」は、心を「無窮に遊ばしむ」るのではなく、先の「逍遥して遊」んだ「太清」、「浮遊」した「太清の中」、「逍遥して遊」んだ「太和」と同じで、老荘哲学の根幹、基本概念をなす「道」「玄」「無為」「自然」に「遊ぶ」ことだと思います。そうした傾向が嵇康には強くあったということだろうと思います。

詩ではありませんが、曹植の文章に「心を無方に游ばしめ、志を雲際に抗《あ》ぐ」(「七啓八首」其の七)と言う「遊心」の使い方がありますが、「無方」は対になる「雲際」に通じ、「無窮」のことなので、老荘哲学の根幹、基本概念に遊ばせる使い方ではないことは明白です。嵇康の使い方は他とは違っていたと見ていいかと思います。

魏には漢にもありました「遊目」「遨遊」「優游」の使い方もあります。例えば「九州は歩むに足らず、願はくは雲を凌《しの》ぐ翔《つばさ》を得ん、八紘の外に逍遥し、目を遊ばしめて遐荒《かくわう》を歴たり」(曹植「五遊詠」)とあり、「遐荒」の「無窮」に「遊目」しています。「遨遊」の使い方はすでに曹操の「八極に遨遊す」(「気出唱」)をあげておきました。「優游」は「是を以って六合は元亨し、九有は雍熙《ようき》す、家は克譲の風を懐き、人は康哉《かうさい》の詩を詠ず、優游して以って自得せざる莫し。故に淡泊にして思ふ所無し」(何晏「景福殿の賦」)の「優游」は、漢の班固の「東都の賦」の「優游」と同じです。

魏には漢にはなかった「遊観」が詩に使われます。「此れを釈《す》てて西域に出で、高きに登りて且《しばら》く遊観す」（劉楨「雑詩」）とあります。「此れ」は前の句の煩わしい仕事を受け、「西域」は西側の城壁のことで、世俗の煩わしさから抜け出して郊外に行き、高台に登って暫く「遊観」したいと言うのは、「遊観」して煩わしさから解放されたいと言うのです。「遊観」は「遊心」「遊目」と同じように使っていたものと思われます。

さて、詩ではありませんが、嵆康の「山巨源に与へて絶交する書」という文章に「山沢に遊び、魚鳥を観れば、心は甚だ之を楽しむ」という言い方が現れます。「山水に遊ぶ」ではありませんが、「山沢に遊ぶ」は「山水に遊ぶ」の前ぶれをなすものであり、さらに「山沢に遊ぶ」と「心は甚だ之を楽しむ」のだとも言っています。この認識は後の山水詩を生み出す母胎になっていると見なすことができると思います。

ところで、注目すべきは魏になってはじめて「遊仙」の語が現れたことです。『芸文類聚』巻七八には曹丕・曹植兄弟の「遊仙の詩」を載せていますし、嵆康にもあります。これらは地位や名誉を貪る俗界を卑しみ、不老長寿の仙界に「遊」び、そこを賛美するもので、仙界は「遊ぶ」場だったのです。これは『楚辞』や『列仙伝』の流れを引き継ぐものなのですが、魏の人々にとっては仙界は「遊ぶ」場として認識されていたのです。

以上で魏の「遊」の説明は終わりますが、前の漢と後の西晋とを繋ぐ魏の役割からしますと、新しい表現を切り拓いた竹林の七賢の嵆康の存在は大きいように思われます。

次に西晋（二六五～三一六）の「遊」を取り上げます。

西晋の「遊」は従来のものを踏襲しており、新しさと言えば「遊ぶ」範囲が「無窮」とは限らず、次第に身辺近くに狭まっていることです。

魏から始まった「遊仙の詩」は西晋でも、成公綏・張華・何劭・張協・鄒湛らが作り、仙界に「遊」びました。

『荘子』の「無窮に遊ぶ」と同じ言い方としては、例えば「精は八極に騖《は》せ、心は万仞に遊ぶ」（陸機「文の賦」）があり、李善は「八極・万仞は高遠を言ふなり」と言います。また「無窮に遊」んだあの大鵬に類するものは、「遊鸞は太虚に憑《よ》り、騰鱗は浮霄に託す」（潘尼「長安の令の劉正伯に贈る詩」）のようにあります。しかし西晋になりますと、大鵬に代わって仙人が「無窮に遊」びます。ということは西晋では『荘子』の大鵬と『楚辞』『列仙伝』の仙人が結合するようです。例えば「崑崙に登り、層城に上る、飛竜に乗り、泰清に升る、八極を覧、天庭に遊ぶ」（「正旦大会行礼の歌」）がそれです。

魏の詩に「人事を絶ち、渾元に遊ぶ」（曹操「陌上桑」）など、老荘の哲学の根幹に遊ぶ言い方がありましたが、同じ言い方が西晋にもあります。「雲を凌《しの》ぎ台に登り、太清に浮遊す」（「白鳩篇」）、「心を渾無に淪め、精を大樸に遊ばしむ」（陸機「顧令文の宜春令と為るに贈る詩」）、「心を至虚に游ばしめ、規を易簡に同じくす」（応貞「晋の武帝の華林園に集ふ詩」）とあります。「太清」はすでに魏の嵆康の詩にありましたし、「渾無」は「渾元」に同じですし、「大樸」の「樸」は原木・荒木のことで、素樸・根源のことです。「至虚」を呂延済が「太素なり」と言いますのは、「大樸」のことです。『老子』第十六章には「虚を致すこと極まる」とあり、王弼は「至虚の極みを言ふなり」と言い、『管子』心術篇上には「虚無にして形無し、之を道と謂ふなり」とあります。「至虚」とは老荘の「道」、つまり老荘の哲学の根幹のことで、そこに「心を遊」ばせると言うのです。

「志を域外に遊ばしめ、鄙吝《ひりん》を滌除《てきぢょ》す」（棗腆「石崇に答ふる詩」）は、卑しさ・俗っぽさを取り除くために「域外に遊ぶ」のですし、「将に箕《き》山に登りて以って節を抗《あ》げ、滄海に浮かびて志を游ばしむ」（成公綏「嘯の賦」）は世俗と断ち切るために「滄海に遊ぶ」のですが、「元吉は初巳を隆んにし、穢《けが》れを濯ひて黄河に遊ばん」（陸機「櫂歌行」）は汚れを取り除くために「黄河で遊ぶ」のです。「黄河で遊ぶ」のは「無窮」ではなく、範囲が狭まっています。これは「無窮に遊」ばなくても、近くでも同じ効用が得られるということで、このことは後の山水詩を生む遠因となっていると思います。

『楚辞』に使われた「遠遊」を陸機は次のように使います。「遠遊して山川を越え、山川は脩《なが》く且つ広し」（「洛に赴く道中の作二首」其の二）、「家を辞して遠く行遊し、悠悠たり三千里」（「顧彦先の為に婦に贈る二首」其の一）、この二つの詩は母国の呉から西晋の都の洛陽までの距離を「遠遊」と言っています。「駕を方べて飛轡《ひひ》を振ひ、遠遊して長安に入らん」（「青青陵上柏に擬す」）は、洛陽から長安までの距離を「遠遊」と言ったのでしょう。「夙《つと》に駕して清軌を尋ね、遠遊して梁陳を越ゆ」（「呉王の郎中の時に梁陳に従ひて作る」）は、呉から梁（今の河南省開封県の西）・陳（開封県の東）までの距離を「遠遊」と言っています。『楚辞』では仙人が天地の間を周遊する時に「遠遊」の語を使い、それは『荘子』の「無窮に遊ぶ」と同じ使い方でしたが、陸機の「遠遊」はその使い方とは違い、範囲が狭まっています。

このことは「遊目」「遊思」「消遥遊」「遨遊」「朝遊」についても言えます。「遊目」の例としては、「目を四野の外に遊ばしめ、逍遥して独り延佇す」（張華「情詩二首」其の二）の「四野の外」は四方の郊外、「城に登りて郊甸を望み、目を遊ばしめて朝寺を歴たり」（潘岳「懐県に在りて作る二首」其の一）の「朝寺」は役所の建物、「出でては則ち目を弋釣《よくてう》に游ばしむるを以って事と為し、入りては則ち琴書の娯しみ有り」（石崇「思帰引の序」）の「弋釣」は鳥と魚、「目を典墳に游ばしめ、心を儒術に縦《ほしいまま》にす」（潘岳「楊荊州の誄」）の「典墳」は三墳五典の古典のことです。「遊思」の例の「思ひを竹素の園に遊ばしめ、辞を翰墨の林に寄す」（張載「雑詩十首」其の九）は、古人が書写に使った竹と白絹の園、つまり古典に「思ひを遊」ばせたのです。「逍遥遊」「遨遊」の例は、「逍遥して春宮に遊び、容《よう》与《よ》として池の阿《くま》に縁《よ》る」（張華「雑詩三首」其の二）、「遨遊して西城に出で、轡《たづな》を按じて都邑に循《したが》ふ」（陸機「遨遊して西城に出づ詩」）です。また、「北のかた幽朔の城に遊び、涼野に嶮難多し」（陸機「苦寒行」）、「東のかた遊びて鞏洛《きょうらく》を観、丘墓の間に逍遥す」（陸機「戸郷亭」）も同じく、「遊ぶ」範囲は狭まっています。「朝遊」の「朝に遊ぶ」は、多くは「夕べに□す」と対句の形で使われます。「朝に蘭池に遊び、夕に蘭沚《らんし》に宿す」（鄭豊「陸士竜に答ふ四首」其の二）、「朝に竜泉に遊び、夕に鳳柯《ほうか》に棲む」（曹攄「韓徳真に贈る」）、「朝に清渠《せいきょ》の側に遊び、日夕に高館に登る」（棗腆「石季倫に贈る」）、「朝に遊びて軽羽を忘れ、夕に息ひて重衾を憶ふ」（陸機「尚書郎の顧彦先に贈る二首」其の一）、「朝に遊びて層城に遊び、夕に息ひて直廬に旋る」（同上・其の二）などですが、この使い方はすでに魏の詩に、「朝に清冷に遊び、日暮に嗟《なげ》き帰る」（曹叡「歩出夏門行」）、「朝に高原に遊び、夕に蘭渚に宿す」（嵆康「秀才の軍に入るに贈る十九首」其の一）、「朝に高台の側に遊び、夕に華池の陰に宴す」（曹丕「東門行」）、「朝に江北の岸に遊び、日夕に湘《しょう》沚《し》に宿す」（曹植「雑詩六首」其の四）のように見られました。「朝に遊」んで「夕に□す」るのですから、「遊ぶ」範囲は自ずと狭まってきます。

なお、漢・魏で取り上げました「優游」の西晋の使い方は、賦の例を二つあげておきます。「衆妙を仰ぎて思ひを絶ち、終に優游して以って拙を養ふ」（潘岳「閑居の賦」）、「心累を末跡に解き、聊《いささ》か優游して以って老いを娯しまん」（陸機「歎逝の賦」）ですが、李善は陸機の賦に「言ふこころは、世俗の心累を末に解き、聊か優游して歳を卒へ以って老年を娯しまん」と言い、劉良は「言ふこころは、道徳に游びて以って中心の憂累を下末の迹に解き、優游して自ら娯しみて以って老いを終ふるなりと」と言います。

最後に東晋（三一七〜四一九）の「遊」を取り上げます。

東晋は基本的には従来のものを踏襲しますが、新しい面が出てきます。

東晋にも魏より始まった「遊仙の詩」を郭璞《かくはく》が断片を含めて十九首、庾闡《ゆせん》が十首、王彪之《おうひょうし》が一首残していますが、「逸翮《いつかく》は霄《そら》を払はんことを思ひ、迅足は遠遊せんことを羨《ねが》ふ」（郭璞「遊仙の詩七首」其の五）や「遠遊して塵霧を絶ち、軽挙して滄溟《さうめい》を観る」（王彪之「遊仙の詩」）の「遠遊」は、『楚辞』では仙人が天地の間を周遊した所ですし、「若士《じやくし》の姿を髣髴し、夢想して列缺《れつけつ》に遊ばん」（郭璞「遊仙の詩十二首」其の八）の「列缺」は『楚辞』では、天が裂けて稲妻が光る所でした。これらは『楚辞』では「無窮に遊ぶ」使い方でしたが、「赤松は上に臨みて遊び、鴻に駕して紫煙に乗ず」（郭璞「遊仙の詩十二首」其の三）では、「無窮」と言わず「上」と言い、「無窮に遊ぶ」という言い方に拘っていないように思われます。「赤松は霞に遊び雲に乗り、封子は骨を錬り仙に凌《のぼ》る」（庾闡「遊仙の詩六首」其の二）の「霞に遊ぶ」は、『列仙伝』の流れを引き継ぐものです。

このように東晋になりますと、『荘子』以来西晋までありました「無窮に遊ぶ」言い方が、影を潜めることになります。東晋になって「無窮に遊ぶ」ことに拘らず、比較的身近な所に「遊ぶ」言い方が多くなってきます。その例を一連の「蘭亭の詩」及び陶淵明の詩から引くことにします。

一連の「蘭亭の詩」は一流の貴族であった王羲之が、三月三日の節句の日に、景勝の地の蘭亭（今の紹興県の東南）に同士四二人を集めて宴を催し、同士に作らせた詩が「蘭亭の詩」です。現在四二首残っていますが、そこには「遊」（游）の字がいくつか見えます。「端坐すれば遠想興こり、薄《いささ》か言《われ》は近郊に遊ばん」（郗曇「蘭亭の詩」）とありますように、「蘭亭」は「近郊」にあり、「無窮」の地ではありません。「嘉賓は既に臻《いた》り、相ひ与に遊盤す」（袁嶠之「蘭亭の詩二首」其の二）の「嘉賓」は四二人の同士を言い、その「嘉賓」との集いは「遊盤」楽しいと言います。「駕して言《われ》は時遊を興《たの》しみ、逍遥して通津に暎《うつ》す」（王凝之「蘭亭の詩二首」其の二）、「嘉会に時游を欣《よろこ》び、豁爾《くわつじ》として心神を暢《の》ばしむ」（王粛之「蘭亭の詩二首」其の二）の「時游」とは三月三日の「蘭亭の遊び」のことで、それを「興」しみ「欣」んでいるとともに、「心神」をのびのびさせることができると言います。また「今我斯《ここ》に遊び、神怡《よろこ》び心静かなり」（王粛之「蘭亭の詩二首」其の一）によりますと、「蘭亭の遊び」は「神」が浮き浮きし「心」が落ち着くとも言います。「心神」をのびのびさせ、「神」が浮き浮きし「心」が落ち着くのは、「今我斯《こ》の遊びを欣び、慍情《うんじやう》は亦た蹔《しばら》く暢ばさん」（桓偉「蘭亭の詩」）によりますと、「慍情」結ぼれた思いを晴らすことができるからです。「蘭亭」に集まった四二人の同士は「願はくは達人と游び、結ぼれしを解きて濠梁に遨《たの》しまん」（曹華「蘭亭の詩」）によりますと、「達人」つまり老荘の道に精通している人で、その連中と結ぼれた思いを解き放ちたいと言うのです。要するに、王羲之が「蘭亭集詩の序」に「目を游ばせ懐ひを騁《は》せ、以って視聴の娯しみを極むるに足る所以は、信に楽しむべきなり」と言いますように、「目を游」ばせて見たり聞いたりし、それによって「懐ひを騁」せることができるのです。

身近な所で行われた「蘭亭の遊び」は、結ぼれた「心神」をのびのびさせてくれるものでした。このことと東晋に流行した玄言詩とは無関係ではあるまいと思われます。

次に陶淵明の詩に見られる「遊」を取り上げてみます。陶淵明は劉宋の詩人とする人もいますが、今は東晋の詩人として扱います。四二〇頁の表にありますように、東晋詩には「遊」の字が九〇ありますが、そのうちの約半数は陶淵明が使っています。「遠遊」「遊目」も二回ずつ使っています。陶淵明はよく「遊」んだ詩人として注目すべき詩人です。その中からいくつか取り上げます。「久しく山沢の遊びより去りしに、浪莽《らうまう》たり林野の娯しみ」（「園田の居に帰る五首」其の四）の「山沢の遊び」は山や沼の遊びで、「林野の娯しみ」と同じことです。「之を念へば中懐動き、辰《とき》に及びて茲《こ》の遊びを為さん」（「斜川に遊ぶ」）の「茲の遊び」とは、陶淵明が住んでいた栗里《りつり》の南にあった「風物閒美」で、「蘭亭」ほどではないにしても、「長流」や「曾城」があり、「魴鯉」「水鷗」もいる小さな渓谷に、正月五日に近所の二三人と「遊」んだことを指します。「迥沢に目を散じ游ばしめ、緬然《めんぜん》として曾邱《そうきう》を睇《み》る」（「斜川に遊ぶ」）も「斜川に遊」んだ時のもので、「目を游」ばせたのは迥《はる》か向こうに見える沼です。陶淵明の「遊」んだ「斜川」の場所は不明ですが、陶淵明が住んでいた栗里と遠く離れてはいなかったと思われます。「在昔曾《かつ》て遠遊し、直ちに東海の隅に至る」（「飲酒二十首」其の十）、「室に命じて童弱を携へ、良日に発して遠遊せん」（「劉柴桑に酬ゆ」）の二つの詩には「遠遊」が使われますが、「遠遊」先の「東海」は南東海郡のことで曲阿の地であり、後の「遠遊」先は「童弱を携」えていることからしますと、遠い遠い所ではあるまいと思います。また「目を漢廷の中に游ばしむれば、二疏復た此の挙あり」（「二疏を詠ず」）にも「目を遊」ばせていますが、それは漢の書籍です。

陶淵明が「遊」んだ所も決して遠い所ではなく、身近にあるいわゆる田園といっていいと思います。これによって陶淵明の詩は田園詩といわれるのです。

ついでに言いますと、詩題に「遊ぶ」を用いる湛方生《たんほうせい》の「園に遊ぶ詠」の「園」、謝混の「西池に遊ぶ」の「西池」は遠い所ではありません。李善は謝混の「西池」に『宋書』の「西池は丹陽の西池なり。混は朋友と相ひ与に楽しみを為さんことを思ふなり」を引きます。こうした詩題は、宋の謝膽の「西池に遊ぶ」、謝霊運の「南亭に遊ぶ」、劉義慶の「鼉《だ》湖に遊ぶ」などに引き継がれます。

東晋の詩の特徴としては、山の名を題にすえたり、山に登ったりする詩が現れることです。例えば庾闡の「石鼓《せきこ》を観る」「楚山に登る」「衡山」、袁宏の「従征して方山の頭《いただき》に行く詩」、王彪之の「会稽の刻石山に登る」「諸兄弟と方山に別るる詩」、袁山松の「白鹿山の詩」、桓玄の「荊《けい》山に登る」などです。庾闡の「石鼓を観る」は「駕に命じて奇逸を観んとし、径《みち》に鶩《はし》りて霊山に造《いた》る、朝に清渓の岸を済《わた》り、夕に五竜の泉に憩ふ、鳴石は潜響を含み、雷駭《お》こりて九天に震ふ、妙化は有らざるに非ざるも、自然を神とするを知る莫し、霄《そら》に翔けて翠嶺を払ひ、緑澗に巌間に漱ぐ、手は春泉の潔きに澡《あら》ひ、目は陽葩《やうは》の鮮やかなるを翫ぶ」という詩です。庾闡は老荘の語の「妙化」「自然」を使って、「奇逸」な「石鼓」山は「霊山」であるとし、「清渓岸」「五竜泉」「鳴石」「雷」「翠嶺」「緑澗」などの語を使って、世俗とは遠く離れた「霊山」を具体化します。詩の題は「石鼓を観る」ですが、最後の二句の「手は澡ひ」「目は翫ぶ」によりますと、登って「観」たのかも知れません。なおこの詩の作り方は後に説明します慧遠の「廬山に遊ぶ」、孫綽の「天台山に遊ぶ賦并びに序」に通じるものがあります。

ついでに言いますと、山の名を題にすえる詩は、宋の宋炳の「半石山に登る」、謝霊運の「永嘉の緑嶂山に登る」「石室山」、劉駿の「作楽山に登る」、鮑照の「廬山に登る」などに引き継がれます。

ところで、中国古代の人々は山とはどんなものだと考えていたのでしょうか。「山は産なり。生物を産するなり」（『釈名』釈山）、「夫れ山は万人の瞻仰《せんぎやう》する所なり。財用は焉《ここ》に生じ、宝蔵は焉に植ゑ、飛禽は焉に萃《あつ》まり、走獣は焉に伏す。群物を育てて倦《う》まざるは、夫の仁人志士に似たる有り。是れ仁者の山を楽しむ所以なり」（『韓詩外伝』巻三）、「孔子曰はく、夫れ山は嵬《くわい》嵬《くわい》然《ぜん》たり。草木は焉に生じ、鳥獣は焉に蕃し、財用は焉に殖す。四方皆な焉に私与すること無し。雲雨を出だして以って天地の間に通ぜしむ。陰陽は和合し、雨露の沢あり。万物は以って成り、百姓は以って饗《う》く。此れ仁者の山を楽しむなりと」（『太平御覧巻三八に引く『尚書大伝』）。これらによりますと、山は高く高く聳え、万物を産み出す存在だと言います。山が産み出すものは雲や雨、それを産み出して天地の間に広めたり、また財用・宝蔵・草木・鳥獣などを産み出して、それを倦むことなく育てたりし、人々はその恩恵を受けるので、仰ぎ尊ぶのだと言うのです。この山の行為は仁者・志士の行為に似ているので、仁者は山を楽しむのだとも言います。

『世説新語』には当時の人たちが山に隠れ、山に住んだ話を伝えています。例えば、「戴逵《たいき》は当世を楽しまずして、琴書を以って自ら娯しみ、会稽の剡《せん》山に隠る。国子博士に徴すも、就かず」（棲逸篇注に引く『続晋陽秋』）とあり、戴逵が隠れた剡山は病人が養生する場としても閑静な地だったようです。「謝公は東山に在りて、朝命屢〻降るも動かず。（略）（高霊は）戯れて曰はく、卿は屢〻朝旨に違ひ、東山に高臥す。諸人は毎に相ひ与に言ふ、安石肯へて出でずんば、将に蒼生を如何せんとすと」（排調篇）とあり、謝安が居た東山は隠棲の地として知られ、謝安をはじめ支遁・王羲之・許詢ら多くの士がここに遊んでいます。この二つの山は東晋の都の建康に近い会稽郡にあり、深山幽谷ではなかったと思われます。

『世説新語』には「山に隠れる」「山に住む」「山に登る」ではなく、「竹林の遊び」「林沢の遊び」という使い方があり、また「山に遊ぶ」という使い方が現れることになります。例えば、「孫興公は庾公の参軍と為り、共に白石山に遊ぶ。衛君長は坐に在り。孫曰はく、此の子　神情は都《すべ》て山水に関はらざるも、而も能く文を作ると。庾公曰はく、衛の風韻は卿諸人に及ばずと雖も、傾倒する処も亦た近からずと。孫遂に此の言に沐浴す」（賞誉篇）とあり、「白石山に遊」んでいます。白石山は江蘇省呉県の西北にある山で、「剡県の西七十里に白石山有り。上に瀑布有りて、水の懸下すること三十丈なり。巌の際に蜜房有り。蜜を採る者は葛藤を以って連結し、然る後に至るを得たり」（『太平御覧巻四七に引く孔曄の『会稽記』）とあり、山上には三十丈の滝や蜂蜜の巣があり、蜜を採るには葛や藤を繋いでやっと行き着けるところで、孫綽・庾亮・衛永はここに「遊」んでいます。この白石山も会稽郡にあり深山幽谷ではなかったと思われます。東晋の詩の「遊」は「遊ぶ」範囲が狭くなっています。

東晋の詩文には「名山に遊ぶ」という使い方も現れます。文としては『世説新語』に「孔車騎は少《わか》くして嘉遁の意有り。年四十余にして安東の命に応ず。未だ仕宦せざる時、常に独り寝ね、歌ひて自ら箴誨《しんくわい》す。自ら孔郎と称し、名山に遊散す。百姓謂ふ、道術有りと。為に生きながらにして廟を立つ。今猶ほ孔郎廟有り」（棲逸篇）とあり、「少くして嘉遁の意」のあった孔愉は「名山に遊」んでいます。この「名山」は「山石」に作る本もありますが、「名山に遊ぶ」には「道術」仙術を体得しなくてはできなかったようです。『晋書』には「（王羲之は）又た道士の許邁《きよまい》と共に服食を修め薬石を採るに、千里を遠しとせず。遍《あまね》く東中の諸郡に游び、諸名山を窮め滄海に泛かぶ」（巻八〇王羲之伝）とあり、王羲之が許邁と「諸郡」の「諸名山」や「滄海」に「游」んだのは、「薬石」を採るためだったようです。許邁の伝記にも「遂に其の同志を携へて徧く名山に游ぶ。初め薬を桐廬《とうろ》県の桓《くわん》山に採る」（巻八〇許邁伝）とあります。詩としては「遐挙して名山に遊び、松喬は共に相ひ追ふ」（盧諶「失題」）、「薬を採りて名山に遊び、将に以って年の頽《くづ》るるを救はんとす」（郭璞「遊仙の詩十二首」其の二）とあり、盧諶・郭璞は「名山に遊」んでいます。盧諶の「名山」は仙人の赤松子や王子喬がいる所であり、郭璞の「名山」は不老長寿の薬がある所です。仙人がおり不老長寿の薬がある山を「名山」と呼ぶのは、古辞の「善哉行」に「名山を経歴し、芝草は翻翻《ほんぽん》たり、仙人の王喬は、薬一丸を奉ず」が嚆矢のようで、西晋の潘尼の「逸民吟」に「彼の名山に陟《のぼ》り、此の芝薇《しび》を採る」とあり、東晋の庾闡にも「薬を採る」という題の詩に「薬を霊山の嘌《いただき》に採らんとして、駕を結《つら》ねて九嶷に登る」とありますが、「名山に遊ぶ」という言い方は東晋になってからのようです。東晋の人は仙人がおり不老長寿の薬がある「名山」は「遊ぶ」ところだったのです。この「名山」は先の庾闡の「霊山」に通じるかと思います。

孫綽の賦の「天台山に遊ぶ賦并びに序」、慧遠《えおん》の詩の「廬山に遊ぶ」の「天台山」「廬山」は、大型の「名山」「霊山」で、孫綽・慧遠はその山に「遊」んでいます。

「天台山に遊ぶ賦并びに序」の「天台山」は、浙江省嵊《じょう》県の西南にあり、孫綽は序に「天台山なる者は蓋し山岳の神秀なる者なり。海を渉れば則ち方丈蓬莱有り、陸に登れば則ち四明天台有り、皆な玄聖の遊化する所にして、霊仙の窟宅する所なり、夫れ其の峻極の状、嘉祥の美は、山海の瓌富《くわいふ》を究め、人神の壮麗を尽くす（略）夫の世を遺て道を翫び粒を絶ち芝を茹《くら》ふ者に非ざれば、烏《いづ》くんぞ能く軽挙して之に宅《を》らんや、夫の遠く寄せ冥《はる》かに捜《さぐ》り信に篤く神に通ずる者に非ざれば、何ぞ肯て遥かに想ひて之を存せんや」と説明します。深山幽谷の「天台山」には「玄聖」「霊仙」の仙人が住んでおり、孫綽はその「天台山に遊」び、序の終りには「吟想の至りに任へず、聊か藻を奮ひて以って懐ひを散ぜん」と言い、「天台山」の賦を作って「遊」び、「懐ひを散ぜん」とするのです。「懐ひを散ぜん」は一連の「蘭亭の詩」にありましたし、王羲之には「酒ち携へて斉しく契り、懐ひを一丘に散ぜん」（「蘭亭の詩六首」其の一）とあります。つまり孫綽は「天台山」に「遊ぶ」ことによって、胸中にある世俗の煩わしさ・憂さを晴らしたのです。

「廬山に遊ぶ」の「廬山」は、一つの山の名ではなく、九十九の峰の連峰の名です。この廬山連峰は江西省の九江県の南、揚子江の河口から六千キロメートル入った辺りにあります。廬山については慧遠の『廬山記略』がありますが、東晋の湛方生は「其れ崇標峻極にして、辰光は輝きを隔てらる、幽澗は澄深にして、清を積むこと百仞なり、乃ち絶阻重険の若きは、人跡の遊ぶ所に非ず、窈窕沖深にして、常に霞を含みて気を貯ふ。真に謂ふべし、神明の区域にして、列真の苑囿なりと」（「廬山神仙の詩の序」）と説明します。深山幽谷の「廬山」は、殷・周のころから「列真」である仙人の匡俗《きょうぞく》が棲んでいた、由緒ある名山です。この「廬山」を南側に見る所に住んでいた陶淵明は、「菊を采る東籬の下、悠然として南山を見る、山気は日の夕に佳く、飛鳥は相ひ与に還る、此の中にこそ真意有り、弁ぜんと欲して已に言を忘る」（「飲酒二十首」其の五）と詠み、夕暮れに群をなして塒のある「廬山」へ帰って行く鳥の姿に、「真」を会得したというのです。陶淵明は「廬山」にある「真」を詠むことによって「真」と一体になれた感慨に浸るのです。「真」とは言うまでもなく老荘の「真」で、それは「自然」であり「道」のことです。

ついでに言いますと、「□□山に遊ぶ」という詩題は、宋の王叔之の「羅浮山に遊ぶ」、謝霊運の「嶺門山に遊ぶ」、劉駿の「覆舟山に遊ぶ」、呉邁遠の「廬山に遊びて道士の石室を観る」などに引き継がれます。

さて、自然を山水の二字熟語で表す最初の用例は、西晋の左思の「招隠の詩」の「必ずしも糸と竹とのみに非ず、山水に清音有り」のようですが、この詩は山中に隠者を尋ね、隠者の住んでいる所を詠んだものですが、隠者が住んでいる「山水」の自然には管絃の楽器に劣らぬ清く澄んだ音色があると言うのです。「山水」は東晋になりますと、詩では「蘭亭の詩」に二回見えます。孫統の「地主は山水を観、仰ぎて幽人の踪を尋ぬ」（「蘭亭の詩二首」其の二）の「山水」は、「幽人」深山幽谷に隠れた隠者が住んでいる自然であり、王徽之の「懐ひを山水に散じ、蕭然として羈《つな》がるるを忘る」（「蘭亭の詩二首」其の二）の「山水」は、憂さを晴らし世俗の束縛を忘れさせてくれる自然です。後者は孫統の弟の孫綽の「蘭亭詩の後序」の「屢〻山水に借りて、以って其の鬱結を化せん」と同じ「山水」です。

右の孫統の伝記には「会稽に家し、性は山水を好む。（略）職に居るも心を砕務に留めずして、意を縦《ほしいまま》にして游《いう》肆《し》し、名山勝川は窮究せざる靡《な》し」（『晋書』巻五六）とあり、弟の孫綽の伝記には「会稽に居り、山水に游放すること十有余年」（同上）とあり、王徽之の父の王羲之の伝記には「会稽には佳き山水有りて、名士は多く之に居る。（略）羲之既に官を去り、東土の人士と山水の游を尽くし、弋釣《よくてう》を娯しみと為す」（『晋書』巻八〇）とあります。蘭亭の同士で言えば、謝安の伝記には「会稽に寓居し、王羲之及び高陽の許詢・桑門の支遁と遊処す。出でては則ち山水に漁弋し、入りては則ち言詠して文を属《つづ》る。世に処るの意無し」（『晋書』巻七九）とある「山水」は釣りをしたり猟をしたりする自然です。

これによりますと、「山水」を自然と見なすようになったのは、蘭亭に集まった同士、特に王羲之・孫綽一族の役割が大きく、「山水」と「遊」がくっついて初めて「山水に游放す」「山水の游」という言い方が起こったのも、王羲之・孫綽によるものでした。「山水」の語は蘭亭の同士以外では、隠者の郭文の伝記に「少くして山水を愛し、嘉遁を尚ぶ。年十三にして山林に游ぶ毎に、旬に弥《わた》るも反るを忘る。父母終りて服畢はるも、娶らず。家を辞して名山に遊び、華陰の崖を歴、以って石室の石函を観る」（『晋書』巻九四）とあり、「山水」ではありませんが、隠者の劉驎之の伝記には「好んで山沢に游び、志は遯逸《とんいつ》に存す。嘗て薬を採りて衡山に至り、深く入りて反るを忘る」（『晋書』巻九四）には「山沢に游ぶ」という使い方があり、先には「山林に遊ぶ」という使い方もありました。

ところで、中国古代の人々は水とはどんなものだと考えていたのでしょうか。「水は準なり」（『説文解字』巻一一上）、「水の言為るや濡なり」（『白虎通』五行）、「万物を潤す者は、水より潤すものは莫し」（『易』説卦）、「水の言為るや演なり」（『太平御覧』巻五八に引く『春秋元命苞』）、「今夫れ水一勺の多きなり。其の測られざるに及びては、黿鼉《げんた》鮫竜魚鼈《べつ》は焉に生じ、貨財は焉に殖す」（『礼記』中庸）、「夫れ水は理に縁りて行き、小《すこ》しの間も遺さざるは、智有る者に似たり。動きて之に下るは、礼有る者に似たり。深きを蹈みて疑はざるは、勇有る者に似たり。障を防ぎて清きは、命を知る者に似たり。険を歴みて遠きを致し、卒に毀《こぼ》たざるを成すは、徳有る者に似たり。天地は以って成り、羣物は以って生じ、国家は以って寧《やす》らかに、万物は以って正し。此れ智者の水を楽しむ所以なり」（『韓詩外伝』巻三）とあります。これらによりますと、水は水平に水脈に沿って流れ、地面に深く染み、広く広がり、万物を潤し、不浄な物を洗い清め、微量でも魚は住み、貨財を生じさせる存在だと言います。天地・万物・国家・万事すべて安寧ゆえに、有智者・有礼者・有勇者・有命・有徳者に似ており、智者は水を楽しむのだとも言います。

先に「山」について説明しましたが、『論語』雍也篇に「子曰はく、知者は水を楽しみ、仁者は山を楽しむ」（四二四頁参照）とあるのは、右のような「山」「水」の性を踏まえた、孔子の発言なのです。

東晋の人々が「山水に遊ぶ」のは、孫綽の書いた「庾亮の碑文」に「公雅《つね》に好んで託する所は、常に塵垢の外に任す、心を柔らかにして世に応じ、其の迹を蠖屈《くわくくつ》すと雖も、而るに方寸は湛然《たんぜん》として、固《まこと》に玄を以って山水に対す」（『世説新語』容止篇注）とあるのによりますと、隠者に限らず庾亮がそうしたように、当時の人たちは「山水」に向き合う時、「玄」つまり老荘の「道」を持って向き合っていたのではないでしょうか。「玄」を持って「山水」に向き合う――ここに東晋の詩の一大特色と言われる、老荘思想を賛美する玄言詩が生まれる基盤があったのです。

因みに「やま」と「みず」を表す熟語の「山川」「山河」「山沢」「山水」「山林」の使用数を調べると、次のようになります。未記入は0です。

	詩経	論語	老子	荘子	楚辞	列仙伝	漢詩	魏詩	西晋詩	東晋詩
山川	2	1		3	1			2	11	6
山河									5	3
山沢									3	4
山水									1	2
山林				9	1		2	2	2	3

「山河」「山沢」「山水」は西晋以前にはなく、先秦からあった「山川」がその役目を果たしていたのでしょう。なお「やま」と「き」を表す「山林」は『荘子』から始まったようです。

東晋の「遊」を考えるうえでもう一つ大切なことは、仏教との関係です。先に紹介しました「天台山」「廬山」には仙人だけではなく、僧侶も住んでいたのです。

「天台山」に天台宗を開いたのは隋の智顗《ちぎ》ですが、孫綽の「天台山に遊ぶ賦并びに序」には、神仙だけではなく老荘・仏教を含んだ三つの思想が詠まれており、東晋の「天台山」は僧侶の修行の場であったことが窺えます。

「廬山」には東晋の名僧の慧遠が東林寺に住み、白蓮社という仏教教団を組織し、中国浄土宗の発祥地となるのです。先に言いましたように、その慧遠には「廬山に遊ぶ」詩があるのですが、「廬山」は慧遠にとっては「遊ぶ」場だったのです。一四句からなります「廬山に遊ぶ」詩は、九・十句目に「流心して玄聴を叩けば、感は至りて理は隔たらず」とある「流心」は「遊心」と同意で、「玄」は老荘の語で「道」のことですが、ここは仏の「道」のことでしょう。「感」は心に感じ悟ることで、「理」は道理・真理のことでしょう。「廬山に遊」んだ慧遠は、「流心」して仏の「道」を尋ねると、悟りの境に至り真理と一体になった、というのです。悟りの境地になり、仏の「道」と一体化できるのが、名山・霊山である「廬山」なのです。

また「廬山」にいた僧侶の諸道人に「石門に遊ぶ詩并びに序」があります。「序」には「石門」山について「此れ廬山の一隅なりと雖も、実に斯の地の奇観にして、皆な之を旧俗に伝ふるも、未だ覩《み》ざる者衆し。将《は》た懸瀬は険峻にして、人獣の迹は絶え、曲阜を逕廻し、路は阻《けは》しく行は難《かた》きに由る。故に経ること罕《まれ》なり」とあるのによりますと、廬山連峰の一つの「石門」山も深山幽谷ですが、「序」には続けて「釈法師は隆安四年（四〇〇）仲春の月を以って、山水を詠むに因り、遂に錫《つゑ》を杖つきて遊ぶ。時に于いて交徒同趣のもの三十余人、咸な衣を払ひて晨に征き、悵然として興を増す」と言い、「石門」山に「遊」んだのは「山水」を詠むためでした。また当時の名僧の一人の支遁の詩には「遊」の字が九回みえます。例えば、「煕怡《きい》として沖漠に安んじ、優游して静閑を楽しむ」（「述懐の詩二首」其の二）、「重玄は何許《いづこ》に在りや、真を採りて理間に遊ぶ」（「詠懐の詩五首」其の一）、「一往の遊に非ずと雖も、且《しばら》く以って閑にして自ら釈《と》かん」（「八関斎の詩三首」其の二）などの「沖漠」「静閑」「重玄」「真」「閑」が老荘の語であることを思いますと、老荘思想を介して仏教を理解しようとしていることが分ります。支遁にとっては老荘思想に「遊ぶ」ことがつまり仏教を理解することだったのです。

先に「山に登」って薬を採ることを指摘しておきましたが、名僧の支遁も「山に登」って薬を採っています。「余は既に野室の寂を楽しみ、又た薬を掘るの懐ひ有り。遂に便ち独り住む。是に於いて乃ち手を揮って帰るを送り、路を望むの想ひ有り。静かに虚房に拱《こまぬ》けば、身を外にするの真を悟る。山に登りて薬を採り、巌水の娯しみに集《いた》る。遂に筆を援りて翰を染め、以って二三の情を慰む」（八関斎の詩三首并びに序」）とあるのがそれです。帛道猷《はくどうゆう》にも「峯に陵《のぼ》りて薬を採り興に触れて為れる詩」があり、名僧ではないが『抱朴子』を編した葛洪に「薬を洗ふ池の詩」もあります。

以上、先秦から東晋までの『詩経』『論語』『荘子』『楚辞』『列仙伝』、それに漢詩・魏詩・西晋詩・東晋詩などの、思想の書や詩文に見える「遊」を取り上げ、「遊」の意味するものをあらましお話しました。改めて整理はしませんが、最後に次のことをお話しして終わろうと思います。

「遊ぶ」という行為は、群から外れるという一面を持っています。群から外れるのは、自ら好んで外れることも、他から無理に外されることも、いや応無く外れざるを得ないことも、さまざまにあります。「遊」の字を多く使う『楚辞』の中心的な作者の屈原は、有能な才を妬まれて二度も讒言に遭い、王族の身ながら追放され、不遇のうちに入水自殺した詩人です。『荘子』を著した荘子が生まれた宋の国は、周に滅ぼされた殷の末裔が建てた国ですが、宋はもともと古い文化の伝統があり、それを誇る荘子は周から受けた屈辱・侮蔑に対して、強烈な対抗心を持っていました。魏の時代に「遊」の字がにわかに増えましたのは、世俗を斜めに見て自由を謳歌した、阮籍・嵆康らの竹林の七賢が現れたからです。東晋になりますと、仏教に関心が集まり僧侶の慧遠は俗を捨てて廬山に「遊び」ましたし、官と隠との間を何度か往復し、結局は田園で農事に励み、生を終えた陶淵明が「遊」の字を多く使いました。

こうした人たちは群から外れて「遊」んだのですが、群から外れて「遊ぶ」ことはぐれて独りになることです。はぐれて独りになることは寂しく辛いことですが、それは一般的なことで、誰もがみんなそうなるとは限らないのです。はぐれて独りになる人は、往々にして強靭なばねを持っています。そういう人は寂しく辛くなるというよりむしろ、晴れ晴れしたり清清したりするのです。荘子が無窮に「遊」んだり、屈原が仙界に「遊」んだり、七賢が竹林に「遊」んだり、慧遠が廬山に「遊」んだり、陶淵明が田園に「遊」んだりしたのは、晴れ晴れしたり清清したりしたのだろうと、思います。

このようにみますと、中国の思想や詩文のかなり重要な部分は、群から外れて「遊」んでいた人たちが担っていた、と言ってよかろうと思います。その意味において「遊ぶ」という行為は、中国の思想や詩文を考える一つの鍵を握っているように思います。

以上、最終講義にしては貧弱にして無益、恥ずかしい限りですが、最後まで忍耐強くお聞きくださりお礼申し上げます。有り難うございました。

〈本稿は平成十四年二月九日の最終講義の内容に、大幅に加筆したものである〉

あとがき

東晋の詩は、梁の鍾嶸が「永嘉の時、黄老を貴び、稍く虚談を尚ぶ。時に於いて篇什は、理は其の辞に過ぎ、淡乎として味寡なし。爰に江左に及び、微波尚ほ伝はる。孫綽・許詢・桓・庾の諸公は、詩は皆な道徳論に似たり。建安の風力は尽きぬ」（『詩品』序）と評するように、「味」のないものである。

「味」のない詩は玄言詩と呼ばれ、老荘の哲学を賛美するものだが、それは前後に類を見ない東晋特有のものである。老子自ら言うように、老荘の哲学そのものが「味」のないものなので、それを賛美する玄言詩も自ずと「味」のないものとなる。「味」のないものと貶なされても、「味」のない玄言詩が作られたことは、それなりの理由があったはずである。

その理由の一つに、異民族に滅ぼされた西晋王朝の司馬氏を再興するために、揚子江を渡って建康（今の南京）に都し、未知の地に東晋王朝を建てた司馬氏に、老荘の哲学を尚んだ西晋末の風潮を継承するという意識があったのではないか、と思われる。揚子江以南は温暖であるうえに、風光明媚な名山名川にも恵まれ、揚子江を渡って来た人たちは、次第にこの地を楽しむようになったに違いない。

東晋王朝の文化は、都の建康及びその周辺に栄えた。それには皇帝の支援、貴族の主導が大きかった。皇帝としては、東晋当初の元帝・明帝・成帝が、文学だけでなく仏教にも理解を示して、寺院も建てられ、僧侶たちが集まって仏教談義に興じもした。貴族としては、王羲之が風光明媚な蘭亭に会を主催して、山水に関心を示し、謝安が東山に隠棲して、世俗と距離を置きもした。貴族ではないが、東晋中期には建康よりかなり西方に陶淵明が現れ、田園から深山幽谷の廬山連峰を見て、老荘哲学の精髄を会得した。

東晋王朝の思想は老荘の哲学が基盤にあったが、これに仏教・儒教の思想が加わって、いわゆる三教交渉という風潮が蔓延した。李充は「儒教は事の末端を救い、老荘は事の根本を明らかにする。根本と末端との道は異なっていても、教化することでは変わりない」と言って、儒教と老荘を同一視し、孫綽は「周公・孔子はそのまま仏であり、仏はそのまま周公・孔子である。思うに、外を主にして考えるか、内を主とするかの相違によって、異なった名をもつにすぎない」「周公・孔子が衰弊しきった時世を救い、仏教は根本的理法を明らかにする。両者はともに首尾をなすものであって、その趣旨は同じなのである」と言って、仏教と儒教を同一視する。三教が交渉するのは、老荘・釈迦・孔子は「道を体する者」「物を導く者」ということで共通し、それはみな「万物」を教化していく存在なのである。従って官であれ隠であれ、結局は「帰を同じくする」ことになる。こうした風潮が蔓延し、東晋王朝には官に就いたり隠に就いたりする連中が少なからずいた。その意味においては、東晋王朝の思想は自由自在であったということができる。

　老荘の哲学を賛美する玄言詩は「味」のないものだが、仏教とて「味」があるとは言えない。「味」のないところに「味」がある、それが東晋の文化であったと言うこともできる。

　「いったい東晋の文学は、六朝文学の出発点であるということができる。その意味で、注目しなければならない文学である」とは、小尾郊一先生が拙著『東晋詩訳注』（汲古書院）の序に書いてくださった一文である。六朝文学といえば山水詩。その山水詩が誕生した背景には、東晋の文学があったのである。玄言詩から山水詩へ――その道筋はまだまだ充分には明らかにされてはいない。

　従来あまり顧みられなかった、「味」のない東晋の詩を読みはじめて二十年。この三月定年退官。その間「味」のないものを書いたり、話したりした。その中からいくつかを拾い、論文・詳解・訳注・講話に分けて一書にした。

　渓水社社長木村逸司氏、編集部の坂本郷子さんには重ね重ね感謝申し上げたい。

平成十四年二月十日

長谷川　滋成

拙著等一覧

A著書　B論文　C発表　D講話　E雑文　F教科書　G問題集

昭和三八（一九六三）年

B1　「雑詩」という意味《広島大学文学部中国文学研究室『中国中世文学研究』第2号pp.1～9》三月

C1　左思の詠史詩《中四国中国学会》五月

昭和三九（一九六四）年

B1　『晋の太康年間における詩壇』（修士論文）三月

昭和四六（一九七一）年

B1　漢文授業の覚書（一）――「故事」「詩」の場合――《広島大学附属中・高等学校国語科『国語科研究紀要』第4号pp.11～39》十二月

昭和四七（一九七二）年

B1　漢文授業の覚書（二）――「史記・鴻門の会」の場合――《広島大学附属高等学校『高等学校研究紀要』第17号pp.41～61》三月

2　「四面楚歌」――授業ノート（三）――《広島支那学会『支那学研究』第36号pp.71～86》五月

3　漢文授業の覚書（四）――「論語・孔子」の場合――《『国語科研究紀要』第5号pp.22～45》十二月

昭和四八（一九七三）年

B1　漢文授業の覚書（五）――杜甫「春望」の場合――《『高等学校研究紀要』第18号pp.11～29》三月

2　漢文授業の覚書（六）――『戦国策』『史記』における馮諼の場合――《『国語科研究紀要』第6号pp.27～41》十二月

C1　司馬遷の創作態度への一私見《広島支那学会》八月

F1　『高等学校漢文上（古典Ⅰ乙）』《第一学習社》一月

G1　『古典標準問題集高校用』（共著）《受験研究社》十月

昭和四九（一九七四）年

C1　陶淵明の文学――「帰去来兮辞」を中心として――《広島県高等学校教育研究会国語部会》十二月

F1　『高等学校漢文下（古典Ⅰ乙）』《第一学習社》一月

2　『高等学校史記と唐詩（古典Ⅱ）』《第一学習社》四月

G1　『完成漢文』（共著）《第一学習社》六月

昭和五〇（一九七五）年

B1　杜甫「兵車行」――戦争と人間をめぐって――《『国語科研究紀要』第7号pp.3～27》三月

2　陶淵明の文学《『高等学校研究紀要』第20号pp.28～50》三月

昭和五一（一九七六）年

A1　『ことばの花』小尾郊一編（共著）《第一学習社》十一月

B1 左思の苦悩《第一学習社『小尾博士退休記念論文集』pp.189～216》三月

2 始皇帝《第一学習社『高校教育通信国語』No.2 pp.22～25》四月

C1 日本文学における中国古典の受容《広島漢文教育研究会》十一月

昭和五二（一九七七）年

B1 范蠡——独見の処世——《『高校教育通信国語』No.6 pp.26～29》二月

2 天台二女譚と浦島伝説を読む《『高等学校研究紀要』第22号pp.15～25》三月

3 転句を読む（1）《『国語科研究紀要』第8号pp.12～22》三月

C1 漢文教材の精選《広島漢文教育研究会》十一月

昭和五三（一九七八）年

A1 『新総合国語便覧』（共著）《第一学習社》十一月

B1 伍子胥——否運の情念——《『高校教育通信国語』No.8 pp.30～33》五月

2 転句を読む（2）《『国語科研究紀要』第9号pp.11～20》五月

3 教育実習指導の実際——杜甫の詩（漢文）——《『国語科研究紀要』第9号pp.61～74》五月

4 国語科教師としての教育実習生《『国語科研究紀要』第9号pp.89～101》五月

5 六朝文人伝——陸機・陸雲（晋書）——《『中国中世文学研究』第13号pp.35～72》九月

6 漢文教材の精選《広島漢文教育研究会『漢文教育』第3号pp.40～66》九月

C1 史伝文学の指導《全国高等学校国語教育研究連合会》十一月

E1 野球部の優勝《山口市立川西中学校『創立三十年史』pp.98》三月

G2 『国語の演習』（共著）《第一学習社》二月

昭和五四（一九七九）年

A1 『漢文教育序説』（単著p.1～407）《第一学習社》十月

B1 陳勝——革命の先鋒——《『高校教育通信国語』No.9 pp.18～21》二月

2 史伝文学の指導《『国語科研究紀要』第10号pp.90～100》十二月

C1 「文選鈔」の引書《日本中国学会》十月

G1 『必修漢文』（共著）《第一学習社》四月

昭和五五（一九八〇）年

B1 「国語Ⅰ」における漢文《『高校教育通信国語』No.10 pp.1～4》一月

2 中学校における漢文指導——学習指導要領の変遷——《広島大学附属中学校『中学校研究紀要』第26号pp.1～13》三月

3 故事成語教材観《『高等学校研究紀要』第25号pp.49～60》三月

4 転句を読む（3）《『国語科研究紀要』第11号pp.9～18》六月

5 「国語Ⅰ」の実践的研究1——単元「自然への回帰」——《『国語科研究紀要』第11号pp.66～71》六月

6 教育実習指導の実際——儒道の学問観（漢文）——《『国語科研究紀要』第11号pp.33～40》六月

7 「五十歩百歩」の指導《『高校教育通信国語』No.12 pp.12～15》七月

8 「文選鈔」の引書《日本中国学会『日本中国学会報』第32集pp.155～167》十月

9 漢文における書くことの指導《広島大学教育学部光葉会『国語教育研究』第26号（中）pp.623～633》十一月

10 「蛇足」の二つの指導《『漢文教育』第5号pp.31～40》十一月
C1 漢詩の指導《広島漢文教育研究会》十二月
G1 全学年『中学国語』（共著）《日本教育学会》二月
2 『難易度順漢文』（共著）《日本教育学会》十二月

昭和五六（一九八一）年

A1 『漢文の指導法』（単著p.1～288）《第一学習社》一月
2 『国語教材研究シリーズ11　漢字・漢語・漢文編』野地潤家監修（共著pp.44～60・pp.61～78・pp.104～129）《桜楓社》七月
B1 「国語Ⅰ」における漢文の位置《『高等学校研究紀要』第26号pp.5～13》二月
2 新学習指導要領における中学校漢文――教科書教材を中心として――《『中学校研究紀要』第27号pp.11～23》二月
3 「孤借虎威」の指導《『高校教育通信国語』No.14pp.24～27》六月
4 転句を読む（4）《『国語科研究紀要』第12号pp.8～17》六月
5 「国語Ⅰ」の実践的研究（基調提案）――単元「愛」の場合――《『国語科研究紀要』第12号pp.40～47》六月
6 漢詩指導の要点《『漢文教育』第6号pp.21～30》十月
7 「文選鈔」の引書引得《『中国中世文学研究』第15号pp.1～8》十二月
G1 『新国語演習古典　基礎編』（共著）《日本教育学会》十月

昭和五七年（一九八二）年

A1『漢詩解釈試論――転句を視点にして――』（単著p.1～218）《溪水社》十月

2『国語科教育法の研究』野地潤家編（共著pp.151～171・pp.257～280）《協同出版》十月

B1 漢文指導への新視角《東京法令出版社『月刊国語教育』6月号pp.62～67》五月

2 教材の扱い方と授業の実際――垓下歌・大風歌（司馬遷『史記』）――《『国語科研究紀要』第13号pp.30～47》
六月

3「国語Ⅰ」の実践的研究3――単元「歴史――時代に生きる人々」――《『国語科研究紀要』第13号pp.65～71》
六月

4 漢文の入門期教材論――第一時の教材をめぐって――《明治書院『日本語学』11月号pp.78～87》十一月

5 李白「送友人」《『漢文教育』第7号pp.7～14》十一月

C1 郭璞と李充《日本中国学会》十月

2「国語Ⅰ」における漢文教材の取り扱い《広島漢文教育研究会》十一月

G1 82漢文（共著）《YMCA予備校》

昭和五八（一九八三）年

B1 漢文教育の問題点――大学二年生の報告から――《『高等学校研究紀要』第28号pp.1～5》二月

2 東晋詩における郭璞の位置《汲古書院『小尾博士古稀記念中国学論文集』pp.183～197》十月

3「国語Ⅰ」における漢文教材の取り扱い《古典教育研究会『古典教育』第8号pp.17～26》十一月

4 六朝文人伝――『晋書』郭璞伝――《『中国中世文学研究』第16号pp.28～43》十二月

D1 漢詩文のリズム《兵庫県高等学校国語科教育研修講座》八月

2 「国語Ⅰ」の総合化――広大附属高校の実践――《国語研究土曜会》八月
E1 述懐《兵庫教育大学言語表現学会『言語表現学会会報』第二号》六月
F1 『高等学校新国語一』《第一学習社》一月
G1 『常用漢字の読み書き』(共著)《日本教育学会》十二月

昭和五九(一九八四)年

A1 『漢文教育論』(単著p.1~258)《青葉図書》十一月
2 『漢文教育史研究』(単著p.1~179)《青葉図書》十二月
B1 陶潜「辛丑歳七月赴仮還江陵夜行塗口」詩について《兵庫教育大学『兵庫教育大学研究紀要』第4巻pp.1~12》九月
D1 漢文の指導法《長崎県高5国語教育研修講座》二月
2 中国の女性《兵庫県立嬉野台生涯教育センター婦人生活大学》十一月
3 論語談義《兵庫県立嬉野台生涯教育センター友の会》十一月
F1 『高等学校新国語二』《第一学習社》一月

昭和六〇(一九八五)年

A1 『新撰墨場必携』小尾郊一編(共著)《中央公論社》六月
B1 漢詩鑑賞指導の再検討《『月刊国語教育』5月号pp.42~47》四月
2 『晋書』巻五六孫綽伝訳注《『兵庫教育大学研究紀要』第5巻pp.25~35》八月
3 支遁の思想《『国語科研究紀要』第16号pp.43~48》十月

D1　漢詩と遊ぶ――春の花をめぐって――《兵庫県立嬉野台生涯教育センター友の会》三月
2　漢詩文の構成《兵庫教育大学言語系教育講座　国語教育研究会》八月
3　漢詩と遊ぶ――酒の詩をめぐって――《兵庫県立嬉野台生涯教育センター友の会》九月
4　陶潜・李白の酒の詩――その人生を考える――《兵庫県高等学校教育研究会国語部会》十一月
E1　書物――いま　むかし――《溪水社『河図洛書』pp.198〜202》四月
2　起承転結《教育出版センター『月刊実践国語情報』1月号pp.5》十二月

昭和六一（一九八六）年

B1　『晋書』巻九二李充伝訳注《『兵庫教育大学研究紀要』第6巻pp.51〜65》二月
2　『晋書』巻九二庾闡伝訳注《兵庫教育大学言語表現学会『言語表現研究』第4号pp.19〜36》三月

昭和六二（一九八七）年

A1　『漢文表現論考』（単著p.1〜230）《溪水社》十月
2　『蘭亭集詩序・蘭亭詩・後序訳注　附索引』（単著p.1〜128）《興文社》七月
B1　漢文表現の研究――「鴻門の会」（『史記』項羽本紀）の場面――《明治書院『思考力を育てる国語教育』pp.237〜255》三月
2　魅力ある漢文教育《秀英出版『漢字漢文』第19巻32号pp.2〜5》十一月
3　教科書漢文教材の注――「吾十有五而志于学」（『論語』）章の場合――《広島大学学校教育学部岡村貞雄博士退休記念事業会『岡村貞雄博士退休記念論集　漢文学と漢文教育』pp.185〜199》十二月
D1　蘭亭詩の序を読む《国語教育研究会》八月

2　漢文の読解指導《山口県高等学校教育研究会国語部会》十月

3　魅力ある漢文指導《全国漢字漢文教育研究会》十一月

E1　中国　天津の人たち《兵庫教育大学小品随筆同好会『遠山脈』第5集pp.30～35》四月

昭和六三（一九八八）年

A1　『漢字講座12　漢字教育』佐藤喜代治編（共著pp.149～174）《明治書院》二月

2　『難字と難訓』（単著p.1～216）《講談社》四月

3　『庾闡詩訳注　附索引』（単著p.1～48）《興文社》四月

4　『郭璞詩訳注　附索引』（単著p.1～124）《興文社》十月

B1　漢文学と国語科教育との関係《兵庫教育大学言語系教育講座『教科教育実践学研究――言語系教育のばあい――』第1集pp.37～41》三月

E1　和爲貴《高橋正徳先生追悼文集『追憶』pp.157～160》十一月

平成元（一九八九）年

B1　楊方詩訳注并『晋書』本伝訳注《『兵庫教育大学研究紀要』第9巻pp.1～11》二月

2　中国古典の言語表現《『教科教育実践学研究――言語系教育のばあい――』第2集pp.1～17》三月

3　中・高一貫の漢文指導は可能か《『月刊国語教育』8月号pp.62～67》七月

4　漢文教材研究講座　起承転結は絶句の構成――題材・構成の巻――《『月刊国語教育』十月号pp.138～143》九月

5　漢文教材研究講座　司馬遷の多様な反復表現――字眼・反復の巻――《『月刊国語教育』十一月号pp.138～143》

十月

B6 漢文教材研究講座　中国古典の描写は稚拙か——説明・描写の巻——《『月刊国語教育』十二月号pp.129～135》十一月

7 漢文教材研究講座　詩聖杜甫は対句の名手——対偶・対句の巻——《『月刊国語教育』一月号pp.168～174》十二月

D1 漢文授業の点検《兵庫県播磨地区高等学校国語教育研究会》七月

2 中学校における漢文指導《兵庫県中学校国語科教育講座》九月

E1 就学生問題の視座《言語文化談話会『求心遠心』創刊号pp.6～15》三月

2 人口十億の中国《『求心遠心』創刊号pp.18～45》三月

3 中国　四つの基本原則《『求心遠心』第2号pp.12～23》六月

4 中国　四つの現代化《『求心遠心』第2号pp.28～51》六月

5 わが青春・熱球・仲間《山口県立山口高等学校『山高同窓会報』第15号pp.15》八月

6 中国人の物の見方・考え方《『求心遠心』第3号pp.2～13》九月

7 中国　青少年の興奮点《『求心遠心』第3号pp.28～43》九月

8 巻頭言『求心遠心』第4号に寄せて《『求心遠心』第4号pp.1》十二月

9 中国　反官僚主義闘争《『求心遠心』第4号pp.2～9》十二月

10 「デマと真相」——天安門事件——《『求心遠心』第4号pp.18～41》十二月

平成二（一九九〇）年

A1 『孫綽詩訳注　附索引』（単著p.1～157）《明光印刷社》十月

2 『中国雑記』（一）（単著p.1～267）《明光印刷社》十二月

B 1 漢文教材研究講座　誇張法に巧みな詩仙李白――比喩・誇張の巻――《『月刊国語教育』2月号pp.138～144》一月

2 漢文教材研究講座　一語で百語を表現する典故――成語・典故の巻――《『月刊国語教育』3月号pp.132～138》二月

3 蘭亭詩論（上）《『兵庫教育大学研究紀要』第10巻pp.95～111》二月

4 漢文教材研究講座　詩経にはじまる風諭は民の声――寓話・風諭の巻――《『月刊国語教育』4月号pp.75～79》三月

5 中日文章語の性質《『教科教育実践学研究――言語系教育のばあい――』第3集pp.1～16》三月

6 漢文教材研究講座　漢文の句法に心情を読む――句法・漢字の巻――《『月刊国語教育』5月号pp.81～85》四月

7 詩語の発想――「人生」表現の場合――《汲古書院『汲古』第17号pp.23～36》六月

D 1 中国の人々の心《西播磨高齢者文化大学》十一月

E 1 『福武国語辞典』《兵庫教育大学附属図書館『私のすすめる本』pp.3》四月

2 中国の様相――天安門流血から戒厳令解除まで《『求心遠心』第5号pp.6～35》四月

3 中国の様相――胡耀邦死去から天安門流血まで《『求心遠心』第6号pp.6～43》六月

4 中国の様相――胡耀邦死去から戒厳令解除まで（上）《『求心遠心』第7号pp.28～63》九月

5 中国の様相――胡耀邦死去から戒厳令解除まで（下）《『求心遠心』第8号pp.2～25》十二月

平成三（一九九一）年

A1 『新版中学校・高等学校国語科教育研究』全国大学国語教育研究会編（共著pp.140～144）《学芸図書株式会社》六月

B1 孫綽小伝《『中国中世文学研究第20号　小尾博士喜壽記念論文集』》pp.74～91》二月

2 蘭亭詩論（下）《『兵庫教育大学研究紀要』第11巻pp.83～94》二月

3 漢詩鑑賞の評語《三省堂『長谷川孝士教授退官記念論文集　言語表現の研究と教育』pp.88～104》三月

4 中国詩における「昔」と「今」の対比表現《兵庫教育大学学校教育研究センター『学校教育学研究』第2集pp.1～14》三月

5 庾闡の詩《全国漢文教育学会『新しい漢文教育』第13号pp.9～23》十二月

C1 庾闡の詩《全国漢文教育学会》六月

D1 漢文教育のポイント《漢文教育フォーラム》八月

E1 「人生は人の情で成り立ちます」《『中国中世文学研究第20号　小尾郊一博士喜壽記念論文集』》pp.221～224》二月

2 巻頭言『求心遠心』第9号に寄せて《『求心遠心』第9号pp.1》三月

3 中国の自由・民主《『求心遠心』第9号pp.2～23》三月

4 中国と台湾《『求心遠心』第10号pp.2～27》六月

5 河海大学事件《『求心遠心』第11号pp.66～71》九月

6 「第二の長征」の行方《『求心遠心』第11号pp.72～81》九月

7 中国——天安門事件後の生活《『求心遠心』第12号pp.8～25》十二月

8 新任教官紹介　貧者のぼやき《広島大学教育学部広報委員会『かがみ通信』No.11pp.14～15》十二月

平成四（一九九二）年

Ｂ１　湛方生の詩《『中国中世文学研究』第23号pp.1～19》十月

Ｄ１　陶淵明という詩人《山口国語教育学会》八月

Ｅ１　春よ来い《広島大学漢文研究会『漢文研通信』14pp.4～5》三月

２　中国に「その日」はあるか《『求心遠心』第13号pp.48～71》三月

３　中国の経済《『求心遠心』第14号pp.2～23》六月

４　夏が来て《『漢文研通信』15pp.5～6》八月

５　中国　最近の話題《『求心遠心』第15号pp.10～21》九月

６　中国の軍事《『求心遠心』第16号pp.40～51》十二月

平成五（一九九三）年

Ｅ１　中国万語録「言葉」に関する十話《『求心遠心』第17号pp.10～19》三月

２　快適な学生生活をするために《『かがみ通信』No.17pp.25～26》六月

３　中国万語録「人間」に関する十話《『求心遠心』第18号pp.36～45》七月

４　学科専修単位で実施　新入生の参加率は高い《広島大学広報委員会『広大フォーラム』No.306pp.8》七月

５　また夏が来て《『漢文研通信』17pp.1》八月

６　中国万語録「生活」に関する十話《『求心遠心』第19号pp.26～35》十月

平成六（一九九四）年

Ａ１　『東晉詩訳注』（単著p.1～587）《汲古書院》五月

B1　支遁伝訳注（上）『高僧伝』巻四《広島大学教育学部『広島大学教育学部紀要』第42号pp.304～310》三月
2　魏晋風潮語論《『国語教育研究』第37号pp.1～16》三月
E1　中国　一九九三年の動向《『求心遠心』第20号pp.6～21》一月
2　中国万語録　古諺語（一）《『求心遠心』第21号pp.6～19》四月
3　中国万語録　古諺語（二）《『求心遠心』第22号pp.4～17》六月
4　漢詩の心――陶淵明の世界《広島木鶏クラブ》八月
5　中国万語録　古諺語（三）《『求心遠心』第23号pp.2～14》十月
6　中国　一九九四年の動向《『求心遠心』第24号pp.4～15》十二月

平成七（一九九五）年

A1　『新詳説国語便覧』（共著pp.305～392）《東京書籍》二月
2　『箋註唐詩選五絶訳読』（単著p.1～156）《㈱ニシキプリント》五月
3　『陶淵明の精神生活』（単著p.1～285）《汲古書院》七月
B1　支遁伝訳注（下）『高僧伝』巻四《『広島大学教育学部紀要』第43号pp.1～10》三月
D1　いま漢文教育に問われていること《岡山県高教研国語部会秋季研究大会》十一月
E1　研究を継続するということ《『漢文研通信』》三月
2　収穫の多い万葉旅行でありますように《『万葉旅行パンフレット』》三月
3　中国万語録　古諺語（四）《『求心遠心』第25号pp.24～33》四月
4　中国万語録　古諺語（五）《『求心遠心』第26号pp.4～11》七月
5　中国万語録　古諺語（六）《『求心遠心』第27号pp.4～13》十月

6 中国　一九九五年の動向《『求心遠』第28号pp.29～44》十二月

G1 『常用漢字の総合演習』（共著）《東京書籍》二月

平成八（一九九六）年

A1 『孫綽文訳注』（単著p.1～143）《㈱ニシキプリント》七月

B1 季節の詩——東晋詩を中心にして（上）——《『広島大学教育学部紀要』第44号pp.1～9》三月

2 東晋の登山詩——その背景——《『国語教育研究』第39号pp.1～11》三月

D1 陶淵明《天遊会》八月

2 漢和辞典の活用——王維「九月九日憶山東兄弟」を例として——《鳥取県高等学校国語教育研修講座》九月

3 漢詩文の読み方《長崎県国語教育研修講座》九月

4 漢字を教える《中国中世文学会》十月

5 漢文で何を教えるか《山口県高等学校教育研究会国語部会》十一月

E1 編集後記《広島大学教科教育学会『教科教育学研究』第11号pp.79》三月

2 中国万語録　古諺語（七）《『求心遠』第29号pp.4～11》四月

3 中国万語録　古諺語（八）《『求心遠』第30号pp.25～36》七月

4 漢文研究会のさらなる発展を！《『漢文研通信』21pp.1》八月

5 甲子園球児の涙《中国新聞夕刊「でるた」》九月

6 中国万語録　古諺語（九）《『求心遠』第31号pp.4～13》十月

7 中国万語録　古諺語（十）《『求心遠』第32号pp.6～15》十二月

G1 『大学受験マイウェイゼミ国語』（共著）《広洋社》

平成九（一九九七）年

A1 陶澍注『靖節先生集』訳解（単著p.1～663）《私家版》二月

2 『箋註唐詩選七絶訳読』（上）（単著p.1～142）《㈱ニシキプリント》三月

3 『鄧小平の中国十年』（単著p.1～296）《私家版》三月

B1 季節の詩——東晋詩を中心にして（下）——《『広島大学教育学部紀要』第45号pp.1～9》三月

2 東晋詩の対句——郭璞「遊仙詩」を中心にして——《溪水社『藤原尚教授広島大学定年祝賀会記念中国学論集』pp.37～53》三月

3 東晋詩の対句——蘭亭詩を中心にして——《兵庫教育大学東洋史研究会『東洋史訪　久保田剛先生退官記念号』第3号pp.1～7》三月

D1 司馬遷『史記』《天遊会》四月

E1 編集後記《『教科教育学研究』第12号pp.94》十二月

2 中国万語録　古諺語（一一）《『求心遠心』第33号pp.2～11》三月

3 中国万語録　古諺語（一二）《『求心遠心』第34号pp.6～13》七月

4 研究活動は着々と《『漢文研通信』22pp.1》八月

5 中国万語録　古諺語（一三）《『求心遠心』第35号pp.10～17》十月

平成十（一九九八）年

A1 『中国古諺語解説』（単著p.1～200）《㈱鯉城印刷》三月

2 『漢和辞典を引きながら読むと漢文は面白い』（単著p.1～150）《㈱鯉城印刷》四月

B1 郭璞「遊仙詩七首」詳解（上）《『広島大学教育学部研究紀要』第46号pp.1～11》三月

E1　中国万語録　古諺語（一四）《『求心遠心』第36号pp. 4～13》一月
2　序文《『漢文研通信』23 pp. 1～2》三月
3　ちょっと気になる漢字漢文のこと（一～一〇）《『求心遠心』第37号pp. 4～13》四月
4　ちょっと気になる漢字漢文のこと（一一～二〇）《『求心遠心』第38号pp. 2～11》七月
5　ちょっと気になる漢字漢文のこと（二一～三〇）《『求心遠心』第39号pp. 6～15》十月

平成十一（一九九九）年

A1　『中国　名望家の　常識はずれの　生活』（単著p. 1～174）《㈱鯉城印刷》二月
2　『ちょっと気になる漢字漢文のこと』（単著p. 1～151）《㈱ニシキプリント》十二月
3　『孫綽の研究——理想の「道」に憧れる詩人——』（単著p. 1～354）《汲古書院》十二月
B1　郭璞「遊仙詩七首」詳解（中）《『広島大学教育学部研究紀要』第47号pp. 1～11》三月
2　王羲之父子の「蘭亭詩」《『国語教育研究』第42号pp. 1～10》六月
D1　『孫子』を読む《天遊会》二月
2　『史記』という本《広島県福山地区国語教育研究会》五月
3　六朝貴族の人々《天遊会》八月
E1　ちょっと気になる漢字漢文のこと（三一～四〇）《『求心遠心』第40号pp. 9～18》一月
2　教科教育学科国語教育学専修《広島大学教育学部『後援会報』第8号pp. 12》二月
3　前途洋洋？　前途多難？《『かがみ通信』No. 29 pp. 10》二月
4　語るに足る自分をつくろう《『かがみ通信』No. 30 pp. 7》六月
5　二回目の万葉旅行《『万葉旅行パンフレット』pp. 1》三月

E
6　ちょっと気になる漢字漢文のこと（四一〜五〇）《『求心遠心』第41号pp.8〜17》四月
7　祝辞《『国語教育研究』第42号　大槻和夫先生退官記念号pp.1〜4》六月
8　ちょっと気になる漢字漢文のこと（五一〜六〇）《『求心遠心』第42号pp.3〜12》七月
9　漢文教育研究班が危ない！《『漢文研通信』25pp.1》八月
10　ちょっと気になる漢字漢文のこと（六一〜七〇）《『求心遠心』第43号pp.8〜17》十一月

G
1　『漢字検定問題集7級〜4級』（単著p.1〜176）《東京書籍》一月
2　『漢字検定問題集4級〜2級』（単著p.1〜184）《東京書籍》一月
3　『漢文演習　標準編』（単著p.1〜55）《創文社》六月
4　『漢文演習　基礎編』（単著p.1〜55）《創文社》十一月

平成十二（二〇〇〇）年

A
1　『箋註唐詩選七絶訳読』（中）（単著p.1〜174）《㈱山脇印刷》三月
2　『「文選」陶淵明詩詳解』（単著p.1〜204）《溪水社》十月

B
1　郭璞「遊仙詩七首」詳解（下）《『広島大学教育学部研究紀要』第48号pp.1〜10》三月
2　名望家琅邪の王氏の結婚の実態《『プロブレマティークI』pp.73〜107》七月

D
1　漢字漢文の話《天遊会》二月
2　虎・狐・百獣の寓話《天遊会》十一月

E
1　続ちょっと気になる漢字漢文のこと（一〜五）《『求心遠心』第44号pp.2〜11》一月
2　教科教育学科国語教育学専修《『後援会報』第9号pp.13》二月
3　続ちょっと気になる漢字漢文のこと（六〜一〇）《『求心遠心』第45号pp.4〜13》四月

4 漢文教育班の健闘を称える《『漢文研通信』25pp.1》八月

5 続ちょっと気になる漢字漢文のこと（一一～一五）《『求心遠心』第46号pp.3～12》七月

6 発刊の辞《『プロブレマティークⅠ』pp.1～2》七月

7 続ちょっと気になる漢字漢文のこと（一六～二〇）《『求心遠心』第47号pp.7～16》十月

G1 『国語総合問題集　標準編』（共著pp.48～63）《創文社》五月

2 『漢文演習　実践編』（単著p.1～55）《創文社》九月

平成十三（二〇〇一）年

A1 『箋註唐詩選七絶訳読』（下）（単著p.1～180）《㈱山脇印刷》十月

B1 孫綽「遊天台山賦序」詳解《『広島大学教育学部紀要』第49号pp.1～10》三月

2 名望家琅邪の王氏（別派）の結婚の実態《『プロブレマティークⅡ』pp.139～159》七月

D1 六朝貴族の夫婦生活《天遊会》七月

2 陶淵明の日日《広島大学教育学部光葉会》八月

3 東晋の詩《広島大学国語国文学会》十一月

4 昔の中国の女たち《広島民事調停協会》十二月

E1 続ちょっと気になる漢字漢文のこと（二一～二五）《『求心遠心』第48号pp.3～12》一月

2 先が見えない世の中へ出てゆくみなさんへ《『広島大学教育学部だより』第2号pp.5》三月

3 続ちょっと気になる漢字漢文のこと（二六～三〇）《『求心遠心』第49号pp.2～11》四月

4 続ちょっと気になる漢字漢文のこと（三一～三五）《『求心遠心』第50号pp.4～13》七月

E5 漢文研に思うこと《『漢文研通信』27pp.1》八月

E6　続ちょっと気になる漢字漢文のこと（三六〜四〇）《『求心遠心』第51号pp.8〜17》十月

G1　『漢文演習　基礎力養成編』（単著p.1〜55）《創文社》四月

　2　『国語総合問題集　基礎力養成編』（共著pp.38〜47）《創文社》六月

　3　『客観古典創作問題集』（共著p.40〜75）《創文社》九月

平成十四（二〇〇二）年

A1　『新版中学校高等学校国語科教育法』（共著）《おうふう》二月

　2　『東晋の詩文』（単著p.1〜490）《溪水社》三月

D1　「遊」の意味するもの―先秦・東晋の間―《広島大学教育学部国語文化教育学講座》二月

E1　続ちょっと気になる漢字漢文のこと（四一〜四五）《『求心遠心』第52号》一月

　2　「帰りなんいざ」《『広大フォーラム』33期5号》二月

著者略歴

長谷川　滋成（はせがわ　しげなり）

1938年山口県に生まれる。広島大学文学部中国語学中国文学専攻修士課程修了。現在広島大学大学院教育学研究科教授。

著書：『漢文教育序説』（第一学習社）、『漢文教育論』『漢文教育史研究』（青葉図書）、『漢文の指導法』『漢詩解釈試論』『漢文表現論考』（溪水社）、『難字と難訓』（講談社）、小尾郊一編『新撰墨場必携』（中央公論社・共著）、佐藤喜代治編『漢字講座』（明治書院・共著）、『東晉詩訳注』『陶淵明の精神生活』『孫綽の研究』（汲古書院）、『「文選」陶淵明詩詳解』（溪水社）。

東晉の詩文

平成14年3月5日　発行

著　者　長谷川　滋　成

発行所　株式会社 溪 水 社

電 話（082）246－7909

FAX（082）246－7876

E-mail:info@keisui.co.jp

ISBN4－87440－684－X　C3098